L'IDOLE

Robert Merle est né à Tebessa, en Algérie. Il fait ses études secondaires et supérieures à Paris. Licencié en philosophie, agrégé d'anglais, docteur ès lettres, il a été professeur de lycée, puis professeur titulaire dans les facultés de lettres de Rennes, Toulouse, Caen, Rouen, Alger et Paris-Nanterre où il enseigne encore aujourd'hui.
Robert Merle est l'auteur de nombreuses traductions (entre autres Les Voyages de Gulliver*), de pièces de théâtre et d'essais (notamment sur Oscar Wilde). Mais c'est avec* Week-end à Zuydcoote*, prix Goncourt 1949, qu'il se fait connaître du grand public et commence véritablement sa carrière de romancier. Il a publié par la suite un certain nombre de romans dont on peut citer, parmi les plus célèbres,* La mort est mon métier, L'Ile, Un animal doué de raison, Malevil, Le Propre de l'Homme, *et la grande série historique en six volumes* Fortune de France. *Avec* La Volte des vertugadins *et récemment,* L'Enfant-Roi, *Robert Merle a donné une suite à* Fortune de France. *Il est rare dans l'édition de voir une saga en plusieurs volumes obtenir pour chacun de ses livres un égal succès.* Fortune de France *fut un de ces cas d'exception où les lecteurs demeurent fidèles de livre en livre aux héros imaginés par l'écrivain.*
Nombreux sont ses romans qui ont fait l'objet d'une adaptation cinématographique ou télévisuelle.

Au XVIᵉ siècle, en Italie, une petite bourgeoise devenue grande dame déchaîne en sa faveur et contre elle les passions. Aux yeux de tous elle est l'idole au sens puritain qu'il avait à l'époque : un être humain illégitimement adoré comme un Dieu, en l'occurrence comme une déesse.
L'Italie qui apparaît dans *L'Idole* est celle de Rome, où le massacre de la Saint-Barthélemy fut fêté officiellement par des feux de joie; de Florence où les Medicì, par personnes interposées, utilisaient sans remords la dague et le poison, au besoin contre leurs proches; des grands seigneurs qui, faute de pécunes, ne trouvaient pas déshonorant de se faire bandits de grand chemin; de ce bon peuple, réputé si bon catholique, mais qui, dans les occasions, criait « Mort au pape ! », s'armait contre lui et prenait des torches pour aller « enfumer le vieux renard dans son Vatican ».
Adorant, ou tout aussi bien haïssant l'idole, les acteurs de ce drame en sont aussi les narrateurs. En laissant la parole à ces témoins peu objectifs, et parfois peu recommandables, l'auteur

(Suite au verso.)

a introduit dans son récit une foule bigarrée où Monsignori, grands seigneurs, esclaves mauresques, truands, ambassadeurs, joailliers juifs et grandes dames se coudoient et parfois s'acquinent : société paradoxale où une éthique austère, comportant, y compris sur terre, des sanctions terrifiantes – par exemple, le meurtre coutumier de la femme adultère – s'accommode, dans le quotidien, de mœurs qui ne surprennent plus personne, sauf un moraliste conséquent et un grand réformateur : le pape Sixte Quint.

Si plus de vingt témoins parlent d'elle, l'idole, en revanche, se tait. Elle garde ainsi son mystère de femme trop aimée, qui n'était aucunement « fatale », mais dont le destin le devint. Et comment ne pas sentir aussi que ce silence est le symbole de sa condition en ce siècle – en ces siècles, devrait-on dire – de domination masculine ? Un mari, un frère, un confesseur, un cardinal, deux papes et un baron-brigand ont décidé pour l'idole des voies de plus en plus resserrées où elle a cheminé, sans qu'elle ait jamais pu prendre en main sa propre vie.

Avec compassion, mais aussi avec tendresse, l'auteur a dressé cette stèle sur la tombe de l'idole, si « exemplaire » à tant d'égards.

Dans Le Livre de Poche :

ROBERT MERLE

L'Idole

ROMAN

ÉDITIONS DE FALLOIS

AVANT-PROPOS

Bien qu'il se situe à la fin du XVIe siècle, ce roman n'est pas une suite de *Fortune de France* et n'a, par conséquent, rien à voir avec la vie et les aventures de Pierre de Siorac. Il se passe en Italie et tous les protagonistes, qu'ils soient romains, vénitiens ou florentins, appartiennent à la péninsule. C'est la raison pour laquelle j'ai dû renoncer, pour raconter leur histoire, au vieux français qui m'avait donné tant de peine et procuré tant de joies pendant les neuf années que j'ai consacrées à ma chronique historique. Il va sans dire qu'il eût été très peu convaincant de mettre des archaïsmes français dans la bouche de personnages italiens.

J'ai connu la signora Vittoria Peretti il y a quarante ans, alors que j'étais occupé à traduire un drame élisabéthain de Webster, œuvre brillante, inégale, couchée dans une langue en regard de laquelle celle de Shakespeare paraît limpide.

C'est seulement dix ans plus tard, en lisant les *Chroniques italiennes* de Stendhal, que je m'aperçus combien la version que Webster donne de Vittoria était odieusement injuste. Il se peut, bien sûr, qu'il ait été mal informé, mais comment, au seul énoncé des faits qui la présente comme une évidente victime, a-t-il pu la noircir au point de l'appeler – c'est le titre de sa pièce – *le démon blanc* ? Entendez par là que la beauté de la chair cachait chez elle une âme diabolique. Voilà bien la misogynie de nos puritains ! On persécute la malheureuse, on l'emprisonne, et c'est encore elle la coupable...

Le récit que Stendhal consacre à Vittoria comporte une trentaine de pages, et contrairement à ce qui est dit parfois, ce n'est pas une œuvre originale, mais la traduction littérale d'une vieille chronique, qui a dû séduire notre auteur en raison de la fascination qu'exerçaient sur lui les passions fortes et les caractères énergiques.

En 1957, je rédigeai à partir de cette chronique un court récit qui, à la réflexion, ne me satisfit pas. Mais il me fallut encore quelque temps pour en saisir la raison.

Vittoria était bonne, intelligente, cultivée et généreuse. Ce n'était pourtant pas pour ces vertus qu'on l'idolâtrait, mais en raison de la surestimation dont la beauté féminine est l'objet dans une société dominée par les hommes. Cette surestimation est dangereuse, non, comme on pourrait le croire, pour la morale, mais justement pour l'intéressée.

De nos jours, Vittoria eût été une star, et il ne lui serait rien arrivé de pire (mais c'est déjà assez pathétique) que de perdre en vieillissant ses adorateurs. Vittoria, vivant au XVIᵉ siècle, eut une tout autre vie. Elle fut vendue en mariage à un homme qu'elle n'aimait pas. On veilla âprement sur sa vertu. Elle fut séquestrée à deux reprises et, pendant quelques mois, emprisonnée au château Saint-Ange. Elle fut épiée, surveillée, trahie par son confesseur. Son nom, publiquement sali. Son second mariage, cassé par un pape.

Bref, c'était une femme seule contre une société tout entière et pour rendre tangible son destin, c'est bien évidemment ce milieu archaïque, brutal et persécuteur qu'il faut décrire. C'est en cela, précisément, que mon court récit de 1957 me parut fautif. Il était trop linéaire. Il décrivait l'événement, et pas assez le milieu dans lequel il était apparu et qui, seul, l'expliquait.

Quand je conçus le présent roman, je crus que je pourrais considérer comme un premier jet le petit récit qui l'avait précédé et simplement le récrire.

Mais l'entreprise s'avéra impossible. Je compris vite qu'il fallait tout jeter bas et tout reconstruire, reprendre et élargir mes recherches, écrire sur le même thème un roman beaucoup plus vaste et plus imaginatif, avec de nouveaux protagonistes, ou des protagonistes éclairés autrement, un arrière-plan humain plus étoffé et un procédé narratif qui mît en relief l'extrême complexité de la situation dans laquelle Vittoria se débattit.

À la fin de mes recherches, j'ai retrouvé avec quelque émotion sur les bords du lac de Garde le palais où Vittoria vécut en 1585 son dernier été heureux. Il a changé de nom, mais quatre siècles ont passé sur lui sans lui faire d'autre mal que de noircir ses pierres. Il n'a rien d'une villa vénitienne. Il se dresse au bord de l'eau, austère et rude. Quand je le vis, même les grands magnolias sur son quai n'arrivaient pas à l'égayer, d'autant plus qu'ils perdaient alors leurs fleurs, lesquelles tombaient une à une sur les vaguelettes du lac brumeux. L'air était doux, mais le site mélancolique.

Au palais lui-même, il ne manque pas une tuile. C'est attristant de se dire que les maisons dépassent si largement en longévité les hommes qui les construisent. J'aurais préféré l'inverse et ne rencontrer çà et là que des colonnes jonchant le sol et, assise sur ces ruines, Vittoria enveloppée de ses longs cheveux, et me remerciant d'un regard de l'avoir traitée dans mon livre avec justice, avec compassion.

CHAPITRE 1

Monsignore Rossellino (il bello muto [1])

Il y a cinq ans – pour être plus précis, le 5 décembre 1572 à 7 heures du matin –, en gravissant les degrés qui mènent au Vatican, je tombai à terre si malencontreusement que mon cou porta sur le nez de la marche. Le choc me broya le larynx, et j'aurais succombé sur l'heure à l'étouffement si un barbier-chirurgien qui se trouvait là ne m'avait ouvert la gorge avec une paire de petits ciseaux. La blessure guérit, mais je restai muet.

En ce temps-là, il n'y avait pas plus de dix chirurgiens-barbiers à Rome. J'en conclus que si la Providence avait placé un des plus habiles sur mon chemin si tôt le matin, c'est que la suite à peine croyable des événements qui allaient marquer ma vie avait été expressément voulue par Elle : ma chute, l'écrasement de mon larynx, l'intervention du barbier, ma mutité et ma rencontre avec le cardinal Montalto.

J'étais, avant cet accident, un des prédicateurs les plus brillants de la Ville éternelle et mes prêches où tout ce qu'il y avait de noble à Rome accourait me valaient, outre une grande renommée, la faveur des plus hautes dames. Elles m'invitaient souvent en leur palais, me comblaient de mets exquis, me caressaient beaucoup, ne me demandant rien d'autre que de leur parler avec mon feu coutumier, soit des peines de l'enfer, soit des Saintes Félicités. Dans l'une ou l'autre de ces descriptions elles trouvaient de grandes jouissances. Et quant à moi, j'étais assez sot pour tirer vanité du plaisir que je leur donnais.

1. Le beau muet.

J'avais alors vingt-huit ans. D'après les dires des femmes de ma famille – on sait comment ce sexe viscéral (*tota mulier in ventro* [1]) aime à jacasser –, j'étais assez bel homme. Et encore que je fusse pur dans mes mœurs, je n'étais pas sans me glorifier dans ma chair, bien conscient que j'étais que les charmes de ma corporelle enveloppe ajoutaient beaucoup à ceux de mon éloquence.

Dans le jardin de la *contessa* V. s'élevait un arbre millénaire à l'ombre duquel, à la belle saison, la contessa aimait avec ses amies s'asseoir pour m'écouter. Je me souviens que lorsque je décrivais – fortement, toutefois avec décence – les tortures infligées aux damnés, de petites gouttes de sueur perlaient sur son beau front, tandis que ses lèvres entrouvertes haletaient, et que son cou gracieux tout soudain s'empourprait. On eût dit qu'elle abandonnait son petit corps avec délices aux cruelles entreprises des démons. Au fur et à mesure que j'avançais dans ma description, son agitation allait croissant, et elle me troublait suffisamment pour me dicter à la fin des détails qui allongeaient d'autant mon récit et auxquels aujourd'hui je ne pense pas sans vergogne.

Quand avec ma gorge cisaillée ma belle voix grave se tut, je compris que sur l'une des branches de l'arbre sous lequel je discourais ainsi, un serpent était de tout son long étendu, n'attendant que le moment propice pour se laisser choir entre la contessa et moi comme un horrible trait d'union.

Cet arbre était un figuier et, quoique feuillu, stérile.

J'entendis que la même main céleste, qui dans l'Evangile avait desséché le figuier, m'avait enlevé ma voix, afin de m'empêcher de tomber dans des péchés dont celui de ma tant faible chair n'était peut-être pas le pire. Et je balançais à me retirer pour le restant de mes jours dans quelque couvent, quand je reçus un billet laconique du cardinal Montalto me priant de passer le voir en son palais.

Felice Peretti, qui avait accédé à la pourpre deux ans plus tôt, avait choisi le nom de Montalto, tant pour signifier, j'imagine, la hauteur de ses ambitions que l'aspect abrupt de son caractère. Je tremblai en approchant du palais, d'ailleurs

---

1. Toute la femme est dans le ventre.

modeste et dénudé, du terrible cardinal. Je n'ignorais pas que, grand inquisiteur à Venise, il avait porté le fer et le feu dans les mauvaises mœurs du clergé, son austérité le rendant à tous si détestable que les prêtres, ligués à la fin contre lui, avaient réussi à le faire chasser de la République Sérénissime par le Sénat.

Il vivait si retiré qu'avant ce jour je n'avais jamais jeté l'œil sur lui. Et à vrai dire, quand je le vis, je fus de prime abord déçu par son aspect. Il faut dire que Rome regorgeait de prélats majestueux dont le plus beau, sans conteste, était le pape Grégoire XIII, alors âgé de soixante-dix ans, mais droit comme un *i*, alerte en sa démarche, gracieux en ses mouvements et, quand il montait à cheval, sautant en selle comme un jeune homme.

Le cardinal Montalto était de taille moyenne, et quoiqu'il ne fût pas bossu – comme les méchants le prétendaient –, il en donnait l'impression, sa grosse tête hirsute étant fort enfoncée dans ses larges épaules. Je dis de sa tête qu'elle était grosse, parce qu'elle me parut disproportionnée avec le reste de son corps et aussi qu'elle était hirsute, parce que Montalto, ancien franciscain, portait longs le cheveu et la barbe, l'un et l'autre mal peignés et coupés à la diable. Tout ce poil lui donnait un air rugueux qui étonnait à Rome, où les prélats ressemblaient à des galets qui, à force de s'être frottés les uns aux autres au gré des marées, étaient devenus ronds et polis.

Un nez fort, des lèvres minces, un menton prognathe, des sourcils noirs très épais (contrastant avec le poivre et sel de la barbe et des cheveux) et sous ces sourcils, profondément enfoncés dans l'orbite, des yeux noirs très brillants et très perçants ajoutaient de la force, mais peu d'agrément à une physionomie que, n'était mon profond respect pour Son Eminence, je pourrais qualifier de farouche.

De ce personnage disgracié et malgracieux, je n'attendais pas de grâces. Je n'en fus pas moins saisi par la rudesse de son abord et la brièveté impérieuse de sa parole.

– Rossellino, me dit-il sans répondre à mes muettes civilités, asseyez-vous là, devant cette petite table. Oui, là, asseyez-vous. Vous avez devant vous une plume, de l'encre, du papier, une chandelle allumée, et un plateau de cuivre.

Pourquoi la chandelle ? Pour brûler vos réponses, dès que vous les aurez écrites. Pourquoi le plateau ? Pour recevoir les cendres des papiers. Écrivez ! Et pas d'hypocrisie, je vous prie ! Et moins encore de jargon de séminaire ! La simple et pure vérité ! Si tant est que la vérité soit jamais pure. Bref, mentiriez-vous, ne serait-ce qu'une fois, je vous ferais reconduire par mon valet. Êtes-vous prêt ?

Ce début me frappa de terreur. Je pris la plume d'oie dans ma main tremblante, je la trempai dans l'encre et j'attendis. Les réponses qu'on va lire furent écrites sur de petits bouts de papier coupés au carré. Dès que j'avais fini sur l'un d'eux ma rédaction, le cardinal qui se tenait derrière moi me le prenait, ou plutôt me l'arrachait des mains, y jetait un œil et aussitôt le brûlait à la flamme de la chandelle.

– Êtes-vous chaste ?

– Oui, Votre Eminence.

– Omettez « Votre Eminence ». Cela ralentit beaucoup l'écriture. Fûtes-vous tenté de ne plus l'être ?

– Oui.

– Où, quand et avec qui ?

– Dans le jardin de la contessa V., avant que je tombasse sur les degrés du Vatican.

– Précisez.

– Je décrivais à la contessa les tourments des damnés en enfer. Cela l'agitait beaucoup. Cette agitation me troubla.

– Avez-vous revu la contessa ?

– Depuis mon accident, non.

– Comment considérez-vous cet accident ?

– Comme un décret de la Providence. Ma chute me préserva de la chute. Je compris la vanité de ma vie et que ma belle voix n'était qu'un miroir aux alouettes. Tout le premier, j'étais pris à son piège.

– Bien dit ! Quel est maintenant votre projet ?

– M'ensevelir dans un couvent.

– Mal pensé. Vous êtes séculier. Demeurez dans le siècle. Servez l'Église.

– En suis-je capable ?

– Assurément. À votre sentiment, quels sont les maux de l'État ?

– L'anarchie, la corruption, le mépris des lois, l'impunité des bandits, titrés ou non.

– Quels sont les maux de l'Église ?

– Les mauvaises mœurs, la soif de l'or et du faste, la simonie, la non-résidence des évêques, l'abus des excommunications pour des motifs non religieux.

– *Bene, bene, bene.* Mais il ne suffit pas de gémir des abus. Il faut les corriger.

– Le puis-je ?

– Vous non. Moi, si. Voulez-vous m'aider ?

– Le puis-je, étant muet ?

– Justement.

Ses yeux noirs insoutenables fichés dans les miens, Montalto se tut assez longtemps pour me laisser entendre toutes les implications de cet adverbe. J'écrivis :

– Mon dévouement, ma loyauté et mon silence sont acquis à votre Eminence *ad maximam gloriam Dei et Ecclesiae* [1].

– *Bene*, vous serez mon premier secrétaire. Écoutez, Rossellino. Je n'ai pas hérité de fortune. Je ne suis pas simoniaque. Je ne suis pas, comme tant d'autres cardinaux, pensionné par Philippe II d'Espagne, n'ayant pas voulu lui vendre ma voix au conclave. Vous serez mal payé.

– Cela n'importe.

– *Bene*. Que pensez-vous du présent pape ?

Et comme j'hésitai, Montalto me jeta un regard terrible et cria d'une voix furieuse :

– Répondez ! Répondez dans l'instant ! Dites ce que vous pensez !

J'écrivis :

– C'est une grande faute chez un prêtre d'avoir un enfant naturel. C'est un scandale chez un pape. C'est un scandale plus grand d'avoir nommé ledit fils gouverneur de Rome.

Montalto m'arracha le carré de papier des mains, le brûla à la flamme de la chandelle, et dit d'une voix brève :

– Poursuivez.

– Le pape est indolent. Il fuit à se donner peine. Il ne lèvera

1. Pour la plus grande gloire de Dieu et de l'Église.

jamais le petit doigt pour réformer les abus. Il ne se préoccupe que des arts, des fastes de sa cour et de sa collection de bijoux.

Montalto lut le papier, l'enflamma et contrairement à ce qu'il avait fait pour les précédents, il le regarda brûler sur le plateau de cuivre, un demi-sourire jouant sur ses lèvres minces, lequel, je le remarquai aussitôt, n'adoucissait aucunement sa physionomie farouche.

– Où logez-vous ?

J'écrivis :

– Chez une vieille tante, via Appia.

– Je gage qu'elle vous gâte outrageusement.

– En effet.

– Les femmes ont deux façons d'amollir un homme : la chair et la chère. Vous viendrez vivre ici, Rossellino. Vous coucherez dans une chambre non chauffée. Et vous mangerez avec moi et comme je mange moi-même : peu et mal.

– Je le tiendrai à très grand honneur, Votre Eminence.

– *Bene*. Point de phrases. Retirez-vous. À demain.

C'est ainsi que je devins le premier secrétaire du cardinal Montalto. Dès que Grégoire XIII l'apprit, il fit là-dessus de petites plaisanteries pendant toute une semaine.

– *Il bello muto* (c'est ainsi qu'il me surnomma) a dû commettre de bien grands péchés du temps où il avait sa voix : sans cela irait-il s'infliger cette terrible pénitence de vivre dans la masure de Montalto, de partager sa pitance et de subir son humeur. Quant à Montalto, il a réussi un beau coup de moine : il s'est trouvé un secrétaire discrétissime.

Giulietta Accoramboni

Je suis née à Gubbio, en Ombrie, où mon père et son frère, Bernardo, fabriquaient et vendaient des assiettes et plats majoliques dont la glaçure, comme on sait, a été importée de Majorque par des ouvriers arabes et donne un fond blanc très uni, propre à recevoir des couleurs. Mais à la vérité, ces couleurs n'auraient pu conserver leur éclat sans un vernis inventé par le peintre Giorgio Andreoli qui, à Gubbio même, avait fondé la fabrique que les deux frères, sur ses vieux jours, lui avaient rachetée.

Ces majoliques, célèbres en Italie, mais aussi en France, en Autriche et dans toute l'Europe, comportent en leur centre des têtes d'homme ou de femme délicatement peintes et, sur leur pourtour, une décoration allégorique. Je me souviens avoir vu accrochée au mur, dans la maison de mon oncle Bernardo, une majolique représentant en médaillon le profil hautain de son épouse, Tarquinia, que les bonnes langues de Gubbio avaient surnommée Tarquinia *la Superba*, tant en raison de ses attraits physiques que de son caractère altier.

Cette allusion au dernier roi de la Rome antique ne déplaisait pas à ma tante. Elle avait rêvé en ses vertes années d'accéder à la noblesse par le mariage et parfois, en regardant le palais ducal de Gubbio qui se dressait en face de sa maison, elle se prenait à regretter d'avoir épousé un riche marchand, alors que sa beauté eût pu lui ouvrir d'autres portes.

L'assiette qui représentait ses traits connut un destin singulier. Au cours d'une discussion violente que Tarquinia eut avec son fils Marcello, celui-ci, ivre de fureur, marcha sur elle, les deux mains en avant comme s'il allait l'étrangler, mais au dernier moment, effrayé par l'énormité du crime qu'il allait commettre, il tourna son ire contre la majolique, l'arracha du mur, et la précipita sur le sol où elle se brisa.

Peut-être dois-je expliquer ici pourquoi je fus, dans la maison de mon oncle, le témoin de ce meurtre symbolique : pendant l'été 1570 des cas de peste apparurent à Gubbio. Tarquinia décida aussitôt de quitter la ville et de se retirer dans sa maison de campagne avec ses trois enfants, son mari et moi. Le fait que je fus du voyage ne témoigne nullement de l'affection de ma tante pour moi, mais de celle que je nourrissais pour sa fille, Vittoria, dont j'étais la compagne de jeux, et aussi quelque peu le mentor, étant de trois ans plus âgée qu'elle.

Mon oncle Bernardo eut quelque scrupule à laisser mon père s'occuper seul de l'atelier des majoliques dans le temps où demeurer à Gubbio mettait en danger de mort. Mais ayant toute sa vie cédé à la Superba par un mélange de bonté et d'indolence qui faisait le fonds de son caractère, il ne sut comment s'y prendre pour lui résister dans une circonstance où l'amour fraternel et le sentiment de la justice eussent dû lui dicter pourtant une autre conduite.

Cette lâcheté, c'est vrai, lui sauva la vie. Mais à quel prix ! La peste de Gubbio emporta mes frères, mes sœurs, ma mère, mon père et la plupart de ses ouvriers. Bernardo en conçut un chagrin sous le poids duquel cette nature sensible et peu énergique se laissa peu à peu écraser. En outre, la fabrique de majoliques ne battait plus que d'une aile. Les ouvriers hispano-arabes que la peste avait emportés étaient difficilement remplaçables et mon oncle, tout bon fabricant qu'il fût, n'avait pas le talent de mon père pour le commerce.

C'est ce moment que choisit Tarquinia pour décider d'aller s'établir à Rome pour y marier Vittoria selon les vues ambitieuses qui étaient les siennes. Je vis le pauvre Bernardo prier et supplier, là où il eût fallu commander. En fin de compte, comme toujours, il céda. Et il demeura à Gubbio avec son fils cadet Flamineo, le père et le fils se donnant beaucoup de peine pour faire suer aux majoliques tout l'or dont Tarquinia avait besoin pour louer à Rome, près de Saint-Pierre, place des Rusticucci, un fort beau palais, où, dès son arrivée, elle tint table ouverte.

Marcello, qui n'avait aucun goût pour les majoliques, ni d'ailleurs pour aucun travail, suivit à Rome sa mère, se prétendit noble, porta dague et épée, apprit l'escrime, et se fit des amis ambigus et haut placés qui raffolaient de sa beauté douteuse. Il cultivait aussi l'amitié d'une riche veuve qui avait l'âge d'être sa mère, et avec qui, comme avec sa mère, il se querellait beaucoup, surtout en raison des sommes d'argent qu'il lui empruntait. Chose bizarre, personne à Rome ne se permit jamais de mettre en doute sa noblesse. Il faut dire que Marcello était follement brave et qu'au moindre regard déplaisant, son épée jaillissait du fourreau. En outre, les faux nobles abondaient dans la Ville éternelle.

On peut voir par cette esquisse que la famille de mon oncle Bernardo était divisée à parts égales entre les anges et les démons. Les premiers travaillaient à Gubbio. Les deuxièmes dépensaient à Rome. Pour dire le vrai, Vittoria n'appartenait ni aux anges ni aux démons. Elle tenait un peu des deux.

Quant à moi, je ne comptais guère. Et pas davantage quand Bernardo, peu avant sa mort, m'eut adoptée. La raison pour laquelle la Superba ne s'opposa pas à ce projet, c'est qu'il ne menaçait pas les intérêts de ses propres enfants : Bernardo n'avait plus alors que des dettes.

Comme dans cette famille je suis à peu près la seule à posséder un gramme de bon sens, je pense que c'est à moi qu'il revient de parler de Vittoria – je ne dirais pas sans haine et sans amour, car je l'aime. Mais je me défends de lui vouer cette idolâtrie dont elle est de toutes parts investie. J'aime de façon raisonnable cette fille qui l'est si peu.

Côté démon, Vittoria a hérité de la Superba son tempérament passionné, son caractère entier et, pour qui la connaît bien, son ombrageux orgueil. Elle a hérité aussi de sa beauté, mais par cet aspect, elle la surpasse de beaucoup. Car la bonté qu'elle tient de son père, et qu'elle ne tient que de lui, donne à ses yeux, à ses lèvres ourlées et à ses traits suaves, une douceur très attachante. Le dedans a modelé le dehors. Je prédis que son visage vieillira bien, alors que celui de Tarquinia, avec les années, a pris un aspect dur et minéral.

Vittoria est grande, bien faite, majestueuse. Ses larges yeux bleus sont bordés de cils noirs touffus comme des feuilles. Et ce qui est à peine croyable, quand elle les dénoue, ses cheveux blonds, soyeux et bouclés, pour peu qu'elle penche la tête en arrière, touchent le sol. À Gubbio, elle ne pouvait se montrer dans les rues sans que les gens, jeunes et vieux, s'approchassent d'elle. Et lui disant avec respect : « *Col suo permesso, signorina*[1] », ils effleuraient révérencieusement du bout des doigts cette toison dorée.

Cette chevelure dont, nue, elle peut cacher son corps splendide lui demande tant de soins, pèse si lourd, lui occasionne tant de maux de tête, et souvent même quand elle tourne trop rapidement sur elle-même, la déséquilibre si dangereusement que Vittoria parle souvent de la couper, à tout le moins jusqu'à la taille. Je suis bien la seule à trouver ce projet raisonnable, car il plonge le palais Rusticucci, domestiques compris, dans une telle consternation, tire tant de cris d'orfraie

1. Avec votre permission, mademoiselle.

de Tarquinia, et chagrine si visiblement Bernardo – quand il nous apporte l'or qu'il a pu racler à Gubbio – que Vittoria se résigne, par bonté pure, à demeurer l'esclave de sa propre beauté.

Vittoria fut formée à onze ans, et elle était déjà, à treize ans, à peu de chose près, ce qu'elle est aujourd'hui : une femme appelée à régner sur le monde et les hommes. Quand un Romain s'égarait jusqu'à Gubbio et demandait dédaigneusement ce qu'il y avait à voir dans notre petite ville, d'aucuns disaient : le palais ducal, d'autres : le palais du Conseil, mais les plus avisés répondaient « Vittoria Accoramboni ». Et notre homme, s'il avait la chance de l'apercevoir dans la rue, s'en retournait dans la Cité des papes, les joues gonflées d'éloges extravagants sur notre « Bellissime ».

C'était d'ailleurs le titre que nous lui donnions à Gubbio, l'adjectif « bellissime » étant aussi inséparablement accolé à son nom que celui de « sérénissime » à la République de Venise.

La chevelure de Vittoria était lavée les mardi et samedi de chaque semaine. Ce rite mobilisait tout notre domestique : les hommes, pour entretenir un grand feu, apporter les seaux d'eau chaude dans une cuve à baigner en bois, en retirer par un robinet situé dans le bas l'eau salie, remettre dans la cuve de l'eau propre, et ainsi de suite ; les servantes, pour savonner avec les soins qu'il fallait l'interminable toison, Vittoria étant assise hors de la cuve, et à un bout, sur une escabelle, la tête en arrière, la nuque appuyée sur un petit coussin qui adoucissait le bois du rebord, ses cheveux étant seuls plongés dans l'eau de toute leur longueur et elle-même lisant, parfois tout haut, les sonnets de Pétrarque.

Je pense qu'elle avait pris l'habitude de lire à ce moment-là, en partie pour ne pas être étourdie par le caquet des femmes de la maison, toutes rassemblées autour d'elle, et en partie aussi parce qu'elle raffolait de la poésie, ayant été nourrie aux lettres dès l'enfance, et sachant même le latin, Tarquinia ayant tenu à ce qu'elle reçût l'éducation d'une reine.

Les serviettes n'étant pas capables de sécher à elles seules une crinière aussi longue et luxuriante, il y fallait soit le feu de la cheminée, ou, si le temps le permettait, le soleil qui avait en outre l'avantage, disait Tarquinia, d'aviver sa blondeur. Non sans une certaine pompe, Vittoria était conduite sur une terrasse orientée au midi, et installée sur un siège, deux servantes maintenant dans ce trajet sa chevelure à l'horizontale pour qu'elle ne touchât pas terre, et dès que leur maîtresse était assise, installant sur une claie spécialement bâtie à cet effet les longs fuseaux de soie dorée, comme s'il se fût agi de fruits délicats qu'il eût fallu laisser mûrir.

Cette cérémonie était connue à Gubbio et comme elle se déroulait au début de l'après-midi, la maison de mon oncle Bernardo devenait les jours que j'ai dits un but de promenade pour les oisifs, dans l'espoir où ils étaient d'apercevoir, en prenant quelque recul, la toison de Vittoria captant l'or du soleil.

Ce rite se poursuivit à Rome après notre installation dans le palais Rusticucci, mais Tarquinia désirant observer alors un certain décorum, il cessa d'être public et bon enfant comme dans notre petite ville et se poursuivit à l'abri des regards dans la cour intérieure du palais.

La stratégie de la table ouverte que Tarquinia avait inaugurée à grands frais dès son arrivée à Rome n'eut pas le résultat escompté. Bon nombre de gentilshommes, jeunes ou vieux, beaux ou laids, hantaient le palais Rusticucci, mais s'ils étaient attirés par Vittoria, le peu de fortune de son père les repoussait. Passe encore d'épouser la fille d'un marchand et d'entrer dans une famille sans alliances et sans parentèle, mais fallait-il du moins que ce marchand fût riche ! Or, il n'avait que des dettes et ces dettes jetaient une ombre sur l'étincelante beauté de Vittoria. En outre, la fille était fière, elle était savante et souffrait mal les sots. Elle aurait plu davantage si son intelligence avait été plus médiocre et son caractère moins altier.

Il y avait deux ans que Tarquinia maintenait sa fille à l'étalage sans avoir reçu d'offre, en dépit des prétendants ou prétendus tels qui, plus nombreux que des mouches autour d'une goutte de miel, s'agglutinaient autour de Vittoria. À vrai dire, l'un d'eux, le moins reluisant de tous, avait bien fait quelques timides ouvertures. Mais Tarquinia, sans le rebuter vraiment, ne l'avait guère encouragé, arguant, non sans mauvaise foi, que sa fille, qui venait d'avoir seize ans, était bien jeune encore pour se marier. Bien que Francesco Peretti fût le neveu d'un cardinal, sa noblesse paraissait à la Superba trop petite et sa fortune trop médiocre. Dans les débuts de son installation romaine, rien moins qu'un prince ne l'eût satisfaite. Mais depuis peu, un marquis ou un comte lui eût paru suffire. Il n'empêchait qu'elle considérait, quant à Peretti, qu'il y avait quelque chose de comique et d'inconsidéré dans son offre, et elle se trouvait bien bonne d'avoir pris tant de formes avec lui, se contentant d'opposer un demi-refus à une demi-demande.

Le 15 avril 1573, l'événement auquel Tarquinia aurait dû s'attendre, si elle avait été aussi attentive aux autres qu'à ses ambitions, survint : Mon oncle Bernardo mourut. Il ne s'était jamais pardonné d'avoir laissé mon père seul à Gubbio pendant la peste. Le déclin de l'atelier de majoliques, l'installation de Tarquinia à Rome, l'éloignement d'une fille chérie, les incessantes demandes d'argent de sa mère, les dettes qu'il avait encourues pour les satisfaire : tout lui apparaissait comme un châtiment de Dieu. Et loin de lutter contre ses malheurs, il n'aspirait qu'à se laisser écraser par eux.

La nouvelle nous fut apportée un matin sur le coup de midi, par Flamineo qui était accouru de Gubbio à cheval, seul et sans escorte. Dans la salle où nous prenions notre repas, il apparut, botté, crotté, le cheveu en désordre, le pourpoint déboutonné, et les larmes ruisselant sur ses joues. Dès qu'il aperçut Tarquinia, il s'avança vers elle, les bras tendus, comme s'il eût voulu se réfugier dans son sein, et il s'écria, hors de lui, avec un accent désespéré :

– Le père est mort ! Nous sommes ruinés !

Tarquinia se leva, blanche comme craie, et s'avança vers lui, mais loin de le prendre dans ses bras, elle fronça les sourcils, lui posa la main sur la bouche, et lui dit à l'oreille d'une voix basse et furieuse :

– Es-tu fou de dire devant les servantes que nous sommes ruinés ? Veux-tu donc que demain tout Rome le sache ?

– Ah, mère ! mère ! mère ! cria Vittoria en crescendo, et incapable d'en dire davantage, elle se dressa, et ses longs cheveux volant derrière elle, elle quitta la table et sortit en courant de la pièce.

– Giulietta, dit Tarquinia sans battre un cil, suis-la et veille à ce qu'elle ne s'enferme pas dans sa chambre, comme elle fait toujours. Je la verrai ce soir.

Je me levai à mon tour, stupéfaite de lui voir tant de sang-froid.

– Mon fils, poursuivit-elle en se tournant vers Flamineo, comme te voilà fait ! Débraillé et couvert de boue ! Va faire toilette dans ton appartement ! Je t'y retrouverai dans une petite heure. Nous aurons à parler.

Pour rejoindre Vittoria dans sa chambre, je dus traverser toute la maison, où déjà, dans tous les coins, éclataient les lamentations des domestiques. Bernardo, sans doute, était un bon maître et d'aucuns pouvaient craindre de perdre leur place si le train de vie de la maison diminuait. Mais ils pleuraient aussi par décorum, par politesse populaire, pour nous montrer qu'ils partageaient notre deuil. Les servantes surtout se livraient avec alacrité au chagrin, s'étant fait une sorte de spécialité des naissances, des mariages et des morts, attentives qu'elles étaient toujours à vivre ces événements domestiques avec les émotions appropriées.

Au bas de l'escalier qui menait à l'étage, je croisai Marcello, magnifiquement vêtu d'un pourpoint de satin jaune pâle et la dague au côté. Il m'arrêta par le bras et me dit :

– J'arrive à peine d'Amalfi. Que signifient ces pleurs ? Personne ici ne trouve de voix pour me dire ce qui est arrivé. Le sais-tu ?

– Ton père est mort.

– Ah ! dit-il.

Son grand œil noir resta sec et son beau visage n'exprima rien.

– Eh bien, dit-il enfin, c'était à prévoir. Pourquoi s'est-il fait l'esclave et la bête de somme de cette virago ? Où est Vittoria ?

– Dans sa chambre. Je vais la rejoindre.

– Bien, dit-il, sa lèvre supérieure relevée en sourire ironique. Pleurez ! Pleurez ensemble ! Il y a une volupté dans les larmes ! Quant à moi, je ne peux souffrir les jérémiades et je vais m'enfermer chez moi. Je n'en sortirai que pour donner mon opinion à Tarquinia sur ce qu'il convient de faire, maintenant que notre ruine, en grande partie par sa faute, est consommée.

– Eh bien, donne-la-moi sur l'heure ! dit Tarquinia avec hauteur en surgissant entre nous. Mais dans ma chambre, à l'abri des oreilles étrangères. Non, ne nous quitte pas, Giulietta. Ton bon sens nous sera utile.

En parlant, elle prit le bras de Marcello comme si elle eût voulu l'entraîner, mais il se dégagea avec violence et dit d'une voix sifflante :

– Ne me touchez pas ! Vous savez bien que j'ai horreur d'être touché !

– Même par Vittoria ? dit Tarquinia avec aigreur.

– Par elle surtout ! dit Marcello, son beau visage déformé par une rage subite. Je l'ai appris depuis longtemps : les femmes sont des poulpes ! Elles ne sont que ventouses et tentacules ! Vittoria ne fait pas exception !

Tarquinia se tut le temps qu'il fallut pour ouvrir la porte de sa chambre et nous laisser passer, Marcello et moi. Après quoi, elle poussa le verrou, et se tournant vers Marcello, et fichant sur lui son œil bleu glacé, elle dit avec une douceur perfide :

– Comme c'est étrange, Marcello ! J'aurais pensé que Vittoria faisait exception et qu'il y avait un petit coin tendre pour elle dans ton cœur de pierre.

– Le cœur de pierre que j'ai hérité de vous, Madame ! dit Marcello en lui jetant un regard furieux. Car apparemment, la mort de ce malheureux qui suait sang et eau à Gubbio pour vous ne met pas la plus petite larme dans votre bel œil clair.

– Ni dans le tien !

– Ma mère ! Ma mère ! dis-je alors (quoi que j'en eusse, je me devais d'appeler Tarquinia ainsi, puisque mon oncle Bernardo m'avait adoptée), pardonnez-moi, mais ma présence ici n'est guère utile si vous devez vous quereller.

– Tu as raison, Giulietta, dit Tarquinia en me toisant avec dédain dans le temps même où elle m'approuvait. Toi seule as le sens commun ici ! Eh bien, Marcello, puisque tu as un avis à donner, donne-le !

Marcello, les mains aux hanches, se planta devant la

fenêtre, peut-être pour mettre son visage à contre-jour et le rendre moins lisible, peut-être aussi parce que, étant né comédien et ayant le sens de la mise en scène, il voulait se silhouetter élégamment sur le rectangle de la fenêtre.

– Je ferai observer, dit-il, que mon avis est désintéressé. Ne vous coûtant pas, ma mère, l'ombre d'une piécette, je ne suis pas atteint par la ruine qui nous menace.

– Preuve, dit Tarquinia avec hauteur, que les ventouses et tentacules de Margherita Sorghini ont du moins ceci de bon : elles te nourrissent et te vêtissent.

– En effet, dit Marcello. Et maintenant que vous avez craché votre venin sur la dame dont je suis l'ami…

– Le coûteux ami, dit Tarquinia.

– Je poursuis. Voici mon conseil. Il faut vendre au plus vite et au mieux notre atelier de Gubbio. Cela paiera vos dettes.

– Une partie seulement, dit Tarquinia.

– Il se peut. Qui le sait mieux que vous ? En second lieu, il faut marier Vittoria au plus vite et au mieux.

– Crois-tu que j'aie eu besoin de toi pour arriver à ces conclusions ?

– En ce cas, dit Marcello, la lèvre retroussée, je gage que vous avez quelques beaux prétendants enfouis dans vos vastes manches.

– Qui se soit déclaré, dit Tarquinia avec un soupir, je n'en ai qu'un : Francesco Peretti.

– Peretti ! Jésus, le piètre sire ! Petite noblesse, petite fortune, petit esprit !

– Mais il est le neveu d'un cardinal qui l'a adopté, lui a donné son nom et le considère comme son fils. Il en héritera.

– Le bel héritage, vraiment ! dit Marcello en élevant dans l'air ses deux mains. Montalto vit dans le palais le plus dénudé de Rome, son carrosse est misérable et ses chevaux, qu'il ne nourrit pas mieux que lui-même, sont étiques et trébuchants. S'ils n'étaient tenus par les brancards, ils tomberaient ! En outre, Montalto est d'une vertu si ridicule qu'il a refusé la pension que Philippe II voulait lui allouer. Le beau cardinal ! Et le bel héritier !

– Je sais ! Je sais ! dit Tarquinia en fronçant les sourcils. Mais qu'y puis-je ? Le temps m'a manqué pour trouver mieux.

– En somme, dit Marcello avec une ironie voilée, Bernardo est mort trop tôt pour vous.

Et ce disant, il croisa théâtralement les bras sur sa poitrine. Mais Tarquinia ne vit ni le théâtre ni l'ironie. Pas plus qu'elle n'avait perçu l'indécence de sa propre remarque. J'étais, quant à moi, stupéfaite par le cynisme qui éclatait dans les propos de la mère et du fils. Toutefois, il ne m'échappait pas que Marcello, tout *bravaccio* qu'il voulût être, était des deux démons le plus fin et le moins insensible.

– Eh bien, qu'en penses-tu, toi, Giulietta? dit Tarquinia en me regardant de haut.

Sa hauteur tenait, bien sûr, à ma condition de nièce adoptée et sans fortune, mais aussi à ma petite taille et au fait que mon brin de joliesse ne pouvait rivaliser avec la beauté majestueuse des femmes de la famille. Toutefois, elle me témoignait aussi la sorte de considération que les gens de son espèce accordent de mauvais gré à ceux de leurs familiers à qui ils reconnaissent les vertus qu'ils n'ont pas, et qu'ils ne se soucient d'ailleurs pas d'acquérir.

– Ce que je pense de ce mariage, ou de Francesco Peretti? dis-je au bout d'un moment.

– Des deux.

– Eh bien, dis-je, j'aime assez Francesco. Il n'a rien de brillant, c'est vrai. Mais il est doux et délicat. Sans toutefois manquer de courage ni de dignité.

– Et quid de ce mariage? dit Marcello en attachant sur moi un regard attentif.

– De quel point de vue?

– Vittoria.

– Francesco fera tout ce qu'elle voudra : elle ne sera donc pas malheureuse.

– Et Peretti?

– C'est un homme trop bon pour vivre heureux avec une Accoramboni.

Marcello éclata de rire.

– Mais tu es toi-même une Accoramboni, Giulietta! dit Marcello.

– Je sais donc de quoi je parle.

À cela, Marcello rit de plus belle.

– Sss ! Sss ! dit Tarquinia en faisant siffler les « s » comme une dizaine de serpents. Marcello, comment peux-tu rire à gorge déployée le jour de la mort de ton père ! Que vont penser les domestiques s'ils t'entendent ?

– Ils penseront que je suis fou, et c'est vrai. D'ailleurs, nous sommes tous fous dans cette maison. Tous, sauf Giulietta. Mon père était un couard qui tremblait devant sa femme ! Flamineo, un maître sot englué dans ses pieuses simagrées ! Ma mère, une gorgone…

– Et Marcello, un maquereau ! dit Tarquinia d'une voix brutale.

Bien que son visage fût à contre-jour, je vis, ou crus voir Marcello pâlir.

– Madame, dit-il d'une voix détimbrée, si vous étiez un homme, je vous aurais déjà mis deux pouces de fer dans la gorge !

Ce n'était pas là du théâtre, bien que le langage fût mélo-dramatique, car ce disant, sa main tremblante se porta sur la poignée de sa dague et j'eus, à cet instant, l'impression très nette qu'il refrénait une envie furieuse d'en finir une bonne fois avec sa mère. Je m'avançai vivement et je me mis entre les deux : ce que j'avais fait plus d'une fois depuis que j'étais entrée dans cette famille désordonnée où toutes les passions étaient portées à l'extrême.

J'appuyai mes deux mains à plat contre la poitrine de Marcello. Il tremblait de tous ses membres dans l'effort qu'il faisait pour réprimer la folle colère qui le soulevait. Il ne me voyait pas. Par-dessus ma tête, ses yeux noirs arquebusaient Tarquinia.

– Marcello ! dis-je, je te prie !

Il m'aperçut enfin, il se dénoua, et l'ombre d'un sourire – qui pour une fois n'était pas joué – apparut sur son visage. Peut-être se souvint-il, à ce moment-là, qu'il m'était arrivé, étant enfant, et m'interposant entre lui et sa mère, de recevoir la gifle qui lui était destinée.

– Tu es une bonne fille, Giulietta, dit-il d'une voix basse et essoufflée.

En parlant, il posa les deux mains sur le haut de mes bras,

mais tout aussitôt, paraissant le premier surpris de son geste, il me repoussa.

– Puisque je vois que vous êtes tous les deux d'accord avec moi, dit Tarquinia sans l'ombre d'une ironie, et comme aveugle ou insensible au péril qu'elle venait d'encourir, je vais sur l'heure informer Vittoria de mes desseins concernant Peretti.

– Sur l'heure ! dis-je avec indignation.

– Vous ne ferez rien de ce genre, ma mère ! s'écria Marcello. Je saurai vous en empêcher. Je camperai devant la porte de Vittoria, s'il le faut. Vous la verrez demain. Ayez au moins la décence de lui laisser le jour et la nuit pour pleurer.

Ayant dit, il sortit de la pièce d'un pas rapide, et quelques instants plus tard, quand je gagnai au premier étage l'appartement de sa sœur, je le trouvai dans la petite pièce qui le précédait et qui servait parfois de chambre à coucher à Caterina Acquaviva.

Il était étendu de tout son long sur un *divano-letto*, où Caterina passait assez souvent la nuit, à portée de voix de sa maîtresse, et qui était si petit (bien qu'assez grand pour elle) que les pieds de Marcello dépassaient. La lumière du jour, entrant à flots par un fenestrou orienté au midi, éclairait son visage ténébreux, et comme j'entrai, il était occupé – petit jeu qui me parut à la fois inquiétant et puéril – à capter sur la lame nue de sa dague les rayons du soleil.

Au moment où je pénétrai dans cette pièce, Caterina sortait de la chambre de Vittoria et, refermant avec soin la porte derrière elle, me dit que justement Vittoria me réclamait et qu'elle allait partir à ma recherche.

Caterina Acquaviva était vive et fraîche comme son nom, brunette et rondelette, le teint remarquablement uni et mat, l'œil grand et naïf. Quand elle aperçut, par-dessus mon épaule, Marcello étendu sur sa couche, elle rougit. Son sein brun, à demi découvert par un décolleté carré, se gonfla et elle dit d'une voix caressante dont elle ne parvenait pas à maîtriser le tremblement :

– Signore Marcello, vous seriez plus à l'aise si je retirais vos bottes.

– Si tu veux, dit-il d'un ton indifférent, sans s'excuser d'occuper sa couche, et sans lui faire l'aumône d'un regard.

Je trouvai Vittoria devant la fenêtre, assise sur un siège à haut dossier rigide, ses longs cheveux rejetés par-dessus le dossier, l'extrémité reposant sur le tapis. Elle avait les mains croisées sur ses genoux. Elle ne pleurait pas et regardait dans le vide.

– Ah, Giulietta ! dit-elle d'une voix sourde. Je suis contente de te voir. Toi au moins, tu aimais notre malheureux père. Mon Dieu, comme nous l'avons maltraité !

– Tu n'as pas de reproches à te faire, dis-je après un moment de silence. Ce n'est pas toi qui as décidé de quitter Gubbio pour Rome.

– Mais c'est à cause de moi qu'on l'a fait ! dit-elle vivement. Et tu sais bien quel plaisir j'ai pris à vivre à Rome. Pauvre père, il trimait à Gubbio. Et nous ici, nous nous amusions…

À cela je ne répondis rien, car c'était vrai. Et vrai aussi que Vittoria, parfois, paraissait oublier jusqu'à l'existence de Bernardo. Je me souviens que c'est à cet instant précis que je me demandai pour la première fois si l'éblouissante beauté de Vittoria était un aussi grand cadeau du ciel que tous le disaient.

Comme le silence se prolongeait, je me hasardai à dire.

– Vittoria, parle franchement : préfères-tu être seule ?

– Non, reste. J'ai cru entendre la voix de Marcello à côté. Il est donc de retour d'Amalfi ? Que fait-il là ?

– Il te garde. Il a juré d'empêcher Tarquinia d'entrer.

Elle poussa un soupir et pencha la tête de côté.

– Dis-lui que je le remercie. Dis-lui que s'il veut venir me saluer, il le peut.

Je la laissai pour passer dans la petite pièce attenante et fermai la porte derrière moi avant de m'adresser à Marcello. Cette porte était doublée par une lourde tenture et je ne voulais pas que Vittoria entendît. Je savais trop bien comment Marcello allait prendre la prière déguisée de sa sœur.

Marcello n'avait pas bougé de la petite couche, ni rengainé sa dague. Il l'avait posée à côté de lui sur un petit meuble de chevet et, les yeux clos, paraissait dormir : ce qui permettait à Caterina, assise en tailleur par terre sur un coussin, et le dos appuyé contre le mur, de contempler ses traits sans crainte d'une rebuffade.

Dès que j'apparus, Caterina se leva, comme prise en faute, mais je lui dis de se rasseoir, et que Vittoria, pour le moment, n'avait pas besoin d'elle. Je parlai à voix basse afin de ne pas réveiller Marcello. J'hésitai même à lui adresser la parole, quand Flamineo – très doucement, comme il faisait tout – entra dans la petite pièce à pas de velours.

Flamineo était, en plus petit, une sorte de pâle réplique de Vittoria. Ses cheveux blonds bouclés et coupés court dessinaient une sorte d'auréole autour de sa tête. Et ses yeux bleu délavé éclairaient d'un éclat suave sa physionomie un peu molle. À mon avis, pieux comme il l'était, il aurait dû entrer dans les ordres depuis longtemps : il eût échappé ainsi aux querelles de sa famille et au travail accablant de l'atelier de majoliques. Qui mieux est, il serait devenu, avec le temps, un fort joli petit *monsignore*, adoré de ses ouailles féminines, comme il l'était déjà des servantes du palais Rusticucci, à l'exception toutefois de Caterina qui aspirait à d'autres calices.

Flamineo, qui n'avait pas fait plus de bruit qu'une petite souris, n'eut pas le temps d'ouvrir la bouche. Marcello se dressa d'un bond, fut sur lui en un clin d'œil et le prit à la gorge. Je compris alors que Marcello avait feint jusque-là de dormir pour se soustraire à l'adoration muette de Caterina : et cette fois, je n'intervins pas : Flamineo ne courait aucun danger. Comme il ne rendait jamais les coups, Marcello trouvait indigne de lui de le battre.

– Que viens-tu faire ici ? dit Marcello, les dents serrées, mais à voix basse. Qui t'envoie ? Réponds ! Qui t'envoie ? Tarquinia ? Quel message te fait-elle porter ? Réponds, envoyé du diable !

– Mais je ne suis porteur d'aucun message, dit Flamineo de cette voix douce et chantante qui m'étonnait toujours et qui, pour dire le vrai, ne m'inspirait qu'une confiance limitée, n'étant pas incompatible avec de pieux mensonges.

– Alors, que viens-tu faire ici ? dit Marcello sans le lâcher et sans élever la voix, craignant sans doute d'attirer l'attention de Vittoria, et sachant bien, en outre, que, Flamineo étant son petit frère, elle avait tendance à le protéger.

– J'aimerais voir Vittoria, dit Flamineo faiblement.

– Elle ne veut voir personne, dit Marcello d'une voix basse et péremptoire, et jetant un coup d'œil furtif à la porte de Vittoria, comme s'il redoutait qu'elle s'ouvrît pour le démentir. Personne, reprit-il, et je suis ici pour monter la garde devant sa chambre. Personne ! File ou je te jette dehors !

Ce disant, et le tenant toujours à la gorge, il ouvrit la porte qui donnait sur la galerie, et le poussa. Peut-être puis-je préciser ici que le palais Rusticucci était construit autour d'une cour carrée agrémentée en son centre d'une pièce d'eau et d'un frais bosquet. La galerie à l'air libre, dont je parle, faisait le tour du premier étage, donnait sur cette cour, et recevait d'elle soleil ou fraîcheur, selon l'heure de la journée.

– Marcello, dis-je, dès qu'il eut refermé la porte, ce que tu viens de dire n'est pas trop vrai. Vittoria me fait dire que si tu veux entrer la saluer, tu le peux.

La joie, puis la froideur se succédèrent si vite sur son visage que je doutais avoir aperçu la première, tant elle fut rapidement remplacée par la seconde. Marcello s'étendit, ou plutôt se jeta d'un mouvement vif et désinvolte sur la petite couche de Caterina, ferma les yeux et dit :

– Non. Je n'y tiens pas. Je n'ai que faire des pleurs, des soupirs, des yeux au ciel et autres momeries où les femmes excellent. Dis-lui que je suis fatigué de mon voyage et que je dors.

Cette nuit-là, retirée dans ma chambre, j'eus un rêve étrange. Je dis qu'il est étrange parce que, d'ordinaire, les rêves sont flous et désordonnés, alors que celui-ci me frappa par sa cohérence et aussi par la netteté des paroles qui y furent prononcées. Elles se gravèrent dans ma mémoire avec tant de force qu'à y repenser le jour suivant, je n'arrivai pas à croire que je ne les avais pas réellement entendues.

Je me trouvais seule dans une chambre vaste et magnifique dont le sol et les murs étaient recouverts de tapis précieux. Contre ces murs, sur les quatre côtés, des divans en ligne continue s'appuyaient. Dans le milieu de la pièce, se dressait une table basse octogonale en cèdre odorant, dont le plateau montrait de délicates sculptures orientales. Il était nu, à l'exception d'une coupe large et peu profonde en cuivre où brûlaient des parfums de moi inconnus, mais très pénétrants. Il n'y avait pas d'autres meubles que ces tapis, ces divans et cette table. La porte était monumentale, en cèdre elle aussi, cloutée et bardée de fer avec un judas grillagé et, au-dessous, une serrure dont je savais, sans même avoir tenté de l'ouvrir, qu'elle était fermée à clé.

L'unique porte-fenêtre qui éclairait la chambre, et qui l'éclairait bien, laissant passer à flots le soleil du matin, était fermée à l'extérieur par une grille en fer forgé au travers de laquelle je vis un beau jardin orné d'une profusion de fleurs. Le centre en était occupé par une grande cage dorée où chantaient des oiseaux brillamment colorés. J'aurais voulu m'approcher davantage, mais je ne pus, la grille qui fermait la porte-fenêtre étant verrouillée.

Cependant, je restais là, debout, à regarder la cage et j'observai qu'il y avait, voletant autour d'elle, des oiseaux de même plumage que ceux de l'intérieur et qui paraissaient avoir autant d'appétit à entrer dans la cage que ceux qui se trouvaient dedans étaient désireux d'en sortir. Ainsi de nous, pensai-je : nous aspirons à nous lier avec l'être que nous aimons, et ces liens une fois forgés, à la longue, nous les trouvons trop lourds.

Mais cette pensée m'effleura sans m'attrister. Moi aussi, j'étais prisonnière, puisque je ne pouvais ni pousser la grille de la porte-fenêtre ni ouvrir la lourde porte de cèdre. Et pourtant, à regarder les oiseaux voleter dans la cage, il me semblait que j'allais d'un moment à l'autre faire comme eux, tant je me sentais heureuse et légère. D'ailleurs, légère, je l'étais vraiment, car je ne portais ni basquine étouffante ni lourd vertugadin. J'étais nue sous une ample et longue robe jaune safran, très ouverte sur le devant. Son étoffe caressait doucement mon corps et laissait à mes membres une délicieuse liberté. M'apercevant dans un grand miroir vénitien pendu au mur, je m'approchai et j'eus la surprise de me trouver plus grande et surtout plus jolie que je n'étais la veille. Il me sembla qu'à me voir, un homme ne pouvait que m'aimer. Je pirouettai sur moi-même et fis quelques pas en dansant sur la pointe des orteils autour de la pièce, étendant à l'horizontale mes bras qui, avec les grandes manches qui les recouvraient, me donnaient l'impression d'être des ailes. Tout m'était caresse, tandis que je tourbillonnais : les plis de ma robe, la tiède brise qui venait du jardin et qui la traversait, les parfums qui brûlaient dans la vasque, le tapis doux et profond sous mes pieds.

Soudain, à mon très grand déplaisir, je découvris que je ne me trouvais pas seule, comme je l'avais cru d'abord, dans la chambre. Vittoria et Caterina étaient là, toutes deux vêtues de longues robes comme la mienne, mais de couleurs différentes : rose pour Vittoria, violette pour Caterina.

Je remarquai avec dépit que ces couleurs leur allaient bien. Mais ce qui ajouta à la vive antipathie que l'une et l'autre tout d'un coup m'inspirèrent fut d'observer leur attitude.

Caterina était assise sur le tapis, sa tête brune reposant sur le bord d'un divan. Elle avait laissé glisser la large encolure de sa robe sur le gras de son bras gauche, découvrant une épaule potelée et, plus qu'à moitié, des seins bruns et parfaits. Ses yeux noirs, qui me parurent immenses et très brillants, étaient fixés sur la lourde porte cloutée avec un air d'attente.

Quant à Vittoria, qui était assise sagement sur un des divans, je n'eus d'abord rien à redire sur la façon dont elle se comportait. Mais, à bien scruter son visage, qui me parut d'ailleurs bien moins beau qu'à l'ordinaire, j'y découvris un air de fausseté que je n'y avais jamais vu et que son attitude ne tarda pas à confirmer. Car, se levant, elle dit d'un air indifférent et comme se parlant à elle-même :

– Cette robe est bien trop chaude. Et puisque nous sommes entre nous, je vais l'enlever. Mes cheveux suffiront à me couvrir.

Et en effet, ôtant sa vêture, elle s'étendit de tout son long sur un des divans, disposant sa toison de façon à cacher ses seins et son ventre. Après quoi, elle poussa un petit soupir et ferma les yeux comme si elle se préparait à dormir. Je ne fus pas dupe de ces simagrées, car je vis bien que sous ses paupières closes, un peu de jour filtrait et qu'elle regardait la porte, elle aussi. À ce moment, je ne sais vraiment pas ce que je détestais le plus : l'impudeur de Caterina ou l'hypocrite décence de Vittoria.

Je résolus quant à moi de leur faire honte à toutes deux en me tenant d'une façon irréprochable. Je m'assis sur un divan en serrant mes jambes l'une contre l'autre et en croisant les bras sur ma poitrine pour maintenir en place l'échancrure indiscrète de ma robe. Je m'aperçus au bout d'un moment que le divan sur lequel j'avais pris place et que j'avais choisi absolument au hasard était situé juste en face de la porte cloutée. Je décidai alors de corriger ce choix malheureux en gardant la tête tournée résolument du côté droit, comme si j'étais occupée à regarder le jardin par la grille de la porte-fenêtre. Au bout d'un moment, je me rendis compte avec plaisir que je présentais ainsi mon meilleur profil à un visiteur qui entrerait par la porte cloutée. Je me souviens que, loin d'être troublée par cet avantage involontaire, je le considérais comme m'étant accordé par la Providence pour récompenser mon attitude convenable.

Caterina poussa un cri étouffé et, suivant la direction de sa tête, je vis ce qui l'avait troublée. Un visage venait d'apparaître derrière le judas de la porte cloutée. Comme le judas était fermé par une grille, ses traits n'apparaissaient pas clairement, mais en revanche, on voyait fort bien ses yeux noirs et les regards luisants qu'il dardait tour à tour sur chacune d'entre nous et par lesquels je me sentais transpercée.

J'observais du coin de l'œil que Vittoria, tout impassible qu'elle voulût apparaître, regardait dans le vide de façon à mettre le plus en valeur la beauté de ses prunelles. Quant à Caterina, la poitrine houleuse, la bouche entrouverte, et la tête brinquebalante de droite à gauche sur le bord du divan, elle paraissait bouillir dans je ne sais quelle marmite d'Enfer.

La porte cloutée pivota lourdement sur elle-même et sans que son apparition provoquât chez aucune d'entre nous le moindre mouvement de surprise, Marcello apparut. Il était vêtu d'une longue robe rouge Titien fermée par une ceinture dorée à laquelle pendait sa dague. Il reverrouilla la porte derrière lui et, enlevant la clé de la serrure, il nous la montra d'un geste théâtral puis, marchant vers la porte-fenêtre, il la jeta dans le jardin à travers la grille. Cela fait, il retourna au centre de la pièce et marchant à pas lents autour de la table basse en cèdre, il nous regarda l'une après l'autre et il dit en retroussant sa lèvre d'un air ironique :

– Maintenant, vous êtes en mon pouvoir, mes colombes, et vous ne m'échapperez pas.

Je me levai alors du divan sur lequel jusque-là je me tenais si modestement assise et, marchant alors vers lui non sans hardiesse, je lui dis :

– Mais toi aussi, Marcello, tu es prisonnier, puisque tu as jeté la clé.

– Je reconnais là ton bon sens, Giulietta, dit-il avec un sourire. On pourrait même prétendre que je suis votre prisonnier, autant que vous êtes les miennes. Mais c'est faux. Je suis libre, moi. Et voici, ajouta-t-il en tirant sa dague, l'instrument de ma liberté.

Et tournant et retournant la dague dans ses mains de façon à capter sur la lame brillante un rayon de soleil, il essayait de le projeter, tour à tour, sur Vittoria, sur Caterina et sur moi.

– Veux-tu dire, Marcello, que tu entends prendre de tes mains ta propre vie ?

– Assurément, mais non sans avoir pris les vôtres d'abord.

– Et pourquoi ?

– Pourquoi vivre, dit Marcello, puisque nous aboutissons à la mort ?

Tout d'un coup, Vittoria ouvrit tout grand ses yeux bleus et écartant ses cheveux (au risque de montrer ses seins, mais n'était-ce pas voulu ?), elle se souleva sur un coude et dit :

– Pourquoi moi, Marcello ?

– La vie, dit-il d'une voix basse et lasse, est un jeu sournois et cruel. Quant aux femmes, elles ne sont que des pièges de chair. Quiconque tombe sous leurs tentacules succombe et meurt. Je préfère me tuer, et vous avec moi.

Je me sentis furieuse que Vittoria, en intervenant, eût essayé d'attirer l'attention de Marcello et, désireuse de la capter à nouveau, et en même temps de lui montrer ma soumission, je m'approchai de lui à le toucher et posant mes deux mains contre sa poitrine, je lui dis d'une voix douce :

– Qu'il soit fait selon ta volonté, Marcello. Tue-nous, s'il le faut, mais dis-moi seulement par qui tu vas commencer ?

– Mais par toi, Giulietta, dit-il avec un sourire des yeux, si tu es si bonne fille.

À ce moment, je me réveillai. Et quand je compris où j'étais et qui j'étais, je commençai, je ne sais pourquoi, à penser à ma famille morte et ressentis si cruellement le vide de ma vie que je me mis à sangloter.

À la fin, les pleurs eux-mêmes me lassèrent. Je m'essuyai les yeux, je battis le briquet, allumai ma chandelle et, me levant, j'allai me regarder dans un petit miroir vénitien qui était, en fait, la réplique en plus petit de celui que j'avais vu dans mon rêve. Je restai un bon moment à scruter mes traits, comme s'ils pouvaient m'apprendre sur moi des choses que je ne savais pas. Bizarrement, il me semblait que je n'étais plus la même. En bien ou en mal, je n'aurais su dire.

J'éprouvai aussi un sentiment de malaise. Comment expliquer que mon rêve ait surestimé Marcello au point d'en faire une sorte de héros, lui que je considérais, malgré ma vieille affection pour lui, comme un jeune homme sans scrupules, paresseux, violent et corrompu ? Et comment expliquer que ce même rêve ait fait si injustement de Vittoria un monstre de fausseté en lui attribuant, au surplus, pour son frère je ne sais quel penchant incestueux dont elle était assurément innocente ?

Je regagnai ma couche, soufflai ma chandelle, et restai un long moment dans le noir, les yeux grands ouverts, sans même chercher le sommeil, bien certaine que je ne le trouverais pas. Et quoique je ne fusse pas, certes, responsable des divagations de mon rêve, j'éprouvais des remords pour avoir nourri dans mon sommeil des sentiments aussi mesquins et négatifs à l'égard de Vittoria. En même temps, je sentais s'éveiller en moi et sur moi-même quelques doutes. Étais-je bien, en fin de compte, cette bonne, cette «raisonnable» Giulietta, dont on disait qu'elle était le bon sens incarné ?

CHAPITRE II

Son Eminence le cardinal Cherubi

Deux ans après que Grégoire XIII eut accédé au trône pontifical, je devins le grand vicaire de Son Eminence le cardinal Montalto. Mais cet honneur – si c'en était un – fut de courte durée. Un an plus tard, en mai 1573, pour être exact, le cardinal mit fin à mes fonctions avec sa coutumière discourtoisie.

Des bruits bien peu charitables ayant circulé à Rome sur cette disgrâce, je désire expliquer ici – avec cette simplicité de cœur qui est, pour ainsi parler, *nutrimentum spiritu* [1] – la raison pour laquelle je l'ai encourue, et qui fut véritablement si futile qu'elle sera dans l'avenir un sujet d'étonnement pour tous les hommes d'esprit. Qu'une femme – Vittoria Accoramboni – en ait été sinon la cause, à tout le moins l'occasion, ne pourra qu'ajouter à leur stupéfaction.

Je ne sache pas d'ailleurs qu'on me puisse soupçonner à ce sujet d'aigreur ou de ressentiment, puisque ce renvoi brutal, si douloureusement ressenti sur le moment, ne tarda pas à devenir pour moi une bénédiction déguisée.

En effet, dès lors que Sa Sainteté Grégoire XIII apprit que Son Eminence m'avait «renvoyé à mes gondoles» – selon la méprisante expression dont le cardinal, en cette occasion, ne craignit pas d'user –, elle étendit sur moi son aile protectrice et prenant le cardinal au mot, me recommanda au Patriarche de Venise. Celui-ci m'accepta d'autant plus volontiers à ses côtés que j'étais en effet vénitien, et que le pape

1. La nourriture de l'âme.

37

n'avait pas laissé de lui faire entendre qu'il me nommerait un jour cardinal.

Cette perspective séduisit d'autant plus le patriarche qu'il nourrissait lui-même des ambitions pontificales. Il pensa, en m'accueillant, se faire de moi un ami qui pût, un jour, au conclave, lui donner sa voix, quand l'âme aimable de Grégoire XIII serait rappelée par le Créateur. Toutefois le moment venu, mon vote lui fit défaut. Hélas, je n'en pus mais ! Et quel fut celui qui alors fut élu pape, d'aucuns s'en souviennent encore avec des pleurs et des grincements de dents...

Je considère aujourd'hui la petite année que j'ai passée auprès de Son Eminence le cardinal Montalto comme une sorte de purgatoire terrestre où je fus plongé par la Providence en rémission de mes péchés. Car s'il est bien vrai que le cardinal Montalto fut véritablement éminent par son intelligence, son énergie et l'austérité de sa vie, que le Seigneur me pardonne de penser qu'il aurait mieux valu pour son entourage qu'il eût un peu moins de vertu et un peu plus de gentillesse, y compris pour des serviteurs qui lui étaient entièrement dévoués comme *il bello muto*, son secrétaire, ou des personnes qu'il affectionnait particulièrement comme son fils adoptif, Francesco Peretti.

Encore ne peut-on nier qu'il ait montré quelque bonté tant à l'égard du *bello muto* que de Francesco. Il se donna quelque mal pour inventer à l'usage du premier un langage par signes qui lui permettait de communiquer avec son maître plus rapidement que par l'écriture. Et quant à Francesco, il agit – ou crut agir au mieux – pour assurer son bonheur. Toutefois, une absolue soumission à sa tyrannique humeur était le prix que l'un et l'autre durent payer, et payer cent fois, en échange de ses bienfaits.

Assurément, la vertu du cardinal était sans faille ni faiblesse. Mais il peut y avoir un excès dans l'excellence. *Tutior est locus in terra quam turribus altis* : mieux vaut le sol que le sommet d'une tour. Si l'on tombe, ce sera de moins haut. Je le dis en toute humilité : il se peut que mes bonnes qualités soient petites aux yeux de Dieu. Aussi n'ai-je aucune honte à admettre que si la défaveur de Montalto me valut la faveur de Sa Sainteté, ce fut moins à cause de mes mérites propres qu'en raison de l'hostilité que Grégoire XIII nourrissait à l'égard de Son Eminence.

À Rome, tout se sait et tout se tait. Et n'étant pas romain, j'aurais ignoré jusqu'à la fin des temps les raisons de cette aversion, si le cardinal di Medici ne m'en avait un jour touché mot. L'illustre et puissante famille du cardinal le rendait si invulnérable qu'il pouvait, de temps à autre, se laisser aller à dire la vérité, même au Vatican.

D'après le cardinal – mais je répète ici en clair des propos allusifs – Sa Sainteté n'aimait pas Montalto : 1° parce qu'il le soupçonnait d'aspirer à sa succession, 2° parce que le cardinal était franciscain : le pape, comme le peuple de Rome, tenait les moines pour des hypocrites, 3° parce que le dénuement de sa vie lui apparaissait comme un implicite reproche à la sienne.

Quoi qu'il en fût, du jour où Grégoire XIII s'assit sur le siège suprême, il tint Montalto rigoureusement à l'écart de son gouvernement. Malgré les grandes capacités que même ses ennemis lui reconnaissaient, il ne lui confia jamais aucune charge. Pis même : il parut ignorer jusqu'à son existence.

J'étais alors, mais depuis peu, le grand vicaire de Son Eminence, et je fus un des premiers à apercevoir un grand changement dans l'apparence du cardinal. Qu'il éprouvât du chagrin de sa disgrâce injustifiée, ou que les excès de son austérité eussent miné sa santé vigoureuse, je ne puis dire : Il ne se plaignait jamais. Mais tout soudain, il parut se courber sous l'effet de l'âge, le feu de ses prunelles noires s'éteignit, du moins en public, et comme si ses fortes jambes torses lui eussent d'un coup refusé tout service, il ne se mut plus qu'avec des béquilles. Il parlait peu, et dès qu'il ouvrait la bouche, il était secoué d'une toux douloureuse. Et lui qu'on avait connu si vif, si hautain, si impatient des opinions des autres, il édifiait maintenant les cardinaux par l'humilité de son comportement.

Les cardinaux, mais non le pape : l'antipathie de Sa Sainteté à l'égard de Montalto demeura, en effet, inchangée. Pis même : l'entourage de Sa Sainteté eut toutes les peines du monde à lui faire admettre qu'elle devait, par considération pour les béquilles du cardinal, le dispenser de s'agenouiller, quand il s'approchait de son trône. Et comme on louait devant lui la douceur inaltérable dont le pauvre infirme faisait maintenant preuve à l'égard de ses pairs, le pape dit sèchement :

– J'ai vu bien des choses dans ma longue vie, mais je n'ai jamais vu un aigle se changer en colombe.

À vrai dire, une fois que le cardinal était retiré en son propre palais – d'où il sortait fort peu –, je n'ai jamais observé que ses puissantes serres et son bec courbe aient apporté à ses proches et à ses serviteurs le moindre rameau d'olivier. Sa toux ne l'empêchait pas de gronder, ni ses béquilles d'apparaître dans son palais là où on l'attendait le moins. Je ne sais s'il était aussi mourant qu'il paraissait l'être : mais ni sa méfiance ni sa tyrannie ne se relâchaient.

Il en donna une preuve de plus dès qu'il sut que Francesco Peretti aspirait à la main de la belle Vittoria Accoramboni. Du jour où il l'apprit, il s'efforça de réunir sur elle et sur sa famille des informations précises et obtint – je sais comment, mais je ne sais pas par qui – les services d'une chambrière du palais Rusticucci qui, par le plus heureux des hasards, se trouva être, comme lui-même, originaire de Grottammare dans les Marches. Cette fille ne trahit pas sa maîtresse pour de l'argent, mais parce que le cardinal était en position d'aider ses parents, lesquels ne vivaient que fort précairement à Grottammare du produit de leur pêche. Son Eminence gagna également à sa cause le curé romain Racasi, qui confessait Vittoria et sa mère.

Je ne connus pas le détail de l'enquête, mais je connus son résultat, le cardinal m'ayant appelé à la onzième heure en consultation pour la raison que j'avais des parents à Gubbio, dont les Accoramboni étaient originaires. Je ne pus que confirmer ce qu'il savait déjà : Vittoria avait la réputation d'être belle, bonne et vertueuse. Mais son frère Marcello était un vaunéant. Son autre frère, un incapable. Sa mère, une ambitieuse à la recherche d'un riche mariage pour sa fille. L'atelier à majoliques de Gubbio était en vente. Pis même, la famille n'avait plus un seul sol vaillant.

– Bref, dit rudement le cardinal, ces gens-là veulent faire des enjambées plus grandes que leurs jambes. J'oserais dire qu'ils n'ont pour vivre que leurs dettes. Ce palais Rusticucci n'est qu'une coquille vide. Ce n'est pas là le genre de famille où je veux marier Francesco.

Le pauvre Francesco Peretti – qui avait ses entrées auprès de son père adoptif – pénétra à cet instant même dans la pièce, et à ouïr ces paroles, il fut aussi pétrifié que s'il avait entendu son arrêt de mort. Il pâlit extraordinairement et, se jetant aux pieds du cardinal, il dit en balbutiant, mais non sans force :

– Mon père ! Mon père ! Vous me crucifiez ! Je ne peux pas vivre sans Vittoria ! C'est une femme exceptionnelle et qui brille autant par ses vertus que par les grâces de sa personne. Assurément, je ne m'aveugle pas sur sa parentèle. Mais Vittoria doit-elle être condamnée en raison des faiblesses de sa famille, alors même qu'elle en est exempte ? Ah, mon père ! de grâce, rendez-moi et rendez-lui cette justice ! Voyez-la et entendez-la avant de la chasser de ma vie !

Je dois dire que je fus surpris à la fois par la véhémence de ce discours et par son habileté. Comme tout le monde à Rome, je tenais Francesco Peretti pour un jeune homme naïf, aimable, sans grande intelligence, sans beaucoup d'ambition et pour tout dire, un peu mou. Et je découvrais que quand un vif sentiment l'animait, il était capable non seulement de courage – car il en fallait pour affronter le terrible Montalto – mais aussi d'esprit, puisque son discours en avait appelé à la vertu que Son Eminence prisait le plus chez les autres et chez lui-même : le sentiment de l'équité.

Je vis bien que le cardinal lui-même fut le premier surpris de découvrir pour la première fois un homme chez un fils qu'il tenait pour un enfant. Mais il se tut d'abord.

Son Eminence calculait tout, étant accoutumé à ne faire de réponse qu'il ne l'eût d'abord méditée. Se traînant sur ses béquilles jusqu'à la fenêtre qui donnait sur la cour, et tournant le dos à Francesco, il demeura un long moment sans parler. J'observai à cet instant que l'usage des béquilles lui enfonçait davantage le cou dans les épaules et le contrefaisait encore plus. Si l'on ajoutait à cette disgrâce corporelle sa lourde et violente physionomie, qui paraissait littéralement

tirée vers le bas par son gros nez et son menton prognathe,
on me concédera que Montalto avait peu à se glorifier dans
la chair. Peut-être était-ce là, à y bien réfléchir, une, entre
autres, des raisons pour lesquelles Grégoire XIII, qui à
soixante-dix ans passés était encore fort beau, l'aimait si peu.

Il y avait quatre personnes, à cet instant, dans la pièce : le
cardinal debout devant sa fenêtre, nous tournant le dos ;
Francesco Peretti qui se relevait de son agenouillement et qui
regardait son oncle comme si sa vie eût dépendu de lui ; *il
bello muto*, aussi silencieux et immobile qu'un chat ; et moi-
même, fort curieux, pour ne rien cacher, de la décision que
Son Eminence allait prendre, incapable que j'étais de deviner à l'avance ce qui allait l'emporter chez lui : sa naturelle
inflexibilité ou son souci de la justice.

Toutefois, quand il se retourna, ce ne fut pas à Francesco
qu'il s'adressa, mais au *bello muto*, à qui il dit d'un air mécontent :

– Rossellino, je remarque dans le parterre au centre de la
cour que des fleurs flétries de géranium voisinent parfois sur
les mêmes tiges avec des fleurs en plein éclat. Ce voisinage
n'a pas lieu d'être. Dites au jardinier de couper les flétries.

À quoi *il bello muto*, levant le sourcil, fit de sa main droite
un signe que je n'aurais pas compris si Montalto n'avait dit
aussitôt du ton le plus abrupt :

– Oui, maintenant. Dès lors qu'une chose est décidée, il
ne faut pas la remettre.

Ayant dit, il regarda Francesco Peretti.

– Va me chercher Vittoria, Francesco.

– Quoi ? dit Francesco stupéfait, dans l'instant ?

– Oui, dans l'instant. Je dois à Vittoria cette justice de la
voir et de l'entendre.

Montalto, comme tous les grands politiques, avait le sens
de la mise en scène (dont, à mon avis, ses béquilles faisaient
peut-être partie, car, pour ne rien cacher, je doutais parfois
qu'il en eût vraiment besoin). Je vis bien que cédant à
Francesco, mais voulant en même temps conserver sa réputation d'inflexibilité, il tâchait d'escamoter son revirement
par ce coup de théâtre. C'en était un, en effet, et tout à fait
inutile, puisque Son Eminence aurait pu tout aussi bien

attendre le lendemain pour recevoir Vittoria. Mais naturellement, attendre, c'était procrastiner : le magister, magistral même quand il cédait, nous donnait au surplus une leçon de morale au nom de laquelle *il bello muto* devait se précipiter pour couper les fleurs flétries des géraniums et Francesco courir chercher Vittoria. Au demeurant, il n'échappera à personne qu'il y avait quelque chose de royal dans cette impérieuse impatience.

J'ai souvent pensé que si, à l'entrée de Vittoria, j'avais prié Son Eminence de me laisser me retirer, cette entrevue portant sur un problème familial où je n'avais rien à voir, j'aurais évité la brutale disgrâce dont je fus ensuite l'objet. Mais comme on l'a vu, j'ai quelques raisons aujourd'hui de bénir la curiosité qui me fit demeurer, l'œil aux aguets et l'oreille grande ouverte. Certes, la beauté de Vittoria était célèbre dans toute l'Italie, mais n'étant pas mariée, elle sortait fort peu, sauf pour aller à messe, où elle ne paraissait que masquée et enveloppée de longues capes qui dérobaient sa silhouette : si bien que je ne l'avais jamais véritablement vue ni à plus forte raison entendue, et que je ne pouvais le moins du monde deviner la façon dont la jeune fille allait affronter le Minotaure.

Pareil en cela à saint Augustin, j'ai traversé quelques orages en mes vertes années. Et comme à Grégoire XIII, ces orages m'ont laissé un fils. Mais depuis que j'ai accédé à la pourpre cardinalice, je suis revenu de ces erreurs et l'âge, par un décret de la Providence, est venu prendre le relais de ma vertu. Ce n'est pas à dire, toutefois, que je proclame, avec le poète Terence, *Deleo omnes dehinc ex animo mulieres* : je chasse désormais toutes les femmes de mon esprit. Bien le contraire. N'en ayant plus l'usage, leur beauté seule me ravit. Et comme en les contemplant je ne suis plus mû que par le sentiment esthétique, je suis devenu infiniment plus difficile dans l'appréciation de leurs attraits que lorsque la houle du sang me commandait.

C'est pourquoi, quand on me dit à l'avance qu'une dame romaine est belle, je suis souvent déçu en la voyant : ses imperfections me sautent aux yeux. Tel ne fut pas le cas lorsque Vittoria, apparaissant dans le palais délabré de Montalto, illumina nos vieux murs.

Je ne l'aurais pas crue si grande, ni étant si grande, si gracieuse, comme elle le montra bien par la façon qu'elle eut de s'agenouiller devant le cancan où le cardinal était assis, son ample vertugadin s'arrondissant joliment en corolle autour de sa taille fine, et ses longs cheveux lui faisant derrière elle une traîne véritablement royale, tandis qu'elle baisait la main de Son Eminence sans se départir de cet air à la fois modeste, grave et fier qui me frappa si fort en cette première rencontre. Je ne la voyais que de profil et je passai sans bruit derrière le fauteuil du cardinal pour l'observer de face. Mais de quelque côté qu'on les considérât, ses traits étaient la perfection même. Et quand, après avoir posé les lèvres sur l'anneau de Montalto, elle releva la tête, je fus véritablement ébloui par la lumière de ses grands yeux bleus. Je dis « lumière » et non « éclat », bien qu'ils fussent éclatants aussi, pour la raison que je tiens que cette lumière venait autant de sa belle âme que de son iris.

Je ne saurais dire si quelques rayons de cette beauté réussirent à percer le cuir épais de Montalto – ou devrais-je dire plutôt sa cuirasse ? –, mais c'est un fait que lorsqu'il s'adressa à elle, son regard se fit moins perçant et sa voix moins dure.

– Signorina, dit-il, d'un ton presque courtois, de grâce, asseyez-vous.

Ce qu'elle fit, non sans avoir au préalable ramené sa toison d'or sur le devant de son corps pour éviter d'avoir à s'asseoir dessus. Cela fait, elle la disposa sur ses genoux. Ce geste qui, sans qu'elle l'eût désiré, appela l'attention du cardinal sur un ornement qui, étant typiquement féminin, lui apparaissait comme condamnable, dut lui déplaire, car il fronça les sourcils et dit en reprenant sa rudesse habituelle :

– Ne pouvez-vous pas faire de votre chevelure un chignon au lieu de la déployer comme un drapeau ?

Vittoria ne parut pas s'apercevoir de la discourtoisie de ce propos, et sans ciller, elle dit d'un ton simple et uni :

– Je l'ai tenté, mais le poids sur le derrière de la tête est si lourd qu'il me déséquilibre.

– Alors, coupez-la ! dit Montalto, un éclair farouche passant dans ses yeux noirs.

– Je le voudrais bien, dit Vittoria, avec la même inaltérable douceur. Car elle est pour moi une gêne et un souci. Mais je ne peux. Ma mère y est formellement opposée.

– *Dos est magna parentium virtus* [1], dit Montalto avec une ironie mordante en me jetant un coup d'œil entendu, la réputation de Tarquinia n'étant plus à faire.

Je fus sur le point de répondre par un demi-sourire à la remarque piquante de Montalto, mais je m'en abstins, car ayant cru voir Vittoria pâlir, je me demandai si elle n'en avait pas saisi le sens, en dépit du latin dont Son Eminence l'avait enveloppée.

Un silence suivit, qui ne fut agréable à personne et certainement pas à Francesco Peretti qui, debout derrière le cancan où Vittoria était assise, et bien moins maître de lui qu'elle n'était, tour à tour rougissait et pâlissait, ses yeux pâles et anxieux fixés sur son oncle. Quant au *bello muto*, son regard étonné allait de son maître à Vittoria. N'étant pas lui-même insensible au charme féminin (au point d'avoir éprouvé, à ce qu'on disait, avant son accident, un sentiment des plus vifs pour la contessa V.), il se demandait sans doute pourquoi le cardinal avait d'emblée cherché querelle à Vittoria sur son étonnante toison. Peut-être se rappelait-il, comme moi-même à cet instant, que Marie-Madeleine avait essuyé les pieds de N.-S. Jésus-Christ avec ses longs cheveux, le divin maître, loin de lui demander alors de les couper, acceptant au contraire cet hommage avec sa coutumière douceur.

À cet instant, on n'aurait pas pu, certes, retrouver la moindre trace de suavité sur la terrible hure de Montalto. Après la petite détente du début, pendant laquelle Son Eminence avait été comme surprise par la beauté et la dignité de Vittoria, sa physionomie s'était tout d'un coup renfrognée. Cette discussion sur les cheveux paraissait avoir réveillé chez lui cette misogynie latente qu'on découvre si fréquemment chez les prêtres chastes qu'on peut se demander s'ils ont eu autant de mérite qu'ils le pensent à le demeurer.

Quoi qu'il en soit, la cause de Vittoria paraissait presque perdue, avant même d'avoir été plaidée, car Montalto, se tour-

---

1. La vertu des parents est une grande dot.

nant vers *il bello muto* (peut-être me gardait-il une dent de n'avoir pas voulu répondre à sa remarque sur Tarquinia), dit de nouveau en latin :

– *In vero formosa est. Sed rara est adeo concordia formae atque pudicitiae* [1].

Il bello muto, qui malgré la vénération sans limites qu'il nourrissait pour le cardinal, n'acquiesçait pas toujours à ce qu'il disait, leva les sourcils et regarda son maître avec un air de doute, comme s'il s'interrogeait sur le bien-fondé de cette citation malveillante. *Il bello muto* avait un grand avantage sur tous ceux qui servaient Montalto. Son désaccord ne pouvant s'exprimer que par une mimique, il était plus facile à Son Eminence de le lui pardonner.

Pour moi, bien que je fusse choqué au plus haut point par la citation de Juvénal que le cardinal venait de faire – car rien à mon sens ne la justifiait, ni dans la réputation de Vittoria ni dans son comportement –, je gardais un air neutre, ne voulant pas m'exposer de nouveau au mécontentement de Montalto. Quant au pauvre Francesco qui aurait bondi s'il avait compris le latin, il sentait toutefois qu'il se passait quelque chose et ses yeux pâles, tournant dans ses orbites comme de petites bêtes inquiètes, allaient de l'un à l'autre comme s'il suppliait qu'on lui donnât une explication, et de la phrase de Montalto, et du silence qui avait suivi.

Ce silence fut rompu par Vittoria. Relevant la tête de cet air à la fois modeste et fier qui m'avait dès l'abord frappé chez elle, elle fixa sur le cardinal ses yeux lumineux et dit d'une voix douce :

– *Reverendissime pater, Juvenalis errat. Mihi concordia est* [2].

– Comment ? s'écria Montalto, stupéfait. Vous comprenez le latin, Vittoria ?

– Oui, Votre Eminence, dit-elle d'un ton uni et simple, et

---

1. À la vérité elle est belle. Mais rarement beauté et chasteté s'accordent.

2. Révérend père, Juvénal se trompe. Chez moi, elles (la beauté et la chasteté) s'accordent.

sans se donner des airs de lui répondre par la rime, ou, comme disent plus brutalement les Français, «de lui rabattre son clou [1]».

Le cardinal se taisant, un second silence pesa sur l'entretien, mais d'une bien autre teneur que le précédent. Montalto, bien que sa terrible hure parût impénétrable, devait bien, à mon sens, faire à cet instant quelques petits retours sur lui-même. Il lui était difficile, maintenant, de conclure des cheveux longs de Vittoria qu'elle avait les idées courtes et la cervelle légère.

Or, l'austérité de Montalto provenait de la rigueur de ses principes, et non de la pauvreté de sa nature. En fait, il aimait les beaux jardins, les belles sculptures et les beaux monuments. Sa culture profane était aussi étendue que son érudition religieuse. Et quant aux femmes, s'il flairait un danger pour les âmes dans leur féminité – racine théologique de sa misogynie –, il n'était pas insensible à leur beauté. Mais il les aurait aimées attachées au sol par des racines, comme les fleurs colorées, parfumées et, Dieu merci, muettes. Il aurait voulu aussi qu'elles se flétrissent au bout de quelques jours : ce qui eût fait qu'on n'aurait pas eu le temps de s'attacher à elles. De même qu'*il bello muto* et moi, la radieuse apparence de Vittoria l'abasourdit d'abord. Mais ressaisi sur l'heure par ses principes, il imagina aussitôt tout le désordre qu'une beauté aussi incomparable pouvait introduire dans l'État. Et déjà prenait forme en lui l'idée de l'éloigner à jamais de son neveu, quand Vittoria le convainquit qu'elle était un être humain digne de considération : elle savait le latin et elle avait lu Juvénal.

Je rapporte dans ces lignes ce que j'ai cru deviner de l'évolution rapide du cardinal touchant Vittoria, mais sans le blâmer outre mesure de ses premières duretés envers elle. Je les déplore, certes, mais les précédents abondent. Notre sainte mère l'Église n'a pas toujours été tendre pour la moitié la plus charmante de l'humanité. Et j'aimerais rappeler ici que ce n'est qu'au IXe siècle après Jésus-Christ, au concile de

---

1. L'expression est de Calvin, dans son *Sermon sur le livre de Job*.

Mâcon, et par une faible majorité, que les évêques reconnurent une âme au *gentil sesso* [1].

Quant à Vittoria, Montalto, oubliant la longueur suspecte de ses cheveux et les serpents que le Malin y avait sans doute mêlés, voyait maintenant en elle non seulement une âme mais un esprit et se mit à la questionner en latin, très visiblement content qu'elle le comprît si vite et lui répondît si bien.

— Vittoria, dit-il, tu as dû avoir un bon précepteur, puisqu'il t'a fait lire Juvénal ?

— Excellent, Votre Eminence, il était bon, pieux et savant. C'était un moine franciscain.

Ayant dit, et n'ignorant pas que Son Eminence était lui-même issu de cet ordre religieux, elle lui sourit avec un soupçon de taquinerie mêlé à une gentillesse véritablement filiale.

Je dois confesser que ce sourire me ravit, tant par sa subtilité que par la bonté de cœur qui s'y lisait. Il me devint évident en un éclair que Vittoria avait déjà pardonné à Montalto ses remarques dures et malveillantes et ne demandait qu'à le considérer comme son père, elle qui n'en avait plus. J'observai aussi que Son Eminence dut avoir la même impression, car ses terribles yeux noirs s'attendrirent et il dit d'un ton plus doux :

— Et d'où vient que ce moine aimait tant Juvénal ?

— Il était grand contempteur des mœurs de notre temps et il admirait le poète latin, parce qu'il avait dénoncé les mœurs du sien.

— Ce moine t'a-t-il initiée aussi aux lettres italiennes ?

— Oui, Votre Eminence. Il m'a fait lire Dante, Pétrarque, Boccace et l'Arioste.

— Et lequel de ces auteurs as-tu aimé le plus ?

— Dante pour son imagination et par-dessus tout Pétrarque pour sa suavité.

— Mais non Boccace ?

— Non, Votre Eminence. Pour Boccace, je ne l'aime pas du tout.

Vittoria avait parlé avec feu, et Montalto sourit.

— Que t'a-t-il fait pour que tu l'aimes si peu ?

---

1. Au beau sexe.

– Mon précepteur m'a fait lire de lui *il Corbaccio* [1].

– À cela nous rîmes de bon cœur, le cardinal, *il bello muto*, et moi-même. Quant à Francesco qui ne savait rien, à part un peu de droit, il sourit, non parce qu'il avait lu *il Corbaccio*, mais parce qu'il voyait qu'à la glace le soleil avait succédé, redonnant chaleur et vie à ses amours.

– Tu n'aimes donc pas, dit Montalto, la satire que fait Boccace des femmes?

– Non, Votre Eminence, dit Vittoria. Je la trouve injuste et cruelle.

– Eh bien! dit le cardinal avec bonhomie, tu aurais dû lire, pour te revancher de ton moine, la satire que fait l'Arioste des ordres religieux.

– Mais je l'ai lue, dit vivement Vittoria. Mon précepteur me l'a fait lire.

Montalto joignit les deux mains et se mit à rire.

– À la bonne heure! Voilà un moine qui avait le sens de l'équité! Et savait se railler lui-même. Vittoria, puisque tu aimes Pétrarque pour sa suavité, récite-moi, je te prie, le sonnet de lui que tu trouves le plus touchant.

– Mais volontiers, Votre Eminence, dit Vittoria.

Par malheur, je ne me rappelle plus quel sonnet elle choisit, mais je me souviens, en revanche, de quelle voix à la fois sonore et feutrée elle le récita, et à laquelle je ne saurais rendre justice par aucune métaphore tirée du chant des oiseaux ou des cloches les plus cristallines. La voix, la diction, les jeux de sa physionomie, et l'expression de ses grands yeux bleus, firent de cette récitation un moment unique qui, à cette heure même, m'enchante rien que d'y penser. Quant à Montalto, ayant fait un signe au *bello muto*, il se mit, grâce à son aide, debout sur ses béquilles et, après avoir longuement regardé Vittoria, il lui dit avec un accent de douceur que je n'avais jamais ouï dans sa voix :

– Vittoria, quand tu seras mariée…

– Quoi? Mon père? s'écria Francesco, ivre de bonheur.

Mais Montalto, d'un bref mouvement de la main, l'écarta comme il eût fait d'une mouche et reprit :

1. La cravache.

– Vittoria, quand tu seras mariée, je serais heureux que tes devoirs domestiques te laissent le loisir de venir faire la lecture de temps à autre à un vieil homme infirme.

– Ah, mon père, j'en serais moi-même très heureuse ! s'écria Vittoria en se jetant à ses pieds avec une effusion soudaine d'affection et de gentillesse.

Et certes, quand elle quitta le palais du cardinal, les sujets de contentement ne manquaient pas à Vittoria. Elle aurait pu dire, en parodiant le mot de Jules César : *je suis venue, il m'a vue, je l'ai vaincu.* Toutefois, je ne sais si cette victoire qui avait au moins pour effet, en lui permettant d'épouser Francesco, de mettre à l'abri du besoin sa famille et elle-même, l'enchantait en son for. J'avais observé que pas une seule fois au cours de l'entretien, elle n'avait regardé Francesco.

Il est vrai qu'elle était bien jeune. Il se pouvait qu'à ce moment de sa vie, elle aimât mieux le mariage que le mari.

Mais le plus surprenant de cette entrevue furent les paroles stupéfiantes que Montalto prononça à son issue et qui devaient avoir indirectement une telle influence sur ma vie, maléfique d'abord, bénéfique ensuite.

Dès que Vittoria fut sortie de la pièce – lui ôtant d'un coup la chaleur et la lumière que sa présence lui avait données –, Son Eminence se traîna sur ses béquilles jusqu'à la fenêtre et, nous tournant le dos, regarda Vittoria, flanquée de Francesco, traverser la cour de son palais et contourner ce massif de géraniums où, quelques instants plus tôt, il avait prié *il bello muto* de mettre de l'ordre. Puis se tournant péniblement et par à-coups vers nous – le pivotement de sa lourde carcasse sur ses béquilles lui posant quelques petits problèmes –, il hocha la tête à plusieurs reprises et dit :

– Comment la voir sans l'aimer ? Comment l'entendre sans l'adorer ?

– Assurément, Votre Eminence, dis-je et, sur un prétexte, je quittai aussitôt la pièce, tant je craignis que le cardinal s'aperçût à quel point sa remarque m'avait laissé béant et, pourquoi ne pas le dire aussi, excessivement amusé.

Or, le malheur – ou le bonheur, comme la suite bien le montra – voulut que le lendemain, ayant affaire avec Sa Sainteté au Vatican, je la trouvai fort morose, sans qu'elle eût, j'en suis sûr, la moindre raison de l'être, étant aimée de tous, jouissant d'une santé parfaite et menant dans la plus parfaite nonchalance une vie exempte de soucis. Une fois par mois environ, cette mélancolie se saisissait de Grégoire XIII, et elle était d'autant plus redoutable à son entourage qu'il pouvait prendre alors des décisions très dommageables au bien de l'État, sur lesquelles toutefois, avec le doux entêtement des faibles, il ne voulait plus revenir, une fois guéri de ses humeurs sombres.

Et moi, le trouvant dans ces dispositions, et la cour autour de lui se donnant beaucoup de peine pour le distraire, j'imaginais de l'égayer en lui racontant l'entrevue de Montalto et de Vittoria la veille. Il m'écouta d'abord d'un air quelque peu revêche, mais quand j'en vins aux remarques mémorables qui l'avaient conclue, il s'écria :

– Comment ? Comment ? Cherubi, avez-vous bien ouï ? Montalto a bien dit cela ? En êtes-vous sûr ?

– Je n'en croyais pas mes oreilles, Votre Sainteté, mais il l'a dit.

– Quoi ? s'écria Grégoire XIII, oubliant son hypocondrie et riant tout d'un coup aux larmes, Montalto a dit : « Comment la voir sans l'aimer ? Comment l'entendre sans l'adorer ? » Ah, Cherubi ! il a fallu que cette fille soit bien belle pour avoir arraché une étincelle d'humanité à cette vieille carcasse !

Et posant les deux mains sur son petit ventre dodu, il rit aux larmes et à ce sujet fit toute la journée des petites plaisanteries à son entourage.

Le lendemain, Montalto me « renvoya à mes gondoles ».

Caterina Acquaviva

Bien que je sois chambrière et fille de petite naissance – mon père est pêcheur à Grottammare, et ne possède pour tout bien que sa barque –, je ne manque ni de manières ni d'instruction. Je sais lire et un peu écrire. Et à qui le dois-je, sinon à la signora Vittoria Accoramboni qui a eu l'infinie patience de m'apprendre, si jeune qu'elle fût alors ? Car elle avait tout juste mon âge – seize ans – quand je suis entrée à son service. D'ailleurs, la signora Vittoria ne m'a jamais traitée comme une *cameriera*, mais comme une compagne et une confidente, et s'est donné grand-peine pour me nettoyer de ma crasse rustique. Ce qui fait que lorsque je vais visiter ma famille à Grottammare, ma mère m'en fait des reproches :

– Comment te voilà, maintenant, ma fille ! Une vraie signorina ! Il te faut une fourchette pour piquer dans ton manger ! Une fourchette que tu apportes avec toi de Rome dans un petit écrin comme un bijou ! *Ma che modi sono questi* [1] ! Une fourchette, *Madonna Santa* ! Passe encore qu'on prenne une fourche pour remuer le fumier, vu qu'il pue ! Mais une fourchette pour charrier jusqu'à tes lèvres un bel et beau morceau de congre – pêché ce matin par ton père et grillé par ta mamma ! Caterina, je te le dis : tu offenses ton père ! Tu offenses ta mère ! Tu offenses Dieu ! Une fourchette, *Dio mio* ! Quelle invention diabolique ! Les doigts que le Seigneur t'a donnés ne sont donc pas assez bons pour toi, sotte que tu es ! Et comme s'il ne suffisait pas de cette maudite fourchette, qu'est-ce que j'apprends, ma fille ? Tu sais lire et écrire ? Et tu t'en flattes, dévergondée ! *Madonna*, tu es perdue ! Quel homme voudra de toi après ce coup !

Pour le mari, elle n'a pas tort, la mamma. La dernière fois que je suis allée les embrasser, le père et elle, à Grottammare, le Giovanni m'a fait grise mine, lui qui me serrait de si près sur mes seize ans. Je l'intimide, et il m'en veut de l'intimider, moi qui ne suis qu'une simple femme, autant dire rien. Et la simple femme, de son côté, quand il lui plaque deux gros baisers sur les joues, c'est à peine si elle peut supporter son odeur. Je vous le demande : comment pourrais-je jamais vivre aux côtés d'un homme qui sent le poisson, alors que je suis habituée au palais Rusticucci à côtoyer tant de chatoyants et parfumés gentilshommes, sans même citer le plus beau de tous dont le nom, hélas, me ferait mal en passant le nœud de ma gorge, tant il a peu d'yeux pour moi, toute plaisante à voir que je sois.

Assurément, je ne suis pas aussi grande et belle que

1. En voilà des manières !

52

Vittoria, mais je ne suis pas sans attraits non plus, étant brune, l'œil noir et le teint mat. Je dirais même que sous le rapport de la poitrine, il n'est personne en cotillon qui vaille la mienne, pour la grosseur, la rondeur, la fermeté et la coloration. C'est pourquoi je porte des décolletés carrés pour la mettre en valeur, quoi qu'en ait Giuletta Accoramboni qui m'accuse d'impudicité et de vouloir affriander les hommes en découvrant des morceaux de ma peau. Jésus ! Ça lui va bien de faire la mijaurée, elle qui a du téton comme sur mon coude et qui pourrait tout montrer sans attirer personne ! Pour moi, couverte ou non couverte, c'est tout un. Je ne vais pas les fesses nues, que je sache, et pourtant, il n'est pas un homme dans la maison dont je ne sente les regards sur mes reins comme une douche chaude quand je marche en me tortillant devant lui. Si, hélas ! il y en a un. Le seul à qui je voudrais plaire. Le monde est mal fait, comme dit mon père, quand il revient de la mer sans attraper un poisson. Quant à mon poisson à moi, je ne sais pas quels filets il faudrait posséder pour le prendre.

Pour en revenir à la signora, elle s'est montrée pour moi si bonne, si confiante et si généreuse que mon cœur s'est attaché au sien par des grappins d'acier. C'est peu de dire que je l'aime. Je le dis comme je le sens : je me ferais tuer, s'il y allait de sa vie. Mieux même, et que la Madone me pardonne cette parole impie : je tuerais pour elle. C'est que ma vie auprès d'elle est un paradis. Je la vois, je l'écoute, je la sers. Et elle, cette femme adorable, oubliant son rang et sa beauté, elle me parle comme à une amie : moi, petit ver de terre à ses pieds !

Lors de ma dernière visite à Grottammare, quand j'ai confié à la mamma, et à elle seule, que Son Eminence, le cardinal de Montalto, par l'intermédiaire de mon confesseur, avait exigé de moi des rapports sur Vittoria, la mamma m'a sauté aux yeux, m'a appelée ingrate et mauvaise, et m'a battue. Pauvre femme ignorante, Dieu lui pardonne ! C'est pour elle et pour le père que j'ai accepté. La petite masure qu'ils habitent au bord de l'eau leur est louée pour quatre sous par le curé de Grottammare. Et comment pourrait-on imaginer qu'un curé pourrait résister au puissant cardinal auquel il doit sa cure ? Et d'ailleurs, pourquoi tout ce raffut ; ou comme dit mon père (qui est toscan) ce barouf? Vittoria est aussi sage que bonne. Et que pourrais-je dire d'elle sinon du bien?

Ce n'est pas que Vittoria n'aime pas les hommes. Elle les aime autant que moi. Mais à la différence de votre servante, elle est trop fière pour ne pas avoir de la vertu. Avant son mariage avec le signor Peretti, j'étais la seule à savoir lesquels parmi les familiers du palais Rusticucci lui plaisaient et lesquels ne lui plaisaient pas. Mais avec les uns et les autres, elle était distante et digne, sans jamais trahir la moindre préférence. Que j'aimerais avoir cet empire sur moi-même! Moi qui ne peux voir l'objet de mon adoration sans rougir, pâlir et palpiter! Je dirais que je suis un volcan qui répand sa lave partout. Et que Vittoria est sereine comme un volcan éteint. Mais il ne faut pas trop s'y fier: le bouillonnement est à l'intérieur du cratère.

Je me garde bien de faire état de ces impressions dans mes rapports à Son Eminence. Je dis les actes, et ils sont irréprochables. Pour les pensées, que le confesseur de Vittoria les devine et les débrouille! Bien malin l'homme qui saurait lire dans le cœur d'une femme, alors qu'elle-même n'y arrive pas toujours!

Il y a six ans que Vittoria a été contrainte par la nécessité d'épouser Francesco Peretti qui n'a, je le sais, rien de commun avec le mari dont elle rêvait. Non qu'elle se serait, comme Tarquinia, entichée d'un prince ou d'un duc. Non! Ce qu'elle eût voulu, elle, c'est un héros! À mon avis, elle s'est trop farci la tête avec ses récits de chevalerie!

Le signor Peretti est trop délicat et trop attentionné pour que ce mariage soit mauvais. Mais que cette union soit bonne, qui l'oserait prétendre? Vittoria continue à rêver sans se rendre compte que ce qui était permis à une fille ne l'est guère à une épouse. Quant au signor Peretti, à votre avis, que peut bien ressentir un mari, quand il n'est que toléré de loin en loin dans la chambre de sa femme à laquelle, d'ailleurs, après six ans de mariage, il n'a pas donné d'enfant? Mais peut-être, ce n'est même pas de sa faute. Qui le sait?

À mon sentiment, le signor Peretti est trop peu sûr de lui et ne sait pas faire valoir ses bonnes qualités. Un soir de novembre, revenant des vêpres avec sa mère Camilla et moi-même, il a été assailli dans une ruelle étroite par trois bandits qui voulaient le larronner. Aussitôt, mettant l'épée à la main, il a fait front, en a blessé deux et les a mis en fuite, non sans être blessé lui-même dans le gras du bras. Et que croyez-vous qu'il décida de retour au palais Rusticucci ? Il me fit jurer sur ma médaille de la Vierge de ne pas piper mot de l'affaire à Vittoria, pour la raison, dit-il, qu'il ne voulait pas l'inquiéter ! C'était pourtant le moment ou jamais de se donner un peu de lustre aux yeux de Vittoria, elle qui raffole tant des héros. Le pauvre signor Peretti ! Il est si maladroit : il me fait pitié. Vu mon sexe, je ne voudrais pas dire du mal des femmes. Mais à mon avis, il ne faut pas y aller trop à la délicatesse avec elles. Et pas davantage se mettre à leurs genoux pour leur mendier le gîte d'une nuit.

Le signor Peretti est comme sa mère Camilla : bon et tendre. Quand j'ai appris que Camilla allait venir vivre avec nous au palais Rusticucci, j'ai compris, rien qu'à voir son visage fin et doux, laquelle des deux vieilles allait béqueter l'autre. Ce n'est pas que *la Superba* soit odieuse avec Camilla, pas plus d'ailleurs que Vittoria n'est méchante avec son mari. Je dirais plutôt que les Peretti ne sont pas faits d'une étoffe assez robuste pour résister aux Accoramboni. Ce n'est pas par hasard si les martinets l'emportent sur les hirondelles : ils ont le bec plus gros, plus courbe et plus dur. Je ne blâme personne. Je vous dis seulement les choses comme je les vois : avec mon petit bon sens.

N'empêche que le signor Peretti s'est montré très bon pour les miens et qu'il les a secourus quand mon père, il y a deux ans, endommagea sa barque sur des rochers. Il s'est montré aussi d'une rare mansuétude à l'égard de mon frère, Domenico Acquaviva. J'ai grande honte à vous l'avouer : Domenico est un bandit. Mais qui ignore dans ce malheureux pays que dans la plupart des familles, même des familles nobles, il y a un chenapan ? Les Accoramboni, pour mon très grand malheur, ne font pas exception.

Pour en revenir à Domenico qui est mon aîné de dix ans, il est le seul de mes huit frères et sœurs à être gaucher : ce qui fit qu'en son enfance mon père le battait comme plâtre pour qu'il se servît de sa main droite « comme un chrétien ».

Mais les coups n'y firent rien. Même à l'église, Domenico se signait de la main gauche. Ce qui inquiétait beaucoup notre curé. Il voyait là une perfidie du démon et il laissait entendre à ma mère, quand elle allait à confesse, que Domenico, s'il ne s'amendait pas, avait peu de chances de faire son salut.

Domenico ne se corrigea pas et l'habitude se prit à Grottammare de ne plus le nommer par son prénom – qui, après tout, était celui d'un saint –, mais de l'appeler *il mancino* (le gaucher). Les surnoms ne sont pas inhabituels à Grottammare, mais on ne prononçait pas *il mancino* tout à fait de la même façon qu'on aurait dit : *il zoppo* (le boiteux) ou *il cieco* (l'aveugle). Tout le monde sentait bien qu'être aveugle, c'est un malheur, mais qu'être gaucher, comme disait notre curé, c'est de la perfidie.

Comme Domenico faisait tout de la mauvaise main, cela n'étonna personne qu'il tournât mal. Il se fâcha avec mon père à dix-huit ans, prit la route et se fit bandit. Toutefois, quand il n'avait plus le sou, ou quand il était malade, il revenait se réfugier chez nous à Grottammare, où mon père l'accueillait sans un mot ni un regard, mais sans défendre à ma mère de le nourrir et de le soigner. Personne à Grottammare n'ignorait alors sa présence, mais aucun officier de police n'aurait été assez fol pour tenter de l'arrêter au gîte. Il se serait heurté à mon père, à mes quatre frères et si le tumulte s'était prolongé, aux autres patrons pêcheurs.

De Rome, *il mancino* fut banni aussi pour ses méfaits. Mais parfois il s'y introduisait de nuit et, sur mon instante prière, le signor Peretti lui accordait alors son hospitalité et sa protection. Il eut à cela de grands mérites, car le *Bargello* de la *Corte* [1], l'ayant appris, lui en fit tout un sermon qu'il conclut par ces mots :

– Signor Peretti, vous donnez le sein à un serpent. Un jour ou l'autre, il vous mordra.

– C'est dans la nature du serpent de mordre, dit Peretti avec un sourire. Qu'y peut-il ?

– À votre guise, dit le Bargello. Je vous aurai prévenu.

Pourtant, à quelques semaines de là, le Bargello lui-même

1. La *Corte* était la police pontificale, et le *Bargello*, son commandant.

releva mon frère de son bannissement. Pour moi, je confesse que je suis toujours heureuse de revoir *il mancino*, tout bandit qu'il soit. C'est mon aîné, comme j'ai dit, et de mes cinq frères, c'est mon préféré.

Quand j'étais petite fille, c'était pour moi un grand honneur et un grand bonheur de coucher dans le même lit que lui. Je me souviens que, la chandelle éteinte, d'une main douce et légère, il me caressait longuement le ventre et la poitrine, tout en me piquant dans le cou des petits baisers. Ces caresses me donnaient de délicieux frissons. Toutefois, quand je devins pubère, ma mère ne voulut plus me faire coucher tour à tour avec mes frères et je partageai alors le lit de mes deux sœurs aînées qui ne furent pas si tendres avec moi, grandes garces qu'elles étaient déjà.

Au physique, *il mancino* a le teint et le cheveu noirs. Sa taille tire plutôt sur le petit, mais il est mince, sec et très musclé. Il marche un peu de côté, et sans faire plus de bruit qu'un chat. Il parle d'une voix douce, et son œil noir aussi est doux, surtout quand il le pose sur moi. Mais quand il est irrité, son œil tout d'un coup devient dur, et un seul de ses regards me ferait rentrer sous terre. Cependant, quand il me transperce ainsi, ce n'est pas seulement de peur que je frémis, mais de plaisir. Voilà comment sont les filles : toutes folles à lier et pas une pour racheter l'autre. Le rang n'y fait rien du tout. La signora Vittoria ne rêve qu'à ses héros, et moi j'ai la tête pleine de mes mauvais garçons : mon frère *il mancino* et cet autre que je ne veux pas nommer.

Marcello Accoramboni

C'est le 15 juillet 1580 à midi que j'ai poignardé Recanati : j'avais à cela une bonne raison bien que d'aucuns l'aient trouvée futile.

J'avais décidé de tuer Recanati deux mois et demi plus tôt. Mais je ne le recherchai pas. Je ne le guettai pas. J'avais pris le parti de laisser faire le hasard. Et si le hasard ne l'avait pas placé si miraculeusement à portée de ma dague, avant le 30 juillet, j'aurais abandonné mon projet.

J'avais, en effet, fixé le 30 juillet comme date limite à son exécution. Passée cette date, je faisais grâce à ce bavard. Pourquoi le 30 juillet ? Par jeu. Comme je n'avais à reprocher à Recanati que des paroles, je voulais que le hasard décidât pour moi s'il méritait ou non de vivre. Je voulais, en somme, lui laisser une chance de sauver sa misérable peau. Dans le même esprit, je lui fis dire par *il mancino* d'avoir à m'éviter, s'il ne voulait pas que je lui fasse rentrer ses propos dans la gorge. Le fol ! Il ne fit qu'en rire ! L'adage dit bien : «La fortune aveugle ceux qu'elle veut perdre ! »

Cet adage, j'aurais pu l'énoncer en latin du temps où j'étudiais avec Vittoria sous un moine franciscain. Mais j'ai tout oublié de ces études. Et elle, bien entendu, elle se souvient de tout.

Nous sommes, elle et moi, si différents et si semblables. Je suis né une heure après elle. D'après ce qu'on m'a dit, le curé qui nous baptisa considérait les jumeaux d'un très mauvais œil – surtout quand ils n'étaient pas du même sexe. Il estimait que la promiscuité d'un garçon et d'une fille dans le ventre de la même mère n'était pas de bon aloi, et prédit à Tarquinia que l'un de nous deux serait imbécile, ou mourrait en bas âge. Quant à la mort, il n'en fut rien et personne ne me tient pour idiot. Mais j'ai longtemps pensé, et je pense encore, que seule Vittoria est véritablement intelligente. Quant à l'âme, le partage a été encore plus mal fait. Nous n'en avons qu'une pour deux. Et c'est elle qui l'a. Moi je n'ai que des instincts.

Comme j'étais moi-même très brun et que Vittoria était célébrée partout à Gubbio pour sa toison d'or – à laquelle deux jours par semaine on rendait dans notre petite ville un culte quasi public –, je m'étais imaginé en mes enfances que j'étais laid, et j'étais heureux de l'être, et de vivre, caché, aux pieds de Vittoria, quand je me rendis compte, en grandissant, que les regards des femmes – de toutes les femmes – me léchaient sans répit le visage. Quand je fus parvenu à l'âge d'homme, les choses empirèrent : elles commencèrent à s'attacher à moi comme des poulpes. Leurs yeux, leurs sourires, leurs paroles sucrées, tout me collait. Cela m'horrifia d'autant plus qu'entre Vittoria et moi-même, malgré le grand attachement que nous avions l'un pour l'autre, régnait la plus sévère réserve. Comme d'un commun accord, nous qui avions été si proches l'un de l'autre avant notre naissance, nous séparâmes nos corps irrévocablement – et bien plus qu'il n'est coutumier entre frère et sœur – au point que je ne me souviens pas l'avoir jamais embrassée, ni même touchée, fût-ce du bout des doigts.

Il serait sot de conclure que je hais le corps de la femme. Pour le dire tout clair et tout rond, j'aime assez le pénétrer et m'y sentir violemment flatté, tandis que j'écrase ses mollesses de mes muscles et de mon poids. Mais cela ne suffit pas à ce sexe-ventouse. Il faut qu'il m'aime, qu'il me le dise, qu'il colle à moi. Je trouve insupportable cet amour engloutissant. Je le ressens comme une insulte à l'affection distante, noble et désincarnée que j'éprouve pour Vittoria.

Quant à Recanati, voici comment la chose se passa. Le 15 juillet à midi, à Rome, non loin de Santa Maria de la Corte, j'aperçus Recanati seul dans sa calèche. Il était vautré sur ses coussins, et il regardait à droite et à gauche les passants avec un air d'extrême fatuité, non pas tant pour les voir, que pour être regardé par eux dans l'éclat de son luxe. Et en effet, la calèche où il trônait était fort belle, sculptée et dorée à ravir, et traînée au surplus par quatre magnifiques chevaux alezans dont les crinières blondes volaient au vent de leur course. À vrai dire, à cet instant, je musais au soleil. J'avais tout oublié de lui. Mais de le voir tout d'un coup si insolent, si sûr de lui et si près de moi (la rue étant fort étroite) me fit remonter au cœur une bouffée de haine. Nos yeux se croisèrent. Ce ne fut qu'un éclair tant sa calèche allait vite. Je lui jetai un regard furieux auquel le pleutre répondit par un sourire de dérision, tant il était confiant en la vitesse de ses chevaux. Il passa. Je tremblai de rage, la main sur ma dague. Nous étions le 15. Deux petites semaines me séparaient encore de la prescription que j'avais fixée à ma vendetta. Je pensai, un moment, courir après sa calèche mais, outre qu'elle roulait à vive allure, je jugeai que cette course était au-dessous de ma dignité. Je marchais, la tête baissée, les jambes flageolantes, le souffle court, refoulant comme je pouvais ma fureur impuissante.

C'est alors que le hasard – je n'ose dire la Providence – vint à mon secours. Un lourd chariot, traîné par six gros chevaux et qui contenait, à ce que je sus plus tard, des pierres sculptées destinées au Vatican, vint couper la route de la calèche. Les chevaux de celle-ci s'arrêtèrent court. Il n'y eut ni heurt ni mal. Et l'incident n'aurait pas duré plus d'une minute si les cochers – race irascible – n'avaient commencé à s'insulter. Aux insultes les coups de fouet succédèrent jusqu'au moment où les deux furieux, descendant de leur siège, se jetèrent l'un sur l'autre. Grande devint alors la confusion et assourdissantes les clameurs, les passants commençant à prendre parti pour l'un ou l'autre des combattants.

J'étais alors à quelque distance de la calèche et, bien que mon cœur se mît à battre, je m'appliquai à ne pas hâter le pas, laissant là encore le hasard décider s'il voulait ou non que la coche fût immobilisée et Recanati à ma main, quand je parviendrais sur les lieux.

On eût dit que tout avait été arrangé de toute éternité pour qu'il en fût ainsi. Le chariot coupait la route à la calèche, les alezans de celle-ci piaffaient ou encensaient, mais sans pouvoir avancer d'un pas. Les passants groupés autour des deux cochers n'avaient d'yeux que pour leur combat. La voie était libre.

Sans me hâter le moins du monde, je montai sur le marchepied. De la main gauche je saisis Recanati à la gorge et de ma dextre, sans un mot, je posai sur son cœur la pointe de ma dague. Il me reconnut. Il pâlit. Ses yeux affolés roulèrent dans leurs orbites, la sueur, à profusion, perla sur son front, et sans pouvoir articuler un seul mot, à plusieurs reprises, il fit « non » de la tête.

À cet instant, je ressentis un grand dégoût pour ce que j'allais faire. Non parce qu'il s'agissait d'un meurtre, mais parce que Recanati était lâche. La sueur coulait en rigoles le long de ses joues. Et ma main gauche, celle qui le tenait à la gorge, était mouillée. Je suis certain que je ne le serrais pas au point de l'empêcher de parler. La terreur seule paralysait sa voix, et le rendait inerte sous mon étreinte comme une poupée de son. Qui pis est, sa couardise répandait autour de lui une odeur insupportable, laquelle, autant que la sueur qui poissait ma main gauche, me donna une telle nausée, que je fus sur le point de renoncer à mon projet et d'épargner cette chiffe. J'avais l'impression de n'être plus un vengeur, mais un bourreau. Je balançai une seconde ou deux. Mais comment aurais-je pu renoncer à ce moment à ma vendetta sans être moi-même un lâche à mes propres yeux ? Au fond, c'est la peur qui me fit agir : la peur de perdre ma propre estime.

Je pesai sur ma dague, et je fus stupéfait de la facilité avec laquelle elle pénétra dans le corps de Recanati. Elle s'y enfonça comme dans une pâte molle sans me demander d'effort. Je n'aurais jamais cru que c'était si facile de tuer un homme.

Quant à Recanati, il tressaillit, sa face se convulsa et sa bouche fit entendre à deux reprises une aspiration violente, comme s'il cherchait désespérément l'air qui lui manquait. Ce fut tout. Il s'affaissa sur ses coussins, les yeux grands ouverts. Je retirai ma dague, l'essuyai sur son pourpoint, la rengainai. Puis, descendant du marchepied, je jetai un œil autour de moi. Le combat des deux cochers se poursuivait au milieu des clameurs d'encouragement de la foule et j'eus l'impression que personne n'avait fait attention à ce qui s'était passé dans la calèche.

Je m'éloignai d'un pas de promeneur sans me retourner et gagnai la demeure de Margherita Sorghini. Je n'éprouvais rien, sauf quelque peine à marcher et à respirer tant il faisait chaud et aussi une sorte de morne étonnement en me rappelant avec quelle facilité ma lame effilée avait pénétré jusqu'au cœur de Recanati.

La cameriera me dit que la signora venait de prendre son bain de la mi-journée et qu'elle reposait sur la « petite terrasse », laquelle n'était pas si petite. Elle dominait Rome, et présentait cette particularité de porter en son centre une grande tente en forme de baldaquin fermée à volonté sur les côtés par des rideaux de toile blanche qui protégeaient du vent et tamisaient l'ardeur du soleil. Margherita y était allongée, nue, sur une vaste couche, blanche elle aussi. Quand elle me vit entrer, elle se souleva sur son coude, et me lança un coup d'œil interrogateur, ayant deviné à mon visage qu'il se passait quelque chose d'anormal.

Je lui fis signe de ne pas me poser de questions et avisant

sur le côté de la tente une cuve à baigner remplie d'eau fraîche où Margherita était accoutumée à se rafraîchir par la canicule, je me dévêtis en un clin d'œil et je m'y plongeai jusqu'au cou. Il me sembla que cette eau claire me lavait de mon crime. Au-dessus de ma tête, à travers la toile blanche de la tente, je voyais passer comme des flèches les ombres rapides des martinets qui volaient en tous sens en poussant des cris aigus. Bien que je ne croie ni à Dieu ni à Diable, j'étais convaincu d'avoir commis un grand péché. Et pourtant, ce que j'éprouvais à ce moment précis – mêlé bizarrement au sentiment de bien-être que donnaient la fraîcheur de l'eau et les ombres des martinets –, ce n'était pas du remords mais une grande déception. L'assassinat de Recanati ne m'apportait rien. Pour que ce meurtre me satisfît, il eût fallu que Recanati se rendît compte qu'il était mort. J'avais soufflé une chandelle, et la chandelle ne savait même pas qu'elle était éteinte.

Je sentis le regard de Margherita sur moi, je fronçai le sourcil, elle détourna les yeux aussitôt. Comme chez toutes les femmes – sauf chez Vittoria –, il y a quelque chose du poulpe chez Margherita. Mais parce qu'elle a le double de mon âge et craint avant tout de me perdre, j'ai réussi à l'éduquer. En dehors de nos étreintes que je suis seul à décider, elle ne se permettrait pas de me toucher, de m'enlacer, ni de m'étouffer sous ces milliers de petites cajoleries par où les femmes nous engluent.

Je sortis de la cuve et écartant le rideau de la tente, je m'en écartai et m'exposai en plein soleil à la lumière brutale, clignant des yeux et respirant la bonne odeur amère des géraniums qui fleurissaient le parapet. Le carrelage sous moi était si brûlant que je sautai d'un pied sur l'autre. Et quand, la dernière goutte d'eau s'étant évaporée, la brûlure sur les épaules et ma nuque devint insupportable, je rentrai sous la tente. Margherita, qui devait me guetter par la fente des rideaux, ferma les yeux juste à temps. Ses cheveux noirs de jais, sa peau mate, les aréoles bistres de ses tétons et la sombre toison de son pubis me plaisaient. De petites rides griffaient ses paupières, ses seins étaient lourds, et sa beauté mûrissante paraissait sur le point de se défaire. Je l'aimais ainsi dans son déclin. Et aussi dans l'esclavage auquel je l'avais réduite, soupçonnant toutefois que même étant ma serve, elle trouvait encore le moyen de me dominer.

Debout devant sa couche, je la regardais sans qu'elle osât ouvrir les yeux. C'est ainsi que je l'aimais : donnée, livrée, soumise. Sans un mot, je m'abattis sur elle et je la pris. Au bout d'un moment, je sentis qu'en violation des règles que je lui avais prescrites, elle faisait de sournois petits mouvements du bassin pour atteindre son plaisir. Mais j'étais moi-même trop au-delà des mots, et comme emporté par l'inévitabilité de ma jouissance. J'éclatai. Elle poussa alors un seul petit cri aigu, auquel au-dessus de nos têtes, un martinet parut répondre.

Je me laissai glisser de la couche sur la natte qui recouvrait le carrelage de la tente, ne voulant pas prolonger le contact plus qu'il n'était nécessaire. Je ne le fais pas sans un léger remords, sachant bien que de toutes mes règles, c'est celle-là que Margherita a eu le plus de mal à accepter. Giulietta prétend qu'ayant fait de ma mère un objet de haine et de ma sœur un objet d'adoration, je ne sais plus sur quel pied danser avec les autres femmes et qu'en réalité, j'ai peur d'elles. Mais je ne sais si je dois me fier ici à son « bon sens ». Quelle expérience du couple a-t-elle ? Qui pis est, son jugement est obscurci. Elle m'aime, elle aussi. Je mets des guillemets à « elle m'aime ». Je déteste ce mot poisseux.

Parce que Margherita m'héberge, me nourrit et m'habille, tout Rome murmure que je lui tonds la laine sur le dos. Elle le proclamerait à voix haute, si elle ne craignait mon épée. Ce jugement – encore un ! – est si éloigné de la réalité qu'il ne m'atteint pas beaucoup. Si Recanati n'avait dit que cela, je n'aurais jamais pris la peine de le tuer.

Je ne demande rien à Margherita. C'est elle qui m'accable de ses dons dans le souci qu'elle a de s'attacher son jeune amant. C'est là où elle se trompe : attaché, je le suis déjà. Même si je trouvais auprès d'un tendron les mêmes avantages, pour rien au monde je ne changerais pour elle ma vieille maîtresse.

Je suis assis sur la natte, couvert de sueur, recouvrant par degrés mon souffle, le dos accoté à la couche et ma nuque appuyée sur un coussin que Margherita aussitôt a glissé sous elle. En tournant la tête, je vois ses doigts à un pouce de mes cheveux, et je sens qu'elle refrène un désir lancinant de les caresser, comme elle le fait parfois très légèrement quand je la prends, sachant bien que je suis trop tendu alors pour l'en empêcher. Je regarde ses doigts. Je passe parfois aux miens les bagues dont ils sont chargés. J'en admire les joyaux. Elle me les donnerait, si je les lui demandais. Je m'en avise à ce moment ; ce n'est pas tant par la physionomie que par la main que l'âge se trahit. Le corps de Margherita a dix ans de moins que son visage, et celui-ci, à son tour, a dix ans de moins que sa main. J'incline la tête à droite, je la baise et je me le reproche aussitôt. Je l'ai sentie derrière mon dos qui frémissait de cet hommage inhabituel.

Je dis sèchement :

– Enlève ta main de là.

Et j'enchaîne presque aussitôt :

– Je viens de tuer Recanati.

Margherita retire sa main, soupire et sa voix, quand elle parle, est étouffée.

– Je me disais aussi.

Mais comme toujours pointilleusement obéissante – du moins en apparence –, elle ne pose aucune question. Je me demande souvent si cette soumission à mes règles n'est pas pour elle un jeu qu'elle joue à la perfection – comme elle jouerait le jeu de la coquetterie avec un amant qui la voudrait coquette. En fait, elle a beau ne pas m'interroger : son silence même est une question. Et elle sait bien qu'à cet instant j'ai grand besoin de me confier. Dès lors, qui est dominé par mes règles ? Elle ou moi ?

Je dis avec humeur :

– Margherita, tu veux savoir pourquoi ?

– Oui.

Rien n'est plus correct et plus conforme à mes lois que ce « oui ». Et n'était le frémissement réprimé de sa voix, je croirais pour un peu qu'elle se moque. Mais non. Elle en est déjà, je gage, à supputer les difficultés, peut-être insurmontables, que ce meurtre va introduire dans nos relations.

– Il y a deux mois et demi, dis-je à voix basse, dans le salon de la Monteverdi, quelque sot qui aimait énoncer des truismes, déclara que Vittoria Peretti était sans conteste la plus belle femme d'Italie. Recanati se trouvait là – mais tu connais Recanati, il est tout dehors, vanité, vantardise, avec à peine assez de cervelle pour connaître sa droite de sa gauche. Bref, ce fol se trouva agacé par cet éloge de Vittoria et dit de ce ton pompeux et fat qui n'appartient qu'à lui : «En effet, Vittoria est belle, trop belle, si belle qu'un jour elle tournera catin.» Il ne m'avait pas vu : j'étais caché par un petit palmier. Je me jetai sur lui, on nous sépara. Le lendemain, je lui envoyai un cartel. Il répondit qu'il était de noblesse trop ancienne pour se mesurer avec moi.

– Comment ? dit Margherita, noble, lui ?

– Pas plus que moi. Son refus était pure couardise. Et cette lâcheté lui coûta la vie, au moins autant que la stupide outrecuidance qui lui fit croire que je n'oserais le daguer. Quand je le lui fis dire par *il mancino*, il affecta d'en rire.

– Et maintenant, que va-t-il se passer ? dit Margherita.

– Je n'en sais rien. Peu m'importe. Ne me pose pas de questions. Si Recanati avait accepté mon cartel, je l'aurais blessé au bras. Sa bêtise ne méritait pas plus.

On entendit s'ouvrir la porte qui menait à la terrasse, et Margherita dit en tressaillant :

– C'est toi, Maria ?

– C'est moi, signora. *Il mancino* veut voir le signor Marcello. Il dit que c'est important, très important.

– Déjà ! dit Margherita.

Elle pâlit, me jeta un regard, un seul et retomba dans son silence et son immobilité. Quant à moi, je me sentais parfaitement calme et même d'humeur enjouée. J'étais comme détaché de ma propre vie. Je m'habillai et descendis par l'escalier à vis jusqu'à la cour intérieure où je trouvai *il mancino*, qui faisait non pas les cent pas, mais les dix pas, et encore les faisait-il à sa façon, en marchant de côté, et l'œil aux aguets.

– Que me veux-tu ?

– Vous dire, signor, de quitter cette demeure et de gagner le palais Rusticucci.

Quand il vous parle, *il mancino* ne vous regarde jamais au

visage. Il fixe votre ceinture à l'endroit où pend votre bourse, comme s'il la soupesait.

– Pourquoi ?

Ce «pourquoi» fit soupirer *il mancino*. Il était taciturne, bien qu'il se piquât de s'exprimer en bon italien, et non dans le patois des pêcheurs de Grottammare. De ses longs démêlés avec la Corte, il avait retiré cette idée simple que moins on parle, mieux on se porte.

– La signora Sorghini, dit-il sur le ton de politesse qui ne le quittait jamais, est assurément une veuve fortunée, mais elle n'a pas de grandes relations. Son domicile n'est donc pas inviolable, tandis que le Bargello y regarderait à deux fois avant de fouiller le palais Rusticucci, votre beau-frère étant le fils d'un cardinal.

– Tu penses donc que le Bargello pourrait avoir envie de fouiller le palais Rusticucci ?

– Assurément, signor, si vous y êtes.

– Comment cela ?

Il mancino regarda ma bourse en silence, et je commençai à en délier les cordons. Ce geste ne lui échappa pas et le rendit tout d'un coup très éloquent.

– Cet après-midi, poursuivit-il, le Bargello interrogeait Maria-Magdalena, dite *la Sorda* [1]. Elle n'est pas vraiment sourde. Elle fait semblant de l'être. Cela lui permet de gruger ses clients et de leur faire payer après coup plus que le prix convenu. Il faut dire qu'elle est catin de son métier, ajouta-t-il d'un air pudique.

– Abrège, dis-je, ton récit est long.

– Nous avons tout le temps, dit *il mancino*. Le Bargello a demandé audience au gouverneur à votre sujet, signor, et il y a foule chez le gouverneur.

– Abrège, cependant. Dire que je te croyais taciturne !

– Je le suis, signor, mais avec votre permission et dans le cas présent, j'aimerais que vous en ayez pour votre argent. La Sorda était interrogée par le Bargello touchant une querelle qu'elle avait eue avec un chaland, quand un quidam se précipita dans le local de la Corte et apprit au Bargello qu'il

1. La sourde.

66

avait vu, de ses yeux vu Recanati assassiné et qu'il connaissait le meurtrier. Le Bargello parut fort troublé par cette nouvelle. Il renvoya la Sorda et celle-ci courut d'une traite jusqu'au *Mont des Oliviers*.

– C'est là où tu médites ?

– C'est là où je bois, signor. C'est une taverne.

– Et cette Sorda, je suppose, est une de tes amies ?

– Fi donc, signor ! dit *il mancino* d'un ton choqué. Je ne fraye pas avec ce fretin. Mais la Sorda connaît le grandissime respect que je nourris pour Votre Seigneurie.

– Et elle t'a donné ce renseignement.

– Elle ne me l'a pas donné, signor, elle me l'a vendu. Il m'en a coûté cinquante piastres.

– *Mancino*, tu en auras cent, si tu marches devant moi en éclaireur jusqu'aux abords du palais Rusticucci.

– Signor, dit *il mancino*, je vous remercie de vos largesses. Cependant, je ne vous ai rien demandé. J'ai agi par amitié pour vous.

– Mais moi aussi pour toi.

Aucune embûche ne m'attendait à la porte du palais Rusticucci : preuve que le Bargello en était encore à discuter de mon sort avec le gouverneur. Toutefois, afin que le gardien du palais ne me vît pas et n'en pût faire un conte s'il était interrogé, j'entrai par une petite porte de derrière dont j'avais la clé. *Il mancino* m'y suivit, notre demeure étant un de ses refuges depuis que Francesco Peretti avait étendu sur lui sa protection.

La première personne que nous rencontrâmes dans la cour fut la sœur du *mancino* qui, à notre vue, pâlit, rougit, se jeta dans les bras de son frère et lui tint dans le patois de Grottammare – auquel je n'entends goutte – un long discours, tout en me jetant, à la sournoise, des yeux enflammés. Je détournai la tête et me mis de profil, mais rien n'y fit. J'avais presque mal à la joue tant elle la regardait. Assurément, Caterina Acquaviva est le pire de tous les poulpes qui peuplent le monde. Giulietta dit qu'elle est «fraîche et vive comme son nom», mais dans mon esprit, je ne la vois pas comme une source mais plutôt comme une fournaise. Et je n'aime pas la façon dont elle met ses seins à l'étalage.

Je lui dis sèchement d'aller annoncer ma visite à Vittoria et elle partit en ondulant, comme elle fait toujours. C'est étonnant comme cette petite guenon est fière de son petit corps. Je pris sur moi de ne pas la suivre des yeux. Elle l'aurait senti.

Je racontai à Vittoria tout ce qu'on sait. Elle rougit quand je lui rapportai les paroles de Recanati à son sujet, mais ce fut sa seule réaction. Quand j'eus fini, elle courut répéter mon récit à Francesco qui, sur l'heure, fit atteler ses chevaux pour aller demander audience au pape.

Grégoire XIII écouta Francesco avec patience. Autant il haïssait Montalto, autant il aimait son neveu, peut-être en raison de son évidente absence de génie.

— De tout temps, dit-il, les frères dans ce pays se sont jugés aussi offensés que les maris par ce qui paraissait mettre en cause l'honneur de leur sœur. Ce jeune homme n'est donc pas sans excuse. Dites-lui de prier et de se repentir. Il n'est pas pardonné pour autant. Mais s'il ne trempe pas dans un nouveau meurtre, la Corte le laissera en paix.

Sa mansuétude, bien qu'elle fût louée à Rome, ne me toucha pas : Elle n'avait rien d'évangélique. Quand Grégoire XIII ne savait quelle décision prendre, il tâchait d'imaginer ce que Montalto eût fait s'il avait été pape. Dans le cas présent, la chose était claire : Montalto m'eût arrêté, jugé, pendu. Grégoire XIII faisait le contraire et il le faisait avec un plaisir que j'appellerais malin, s'il ne s'agissait pas du souverain pontife.

CHAPITRE III

Monsignore Rossellino (il bello muto)

Matin et soir, je remercie la divine Providence qui, en causant ma chute sur les degrés du Vatican, et ma subséquente mutité, m'arracha à mes succès dans le siècle et aux périls du monde, pour m'attacher au service d'un Maître qui, si dur qu'il soit parfois (mais ne l'est-il pas pour lui-même ?), travaille sans relâche à la plus grande gloire de l'Église et de Dieu.

Toutefois, ce serait, à mon sentiment, une erreur de voir derrière tous les hasards, grands et petits, de l'existence, la main de notre Sauveur. Le Malin n'est point si faible qu'il ne puisse avoir sa part dans des rencontres et des coïncidences qui mettent les âmes en danger et que Dieu, en sa toute-puissance, permet, afin de mettre à l'épreuve la vertu de ses créatures.

Je désire raconter ici, pour l'édification des fidèles, une de ces coïncidences, et des plus dramatiques et funestes, puisqu'elle mit à dol une famille entière et fut la cause initiale, non seulement de beaucoup de sang et de larmes, mais aussi d'un grand désordre dans l'État.

Au moment où je commence cette relation, six ans ont passé depuis que Francesco Peretti a épousé Vittoria Accoramboni, et depuis ces six ans, il ne s'est guère passé de jour sans que le cardinal reçoive, à tout le moins pour une petite heure, l'épouse de son fils adoptif. En fait, il la voit plus souvent que Francesco, la raison que nous en donnons étant que Francesco se trouve trop occupé par la petite fonction qu'il assume à la cour du pape pour avoir le loisir de visiter quotidiennement son oncle. Mais outre que personne n'a jamais su en quoi consiste ladite fonction [1], pour laquelle, en tant que fils de cardinal, il touche des émoluments élevés (mais naturellement bien inférieurs à ceux que perçoit le fils du pape), Son Eminence n'aurait qu'un mot à dire pour que son fils accoure et se jette à ses pieds. S'il ne dit pas ce mot, c'est que, tout en l'aimant fort, il s'ennuie plus fort encore en sa compagnie.

« Francesco, disait Monsignore Cherubi avant d'être "renvoyé à ses gondoles", possède toutes les vertus. Il ne lui manque que les agréments. Il n'a rien lu, rien vu, rien fait, rien appris. » Si Son Eminence avait connu ce propos (que je crus bon de ne pas lui répéter), il aurait rétorqué que si Monsignore Cherubi possédait tous les agréments qui assurent une carrière heureuse, en revanche il lui manquait quelques vertus, et entre autres, la discrétion.

Après le repas du matin, qu'elle prenait avec une rare ponctualité sur le coup de midi – repas dont j'ai quelques raisons de me rappeler la frugalité, car je le partageais –, Son Eminence se promenait une petite demi-heure dans son jardin. Cette promenade constituait un exercice assez violent puisqu'il la faisait sur ses béquilles, et en même temps un divertissement, le cardinal considérant ses arbres, ses arbustes et, à la belle saison, ses fleurs avec un intérêt extrême, mais si pointilleux que le jardinier en chef qui, à cette occasion, le suivait pas à pas, vivait là, quotidiennement, son plus mauvais moment. Car rien n'échappait à l'œil du cardinal : une mauvaise herbe, une haie ondulant à l'horizontale, une terre insuffisamment binée ou arrosée, des pucerons sur un rosier, un tuteur mal étayé. Ces petites imperfections indignaient Son Eminence presque autant que les grands désordres que la mollesse de Grégoire XIII avait laissés se développer dans l'État.

Son inspection faite, le cardinal revenait sur ses béquilles au palais, mais pour monter jusqu'à sa librairie, il fallait qu'il les abandonnât et qu'il s'assît sur une chaise, ladite chaise étant portée par deux vigoureux laquais jusqu'à l'étage. Il me

1. En fait, Peretti était troisième chambellan de Sa Sainteté (note de l'auteur).

dictait alors son courrier jusqu'à ce que, tirant de son gousset sa montre-horloge, il dît d'un ton d'où il avait peine à bannir une certaine satisfaction :

– Il est presque quatre heures. Vittoria ne va pas tarder à apparaître.

Et en effet, sur le coup de quatre heures, avec une exactitude dont je devais apprendre plus tard qu'elle avait beaucoup surpris les familiers du palais Rusticucci, cette nièce tant chérie survenait, vêtue d'un corps de cotte sans décolleté aucun et dont le col en dentelles encadrait son resplendissant visage. Cette austérité était voulue. Et sa vêture, en la circonstance, était si simple qu'elle ne comportait en travers de la poitrine qu'une seule rangée de perles. Mais comment parler de simplicité sinon en pieuse intention, quand l'extraordinaire toison d'or dont Vittoria était suivie lui jetait sur les épaules, le dos, et jusqu'à ses pieds, un manteau véritablement royal ?

Tant de petites plaisanteries, encouragées par la malice de Grégoire XIII, couraient à la Cour sur ces quotidiens entretiens que Son Eminence avait décidé, dès le début, qu'ils n'auraient lieu qu'en ma présence. Mais me sentant en tiers entre l'oncle et la nièce, je m'effaçais derrière un petit bureau sur lequel je recopiais quelque lettre sans faire plus de bruit qu'une souris. Il ne me suffisait pas d'être muet. Je m'efforçais encore d'être invisible.

Vittoria, toutefois, quand elle prenait congé de Son Eminence, ne manquait jamais de me rappeler dans le monde des vivants en m'adressant, en guise de gracieux salut, le plus ravissant sourire. La première fois qu'elle voulut bien ainsi remarquer ma présence, elle me causa autant de surprise que si la madone sur le tableau à la droite du cardinal avait cessé de contempler le petit Jésus pour m'accorder une seconde d'attention. J'ose espérer que cette comparaison ne fâchera personne. Quel peintre n'aurait pas rêvé de prendre Vittoria pour modèle d'une Vierge Marie tenant dans ses bras le divin enfant, si du moins Vittoria avait pu accepter d'assumer une attitude pour elle si cruelle, puisqu'elle n'avait jamais conçu ?

Vittoria, ayant pris place dans un cancan en face de son oncle, l'entretien commençait invariablement par une série de minutieuses questions que Son Eminence lui adressait touchant la bonne santé morale et physique des hôtes du palais Rusticucci. Est-ce que Flamineo allait se décider à embrasser enfin sa véritable vocation ? Et Marcello, se résoudre à travailler ? Pourquoi n'épousait-il pas la riche veuve dont il était entiché au lieu de vivre insolemment dans le péché avec elle au vu et au su de tous ? Francesco ne serait-il pas bien avisé d'expédier *il mancino* dans la ferme qu'il avait héritée de son père près de Grottammare, au lieu de lui permettre de vivre chez lui en parasite, et de passer le plus clair de son temps dans une taverne au nom sacrilégieux et, qui pis est, d'y tirer argent des catins qu'il protégeait ? Qu'en était-il de l'ulcère de la pauvre Camilla ? Ne valait-il pas mieux qu'elle prît ses repas dans sa chambre plutôt que de s'exposer aux piques continuelles de Tarquinia ? Vittoria ne pouvait-elle user d'autorité à l'égard de sa mère afin que cessât le combat des deux vieilles ? Giulietta avait maintenant vingt-cinq ans ; pourquoi ne la mariait-on pas, puisqu'elle n'était pas assez pieuse pour entrer en religion ? Francesco, il avait remarqué, grossissait. N'était-il pas temps qu'il se remît à l'escrime et au cheval ? Il avait ouï, d'autre part, que le gardien du palais Rusticucci buvait ; habitude mauvaise, assurément, chez tout homme, mais bien pis encore chez un gardien dont la mission est d'ouvrir l'œil et l'ouïe, et non de somnoler. Qu'attendait-on pour le remplacer ?

C'est ainsi que Son Eminence tâchait de remettre de l'ordre dans les affaires du palais Rusticucci, comme il le faisait quotidiennement dans son jardin et rêvait de le faire dans l'État. Cependant, l'habileté politique, là non plus, ne lui manquait pas, car il se gardait bien de mettre en cause les mœurs débridées de Caterina Acquaviva pour la raison qu'elle était pour lui une source précieuse d'information.

Il y avait un autre sujet que le cardinal, pour ne pas blesser sa nièce, ne mentionnait jamais : la stérilité de cette union qui lui tenait tant à cœur. Dieu sait, pourtant, s'il se tracassait à ce propos ! Et au point même de m'en toucher mot, lui qui était si secret. « Voyez-vous, Rossellino, me dit-il un jour, toutefois sans référence explicite à Vittoria, il est mauvais, très mauvais, qu'une femme n'ait pas d'enfant, surtout quand elle est imaginative. Car tôt ou tard, elle va se mettre à penser qu'un autre homme peut-être... »

Aux questions de son oncle et, quoi qu'elle opinât sur certaines d'entre elles, Vittoria, ses belles mains posées sur la toison qu'elle avait, pour ne pas s'asseoir dessus, ramenée sur ses genoux (dans cette attitude qui avait si fort irrité le cardinal lors de leur première rencontre), répliquait avec adresse, avec dignité et sans jamais montrer la moindre impatience. Elle aimait trop Son Eminence, elle avait trop d'admiration pour son génie pour ne pas admettre qu'il agît et parlât en chef de famille, par-dessus même la tête de Francesco. Mais elle ne l'admettait que dans certaines limites.

Ses réponses étaient nuancées. Elle acquiesçait aux suggestions concernant Flamineo, *il mancino*, le gardien du palais et le rôle de Tarquinia dans « le combat des deux vieilles » (le cardinal, comme on l'a vu lors du renvoi de Cherubi, était parfois un peu brutal dans ses expressions). Cependant, elle se remparait derrière « l'autorité de son mari » pour ne rien décider. Touchant Giulietta, elle était déjà plus évasive. Si Giuletta n'aspirait ni au mariage ni à la clôture, comment l'y contraindre ? Mais d'évasive, elle devenait très nettement défensive quand on touchait à son frère jumeau. À qui la faute si Marcello avait trouvé chez la Sorghini l'affection qui lui avait si cruellement manqué chez Tarquinia en ses enfances ? Et n'était-il pas évident que dans cette malheureuse affaire, il avait été davantage séduit que séducteur ? Sans doute sa liaison faisait scandale, mais le scandale serait-il moindre s'il épousait, pour son argent, une femme qui avait l'âge d'être sa mère ?

De tout autre que Vittoria, Son Eminence n'aurait pas toléré une telle résistance à ses vues. Mais à la vérité, je crois qu'il était comme fasciné par ce qu'il y avait en elle de doux et d'indomptable. Je suis bien certain que le cardinal, franciscain de mœurs austères, n'avait jamais eu l'expérience d'une émotion amoureuse – comme celle que j'avais moi-même éprouvée pour la contessa V., avant mon accident. À ce sentiment, il pouvait d'autant moins donner son véritable nom qu'à l'âge où il le conçut, il était un vieillard courbé, perclus, malade, pour qui se lever d'un cancan, loger ses béquilles sous ses aisselles, et faire quelques pas dans son jardin représentait un énorme effort. Comment, dans ces conditions, aurait-il pu appeler amour une inclination dont aucun désir physique n'était là pour prendre le relais ? C'est ainsi que le cardinal pouvait aimer Vittoria en toute innocence de cœur, et Vittoria, se laisser aimer par ce grand homme en toute sécurité, rassurée qu'elle était par sa robe, son âge et sa santé. Pour une part au moins, elle lui rendait d'ailleurs l'affection exigeante, jalouse, inquiète et impérieuse dont il l'entourait. Sans cela comment, étant d'humeur si fière, aurait-elle toléré que par l'intermédiaire de son mari, Son Eminence filtrât si sévèrement les personnes que les Peretti avaient permission de fréquenter ? Quelle différence c'était là, pourtant, avec la vie de Vittoria avant son mariage quand le palais Rusticucci tenait table ouverte, recevant toutes sortes de gens, honorables ou moins honorables, à condition qu'ils fussent assez brillants pour prétendre à sa main ! Et quels sacrifices avait-elle dû faire, depuis six ans, à un lien conjugal où elle n'avait trouvé ni la félicité d'un grand attachement ni le bonheur d'être mère !

En raison de ces dispositions restrictives, il n'y avait pas vingt personnes à Rome qui pouvaient se flatter du rare honneur de visiter Vittoria et de la recevoir chez elles. Il me venait souvent à l'esprit que l'épouse d'un sultan vivait à peine plus cloîtrée, et encore que pour rien au monde je n'eusse osé exprimer ce sentiment devant le cardinal, je ne laissais pas de trouver, à part moi, que ces précautions étaient vaines. Il n'est pas de muraille que le Malin ne puisse traverser, s'il a déjà des amis dans la place. Ne le sais-je pas tout le premier ?

Le 19 mars 1581 – date que je ne suis certes pas près d'oublier, Son Eminence s'étant ce jour-là encoléré contre moi de la façon la plus violente et la plus injustifiée –, Vittoria, après avoir répondu à l'inquisition du cardinal, était en train de lire, en latin, un passage des *Confessions* de saint Augustin, son oncle l'interrompant de page en page, exigeant d'elle un commentaire, exactement comme il l'eût fait d'un clerc, quand un visiteur se présenta dont la visite était prévue pour cinq heures de l'après-midi.

Il me faut préciser ici qu'en raison de sa haine du protocole et du faste (où Grégoire XIII voulait voir une hypocrite affectation de simplicité), ceux que Son Eminence recevait en audience, dès lors que leur audience avait été préalablement arrangée, se présentaient à l'heure convenue sans qu'un quelconque *majordomo* les précédât et les annonçât, la seule recommandation qui leur était faite étant d'arriver scrupuleusement à l'heure qu'on leur avait fixée.

Or, le cardinal Montalto recevait beaucoup et, en particulier, des princes illustres, tant italiens qu'étrangers, que sa grande réputation de sagesse et d'expérience attirait. Pour dire le vrai, il entretenait leurs sympathies tant par ses audiences que par les lettres qu'il leur écrivait. Ce qui faisait dire aux mauvaises langues de la Cour qu'il se ménageait des alliés au cas où «un grand malheur» viendrait à se produire. Si vous aviez alors demandé «quel grand malheur?» vous n'auriez rencontré chez ces gens que je dis que bouches closes, mines confites et regards détournés, sinon même des haussements d'épaules à si sotte question. À part le triomphe de l'hérésie huguenote, il n'y avait à craindre au Vatican qu'un grand malheur, dont on ne parlait jamais, mais auquel on pensait toujours : la mort de Grégoire XIII.

Ce malheur-là serait, en effet, d'autant plus grand qu'il posait un grand problème : celui de la succession. Et à voir le cardinal Montalto cultiver les amitiés des puissants de ce monde, qui aurait pu ne pas conclure qu'il prenait le chemin de la briguer? Il est vrai que lorsqu'ils choisissaient le nouveau pape en conclave, les cardinaux étaient coupés de tout contact avec l'extérieur (au point qu'on leur passait leur nourriture par un guichet et que ces mets étaient eux-mêmes inspectés afin qu'on n'y glissât pas de message). Mais d'un autre côté, qui aurait pu être assez naïf pour croire que les princes étaient sans influence sur les votes? Qui pouvait ignorer que lors d'une précédente élection, Philippe II d'Espagne, toujours aussi impérieux, n'avait laissé aux soixante-dix cardinaux que le choix entre cinq *papabili* qui lui convenaient, les soixante-cinq autres prélats étant a priori exclus du trône suprême.

Le prince Paolo Giordano Orsini, duc de Bracciano, qui avait rendez-vous à cinq heures le 19 mars avec Son Eminence était bien loin d'être aussi puissant que le roi d'Espagne, mais il appartenait à une grande famille italienne. Il était apparenté par sa femme Isabella au grand-duc de Toscane, Francesco di Medici, dont le frère avait accédé à la pourpre cardinalice et exerçait une grande influence sur le conclave. Mais Bracciano n'était pas seulement riche par sa naissance et ses alliances, il avait fait des prodiges de valeur à la bataille de Lépante au cours de laquelle la flotte du Grand Turc avait été détruite par les flottes conjuguées des puissances chrétiennes. Venise lui avait alors confié le commandement de ses galères et il s'était illustré, depuis cinq ans, dans la chasse aux pirates barbaresques.

Ce grand capitaine était, en outre, un homme de goût et de culture, ayant un esprit ouvert, aimant les arts, curieux de tout, protégeant les poètes et recherchant la compagnie des gens instruits comme Son Eminence. Au physique, c'était un homme de bonne taille, mais qui ne paraissait pas grand, tant il était large, l'œil bleu, le cheveu blond tirant sur le roux, les traits réguliers, le cou rond et robuste, le teint hâlé par ses expéditions en mer. Il boitait légèrement, ayant reçu à Lépante une flèche dans la cuisse, et comme pour tâcher de dissimuler sa boiterie, il allongeait beaucoup le pas, cela donnait à sa démarche quelque chose d'agressif que démentait l'expression de sa bouche, laquelle était tendre et gourmande.

Tout avait réussi à cet homme heureux, hors le mariage. Lassée de ses longues absences, sa femme Isabella s'était jetée dans une intrigue avec un parent de son mari, Troilo Orsini, lequel, épouvanté le premier par sa trahison, s'était enfui et avait cru se mettre à l'abri de la vendetta du frère et du mari en gagnant Paris et s'y cachant. Un an plus tard, une arquebuse, louée par Francesco di Medici, l'y rejoignit. Elle eut soin de l'abattre sans le tuer, afin que l'exécutant eût le loisir de lui dire, avant de l'achever d'un coup de dague, d'où lui venait le coup.

L'adultère d'Isabella avait, selon l'expression du temps, «mis un masque» sur le visage du Medici et de Bracciano. Il fallait donc qu'Isabella mourût elle aussi. Cette loi non écrite, toute barbare qu'elle fût, se trouvait si bien acceptée par tous en ce pays que lorsqu'on apprit à Grégoire XIII l'exécution de Troilo Orsini, il demanda d'une façon toute naturelle et comme si la chose allait de soi :

– Et la duchesse, qu'en a-t-on fait ?

Le plus surprenant, c'est qu'on n'en avait rien fait. Recluse dans son château de Bracciano, depuis cinq ans elle attendait la mort et la mort ne venait pas, son mari ne pouvant se décider à la tuer. Il l'avait aimée. Elle lui avait donné un fils : Virginio. En outre, ce guerrier n'avait pas appétit au sang, surtout au sang d'une femme, dont il sentait bien qu'il n'ajouterait pas à sa gloire, même si la coutume excusait, et même exigeait, l'exécution de la femme adultère. N'est-ce pas étrange que dans ce cas précis l'appel de notre Sauveur au pardon – « Que celui qui n'a jamais péché lui jette la première pierre » – ne soit pas davantage entendu par le peuple et les princes ? J'ose le demander : dans le quotidien de la vie, ne sommes-nous donc chrétiens que du bout des lèvres ?

Pour en revenir au 19 mars, dès que je vis qu'il était cinq heures moins cinq à la montre-horloge qui ornait mon petit bureau, j'écrivis sur un bout de papier : « Votre Eminence, il est l'heure » et, me levant, j'allai le mettre dans les mains du cardinal, je dis bien dans ses mains, et non sur ses genoux, comme il le prétendit par la suite. Après quoi, je retournai à ma place, assez étonné que le cardinal ne donnât pas aussitôt congé à sa nièce comme il le faisait toujours quand je lui adressais ce petit rappel. Je balançais à le renouveler, mais me souvenant que Son Eminence m'avait blâmé la veille pour ce qu'il avait appelé mes « excès de zèle », je décidai de n'en rien faire. Et mal m'en prit, car à cinq heures sonnantes – sans être, bien sûr, précédé, ni annoncé, puisque nous n'avions pas de majordomo – le prince Orsini, duc de Bracciano, pénétra dans la pièce avec cette démarche allongée et rapide qui lui donnait toujours l'air de monter à l'assaut.

Il s'avançait, l'œil fixé sur le cardinal, un sourire courtois aux lèvres, quand tout d'un coup il aperçut Vittoria. Il s'arrêta net, parut frappé de stupeur, pâlit et resta les yeux rivés sur elle sans pouvoir articuler un seul mot. L'épais tapis dont les dalles du bureau étaient recouvertes ayant étouffé ses pas, Vittoria ne l'entendit pas entrer. Elle continuait de lire les *Confessions* de sa voix claire et chantante. Quant à Son Eminence, elle parla d'une voix dont elle avait peine à maîtriser l'irritation :

– Vittoria, je vous en prie, laissez-nous. J'ai à m'entretenir avec le prince Orsini.

Vittoria leva les yeux, aperçut Bracciano, se dressa ; le livre qu'elle tenait dans ses mains glissa à terre, elle le vit tomber avec consternation, mais ses yeux revinrent se fixer sur Bracciano et elle dit d'une voix tremblante, mais sans cesser de regarder le prince, alors même qu'elle s'adressait au cardinal :

– Mon père, je m'excuse de ma maladresse.

– Ce n'est rien ! Ce n'est rien ! dit Son Eminence, ses yeux sombres jetant des éclairs. Rossellino le ramassera ! Rossellino, raccompagnez Vittoria.

Ne sachant auquel de ces deux ordres je devais obéir en premier, j'hésitai un instant : le cardinal me jeta alors un regard furieux.

– Eh bien, Rossellino, êtes-vous sourd autant que muet ? Raccompagnez Vittoria !

Celle-ci parut sortir de sa transe, vint baiser comme une automate la main de son oncle, passa, les yeux baissés, devant le prince immobile, et franchit la porte que je tenais ouverte. Elle marchait devant moi, mais je la rattrapai au haut de l'escalier et me mis à son niveau au moment où elle commençait à descendre. Je remarquai que l'extrémité de sa toison d'or derrière elle touchait chaque fois la marche que ses pieds venaient de quitter. La main gauche qu'elle posait sur la rampe de marbre tremblait et quand je pris congé d'elle devant la porte qui menait à la cour – sa cameriera s'avançant, tenant à la main son masque et la grande cape dont elle cachait ses cheveux –, elle omit de m'adresser le gracieux sourire par lequel elle voulait bien d'ordinaire s'apercevoir de mon existence. Sa cameriera disposa sa cape sur ses épaules, et avant d'en baisser la capuche, Vittoria mit seule son masque. Il était noir et comportait trois petits brillants entre les deux yeux. Elle le posa d'abord haut sur le front afin de passer plus commodément le ruban derrière sa nuque. Ce faisant, elle ferma à demi les yeux, son beau visage me parut pâle et dénué de toute expression. Quand enfin elle rabattit le loup de velours sur son visage, j'eus l'impression qu'elle abaissait un masque d'étoffe sur un masque de chair.

Aziza la guêpe

Je suis née à Tunis de parents mauresques, comme on dit ici. À dix ans, je fus enlevée en plein jour dans la médina par des brigands qui me vendirent à un pirate qui, à l'instant même où je fus à bord, mit à la voile, son intention, comme je l'appris, étant de conduire sa tartane le long des côtes de l'Adriatique pour les écumer. Il s'appelait Abensour. Il ne m'avait pas achetée comme une marchandise, pour me revendre, mais pour charmer les loisirs de sa périlleuse expédition.

Abensour était un croyant, et à sa façon, un homme consciencieux. Quand il apprit de ma bouche que je n'étais pas encore formée, il jura de ne me déflorer que je n'eusse mes règles. Et il me fit présent d'un petit poignard pour me défendre contre les entreprises des matelots. J'étais – et je suis encore – vive et agile comme un petit singe. Deux fois, j'eus à piquer une main qui me serrait de trop près. Après quoi, je me mettais hors d'atteinte. Pour cette raison, on m'appela la guêpe.

Les brises de l'Adriatique sont plus capricieuses encore que celles de la Méditerranée. Elles soufflent comme des furies et tout d'un coup s'apaisent. Quand Abensour vit à l'horizon se profiler les galères de Venise, il donna l'ordre de virer bord à bord et la tartane vint vent arrière et bondit sur les vagues. Mais au bout d'une heure, le vent tomba, la tartane fut encalminée, les galères gagnèrent sur nous. Quand il devint évident que nous allions être capturés, Abensour, qui savait que sa tête était mise à prix, boucla autour de sa taille la ceinture qui contenait son or et plongea dans la mer. Les côtes d'un pays qu'on appelle l'Albanie apparaissaient dans les brumes du lointain. J'ai appris plus tard que les Albanais sont un peuple farouche. Ils détestent les Turcs qui depuis des siècles cherchent à les asservir. Et plus encore les barbares qui pillent leurs côtes. Mais qui sait ? Peut-être Abensour est-il malgré tout parvenu à prendre pied sur terre et à survivre. Dieu est grand !

Abensour me plaisait. Il était dur et doux comme le sont les vrais hommes. Et j'attendais avec impatience d'être femme pour qu'il me prît.

Les matelots qui manœuvraient celle des galères vénitiennes qui nous captura n'étaient point des esclaves, mais des hommes libres. Ils le prouvèrent aussitôt : Ceux des nôtres qui ne furent pas tués à l'abordage furent enchaînés pour être vendus à Venise. Quant à moi, ils me jouèrent aux dés. Et celui qui me paraissait le pire de tous, un gros borgne puant et barbu qui me sembla être en autorité parmi eux, me gagna. Dès que je le compris, je m'enfuis et comme il me serrait de près, je le piquai au bras de mon petit poignard. Il poussa un cri de rage et rameuta ses compagnons : on finit par s'emparer de moi et me désarmer. Le borgne, écumant de fureur, arracha mes vêtements, m'attacha nue à la rambarde, en plein soleil. Il déclara qu'il me laisserait cuire à ses rayons jusqu'à la tombée du jour, et qu'alors il me livrerait aux appétits de l'équipage. Après quoi il trouverait, lui, son propre plaisir en me daguant.

Sur son ordre, ses paroles me furent traduites en arabe par un très jeune matelot qui paraissait recevoir plus de gifles que de bonnes paroles. À peine avait-il achevé sa traduction que la manœuvre mobilisa l'équipage. Je fus laissée seule, les liens me coupant mains et jambes sous le soleil brûlant. Au bout d'un moment, le mousse qui parlait ma langue se glissa comme une couleuvre parmi les cordages et me donna à boire. Il me dit en chuchotant s'appeler Folletto et qu'il compatissait à mon malheur, car il était souvent battu, lui aussi. Il avait de grands yeux noirs dans un visage de femme, doux et avenant. Je compris, à mieux l'examiner, quel devait être à bord son emploi. Un mousse sur notre tartane servait au même usage. Mais à la différence des nôtres, les roumis de la galère, loin de savoir gré à Folletto de ses complaisances, l'abreuvaient de mépris et de coups.

Pendant tout le temps que dura mon supplice, un de ces ruffians, à tour de rôle, venait me regarder sous le nez, portait la main sur moi, me palpait comme un mouton qu'on achète au marché et ricanait. Je m'appliquais à faire bonne figure mais outre que le soleil me cuisait cruellement, je tremblais de peur en mon for, non pas tant à la pensée du coup de dague final – je l'appelais, au contraire – qu'en raison de tout ce qu'il me faudrait subir du fait de ces porcs avant de mourir. J'avais le cœur soulevé à la pensée que ces hommes grossiers et puants se vautreraient sur moi et plus d'une fois, fugitivement, je regrettais de ne m'être pas donnée à Abensour.

Folletto, tout efféminé qu'il fût, ne manquait pas de courage et assurément au péril de sa vie – que le Tout-Puissant le récompense ! –, il se glissa jusqu'à l'arrière de la galère et prévint le capitaine du supplice que j'endurais. Pour en avoir le cœur net, le capitaine vint en personne à l'avant, ce que, me dit Folletto, il ne faisait jamais. À la munificence de ses habits et à son air fier, je compris qu'il n'était pas seulement le capitaine du bâtiment, mais un grand émir dans son pays. Je le trouvais très beau, l'œil bleu comme le ciel, le cheveu comme la pièce d'or, les épaules larges comme une porte et si grand de taille que ma tête lui arrivait à peine au milieu de la poitrine. Il était suivi d'un grand maigre qui me parut être son second, et de Folletto qui traduisit ses questions en arabe.

– Comment te nommes-tu ?

– Aziza la guêpe.

– Pourquoi la guêpe ?

– Parce que mon maître Abensour m'avait donné un petit poignard pour piquer les matelots qui voudraient m'approcher.

– Tu étais donc vierge ?

– Je le suis toujours. Abensour ne m'a pas touchée.

– Qui t'a liée ici ?

– Le borgne. Il m'a gagnée au jeu. Je l'ai piqué.

L'émir blond parut réfléchir et conversa assez longuement à voix basse avec son second. D'après ce que me dit Folletto, l'émir était comme lui-même romain, l'équipage, vénitien. Et l'émir connaissait trop les Vénitiens pour se les mettre à dos en brusquant les choses.

Finalement, il ordonna à Folletto de me délier et au second

d'aller quérir le borgne. Les liens, tant ils étaient serrés, m'avaient scié bras et jambes et je tenais à peine debout quand Folletto me libéra. L'émir dit à Folletto de me donner à boire et de m'aider à me rhabiller. Tout le temps que cela prit, il ne cessa de me regarder. J'aimais ses yeux. Tantôt ils étaient bleu tendre comme le ciel à l'aube, tantôt – mais seulement quand il était fâché – bleus comme l'acier d'une lame.

Le borgne, quand il advint, ôta son bonnet devant l'émir, lui fit un grand salut, l'appela «Monseigneur», mais parla comme un homme qui est sûr de son bon droit.

– Monseigneur, dit-il, n'ignore pas que s'il y a une femme à bord d'une prise, elle est pour l'équipage. Et celle-là est à moi. Je l'ai gagnée aux dés.

– C'est une guêpe. Elle t'a piqué. Elle te piquera encore.

– Elle ne me piquera plus. Je compte l'écraser.

– Elle sera de nul profit pour toi, si tu l'écrases. Vends-la-moi.

– Avec votre permission, Monseigneur, dit le borgne en me regardant avec des yeux méchants, je préfère l'écraser.

L'émir blond se tourna vers le second et dit :

– Rassemble sur l'heure l'équipage.

Quand les matelots eurent fait cercle autour de l'émir, du borgne et de moi, l'émir dit :

– Cette fille est une guêpe. Elle a piqué le borgne et le borgne désire l'écraser après vous l'avoir donnée en pâture. Je désire, moi, la lui acheter. S'il y consent, je donnerai à chacun de vous, pour le dédommager, dix ducats.

Quand Folletto me traduisit plus tard ces propos, il m'expliqua que l'émir n'avait pas cité au hasard ce chiffre de dix ducats. Il était le prix d'une catin célèbre de Venise, port dans lequel la galère devait relâcher dans trois ou quatre jours, si le vent était bon.

La proposition fut acclamée d'une seule voix par les matelots et le borgne comprit que le moment était venu pour lui de traiter. S'il ne cédait pas, il aurait contre lui, et l'émir, et ses camarades.

– Monseigneur, dit-il avec un second salut, puisque je vous vois si généreux avec mes compagnons, je le serai aussi avec vous. Si vous voulez la guêpe, je vous la vends cinq cents ducats.

– Cinq cents ! Diable ! dit l'émir. Ta générosité me coûte cher !

Là-dessus, il sourit et de l'œil il eut l'air de me soupeser, maigre petit chat que j'étais.

– Le prix est lourd, dit-il, la marchandise étant si légère…

Cette saillie fit rire les hommes à gorge déployée. Mais le borgne resta de marbre. Il ne voulut pas démordre de son chiffre.

– Monseigneur, dit-il, le prix d'une marchandise ne peut se mesurer qu'à l'agrément qu'on y croit trouver.

– Voilà qui n'est pas sot, mon maître, dit l'émir. Tu auras tes cinq cents ducats. Le second va te les compter sur l'heure.

Et en effet, au bout d'un moment, le second revint avec un gros sac de jute et, s'installant sur un tabouret derrière un tonneau posé sur sa circonférence, il compta dix ducats à chacun des hommes et cinq cents au borgne.

Je n'avais jamais vu tant de pièces d'or de ma vie. Je demandai, à voix basse, à Folletto, pourquoi l'émir se défaisait de tant de richesses.

– Mais pour te racheter ! dit-il en arabe.

– Pour me racheter ! dis-je, stupéfaite. N'était-il pas plus simple pour l'émir de faire couper le cou du borgne ?

– Non, non ! dit Folletto en riant. À Venise, les choses ne se font pas ainsi ! À Venise, on vend et on achète.

Ayant besoin de lui comme interprète, l'émir attacha Folletto à mon service, ce qui permit au pauvre garçon d'échapper à la lubricité et aux brutalités de l'équipage. Sur l'ordre de l'émir, il entreprit de m'apprendre l'italien – celui de Rome, dont l'émir et lui-même étaient originaires, et non celui de Venise. Je fis des progrès rapides, tant j'aspirais passionnément à comprendre mon nouveau maître et à me faire entendre de lui. Folletto m'apprit que son nom à lui était un surnom et désignait en réalité un lutin. C'est sans doute par erreur que la nature avait fait de Folletto un garçon, car il était de son corps entièrement féminin, à part le sexe.

Le duc, puisqu'il me faut maintenant l'appeler par son nom italien, me dit en riant qu'il serait aussi honnête homme que le pirate Abensour et qu'il ne me prendrait pas avant que je sois formée. Toutefois, il me demanda de partager sa sieste, et parut content de lire dans mes yeux que cette proposition me rendait folle de joie et de fierté. Il faisait très chaud dans la cabine, il dormait nu et je fus comme éblouie par les amples proportions de son corps, comme par la blancheur de sa peau. On aurait dit du marbre. J'ai vu depuis en Italie une statue qu'on nomme l'Hercule Farnèse. Elle lui ressemblait et me donna la même impression de puissance. En vérité, Dieu est grand qui m'a mise dans le lit d'un tel homme !

Chacune de ses cuisses était aussi grosse que mon torse. Et pour peu qu'il tendit la jambe, ses muscles étaient durs comme l'acier. Je ne regardais pas sans stupéfaction ses épaules, tant elles me paraissaient larges, ni sa poitrine bombée comme un bouclier et ornée entre ses pectoraux carrés par une courte toison dorée. Quand il dormait, la force n'abandonnait pas son corps, bien au contraire. Parfois, de petits muscles se contractaient qui couraient sous sa peau, comme une ondulation de l'eau par mer calme. Soulevée sur mon coude, je le contemplais, dévorée de l'envie de promener ma petite main sur les vastes étendues de ses membres. Toutefois, je n'osais pas, tant de respect se mêlant à mon adoration. Il faisait chaud, mais ce n'était pas seulement à cause de la chaleur que je me sentais moite. La houle de l'Adriatique soulevait la galère et j'avais l'impression que mon maître me prenait dans ses bras et me berçait.

Quand il ouvrit les yeux, il sembla d'abord surpris de me voir là, puis me reconnut et sourit, et voyant dans mes yeux les émotions qui m'agitaient, il murmura des mots italiens que je ne compris pas, mais dont la musique me parut suave et gazouillée. Puis il m'attira à lui et commença à me caresser. Je me sentis très étonnée qu'étant si fort, il y mît tant de douceur et de patience. Des frissons me parcouraient le corps et je me sentais vibrer comme une viole. Je fus surprise d'entendre des gémissements sortir de ma bouche et suivre le rythme de sa caresse. Je n'avais jusque-là jamais gémi ni crié quand il m'arrivait de me caresser. Mais le plaisir que mon maître me donna alors me parut infiniment plus aigu. La tête calée au coin de sa vaste épaule, et me sentant passive dans ses grandes mains comme une petite poupée, je m'abandonnais vraiment en n'ayant en tête qu'une seule

délicieuse pensée que je me répétais à chaque gémissement :
« Il est mon maître. Je suis à lui. Il fait de moi ce qu'il veut. »

Quand tout fut fini et voyant bien que son corps n'était pas
resté indifférent à mon émotion, j'avançai les doigts vers son
sexe. Mais il attrapa au vol ma menotte et secouant la tête
en souriant, il me dit en italien : « Pas avant que je t'ai prise. »
Et comme je ne comprenais pas, il appela Folletto qui som-
meillait, ou faisait semblant dans un petit réduit attenant à
notre cabine et lui fit traduire. Puis toujours souriant, il me
passa ses grands doigts à travers les boucles noires qui
s'emmêlaient sur ma tête, me tourna le dos et s'endormit.

Plus tard, quand mon maître fut rhabillé et fut sorti sur le
pont, je demandai à Folletto pourquoi il avait refusé mes
caresses. Folletto réfléchit. Du fait de sa double nature, il
connaissait les hommes aussi bien que les femmes. Mais il
lui fallait toujours un peu de réflexion pour démêler les enche-
vêtrements de son être.

– Toi, dit-il, avec une seule caresse, tu te sens déjà toute
à lui. Mais lui, il ne sentira que tu es sienne que lorsqu'il t'aura
pénétrée. Les hommes tiennent énormément à ce que ce soit
leur sexe qui leur donne une femme. Ils ne comprennent pas
que les femmes se donnent toujours avant.

– C'est vrai, Folletto, c'est vrai ! Comment se fait-il que
tu sentes cela si bien ?

– Parce que moi aussi, Aziza, je suis amoureux du prince.
Et quand tu gémis dans ses bras, c'est à ta place que je voudrais être, non à la sienne.

Cette remarque me gênant, je changeai de sujet.

– Que va-t-il faire de moi, quand il sera de retour à Rome ?
Me vendre ? Me mettre dans son harem ?

Folletto se mit à rire.

– Les *roumis*, Aziza, n'ont pas de harem. Ils ont une femme
légitime. Et parfois ils prennent une concubine.

– Quoi ? dis-je, stupéfaite, une concubine ? Une seule ?

– Quelquefois, dit-il, ils en ont plusieurs, mais alors en succession.

Cela m'attrista, car je pensais que lorsque j'aurais lassé
mon maître, il se déferait de moi au lieu de me garder. Je
m'ouvris de ces craintes à Folletto.

– Non, dit-il, toi, il te gardera.

– Pourquoi ?

– Parce que, toi, tu es à lui sans considérer qu'il est à toi.
Il n'a donc pas à redouter de toi des cris, des larmes, des
caprices, des scènes de jalousie et d'incessantes demandes
d'argent. Toi, tu seras toujours pour lui le havre où il pourra
venir jeter l'ancre après une tempête.

À y repenser aujourd'hui, je ne sais si c'était là une prédiction, ou un conseil. Mais j'ai suivi le conseil, parfois non sans
mal, de sorte que maintenant la prédiction est devenue vraie.

Un mois après cet entretien, je fus formée, et une fois mes
règles passées, mon maître à la sieste me prit, mais si lentement, après tant de préparations, d'étapes et de pauses que
je sentis à peine le déchirement de la défloration, seulement
la joie et la fierté d'être femme quand enfin son gros sexe,
avec tant de douceur et de délicatesse, me remplit.

Notre flotte de galères sillonnait sans répit l'Adriatique à
la recherche des pirates barbaresques et on en trouvait de moins
en moins tant le renom d'invincibilité du prince les effrayait.
Quand mon maître vit que je comprenais bien l'italïen, il
estima que le moment était venu pour lui de me convertir à
sa religion. À notre escale de Venise, il fit venir à bord un
prêtre qui m'instruisit.

Avant qu'il ouvrît la bouche, j'avais quelque appréhension
touchant ce que le *roumi* allait m'apprendre. Mais quand il
me dit que Dieu avait créé le ciel, la terre et l'homme, qu'il
était le maître du destin de l'homme, qu'on faisait bien en
lui obéissant et mal en ne l'écoutant pas, que les bons, après
la mort, iraient au paradis et que les méchants en enfer
seraient livrés au diable, je compris que le dieu des roumis
et Allah n'étaient qu'un seul et même Dieu, appelé de noms
différents, selon qu'on était né à Tunis ou à Rome. Je
n'éprouvais plus aucun scrupule alors à me faire baptiser.
Toutefois, il m'arrivait, la nuit, de me réveiller et de me dire :
« Eh bien, ma pauvre Aziza, te voilà une *roumia* maintenant !
et la concubine d'un *roumi* ! Que penserait-on de toi dans la
medina, et que penseraient tes pauvres parents s'ils le
savaient ! » Et tantôt je pleurais et tantôt je riais. Je pleurais
en pensant à eux, et je riais en pensant à moi.

Depuis que nous sommes revenus à Rome, il y a eu d'autres femmes dans la vie du prince, mais comme avait dit Folletto, non pas ensemble, mais en succession (puisque c'est ainsi que les *roumis* entendent le harem) et moi, il m'a toujours gardée, ayant fait de moi sa confidente, son amie, et ne me cachant rien de ses amours.

Mais ce n'est pas à dire qu'il ne veut plus de mes caresses, ni moi des siennes. De temps en temps, il me fait appeler par Folletto qui me dit avec un soupir d'envie : «Va, il te demande.» Je trouve le prince, non pas couché sur son lit, mais assis le dos accoté à des coussins. Sans un mot, je m'étends entre ses cuisses. Des deux mains, il caresse ma tête bouclée tandis que peu à peu ses jambes se raidissent et emprisonnent mon corps comme dans un étau. J'aime cette façon impérieuse de me serrer comme si j'étais sa cavale. J'aime aussi quand ses mains appuient de plus en plus fort sur ma tête pour me donner un rythme de galop jusqu'à ce qu'il pousse ce râle rauque qui paraît sortir du fond de ses entrailles. Je me sens fière de lui avoir donné ce moment suprême de sa vie pendant lequel il est à moi. Il peine pour reprendre son souffle et me dit : «Viens. Remonte.» Je me pelotonne contre lui, la tête contre son cœur, et je dis :

– Oh, comme il bat fort ! Comme il est puissant ! Jamais il ne s'arrêtera !

– Si, il s'arrêtera. Un jour, il s'arrêtera.

J'ai senti une ombre dans sa voix. Il pense à sa blessure à la cuisse qui depuis la bataille de Lépante n'a pas guéri. Je le lui répète : c'est qu'il est mal soigné par les médecins roumis ! À Tunis, nous avons deux grands médecins, un arabe, l'autre juif. Je suis sûre que leur médication serait meilleure.

– Mais comment irais-je à Tunis ? dit-il en haussant les épaules. Ce nid de pirates ! Moi qui ai pendu tant des leurs !

J'écoute son cœur dont les battements sont maintenant moins pressés. Je suis couchée de côté en chien de fusil, ma tête au creux de son épaule gauche, et c'est à peine si du bout des doigts par-dessus sa poitrine bombée je parviens à toucher le creux de son épaule droite, tant il est large.

J'ai maintenant seize ans. Je mange à ma faim, et ma faim est considérable. Mais je n'ai ni grandi ni grossi. Je ne pèse pas plus qu'une plume. Mes seins ne sont pas plus gros que des grenades et j'ai des fesses de garçon, petites, rondes, musclées. Je ne vois vraiment pas ce qu'il trouve à aimer en moi, sauf peut-être la couleur de ma peau qui est brun mat, et aussi mon visage avec mes cheveux noirs bouclés, mes yeux de gazelle, mon petit nez, et ma grande bouche.

Le nez contre sa peau, qui sent bon, qui sent toujours bon, même quand il a transpiré, je me tais et j'attends. Bien que je sois impatiente aussi, il y a du délice dans cette attente. Je suis absolument sûre de ce qui va suivre. Paolo est un homme juste. Il ne me renverra pas sans m'avoir à mon tour comblée. Je ferme les yeux et de tout mon être j'attends.

Il arrive toutefois que nous nous querellions, et toujours sur le même sujet : sujet sur lequel, moi qui sais si bien me taire, je ne peux tenir ma langue tant je suis indignée.

– Il y a cinq ans que tu aurais dû le faire ! Elle t'a trompé avec un parent ! Quelle honte ! Tu t'es contenté de l'enfermer dans ton château de Bracciano ! Et maintenant elle se donne aux gardes, aux palefreniers, aux muletiers, aux garçons de cuisine ! Elle te déshonore chaque jour davantage !

Ses yeux deviennent bleu acier, et il me repousse durement.

– Tais-toi ! Va-t'en ! Tu n'es qu'une barbare ! Toi, une femme, tu me demandes de tuer une femme ! Tu n'es pas chrétienne ! Tu n'es pas plus chrétienne que Francesco di Medici, que son frère le cardinal ou que le pape ! Touchant Isabelle, Francesco m'adjure de me conduire «en gentilhomme» ! Son frère m'adjure de me conduire «en chrétien» ! Il a dit «en chrétien» ! Quelle dérision ! Et le pape, hypocritement, s'étonne en public que je n'aie «pas encore remis de l'ordre» dans mes affaires ! Mais moi, écoute-moi, Aziza, et tiens-le-toi pour dit : je suis un soldat, non un bourreau !

Je me tais. Je suis assise sur le lit, les genoux remontés contre ma poitrine et mes bras entourant mes genoux. Je le regarde de côté en prenant mon air de fillette grondée et battue, alors même qu'il n'a jamais levé la main sur moi. C'est une mine qui l'attendrit toujours, et qui en même temps, l'amuse. Car il n'est pas dupe. Mais c'est un homme qui aime tout des femmes, même leurs petites ruses. «Viens, vilaine», dit-il au bout d'un moment. Je me jette dans ses bras en jetant un gros soupir, et je me pelotonne contre lui. Si seulement à cet instant il pouvait s'aviser de me prendre, comme je serais heureuse d'être couverte par son grand corps !

Je n'ai pas le cœur sanguinaire et je n'ai aucun intérêt à ce qu'il tue sa femme. Je suis l'esclave de Paolo, même pas sa concubine. Mais cela m'enrage que son épouse le déshonore. J'entends bien les réflexions qu'on fait ici et là, et jusque dans la rue. Cela m'exaspère qu'on traite ce héros de «lâche», même à voix basse.

Cette dernière petite querelle a eu lieu deux jours avant le 19 mars. Après le 19 mars, bien sûr, les choses changèrent.

Raimondo Orsini (il bruto [1])

Mon frère Lodovico, qui est comte d'Oppedo, et moi-même, nous appartenons à la branche cadette des Orsini. Le chef de la branche aînée – le nôtre aussi, par conséquent – est, comme on sait, le grandissime, bellissime et vaillantissime Paolo Giordano Orsini, duc de Bracciano. Il trône en sa splendeur dans le palais de Montegiordano qui, flanqué de ses quatre tours, n'est séparé du château Sant'Angelo que par la largeur du Tibre. Lodovico et moi, nous devons nous contenter d'un palais beaucoup plus petit qui ne comporte pas de tours aux angles et pour lequel nous ne jouissons pas, comme Bracciano, du droit d'asile.

Je trouve la chose insupportable. Comment accepter que nous qui, pour être de la branche cadette, ne sommes pas moins des Orsini, nous ne pouvions donner gîte et protection en notre demeure à qui nous plaît – voire à un brigand de grand chemin – sans que le *Bargello della Corte* [2] fasse irruption chez nous, mette la main au collet de notre hôte, lui fasse un procès bâclé et le pende ? Quel Orsini pourrait supporter une telle offense ?

Paolo Giordano a un autre grand avantage sur nous. Non seulement il est bien garni par l'héritage, mais il l'est devenu

1. La brute.
2. Le chef de la police.

plus encore par l'acquisition. Les cinq ans qu'il a passés au service de Venise ont immensément ajouté à ses richesses. Car si la moitié de ses «prises» revenaient à la Sérénissime, il gardait l'autre moitié.

Paolo Giordano s'est montré avec nous bon parent et pas du tout avare de ses piastres. Mais depuis peu, il a resserré les cordons de sa bourse. Il m'a dit en janvier dernier : «Raimondo, voici dix mille piastres pour Lodovico et toi. Écoute-moi bien. Ce seront les dernières qui prendront ce chemin. Vos poches sont trouées. Et tâcher de vous renflouer, c'est tout justement tâcher de remplir le tonneau des Danaïdes.» Du moins, je crois qu'il a dit «les Danaïdes». Je ne connais pas ces gens-là, ni pourquoi ils mettaient du vin dans un tonneau percé.

Le pire, c'est que cela s'est su que Paolo ne paierait plus nos dettes. Et de ce jour nous n'avons plus pu obtenir le moindre crédit, même chez les juifs. Les dix mille piastres envolées en fumée, il nous a fallu recourir à de dures extrémités : nous avons envoyé deux de nos gens rançonner les voyageurs dans les montagnes de Nora. Par malheur, ces misérables sont des brutes, et ils ne se contentent pas de voler. Ils tuent, et souvent sans nécessité.

Il est vrai que moi-même, dans ma jeunesse, on m'appelait *il bruto*, parce que j'avais le poing et le pied un peu faciles et quand une affaire tournait au compliqué, j'y allais de la dague. Mais là aussi, il y a quelque injustice. Mon frère Lodovico, tout comme moi, est prompt à dégainer, mais lui, on ne l'a jamais appelé *il bruto*, pour la raison qu'il a un joli visage et qu'il sait lire et écrire.

Pour moi, je sais signer mon nom, et cela me suffit. Je tiens que l'épée est plus utile à un gentilhomme que la plume. Mais cela dit, j'ai plus que ma part de finesse. Je ne voudrais pas qu'on s'y trompe.

Le 28 mars, Paolo m'a prié de venir le voir en son palais de Montegiordano, «et je t'en prie», ajouta-t-il en son billet, «viens très à la discrétion et sans te faire suivre d'une vingtaine de personnes». Quand mon secrétaire m'a lu cette phrase, elle piqua fort ma curiosité.

— Ah, Raimondo ! me dit Paolo en m'accueillant avec sa

cordialité habituelle dans la grande salle de Montegiordano, comment vas-tu ? Et comment te tires-tu d'affaire, mon grand bébé, maintenant que je t'ai sevré ?

– Plutôt bien.

– Plutôt bien selon la pécune, ou plutôt bien selon la morale ?

À cela je souris sans répondre, ne sachant pas s'il savait que les deux bandits qui ravageaient la Nora étaient à nous.

– Ah, tu ne réponds pas ! dit-il en riant. Tu ne me fais pas confiance, moi, ton aîné et ton parent ! Me prends-tu pour le Bargello ? Mais peu importe, Raimondo, assieds-toi là, sur ce cancan. Prends une coupe de ce bon vin. Écoute, j'ai un service à te demander.

Je m'assis, mais il ne m'imita pas. Il ne but pas non plus et continua à marcher de long en large dans la pièce sans dire un mot. Et tout d'un coup, la vérité se fit jour dans mon esprit : Paolo, le grand Paolo, lui d'habitude si royal et si sûr de lui, était embarrassé.

– Eh bien, voilà, dit-il enfin, j'ai décidé de mettre un terme à la vie scandaleuse d'Isabella.

– Ah ! c'est nouveau ! dis-je. Depuis cinq ans, tu t'y refusais !

– C'est que tu vois, Raimondo, Isabella roule de plus en plus bas dans le vice. Il y a cinq ans, elle était adultère. Mais maintenant, c'est une Messaline.

Je plissai le front.

– Écoute, Paolo, qu'est-ce que tu dis ? Je n'y entends goutte ! Qui c'est d'abord, cette Messaline ?

– Une femme qui a un appétit insatiable à l'homme et se donne à tous, jour et nuit.

– Et où la trouve-t-on, cette merveille ?

– Mais voyons, Raimondo, elle est morte depuis des siècles. C'était une impératrice de la Rome antique.

– Si elle est morte, pourquoi en parler ?

Je réfléchis un bon moment, et comme Paolo se taisait, je repris :

– En somme, Paolo, pendant cinq ans, tu as refusé de tuer ta femme. Maintenant, tu t'es décidé. Bon, c'est ton affaire.

– Non, Raimondo, dit Paolo en me regardant dans les yeux. C'est la tienne. C'est toi que je désire charger de l'exécution.

– Moi ?

– Oui, toi. Il va sans dire que je récompenserai ton dévouement.

Je restai silencieux. C'est bien la première fois que cette idée se présentait à mon esprit. Et à vrai dire, elle me choquait quelque peu.

– À mon avis, dis-je, la coutume veut que ce soit le mari qui tue l'épouse adultère de ses propres mains, puisque c'est lui qu'elle a offensé.

– Peu importe la coutume, Raimondo. Je désire agir autrement. Je te donnerai un billet de ma main pour qu'Isabella sache bien que tu viens de ma part.

– Oui, dis-je lentement, oui, à la rigueur, comme cela. Pourtant, tu te prives d'un grand plaisir en ne la tuant pas de ta main, elle qui t'a planté tant de cornes.

Je le regardai en disant cela, et il me sembla qu'il pâlissait.

– Je ne me prive d'aucun plaisir, dit-il, d'une voix sourde. Rappelle-toi que je l'ai aimée.

Je repris au bout d'un moment :

– Tu as parlé d'une récompense.

– Vingt mille piastres.

– Pour moi, je dirais plutôt trente mille.

– Si tu veux ! dit-il avec colère.

Il répéta :

– Si tu veux ! Nous n'allons pas marchander ! Ce serait par trop sordide !

– Écoute, dis-je un peu piqué de son ton, ça te coûterait moins cher si tu le faisais faire par un de ces bandits à qui tu donnes asile à Montegiordano.

– Tu n'y penses pas ! dit-il avec feu. Ce serait indigne d'elle et de moi ! Il faut qu'elle meure de la main d'un Orsini, à défaut de la mienne.

Je réfléchis encore et je dis :

– Paolo, tu as dit qu'elle était une catin. Est-ce que tu me permets, *avant*, de la traiter comme telle ?

Un éclair de fureur passa dans ses yeux et il dit :

– Ah, Raimondo, tu n'as pas changé! Tu es vraiment *il bruto*! Qui penserait à ce genre de choses en un pareil moment?

Je me levai:

– Si je suis *il bruto*, dis-je, les dents serrées, *il bruto* te salue et s'en va.

Il me prit par le bras.

– Non, Raimondo, je t'en prie, ne te fâche pas! J'ai besoin de toi.

Il me força à me rasseoir.

Il fit encore quelques pas dans la pièce et dit:

– Pour Isabella, tu feras ce que tu voudras, mais je ne veux pas que tu la traites inhumainement.

– Je n'y pensais pas. Même *il bruto* peut ne pas avoir le cœur aride.

– Ah, Raimondo! dit-il en me prenant les deux mains dans les siennes, excuse-moi. Je t'ai blessé.

– Mais non, mais non, dis-je en retirant vivement mes mains des siennes.

Après cela, ne voulant pas nous quitter sur ce petit froissement, on parla de choses et d'autres. Mais je ne digérais toujours pas ce qu'il avait dit. Je retrouvais là une fois de plus cette réputation de brute et de sotard que j'ai dans la famille. Et je ne voulus pas le quitter sans lui faire entendre, au moins à mots couverts, que j'étais moins obtus qu'il le croyait.

– Paolo, dis-je d'un air innocent, tu as perdu ton secrétaire, je crois?

– Perdu est le mot. Il s'est fait prêtre.

– Si tu cherches à le remplacer, j'ai un candidat à te suggérer.

– Qui?

– Marcello Accoramboni.

Paolo parut comme pétrifié et il resta là, battant des paupières, privé de voix. Je repris d'un ton détaché:

– Marcello a une bonne instruction. Il a même appris le latin autrefois.

– Mais Raimondo, dit-il en levant les sourcils, comment sais-tu tout cela? Tu le connais?

– Non. Mais je connais une fillette qui le voit souvent.

– Qui?

– Caterina Acquaviva.

– Qui est cette fille ?

– La cameriera de Vittoria Peretti.

Pour le coup il pâlit et pour me cacher son trouble, il me tourna le dos et, marchant vers la fenêtre, il regarda la vaste cour intérieure de Montegiordano. Ce regard ne lui apprit rien, je gage. Les bannis auxquels il avait accordé le droit d'asile campaient là jour et nuit. Il les nourrissait, sachant bien que pour peu qu'il leur donnât des armes, ils pourraient faire pièce au pouvoir du pape.

– Cette fille, tu la connais comment ? dit-il sans se retourner.

– Je la trousse, quand le cœur m'en dit.

– Tu pourrais t'arranger pour me la faire rencontrer ?

– Certes, mais ça ne serait pas très indiqué.

Il se retourna et me regarda dans les yeux.

– Pourquoi ?

– Ses parents sont de Grottammare. Je soupçonne Caterina d'être dans la main de Montalto.

– Eh bien, dit-il, n'en parlons plus.

Et ce disant, il me prit par le bras et me raccompagna jusqu'en haut de l'escalier. Cela me fit plaisir qu'il eut des égards pour moi, après que j'eus percé à jour ses petits secrets. J'en fus touché, mon affection pour lui se réveilla et je dis :

– En revanche, je peux te faire rencontrer Marcello Accoramboni.

– Comment ? Tu viens de me dire que tu ne le connais pas.

– C'est vrai, mais il fraternise avec *il mancino*, le frère de Caterina.

– Qui c'est, ce *mancino* ?

– Un brigand qui a tourné maquereau. Il hante une taverne qu'on nomme le *Mont des Oliviers*. D'aucuns disent qu'elle est à lui.

– Tu as de curieuses fréquentations, Raimondo, dit Paolo avec un petit sourire.

– Mais toi aussi, dis-je, si j'en crois les gens que j'ai vus dans ta cour.

Là-dessus, on s'embrassa et on se quitta bons amis sans qu'il décidât rien au sujet de Marcello. Il est vrai que Paolo n'avait en l'occurrence plus besoin de mon aide, puisqu'il savait maintenant, grâce à moi, qui était *il mancino* et où le trouver.

Quant à Isabella, dès qu'elle me vit paraître sous les murs de Bracciano avec mon écuyer Alfredo et ma forte escorte, elle comprit le but de ma visite, et il fut à peine besoin de lui montrer le billet de Paolo. Néanmoins, elle me reçut avec sa gentillesse habituelle. Son beau visage ne portait pas la moindre trace de peur et, m'ayant fait asseoir, elle s'entretint avec moi sur le ton de la conversation la plus courtoise.

– Raimondo, tu remercieras avant tout Paolo de m'avoir laissée vivre cinq ans après mon affaire avec Troïlo. C'est bien plus que je n'espérais. Dis-lui aussi que je suis très touchée qu'il n'ait pas eu le cœur de me tuer lui-même. Naturellement, Raimondo, toi non plus tu n'es pas trop chaud pour ce genre de besogne. Tu as toujours eu un petit faible pour moi. Ne dis pas le contraire. Et moi, de mon côté, j'ai toujours trouvé injuste qu'on t'appelle *il bruto*. Tes yeux ne sont pas ceux d'une brute. Ni tes lèvres.

Ayant dit, elle se leva gracieusement de son cancan, et vint m'embrasser sur la bouche, puis elle reprit sa place comme si de rien n'était, et poursuivit d'un air tout à fait naturel :

– Et comment comptes-tu faire la chose, Raimondo ?

J'avalai ma salive et je lui dis d'une voix étouffée :

– Selon les formes légales : avec un cordon de soie rouge.

– Oh non, Raimondo, dit-elle, pas comme cela, je te prie ! La tête d'un étranglé, c'est vraiment très vilain ! Je ne veux pas être laide, même après ma mort. Non, la dague, Raimondo, la dague ! La dague en plein cœur !

Je dis à voix basse :

– Je ferai comme tu voudras.

– Et encore une petite prière, Raimondo, reprit-elle d'un air aimable en penchant la tête un peu de côté, et toujours sur le ton de la conversation mondaine. Donne-moi encore trois jours de vie, je te prie.

– Pour mettre tes affaires en ordre ?

– Oh non ! dit-elle avec un rire clair. Mes affaires, elles sont en ordre depuis cinq ans… Mais j'ai remarqué qu'il y avait beaucoup de beaux hommes dans ton escorte, à commencer par toi. Et toi tu as toujours eu envie de moi, Raimondo, ne le nie pas.

— Isabella, dis-je en détournant les yeux, excuse-moi. Moi encore, je suis ton cousin, comme Troïlo. Mais ces autres. Tous les autres… Comment es-tu devenue une telle…

Je cherchai le nom qu'avait employé Paolo, mais ne le trouvant pas dans ma mémoire, je dis :

— Une femme aussi insatiable.

Elle rit de nouveau. Comment elle était belle ! Ces dents, cette bouche, ces yeux, cette forêt de cheveux noirs !

Mais elle reprit son sérieux et elle dit :

— Quand Paolo était avec moi, nous faisions l'amour très souvent, plusieurs fois par jour. C'était un amant infatigable. Et avec sa bouche aussi, il faisait des merveilles. Et moi, Raimondo, j'avais tout le temps envie. Tout le temps. Mais comme j'adorais Paolo, dans les temps morts, je me contentais de penser à lui et de rêver qu'il me prenait. Puis Paolo est parti pour guerroyer. Pour moi, son absence c'est devenu l'Enfer. Et un soir, je me suis jetée à la tête de Troïlo, simplement parce qu'il ressemblait à son cousin. Le pauvre Troïlo, il mourait de peur, et dès qu'il a compris ce qui l'attendait, il s'est enfui. Alors le monde s'est écroulé. On a tué Troïlo, on m'a enlevé mon fils, et moi j'ai attendu la mort. Et en l'attendant… Vois-tu, Raimondo, il y a des gens qui s'enivrent avec du vin. Et moi, tu sais à présent avec quoi je m'enivre.

Je demeurai avec elle toute la nuit dans sa chambre et le lendemain à l'aube, dès que je gagnai la mienne, je me mis à pleurer. Je n'arrivais plus à comprendre pourquoi il fallait qu'elle meure. Elle était si vivante.

Dans la matinée, j'allai trouver le chapelain, je me confessai à lui et je lui dis :

— Vous savez pourquoi je suis ici, mon père.

— Oui, je le sais, dit-il en baissant les yeux.

— Mais je ne voudrais le faire qu'après qu'elle se sera confessée. Je ne voudrais pas qu'elle meure en état de péché.

Le chapelain était si vieux qu'il n'avait presque plus de chair sur le visage. On ne voyait sur ses os qu'une peau très mince, presque transparente. Sa face était déjà si semblable à celle d'un squelette que je fus presque surpris de trouver des yeux au fond de ses orbites creuses. Pourtant, à bien les regarder, ces yeux-là aussi étaient morts.

– Mais il y a belle lurette que je ne la confesse plus ! dit-il d'une voix si faible qu'on aurait dit qu'elle allait cesser d'un instant à l'autre. À quoi bon ? Elle ne se repent pas ! Elle ne pense qu'à recommencer !

– Alors, dis-je, elle sera damnée ?

– Ah ! dit-il, en levant ses mains décharnées, comment le savoir ?

– Mon père, dis-je, je vous en supplie, confessez-la ! Confessez-la une dernière fois !

– Non ! non ! non ! dit-il avec une force qui m'étonna chez ce frêle vieillard. Ce serait une mauvaise confession ! Une de plus ! Même avec moi, à genoux, le front baissé, quand elle raconte la litanie de ses iniquités, je vois bien qu'elle s'en délecte encore…

Il me tourna le dos, je le regardai s'éloigner, fou de rage. S'il n'avait pas été prêtre, je lui aurais passé mon épée à travers le corps.

Au repas de midi que je pris seul avec Isabella dans sa chambre, je lui dis :

– Donne-moi la clef de ta chambre, Isabella. Je voudrais entrer chez toi quand je veux.

Elle sourit :

– Prends-la. Elle est sur la porte. Mais tu risques de ne pas me trouver seule.

Elle ajouta avec un petit pli amer de la bouche :

– Dieu merci, je ne suis pas souvent seule.

Mais elle se reprit aussitôt et dit sur un ton léger et mondain :

– Et Paolo, comment va-t-il ? Sa blessure à la cuisse est-elle guérie ? Et sa petite Mauresque, il l'a toujours ?

– Oui.

– Comment est-elle ? Tu l'as vue ?

– Une fois, par accident. Il ne la montre pas. C'est une sorte de petit chat maigre avec de grands yeux et une grande bouche.

Isabella se mit à rire, Dieu sait pourquoi, et elle reprit, plutôt gaiement :

– Il y en a eu d'autres, je gage.

– Beaucoup d'autres.

Elle éleva son verre jusqu'à ses lèvres, mais ne but pas :

– Les hommes ont de la chance, Raimondo. Ils peuvent coucher avec le monde entier. On ne les appelle pas pour cela des catins. Et quand ils sont adultères, on ne les tue pas. Toutefois, reprit-elle, je ne voudrais pour rien au monde ne pas être une femme. Viens, Raimondo. Vite ! Allons ! Ne sois pas si lent, voyons ! Sans cela, je vais t'appeler *il bruto*, moi aussi.

Sa main se crispa sur la mienne et m'entraîna. Ses yeux noirs me brûlaient. Sa couche, très proche du sol, avait deux fois la taille d'une couche ordinaire. Pas d'autres meubles, sinon des tapis, des tentures et des coussins. Les rideaux étaient fermés devant la fenêtre à cause du soleil.

Quand je regagnai ma chambre, je fis appeler mon écuyer Alfredo. Alfredo est mon cousin, du côté de ma mère, et s'il y a quelqu'un qui mérite d'être appelé *il bruto*, ce n'est pas moi, c'est lui. Il a autant de force qu'un taureau et à peu près autant de cœur qu'un loup. Rien qu'à le voir, il n'y a pas à s'y tromper : ce n'est pas un visage qu'il tourne vers vous, c'est un mufle. À sa façon, il m'est dévoué. Et j'ai de l'affection pour lui. Lodovico dit que si je l'aime bien, c'est qu'en lui parlant j'ai l'impression d'être intelligent. Lodovico se trompe : je n'ai jamais l'impression d'être intelligent. Je vis dans une sorte de nuage et je ne comprends pas grand-chose à la vie. Même le seul fait de vivre me paraît obscur. Un jour j'ai demandé à Paolo de m'expliquer. Mais il a ri.

– Alfredo, dis-je, pour Isabella, je vais le faire aujourd'hui.

Il ouvrit tout grand ses petits yeux porcins.

– Mais c'est que le deuxième jour, dit-il. Tu lui en as promis trois.

– Justement. Si demain matin elle était encore vivante, elle dirait : «c'est mon dernier jour», et toute vaillante qu'elle soit, elle aurait peur. Je ne veux pas qu'elle ait peur. Je ne veux pas qu'elle souffre. Je veux la tuer à l'improviste et qu'elle meure sans même s'en apercevoir.

Alfredo me regarda d'un air intrigué et répéta :

– Tu ne veux pas qu'elle ait peur. Tu ne veux pas qu'elle souffre. Tu veux qu'elle meure sans s'en apercevoir.

– Oui.

– Pourquoi ?

– Ne me demande pas pourquoi. Cherche un moyen. Je t'attends ici. J'ai la clef de sa chambre.

Il hocha la tête d'un air sagace et s'en alla. Il était content que je fasse confiance à sa ruse. Je me jetai sur mon lit et j'essayai de dormir, mais en vain. Alfredo revint à la tombée du jour.

– C'est le moment, dit-il. Amin est avec elle.

– Qui est Amin ?

– Le muletier du château. C'est un Noir gigantesque. Elle se fait besogner par lui tous les soirs.

Alfredo avait dans la main deux stylets dont la lame était longue et fine. J'avalai ma salive.

– Pourquoi les stylets ? Et pourquoi deux ?

– Un pour moi, un pour toi. Quand Amin sera sur elle, je lui plongerai mon stylet derrière l'oreille. Il sera foudroyé. Puis je tirerai Amin en arrière découvrant Isabella. Tu lui plongeras alors l'autre stylet dans le cœur. La plaie sera petite et il y aura très peu de sang.

Je me levai. Je tremblai de la tête aux pieds. Je bus un grand verre de vin et je dis :

– Allons.

– Il faut se déchausser d'abord, dit Alfredo.

J'entrai le premier dans la chambre d'Isabella. J'avais les paumes moites. Et mon cœur battait si fort entre mes côtes que j'avais peur qu'on l'entendît. Dans la pénombre j'apercevais le corps gigantesque du Noir sur la couche, mais non Isabella. Elle était sous lui et gémissait avec une voix d'enfant. Je compris qu'elle était partie si loin qu'elle ne pouvait entendre ni mes battements de cœur ni rien d'autre.

Alfredo fit un pas en avant, mais je le retins par le bras. Je voulais que les deux corps étendus à mes pieds aillent jusqu'au bout de leur plaisir.

Il fallut attendre un très long moment. Le Noir soufflait comme une forge, la sueur ruisselant dans son dos entre ses omoplates. J'étais fasciné par les mouvements de ses fesses musclées qui allaient et venaient avec une force et une rapidité incroyables. Isabella, invisible, gémissait d'une façon douce et dolente comme un enfant qui a de la fièvre.

Puis le Noir poussa un seul cri rauque et triomphant et elle cria aussi, mais à plusieurs reprises, en crescendo, d'une voix aiguë. Quand elle eut fini, je poussai Alfredo. Il se pencha et tout se passa comme il avait dit. Le visage d'Isabella frémit convulsivement, elle cilla et ce fut tout. Il y eut tout d'un coup beaucoup de silence et d'immobilité dans la chambre. Les deux vivants, debout, regardaient les deux cadavres.

– Ces deux-là sont morts heureux, dit Alfredo en ricanant.

Je me tournai vers lui avec colère.

– Enlève ce muletier de là. Jette-le où tu veux. Et laisse-moi seul.

Le Noir était si lourd que, ne pouvant le soulever, Alfredo dut le prendre par les épaules et le traîner hors de la chambre. Quand il eut franchi le seuil, je fermai la porte à clé derrière lui, j'allai m'agenouiller au chevet d'Isabella et je lui pris la main. Elle était chaude et souple dans les miennes. Les larmes me coulaient des yeux sur les joues et je me mis à prier. Je priai ardemment pour le salut de son âme. Cependant, mon esprit était morne et gourd. Entre deux Pater, je me demandais sourdement pourquoi Isabella était si fautive d'avoir été ce qu'elle était. Quand sa main devint froide et raide dans la mienne, je me levai et la quittai.

CHAPITRE IV

Marcello Accoramboni

J'ai commencé à me poser quelques petites questions quand le train du palais Rusticucci a brusquement changé, entraînant un si sévère contrôle des entrées et des sorties que j'eus tout d'un coup l'impression que notre paisible demeure s'était muée en citadelle assiégée.

Cette transformation ne fut pas sans retentir sur l'humeur de ses habitants. Les bouches se fermèrent en même temps que les portes. Je ne rencontrais partout que silence, tension, attente inquiète. On eût dit qu'au lieu d'être sis à deux pas de Saint-Pierre, le palais Rusticucci avait été transporté au milieu d'une forêt infestée de brigands dont on redoutait d'une nuit à l'autre les assauts.

Peretti, qui avait apparemment édicté ces mesures sévères, ne les commentait jamais. Lui, d'ordinaire si affable et si disert, parlait fort peu, ne regardait personne. Vittoria était pâle et quasi muette. Camilla et Tarquinia avaient mis fin, au moins provisoirement, à leurs joutes verbales. Flamineo priait et ne quittait sa chambre que pour apparaître aux repas, les yeux baissés. Giulietta, que je jugeais, en la circonstance, la seule accessible à mes questions, confessa son ignorance. Elle me parut mortifiée que personne n'eût songé à l'informer de ces mystères, ni à demander ses conseils. Quant aux domestiques, ils observaient les maîtres et, comme eux, restaient cois.

À certains signes, il me sembla que Tarquinia elle-même ignorait tout du pourquoi de ce nouveau régime. Elle dardait sur Vittoria des regards interrogateurs que Vittoria ne paraissait pas voir, et je jugeais, à sa mine de plus en plus impérieuse, qu'elle n'allait pas pouvoir refréner davantage sa curiosité. Et en effet, un soir, comme Vittoria, une heure environ après le repas, se retirait dans sa chambre, je vis la Superba se lever à son tour. À son air résolu, je conclus qu'elle n'allait pas tarder à violer le sanctuaire de sa fille. Je conclus du même coup que je n'allais pas tarder, moi, à l'en empêcher, attendant toutefois quelques minutes que le fer fût engagé avant d'intervenir.

Je gagnai le premier étage par l'escalier à vis et une fois dans la galerie circulaire qui donne sur la cour, éclairée cette nuit-là par une lune superbe, je marchai à pas de chat jusqu'à la chambre de Vittoria, laquelle est précédée d'une chambrette où, quand elle est souffrante, elle exige que dorme sa cameriera.

Cette petite pièce n'était pas éclairée et, la sachant vide, j'y allais pénétrer tout de go quand il me sembla entendre, venant d'elle, le bruit d'une respiration. J'étouffai la mienne et je fis mon pas encore plus léger en approchant de la porte. Je risquai un œil à l'intérieur et n'aperçus rien d'abord, mais au bout d'une minute, m'étant accoutumé à la pénombre, j'aperçus, me tournant le dos, Caterina, fort occupée à écouter à la porte de Vittoria ce qui se disait entre mère et fille. Et si on me demande à quoi je la reconnus, puisqu'elle me tournait le dos, je vais le dire crûment : à son derrière.

Je m'approchai d'elle à la toucher sans qu'elle m'entendît, tant son oreille était bien occupée. Puis la saisissant de la main gauche par les cheveux, et plaçant ma main droite sur sa bouche pour l'empêcher de crier, je la fis basculer en arrière dans mes bras, et la traînai jusqu'à la galerie non sans qu'elle se débattît d'abord comme un chat, jetant ses griffes de tous les côtés, et essayant même de mordre la main qui la contraignait au silence. Toutefois, dès qu'on se trouva dans la galerie, et la lune éclairant mon visage, elle devint douce comme un agneau, me regarda avec des yeux soumis et serait volontiers restée contre moi, si je l'y avais laissée. Mais je la remis sur pied brutalement et mettant entre elle et moi toute la longueur de mon bras, je la conduisis par le collet de son corps de cotte jusqu'à ma chambre, l'y fis entrer et, lui disant de m'y attendre, je l'y enfermai à clef.

Je revins alors sur mes pas et j'entrai sans frapper dans la chambre de Vittoria. Elle était assise à sa coiffeuse, se regardait dans son miroir, et brossait ses cheveux d'une main lasse. Derrière elle, Tarquinia se tenait debout, apparemment interrompue dans un de ces discours dramatiques dont elle a le secret. À mon entrée, elle resta bouche bée. De celle-ci, le seul mot que j'entendis avant qu'elle ne me vît fut le mot « carrosse ». D'où je conclus qu'elle se plaignait à Vittoria d'être traitée comme la « *cinquième roue du carrosse* » et de ne pas savoir ce qui se passait. Grief qu'elle avait exprimé plus d'une fois depuis le mariage de Vittoria et toujours dans ces mêmes termes.

– Madame, dis-je en la saluant avec dérision, il y a deux personnes de trop dans cette chambre : vous et moi. Si vous vous demandez, comme nous tous, à quoi rime le nouveau train du palais Rusticucci, adressez-vous à celui qui en est le responsable, votre gendre, le signor Peretti. Vittoria n'a visiblement pas l'envie ni le pouvoir de répondre à vos questions.

– Elle n'en a pas l'envie, dit Tarquinia en élevant la voix, mais je doute qu'elle n'en ait pas le pouvoir.

– À supposer qu'elle l'ait, avez-vous celui de la forcer à vous répondre ?

– Elle me doit une réponse ! s'écria Tarquinia. Je suis sa mère !

– Madame, dis-je avec un nouveau salut, vous devriez comprendre que ce théâtre est ridicule. Le fait d'être sa mère ne vous donne pas tous les droits. Et en particulier celui de forcer ses confidences et de l'empêcher de dormir. Madame, un conseil, et suivez-le, je vous prie : retirez-vous !

– Et qui es-tu, toi, pour me donner un conseil ? s'écria-t-elle en se tournant vers moi et en me considérant avec le dernier mépris : un assassin et un maquereau !

– Ma mère ! s'écria Vittoria avec indignation, vous provoquez Marcello !

– Je le répète et je le répète encore, cria Tarquinia au comble de la fureur : un assassin et un maquereau ! Et vous, poursuivit-elle, en se tournant violemment vers sa fille, vous qui n'avez rien à me dire quand je vous pose des questions, vous retrouvez tout d'un coup votre voix pour défendre ce bandit.

– Madame, dis-je, vous avez tort d'en venir si vite aux injures. Car des injures on en vient vite aux voies de fait. Si vous ne vous en allez pas sur l'heure, le bandit ici présent aura le regret de vous jeter dehors.

– Scélérat ! dit-elle en se redressant. Vous useriez de violence envers votre propre mère ?

– Mais bien volontiers, dis-je avec un petit sourire.

Tarquinia me regarda avec des yeux étincelants, mais voyant dans les miens que j'étais tout à plein résolu à faire ce que j'avais dit, elle rassembla dans une main les plis de son vaste cotillon et sortit de la pièce d'un air hautain. Je pensais une fois de plus que ce qui m'exaspère chez la Superba, ce n'est pas seulement son caractère odieux. C'est qu'elle aime le drame, et qu'elle joue faux.

– Vittoria, dis-je, je vais te laisser. À l'avenir, verrouille donc ta porte dès que tu gagnes ta chambre. Tu éviteras ainsi les incursions de la « cinquième roue du carrosse ».

D'ordinaire, cette petite plaisanterie la faisait sourire. Mais elle ne se dérida pas. Je la regardais dans le miroir. Elle avait l'air fatigué et se brossait les cheveux sans y mettre son énergie habituelle. Son beau visage ne reflétait rien, pas même de la tristesse.

Je repris à mi-voix :

– Vittoria, rappelle-toi, je te prie, que ce que tu veux, quoi que tu veuilles, je le veux aussi…

Je ne sais pourquoi je prononçais cette phrase qui, par la suite, s'avéra prophétique. Je suis sûr, toutefois, que j'obéissais en la prononçant à mon intime sentiment. Je ne me suis jamais considéré comme une entité vraiment distincte de Vittoria.

– Merci, Marcello. Merci pour tout.

En disant cela, elle me regarda dans le miroir, et je la regardai aussi. Comme son visage était vivement éclairé par les deux chandeliers qui flanquaient le miroir, et le mien dans l'ombre, la différence de coloris entre les deux était moins visible et la ressemblance des traits et de l'expression, infiniment plus frappante. Mon cœur se mit à battre. Il me sembla que le secret de ma vie était là et que je n'avais plus qu'à le déchiffrer.

Elle répéta :

– Merci, Marcello.

Et elle ferma un instant les yeux. On eût dit qu'un rideau s'abaissait sur une pièce qui allait continuer à se jouer dans les coulisses. Je la laissai au remuement de ses pensées et, ouvrant la porte, je la refermai doucement derrière moi.

Caterina n'avait pas bougé de la petite chaise basse sur laquelle je l'avais assise de force avant de verrouiller sur elle la porte de ma chambre. Et je remarquai au premier coup d'œil qu'en m'attendant, Caterina avait sournoisement défait deux boutons à son corps de cotte afin que son décolleté carré laissât voir ses tétins davantage. Quel piège de chair que cette fille ! Mais piège pour elle-même d'abord ! Visiblement, elle ne vivait que dans la conscience aiguë de sa femelleté. De la racine de ses cheveux luxuriants jusqu'à ses mollets, que son cotillon court montrait plus qu'à demi, elle n'était qu'appât, pipeau, glu, filet…

À mon entrée, elle se leva, morte de peur, mais jouant malgré tout de ses grands yeux, de sa bouche entrouverte, de son corps ondulant, tout cela avec un air de feinte confusion, de fausse naïveté, et de vraie soumission. Si elle avait pu, tout en me faisant face, me montrer en même temps que ses beaux seins son joli derrière, je gage qu'elle l'eût fait. Et le plus étonnant peut-être, c'est qu'alors même qu'elle me jette tout son sexe au visage, elle n'est même pas vulgaire.

Immobile et offerte comme elle est, je me rends compte qu'elle attend un châtiment, et que ce châtiment, il faut que je le lui inflige, faute de pouvoir la dénoncer à Peretti, qui la mettrait dehors aussitôt : ce que je ne veux à aucun prix, Vittoria lui étant si attachée. Au point même de lui avoir appris à lire.

Je fais trois pas vers Caterina, et à toute volée, par deux fois, je la gifle. Puis je la prends par les épaules, je la secoue, et je lui hurle au visage :

– Qui te paye pour espionner Vittoria ?

Question de pure rhétorique, car je pense, en fait, que

Caterina n'a écouté à la porte qu'en raison de cette curiosité – ou cette identification à leur maîtresse – qu'on trouve souvent chez les chambrières.

Sa réponse me laisse pantois.

– Mais, dit-elle les larmes lui montant aux yeux, le cardinal ne me paye pas. Il est de Grottammare, et j'aurais peur de nuire à mes parents, si je ne lui obéissais pas.

Je lui tourne le dos pour lui cacher ma stupéfaction et, marchant vers une petite table sur laquelle se dresse un chandelier à cinq branches, je bats le briquet et allume l'une après l'autre les chandelles. Il y a une escabelle à côté de la table et j'y fais asseoir Caterina. Chose curieuse, ce cérémonial paraît l'impressionner davantage que les deux gifles qu'elle a reçues.

– Réponds-moi. Comment fais-tu parvenir tes rapports au cardinal ?

– Indirectement. Je me confesse au curé Racasi.

– Souvent ?

– Une fois par semaine. Depuis le 19 mars, deux fois.

Bien que j'entende cette date pour la première fois, là encore je ne marque aucune surprise et je dis :

– Raconte-moi dans le détail ce qui se passa le 19 mars.

– Peu de chose, en apparence, dit Caterina. Ce jour-là, le hasard a voulu qu'en prenant congé du cardinal, Vittoria ait rencontré, comme elle s'en allait, le prince Orsini. Elle a été très émue par cette rencontre.

Je dis vivement :

– Comment le sais-tu ? Elle t'a confié son émotion ?

– Non, justement, dit Caterina avec vivacité. Elle ne m'a rien dit. D'ordinaire, elle me dit tout. Et je vois bien comment elle est depuis.

– Comment est-elle ?

– Perdue dans ses rêves.

Si tel est l'état d'esprit de Vittoria, il devient facile d'imaginer l'effet que cette rencontre a pu produire sur le prince. Tout s'éclaire, y compris l'état de siège dans lequel nous vivons au palais Rusticucci. Le cardinal doit redouter qu'Orsini n'enlève Vittoria.

Je reprends après un moment de silence :

– Écoute-moi bien maintenant, Caterina. Désormais, quand tu te confesseras au curé Racasi, tu ne lui diras sur Vittoria que ce que je te permettrai de dire.

Elle répond sans hésitation avec un mouvement vers moi de tout son corps :

– Signor Accoramboni, je ferai tout ce que vous voudrez.

Je poursuis :

– Tu parles de tes galants au curé Racasi ?

– Bien sûr, dit-elle en baissant les yeux, je n'omets pas mes péchés mortels. Je suis bonne catholique.

– Le curé Racasi te demande les noms ?

– Jamais. Seulement le nombre de fois que j'ai commis avec eux l'acte de chair.

– Combien as-tu de galants ?

– Deux, dit-elle non sans quelque vergogne (vraie ou feinte, je ne saurais dire).

– Désormais, tu n'en auras plus qu'un.

– Lequel des deux dois-je sacrifier ? dit-elle avec élan.

– Tu sacrifieras tous les deux.

Elle me regarde. Elle est toute à la joie de m'obéir, mais elle hésite encore à comprendre. Je lui fais signe de se lever, j'étends la main et du bout de l'index, je touche les deux boutons de son corps de cotte qu'elle a défaits pendant ma visite à Vittoria.

– Tu veux savoir, dis-je, qui sera ton unique galant ?

– Oui, dit-elle, frémissant de la tête aux pieds.

– Tu le sauras, quand tu auras achevé ce que tu as si bien commencé lorsque je n'étais pas là.

De nouveau, elle hésite à comprendre, puis, ayant déboutonné un troisième bouton sans percevoir chez moi le moindre signe de désapprobation, elle poursuit son déshabillage avec une grâce naturelle et des petites mines qui le sont beaucoup moins. Chose curieuse, elle rougit non pas au niveau du front et des joues, mais à la hauteur du cou et en haut des tétins.

Dès qu'elle est nue, je la prends par la main, la conduis à mon lit, et lui fais signe de s'y asseoir. Je reste debout devant elle à la dévisager. Elle se tait parce qu'elle a encore un peu peur de moi, mais ses grands yeux noirs et luisants disent beaucoup de choses. Que les femmes sont étranges !

Comment s'expliquer cette complète soumission à l'amant qu'elles appellent l'amour ? Pour moi, ces bizarres animaux m'attirent et me rebutent à la fois. Je ne sais pourquoi, mais je ressens toujours en moi une grande envie de les punir. Quelquefois, je me dis : «Mais tu es fou, Marcello ! À quoi tout cela rime-t-il ? Les punir de quoi ? »

La vérité, c'est que je n'arrive jamais à comprendre tout à fait ce que je fais. Il est certain que j'ai décidé de coucher avec Caterina afin de l'arracher à l'emprise du cardinal et d'en faire un outil au service de mes desseins. Pourtant, je ne sais pas encore quels seront ces desseins – à part le premier de tous, celui que j'ai toujours poursuivi : protéger Vittoria.

Mais Caterina n'est pas qu'un outil. La preuve, c'est qu'à cet instant où je suis debout à son chevet, j'éprouve pour elle non seulement un désir violent, mais aussi une sorte de tendresse. À défaut de pouvoir lui cacher le premier, je lui dissimulerai la seconde. Du moins, aussi longtemps que je le pourrai. Je me méfie de ces femmes-poulpes. Depuis qu'elle est nue, Caterina a retrouvé sa naturelle audace. Elle respire plus vite et plus fort. Et quand elle me voit déboutonner mon pourpoint de haut en bas, cette main n'hésite pas à remonter mes chausses de bas en haut. Ses doigts tremblent un peu en dénouant le nœud de mon aiguillette. Mais la peur n'y est pour rien.

Quatre jours après cette soirée, Caterina, dans notre chapelle à la messe, assise au dernier rang derrière moi, me dit à l'oreille qu'*il mancino* voudrait me voir. Je lui glisse la clé de ma chambre que je porte constamment sur moi afin que la Superba n'aille pas fourrer son nez dans mes affaires.

– Enferme-le et ramène-moi la clé, dis-je, tout bas. J'irai le retrouver dans un quart d'heure.

Quand je le rejoins, *il mancino* se lève et me salue. J'aime les saluts de ce petit homme musclé et droit comme un *i*. Ils sont à la fois respectueux et fiers. Il arrive à vous faire sentir que l'estime qu'il vous doit est tempérée par celle qu'il nourrit pour lui-même. Comme sa sœur, il s'est dégrossi de son patois de Grottammare et il s'exprime bien, en italien correct et même élégant. C'est un homme fin. Sa politesse méticuleuse a pour but de vous faire entendre qu'il exige à son tour des égards. Depuis peu, il nuance ses manières à mon endroit d'une courtoise familiarité. Il n'ignore pas que, si je ne suis ni bandit ni maquereau, j'ai joué de la dague en plein midi à Rome et que je vis des largesses de la signora Sorghini.

– Assieds-toi, Domenico, je te prie, dis-je en lui rendant son salut. Veux-tu un peu de vin ?

– Grand merci, signor, dit-il avec un second salut, je ne bois pas entre les repas.

– Et tu ne t'en portes que mieux.

– Signor, dit-il, pour entrer, si vous permettez, dans le vif du sujet, j'ai une commission à vous faire et deux renseignements utiles à vous communiquer. La commission est gratuite pour vous, car elle m'a déjà été payée par la partie qui m'a mandaté. En revanche, poursuivit-il, en baissant les yeux avec une noble pudeur, les renseignements vous seront donnés à titre onéreux.

– Bien, dis-je, voyons d'abord la commission.

– Le prince Orsini, duc de Bracciano, aimerait vous rencontrer demain sur le coup de midi dans une chambrette du *Mont des Oliviers*.

– Le prince Orsini ! Au *Mont des Oliviers* ! Dans une chambrette de catin !

– Certes, l'endroit est modeste, dit *il mancino*, mais son entrée est plus discrète que celle de Montegiordano. En outre, pour se rendre dans la taverne où j'ai mes habitudes, beaucoup de bons chrétiens se mettent le chapeau sur l'œil et le nez dans leur manteau. Il passera donc inaperçu.

– J'y serai. Voyons maintenant les renseignements.

– Il y en a deux, dit-il. Il se peut que le premier soit connu de vous, signor, car s'il n'est pas public ce jour, il ne tardera pas à l'être. Dans ce cas, il sera gratuit. Sinon, il vous en coûtera vingt piastres. Je me fie à votre parole.

– Tu peux t'y fier.

– L'épouse adultère du prince, après un sursis si long que tout le monde le croyait éternel, a été dépêchée.

– Quand ?

– Il y a huit jours.

– Les vingt piastres sont à toi.

– Signor, dit *il mancino*, le second renseignement vous coûtera cinquante piastres.

– Je t'écoute.

– Obéissant à l'ordre d'une tierce personne, dit *il mancino* sans battre un cil, ma sœur Caterina a renvoyé ses deux galants. L'un d'eux s'appelait Raimondo Orsini. Il est dommage, signor, que vous n'ayez pas pensé à demander son nom à ma sœur : vous auriez économisé cinquante ducats.

– Il est dommage, dis-je sèchement, que Caterina n'ait pas eu l'idée de me le dire. C'est une sœur affectueuse. Elle sert les intérêts de son frère.

– Non, non, signor ! dit *il mancino*, ne croyez pas cela ! Caterina est une fille absolument sans calcul. Elle ne voit pas plus loin que le bout de ses tétins…

Le mot a un double effet sur moi. Il me fait sourire et il me convainc.

– À ton avis, dis-je, quel est l'intérêt de ce renseignement ?

– C'est à vous de juger, signor, dit *il mancino* avec une prudence de chat.

– Ton avis, je te prie.

– Avant que ma sœur renvoyât Raimondo, le prince pouvait espérer, par ses cousins, remonter jusqu'à Caterina, et par Caterina entrer en contact avec Madame votre sœur.

Il ajoute :

– Le prince n'a plus, aujourd'hui, cette possibilité.

– C'est bien pensé.

Et de ma part, sans que je l'aie voulu, bien joué. J'étais loin d'imaginer, quand j'ai ordonné à Caterina de renvoyer ses deux galants, que l'un d'eux était un Orsini.

Le lendemain, sur le coup de midi, « le nez dans mon manteau » comme dit *il mancino*, je gagne le *Mont des Oliviers*. À l'entrée, je n'arrive à distinguer aucun visage tant la presse est grande, et la fumée des gens qui pétunent, considérable. Il faut croire qu'*il mancino* a la vue plus perçante. Avant même que je l'aie vu, il murmure à mon oreille : « Suivez-moi, signor. » Nous montons un escalier en bois assez bancal et dans le tournant, nous croisons une fille dépoitraillée qui dévale à grands cris les marches, suivie par un homme vociférant qui brandit un coutelas. *Il mancino* fait à l'homme un croc-en-jambe, profite de sa chute pour le désarmer et l'ayant agrippé par le collet, le relève, le pousse contre le mur, et lui dit, l'œil dur et la lèvre souriante :

— Signor, ici les petites querelles entre amoureux se règlent pacifiquement. Descendez, allez vous asseoir à une table et commandez en mon nom un pichet de vin. Je vous rejoins.

L'homme obéit, doux comme agnelle à la mamelle et *il mancino* me dit :

— C'est un chaland de la Sorda. Elle a ses méthodes, lesquelles je n'approuve guère. Je suis pour l'honnêteté, à tout le moins lorsque c'est possible.

Sur le palier, il me désigne une porte.

— C'est là, dit-il. Signor, si vous permettez : ne soyez pas trop haut à la main. Les Orsini ont le sang chaud.

— Moi aussi.

Je fais jouer mon épée dans son fourreau, je frappe un coup à la porte et j'entre plutôt brusquement, rabattant la porte contre le mur au cas où quelqu'un aurait eu l'idée de s'y mettre. Je vois deux gentilshommes, l'un debout, l'autre assis, tous deux portant un masque noir sur le visage. Mon entrée fracassante les fait sursauter. Je referme la porte derrière moi, mais en ayant soin de ne pas leur tourner le dos. Puis je fais un salut des plus succincts et, mon salut fait, je pose mon chapeau sur une escabelle, ne voulant pas m'en encombrer les mains, si les choses tournent au pire.

— Messieurs, dis-je, je suis Marcello Accoramboni. Lequel de vous deux est le prince Orsini ?

— Moi, dit celui des deux gentilshommes qui est debout.

— L'autre, qui est assis à une table, ne bronche pas. Il regarde par la fenêtre et paraît presque étranger à l'entretien.

— Dans ce cas, dis-je, je vous serais obligé de me parler à visage découvert.

— Je ne vois pas où est la nécessité d'ôter mon masque, dit le gentilhomme d'une voix piquante.

— La nécessité où vous êtes de l'ôter, signor, c'est que je n'en porte pas moi-même.

— Allons, *carissimo*, dit le gentilhomme assis, n'en fais pas un point d'honneur. Ote-le, puisque tu en es prié !

— Curieuse prière ! Et faite sur quel ton !

– Mon ton, dis-je, répondait au vôtre.

– *Carissimo*, dit le second gentilhomme, ôte-le : c'est moi-même qui t'en prie.

Le quidam obéit, bouillant de rage et, son masque une fois ôté, découvre un visage qui me paraîtrait fort joli s'il n'était gâté par un air d'intolérable fatuité. Mais c'est moins cet air-là qui frappe sur l'instant que sa jeunesse. J'ai fort bien vu le prince Orsini lors de son retour de Venise, et le personnage qui me fait face a bien vingt ans de moins que lui.

– Signor, dis-je, vous m'avez menti : vous n'êtes pas le prince Orsini.

– Je suis Lodovico Orsini, comte d'Oppedo, dit-il d'une voix forte, et je ne peux tolérer que le premier faquin venu me traite de menteur.

– Faquin ? dis-je en tirant à demi mon épée.

– Une querelle, ici, messieurs ! Dans ce bouge ! dit le second gentilhomme.

Il se lève et, entourant d'un bras puissant les épaules de Lodovico, il le serre contre lui avec force : je ne me méprends pas sur ce geste. Il est affectueux, mais en même temps il paralyse mon adversaire. Je remets ma lame au fourreau et j'attends. Si j'ai bonne mémoire, ce Lodovico est le frère de Raimondo, et tous deux quelque peu barons-brigands, tout bien nés qu'ils soient. Ou bien ce Lodovico est querelleur en diable, ou il m'en veut d'avoir fait perdre à son frère les bonnes grâces de Caterina.

– Allons, *carissimo*, dit le gentilhomme, remets-toi, je te prie. Le signor Accoramboni va croire que nous l'avons attiré dans un guet-apens.

Et le prenant par le bras, et plutôt de force que de son plein gré, il le fait asseoir devant la table près de la fenêtre. Lodovico y demeure, courbé en avant, les mains crispées sur le bord du plateau de chêne et me lançant des regards meurtriers que je feins de ne pas voir.

Le second gentilhomme me fait face, ôte son masque et dit :

– Je suis le prince Orsini.

Cette fois, c'est bien lui. Quiconque l'a vu une fois, une seule fois, ne pourrait l'oublier. Ce n'est pas que le prince soit si grand. Il me dépasse à peine d'un pouce, mais il est très puissamment bâti, l'épaule large, la poitrine bombée, les jambes que moulent ses chausses, très musclées. La face est belle, les traits forts et réguliers, la bouche gourmande, les yeux grands et lumineux, le cheveu blond-roux coiffé en courtes boucles comme on en voit sur les médailles romaines. Le visage, modelé pour exprimer la fierté et l'autorité, est en même temps empreint de courtoisie et de finesse.

— Je suis conquis par ces apparences ou, plutôt, je le serais si le subterfuge consistant à faire passer Lodovico pour lui ne me restait quelque peu sur le cœur. Le prince voulait-il savoir de quel métal j'étais fait, et si j'étais assez flexible et soumis pour servir ses volontés ? Dans ce cas, la façon dont j'ai pris les choses l'a certainement détrompé.

Il n'y paraît pas pourtant. Il me considère sans dire un mot et plus ses yeux s'attachent à mon visage, plus ils paraissent y trouver des raisons de m'aimer. Mais bien entendu, je m'en rends compte aussitôt : ce n'est pas ma personne qui tant l'attire, c'est ma ressemblance avec Vittoria.

— Signor Accoramboni, dit le prince avec une courtoisie étudiée, je vous prie de m'excuser de vous avoir fait venir jusqu'ici, mais si vous le tenez pour agréable, j'aurais une proposition à vous faire.

— Monseigneur, dis-je avec un salut, c'est avec le plus grand intérêt et le plus grand respect que j'écouterai les honnêtes propositions que Votre Altesse pourrait me faire.

Le prince doit avoir sur lui-même une merveilleuse maîtrise, car c'est à peine si le mot «honnête» le fait tiquer. Et pourtant n'ai-je pas suggéré clairement que si ses propositions ne l'étaient pas, il n'aurait pas à compter sur moi ?

Il reprend :

— On me dit que vous savez lire et écrire, signor Accoramboni, et que vous avez appris le latin.

— Quant au latin, Monseigneur, je l'ai oublié plus vite que je l'ai appris, mais quant à la lecture et l'écriture, c'est vrai, sans que je sois clerc pour autant.

— Mais un clerc ne m'eût pas convenu, dit le prince avec un sourire. J'en avais un précisément comme secrétaire.

Mais le malheureux m'a quitté pour se faire prêtre. Vous plairait-il de le remplacer ?

Je suis une pleine seconde avant de pouvoir répondre, tant cette proposition, venant d'un si haut personnage, et faite avec tant de bonne grâce, me laisse béant.

— Assurément, ce serait un grand honneur pour moi, Monseigneur, dis-je avec un salut, mais j'y vois des difficultés.

— Lesquelles ? dit le prince, un éclair d'impatience passant dans ses yeux.

— En tant que secrétaire de Votre Altesse, j'aurai le pas, me semble-t-il, sur tout le domestique de votre maison ?

— Cela va de soi.

— Mais dans le sein de ce domestique, de ces alliés, de ces parents, bon nombre, ai-je ouï dire, sont de la plus ancienne noblesse ?

— C'est exact.

— Dans ces conditions, je ne vois pas comment ces fringants gentilshommes pourraient accepter la présence d'un homme dont la noblesse, comme la mienne, est récente et contestée.

Je dis cela fièrement, une main sur la hanche, sur un ton d'ironie mordante, personne n'ignorant à Rome que cette noblesse, je me la suis à moi-même attribuée en arrivant dans la Ville éternelle.

Ma phrase produit deux effets tout à fait contraires : Lodovico gronde comme un dogue à l'attache. Et le prince me regarde avec amitié. Que je me gausse moi-même de ma fausse noblesse tout en prétendant la faire respecter par son entourage le chatouille énormément et lui donne pour moi de l'estime. Il se met à rire.

— Signor Accoramboni, dit-il avec bonne humeur, dès lors que vous serez devenu mon secrétaire, personne chez moi n'osera se moquer de vous.

— Pas même, dis-je en regardant Lodovico, le comte d'Oppedo ?

— Pas même lui, dit le prince.

— Le comte d'Oppedo, dit Lodovico, d'une voix rogue, ne poignarde pas les gens à l'improviste dans un carrosse. Il se bat en duel loyal.

– Ce que j'eusse fait, signor Conte, dis-je, si Recanati avait accepté mon cartel.

– Voyons, *carissimo*, dit le prince, tu n'ignores pas que c'est bien ainsi que les choses se sont passées. En outre, le signor Accoramboni avait de très bonnes raisons : Recanati avait très gravement insulté en public une personne de sa famille.

«Une personne de sa famille»! Avec quelle délectation il prononce ces derniers mots! En même temps, ils le troublent, l'image de Vittoria venant à cet instant se superposer à la mienne. L'émotion doit être trop forte pour lui, car il croise les mains derrière le dos, et il se met à marcher dans la petite pièce, les yeux au sol.

– Eh bien, dit-il enfin en s'arrêtant devant moi, est-ce la seule difficulté que vous voyez à la chose, signor Accoramboni?

– Autant, dis-je, que je puisse deviner l'avenir, je n'en vois pas d'autre.

– Vous acceptez donc?

– Avec déférence et gratitude, dis-je en m'inclinant.

Lodovico gronde de nouveau, non quant aux paroles qui sont irréprochables, mais en raison du ton d'ironie avec lequel je les ai prononcées. Quant au prince, il lève le sourcil et me jette un regard vif, interrogateur, mais j'ai prévu qu'il me scruterait ainsi. Quand son regard atteint mon visage, j'ai déjà les yeux baissés et l'air plus modeste qu'une vierge.

– Quant aux émoluments, reprit le prince…

– Ah, de grâce, Monseigneur! dis-je en relevant la tête, n'en parlons pas! Je suis tout à fait résolu à ne rien accepter. L'honneur de servir Votre Altesse me suffit.

De nouveau Lodovico gronde, et le prince paraît assez mal à l'aise. Ma dépendance de lui devient purement nominale s'il ne me donne pas une piastre. Mais il est trop fin pour insister.

– Le signor Accoramboni, dit Lodovico avec une voix sifflante, n'a pas besoin de l'argent des Orsini. Il a d'autres ressources.

– En effet, dis-je avec calme. Je suis l'amant d'une riche

veuve. Et je prie quotidiennement le Seigneur qu'elle me garde ses faveurs, car je n'aimerais pas me faire brigand et dévaliser les voyageurs sans défense dans les montagnes.

À cela le prince rit franchement. Lodovico, blanc comme linge, ouvre la bouche pour répliquer, mais le prince d'un mouvement de la main le fait taire.

– Signor Accoramboni, reprend le prince, je vous attendrai lundi à dix heures à Montegiordano. Et pardonnez-moi de vous avoir donné rendez-vous dans ce bouge. Je n'aurais pas voulu, dans votre propre intérêt, qu'on vous voie entrer dans mon palais si vous aviez refusé ma proposition. Maintenant, bien sûr, les choses sont différentes.

Ces paroles sont articulées avec la plus grande courtoisie. Je reprends mon chapeau sur l'escabelle et fais au prince un profond salut. Après quoi, j'en fais un autre – sec, chiche et maigre – à Lodovico, qui répond par un signe de tête.

Je descends l'escalier de bois branlant dont je n'ose toucher la rampe, tant elle a été noircie par la crasse de tant de mains. Je viens d'avancer un pion sur l'échiquier et je ne sais pas où ce coup va me mener. Je me suis fait trois ennemis : Raimondo Orsini, Lodovico Orsini et, dès que mon emploi chez le prince sera connu, le cardinal Montalto. Quant à l'ami que j'ai conquis, son intention évidente est de faire de moi son outil.

Nous verrons cela. Le prince me plaît assez, mais je connais sa carrière de mercenaire au service de Venise : il est moitié pirate et moitié condottiere. Dans un État aussi faible, sous un pape aussi mou, il doit se croire tout permis. Il sera déçu.

Aziza la guêpe

Depuis le 19 mars, mon maître ne mange plus, ne dort plus, ne sort plus. Il passe des heures à rêver sur un divan ou à errer sans but dans son palais. Lui d'ordinaire si actif, il ne joue plus à la paume. C'est à peine s'il monte encore à cheval. D'ailleurs, sa blessure à la cuisse s'est mise de la partie et sa boiterie s'est accentuée. Et s'il exige encore mes caresses, son humeur, dès qu'elles sont finies, tourne à la mélancolie, ce qui est fort peu dans son caractère.

Bien naturellement, la jalousie d'abord m'a quelque peu mordue, mais j'ai réussi à l'étouffer. Je sais exactement ma place dans le cœur de mon maître, dans sa maison, dans son pays. Dans le premier, elle n'est pas négligeable, sans avoir la moindre chance de devenir un jour la première. Dans la deuxième, elle est petite. Dans la troisième, elle est nulle ; qui pourrait attacher la moindre importance à une petite esclave mauresque achetée cinq cents ducats à bord d'une galère vénitienne ?

Depuis le 19 mars, je me suis appliquée à employer avec Paolo l'art féminin de la patience. Dès que je sentais qu'il voulait être seul, je le quittais, veillant à ce que mon départ lui-même fût discret. Quand il désirait se taire en ma présence, je ne pipais mot. Quand il me cherchait injustement querelle, moi, Aziza la guêpe, je laissais ma langue en repos dans ma bouche. Et quand il se mettait à célébrer la beauté de sa bien-aimée, dans mes grands yeux noirs fichés dans les siens il ne pouvait lire que de la sympathie.

C'est ainsi que j'ai réussi – non sans qu'il m'en coûtât parfois – à demeurer sa confidente et aussi le petit chat maigre sur la tête de qui il pose ses grandes mains, quand il désire que je sois sa chose.

Le soir du jour où il engagea comme secrétaire Marcello Accoramboni à la suite d'une entrevue qu'il me conta par le menu, j'ouïs, stupéfaite, jaillissant de sa bouche jusqu'alors silencieuse, un flot de paroles ininterrompues. Il touchait, disait-il, quasiment au but ! Il exultait !

Je n'en crus pas mes oreilles d'entendre ce grand capitaine déraisonner comme un enfant.

– Mais Paolo, dis-je, quand son éloquence au bout d'un moment se tarit, si ton récit est exact, tu n'as pas gagné, comme tu crois, Marcello à ta cause. Il a pris ses distances avec les gentilshommes de ta maison ; avec Raimondo, avec Lodovico et même avec toi. Il a revendiqué avec dérision sa fausse noblesse, montrant ainsi combien il faisait peu de cas de la vôtre. Et il a souligné combien il attachait peu d'importance à tes richesses en refusant hautement tout salaire. Tu es son obligé. Il n'est pas le tien. Et tu aurais tort de compter sur lui pour enlever Vittoria et devenir son amant. Un homme qui a dagué Recanati pour avoir dit un mot de trop sur sa jumelle, comment t'aiderait-il à faire d'elle une femme adultère ?

L'œil bleu de mon maître devint alors plus gris que la lame de son épée et il s'écria hors de lui :

– Va-t'en, Mauresque d'enfer ! Va-t'en et ne reparais plus à mes yeux ! Ou je donne l'ordre à mon majordomo de te vendre !

Je fus bien marrie de sa colère, mais peu émue par sa menace. Ma patience, ma soumission et mon amour ont noué de longue date entre mon maître et moi un lien si fort qu'il aurait bien du mal à le rompre. D'ailleurs, Paolo est un homme juste. Il le prouva deux jours plus tard.

Il me fit appeler par Folletto, et celui-ci, comme à l'accoutumée, après m'avoir introduite dans la chambre du prince, se pelotonna dans un coin de la pièce et se prépara, l'oreille dressée, et l'œil dardé, à suivre nos ébats. Cette habitude s'était prise à bord de la galère vénitienne du temps où je ne parlais pas italien, mon maître ayant besoin à chaque seconde de Folletto pour me traduire ce qu'il disait. Et elle s'était poursuivie à Montegiordano, bien que mon italien fût maintenant parfait et sans que mon maître y prît garde, Folletto dans son coin ne faisant pas plus de bruit qu'une souris. Moi, toutefois, sa présence me gênait quelque peu. Car il m'avait dit trouver une sorte d'amère jouissance à s'imaginer qu'il était à ma place, donnant et recevant les caresses qui me faisaient gémir.

Il dut être déçu ce jour-là : nous ne fîmes que parler.

– Aziza ma guêpe, dit mon maître en me considérant de son œil tendre et lumineux, il y a, à dire le vrai, une grande cervelle dans ta petite tête. Touchant Marcello, tu avais cent fois raison. Hier soir, j'ai écrit une longue lettre à Vittoria, et profitant d'un moment où j'étais seul avec son frère, je l'ai prié de la lui remettre. Il a pâli, jeté le pli avec violence sur la table, et dit, les dents serrées :

– Monseigneur, vous m'insultez ! Croyez-vous que je sois homme à suborner ma sœur ?

Et me regardant avec des yeux flamboyants, il a tiré son épée.

– Contre toi ! Dans ta propre maison ! Et qu'as-tu fait ?

– J'ai dégainé à mon tour.

– Ah, mon maître, c'était beaucoup condescendre ! Toi, un prince ! Et il n'est même pas noble !

– Oui, dit Paolo, mais il était à cet instant si beau, et il ressemblait tant à Vittoria ! Comme je le prévoyais, le duel n'a duré qu'une ou deux minutes, je l'ai piqué au bras et j'ai appelé mon barbier, pour le panser. J'étais stupéfait et émerveillé qu'il ait eu l'audace d'affronter mon épée. Quand le barbier nous eut quittés, j'ai repris ma lettre sur la table et je la lui ai tendue en disant :

– Mes desseins à l'égard de Vittoria sont honorables, mais je dois d'abord m'assurer de ses sentiments.

Marcello était pâle, ayant perdu plus de sang que je n'aurais voulu, mais ses yeux noirs étaient toujours aussi farouches. Il me regarda longuement et dit : « Si tels sont bien vos desseins, je les servirai, pour peu que Vittoria réponde à vos sentiments. » Ayant dit, il saisit la lettre et s'en alla.

Quand Paolo eut fini de parler, je gardai le silence si longtemps qu'il en fut impatienté.

– Eh bien, qu'en penses-tu, ma guêpe ?

– Je pense que tu as promis de faire Vittoria duchesse et elle est mariée.

– Je sais cela. Quoi d'autre ?

– Je pense que Francesco Peretti est le fils d'un grand cardinal et le protégé du pape régnant. Je pense enfin que si ton projet est bien celui que je crois, tu t'engages sur un chemin excessivement périlleux.

– Je sais cela aussi, dit-il d'une voix brève.

Et ce disant, nu comme il était, il se leva de sa couche et se mit à marcher de long en large comme un tigre dans une cage.

Caterina Acquaviva

Après le 19 mars, il se passa quinze jours pendant lesquels je fus très malheureuse pour plusieurs raisons. D'abord, Vittoria ne se confiait plus à moi comme elle le faisait d'ordinaire et cela m'inquiéta d'autant plus que je craignis qu'elle eût découvert les rapports que je faisais d'elle au cardinal par l'intermédiaire du curé Racasi. Mais comme mes rapports, depuis le 19 mars, précisément, étaient vides, je me rassurais peu à peu et je conclus que les pensées de Vittoria n'étaient pas de celles qu'on peut répéter, même à une autre femme, même à un confesseur. Moi-même, je ne dis pas tout au curé Racasi. Tant s'en faut.

Ensuite, le vieux gardien du palais Rusticucci qui aimait tant le vin et les femmes, et dont une jolie fille pouvait tout obtenir en se prêtant sur ses arrières à quelques petites privautés sans grande conséquence, fut remplacé par un sbire austère qui appliqua à la lettre la consigne de ne laisser sortir personne, homme ou femme, à l'exception toutefois de Marcello et d'*il mancino*.

J'en fus d'autant plus marrie que je ne fus plus à même de visiter mes galants – Raimondo Orsini et Silla Savelli – qui s'étaient mis à deux pour louer une chambre près du palais Rusticucci afin de m'y recevoir, tantôt l'un tantôt l'autre, et tantôt les deux ensemble : ce que je préférais. J'ai beaucoup de vergogne à faire cet aveu, car je crains qu'il donne à penser du mal de moi. Mais le moyen de changer ma nature ? Quand je dis au curé Racasi que ce n'est pas de ma faute si je suis faite ainsi, il me répond que c'est une faute en moi et qu'il me faut prier le Bon Dieu pour qu'il me corrige. Et alors je prie, et je prie, et au bout d'un moment, je ne pense plus à ce que disent mes lèvres, mais à Raimondo et à Silla.

Après le 19 mars, j'ai vécu comme tous ici dans la réclusion la plus totale et quant à moi dans une chasteté si amère que je me demandais si je n'allais pas à la longue, comme Giulietta, perdre mes formes et me dessécher.

Deux longues semaines s'écoulèrent dans cette triste situation et un soir, par l'intermédiaire du *mancino*, je reçus une lettre de Raimondo me proposant de me rejoindre à l'intérieur du palais Rusticucci et me demandant de lui dessiner un plan dudit palais, afin qu'il sût où passer pour parvenir jusqu'à moi. À vrai dire, je ne sus d'abord que répondre. Je trouvais l'entreprise très risquée. Toutefois, la soif que j'avais des étreintes de Raimondo me tourmentant jour et nuit, au point que j'en perdais le sommeil, j'étais sur le point de lui obéir, quand Marcello me surprit en train d'écouter à la porte de Vittoria, me donna deux gifles à assommer un bœuf, et me prit. J'avais tant rêvé de lui depuis que j'étais entrée au service de la signora Vittoria que j'atteignis en quelques secondes dans ses bras le comble du bonheur. Véritablement, je marchais sur les nuages ! J'avais des ailes !

Touchant mes rapports au cardinal, je lui dis tout et je lui montrai la lettre de Raimondo.

– Tu es stupide comme la lune, Caterina ma chère, dit Marcello. Il était plus que temps que je te prenne en main. Tu croyais vraiment que Raimondo te demandait un plan du palais pour venir te rejoindre ?

Il rit.

– Si tu es d'accord, je ferai à cette lettre, par l'intermédiaire de ton frère, une réponse orale.

J'acquiesçai à tout. Marcello n'avait qu'à me regarder pour que tout mon être lui dise oui.

Je ne connais pas la réponse orale qu'il fit transmettre à Raimondo, mais elle dut être peu plaisante, car mon frère me fit porter deux jours plus tard, de mon ancien galant, un furieux poulet.

« Caterina,

« Il faut que tu sois la plus vile catin qui ait jamais rampé sur la surface de la terre pour avoir préféré à deux gentilshommes aussi bien nés que Silla et moi l'arrogant faquin qui t'a dicté cette réponse. Mais patience ! Ma dague me rendra compte sur le sang de son cœur de ses offenses. Quant à toi, quand ta clôture sera finie, si je te rencontre dans la rue, sois bien assurée que je ferai de la dentelle avec tes tripes. Tu seras donc punie, putain, par où tu as péché.

« Raimondo. »

Ce billet me jeta dans les frayeurs et les tremblements et dès que je pus me glisser dans la chambre de Marcello, avant même de me déshabiller, je le lui fis lire. Il hocha la tête avec le plus grand sérieux.

– Caterina, est-ce que tu as accepté argent et cadeaux de ces deux-là ?

– Jamais !

– Alors le terme de «catin» dont ils usent à ton endroit n'est pas justifié. En revanche, il sied parfaitement à ces deux gentilshommes qui vivent aux crochets du prince Orsini. Et il me convient aussi à moi qui vis des largesses de Margherita Sorghini. Il y a donc ici trois putains qui sont des hommes et une honnête fille qui gagne sa vie en travaillant, et qui, loin de vendre son joli derrière, le donne pour le plaisir.

– Signor Marcello, dis-je en penchant la tête de côté, trouvez-vous vraiment que mon derrière soit joli ?

– Il est parfait, dit Marcello avec gravité. Je suis sûr que dans tout Rome on ne trouverait pas son pareil. Écoute maintenant, Caterina, et rassure-toi. Le sang de mon cœur ne court aucun danger du fait de leurs dagues. Comment oseraient-ils tuer le secrétaire de leur puissant cousin ? Et quant à ton beau petit ventre, y enfoncer leur stylet maintenant que leur verge en est exclue, ce n'est rien qu'un rêve rageur. S'ils comptaient vraiment le faire, ils n'auraient pas écrit et signé ce billet qui les accuse.

Marcello opina encore que ledit billet avait dû être écrit par Silla et non par Raimondo, celui-ci ne sachant ni lire ni écrire. Mais comme je trouvais ce discours un peu long, maintenant que j'étais rassurée, je commençais à me déshabiller. Je suis peut-être un peu sotte – surtout aux yeux d'un homme aussi instruit que le signor Marcello –, mais il y a une qualité que l'on ne saurait me refuser : je sais toujours très bien ce que je veux.

Trois jours après, alors que je brossais la toison d'or de la signora Vittoria assise devant son miroir, Marcello apparut à pas de loup dans sa chambre, son pourpoint jeté sur ses épaules. À un mouvement qu'il fit pour le rattraper, son bras gauche apparut, portant un pansement taché de sang. Vittoria l'aperçut dans son miroir, et poussa un petit cri, ce qui me permit d'étouffer le mien.

– Ce n'est rien, dit Marcello. Un petit accident. J'ai fait des armes avec le prince.

– Laisse-nous, Caterina, dit Vittoria.

– Non, non, dit Marcello vivement. Qu'elle reste ! J'ai maintenant toute confiance en elle. Elle le mérite.

Et il échangea un regard avec moi dans le miroir. Quant à moi, une onde chaude me parcourut le corps des pieds à la tête. La Madone sait que j'ai toujours eu pour la signora vénération et gratitude. Mais que dire de mes sentiments pour elle, maintenant que son frère m'a faite sienne !

J'étais debout derrière Vittoria coiffant ses cheveux et prenant garde à ne pas marcher sur eux. Car, tombant droit à l'aplomb de son escabelle, ils se cassaient sur le tapis et s'étalaient comme une sorte de longue traîne, que j'avais pris soin d'enrouler sur elle-même. Derrière moi se tenait Marcello en chemise, son pourpoint jeté sur les épaules, sa proximité me chauffant terriblement le dos et les reins, et m'envoyant des petits frissons jusque dans les talons.

Je vis dans le miroir que, de sa main droite, Marcello fouillait dans une poche pratiquée dans l'emmanchure de son pourpoint. Il en retira un pli cacheté qu'il posa sur la table de la coiffeuse à côté d'une cassette à bijoux que Vittoria avait placée devant elle, étant occupée avant l'entrée de Marcello à en retirer ses bagues une à une pour les nettoyer avec une petite éponge.

– Qu'est cela ? dit Vittoria d'une voix détimbrée.

– Une lettre qu'un grand seigneur épris de vous vous supplie humblement de lire, dit Marcello.

Vittoria pâlit, ses doigts lâchèrent la bague qu'elle était en train de frotter. C'était un gros cabochon en or décoré dans sa partie supérieure d'un V dont les deux branches étaient faites de petits diamants. Bien que ce bijou fût assez beau, j'avais remarqué que Vittoria ne le portait jamais. D'après Giulietta, parce que c'était la signora Tarquinia qui le lui avait offert ; d'après moi, parce que le don lui avait été fait la veille de la mort de son père.

La bague marquée de l'initiale de son prénom roula deux fois avant de s'immobiliser à un pouce de la soucoupe qui portait la petite éponge destinée à son nettoyage. Les deux mains de Vittoria s'agrippèrent au rebord de la coiffeuse et le serrèrent avec tant de force que je vis ses doigts blanchir. Marcello se tenait derrière moi, immobile et silencieux. Je voyais son visage dans le miroir, et au-dessous de lui (car il me dépasse d'une tête) le mien, et au-dessous du mien, celui de Vittoria, puisqu'elle était assise. Au moment où Marcello avait placé devant elle le pli cacheté, j'avais interrompu le va-et-vient de ma brosse, mais une ou deux secondes plus tard, je le repris à seule fin de ne pas avoir l'air d'épier ce que Vittoria allait faire : lire la lettre ou ne pas la lire. Toutefois, je brossais maintenant ses cheveux plus lentement et avec le moins de bruit possible, afin d'écouter le léger, très léger halètement de sa respiration. Elle avait les yeux baissés sur le pli cacheté, et le regardait comme un oiseau regarde un serpent qui le fascine. Mais son visage, quoique fort blanc, ne trahissait rien. À la mieux écouter, sa respiration me parut normale. Le seul signe d'émotion qu'elle donnait vraiment, c'était la force avec laquelle ses deux mains s'accrochaient au rebord de la coiffeuse.

Je glissai un œil au reflet de Marcello dans le miroir. Qu'il était beau ! Même à cet instant, je ne pus m'empêcher de le remarquer et d'en être touchée. Ses yeux étaient fixés sur Vittoria, et lui aussi paraissait impassible. Mais moi qui le connaissais bien, je savais qu'il était aussi anxieux que sa sœur à cause d'un petit tiraillement involontaire de sa lèvre inférieure qui lui venait quand il était ému.

Sur le moment, le temps que prit Vittoria à se décider me parut durer très longtemps, mais quand je repensais plus tard à cet instant, je compris qu'il n'avait pas dû excéder quelques secondes.

Je vais dire franchement ce que j'ai ressenti quand la signora, prenant enfin sa décision, saisit la lettre sur sa coiffeuse, rompit le cachet de cire avec des doigts tremblants, lut la lettre et la lut même deux fois. Je ressentis peine et déception. Je sais bien que je suis une incorrigible coureuse, et qu'il me faut les doigts des deux mains pour dénombrer mes amants passés. Mais n'étant pas mariée devant l'autel, je ne suis pas du moins adultère. À mon avis, sachant bien ce qu'elle allait lire – elle trompait déjà le signor Peretti.

Pendant qu'elle lisait, Vittoria fit un mouvement d'impatience avec la tête, et comprenant que mon brossage l'impatientait, je l'arrêtai et restai la brosse en l'air, retenant même mon souffle. Je jetai un œil à Marcello dans le miroir, mais il s'était éloigné, comme s'il se désintéressait de la scène, et je ne le vis que confusément dans la pénombre de la chambre, la coiffeuse étant seule éclairée. En reportant mon regard sur Vittoria, je sentis bien les efforts qu'elle faisait pour rester impassible, mais si ses traits demeurèrent, en effet, immobiles, elle ne put empêcher son visage de se colorer.

Dès qu'elle eut terminé sa deuxième lecture, elle approcha la lettre d'une chandelle et l'enflamma. Puis, débarrassant de l'autre main la soucoupe de sa petite éponge, elle posa dessus la lettre, et la regarda se consumer. Je vis alors dans le miroir Marcello revenir à nous, mais au lieu de rester debout derrière moi, il se mit à la droite de Vittoria, la hanche appuyée contre le rebord de la coiffeuse.

– Quelle réponse, dit-il d'une voix indifférente, dois-je donner au seigneur qui vous a écrit ?

– Il n'y a pas de réponse, dit Vittoria d'un air hautain.

Et là, il me sembla que la signora essayait de gagner sur les deux tableaux. Elle s'était donné le plaisir de lire une lettre d'amour de l'homme qu'elle aimait. Et maintenant elle se donnait le plaisir de jouer à l'épouse vertueuse. Moi, je dois le dire, je ne suis pas si compliquée : quand j'ai décidé d'être vilaine, je le suis. Je n'essaye pas de mettre un pied dans le péché tout en gardant l'autre dans la vertu.

Marcello fit entendre un petit rire de dérision et dit :

– Eh bien, Vittoria, je vous souhaite la bonne nuit et de beaux rêves.

En même temps, il se pencha sans la toucher, ni la baiser, et s'appuya du bras droit sur la coiffeuse, sa main se posant entre la petite éponge et la bague qui portait un V. Quand il se redressa, la bague avait disparu. Ce fut si adroitement fait que je doutai d'abord de mes yeux.

Avant de quitter la pièce, il me frôla de la main, ce qui voulait dire qu'il voulait me voir dans sa chambre, une fois mon service terminé. Je frémis de la tête aux pieds et je sentis une bouffée d'inouï plaisir remonter de mes jambes et descendre le long de mon dos. Il se peut que ce que je dis là puisse paraître sot, mais c'est bien ce que j'éprouvai.

Toutefois, je ne perdis pas la tête, et craignant que Vittoria me soupçonnât d'avoir dérobé son bijou, je dis :

– Signora, le signor Marcello vous a pris votre bague avec le V en diamants.

– Oui, dit-elle d'un air distrait, je sais, je l'ai vu. Qu'il la garde ! C'est une manie chez lui. Déjà, quand il était petit, il me chipait mes poupées.

Elle ajouta :

– Laisse-moi, Caterina, j'ai besoin de sommeil.

Je lui fis la révérence et je sortis. Elle n'avait pas le moins du monde besoin de dormir. Elle avait besoin d'être seule pour s'abandonner à ses pensées. Toute grande signora qu'elle fût, j'avais plus de chance qu'elle. Mon galant n'était qu'à quelques pas de moi et, Dieu merci, ce n'était pas un rêve.

Cependant, une pensée me tracassait, dont je décidai de me débarrasser dès que je mis le pied dans la chambre de Marcello.

– Signor Marcello, que dois-je dire de toute cette scène au curé Racasi ?

– Que je suis venu porter une lettre à Vittoria, qu'elle l'a brûlée et qu'elle m'a dit : «Il n'y a pas de réponse.»

– Donc, elle ne l'a pas lue ?

– Non.

– Signor Marcello, pardonnez-moi, mais c'est ce que le curé Racasi appelle un mensonge par omission.

– Est-ce que tu lui as dit le nom de ton nouveau galant ?

– Non.

– C'est aussi un mensonge par omission. Ça t'en fera deux.

Et pourquoi cela me parut plus facile d'en faire deux plutôt qu'un seul, je ne sais.

Marcello Accoramboni

Il me fallut deux heures pour me désenlacer des tentacules de mon petit poulpe. Pourtant, tout poulpe qu'elle soit, Caterina me plaît assez. Elle apporte au déduit une joyeuseté populaire qui manque à Margherita. Et il n'est pas vrai qu'elle soit «stupide comme la lune». C'est notre expression italienne qui est stupide. On tient la lune pour sotte parce que, quand elle est pleine, elle montre une face ronde et naïve. Mais sotte elle ne l'est pas, à en juger par le nombre de scènes d'amour qu'à la belle saison elle encourage, ou suscite, par sa seule présence.

En fait, Caterina est fine assez. Mais comment dire ? Sa finesse est bornée. Comme a si bien remarqué *il mancino*, elle ne voit pas plus loin que le bout de ses tétins. Dans sa période d'«amère chasteté», elle aspirait tant aux étreintes de Raimondo qu'elle ne s'est pas avisée un seul instant que le plan du palais Rusticucci qu'il lui réclamait pour la rejoindre pouvait servir à l'enlèvement de Vittoria.

Ce soir, dès qu'elle m'a quitté, mes pensées prennent un tour plus sérieux. Je n'ai pas éteint ma chandelle et, allongé sur ma couche, je fais tourner autour de mon petit doigt la bague que j'ai volée à Vittoria. «Volée» est beaucoup dire. Je suis sûr qu'elle ne la porte jamais à son doigt, ne l'aimant guère, non pas, comme le prétend Giulietta, parce que c'est un cadeau de sa mère, mais beaucoup plus simplement, parce que ce bijou, qui porte témoignage du mauvais goût naturel de Tarquinia, est d'une inexprimable laideur. Toutefois, il convient à mes desseins, justement en raison du V en diamants dont il est décoré.

Je ne suis pas en train de réfléchir pour prendre une décision. C'est fait. Mais l'ayant prise, je tâche de comprendre les raisons qui m'ont porté à la prendre. Tâche énorme ! Je l'ai déjà observé, quand on se trouve dans une situation qui suppose des relations passionnées avec des protagonistes donnés, il y a trois connaissances dont la difficulté va croissant : savoir ce qu'on pense, savoir ce qu'on sent et savoir ce qu'on veut. Ce savoir, en l'occurrence, ne me concerne pas, mais mon autre moi-même, Vittoria.

Du fait de l'identité de nos natures, j'ai toujours su, à certains signes, ce qui se passait dans le cœur de Vittoria. Mais le 19 mars, Vittoria a coupé la passerelle qui me reliait à elle, et si j'ai appris ce qui l'agitait, c'est par Caterina, témoin infime, mais capital. Dès ce moment, il a fallu que je substitue l'observation à l'intuition. Car il devenait d'une énorme importance pour moi de savoir ce que Vittoria sentait et ce qu'elle voulait, même si elle-même, faisant de son mieux pour être aveugle, refusait toute connaissance.

De ce point de vue, ce qui vient de se passer dans sa chambre m'a apporté toutes les clartés du monde. Quand j'ai posé devant Vittoria « la lettre d'un grand seigneur épris d'elle » – démarche en elle-même très offensante, surtout venant d'un frère –, ce qu'elle eût dû faire, sans l'ombre d'une hésitation, et sans même toucher au pli cacheté, c'eût été de me dire avec le dernier mépris de reprendre ce pli infâme et de le rendre à son expéditeur. Elle n'a rien fait de ce genre. Elle a hésité. Cette hésitation, c'était une façon de prendre des gants avec sa conscience. Mais le résultat, dès cet instant, ne faisait plus aucun doute.

Elle a ouvert le pli. Ni la curiosité ni le plaisir d'être courtisée n'eurent de part dans cette décision. Vittoria, qui de toute façon est adorée du monde entier, est une femme bien au-dessus de ces petites vanités. Elle a ouvert le pli, parce qu'elle aime le prince, qu'elle désire être à lui et qu'elle n'a pu résister à son appel. Dès le moment où ses doigts – et comme ils tremblaient, ce faisant, ces beaux doigts ! – brisèrent le cachet de cire et qu'elle commença à lire, qui pis est devant deux témoins, elle trahissait Peretti.

Ayant lu, elle brûle ce qu'elle vient d'adorer et dit d'une voix hautaine : « Il n'y a pas de réponse ! » Ah, la belle comédie ! Même Caterina dont j'ai croisé à cet instant le regard dans le miroir n'en a pas été dupe. Si, Vittoria ! Il y a une réponse, et la plus explicite : la réponse à cette lettre, c'est de l'avoir lue.

Il se peut que cette réponse ne soit pas pour le prince aussi évidente que pour moi. Et c'est bien pourquoi je compte lui donner demain un petit coup de pouce. Je dirai lequel.

Il ne m'échappe pas, en attendant, que pour atteindre le but que j'entrevois, nous devrons traverser beaucoup de sang et beaucoup de boue. Si Peretti n'était pas, pour son malheur, le fils d'un cardinal et si le prince Orsini se trouvait être l'ami de Grégoire XIII, il serait facile au souverain pontife de prendre un *precetto* qui annulerait sans appel le mariage de Vittoria avec Peretti. Combien de fois le pape régnant n'a-t-il pas eu recours à ce procédé blâmable pour des raisons non religieuses, le malheureux opposant qu'il voulait ainsi réduire à sa merci se retrouvant, du jour au lendemain, *démarié* de son épouse légitime, vivant à ses côtés en état de péché mortel, et exclu, par conséquent, de la communion des fidèles? Mais comme je l'ai dit, ce recours était exclu. Tout ce qui se fera devra se faire contre le pape et contre Montalto. C'est-à-dire contre la puissance temporelle et spirituelle de Rome.

L'entreprise était terrifiante et, pour moi, tandis que je faisais tourner la bague de Vittoria autour de mon petit doigt à la lueur de la chandelle, elle comportait un aspect passablement grisant. Moi, le vaurien, le chenapan, l'assassin de Recanati et le maquereau de la Sorghini, j'avais l'impression que l'infime petite poussée que je comptais donner à l'événement, à seule fin de rapprocher Vittoria de son bonheur, allait faire vaciller l'État…

Le lendemain, à l'heure habituelle, je me présentai à Montegiordano. Le majordome m'introduisit aussitôt dans les appartements particuliers du prince et d'un air de confidence me dit que son maître était sorti de très bonne heure avec une petite suite pour aller galoper dans la campagne romaine. Je compris qu'Orsini avait imaginé cette chevauchée pour tromper son impatience des nouvelles que je devais ce matin lui apporter. Ainsi, plutôt que de m'attendre, il avait voulu que ce fût moi qui l'attendisse. Je reconnus là une de ces petites ruses politiques par lesquelles les grands de ce monde tâchent de vous persuader qu'ils sont aussi grands qu'on les croit.

Je m'approchai d'une fenêtre très ensoleillée qui donnait sur cette immense cour de Montegiordano où campait dans un étonnant désordre cette foule de bannis, d'exilés, de fugitifs des geôles pontificales et aussi de bandits pourchassés par la Corte, auxquels Orsini donnait asile, gîte et couvert pour asseoir sa puissance en face du pape.

Tout d'un coup, le grand portail s'ouvrit et le prince, précédant sa suite, s'engouffra dans le passage voûté qui débouchait sur la cour et sans brider le moins du monde sa monture traversa la cour dans toute sa longueur au galop, la foule sur son passage se fendant en deux et refluant devant lui dans une bousculade indicible, sans cesser pour autant de l'acclamer comme un roi revenant dans son État. Le prince démonta au pied de la tour du haut de laquelle je l'observais, et j'entendis son pas claudicant monter lourdement et puissamment l'escalier de pierre qui menait à ses appartements.

La porte s'ouvrit devant lui, rabattue précipitamment par un page, et il s'avança vers moi avec cette démarche longue et agressive que lui donnait sa claudication, et ce mouvement particulier de ses larges épaules par lequel il paraissait vouloir accélérer encore sa progression. Sa tête romaine, couverte de boucles d'un blond roux qui lui donnaient l'air d'une statue en marche, apparut dans le soleil qui entrait à flots par la fenêtre devant laquelle je me tenais et, fixant sur moi son œil bleu, il me dit, essoufflé par la course qu'il venait de fournir :

– Eh bien ?

Sans un mot, je sortis la bague de Vittoria de l'emmanchure de mon pourpoint et je la lui tendis. Il la prit d'un air étonné, la retourna dans ses doigts, aperçut enfin le V de diamants, pâlit au point que je crus qu'il allait pâmer et resta sans voix, la bouche entrouverte, son œil bleu scintillant de tout le bonheur qui affluait en lui. Et comme à cet instant je sentais en lui une interrogation qu'il n'arrivait pas à articuler, sa gorge lui refusant tout service, je dis, n'ajoutant qu'un mot à ce qu'avait dit Vittoria :

– Monseigneur, il n'y a pas d'*autre* réponse.

CHAPITRE V

Le curé Racasi

Tous les vendredis, je me rends au palais Rusticucci, avec mon second vicaire, pour y confesser la signora Camilla Peretti, la signora Tarquinia Accoramboni, la signora Vittoria Peretti, et la cameriera de cette dernière : Caterina Acquaviva. Mon second vicaire confesse le reste de la domesticité. Depuis que Francesco Peretti, probablement sur le conseil du cardinal, a imposé une clôture rigoureuse à son palais, j'emmène avec moi mon premier vicaire, afin que Francesco et Flamineo puissent aussi se confesser. Quant à Marcello, il n'est jamais là le vendredi et, d'après ce que me dit Tarquinia, il se confesse à un moine mendiant qui a ses habitudes chez la veuve Sorghini.

Le lendemain, le cardinal Montalto – envers qui j'ai de grandes obligations – me fait le très grand honneur de me confesser moi-même ; et je profite de cette occasion pour lui exposer les problèmes délicats que me pose parfois la direction des consciences dont j'ai la charge. Son Eminence m'écoute toujours avec la plus grande attention et j'admire la clairvoyance et la subtilité avec lesquelles il arrive à débrouiller mes difficultés.

Le cardinal a une réputation d'austérité et même de dureté, mais je dois dire qu'avec moi, il s'est toujours montré d'une très grande mansuétude. Bien qu'il y ait un confessionnal dans l'oratoire attenant à son bureau, l'entrée même lui en serait plus qu'ardue, en raison de ses béquilles. Il reste donc assis sur son fauteuil habituel, et je m'agenouille à ses pieds. Mais par une attention dont je lui sais gré, il commande à *il bello muto* de placer un coussin sous mes genoux avant de se retirer.

Je dois dire aussi que le cardinal se montre très indulgent à l'égard des péchés dont je m'accuse. Il est vrai que la liste s'en est beaucoup réduite au fur et à mesure qu'ont diminué en moi les forces qui m'induisaient en tentation. Le péché de chair est maintenant bien loin de moi en acte comme en pensée. Et quant au péché de gourmandise qui en avait pris le relais, il s'est affaibli à proportion que mon estomac s'est délabré. Je pense parfois avec mélancolie que la sainteté dont je rêvais pour moi étant enfant, je ne l'atteindrai qu'au bord de l'extrême vieillesse, quand l'âge et la maladie m'auront réduit à l'état végétatif. Mais où sera alors le mérite ?

– Peccadilles, Racasi, peccadilles ! me dit le cardinal avec impatience en secouant sa terrible hure. Venons-en maintenant à vos petits problèmes…

– Ah, Votre Eminence ! dis-je, depuis hier, j'en ai un, en effet, mais il n'est pas petit. Une de mes pénitentes a reçu par des voies détournées une lettre d'un galant et elle l'a lue.

– Elle l'a lue ! dit le cardinal, son œil noir sous ses épais sourcils jetant des éclairs.

– En réalité, la chose est plus compliquée. Elle dit qu'elle l'a lue. Mais sa cameriera que je confesse aussi dit qu'elle ne l'a pas lue.

– Ce n'est pas compliqué du tout, dit le cardinal avec brusquerie. Elle a pu la lire en l'absence de sa cameriera.

– Oui, mais sa cameriera affirme que tout s'est passé devant elle et que sa maîtresse a brûlé la lettre sans l'ouvrir.

– Alors, la cameriera ment, dit le cardinal en fronçant ses sourcils. Lui avez-vous mis le nez dans son mensonge ?

– Votre Eminence, dis-je en baissant les yeux, ce n'était guère possible sans trahir à l'une le secret de la confession de l'autre.

– En effet ! En effet ! dit Son Eminence avec colère.

Mais il se maîtrisa aussitôt. Je reprends :

– Cependant, quant à la réponse faite à l'émissaire, la version de la chambrière et celle de sa maîtresse coïncident. Après avoir lu la lettre, la destinataire l'a brûlée dans une petite soucoupe, et a dit au messager d'un air altier : *il n'y a pas de réponse*.

– Mais elle l'a lue ! dit le cardinal avec indignation. Avez-vous pensé à lui demander si elle l'a relue ?

– Oui, j'y ai pensé, Votre Eminence, dis-je, assez content *in petto* de mon zèle. Et par malheur, en effet, elle l'a relue.

– Dieu du ciel ! dit le cardinal.

Il reprit au bout d'un moment :

– Quels furent les sentiments qui l'agitèrent à cette lecture ? Lui avez-vous demandé ?

– Oui, Votre Eminence. La pénitente a fait état d'une grande confusion.

– Précisez.

– Elle a dit qu'elle avait éprouvé honte et remords, mais qu'en même temps, elle était troublée. Je dirais même, tentée.

– A-t-elle dit « tentée » ?

– Non, Votre Eminence. Elle n'a pas prononcé le mot. Mais je l'ai déduit de son trouble.

– Ne déduisez rien du tout ! s'écria le cardinal. Tenez-vous-en aux faits ! Vous a-t-elle paru réellement contrite ?

– Votre Eminence, dis-je, vous connaissez les femmes. Même quand elles pleurent leurs fautes, elles y trouvent encore du plaisir.

– Je sais ! Je sais ! dit le cardinal. Faites-moi grâce de vos évidences. Répondez-moi sur les faits !

– Eh bien, dis-je, au bout d'un moment, ma pénitente croit qu'elle se repent ! Elle le croit de bonne foi.

– De bonne foi ! Et vous, Racasi, poursuivit-il d'une voix tonnante, êtes-vous de bonne foi ou essayez-vous de me rassurer ?

Cette question me mit au supplice tant je craignis que, dans son emportement, le cardinal nommât la pénitente dont il était censé ignorer le nom. Par bonheur, le cardinal dut sentir lui-même en quelle cruelle situation il m'aurait mis alors, car il feignit de ne pas se rappeler ce qu'il venait de me demander et reprit d'un ton plus serein :

– D'ailleurs, une conscience n'est jamais de bonne foi. Lequel d'entre nous pourrait le contester ?

Ce «nous», qui faisait appel à mon expérience comme à la sienne, me flatta. Mais ne pouvant me laisser aller à la vanité en pleine confession, je me bornai à incliner la tête en signe d'assentiment.

– Un dernier point, Racasi, et répondez-moi sans phrases, je vous prie. Et là je fais appel, au-delà même des faits, à votre intuition personnelle. Si le galant parvenait jusqu'à votre pénitente, selon votre sentiment, pourrait-elle lui résister ?

Je secouai la tête et les yeux baissés, je répondis non sans tristesse :

– J'en doute, Votre Eminence.

– Aidez-moi à me lever, Racasi, dit le cardinal d'une voix rude.

Je me levai moi-même pour l'aider à se mettre sur pied, mais dès qu'il eut calé ses béquilles sous ses aisselles, il me fit signe d'un impatient mouvement de m'écarter, puis me tournant le dos, il alla se planter devant une peinture accrochée au mur représentant la Madone et l'Enfant Jésus, et resta là un bon moment à la regarder, mais, à mon avis, sans même la voir. Car je le vis hocher la tête à plusieurs reprises et je l'entendis marmonner d'une voix entrecoupée : «Ah, mon malheureux fils ! On me le tuera !»

Je ne savais vraiment pas où me mettre ni que faire, tant je me sentais mal à l'aise d'avoir entendu ces paroles. D'un autre côté, je ne pouvais pas quitter la pièce sans que le cardinal m'eût donné mon congé ni même absous.

Peut-être le cardinal devina-t-il ma gêne, car il pivota lourdement sur ses béquilles et, me faisant face, il me transperça de ses terribles yeux noirs et me dit avec rudesse :

– Scellez vos lèvres sur tout cela et laissez-moi, je vous prie.

– Mais Votre Eminence, dis-je en balbutiant, vous ne m'avez pas donné l'absolution.

Si je n'avais pas nourri pour le cardinal des sentiments de gratitude et de vénération, qui sont d'ailleurs toujours les miens, j'aurais dit que jamais rémission des péchés ne fut accordée à un pénitent d'une façon plus rapide, plus distraite et pour tout dire, plus bredouillée. Mais Son Eminence, pour des raisons qui ne regardaient que lui, et où je n'avais, bien entendu, rien à voir, se trouvait trop profondément troublé pour que je pusse raisonnablement lui en tenir grief. Bien que je considère, comme l'enseigne l'Église, qu'au moment où il prononce l'absolution, le prêtre parle véritablement «*in loco Die* [1]» et doive être pleinement conscient du privilège exceptionnel qui est alors le sien, il n'est que trop vrai que le souci, la fatigue, l'angoisse et, en général, l'humaine fragilité, puissent, dans de certaines occasions, amener le représentant de Jésus-Christ à prononcer d'une façon mécanique et routinière des paroles dont chacune devrait être pensée et pesée avec la plus grande gravité. Dans ce domaine, prendre les choses à la légère serait pour un prêtre une grande erreur. Et cela, d'autant plus qu'il ne peut pas ignorer que la confession, en lui permettant de sonder les cœurs et les reins des fidèles, confère à son Église un immense pouvoir dans la cité des hommes. Je dis cela en toute humilité, sans vouloir, il va sans dire, donner de leçon à personne, et encore moins à ceux que la grâce divine a placés très au-dessus de moi et dans l'État et dans la hiérarchie.

Lodovico Orsini, comte d'Oppedo

Je fis ce jeudi-là un grand effort pour arriver sur le coup de 9 heures du soir à Montegiordano, sachant bien que Paolo tient l'inexactitude en horreur.

– Ah, te voilà enfin! s'écria-t-il en m'embrassant à sa manière habituelle, c'est-à-dire en me serrant à m'étouffer entre ses bras herculéens sur sa vaste poitrine.

– Mais, je ne suis pas en retard! dis-je en me dégageant.

– C'est vrai, c'est vrai! dit-il avec étonnement en jetant un coup d'œil à sa montre-horloge. Excuse mon impatience, *carissimo*. Et cesse, je te prie, d'assassiner Marcello de tes regards provocants. Tu sais comme il est ombrageux. Pour un mot de travers, il a même tiré l'épée contre moi. Contre moi, Lodovico! Mais assez là-dessus! Marcello est mon

---

1. À la place de Dieu.

secrétaire et mon ami. Et je veux – tu entends, je veux, Lodovico ! – que vous soyez amis. Donne-lui la main.

– Moi ! dis-je, la main à ce reptile ?

– *Conte*, dit Marcello en se redressant, vos connaissances en zoologie sont à revoir : Un reptile n'a pas de mains. En revanche, poursuivit-il en mettant la main sur la poignée de son épée, il peut piquer.

– Il ne piquera rien du tout ! s'écria Paolo. Ta main, Lodovico, ta main, là, dans l'instant, dans la sienne, ou je me fâche avec toi pour tout de bon.

J'obéis et pris la main que Marcello me tendait à regret. Elle était froide et sèche et ne serra pas la mienne. Le bellâtre était brave, à n'en pas douter, et tenait sa vie pour rien.

– Assieds-toi, Lodovico, et écoute, reprit Paolo. Je n'ai jamais été si près d'entrer en guerre ouverte avec l'État. D'abord, Montalto m'a fermé sa porte. Oui, Lodovico, il a fait cela ! Quelle offense pour un Orsini ! Ensuite, il a enfermé sa nièce dans le palais Rusticucci en feignant de croire que je voulais l'enlever !

– Ce que tu n'aurais pas fait sans doute, Paolo, dis-je, non sans ironie.

– Assurément pas, dit Paolo avec feu. Je l'ai dit à Marcello et je le répète devant toi : mes desseins sont honorables.

J'aurais eu beaucoup de choses à dire là-dessus. Je préférais me taire : j'aurais grincé des dents. Mon siège était fait : cette Vittoria n'était qu'une aventurière sans scrupule et Marcello, un maquereau. Maquereau, il l'était deux fois : en vivant aux crochets de la Sorghini et en prostituant sa propre sœur à ce fol de Paolo, afin de ramasser pour elle dans la boue une couronne de duchesse. Quant à Paolo, il était entièrement tombé dans les mains de ces funestes jumeaux : des gens de rien, issus d'une fabrique de majoliques à Gubbio ! Lui, prince Orsini, il faisait le rêve insensé de se fabriquer une deuxième duchesse avec cette catin, oubliant que son fils Virginio – un Orsini par son père et un Medici par sa mère ! – courait alors le risque de voir cette femme éclose sur le fumier de la roture lui disputer son héritage…

– Tu m'écoutes, Lodovico ? dit Paolo avec impatience. Ou dois-je répéter mille fois la même chose ? Montalto, non content de clôturer sa nièce, l'emmène demain matin à l'aube sous forte escorte à Santa Maria où elle sera enfermée avec sa famille dans un palais. Et pour sa majeure partie, écoute-moi bien, Lodovico, l'escorte est composée de soldats pontificaux ! Le pape lui-même se jette au travers de mes projets. Il me fait cette offense ! À moi, un Orsini ! Mais il se trompe s'il croit que je vais rester les bras croisés !

– Que comptes-tu faire ?

– Attaquer l'escorte.

– C'est bien ce qu'il espère que tu feras, Paolo, dis-je froidement. Tu comptes l'attaquer sur le chemin ou à Santa Maria ?

– Je ne sais encore.

– Alors, je vais te dire, Paolo, ni l'un ni l'autre ne sont faisables. Je connais les lieux comme mes propres poches. J'y ai chassé il y a deux ans.

– C'est bien pour cela que je t'ai fait appeler, dit Paolo avec un sourire.

– Écoute, ce palais est, en réalité, une forteresse. Il est construit sur une falaise qui domine la mer, à cet endroit fort sauvage. Il est clos de hauts murs et accessible par une route unique, laquelle s'arrête au bord d'une large faille dans le rocher qu'un pont-levis enjambe. Tout le pays alentour, aride et dénudé, appartient à Montalto.

– Alors, j'attaquerai avant que le convoi n'y parvienne, dit Paolo.

– Ce serait bien pis. La route est étroite et court entre des collines rocheuses et la mer. Aucun chemin, aucun sentier ne part de la route pour escalader les collines. Elles sont inhabitées.

– Eh bien, dit Paolo, voilà qui est parfait ! Point de retraite pour l'escorte de ce côté-là, ni du côté de la mer, quand nous l'attaquerons.

– Mais pas de retraite non plus pour toi, Paolo…

– Que veux-tu dire ? dit Paolo avec un haut-le-corps, que je pourrais être battu ? Mais j'ai assez d'hommes à Montegiordano pour attaquer l'escorte à cinq contre un…

– Cela ne te servira à rien d'avoir tant d'hommes. Tu ne pourras pas les déployer. Rappelle-toi le site : une route étroite qui court entre des collines inaccessibles et la mer. En outre, il y a bien des chances pour que tu sois, à ton tour, attaqué sur tes arrières.

– Et par qui ?

– Mais par les troupes pontificales. Tu ne crois pas qu'on te verra sortir demain à l'aube de Montegiordano avec une troupe nombreuse sans que le pape en soit aussitôt informé. Il enverra alors une partie de ses soldats dans ton dos pour te prendre à revers, l'autre partie restant à Rome pour s'emparer de ton palais et dans la foulée, du mien.

Un silence tomba qui se prolongea un long moment. Paolo, la tête sur le côté, marchait à longs pas dans la salle, le buste penché en avant. Je l'avais convaincu, je le savais. Et je n'ajoutai rien, laissant mes raisons faire leur trou peu à peu en lui. Cette catin l'avait rendu fol, mais pas au point d'engager dans de mauvaises conditions, et en dispersant ses troupes, une guerre ouverte contre le pape. Il conservait un brin de raison dans sa démence.

Tout d'un coup, il poussa une sorte de rugissement.

– La mer, Lodovico ! Comment moi, marin, n'y ai-je pas pensé plus tôt ?

– La mer ? dis-je, mais cette côte est sauvage. Elle n'est pas protégée, la haute mer la bat. Elle ne comporte pas la moindre crique. Comment y débarquer une troupe ?

– Une troupe, non. Mais une barque qu'une de mes galères aura mise à la mer au large.

– Tu penses bien que la mer sera surveillée !

– De jour, mais non de nuit.

– De nuit ? Avec les brisants dont cette côte abonde ! Si la barque leur échappe, elle ira se rompre sur la falaise.

– Non, non, cria Paolo. Il n'y a pas de côte si inaccessible qu'on ne puisse y découvrir une faille pour tirer une barque au sec.

– Supposons-le ! Comment crois-tu que tu pourras persuader la signora de repartir avec toi par le même chemin ?

– Mais je n'essayerai même pas ! Comment pourrais-je accepter qu'elle s'expose à de si grands dangers ? Mais du moins la verrai-je ! Et du moins, ajouta-t-il à mi-voix et comme se parlant à lui-même, pourrai-je m'assurer qu'elle répond à mes sentiments.

Je fus béant. J'étais persuadé que pour être si coiffé de cette catin, son commerce avec elle avait été beaucoup plus loin que cette première rencontre chez Montalto que Raimondo avait appris de la bouche de Caterina. Les choses étaient donc bien pires que je n'avais pensé. Il l'aimait vraiment. Le diable était dans cette femme : elle l'avait ensorcelé !

– Monseigneur, dit tout d'un coup Marcello, ma place est aussi dans cette barque. Je revendique l'honneur de vous accompagner.

– Ah, Marcello ! dit Paolo en lui passant le bras autour des épaules et en le serrant contre lui, tu es un vaillant, je le savais déjà !

Je détournai la tête et feignis de jeter un œil dans la cour par la fenêtre tant j'étais outré de la familiarité dont Paolo témoignait à l'égard de ce vaunéant. *Affé di Dio !* Il le traitait déjà comme son beau-frère ! Le monde était sens dessus dessous ! Et tout cela parce qu'un bout de cotillon et un bout de cheveu avaient frappé l'œil de ce grand prince ! Lui qui avait déjà eu plus de femmes qu'une nuit d'août compte d'étoiles ! Qu'avait-elle de plus que les autres, cette femelle ? Elle était belle ? Mais une vache aussi est belle, et même à mon écuyer, je ne la donnerais pas en mariage.

Je repris par degrés mon sang-froid et, me tournant vers Paolo, je réussis à sourire.

– Eh bien, *carissimo*, je le vois, tu ne démordras pas de ta folle équipée. Que le ciel te protège ! Je prierai pour toi ! Puisses-tu ne pas périr noyé ! Quelle fin pour un grand amiral !

Il rit, il m'embrassa et je le quittai. Bien que souriant, j'avais la rage au cœur. Je descendis l'escalier, la main crispée sur la rampe, les dents serrées ! Ah, Paolo ! pensai-je. Tu ne mérites pas de vivre : tu déshonores les Orsini !

Je n'en revenais pas de l'extraordinaire légèreté qu'il avait montrée. Il m'avait fait appeler uniquement parce qu'il savait que je connaissais la région de Santa Maria et sans avoir l'air de se douter une seconde que ses projets concernant cette catin me faisaient horreur ! Pis : avant même que je l'en dissuadasse, il était prêt à engager contre le pape une guerre ouverte qui ne pouvait se terminer que par sa perte, et la mienne aussi, et bien sûr aussi celle de mon frère. Comment excuser, ou même comprendre, un aussi criminel aveuglement ?

Cette nuit-là, je fis un rêve dont je n'ose dire que ce fut un cauchemar tant, à mon réveil, et en y repensant, je me sentis heureux, apaisé, allégé de mes craintes. Poursuivis dans le parc de Santa Maria par les soldats pontificaux, Paolo et les jumeaux Peretti s'enfuyaient à bord d'une petite barque la nuit pour gagner la galère de Paolo au large. Mais la barque heurtait un brisant, s'y déchirait, se remplissait d'eau. Marcello coulait le premier. Vittoria, un moment soutenue sur les vagues par l'ampleur de son cotillon, s'enfonçait peu à peu. Seul Paolo survivait, mais il avait le sexe déchiré par l'arête d'un rocher sur laquelle une lame l'avait jeté. Quant à moi, j'étais à bord de la galère quand on le retira de l'eau. Le chirurgien du bord le pansa et quand ses soins finis, je l'interrogeai de l'œil, il me dit à voix basse : « Il n'est qu'évanoui. Il survivra, mais il n'est plus un homme. » Je regardai Raimondo debout à mes côtés et je dis froidement : « Dieu merci. » Quand je me réveillai, je me répétai mon rêve et au bout d'un moment, je me levai et le jetai sur le papier. Je pensais qu'il serait peut-être prophétique et je voulais prendre date, pour ainsi dire, avec l'avenir.

Giulietta Accoramboni

La clôture rigoureuse du palais Rusticucci, la tension insupportable qui en est résultée, la taciturnité de Vittoria, le départ brusqué pour Santa Maria, j'en sais maintenant la raison, mais non point – et cela me mortifie fort – de la bouche de Vittoria, qui paraît avoir tout oublié de nos liens anciens et profonds, mais par Francesco Peretti qui, ayant laissé, sur l'ordre du cardinal, sa mère et sa belle-mère à Rome (où je suppose que l'une va achever de becqueter l'autre à mort) se retrouve à Santa Maria si isolé et si désespéré (Vittoria refusant désormais de lui adresser la parole) qu'il m'a choisie par force pour sa confidente.

Je connais donc l'histoire de la lettre reçue, lue et brûlée. Histoire qui prend toute sa signification et sa charge de menaces quand on connaît la personnalité du prince Orsini, sa puissance dans l'État, son amour désordonné des femmes, son caractère rebelle et aventureux.

Francesco ne me fit pas ce conte sans réticence : le cardinal lui avait fait promettre de ne jamais révéler à sa femme qu'il connaissait l'existence de cette lettre, la raison en étant sans doute que Son Eminence ne voulait pas trahir les sources de son information, que ce fût le curé Racasi, ou Caterina Acquaviva ou peut-être les deux. Tant est que lorsque Francesco m'a parlé de la fameuse lettre, il m'a demandé de demeurer à mon tour bouche cousue là-dessus.

Il m'a fait cette demande alors que, partis tous deux à la découverte jusqu'au sommet d'une petite tour de guet qui se dresse sur la falaise, nous regardions la mer se briser sur les écueils et accumuler des monceaux d'écume blanche et cotonneuse dans une crique minuscule que nous dominions de très haut. D'après le majordomo de Santa Maria, c'est dans cette crique qu'avait coutume de se baigner, en toute discrétion, l'évêque qui, avant Montalto, était le maître de ces lieux. Et en effet, en me penchant, je distinguai, en dépit des embruns, des marches taillées dans la falaise qui devaient permettre au prélat d'accéder à la petite plage au fond de la calanque. Je supposai qu'il y avait là quelques pouces carrés de sable, car pour l'instant on ne voyait partout que des ballots d'écume. Quant à la tour de guet, elle avait dû servir autrefois quand cette côte, pourtant peu hospitalière, redoutait les incursions des pirates mauresques. Ce qui me confirmait dans cette idée était la petite guérite en pierre qui se dressait dans un angle de la terrasse sur laquelle nous nous tenions, fouettés par une bise d'une rare violence, et assez fraîche, bien qu'on fût déjà en mai.

– Mon pauvre Francesco, dis-je à son oreille, tant le fracas des vagues déferlantes et le sifflement du vent nous assourdissaient, je veux bien, moi, te promettre le secret ! Pour moi, ça ne change rien. Mais toi, tu as eu bien tort de faire cette promesse au cardinal. Et qui plus est, tu aurais bien tort de tenir ta parole.

– Viens, dit-il, en me prenant par la main, mettons-nous à l'abri : je t'entends à peine.

Et me tenant toujours, il me fit entrer dans la petite guérite du guetteur, où du fait que les trois petites ouvertures qui
donnaient sur la mer avaient été fermées par des lucarnes, nous
étions relativement à l'abri. Je dis relativement, car aucune
porte ne venait clore l'entrée de cette poivrière et les tour-
billons du vent, par moments, s'y engouffraient.

Je répétai mon propos à Francesco qui m'écouta avec un
air d'anxieuse interrogation. J'avais grandement pitié de lui,
car depuis la rigoureuse clôture du palais Rusticucci, Vittoria,
comme j'ai dit, ne lui adressait plus la parole.

— Mais pourquoi cela ? dit-il enfin. Pourquoi n'aurais-je
pas dû le lui promettre ?

— Parce qu'en parlant à Vittoria, tu ne peux plus faire état
des torts qu'elle a envers toi.

Il tourna la tête vers moi. La bonté, la bonne foi, et à peu
près toutes les autres vertus étaient inscrites sur ce visage honnête. Il ne lui manquait que la force.

— Mais a-t-elle des torts envers moi ? dit-il d'un air de doute.

Je fus stupéfaite de constater que, loyal envers une épouse
qui ne l'était plus guère envers lui, il la voulait encore
blanche comme neige.

— Mais voyons, *carissimo*, dis-je en lui prenant le bras et
en le serrant contre moi, c'est toi-même qui me l'as appris :
elle a reçu une lettre d'un galant par une voie détournée et,
sachant très bien qui lui écrivait, et pourquoi, elle l'a ouverte.

— Mais elle l'a brûlée ! dit-il avec un élan d'espoir si naïf
qu'il me tordit le cœur.

— Le fait de l'avoir brûlée, dis-je, n'efface pas le fait de
l'avoir lue. Et de l'avoir lue avec plaisir, puisqu'elle l'a relue.

— Mais elle s'en est confessée ! dit-il.

— À son curé ! Pas à toi !

— Elle aura craint de me blesser, dit-il en détournant les
yeux.

Je le regardai. J'en avais assez de le voir se cramponner
à ses illusions. Cela m'irritait à la fin. Je lui dis plus rudement que je n'aurais voulu :

— C'est sans doute par crainte de te blesser qu'elle te ferme
la porte de sa chambre depuis le 19 mars ?

Son visage frémit comme si je l'avais giflé, ses yeux

cillèrent, et dégageant son bras, il me tourna à demi le dos, éprouvant visiblement beaucoup de honte à me montrer sa souffrance, et moi, de mon côté, me reprochant d'avoir été si brutale avec lui. Mais je détournai aussitôt ces reproches de moi-même pour en accabler Vittoria. Comment elle, qui était si généreuse, pouvait-elle se montrer avec lui si cruel ? En même temps, je sentais bien que mes critiques ne sonnaient pas tout à fait juste. Moi aussi à l'égard de Francesco, je venais d'être dure. C'était affreux d'être dure avec un homme aussi bon. Mais il n'était pas seulement bon. Il était mou. Et en un sens, c'était cette mollesse de son caractère qui, chez une épouse, appelait ce genre de réponse. Et finalement, comment reprocher à une femme mariée contre son gré et qui ne l'aimait point une certaine insensibilité à ses sentiments ?

Francesco se retourna à la fin vers moi, vint s'accoter contre le mur rond de l'échauguette et me dit d'une voix détimbrée :

– Pourquoi trouves-tu que j'ai eu tort de promettre à mon oncle de ne rien dire à Vittoria au sujet de cette lettre ? Ne serait-ce pas de ma part très indélicat de paraître savoir ce qu'elle m'a caché ?

Je restai un instant sans voix. Pauvre Francesco ! Que de scrupules ! Et comme il connaît peu les femmes ! La délicatesse est une vertu qu'elles prisent fort chez un homme, mais qu'elles pratiquent assez peu elles-mêmes, surtout quand la passion ou l'intérêt les emportent ! Et si elles la prisent chez un homme, c'est seulement comme une assurance qu'elles seront toujours bien traitées par lui, même quand elles auront cessé de le mériter.

– Francesco, dis-je à la fin, si tu tiens ta promesse et gardes le silence sur cette lettre, tu vas affaiblir beaucoup ta position, quand arrivera avec Vittoria le moment d'en découdre.

– Le moment d'en découdre ! dit-il en ouvrant de grands yeux. Tu as de ces expressions, Giulietta ! Mais je n'ai jamais cherché querelle à Vittoria !

– C'est elle qui va t'en chercher une, et une grande, tu peux en être certain. Voilà ce que ton silence va te rapporter…

Je ne me trompai pas. Cette scène eut lieu devant moi, le lendemain, dans la chambre de Vittoria, alors que nous étions occupées toutes les deux à la rendre plus habitable.

Francesco frappa, entra, nous souhaita le bonjour et se tournant vers Vittoria, lui demanda avec une rare maladresse si elle se trouvait bien dans son nouveau logis.

– Bien, Monsieur ? dit-elle avec hauteur et fixant sur lui des yeux étincelants. Je m'y trouve très mal ! Je m'y trouve exécrablement mal ! Les murs sont humides. Les plafonds, moisis. Les fenêtres ferment mal. Il a fallu les forcer pour les ouvrir et tant le bois a gonflé depuis, on n'arrive plus à les refermer. Je demande du feu, on me dit qu'il n'y a plus de bois, qu'il faudra en faire venir, que cela prendra du temps ! Et pour comble, dit-elle en haussant la voix, pour comble, Monsieur, un de mes coffres s'est perdu pendant le voyage. Et je n'ai plus rien à me mettre sur le dos. Et d'ailleurs, peu me chaut, pour quoi et pour qui m'habillerais-je ? Je ne vois plus personne. Vous m'avez recluse dans mon palais de Rome. Et maintenant, comme si cela ne suffisait pas, vous m'enfermez dans un désert.

Je la regardais. Elle était superbe dans sa véhémence. Superbe en raison de l'animation de sa beauté. Mais superbe aussi, malheureusement, dans ce sens que cet adjectif avait pris à Gubbio, accolé à sa mère Tarquinia.

– Madame, dit Francesco d'une voix altérée, vous n'ignorez pas qui a inspiré ces mesures et pourquoi ?

Je pensais que ce « pourquoi » allait arrêter, ou à tout le moins freiner, Vittoria dans son élan. Il n'en fut rien. Sa colère sauta astucieusement dessus, choisissant de s'attaquer au « qui » qui l'avait précédé.

– Qui, Monsieur ? s'écria-t-elle, qui ? Qui se met en tiers dans notre ménage sinon le cardinal, et usurpe, avec votre consentement, les droits d'un mari ? Il est vrai que mari, vous l'êtes fort peu, et père, moins encore.

Elle lui fermait la porte de sa chambre depuis un mois et demi et elle lui reprochait de n'être pas assez son mari ! La cruauté, l'injustice et pourquoi ne le dirais-je pas, malgré mon affection pour Vittoria, la bassesse de cette attaque paralysa Francesco et lui enleva tous ses moyens. Il pâlit, faillit tourner les talons et s'il trouva le courage de demeurer, ce fut moins pour se défendre et encore moins pour contre-attaquer, que pour justifier son oncle.

– Madame, dit-il d'une voix tremblante, vous n'ignorez pas que le cardinal vous aime comme sa propre fille, et vous ne pouvez ignorer que s'il a inspiré les mesures dont vous vous plaignez, c'est qu'il estimait que votre honneur courait un danger.

– Mon honneur, Monsieur ! dit Vittoria. Et depuis quand et pourquoi suspecte-t-on mon honneur ? Et croyez-vous que le meilleur moyen de le protéger, c'est de me mettre en geôle et de me faire garder par des soldats ?

À cet instant, à la fois je l'admirai et j'étais troublée par son impudence. Elle avait le front maintenant de poser elle-même le pourquoi auquel, d'abord, elle n'avait pas osé répondre. Et dans le même temps, mélangeant diaboliquement les questions, elle usait d'une menace voilée : elle suggérait que la geôle où on l'avait mise n'était pas le moyen le plus efficace de garder sa vertu.

Je n'avais qu'à regarder l'honnête visage de Francesco pour savoir ce qui se passait en lui. Il était assez fin pour comprendre la mauvaise foi avec laquelle Vittoria se drapait maintenant dans sa bonne conscience. Mais loin de lui en vouloir, il en était gêné pour elle. Il détournait les yeux et regardait le sol. Ah ! pensai-je avec rage, Francesco, c'est le moment ou jamais d'éclater, de donner une voix à ton amertume, de rabattre la superbe de ta femme, et de parler de cette fameuse lettre qu'elle a ouverte, lue, relue, et qui a provoqué en elle ce trouble délicieux dont elle a fait état devant son confesseur. Et pendant que tu y es, pourquoi ne pas lui dire aussi, en passant, que personne ne peut décider auquel des deux est due la stérilité de votre union ?

Mais cet espoir était vain. Comment un parfait gentilhomme comme Francesco pouvait-il violer la parole donnée au plus vénéré des oncles ? Il était là, debout, fort malheureux, les yeux à terre, et c'était lui qui avait l'air d'être coupable.

– Monsieur, dit Vittoria, vous vous taisez. Et vous avez raison, je crois. Quant à moi, pour une fois, pour la dernière fois, je vous demande de cesser de me traiter comme une criminelle, alors que je ne suis coupable en rien. J'exige de vous que vous me rameniez dès demain à Rome.

Je regardai Francesco. Je crus comprendre que ce «coupable en rien» lui donnait pour la première fois de l'humeur, mais incapable de donner libre cours à ses reproches devant une épouse qui, au long des ans, avait tellement pris le pas sur lui, il dit non pas même sèchement, mais comme à regret :

– Madame, c'est impossible.

Et après un salut des plus gauches, il s'en fut. Vittoria avait pris l'offensive sur tous les points, et bien qu'elle n'eût pas obtenu son retour à Rome, son avantage moral était considérable. Elle avait réussi à revêtir la robe d'une jeune martyre innocente injustement persécutée par un mari cruel. Cette «persécution» avait une utilité : elle justifiait après coup les libertés qu'elle avait prises avec ses devoirs d'épouse et lui permettait en même temps d'étouffer les quelques petits remords qu'elle en avait conçus.

Quant à son oncle le cardinal, hier si affectueusement chéri, il n'était plus à ses yeux qu'un tyran qui la punissait injustement. Il est bien vrai, certes, que Montalto était fort impérieux, et aimait régenter la vie des gens. Moi-même, dès que j'eus dépassé vingt-cinq ans, il voulut me donner à choisir entre deux prisons : le mariage ou le couvent. Mais en ce qui concerne Vittoria, c'était la grande amour que Son Eminence nourrissait pour elle qui lui avait fait craindre, à juste titre, le pire, et si Vittoria avait conservé une once de bonne foi, elle n'aurait pu penser que le cardinal avait agi sans raison.

Voilà bien pourtant ce malheureux sexe auquel j'appartiens ; toute chair et toute passion ! Une rencontre d'une minute avec ce beau guerrier, une lettre lue et brûlée, et tout change. Elle redistribue les cartes de sa vie. Le bon, le tendre, l'honnête Francesco n'est plus qu'un mari cruel. Le cardinal est un affreux tyran. Et moi, l'amie de toujours, je ne suis plus bonne à rien, sur le simple soupçon que je ne l'approuve pas sans réserves.

Je la regarde. Comme elle est belle, en ses simples robes flottantes du matin, suivie de ses longs cheveux ! Je dis «suivie», car après le départ de Francesco, elle marche à grands pas de long en large dans la chambre et sa toison dorée s'animant au rythme de sa marche volette comme une cape autour de ses épaules quand elle fait demi-tour. Quel magnifique animal humain ! Quelle harmonie dans ses formes, dans ses proportions, dans les traits de son visage ! Quelle énergie dans ses mouvements !

Je suis assise dans un coin de la chambre, les mains sur mes genoux, je ne dis rien. Je la considère avec des sentiments mêlés. Bien que sa beauté, en un sens, m'oppresse – quelle femme ne se sentirait-elle pas inférieure à elle ? –, toutefois, de tout cœur, et comme le monde entier, je l'admire. Mais cette Vittoria nouvelle m'effraye qui fait table rase de toutes ses affections anciennes, et dans cette destruction se montre si résolue, si impitoyable…

Elle s'arrête devant moi, me regarde de haut en bas, et me dit d'une voix presque agressive :

– Eh bien, tu ne dis rien ! Que penses-tu de tout cela ? Parle à la fin !

Je la regarde. Mon tour est venu, je crois : elle ne m'a rien dit de cette lettre, elle ne m'a pas fait confiance, mais cette confiance maintenant, elle l'exige de moi. Et sur quel ton ! Elle n'oublie qu'une chose : je ne suis pas un homme. Sa beauté m'émeut, mais ne m'aveugle pas. Je ne suis pas lâche non plus. Mes griffes valent les siennes.

Je dis doucement :

– Si je me tais, Vittoria, c'est qu'on ne m'a rien dit. Je ne sais que penser.

– Mais tu vois bien comme on me traite !

– En effet, je le vois. On te garde comme si on redoutait pour toi un grand danger. Quant à la nature de ce grand danger, je l'ignore.

– Mais il n'existe pas ! crie-t-elle.

– Ce n'est pas ce que le cardinal paraît penser, ni ton mari.

– Francesco t'en a parlé ?

– Pas du tout, dis-je vivement. Il est comme toi : bouche cousue à ce sujet. Cependant…

– Cependant ?

– Cependant, j'ai remarqué que tout à l'heure il a beaucoup tiqué quand tu as dit que tu n'étais coupable en rien.

– Mais je ne suis coupable en rien ! cria-t-elle au comble de la fureur.

– Qui le sait mieux que toi ? dis-je sans m'émouvoir.

– Mais toi ! dit-elle en me regardant avec des yeux étincelants, toi qui parais connaître mes pensées mieux que moi !

– Ah, Vittoria ! dis-je, je n'ai pas cette prétention. D'ailleurs, si je l'avais, et pour peu qu'elle fût fondée, cette conversation serait sans objet.

Elle hausse les épaules, porte tout d'un coup ses deux mains à ses tempes, et dit d'une voix excédée :

– Ah, ces cheveux sont trop lourds ! Ils me donnent des maux de tête effroyables ! Ma décision est prise : Je vais les couper.

– Le moment n'est peut-être pas bien choisi pour sacrifier ton plus bel ornement.

– Que veux-tu dire ?

– Mais ce que je dis, et rien de plus.

Elle me jette un regard hostile, reprend dans la chambre sa marche pendulaire, puis au bout d'un moment, s'arrête devant moi et me dit :

– Cette conversation me fatigue. Laisse-moi, Giulietta, je te prie. Je désire être seule.

Je la quitte, et dans l'après-midi, elle me fait porter par Caterina un mot des plus brefs :

« Très chère Giulietta,

« Tu me ferais plaisir en t'abstenant de venir me voir dans ma chambre pendant la durée de mon séjour à Santa Maria. Je te serais également très obligée de tenir compagnie à Francesco pendant les repas. Je n'ai pas l'intention de les prendre avec vous.

« Affectueusement.

« Vittoria. »

J'admire le « très chère Giulietta » et j'apprécie à sa valeur l'« affectueusement » final. J'ai la gorge serrée en lisant ce billet, où, comme une reine, elle m'annonce ma disgrâce. Mais je ne pleure pas. J'avais prévu sa décision. Je rejoins dans le sac aux rebuts son oncle et son mari.

Que la signora fût désolée et furieuse qu'on l'arrachât à Rome, j'en suis certaine, vu l'humeur de loup qu'elle montra pendant le voyage. Mais assurément, elle ne fut pas la seule ! Je perdais, moi, Marcello, dont il fut décidé dès le début qu'il demeurerait. D'ailleurs, n'était-il pas le secrétaire du prince Orsini et l'hôte de la Sorghini ? Il ne fut même pas informé de la date du départ, du moins par le signor Peretti. Car il sut par moi, dès que la signora me l'eut dit, le jour, l'heure et la destination. À mon avis, ce n'est pas du tout innocemment, sachant dans quels termes j'étais avec Marcello, que la signora me confia ces précisions. Et si vous voulez mon sentiment, le signor Peretti aurait été bien avisé de cacher à sa femme où on allait. Mais le pauvre signor est toujours trop bon et trop naïf. Il ne sait pas de quelle ruse la meilleure est capable. Il est vrai que les hommes aussi sont parfois bien méchants. Qui eût cru, quand je me montrais si gentille avec eux, que Raimondo et Silla me menaceraient un jour de « faire de la dentelle avec mes tripes » ?

Pour l'instant, en tout cas, j'en suis réduite, comme la signora, à mes rêves, sauf que je suis encore plus malheureuse qu'elle, car en ce qui la concerne, je doute qu'elle ait jamais vraiment connu l'amour.

Je ne trouve ici qu'une consolation : c'est la présence d'*il mancino* que Peretti a emmené avec nous pour faire des armes, car mon aîné, qui excelle en tout sauf en honnêteté, est une fine lame et le signor Peretti, qui se trouve un peu d'embonpoint, tente de le perdre par l'exercice.

À Santa Maria, *il mancino* – moi-même, sa sœur, je l'appelle ainsi – me parle assez peu et toujours par monosyllabes, à voix basse, à l'écart des autres et la plupart du temps pour me donner des ordres. Dans ces cas-là, il a une façon de me regarder qui ne me donne pas envie de lui désobéir.

Le 3 mai au matin, il vient me retrouver au bûcher qu'on a enfin approvisionné et où je viens chercher du bois pour la signora.

– Caterina, tu as remarqué cette tour de guet sur la falaise à l'aplomb de la petite crique ?

– Oui, Domenico.

– Je l'ai visitée le lendemain de notre arrivée. Elle était vide. Mais, j'ai l'impression que, depuis, ils y ont mis un guetteur. Il faudrait vérifier.

Je fais la moue.

– Si je monte à la tour et si j'y trouve un soldat, tu sais bien ce qui va se passer.

– Et c'est pour t'effrayer ?

Voilà bien comment va le monde ! Parce que j'aime les hommes, mon propre frère me traite à mi-mot de catin ! Lui ! Qui vit des femmes !

– Oui, dis-je, s'il pue l'ail et le vin.

– Caterina, dit *il mancino* sévèrement, tes gentilshommes parfumés te sont montés à la tête. Tu oublies tes devoirs envers ton aîné.

– Et c'est mon devoir envers mon aîné de me faire embouquer par le premier venu ?

– Il n'est pas question d'en arriver là. Si tu lui portes du vin, il préférera peut-être le flacon à toi.

– Je pourrais ne pas monter jusqu'en haut. J'entendrai bien s'il y a quelqu'un au-dessus de moi.

– Non, il faudra que tu lui parles. Je veux savoir si la nuit aussi il y a un guetteur.

– Et c'est important que tu saches cela ?

– C'est important pour les gens que tu aimes.

– Et toi, dis-je, tu ne les aimes pas ?

– Moi, dit-il avec un grand air de dignité, je suis payé.

Je dis avec aigreur :

– Tes catins ne te suffisent pas !

Son œil étincelle, il regarde autour de lui, marche jusqu'à la porte du bûcher, jette un coup d'œil au-dehors et, revenant à moi, me donne deux gifles, une sur chaque joue, mais sans beaucoup de force. Ce n'est pas qu'il m'épargne, mais il ne veut ni me marquer ni faire du bruit.

– *Vacca* [1] ! dit-il, voilà qui t'apprendra à respecter ton frère ! Je ne mange pas, moi, avec une fourchette. Je ne sais pas lire.

---

1. Vache.

150

Et je ne fornique pas avec des dames de la noblesse. Mais je suis quand même ton frère, ne l'oublie pas.

– Je te demande pardon, Domenico, dis-je, en rougissant de honte, non des gifles que j'ai reçues, mais de mon insolence envers mon aîné.

Son œil s'adoucit aussitôt :

– Tu feras ce que je t'ai dit ?

– Oui.

– Allons, dit-il, tu es une bonne fille, Caterina. Mais tu devrais faire attention à ta langue. Elle marche plus vite que tes méninges.

Il pose ses deux bras sur mes épaules, m'attire et me serre contre lui. En taille, il ne me dépasse guère plus que d'un pouce ou de deux. Et de son corps, il est très sec. Je suis certes beaucoup plus volumineuse que lui. Mais je me sens fondre dans ses bras : il est si fort. Il m'embrasse, non sur la joue, mais comme à son habitude derrière l'oreille et dans le cou. De mes quatre frères et de mes deux sœurs, *il mancino* est le seul qui m'ait jamais témoigné de l'affection. Ce fut un triste jour pour moi le jour où ma mère me retira de son lit pour me fourrer dans celui de mes sœurs. Quand il était désoccupé, Domenico me sculptait des poupées dans des morceaux de bois. Et plus tard, quand il fut devenu bandit (ce pourquoi je l'admirais beaucoup), il venait de temps à autre se réfugier à Grottammare et au moment de repartir, il me glissait toujours une piécette dans la main en disant : «Tiens, *bambola mia* [1], achète-toi des bonbons.» Et pourtant à cette époque-là, le plus souvent, il n'avait pas le sou.

Le métier de bandit n'est pas ce qu'on croit. Le curé Racasi dit que c'est très vilain de vivre des femmes, et comme il est très savant, je pense qu'il doit avoir raison. Pourtant, ça rapporte plus. Et le risque est moins grand.

Le curé Racasi a dû demeurer à Rome pour s'occuper de sa paroisse et pour le remplacer, le cardinal nous a donné pour confesseur un franciscain. Il s'appelle Barichelli. Il est brun, encore jeune, si chevelu qu'on voit à peine son front, et si

1. Ma poupée.

barbu que le poil lui monte presque jusqu'aux yeux. Je me suis confessée déjà une fois à lui, me doutant bien pourquoi il est ici. Il m'a dit, avant de m'absoudre, de me rappeler que mon corps n'était «rien qu'un peu de boue et que je retournerai en poussière». C'est sûrement vrai, mais si j'en crois la façon dont les yeux des hommes me caressent, ma boue à moi doit être agréable à regarder. Et quand le père Barichelli baisse les paupières en ma présence, je me demande toujours si c'est pour se recueillir ou pour guigner mes tétins. Si c'est pour se recueillir, comme j'aimerais le croire, voulez-vous me dire pourquoi ses narines alors se mettent à palpiter ?

Quant à la signora, elle se refuse à voir le père Barichelli pour la raison qu'on ne l'a pas consultée pour lui changer son confesseur. Ce n'est évidemment qu'un prétexte, car à Rome, après la clôture du palais Rusticucci, elle avait déjà fermé sa porte au curé Racasi, soupçonnant qu'il était pour beaucoup dans cette mesure.

Dans l'après-midi du jour où *il mancino* m'en avait donné l'ordre, je fis deux visites à la tour de guet : la première à pas de loup pour m'assurer qu'il y avait quelqu'un. La seconde, à pas plus assurés, pour apporter du vin au guetteur. C'était un jeune soldat des troupes pontificales, ni laid ni sale, mais très timide, et qui n'osa s'en prendre qu'à mon flacon, étant fort impressionné par mes manières et mon beau parler italien. D'un côté j'en fus flattée et de l'autre quelque peu déçue. Je le fis boire à la gourde, mais ne la lui laissai pas en partant, et lui fis jurer le secret sur ma visite. En le questionnant adroitement, j'appris que le guet commençait à l'aube et se poursuivait jusqu'à la tombée de la nuit. J'appris aussi que le guetteur avait pour mission de donner l'alerte s'il voyait une voile s'approcher de la côte et mettre à l'eau une embarcation.

Il mancino, quand je lui racontai l'entretien, m'écouta d'un air tout à fait impassible et ne fit aucune remarque. Deux jours plus tard, le 5 mai, il vint me faire ses adieux : il partait à cheval pour Rome porter au cardinal une lettre du signor Peretti. Mais il fut de retour le 8, et le lendemain, comme j'entrais dans le bûcher prendre du bois pour la signora, le temps étant toujours très au frais, il vint à pas de loup derrière moi, me mit la main sur la bouche et m'embrassa dans le cou. À ce baiser, je le reconnus.

– Caterina, dit-il, j'ai deux choses à te demander : la première, c'est celle-ci : À l'extrémité du parc, sur la falaise, tout près des marches taillées dans le roc qui descendent jusqu'à la crique, il y a une petite maison. Elle ferme bien, la toiture est bonne et elle a deux cheminées, une sur chaque pignon. L'évêque l'utilisait pour se déshabiller et aller prendre son bain de mer dans la petite crique, et aussi quand il remontait, pour se sécher et se rhabiller. C'est pourquoi elle est si bien chauffée. Il faut que tu la voies, et que tu convainques Vittoria d'en faire son logis. Ne me demande pas pourquoi, poursuivit-il d'un ton sec. Je ne te répondrai pas.

– J'essayerai de la convaincre, dis-je, mais ça ne sera peut-être pas si facile. Le moins qu'on puisse dire, c'est que la signora est peu influençable.

– Mets-y de l'insistance, dit-il sur un certain ton. Et même un peu de mystère.

Ces paroles et la voix dont il les prononça me donnèrent dans le dos un petit frémissement.

– Si tu réussis, poursuivit-il, il faudra évidemment que tu loges là, toi aussi. Il y a deux pièces, poursuivit-il, ou plus exactement une pièce séparée par un rideau. Deux fenêtres éclairent cette pièce. Elles donnent sur la mer. Dans la nuit du 12 au 13 mai, quel que soit le temps, tu devras mettre autant de chandelles que tu pourras derrière les vitres de ces fenêtres. Et bien sûr, tu ne fermeras pas les contrevents.

– Et que dirai-je à la signora pour expliquer toutes ces lumières ?

Il mancino se redressa de toute sa taille et me regarda d'un air froid :

– Ce que tu lui diras, dit-il sèchement, c'est ton affaire. À partir de cette minute, c'est ton affaire. Ce n'est pas la mienne. En ce qui me concerne, je ne t'ai rien dit. Tu entends, Caterina, de tout ce que tu viens d'entendre, je ne t'ai rien dit. Je repars pour Rome demain.

– Ah, déjà ! dis-je en me jetant dans ses bras.

Il me serra avec force, me piqua dans le cou son petit

baiser habituel et s'en fut, sans rien ajouter, de son pas de chat. Dès qu'il fut parti, en repensant à ce qu'il venait de dire, je frémis de joie, d'attente et de peur. Mon séjour à Santa Maria prenait une tout autre tournure.

Heureusement qu'il me reste un peu de temps pour décider la signora à aller s'installer dans la petite maison au bord de la falaise. J'ai demandé au majordomo de me la faire visiter. Je lui ai fait deux ou trois petits sourires et il a accepté. La petite maison m'a plu. Le majordomo, sur ma demande, a fait allumer du feu dans les deux cheminées qui se font face. Elles tirent très bien. Dès que les flammes ont crépité, il a renvoyé le serviteur qui l'accompagnait et s'est mis à me caresser. Je l'ai laissé faire, jugeant à son aspect qu'il ne pourrait aller bien loin. Et en effet, après un moment, soufflant beaucoup, il s'est arrêté de lui-même. Il avait l'air malgré tout très satisfait et m'a remerciée de ma gentillesse. Sur ma demande, il m'a prêté la clé de la maison.

Mais je n'ai pas osé en parler aussitôt à la signora. Son humeur de loup ne s'est pas améliorée. Elle ne desserre pas les dents et elle a condamné sa porte au signor Peretti, au père Barichelli, et même à Giulietta.

J'étais derrière la porte, j'ai entendu sa dispute avec Giulietta. Pauvre Giulietta ! Qu'avait-elle besoin de prendre contre sa cousine la défense du cardinal et du signor Peretti ? Il faut toujours qu'elle juge tout le monde ! Je l'ai déjà dit, je crois ; moi, elle me reproche de mettre mes seins à l'étalage. Je ne vois pas bien ce qu'elle trouverait, elle, à étaler ! Giulietta, c'est de la graine de *zitella* [1]. Ce n'est pourtant pas qu'elle soit laide, bien qu'un peu maigrichonne. C'est que Vittoria est trop belle. Giulietta a grandi à l'ombre de cette belle plante qui lui a volé le soleil. Voilà pourquoi elle s'est étiolée. Quand elle se trouve dans la même pièce que sa cousine, qui voudrait poser les yeux sur elle ? À mon avis, dès sa naissance, une femme a besoin du regard des hommes. C'est la chaleur qu'il lui faut pour bien pousser.

Quelquefois, je suis prise d'une terreur folle à la pensée

1. Vieille fille.

qu'un jour je serai vieille, et que cette chaleur viendra à me manquer. Le père Barichelli se croit bien malin en me menaçant, quand je me confesse, des tourments de l'Enfer. Mais mon enfer, j'y serai un jour de mon vivant. Dès que je prononce ces mots : «Je serai vieille», j'y suis déjà.

La tour de guet, la maisonnette au bord de la falaise, ces chandelles qui doivent éclairer les fenêtres, les marches qui descendent jusqu'à la petite crique… Je ne suis pas idiote : je me doute bien qui doit venir par là dans la nuit du 12 au 13. Mon grand espoir, c'est qu'il ne sera pas seul.

Toutefois, j'hésite à répéter à la signora ce que mon frère m'a dit. Vu qu'elle n'a pas reçu d'autre lettre (je l'aurais su) et qu'elle se déclare «coupable en rien», je ne sais pas comment elle prendrait la chose. Ma mère dit vrai : ces dames de la noblesse ont de l'orgueil. Elles se croient obligées d'avoir des manières et de la vertu. Finalement, je crois que je ne lui dirai rien du tout, sauf si elle refuse de venir s'installer dans la maisonnette. *Dio mio*, comme les choses se font bizarrement ! Moi qui ai tant d'estime pour le signor Peretti, je prête la main à l'infidélité de sa femme. Je n'aurais jamais fait une chose pareille sans mon frère et sans Marcello. Ces deux-là font de moi tout ce qu'ils veulent.

Pour la clôture du palais Rusticucci, et le séjour à Santa Maria, la signora met tout sur le dos du curé Racasi. Elle ne soupçonne en rien mes rapports avec le cardinal. Mieux même, je suis maintenant la seule à qui elle ne fasse pas grise mine. Depuis qu'elle a refusé de prendre ses repas avec le signor Peretti et Giulietta, elle veut que je mange avec elle dans sa chambre. Et du côté de ses cotillons et de ses bijoux, elle me fait des cadeaux tous les jours. Vrai, j'en ai honte parfois. Elle est si bonne et si généreuse. Enfin, bonne. Oui et non. Avec moi, toujours. Mais avec le signor Peretti ?

Le 10 mai, très tôt le matin, je demande au majordomo de faire nettoyer à fond la maisonnette de la falaise et d'allumer un grand feu dans la cheminée. Et tandis que je démêle les cheveux de la signora, assise à sa toilette, je lui fais part de ma «découverte». Comme depuis huit jours, elle ne sort pas de sa chambre, et qu'elle s'y ennuie à mourir malgré son Pétrarque, elle est intéressée. Elle fait toutefois des objections.

Elle ne veut pas traverser le parc. Les soldats y bivouaquent. Elle ne veut pas voir ses geôliers.

– Mais, signora, dis-je, ils ne sont pas du tout dans ce coin-là. Il y a un chemin qui longe le mur d'enceinte. C'est lui que j'ai pris. Et je n'ai pas vu de soldat.

Je ne dis pas qu'en revanche ils m'ont sûrement vue, car sur le mur d'enceinte il y a un chemin de ronde et de place en place des poivrières à coup sûr garnies de guetteurs.

Mes raisons, ou la simple envie de se dégourdir les jambes – car pour la première fois en ce printemps pourri le soleil brille – la convainquent enfin. Je la conduis jusqu'à la maisonnette. Elle la voit. Elle est conquise ! Elle en retrouve la parole ! Ça sent bien moins le moisi que le palais. C'est infiniment moins humide. C'est si joli, ces deux cheminées qui se font face si gaiement ! Et on est si proche de la mer qu'on se sent quasiment dessus. Et puis, ajoute-t-elle, qu'a-t-elle besoin d'un palais, puisque, de toute façon, ce palais est une geôle pour elle ? Une simple masure lui suffit ! Elle n'a jamais eu peur de la solitude ni, Dieu merci, de la pauvreté.

Je dis oui à tout. Je n'en pense pas moins. Elle parle de «pauvreté» avec les repas qu'on nous sert ! Et de «masure» ? On voit bien qu'elle n'a jamais mis les pieds dans ma maison natale à Grottammare ! Pour moi, cette masure que voilà, c'est un véritable palais !

L'important, c'est que je n'ai même pas suggéré qu'elle en fasse son logis. Elle le décide tout de go. Elle ne consulte même pas le signor Peretti, bien convaincue qu'il n'oserait même pas souffler mot pour s'opposer à ce projet. Elle convoque le majordomo et, tambour battant, lui donne des ordres. Il y fera porter tout le nécessaire : des tapis, des tentures, sa toilette, ses coffres et deux lits. Tout cela doit se faire sur l'heure ! Dans l'instant ! Quand elle commande ainsi son monde, la signora me fait penser à sa mère.

Pendant toute la journée du 10 mai, la signora est joyeuse et affairée. Elle dirige l'aménagement elle-même. Cette toilette, il faut la placer là ! Non, là ! Et le lit serait beaucoup mieux dans ce coin ! Qu'on vérifie que la citerne est pleine ! Elle l'est. Qu'on fasse porter du bois au bûcher : Nous en avons bientôt pour tout l'hiver ! Qu'on coupe les broussailles devant la maison. Voilà qui est fait. Mais qu'on ne touche pas à celles qui sont derrière. Elles nous cachent la vue – qu'elle abhorre – de Santa Maria.

J'ai envie de lui dire que cette vue ne peut en aucun cas la contrarier, car la maisonnette ne comporte aucune fenêtre de ce côté-là. Je ne lui dirai pas non plus que le coin me paraît très bien pour se déshabiller, comme faisait l'évêque, pour se sécher après le bain et pour prendre une collation. Mais je le trouve venteux, sauvage et, malgré le clair soleil, quelque peu sinistre. Dix pas à peine séparent la maison de la falaise qui est à cet endroit en surplomb sur la mer. La profondeur qui se creuse sous nous est vertigineuse. Pour rien au monde, je ne m'approcherais, comme la signora a fait, d'une sorte d'éperon rocheux sous lequel il y a le vide et tout en bas, les vagues qui se brisent sur les écueils. Ce minuscule terre-plein est recouvert d'une herbe rêche, longue et, j'en suis sûre, par temps de pluie, glissante. À droite commencent les marches taillées dans le roc qui descendent jusqu'à la petite crique.

Le lendemain, le ciel pour une fois étant beau et le soleil brillant et chaud, la signora, qui a repris tout son allant après une première nuit dans la maisonnette, décide de se baigner et, naturellement, je dois la suivre et descendre derrière elle ces horribles marches. Je suis morte de peur ! Et pour trouver quoi tout en bas ? Une plage minuscule de cinq pas de large, dix de profondeur et au bout une petite grotte.

– Preuve, dis-je, que la falaise est minée et qu'elle ne va pas tarder à s'écrouler.

– *Come sei stupida* [1] *!* dit la signora. Dans deux ou trois siècles peut-être. Et encore !

Mais je suis bien vengée qu'elle m'ait traitée d'idiote. Car à peine a-t-elle plongé le pied dans l'eau qu'elle le retire : l'eau est glacée ! Et qui pis est, la petite plage, le matin, étant à l'ombre, elle a froid, n'ayant mis qu'une mince chemise pour se baigner. Nous remontons, et bien que la remontée soit moins vertigineuse que la descente, je souffre tout autant, et à peine arrivée sur le petit terre-plein, je m'y affale, le nez dans l'herbe rêche et je pleure.

1. Comme tu es stupide !

– On ne dirait pas, dit la signora, que tu es la fille d'un patron pêcheur !

Elle est de mauvaise humeur, de nouveau. Son bain manqué lui est resté sur l'estomac. Et le lendemain – le 12 mai – c'est bien pis. En ouvrant les volets – Dieu merci, ils s'ouvrent de l'intérieur –, je ne vois pas un seul coin de ciel bleu. Tout est grisâtre. Les nuages sont bas et menaçants, et la mer couleur lie-de-vin, pleine de moutons. Il fait très frais. Et par moments, des giclées de pluie viennent battre les vitres. Dès que j'ai replié les volets, j'ouvre le rideau de soie rouge qui sépare la pièce en deux, je ranime le feu dans les deux cheminées et je refais les lits. La signora est accoudée à la fenêtre et elle regarde la mer. Quand j'ai fini, elle se promène de long en large dans la petite pièce, étouffe un soupir, s'assoit sur un petit cancan devant la cheminée et se plonge dans son Pétrarque.

Je vois bien ce qui se passe. Il est bien fini, l'enthousiasme pour la petite maisonnette et «ses deux cheminées qui se font face si gaiement». Maintenant ses murs l'étouffent. La proximité de la mer, qui avant-hier lui plaisait tant, l'oppresse. Elle regrette le palais Rusticucci. Qui sait si elle ne regrette pas le palais Santa Maria ? Mais elle ne l'avouera jamais. Elle est trop fière. Elle est retombée dans son mutisme et son Pétrarque. Elle ne desserre pas les dents. Et du moment qu'elle n'ouvre pas la bouche, je devrais, moi, fermer la mienne. Ce qui m'est très désagréable. D'abord parce que je suis bavarde, ensuite parce que je suis anxieuse. C'est ce soir, à la nuit tombante, que je dois placer les chandelles devant les deux fenêtres et cela, a précisé Domenico, «quel que soit le temps».

Le temps, justement, a de quoi m'inquiéter. Debout derrière le cancan de la signora, je broie du noir tandis que je lui brosse les cheveux. Ce qui prend une bonne heure et demande beaucoup de délicatesse de main, car étant donné le poids que la signora supporte quand elle est debout, elle a la tête très sensible. Par crainte d'être ensuite désœuvrée, ce que j'ai en horreur, je prolonge l'opération le plus longtemps possible. Par malheur, la signora, qui visiblement est, elle aussi, sur les nerfs, s'impatiente et me fait signe d'arrêter. Je range la brosse, et pendant que j'y suis, je mets de l'ordre sur la toilette. Voilà, c'est fini. Je n'ai plus rien à faire. Car ce n'est pas moi qui fais le lavage et le repassage. C'est au palais une autre cameriera. Et pour la première fois, je regrette ces petites corvées : elles m'empêcheraient de me gâter le sang avec des idées idiotes. L'imagination que j'ai ! Je viens de voir mon pauvre Marcello le visage tout blafard, les yeux clos, roulé par une vague…

– Signora, dis-je, avec votre permission…

– Ah, Caterina, dit-elle, comme tu es agaçante ! Tu ne peux pas t'empêcher de parler ! Tu vois pourtant bien que tu me déranges dans ma lecture !

Dans sa lecture ou dans sa rêverie ? Je ne lui vois pas souvent tourner les pages. Je ne suis pas stupide. J'ai des yeux.

– Pardon, signora, mais avec votre permission, j'aimerais nettoyer vos bijoux.

– Mais je l'ai déjà fait moi-même il n'y a pas longtemps !

– L'or n'est jamais trop brillant, signora.

– Eh bien, nettoie, nettoie, si ça doit t'occuper ! dit-elle en haussant les épaules. Mais surtout, ne fais pas de bruit ! Et cesse de tourner et virer dans la pièce !

– Oui, signora.

J'installe sur le large rebord en bois d'une des deux fenêtres une petite soucoupe que j'ai remplie d'eau savonneuse. Je mets l'éponge sur une autre soucoupe. Et sur une serviette rouge, je dispose les bijoux que je sors un à un de la cassette. Si je n'avais pas l'esprit si tourmenté, je passerais là un bon petit moment. Le rebord de la fenêtre me vient à la taille, si bien que je n'ai pas à lever les bras, et j'ai la vue sur la mer, ce qui me ferait plaisir si elle était un peu plus paisible. Mais elle grossit, il me semble.

Quand j'ai fini d'approprier une bague, je jette un petit coup d'œil à la signora – qui ne tourne pas plus souvent les pages qu'auparavant – et je passe la bague en catimini à mon auriculaire, le seul doigt où elle peut entrer, la signora ayant les mains beaucoup plus fines que les miennes. N'empêche que ladite bague me va aussi bien qu'à elle ! Et ces colliers aussi ! Mais ceux-là, je ne les essaye que quand je suis seule dans sa chambre, car il me faut le miroir de la toilette pour me regarder dedans. Quant à l'effet qu'ils font sur ma jolie poitrine, à qui ne feraient-ils pas venir l'eau à la bouche ? En particulier les perles que ma peau mate met très en valeur. Enfin, je me comprends : les deux, les perles et la peau, se mettent mutuellement en valeur. Et d'autant que j'ai aussi un très beau cou, rond, douillet, sans une ride. Je ne vois pas comment un homme digne de ce nom pourrait voir mon cou, orné d'un beau collier, sans avoir l'idée de le couvrir de baisers.

J'ai comme honte d'avoir oublié mon anxiété et de ne penser qu'à ma petite personne, alors que j'ai sous les yeux le ciel de plus en plus sombre et la mer de plus en plus grosse. J'entends les vagues déferler au pied de la falaise. Elles font un vacarme comme un roulement de tambour avec des bruits de succion. J'ai l'impression que la falaise sous mes pieds tremble, mais ça doit être une illusion. La signora a beau jeu de se moquer de moi parce que moi, fille de patron pêcheur, j'ai peur de la mer. La vérité, c'est que je n'ai jamais mis les pieds sur un bateau et que je ne me suis jamais baignée dans l'eau salée. Chez nous, à Grottammare, on dit que ce n'est pas sain.

Quand le majordomo, suivi de trois ou quatre de ses serviteurs, nous apporte le repas de midi, la signora est bien obligée de desserrer les dents, ne serait-ce que pour manger et aussi pour remercier le majordomo du mal qu'elle lui donne. Et à moi, quand il est reparti, elle dit d'une voix distraite en jetant un coup d'œil aux fenêtres :

– J'espère que le temps va se lever.

– Oh oui ! dis-je avec ferveur, je l'espère de tout cœur !

Elle est surprise de mon ton et me regarde. Mais j'ai peur d'en avoir trop dit et je me tais, les yeux baissés sur mon assiette.

L'après-midi se passe on ne peut plus mal. Le temps ne se lève pas. Il empire. La pluie devient torrentielle, le vent souffle avec violence, jetant la pluie par paquets contre nos vitres, pluie et vent passant sous nos fenêtres qui pourtant ferment bien. Le rebord sur lequel je nettoyais les bijoux avant le repas est maintenant tout inondé. Je l'éponge, puis avec des chiffons que j'enfonce de mon mieux entre la pierre et le bois, j'essaie de rendre les fenêtres plus étanches. Je n'y parviens pas tout à fait, mais l'eau coule un peu moins.

C'est bien pis quand l'orage se met de la partie. Entre le fracas des vagues qui se brisent contre la falaise et les roulements de tonnerre, le tintamarre est assourdissant. Je suis assise, désœuvrée, sur une petite chaise basse près du feu. Et à chaque éclair, je tressaille. Comme j'aimerais que la signora ait peur elle aussi, et qu'on se serre l'une contre l'autre pour se rassurer. En hiver, au palais Rusticucci, la signora, parce qu'elle a toujours froid (et moi parce que je suis toujours chaude), me demande parfois de partager son lit. Et quel bonheur alors pour moi !

Je lui glisse un œil de temps en temps. Croyez-vous qu'elle sursaute quand un éclair illumine nos fenêtres et que le tonnerre roule et gronde comme s'il n'allait jamais finir ? Pas du tout. Elle est là assise, calme comme la Madone, sur son cancan, un petit tabouret sous les pieds, sa toison dorée rejetée par-dessus le dossier du cancan. J'ai moi-même veillé à la plier avec le plus grand soin sur le tapis derrière elle. Car si toutes ses mèches s'embrouillaient, ce serait à moi de les démêler. Et c'est le diable, cela, je peux vous le dire !

Elle est vêtue d'une robe d'intérieur bleu pâle dans laquelle elle doit se sentir le corps à l'aise, car elle ne porte dessous ni basquine ni vertugadin. Elle est belle et parfaite. Et même moi qui depuis des années ne la quitte pour ainsi dire pas, je ne me suis pas habituée à sa beauté. Quelquefois, je la regarde, je n'en crois pas mes yeux. Je me dis : Mais ce n'est pas possible qu'une femme soit aussi belle !

La mer qui gronde, le vent qui hurle, la foudre qui tombe ne la troublent pas. Elle lit ou elle rêve. Parfois elle laisse retomber son livre sur ses genoux et elle regarde dans le vide en remuant les lèvres. On croirait qu'elle prie. En fait, elle ne prie pas, je sais ce qu'elle fait : elle apprend par cœur un des sonnets de son Pétrarque. Il lui arrivait, au palais Rusticucci, d'en réciter un tout haut, tandis qu'on était toutes affairées autour d'elle à lui laver les cheveux dans une cuve à baigner. Prononcé par elle, c'est très, très joli, mais c'est de l'italien que je ne comprends pas.

Tard dans l'après-midi, j'entends du bruit devant la maisonnette. Je jette un coup d'œil par la fenêtre et je vois le signor Peretti, la pluie ruisselant sur sa tête nue et sur ses épaules.

On frappe, mais, quand, sur un signe de Vittoria, j'ouvre, ce n'est pas le signor qui entre, mais le majordomo. Je me hâte de refermer derrière lui, non sans peine, car je dois peser de tout mon poids et lutter de toutes mes forces contre le vent qui souffle de la mer et s'engouffre dans la pièce.

– Signora, dit le majordomo en s'inclinant profondément, le signor Peretti vous prie instamment de passer la nuit qui vient au palais, étant donné le mauvais temps et surtout l'orage et le tonnerre.

– Vous le remercierez, majordomo, dit la signora avec un soupçon de hauteur. Mais la maison est solide. Et je m'y sens autant en sécurité qu'au palais.

– Signora, dit le majordomo d'un air très embarrassé, le signor Peretti m'a dit de vous presser de retourner au palais et d'y mettre la plus grande insistance.

– La plus grande insistance n'y fera rien, dit Vittoria avec un sourire dédaigneux. J'ai pris ma décision. Je reste.

Le majordomo s'incline et sort. J'ai à peine entrebâillé la porte devant lui. Je la referme aussitôt et par la fenêtre, je le vois, à cause du bruit infernal du vent et des vagues, parler à l'oreille du signor Peretti. Celui-ci, à ce que je crois comprendre, se demande s'il va entrer lui-même pour parler à la signora. Je le crois, car je le vois faire deux pas dans la direction de la porte. Toutefois, au dernier moment, il se ravise, rebrousse chemin et s'en va. Il a eu tort, je crois.

Et j'en suis sûre quand, quelques minutes plus tard, la signora lève la tête de son livre et me dit :

– Quel triste mari j'ai là ! Il a eu peur de la pluie et de quelques petits éclairs. Au lieu de venir lui-même, il m'a envoyé le majordomo.

– Mais signora, dis-je, le signor Peretti n'a pas eu peur. Il était là, devant la porte. Je l'ai vu, par la fenêtre. Il ruisselait d'eau. C'est seulement qu'il n'a pas osé entrer. Vous lui avez condamné votre porte.

La signora me regarde et tout d'un coup, ses grands yeux bleus se remplissent de larmes.

– Comment ? dit-elle d'une voix faible et plaintive, toi aussi ! Toi aussi, Caterina ! Toi aussi, tu te mets contre moi ?

Je suis bouleversée par son ton, par ses larmes, par son

regard. Je me jette à ses pieds. Je prends ses mains et je les couvre de baisers.

– Oh non, signora ! dis-je. Non ! Moi, je serai toujours avec vous, quoi qu'il advienne !

Et à mon tour, je pleure. Elle dégage ses mains et caresse mes cheveux. Je ressens un grand bonheur d'être là à ses genoux, ma tête dans les plis de sa robe. Puis, au bout d'un moment, elle me dit d'une voix douce :

– Allons maintenant, c'est fini… Nous avons fait la paix. Tu es une bonne fille, Caterina.

Je me relève. Je reprends ma place sur la petite chaise basse auprès du feu. Bonne fille, assurément, je le suis. Tout le monde le dit. Et peut-être qu'on en abuse un peu. Mais c'est vrai aussi, que j'ai vu, de ces yeux vu, le signor Peretti ruisselant de pluie et l'air très malheureux devant la porte de sa femme et n'osant pas entrer. Et je ne vois pas pourquoi c'était trahir la signora et « se mettre contre elle », que de le lui dire.

Le pauvre majordomo suivi de quatre serviteurs – tous les cinq sous une pluie battante – nous apportent, vers les six heures, le repas du soir et en aparté, je fais au gros homme un joli sourire qui le comble d'aise. Nous sommes grands amis depuis que je lui ai laissé prendre avec moi les petites privautés que j'ai dites. Et j'observe que de son côté, la signora, consciente de lui donner beaucoup de mal, se montre de nouveau fort gentille avec lui. Si bien qu'il nous quitte trempé jusqu'aux os, mais ensorcelé. Quand il part, je lui fais un sourire encore pour l'achever. C'est étonnant que j'arrive encore à m'amuser à ces petits jeux dans l'état d'énervement et d'anxiété dans lequel je me trouve.

Car le soir tombe, et le moment est venu pour moi de suivre les consignes de Domenico et, de placer autant de chandelles que je pourrai devant les fenêtres et, bien sûr, sans fermer les volets : ce que je fais, non sans appréhension, car c'est un arrangement vraiment bizarre, surtout avec le vent violent qui souffle, et qui, par moments, fait trembler les vitres.

– Mais tu es folle, Caterina ! dit la signora en levant la tête de son livre. À quoi riment ces illuminations ? Tu ferais mieux de fermer les contrevents !

– Signora, dis-je avec gravité (j'ai préparé ma réponse), je pense aux gens qui sont en mer.

– Mais tu n'es pas à Grottammare ici.

– Signora, à Grottammare, nous n'avions pas de chandelles. L'hiver, on n'était éclairé que par le feu de la cheminée. Et quand on voulait voir un peu plus clair, on jetait sur les braises quelques brindilles.

– Voyons, Caterina, éteins donc ces chandelles! Tu penses bien qu'avec ces éclairs, on ne les voit même pas.

– Pardonnez-moi, signora, mais vous lisiez. Vous ne vous en êtes pas aperçue. Il y a déjà un bon moment que l'orage s'est éloigné et qu'on ne voit plus d'éclairs.

– Ah, Caterina, dit-elle, peu importe! Comme tu es agaçante à toujours discutailler! Fais ce que je te dis et c'est tout!

Je la regarde :

– Signora, pardon : je voudrais vous poser une question : depuis six ans que je vous sers, est-ce que je n'ai pas été pour vous une cameriera très dévouée et à vous très affectionnée?

– Assurément. Mais ce n'est pas une raison pour que je cède à tes caprices.

– Ah, signora, dis-je avec véhémence, ce n'est pas un caprice. C'est une question de vie ou de mort!

Le ton la surprend. Elle me regarde. Elle hésite. Mais l'habitude qu'elle a de me commander l'emporte, et elle dit sèchement.

– Allons, Caterina, pas de caprice, je te prie! Obéis! Éteins ces chandelles! Et ferme les volets.

Je suis vraiment aux abois. Je la regarde, affolée, je ne sais que dire ni que faire. Son regard croise le mien. Elle sent mon affolement, et pour le coup, la vive résistance que je lui oppose l'intrigue. Elle dit plus doucement :

– Je ne te comprends pas, Caterina. D'habitude, tu n'es pas si opiniâtre.

– Ah, signora! dis-je, pardon! Mais supposez que votre frère Marcello soit en mer par un temps pareil, est-ce que vous n'aimeriez pas qu'il voie ces lumières au loin pour le guider jusqu'à vous?

Elle est stupéfaite – si stupéfaite que si j'étais à sa place, je poserais quelques petites questions. C'est ce qu'elle va faire, je crois. Non, justement, c'est ce qu'elle ne fait pas ! Elle se ravise et dit d'un ton détaché – d'un ton faussement détaché – en haussant les épaules :

– Après tout, fais ce que tu veux ! Cette discussion me fatigue. Mais rappelle-toi bien ceci, Caterina, c'est le dernier caprice que je te passe.

Je pousse un gros soupir :

– Oui, signora. Merci, signora. Pardon, signora.

Je suis tout repentir, reconnaissance et humilité. Je puis lui laisser les honneurs de la guerre puisqu'elle a cédé. Les yeux baissés, elle se replonge dans son livre, et je suis bien sûre qu'elle n'en lit pas une ligne et que toutes les questions qu'elle n'a pas voulu me poser, elle se les pose maintenant à elle-même.

Du moins a-t-elle son livre pour lui donner une contenance. Moi, je suis assise sur ma petite chaise basse, croisant et décroisant les deux mains sur les genoux et je ne fais rien, refrénant une furieuse envie de me lever et de me donner du mouvement. Si, au lieu d'être la cameriera, j'étais la maîtresse, je sais bien ce que je ferais. La signora, quand elle cède à son énervement, elle marche de long en large, et qui ose y redire ? Tandis que moi, si je l'imite, je «tourne et vire» et je suis «agaçante».

Les minutes passent, peut-être les heures, qui sait ? Seule la signora a une montre-horloge, et vous pensez bien que je ne vais pas lui demander l'heure. Il est tard, en tout cas, très tard. Je regarde les chandelles se consumer devant les deux fenêtres, les longues flammes tremblant à cause des souffles passant sous les fenêtres. Les chandelles ont déjà diminué d'un bon tiers et leurs mèches fument. J'ai trouvé une occupation : je me lève pour aller les moucher. Puis je ranime les deux feux avec le soufflet et je mets sur les braises de nouvelles bûches. Ce geste me trahit. Au moment de se coucher même en hiver, on couvre les bûches de cendres, au lieu de rajouter du bois. La signora, qui m'a pourtant regardée faire, ne pose aucune question.

Je me rassois, et la vérité c'est qu'à mesure que les minutes passent, je deviens folle d'anxiété. Je n'ai jamais mis le pied sur un bateau, c'est vrai, mais enfin, je suis fille de patron pêcheur. J'ai entendu des récits de tempêtes et de naufrages.

La signora se tourne vers moi.

– Comment se fait-il que tu n'ailles pas te coucher, Caterina ?

Je pourrais lui poser la même question : je ne l'ai jamais vue veiller si tard.

– Je n'ai pas sommeil, signora.

Elle me regarde. Nos yeux se croisent. Elle détourne les siens et ne dit rien et moi non plus. Dans ce monde, seuls les hommes ont le droit de dire la vérité. Aux femmes on apprend l'hypocrisie dès le berceau. Et nous voilà côte à côte comme deux hypocrites, sachant bien pourquoi nous tremblons. Car elle tremble aussi en son for, je le vois bien. Elle commande à son corps mieux que moi. Mais elle a les traits tirés, le regard anxieux, et son livre sur les genoux ne lui sert plus à rien. Elle ne fait même plus le simulacre de le lire.

On frappe à coups redoublés à la porte et une voix crie :

– Ouvrez ! Ouvrez ! C'est moi, Marcello !

Je cours ouvrir et Marcello apparaît chancelant, ruisselant d'eau, le pourpoint déchiré, le sang coulant sur sa joue.

– Aidez-moi, dit-il d'une voix entrecoupée, à transporter le corps du prince. Il est tombé en parvenant en haut de la falaise.

– Il est mort ? crie Vittoria.

– Non, non, dit Marcello.

Sans prendre le temps de jeter un manteau sur ses épaules, la signora sort comme une folle, recevant aussitôt sur la face et le corps une claque terrible du vent et de la pluie. Marcello me précède, et à trois, tant il est grand et lourd, c'est à peine si nous arrivons à porter le prince dans la maisonnette et à le déposer devant le feu. Avec quel soulagement je referme la porte sur nous ! Mais déjà Vittoria est à deux genoux sur le tapis, soulevant la tête d'Orsini et l'appuyant contre sa poitrine.

– Il n'est qu'évanoui, dit Marcello. Il montait les marches devant moi. Il a trébuché et il a dû tomber sur sa mauvaise jambe. La douleur l'a fait pâmer.

Nous sommes mouillés comme des caniches, et je regarde

166

avec consternation les belles mèches blondes de la signora emmêlées et collées par la pluie.

– Il faut le déshabiller, dit Marcello. Il va prendre froid.

– Mais vous êtes blessé, signor, dis-je à Marcello. Vous avez la joue en sang.

– Ce n'est rien. Une vague m'a cogné la tête contre un rocher.

– Une vague? dis-je, vous n'êtes donc pas venus en barque?

Avec tout le sang qui lui coule sur la joue, il trouve encore la force de rire :

– Elle s'est brisée, quand nous avons embouqué la calanque.

– Voyons, aide-moi, Caterina, dit la signora avec impatience. Tu es si bavarde!

Je l'aide à déshabiller Orsini et ce n'est pas facile : il est si lourd. Et quand enfin c'est fait, je le frotte avec une serviette et la signora aussi. C'est un très bel homme. On dirait une statue tant il est musclé et bien fait. Sa blessure à la cuisse saigne, mais son visage se colore et il bat des paupières.

– Caterina, dit la signora. Fais chauffer du vin et donne-le-lui.

Elle se lève, remet en place le rideau de soie rouge et passe de l'autre côté. Je verse le vin dans un gobelet d'étain, j'ajoute un morceau de sucre candi, et je le place entre les pierres sur les braises.

– Éteins les chandelles, Caterina, dit Marcello. Le prince a promis au capitaine de la galère de les éteindre si nous arrivions sains et saufs.

– Je croyais qu'elle s'était brisée.

Il rit.

– Ce n'est pas la galère qui s'est brisée, *stupida*. C'est la petite barque pour débarquer.

– Signor, laissez-moi vous essuyer le sang sur la joue.

– Il séchera bien tout seul. Va plutôt aider Vittoria à se déshabiller et frotte-la. Je donnerai à boire au prince.

Je passe de l'autre côté du rideau, mais la signora est déjà nue comme Ève et s'éponge elle-même le corps. Je tords sa toison, l'enveloppe dans une autre serviette. Je l'écarte de son dos pour qu'elle puisse se sécher de ce côté-là aussi.

– Comment va-t-il ?

– Mieux, signora. Il ouvre les yeux. Dès qu'il aura bu, il reviendra à lui tout à fait.

– Dieu soit loué, dit-elle dans un murmure.

À sa place, je n'aurais pas loué Dieu pour cela, même à voix basse.

– Signora, dis-je, pour bien faire, il faudrait, pour sécher vos cheveux, vous asseoir devant le feu et attendre.

– Attendre ? dit-elle, alors qu'il a bravé la mort pour me rejoindre ?

Elle revêt à la diable une robe d'intérieur qu'elle tire elle-même du coffre tandis que je maintiens ses cheveux à l'horizontale. Quand c'est fait, je lui jette une seconde serviette sur le dos et je laisse aller sa toison. Son humidité ne va pas tarder à traverser serviette et robe, mais qu'y puis-je ?

Je ne reconnais plus la signora. Qui a dit que les yeux bleus étaient froids ? Dans la demi-pénombre de la pièce qui n'est plus éclairée que par le rougeoiement du foyer, on dirait que les siens lancent des flammes. Quand elle passe de l'autre côté du rideau – où son péché l'attend –, elle paraît danser sur les airs.

Je frissonne, je me souviens que je suis moi aussi mouillée jusqu'aux os et avant de me déshabiller, j'ajoute bûche sur bûche et je fais un feu d'enfer – cet enfer qui nous menace tous les quatre, si j'en crois le curé Racasi, mais je ne le crois qu'à moitié. C'est déjà bien assez désolant d'avoir un jour à mourir. S'il fallait y ajouter encore les tourments éternels, *Madonna Santa*, où serait la bonté de Dieu ?

Enfer ou pas, malgré la présence de Marcello de l'autre côté du rideau, je roule tout d'un coup des pensées lugubres, tout en défaisant mon corps de cotte et mon cotillon. Plutôt que Dieu, c'est les hommes que je crains. Dès la seconde où la signora sera adultère, le devoir du signor Peretti sera de la tuer. Moi aussi, comme complice. Pis même, si dans ma confession au curé Racasi, je ne la dénonce pas comme coupable, je ferai une mauvaise confession, et je serai damnée. Pour Marcello, qui n'est pas noble, ce sera la mort aussi, pour avoir suborné sa sœur. Seul, le prince s'en tirera, parce qu'il est prince. *Dio mio !* Est-ce là la justice ?

168

Mon humeur change du tout au tout dès que je suis nue. Je me tourne et me retourne devant les flammes du foyer. Je sens sa bonne chaleur me pénétrer en même temps qu'une joie intense. Pourquoi ne puis-je pas vivre, heureuse, sans me poser de questions ? Comme une jolie petite chienne allongée devant le feu, le museau entre les pattes ?

Une main soulève le rideau de soie rouge et Marcello passe de mon côté. Je refrène l'élan qui me pousse vers lui. J'ai vu au premier coup d'œil que ce n'est pas le moment de me jeter dans ses bras. Pour un homme qui vient de frôler la mort, il n'a pas l'air éprouvé, ni même fatigué. Son visage n'exprime rien. Mais je le connais. Si à cet instant, je m'approchais de lui, il me repousserait. Je sais ce qui me reste à faire. Je me pelotonne auprès du feu, je prends le moins de place possible, je ne dis pas un mot. Je ne le regarde même pas.

Marcello se déshabille en silence d'un air absent et dispose pourpoint et haut-de-chausses sur deux escabelles pour les faire sécher. Puis il se chauffe, pile et face devant le feu, comme je l'avais fait mais sans avoir l'air d'y trouver le moindre plaisir. Je lui glisse en dessous des petits coups d'œil, mais très brefs. Car il est fin comme une femme, il devine tout. Et moi, je sens bien qu'il est d'une humeur de dogue, et je commence à craindre qu'il me laisse là à croupetons devant le feu toute la nuit sans me toucher. Pourtant, c'est bien lui qui a tout manigancé ! Depuis le début ! Sans lui, rien ne se faisait de ce qui se fait cette nuit ! Et il est là, raide comme la justice, muet, tendu. Que ces gens-là sont compliqués ! Lui et la signora, ils font la paire ! Et encore, la signora, c'est une femme, j'arrive à la comprendre ! Mais lui !

Tout d'un coup, Marcello s'approche de moi. Sans un mot, il me saisit d'une main par les cheveux, de l'autre me met la main sur la bouche (comme il a fait la première fois), me force à me lever, me pousse sur le lit, s'étend sur moi et brutalement me prend. Il pèse sur moi de tout son poids, me regarde avec des yeux farouches et me dit à l'oreille : «Écoute-moi bien. Si tu cries à la fin, comme tu fais toujours, je t'étrangle.» Et de ses deux mains, il me serre le haut des bras, avec une force qui me ferait gémir, si j'osais. En même temps, penchant sur moi un visage convulsé, il me refuse ses

lèvres et dit d'une voix haletante en me martelant le ventre :
« Tu n'es qu'une petite putain, je te hais ! » Mais à cet instant, il peut bien me faire et me dire tout ce qu'il veut, me
meurtrir, m'écraser, m'injurier. Tout se change en délices.

Quand il a fini, il se détache de moi, roule sur le côté. La
fatigue lui tombe dessus tout d'un coup. Il ferme les yeux.
Il dort comme un enfant. Je me soulève sur mon coude pour
le regarder. Le foyer rougeoie son corps nu. Il est superbe.
Et il est bien à moi quand il dort, cet idiot ! Il a eu son petit
triomphe d'homme, mais moi, mes plaisirs durent encore. Je
sens leur trace en moi. Je ne changerais pas ma place pour
la tienne, Marcello. C'est ta petite putain qui te le dit.

Là-dessus, je ris sans ouvrir la bouche. Voilà comment je
suis maintenant. Je jouis sans crier. Je ris sans faire de bruit.
Voilà comme nous veulent les hommes. Et même la signora
obéit, à en juger par le silence qui règne de l'autre côté du
rideau. Cette réflexion a dû être la dernière avant que je
m'endorme, car le lendemain, à mon réveil, je la retrouve
intacte.

CHAPITRE VI

Aziza

Quand j'ai demandé à Paolo de l'accompagner sur la galère qui devait le conduire au large de Santa Maria, il commença par refuser. Puis se souvenant que j'avais le pied marin, ayant été si longtemps sa servante à bord, il se laissa toucher et accepta. Quant à la compagnie de Lodovico qui la proposa peu après, il l'accepta aussi, mais très à contrecœur et, me sembla-t-il, davantage du fait de son respect superstitieux pour les liens de famille que par amitié. Ce qui me le prouva, c'est qu'avant de mettre le pied dans la petite barque pour gagner la terre, il confia le commandement de la galère à son second et non à Lodovico. Et encore lui donna-t-il ses instructions à l'oreille, et à part.

La traversée de Naples jusqu'à Santa Maria dura trois jours et plus on approchait de notre destination, plus la mer se déchaînait et plus l'angoisse me serrait la gorge, tant l'entreprise de Paolo me paraissait hasardeuse. Mais sachant bien à quel point il y était résolu, je ne pipai pas. Je lui cachai même la peur dont j'étais tenaillée et jusqu'à la dernière minute, je restai à ses côtés comme il m'avait toujours connue et comme il me voulait : gaie, enjouée et docile à ses ordres. Pendant la traversée, il usa de moi deux fois. Ce qui me combla de joie mais aussi m'étonna, et aussi d'une certaine façon m'humilia, car visiblement, il n'y avait pas pour lui le moindre rapport entre ce qu'il faisait avec moi et son grand amour pour Vittoria.

Comme on approchait de Santa Maria, Lodovico fit demander par Folletto une entrevue à Paolo. Avant d'y consentir, Paolo m'ordonna de m'étendre sur sa couchette, de tirer les courtines sur moi, de ne pas me montrer, de ne faire aucun bruit et d'écouter attentivement. Ce que je fis. Cependant, les deux rideaux de la courtine ne se rejoignaient pas tout à fait et par cette fente, je pus garder l'œil sur Lodovico que Paolo fit asseoir devant lui à la petite table vissée au sol sur laquelle il prenait ses repas. Quant à Paolo, il m'était à demi caché et je ne voyais de dos que son épaule droite. Mais à ses intonations, que je connaissais bien, je devinais l'air qu'il avait. Pendant tout le temps que dura l'entretien, des deux mains je me cramponnais au rebord de la couchette, car la galère roulait beaucoup et tanguait encore plus et, par moments, j'entendais les grands coups que les vagues donnaient à la coque, celle-ci à chaque nouveau heurt craquant et gémissant.

— Eh bien, Paolo, dit Lodovico, tu vois le temps qu'il fait ! Ne me dis pas que tu comptes toujours à la nuit tombante mettre une barque à la mer, y prendre place avec cet intrigant et gagner la côte. Ce serait de la folie !

— Si Marcello n'était qu'un intrigant, ferait-il cette folie avec moi ? dit Paolo. Les intrigants, d'ordinaire, ne misent pas volontiers leur vie. Tu devrais le savoir.

— Laissons de côté Marcello, dit Lodovico. Tu dois bien t'en rendre compte toi-même. La mer est démontée. Tu cours à ta perte.

— Il faut bien mourir un jour, dit Paolo d'un ton léger et badin. Et à bien réfléchir, pourquoi vivrais-je ?

— Tu te dois à Virginio.

— Mon testament l'a amplement pourvu. Et d'ailleurs, du fait de mes années en mer, Virginio a été élevé par ses oncles et à l'heure qu'il est, le voilà devenu plus Medici qu'Orsini.

— Cependant, c'est ton fils.

— Et toi, mon cousin germain, dit Paolo avec ironie. Et Medici mon beau-frère. Nous formons une famille très unie.

— Ah, Paolo, je t'en prie ! Parlons sérieusement ! J'ai eu un rêve affreux l'autre nuit touchant cette folle équipée : en retournant à ta galère, ta barque chavirait. Marcello, Vittoria et toi-même, vous périssiez noyés.

— Ce serait bien triste pour nous trois, dit Paolo du même ton léger. Et triste aussi pour toi, Lodovico.

– En doutes-tu, Paolo ? dit Lodovico avec un air de fausseté qui me frappa.

– Mais pas du tout. J'ai conscience d'avoir été à ton égard un bon parent, *carissimo*, ouvert et généreux : ce que, j'en ai bien peur, Virginio ne sera pas pour toi, si fort que tu prennes aujourd'hui ses intérêts à cœur.

– Mais voyons, pourquoi dis-tu cela, Paolo ? dit Lodovico, visiblement mal à l'aise.

– Parce que Virginio, maintenant, est un Medici. Et les Medici sont des banquiers. Ils ne délient pas volontiers leur bourse.

– Tu es injuste avec moi et tu es injuste avec eux, dit Paolo. Tu n'aimes pas les Medici.

– Je les aime beaucoup, au contraire. Mais je leur en veux d'avoir tant insisté auprès de moi, après l'adultère de leur sœur, pour que je la tue.

– Cependant, dit Lodovico, tu l'as tuée à la fin, et pour d'autres raisons, qui sont peut-être moins honorables.

– *Carissimo*, sur l'honneur de la branche aînée des Orsini, et sur l'honneur de la branche cadette, il y aurait sûrement beaucoup à dire.

Je ne voyais pas le prince mais j'étais sûr qu'il souriait d'une certaine façon en disant cela, car j'avais senti un petit coup de fouet dans sa voix. Lodovico le sentit aussi, car son visage fut parcouru d'un frémissement. Mais il réussit à se contrôler.

– Tu ne peux quand même pas nier, Paolo, reprit-il d'une voix froide, que ta décision de tuer Isabella a suivi ta rencontre avec Vittoria Peretti.

– Elle l'a suivie, mais contrairement à ce que Raimondo et toi avez pu penser, elle n'en fut pas la conséquence. En fait, j'ai pris cette décision avant d'écrire à Vittoria et avant qu'elle me donnât sa bague pour engager sa foi. J'avais, en effet, reçu des rapports du majordomo de Bracciano m'apprenant qu'Isabella en était arrivée à se donner à des garçons de cuisine et à des muletiers. Ce scandale ne pouvait plus durer.

Cela me surprit grandement. Car jusque-là j'avais partagé sur ce point la conviction de Lodovico. Cependant, connaissant la véracité du prince, je ne pouvais douter qu'il ait dit vrai. Lodovico, lui, ne le croyait pas. Je pouvais le lire sur son visage. Curieux d'ailleurs, ce visage. À première vue, il était très joli. Mais à la longue, la bassesse qu'on y remarquait le faisait paraître laid.

– Je te crois, Paolo, puisque tu me le dis, dit enfin Lodovico d'un ton qui hésitait entre l'insolence et la suavité. Mais, laissons de côté Isabella. Voyons, Paolo, j'en appelle à ton bon sens. Regarde la mer ! Tu n'as pas une chance sur cent d'atteindre la côte ! Comment expliquer que tu commettes cette folie ?

– Mais parce que j'aime Vittoria, dit Paolo sur le ton de badinage ironique qu'il avait pris dès le début avec son cousin.

– Et comment expliquer que tu l'aimes, alors que tu ne l'as vue que deux minutes ?

– Là, dit Paolo sur le même ton, nous touchons à un des mystères du cœur humain.

Il rit, se leva, et jetant son bras sur l'épaule de Lodovico avec toutes les apparences de l'affection la plus cordiale, il le raccompagna jusqu'à sa porte, et dès que son cousin fut sorti, la verrouilla.

Avec quelle surprise, avec quel bonheur je vis alors Paolo revenir vers moi, écarter la courtine, s'étendre à mon côté, passer son bras sous mon cou et attirer ma petite tête sur sa puissante épaule.

– Eh bien, Aziza, ma guêpe, dit-il avec un sourire, que penses-tu de mes beaux cousins ?

– Deux sangsues. Deux vaunéants. Mais je ne les mets pas dans le même sac. *Il bruto*, malgré son surnom, ne manque ni de cœur ni d'affection pour toi. Lodovico, en revanche, est un vrai serpent. Il ne t'a jamais su gré de tes dons. Et maintenant que tu lui as fermé ta bourse, il te hait.

– Et pourquoi penses-tu qu'il ait tant insisté pour venir à bord avec moi ?

– Pour faire son rapport ensuite au Medici et à Virginio.

– Bien vu, ma guêpe. La taille dont tu es si fière n'est pas la seule chose qui soit fine en toi.

– Bien que fine, Paolo, la guêpe ne comprend pas tout. Par

exemple, pourquoi as-tu accepté de le prendre à bord, sachant ce que tu sais?

— J'ai quelque intérêt à le ménager. En cas de guerre ouverte avec le pape, lui, son frère et les siens représentent une force d'appoint non négligeable. En outre, Lodovico a l'oreille de la populace. Et sans l'appui de la populace, aucune rébellion n'est possible…

Je l'écoutai. Il parlait avec calme, avec gaieté même. Et pourtant, à la tombée de la nuit, il allait confier sa vie à une coque de noix sur une mer déchaînée. «Une chance sur cent», avait dit Lodovico. Que deviendrais-je s'il mourait? Moi, son bien? Vendue par Virginio à un autre maître? Par le Dieu tout-puissant, je ne le souffrirais pas! J'avais toujours le petit poignard que m'avait donné Abensour et qui m'avait valu mon surnom. Et à cet instant, la tête sur la poitrine de mon prince adoré, je jurai que je ne lui survivrais pas.

— Autre question, ma guêpe? dit Paolo.

— Oui.

Ah! que je regrette aujourd'hui ce «oui»! Quel tourment je me serais épargné si je ne l'avais pas prononcé! Et quelle rage m'a saisie de vouloir sonder les sentiments de Paolo! Si au lieu de ce «oui», j'avais répondu «non», je sais bien ce qui se serait passé. La turbulence de la mer nous roulait l'un contre l'autre sur son étroite couchette. Le désir dont je sentais en moi le frémissement aurait appelé le sien, au moins autant que les inouïs périls qu'il allait courir.

Au lieu de cela, j'ai été plus stupide qu'une guêpe qui se cogne sans fin contre une vitre. Je lui ai posé cette question absurde que Lodovico lui avait déjà adressée et dont Paolo s'était tiré par une boutade : comment expliquer que tu aimes Vittoria après l'avoir vue seulement deux minutes?

Par malheur cette fois-ci, Paolo ne répondit pas par une pirouette, mais par un récit sincère, circonstancié, qu'il prononça avec élan, avec feu, et sans se douter un instant du mal qu'il me faisait. Car certes, c'est un bon maître, juste, patient, attentionné.

— Mais, dit-il, calant contre le rebord de sa couchette la jambe droite (celle qui portait sa blessure), quand je rencontrai Vittoria chez Montalto, ce n'était pas la première fois que je la voyais : je l'avais vue pour la première fois six ans plus tôt, alors qu'elle était encore à Gubbio. Je traversais la petite ville à cheval à la tête d'une assez forte troupe, et ayant quelque temps devant moi, je demandais à un passant bien vêtu ce qu'il y avait à voir de plus beau à Gubbio. Le quidam qui était fort vieil, mais dont les yeux noirs pétillaient, me dit : « D'aucuns vous diront que c'est le palais ducal. Mais moi, je vous dis que c'est Vittoria Accoramboni. Et tenez, ajouta-t-il, nous sommes mardi. Vittoria lave sa magnifique chevelure les mardis et samedis au début de l'après-midi et quand il y a du soleil, elle la fait sécher sur une terrasse, exposée au midi, qui donne sur la rue. C'est un spectacle à ne pas manquer, et à vrai dire, aussi longtemps que mes pauvres jambes pourront me porter, je ne le manquerai pas. Si vous voulez le voir, signor, suivez-moi. J'y vais de ce pas. »

Je trouvai ce vieil original délicieux, qui, si proche déjà des portes de la mort, attachait tant de prix à la contemplation désintéressée de la beauté féminine. Charmé et amusé, je démontai, jetai les rênes à mon écuyer et accompagnai le vieillard à son pas, qui était petit et trébuchant. En chemin, il me dit s'appeler Pietro Muratore et être fabricant de cadres de tableaux, lesquels, ajouta-t-il avec malice, étaient souvent plus beaux que les tableaux qu'ils encadraient. Comme à mon pourpoint de buffle il m'avait pris pour quelque capitaine, et me parlait avec familiarité, je ne me nommai pas, ne voulant pas l'embarrasser.

Vittoria Accoramboni était assise sur une escabelle à dosseret, sa chevelure blonde d'une longueur incroyable étalée derrière elle au soleil sur une sorte de claie. Une petite esclave mauresque faisait de l'ombre à sa belle face avec une grande ombrelle blanche qu'elle tenait tantôt d'une main, tantôt de l'autre, pour se défatiguer. Sa maîtresse était vêtue d'une robe d'intérieur bleu pâle, lâche et flottante, dont les plis, comme ceux des tuniques ioniennes, retombaient librement sur son corps statuesque. Ce qui faisait encore davantage penser aux déesses grecques, c'est qu'elle avait les pieds nus, d'une forme d'ailleurs parfaite, et qu'on voyait fort bien, parce qu'ils reposaient pour sa commodité sur un petit tabouret. Ils se trouvaient placés en dehors du cercle d'ombre de l'ombrelle, sans doute parce que Vittoria aimait sentir sur eux la chaleur du soleil et se souciait peu de les voir brunir.

D'après ce que m'avait dit Muratore – car pour l'instant il ne soufflait mot, absorbé dans sa contemplation –, Vittoria venait d'atteindre quinze ans, mais à la voir, sa beauté de femme était déjà achevée. À mon sens, la petite Mauresque n'en avait pas plus de dix. Elle était elle-même fort jolie, petite et bien tournée, le teint brun clair, le cheveu aile-de-corbeau, de grands yeux noirs, un petit nez et une grande bouche.

– Mais elle me ressemblait ! dis-je avec des sentiments mêlés.

– Oui, Aziza, et tu vas voir que cette ressemblance ne fut pas sans quelques conséquences dans la suite de l'histoire. À bien la considérer, cette petite Mauresque m'apparut comme un élément important du tableau que je contemplais. On aurait dit qu'un grand artiste l'avait placée là, non seulement pour empêcher que le teint de Vittoria fût gâté, mais pour faire valoir par contraste le rose de sa peau, le bleu de ses yeux et la splendide toison dorée que la claie que j'ai décrite exposait au soleil. À vrai dire, je devinai que Vittoria avait les yeux bleus, car je ne les vis pas d'abord. Elle gardait les paupières baissées. Elle lisait.

– Mais comment as-tu pu voir tout cela, Paolo ? Elle était sur une terrasse et toi dans la rue.

– C'est qu'en face de cette maison se dressait une petite église dont le parvis, surélevé de quelques marches, était au même niveau que la terrasse sur laquelle Vittoria faisait sécher ses cheveux. Et c'était là que ses admirateurs, hommes et femmes de tous âges, se postaient, demeuraient quelques minutes perdus dans une admiration muette avant de s'en aller, rassasiés, pour être remplacés aussitôt par de nouveaux arrivants. D'aucuns même sortant de l'église, où ils venaient de prier, et le visage encore tout recueilli, s'attardaient sur le parvis pour se joindre à leur tour à l'espèce de culte païen dont la beauté de Vittoria faisait l'objet. «Mais on ne voit pas ses yeux», dis-je à Muratore. J'avais parlé à voix basse comme dans un lieu saint. Même alors, je sentis aux regards désapprobateurs dont je fus l'objet, que j'avais dérangé les dévots qui m'entouraient. « Attendez », dit Muratore dans un souffle, en me tirant impérieusement par la manche de mon pourpoint pour me rappeler le respect dû à l'idole.

Et en effet, au bout d'un moment, Vittoria posa son livre sur ses genoux où sa main gauche à plat le retint ouvert à la page qu'elle lisait, et tournant la tête vers nous, regarda notre petit groupe de ses grands yeux bleus et, de la tête, nous adressa un petit salut. Cela fut fait sans la moindre hauteur, sans familiarité non plus, avec une dignité et une grâce véritablement royales. Un frémissement parcourut notre petit groupe, les femmes s'inclinèrent, et les hommes ôtèrent leurs chapeaux – ce que je fis aussi, Muratore me donnant l'exemple. Après quoi, il me tira par la manche, me faisant signe en même temps de partir et quand nous fûmes éloignés de quelques pas, il me fit remarquer que le parvis étant petit, il fallait laisser la place aux autres.

« Pour vivre, conclut-il, un homme a autant besoin de beauté que de pain. »

– C'était un sage, dis-je. Que devint-il ?

– À mon retour de Venise, je m'enquis de lui. Il était mort peu après mon passage à Gubbio. Il ne me reste de lui que son nom : Muratore, et le souvenir de ses petits yeux noirs, si brillants et si vifs, dans son visage parcheminé. N'est-ce pas étrange qu'il ait joué un si grand rôle dans ma vie ? Mais comment oserais-je, dans ce cas, parler de Providence sans compromettre le Seigneur et sans fâcher le Saint-Père ? Il se peut, reprit-il d'un air malicieux, qu'il y ait un autre Dieu qui s'appelle le hasard.

– Ah, Paolo ! dis-je en souriant (mais la Madone sait si j'en avais peu envie !), tu es un mauvais *roumi* ! Et même un mauvais musulman ! Dieu est un !

– Mais le hasard intervint encore, dit Paolo, quand lors de mon premier combat avec les pirates, je capturai la felouque d'Abensour et rachetai à l'équipage une petite Mauresque qui ressemblait trait pour trait à celle de Vittoria.

J'avalai ma salive et dis d'une voix étranglée :

– Est-ce pour cela que tu me rachetas ?

Car je me rappelai en effet la fixité du regard qu'il avait attaché sur moi dès qu'il me vit.

– Non, Aziza, dit-il sans prendre garde à ma voix. Je t'aurais rachetée de toute façon. Et, ajouta-t-il d'un ton rapide et négligent, je m'en suis cent fois félicité depuis. Mais il est vrai aussi que pendant toutes les années où je naviguais en ta compagnie sur les mers, je ne pouvais jeter les yeux sur toi sans te voir tendant une ombrelle blanche au-dessus du visage de Vittoria.

– Mais ce n'était pas moi ! dis-je vivement.

– Je le sais bien ! je l'ai su dès le premier jour en t'interrogeant.

– En somme, je t'ai aidé à te rappeler le gracieux tableau de Gubbio.

– Oui, c'est cela. C'est cela même. Grâce à toi je le retrouvais à chaque fois aussi vif, aussi frais, et aussi charmant que je l'avais vécu.

Je me tus. Que dire à cela ? J'avais ma réponse à ma question, et elle avait du mal à passer le nœud de ma gorge. Certes, depuis le début, je connaissais ma place dans son cœur et dans sa vie. Mais elle était plus petite encore que je n'avais pensé : une main brune tenant une ombrelle blanche au-dessus du clair visage de Vittoria, voilà ce que j'étais.

Paolo Giordano Orsini

J'employai les trois jours de traversée à faire ponter par le charpentier l'avant et l'arrière de la petite barque que je comptais utiliser pour gagner la terre. Et sous ce double pontage, j'ordonnai qu'on fixât tout le liège qu'on put trouver afin d'augmenter la flottabilité de la petite barque, et d'avoir la possibilité de la remettre droite en cas de chavirement. Pour la même raison, je fis renforcer la fausse quille afin qu'une fois chavirés, nous puissions, Marcello et moi, prendre appui dessus des deux pieds et peser côte à côte de tout notre poids pour remettre à flot l'embarcation. Cette manœuvre est simple dans son principe, mais difficile dans son exécution, et suppose que la barque soit légère et que les deux hommes s'entendent bien. Je l'ai souvent exécutée par jeu en mes vertes années, même par grosse mer, et avec succès. Toujours au cas où nous nous ferions capeler par une vague déferlante, je ne me contentai pas de dames de nage pour fixer les avirons. Afin d'éviter qu'ils ne fussent dispersés si nous allions à l'eau, je les arrimai par des cordes de chanvre que je préférais à des chaînes comme résistant mieux aux tractions.

Je veillai aussi à ce que notre habillement fût le plus léger possible sans bottes et sans épée, notre armement se réduisant à une dague de combat. Mon second insista pour que nous portions chacun une ceinture de liège, ce à quoi je consentis sans nourrir beaucoup d'illusions sur son utilité dans cette mer déchaînée.

Le plus difficile, quand le moment arriva, fut de mettre la petite barque à l'eau, d'y descendre nous-mêmes et de nous déhaler le plus vite possible de la galère afin d'éviter qu'une vague nous fracassât sur elle. Pour cette raison, on mena toute l'opération sous le vent du navire, et j'ordonnai, en outre, de filer de l'huile de ce côté-là – manœuvre qui étonne toujours les non-marins, mais qui est localement très efficace pour accalmir le mouvement des vagues. On évita ainsi que la barque chavirât dès qu'elle toucha l'eau. Nous prîmes place aussi vite que possible, car la galère, recevant la mer de travers afin de nous protéger d'elle sur le côté où nous embarquions, souffrait beaucoup. Dès qu'on se fut écarté, elle se remit debout à la lame et comme nous n'étions plus sous son vent, celui-ci, qui soufflait avec force vers la terre, nous poussa vers elle, nos avirons nous servant surtout à garder le cap vers les lumières qu'en tournant la tête derrière moi je voyais briller aux fenêtres de la maisonnette qu'*il mancino* m'avait décrite.

Bien que la nuit fût quasiment tombée, un jour verdâtre régnait encore sur les flots, si bien que lorsque nous glissions avec une rapidité inquiétante sur la crête d'une vague, je pouvais deviner vaguement les contours de cette petite masure où j'étais attendu – ces lumières l'attestaient – par Vittoria Peretti. Cette idée m'enivrait d'un bonheur fou tout en me laissant quasiment incrédule, tant mon idole m'avait paru inaccessible jusqu'à cet instant même où j'étais en train de risquer ma vie pour l'atteindre. Mais à vrai dire, si au lieu d'une vie, j'en avais eu dix, je les aurais toutes misées pour elle.

Cependant, je gardai la tête froide et je criai par ordres brefs à Marcello, dont le banc était placé devant le mien, de nager ou de dénager, selon les cas, de l'aviron de bâbord ou de celui de tribord, afin de nous maintenir toujours perpendiculairement à la lame et d'éviter ainsi d'être roulés et chavirés par elle. Mais je savais que le plus périlleux pour le marin qui navigue par une mer déchaînée, ce n'est pas tant la mer que la côte contre laquelle il risque de se fracasser. Quand les lumières en haut de la falaise disparurent, je compris que nous étions maintenant trop proches de sa paroi abrupte pour pouvoir les distinguer, et que notre vie allait se jouer là, dans la minute qui allait suivre, selon que nous réussissions, ou non, à trouver le goulet de la calanque.

Le reste de jour était juste suffisant pour que je puisse apercevoir la haute frange d'écume produite par les vagues qui se brisaient contre le bas de la falaise avec un rugissement inhumain. Nous nous en rapprochions à une vitesse telle que c'est le rocher qui paraissait venir à nous pour nous écraser. Il me fallut jouer vite et remettre tout au hasard, la visibilité étant si faible et le vent si violent. Je criai un ordre, j'infléchis notre direction sur notre gauche, la paroi rocheuse qui me confrontait parut fuir miraculeusement sur la droite et, à mon immense soulagement, je compris que j'avais trouvé le goulet.

La joie me souleva presque de mon banc, mais dura peu, car la mer s'engouffrait avec une telle force dans la calanque que, malgré nos efforts désespérés, nous n'arrivions plus à contrôler la course folle de la barque. J'eus le temps de deviner devant nous un écueil à l'écume qui le bordait. Il était à moins d'un jet de pierre de nous, mais la barque n'obéissait plus à nos avirons, elle fut projetée au-dessus du brisant, et j'eus un moment l'espoir insensé qu'elle allait pouvoir passer par-dessus sans encombre, mais son fond accrocha et une autre vague surmontant la première nous arracha à nos bancs et nous roula dans le goulet où, moitié nageant, moitié suffoqués, nous sentîmes tout d'un coup le sable sous nos pieds. Et là, chose curieuse, alors que nous pensions déjà être sauvés, nous vécûmes un fort mauvais moment, car le ressac était très fort, et à peine touchions-nous terre qu'il nous aspirait vers le large. Je hurlai à l'oreille de Marcello de plonger au plus profond de la vague déferlante qui nous ramenait vers le fond de la crique et dès que nous toucherions le sable, d'y crocher des deux mains. Toutefois, la succion du ressac était si forte que trois ou quatre fois il nous arracha à notre prise et nous aurions probablement succombé à cette lutte inégale, si une accalmie dans la succession des vagues monstrueuses ne s'était produite qui nous permit d'atteindre enfin la grotte qui s'ouvrait au fond de la calanque.

Par bonheur, cette grotte ne s'enfonçait pas droit sous la falaise et dans l'axe de la houle, mais obliquement, si bien que ce coude nous mit à l'abri du ressac, et que nous pûmes céder à notre épuisement et nous affaler sur le sable, sans pourtant être au sec. Mais l'eau, là où nous étions maintenant étendus, sans bouger d'un pouce bras et jambes, n'était haute que d'un pied à peine, et son mouvement de va-et-vient, qui répercutait celui du ressac, était lent et doux et me parut même amical et caressant en comparaison de ce que je venais de vivre. Les vaguelettes qui me venaient parfois jusqu'au cou me parurent, en revanche, beaucoup plus froides que les vagues qui nous avaient ballottés ici et là dans le goulet avec violence. Mais ce froid n'enleva rien au sentiment de confort et de contentement que je ressentais, étendu de tout mon long avec de l'eau parfois jusqu'à la poitrine et parfois, comme j'ai dit, jusqu'au cou. Chose bizarre, trempé et glacé comme j'étais, je dus m'endormir une ou deux minutes, car je sentis Marcello me secouer et me crier à l'oreille qu'il y avait une nouvelle accalmie dans le déferlement des vagues et qu'il fallait en profiter pour gravir les degrés de la falaise. Je me rappelle qu'à l'instant précis où il me dit cela, le souvenir de la maisonnette où Vittoria m'attendait avait perdu toute réalité dans mon esprit, et que j'éprouvai un poignant sentiment de regret à l'idée de quitter cette grotte où, comme dans un sein maternel, j'avais trouvé refuge contre l'hostilité du monde.

Dès qu'on sortit de notre abri, on crut replonger en plein cauchemar, car les paquets de mer nous cueillirent aussitôt, et dès qu'on eut trouvé les marches, on eût dit qu'ils mettaient une sorte d'acharnement haineux à nous en arracher. Je compris confusément qu'il ne fallait avancer qu'au moment du ressac, et me contenter, au moment du déferlement, de me cramponner de toutes mes forces à la falaise, en me collant comme une arapède à ses aspérités, afin de ne pas être déséquilibré et jeté bas par la gifle de la lame. Notre montée, de ce fait, fut extrêmement lente et je me souviens que, pendant tout le temps qu'elle dura, j'éprouvais un sentiment absurde de vive indignation contre ceux qui avaient creusé ces marches sans penser à fixer une main courante en fer contre la paroi rocheuse. Il ne me vint pas un instant à l'esprit que cet escalier n'avait été conçu que pour descendre dans la crique par beau temps.

À mi-chemin de notre progression, les lames cessèrent de nous atteindre, mais pour être remplacées par des rafales de vent si brutales que le danger d'être arrachés au flanc de la falaise ne diminua pas. Bien au contraire, il empira, et d'autant plus que mouillés comme nous étions, le vent nous glaça et rendit nos mouvements plus gourds et nos prises sur le rocher moins assurées. Il me donna aussi un sentiment vertigineux si angoissant qu'à deux ou trois reprises, j'eus la tentation de lâcher prise et de me laisser emporter par lui jusqu'au bas de la falaise. Mon esprit, lui aussi, était engourdi et déboussolé car, au mépris de toute logique, je voyais cette chute, non pas comme un écrasement mais comme un repos qui me permettait de survivre. Cependant, je continuais à avancer pour ainsi dire mécaniquement, imitant en aveugle les gestes de Marcello qui montait devant moi, m'étonnant vaguement qu'il me devançât, moi qui étais à la fois son aîné et son chef. D'ailleurs, c'est à cet instant que je découvris qu'il était devant moi. Jusque-là, j'avais cru qu'il me suivait.

Ce qui se passa ensuite, je le vécus dans la plus complète confusion. J'eus le sentiment de trouver sous mes pieds non plus du rocher, mais quelque chose de doux et de glissant comme de l'herbe. Toutefois, comme je soulevais le pied pour gravir une marche, je ne rencontrai que le vide et je m'affalai la face contre terre. Je ressentis une vive douleur à la cuisse et je m'évanouis soit du fait de cette douleur, soit en raison peut-être de mon épuisement.

Bien qu'incapable de bouger, de voir et de parler, je ne perdis pas tout à fait connaissance. J'entendais sans comprendre les paroles murmurées autour de moi et j'eus parfaitement conscience d'être porté par des bras amicaux et déposé sur un tapis en face d'un grand feu. Mais cette conscience, comme j'ai dit, était intermittente. Par exemple, je voyais et je ne voyais pas. Des trous noirs succédaient dans mon esprit à des zones de lumière dans un papillotement sans fin.

Je sentis toutefois qu'on me soulevait la tête, qu'on me déshabillait et, dans le bourdonnement des voix qui m'entouraient, je reconnus deux timbres féminins, l'un aigu, l'autre grave. J'en ressentis un réconfort immense, mais loin de penser à Vittoria, j'eus l'impression d'être revenu à mes années d'enfance, quand ma mère et ses chambrières me retiraient de la cuve à baigner pour me sécher dans des serviettes chaudes. J'étais en train de revivre ce moment délicieux. Des femmes, dont j'entendais les voix douces et musicales, mais que je ne voyais pas, me frictionnaient avec énergie, ramenant chaleur et vie dans mon corps. Puis l'une d'elles me pansa la cuisse avec beaucoup de délicatesse, car je ne ressentis qu'une douleur très supportable et qui eut du moins le mérite de me faire revenir quelque peu à moi, car j'arrivais à distinguer, quoique encore avec des contours très flous, deux têtes penchées sur moi, l'une blonde, l'autre brune. Je ne distinguais pas la couleur des yeux, mais je discernais bien, par contre, leur expression, qui était douce, anxieuse et amicale. Je fis effort pour sourire à ces femmes, mais, ce qui me désola, je n'y réussis pas. On aurait dit que les muscles de ma face étaient gelés.

L'une d'elles me sécha les cheveux et glissa sous ma nuque un coussin. Puis elles disparurent toutes deux. J'éprouvai alors un sentiment d'abandon très pénible, mais qui ne dura pas, car presque aussitôt, on me souleva de nouveau la tête et une voix d'homme dit : «Buvez, Monseigneur, cela vous fera du bien.» Mes paupières papillotèrent et cette fois, je reconnus assez nettement Marcello, mais sans comprendre encore où j'étais et ce que je faisais là. Je bus à grands traits. À mon grand étonnement pourtant, le gobelet me fut retiré, ce qui m'irrita fort contre Marcello. Je fronçai les sourcils, mais quand le bord du gobelet fut remis entre mes dents, et que le liquide râpeux, chaud et sucré coula de nouveau dans ma gorge, je demeurai les paupières baissées jusqu'à ce que j'eusse absorbé la dernière goutte. À ce moment, j'ouvris les yeux tout grand. J'émergeai enfin du noir dans une clarté éblouissante et je reconnus Vittoria.

Si j'avais été un ermite priant dans sa grotte, la Vierge Marie m'apparaissant soudain dans un lumineux halo n'aurait pas produit sur moi plus d'effet. Le visage de Vittoria me sembla resplendir de toute la beauté du monde. Je le regardai avec un amour qui se changea en adoration quand se penchant sur moi avec un air doux et maternel, Vittoria me parla. J'entendis, à son intonation, qu'elle me posait une question sans comprendre toutefois un traître mot à ce qu'elle me demandait. Mais la musique de sa voix me parut si caressante et si consolante que je me sentis fondre de bonheur rien qu'en l'écoutant.

Avec une patience qui m'attendrit, elle répéta sa question, dont je compris cette fois le premier mot : «Monseigneur». À quoi, je secouai la tête et voulant lui faire comprendre que je désirais qu'elle m'appelât par mon prénom, je dis : «Paolo.» Ce seul mot me coûta un gros effort. Elle le sentit sans doute car répugnant à me contrarier dans l'état où elle me voyait, elle sourit et dit :

– Paolo.

Et elle répéta sa question que cette fois je compris. Elle me demandait si je voulais boire et manger. Je fis oui de la tête. Mais elle ne se contenta pas de cette réponse.

– Paolo, dites oui.

Je prononçai avec effort :

– Oui.

Elle reprit en se penchant sur moi.

– Oui, Vittoria.

Et avec un nouvel effort, je répétai, le regard levé vers ses grands yeux bleus qui me considéraient d'en haut d'un air patient, indulgent et doux :

– Oui, Vittoria.

Elle parut satisfaite de ma réponse, m'adressa un sourire qui me ravit, et s'éloigna pour s'activer autour du feu. Je vis alors son corps que la proximité de son visage avait pour ainsi dire dérobé jusque-là à ma vue. Il était vêtu d'une robe d'intérieur ample et large, fort semblable à celle qu'elle portait à Gubbio sur la terrasse. Tout le temps qu'elle fut loin de moi, elle ne fit pas un seul pas et un seul mouvement que je ne suivisse des yeux. J'avais l'impression qu'elle remplaçait pour moi tout l'univers vivant, et que je n'existais que par elle.

Elle revint au bout d'un moment avec un gobelet et me le tendit. Je ne le pris pas. J'en étais capable, je crois, mais j'aspirais à retrouver le moment où, me soulevant la tête de son bras, elle avait porté le gobelet à mes lèvres. Ce qu'elle fit et du contact de son bras chaleureux contre ma nuque, de la proximité de son visage et de ses seins, mes forces et ma conscience me revenant, je tirai une joie bien plus intense que la première fois, et qui dut, en quelque façon, se communiquer à elle, car sa respiration se fit plus pressée.

Je ne pris pas davantage la galette qu'elle me tendit, bien que sa seule vue me remplît la bouche de salive, mon dernier repas remontant à plusieurs heures, ce qui expliquait peut-être ma faiblesse, en partie du moins. Je la vis alors qui émiettait la galette dans le vin chaud sucré du gobelet. Quand la galette fut réduite en bouillie, elle me la donna pour ainsi dire à la becquée avec une petite cuiller, avec un air quelque peu anxieux d'abord, mais de plus en plus rassuré quand elle vit l'avidité avec laquelle je l'avalais.

Elle me nourrit ainsi de deux ou trois galettes, me regardant manger d'un air radieux. Quand j'eus fini, elle alla déposer près du feu le gobelet et, revenant à moi, elle s'agenouilla et m'essuya la bouche avec une petite serviette. Je pris alors sa main et la baisai avec adoration.

— Ah, Paolo ! dit-elle joyeusement, vous bougez enfin. Votre regard est plus vif ! Vos couleurs reviennent !

Et se penchant sur moi, elle posa ses lèvres légèrement sur les miennes. Je lui rendis son baiser, tremblant de peur qu'elle trouvât le mien trop insistant et qu'elle ne s'effarouchât. Mais mes bras en décidèrent autrement. Sans que ma volonté y fût pour rien, ils se refermèrent sur son corps, et avec un soulagement indicible, je le sentis fondre contre le mien.

186

Quand je me réveille le lendemain à l'aube, je me demande ce que je fais là, étendue sur le tapis devant le feu. Puis tout me revient. Dès que j'ai vu la veille Marcello s'endormir, je lui ai laissé ma couche. Il n'aurait pas été bien avec moi. Elle est trop étroite pour deux.

Je me relève, le dos un peu meurtri d'avoir dormi sur la dure et je vais jeter un œil sur Marcello. Un boulet de canon ne le réveillerait pas. Je pourrais maintenant crier tout mon saoul sans m'attirer sa haine. Il est vrai que je n'ai plus d'occasion de crier, puisqu'il dort.

Il reste de la braise sous la cendre et je ranime le feu. Non qu'il fasse vraiment froid, mais le froid pourrait venir avec le petit matin, et je veux que la chambre soit douillette pour son réveil. Les chausses et le pourpoint, qu'il a disposés la veille sur les escabelles, sont secs, mais le sel marin les a empesés et y a laissé des traînées blanches. Il faudrait les laver ou les rincer à l'eau fraîche et les faire sécher de nouveau. Mais je n'ose le faire sans son ordre. Il peut avoir besoin de les remettre à la hâte pour fuir ou se cacher.

Je suis contente de l'avoir là, ce sauvage, même avec ses bouderies et son humeur de dogue. Mais en même temps, je suis morte de peur : voilà la vérité ! Ces deux-là sont venus se jeter dans la gueule du loup. Ils sont deux avec deux dagues contre quarante arquebusiers ! Tout cela finira mal, je le sens. Mes pauvres parents, quelles têtes vous ferez à l'église de Grottammare quand le curé vous annoncera, du haut de la chaire, que votre malheureuse fille a été pendue pour complicité d'adultère ! Et qui, sur le port, voudra après cela vous parler ?

Un peu de jour filtre à travers les volets de ma fenêtre, et comme ils sont intérieurs, je les entrebâille pour voir le temps. Le ciel s'est bien nettoyé, on voit un peu de bleu entre les nuages, et à l'est, à l'horizon, on sent que le soleil n'est pas loin.

Avec mille précautions pour ne pas réveiller Marcello, j'entrouvre la fenêtre pour goûter l'air du matin. J'entends comme un petit froissement dans l'herbe, je me penche et à ma grande stupéfaction, j'aperçois la signora, un petit mantelet jeté sur sa robe d'intérieur, faire les cent pas sur le petit terre-plein herbu devant la maisonnette. Elle rejette la tête en arrière (ce qu'elle ne devrait pas faire, car l'extrémité de ses cheveux traîne derrière elle sur l'herbe mouillée) et hume l'air à pleins poumons. Qu'elle est belle ! Une statue de déesse en marche !

Elle va peut-être me gronder. Tant pis ! Je la rejoins. Mais auparavant j'entrouvre le rideau de soie rouge et je glisse un œil à côté. Le prince dort nu sur la couche de Vittoria. Je m'attarde un instant. Quelles épaules il a ! Comme dirait ma mère c'est « *un boccone de re* [1] ». Ce qui n'est pas étonnant, vu qu'il est prince. Je sors sur le terre-plein à petit bruit. Vittoria m'aperçoit, mais loin de me gronder, elle paraît heureuse de me voir. D'ailleurs, heureuse elle l'est. Tout l'enchante ce matin.

– Caterina, me dit-elle, l'œil en fleur, vois comme elle est belle, la terre, comme elle sent bon ! Elle sent l'herbe mouillée, l'humus, le feu de bois !

Tout en parlant, elle vient à moi, me jette le bras sur l'épaule et me serre contre elle. C'est bien la première fois qu'elle m'enlace ainsi. Je suis émue. Celle des deux qui aime le plus l'autre, je sais bien laquelle c'est. Mais moi, j'ai l'habitude. J'ai toujours donné plus que je n'ai reçu.

– Ça sent aussi la mer, dis-je pour dire quelque chose.

– La mer qui me l'a apporté ! dit-elle à mi-voix avec ferveur.

À l'entendre, on dirait que la mer n'a été créée que pour ça ! Je la regarde de côté. Mon instinct me le dit : ce n'est plus la même femme qu'hier. Elle a l'air d'une personne qui s'est endormie en enfer et qui se réveille au paradis. Je me fais de tristes réflexions. Ce qu'elle a connu cette nuit, elle aurait dû l'éprouver depuis longtemps, si elle avait épousé un autre homme que Peretti. Pauvre signor Peretti ! Même dans son propre lit, il a dû obéir au cardinal ! Et maintenant, il a perdu sa signora, et à jamais.

Elle se tait. Tout absent qu'il soit, le prince l'entoure

1. Un morceau de roi.

188

de ses bras et elle se blottit contre son cou. Et voilà que nous déambulons sans un mot de long en large sur ce petit terre-plein, pendant que nos hommes dorment. Nous respirons la terre, l'humus et je ne sais quoi encore. La signora est radieuse. Elle ne se rend absolument pas compte de la situation. Et si je lui disais que nous pourrions être tués tous les quatre dans l'heure qui suit, elle ne me croirait pas.

Elle a passé son bras sous le mien, et comme elle a une demi-tête de plus que moi, je dois allonger les jambes pour me maintenir à sa hauteur. Mais quand je la vois se diriger vers l'éperon rocheux qui surplombe la falaise, je me dégage de son bras et je dis :

– Pardon, signora, pardon ! Mais vous ne me ferez pas aller là-dessus pour tout l'or du monde ! Vu le vide qu'il y a en dessous ! Un faux pas sur l'herbe mouillée et vous vous fracassez la tête dix toises plus bas.

– *Come sei stupida, Caterina !* dit-elle en riant. Pourquoi ferais-je un faux pas ? Et où vois-tu de l'herbe ici ? C'est tout rocher ! Allons, viens !

– Non, non, signora, jamais ! Pardon, signora ! Cet éperon a l'air si peu solide. En porte à faux comme il est ! Et s'il allait casser sous votre poids.

Elle rit encore.

– Il pourrait en porter cent comme moi. Viens donc, Caterina !

– Non, signora, pardon. J'ai mal au ventre rien que de vous regarder. Voyez, je tremble.

– Mais c'est vrai que tu trembles, petite folle ! Voyons, il n'y a aucun danger !

– Pour vous, peut-être, dis-je en reculant pas à pas jusqu'à la maisonnette. Mais moi, le vide m'attire !

– Allons, viens ! dit-elle avec gaieté ! Ton imagination te joue des tours, Caterina ! Le risque est nul ! Regarde !

Tout en parlant, elle avance jusqu'à l'extrémité de l'éperon rocheux qui n'est pas plus large que le dessus d'une escabelle. Mais plus elle avance, plus moi, je recule ! Et je me retrouve le dos appuyé contre la porte de la maisonnette, tremblant comme feuille de peuplier. Sûrement, sûrement elle va tomber ! Je me cache la tête sous mon cotillon. Je ne veux pas voir sa chute, ni ouïr le cri horrible qu'elle va pousser quand le sol se dérobera sous elle.

Mais même à travers l'étoffe j'entends ses «viens, viens, Caterina» et ses rires taquins. Et puis soudain, plus rien ! Je dégage ma tête du cotillon où je l'ai enfouie.

La signora est toute droite à l'extrémité de l'éperon rocheux, ses longs cheveux blonds, dorés par le premier soleil, flottent derrière elle, soulevés par une petite brise qui plaque contre son corps sa robe d'intérieur. Mais elle ne rit plus. Elle est fort pâle. Elle fronce les sourcils et ses yeux bleus étincellent, fixés avec une expression altière sur quelqu'un à ma gauche. Je tourne la tête pour suivre la direction de son regard et je vois le signor Peretti, tête nue, hors de lui, une épée dégainée à la main, et précédant une douzaine d'arquebusiers. Le signor Peretti s'arrête et aussitôt, à quinze pas derrière lui, les soldats s'immobilisent.

– Madame, dit-il d'une voix basse et sans timbre, les guetteurs de la tour ont aperçu ce matin les débris d'une barque au fond de la calanque. L'un d'eux est allé les repêcher. Sur un morceau de la petite proue, il a lu le nom de la galère dont elle est l'annexe. Cette galère appartient à un seigneur dont je tairai le nom. Je viens m'assurer qu'il ne se cache pas chez vous…

Ayant dit, il se dirige vers la porte de la maisonnette, paraît comme surpris de me trouver devant elle et me regarde d'un air égaré, comme s'il ne m'avait jamais vue.

– Monsieur, dit Vittoria sans hausser la voix, mais en articulant chaque mot avec force, je ne vais pas tolérer que vous fassiez irruption chez moi sans ma permission et, qui pis est, avec des soldats. Écoutez-moi bien. Si vous touchez à cette porte, je me jette dans le vide.

– Vous vous jetez dans le vide ? murmure Peretti en pâlissant.

– Vous m'avez entendue.

Et moi, ce qui me frappe dans cet échange, c'est qu'aucun des deux ne crie ni ne tempête. Ils parlent l'un et l'autre à voix basse. On dirait qu'ils s'efforcent de ne pas réveiller le prince. La vérité, et je m'en aviserai plus tard, c'est qu'ils ne veulent pas être entendus par les soldats qui, à quinze pas de là, écoutent de toutes leurs oreilles.

Un long silence suit. La main que le signor Peretti avançait vers la porte retombe le long de sa cuisse. C'est peu de dire qu'il est pâle. Son visage s'est vidé de sang. Il regarde la signora. Je sais ce qui se passe dans sa tête. Il connaît bien sa femme. Il sait qu'elle fera ce qu'elle a dit s'il ouvre la porte. Et bien sûr, il n'a plus aucun doute maintenant sur la personne qu'il trouverait à l'intérieur, la poitrine offerte à son épée. *Madonna Santa!* Il fronce les sourcils, sa main s'avance vers la porte, il va l'ouvrir.

Eh non! Il ne l'ouvre pas! Il recule d'un pas, rengaine son épée, non sans tâtonner pour trouver l'ouverture du fourreau, tant sa main tremble. Puis se découvrant, il fait un profond salut à Vittoria, et dit avec dignité, d'une voix basse et assurée :

– Vittoria, rassurez-vous. Je n'en ai jamais usé avec vous inhumainement. Et ce n'est pas aujourd'hui que je vais commencer, quelles que soient les circonstances qui pourraient m'y pousser.

Ayant dit, il tourne les talons et s'en va, emmenant les soldats. Vittoria le suit du regard avec une expression que je ne lui ai jamais vue. Elle qui vient d'être si brave, elle tremble de tous ses membres, et sans un mot elle me tend le bras comme si elle avait besoin de mon aide pour revenir sur le terre-plein. Et moi qui vais la chercher! Moi que le vide attire!

Mais enfin je ne sais comment, et l'une tirant l'autre, nous voilà saines et sauves toutes les deux, devant la porte. La signora me prend dans ses bras, me serre avec force, colle sa joue contre la mienne, et dit à mon oreille d'une voix étranglée :

– Ah, Caterina! avec quelle noblesse il a agi!

Marcello Accoramboni

C'est le beau geste de Peretti qui a tout gâté. Il est vrai que s'il ne l'avait pas fait, nous ne serions plus là, le prince et moi, pour déplorer sa magnanimité, mais tués l'un et l'autre d'une lame en plein cœur et en plein sommeil ; morts, comme dirait le curé Racasi, «dans la fange de nos péchés»; Vittoria, disloquée, écrasée, rompue en bas de la falaise ; et Caterina, temporairement survivante, mais livrée au bras séculier, et peu après pendue : la souffrance la plus longue pour celle qui le méritait le moins.

Peretti et ses sbires ont fait peu de bruit, et moins encore l'entretien entre Peretti et Vittoria. Ce qui m'a réveillé, ce sont les sanglots de ma jumelle. Déjà, quand j'étais enfant, je ne pouvais l'entendre pleurer sans que les larmes me vinssent aux yeux, que je connusse ou non la cause de son chagrin.

Ce sont pourtant des sanglots doublement étouffés, et par elle-même, et par le fait qu'ils me parviennent derrière la porte qui donne sur le terre-plein de la falaise. Mais ils suffisent pour me réveiller et me serrer le cœur. Je m'habille en hâte et à peine ai-je fini que, suivie de Caterina, Vittoria entre, écarte le rideau de soie rouge et passe de mon côté, me regarde et, sans dire un mot, se défait de sa robe d'intérieur et commence à se rhabiller.

Quoi qu'ait pu dire Tarquinia, depuis notre prime enfance jusqu'à notre âge adulte, la pudeur n'a jamais existé entre nous. De toute façon, la Superba n'a jamais rien entendu à nos rapports. Elle trouvait scandaleux que je ne veuille ni toucher ni embrasser Vittoria et tout aussi insupportable qu'elle se déshabille sans gêne aucune en ma présence. Elle ne comprend pas que toutes ces grimaces entre nous sont inutiles.

Quand elle est habillée, Vittoria passe de l'autre côté du rideau, et refusant de la main l'aide de Caterina, s'assied à sa toilette. Je sais ce qu'elle va faire : effacer à l'aide de ses fards la trace de ses larmes. Pas seulement par coquetterie, mais parce qu'elle a honte d'avoir pleuré. Vittoria aime les héros et se conçoit elle-même comme un personnage héroïque. Je remarque que de tout le temps qu'elle est occupée à cette tâche, elle ne jette pas un seul regard sur le prince endormi. J'en suis d'autant plus étonné qu'à ce moment-là, je ne sais pas encore ce qui s'est passé sur le terre-plein entre Peretti et elle.

Quand elle a fini, elle appelle de la main Caterina pour

qu'elle lui brosse les cheveux, ce que la cameriera fait sans dire un mot. Il y a deux raisons à ce silence inhabituel : le sommeil du prince et le visage de Vittoria qu'elle voit dans le miroir. Pour moi, je rallume le feu, et quand il flambe je m'assois devant la cheminée sur une petite chaise basse. Dans cette position, je vois Vittoria à *profil perdu*, comme Raphaël aimait les dessiner ; la tempe, une demi-pommette, le nez deviné plutôt qu'aperçu, l'arête arrière du menton… Ce profil-là me paraît de marbre. Je me demande ce que cette sévérité signifie.

La brosse de Caterina fait peu de bruit et, à mon sens, ce qui réveille Orsini, c'est moins ce petit grattement que la tension qui règne entre nous trois dans la petite pièce. Lui, en revanche, je le vois très bien. Quand il émerge du sommeil, il a d'abord un mouvement de joie en voyant Vittoria à trois pas de lui. Il se soulève sur son coude, ses yeux s'éclairent, il sourit, son visage s'illumine. Il paraît tout d'un coup beaucoup plus jeune, et il dit d'une voix claire et gaie :

– Vittoria, je vous souhaite le bonjour.

Je jette un regard vif à Vittoria. Apparemment, la salutation du prince la prend très à rebrousse-poil, car elle dit, au bout d'un moment, d'une voix distante, sourde et détimbrée et sans regarder Orsini :

– Ce jour n'est pas si bon, Monseigneur. Il s'en est fallu de peu qu'il ne commence par un massacre.

Caterina suspend le mouvement de sa brosse, Orsini se dresse sur son séant, jette un drap sur sa nudité et Vittoria pivote sur son escabelle pour lui faire face.

– Comment ? dit-il. Que dites-vous, Vittoria ? Avons-nous failli être découverts ?

– Failli ! dit-elle.

Et d'une voix apparemment dénuée de toute émotion, elle lui raconte ce qui vient de se passer sur le terre-plein entre Peretti et elle. J'écoute ce récit avec stupeur et Orsini, à ce que j'observe, avec une inquiétude grandissante, car il ne lui échappe pas que le héros de cette histoire ce n'est plus lui, qui a pourtant risqué sa vie pour rejoindre sa belle, mais Peretti qui a épargné les amants coupables, quand il les tenait à merci au bout de son épée. Quant à moi, je pense que si Peretti avait été le plus habile des hommes, il n'aurait pas agi autrement, car sa mansuétude a complètement retourné la situation à son profit. Le plus extraordinaire, et nous le sentons bien tous les trois, c'est que Peretti n'a pas agi en l'occurrence par calcul et par adresse, mais poussé par un élan du cœur.

Quand Vittoria a fini son récit – qu'elle fait les yeux baissés, d'une voix terne et détachée, et sans le faire suivre d'aucun commentaire –, elle pivote à nouveau sur son escabelle et faisant face au miroir de sa toilette, elle fait signe à Caterina de poursuivre sa tâche. Elle se tait. Nous nous taisons aussi et dans le silence, nous n'entendons plus que le frottement obstiné de la brosse sur la chevelure de Vittoria. Nous sommes tous les trois écrasés par la magnanimité de Peretti. Les lois, les mœurs, l'honneur lui ordonnaient de nous tuer. Il les a bravés pour faire grâce à sa femme et à nous, par voie de conséquence.

Je jette un coup d'œil au prince. Il garde les yeux baissés et sa puissante poitrine se soulève comme s'il avait du mal à trouver sa respiration. Tant qu'il affrontait la mer, la tempête, les écueils ou un combat inégal seul contre quarante hommes, il était un héros. Dès lors qu'on lui fait grâce, c'est un voleur d'affection. Il se sent singulièrement rabaissé aux yeux de Vittoria. Il l'est. Il n'y a qu'à la voir assise à sa toilette, le visage de glace, et à l'entendre l'appeler cérémonieusement «Monseigneur». Que sont devenus les «Paolo», les «carissimo mio» et les soupirs de la nuit ?

Le pauvre Orsini qui a tout perdu au moment où il pensait tout avoir sent qu'il n'étreint plus qu'un souvenir. Il est hors de lui de désespoir et de rage. Et comme la folie est mauvaise conseillère, lui qui ne manque pourtant pas de finesse, il dit, les dents serrées :

– Je n'accepte pas la grâce de Peretti. Ma décision est prise. Je vais aller le défier dans son palais. J'y vais de ce pas.

La réaction de Vittoria est foudroyante :

– Si je vous entends bien, Monseigneur, dit-elle avec le plus écrasant mépris, et sans daigner même le regarder, vous allez mendier à Peretti une épée pour le tuer, lui qui vous a fait grâce. Quel courage ! Et quelle gloire pour vous, la plus fine lame de l'Italie, de tuer en combat *loyal* (elle accentue ce *loyal* sauvagement) cet escrimeur médiocre ! Et combien délicat de votre part de proclamer, ce faisant, *urbi et orbi*, que je vous ai cédé !

Elle se tourne vers lui, le regarde fixement et ajoute, en articulant avec force :

– Ne croyez-vous pas, Monseigneur, puisque nous parlons de mon honneur, que le vôtre vous commande de ne rien entreprendre désormais, directement ou indirectement, contre la vie du signor Peretti ?

Le prince, Dieu merci, s'est repris et à cette question qui pourtant sonne le glas de ses espoirs secrets, il répond d'une voix assez ferme :

– Je le crois, en effet.

– Vous y engagez-vous ?

– Je m'y engage, puisque vous l'exigez.

Il a parlé avec froideur. Il n'est pas habitué à ce qu'on le traite comme Vittoria vient de le faire. Son ton comme son attitude laissent entendre qu'il n'est pas disposé à le souffrir davantage. Il ramasse son pourpoint et ses chausses sur les escabelles où ils ont séché et, écartant le rideau, passe dans la partie de la pièce où j'ai dormi.

Au bout d'un moment, je me lève, enlève à Caterina sa brosse et officie à sa place, debout derrière Vittoria. C'est une tâche qui demande beaucoup d'attention et qui mobilise les deux mains, car de l'une il faut soulever une grosse poignée de sa toison et de l'autre, manier la brosse avec délicatesse afin d'éviter que le poids de celle-ci, ajouté à celui qui est propre aux cheveux, ne tire trop sur sa tête. Depuis l'enfance je suis rompu à cette opération et je l'aime. C'est le seul contact que j'aie jamais eu avec Vittoria. Et il porte en lui je ne sais quelle magie, car il me semble que par l'entremise de ses fils d'or, je me débrouille davantage dans le labyrinthe de ses pensées.

Je la regarde dans le miroir. Elle est pâle, les yeux baissés et son visage est immobile, mais ses mains, posées sur ses genoux, se croisent et se décroisent sans cesse.

Je lui dis à voix basse :

– N'as-tu pas été un peu dure ?

Elle relève les paupières et aussitôt les abaisse, après

m'avoir lancé dans le miroir le plus bref et le plus explicite des regards. Non, elle n'est pas dure. Elle ne fait que s'entraîner à l'être. Sa décision est prise et déjà elle en souffre à la limite du supportable.

Le prince soulève le rideau, entre d'un pas résolu de l'autre partie de la pièce et vient se placer à la droite de Vittoria. Il est tout habillé, le pourpoint boutonné jusqu'au cou, le visage pâle, mais ferme.

— Madame, dit-il, les plus beaux dons se ternissent quand les donateurs ne nous aiment plus. Permettez-moi de vous rendre le bijou que vous m'avez donné.

Ce disant, il pose sur la toilette la bague ornée d'un V en diamants. Vittoria hausse les sourcils, me jette dans le miroir un regard noir et dit :

— Monseigneur, je ne vous ai rien donné.

— C'est ce qui vous plaît à dire maintenant, Madame, et j'en suis infiniment chagriné.

Il a parlé d'une voix sourde et je perçois chez Vittoria un frémissement. Mais je sais d'avance qu'elle ne va pas expliquer à Orsini comment cette bague est venue en sa possession. Elle fait ce qu'elle a toujours fait : elle me couvre.

— Comment se fait-il, dit-elle d'une voix plus douce, que depuis votre arrivée ici je n'aie pas remarqué cette bague à votre doigt ?

— Je porte le V par discrétion à l'intérieur de ma paume.

Cet échange de répliques s'est fait sur le ton le plus uni, le plus amical, mais ils savent bien que ce n'est là qu'une accalmie, que la bourrasque va reprendre et va fondre sur eux.

— Monseigneur, reprend Vittoria avec effort, la nuit dernière sera sans lendemain. Je ne peux être votre épouse, puisque je suis déjà mariée. Et je ne saurais être votre catin.

— Madame, dit Orsini avec indignation, je n'ai jamais pensé à vous dans ces termes.

— Disons, si vous préférez ce mot : votre maîtresse.

— Et vous ne voulez plus l'être ?

— Non.

— N'est-il pas un peu tard pour vous en aviser ? dit-il avec une explosion de fureur qu'il regrette aussitôt car, mettant les mains derrière le dos, et les serrant avec tant de force que je les vois blanchir, il va se planter devant le feu, la tête baissée et le cou entre les épaules.

– Il n'est jamais trop tard pour se reprendre, dit Vittoria avec hauteur.

– C'est là, dit Orsini avec une voix basse et vibrante de colère, un point de morale que nous n'allons pas discuter.

Il poursuit :

– En quittant hier ma galère, Madame, j'ai dit à mon second que s'il ne me voyait pas revenir à l'aube, c'est que ma barque serait brisée. Dans ce cas, il doit attendre la nuit tombante, et s'il voit des lumières de nouveau à vos fenêtres, il enverra une autre barque pour nous prendre. Jusque-là, plaise à vous de m'accorder l'hospitalité. Je ferai en sorte que ma présence vous soit légère.

Elle ne répond pas. Il s'incline avec raideur devant elle, écarte le rideau et passe de l'autre côté. Je remets la brosse à Caterina, je le rejoins et comme il occupe l'unique cancan, je m'assois sur la couche. Ses puissantes épaules appuyées contre le dossier, il étend devant lui ses grandes jambes. Il regarde fixement les flammes.

Je les regarde aussi. Et si j'avais le cœur à les admirer, je les trouverais très jolies. C'est une racine de bruyère qui brûle et le feu qui s'en échappe ne s'élève pas en hauteur et n'a pas ces embrasements jaunes que produisent les autres bois. La racine de bruyère est ronde et compacte comme une tête de mort et sur son pourtour incandescent, courent et dansent sans s'élever vraiment de plus de deux pouces des furoles courtes et dentelées d'une couleur bleuâtre et quasi transparente. Oh ! ce n'est pas la grande passion qui flambe et crépite ! C'est plutôt le petit feu dont on pourrait mourir. Mais pour nous, les yeux fixés sur lui et n'ayant plus que lui à regarder, il n'est pas question de mourir. Nous sommes même abjectement vivants et, si j'en crois le visage fermé du prince, passablement humiliés de l'être.

Une heure plus tard, on frappe à la porte. Orsini ne bouge pas d'un pouce et moi non plus. Si Peretti s'est ravisé et si cette histoire doit finir sur l'heure et sans gloire d'un coup d'épée, *Dio mio*, qu'elle finisse ! Je suis las de ce métier fiévreux de la vie. De toute façon, sur quoi débouche-t-il ?

Mais ce n'est qu'une collation, quelques serviteurs et un majordomo. Il ne peut nous voir, le rideau de soie rouge nous séparant de lui. Et apparemment, il ne se doute pas de notre présence, car il s'attarde et bavarde comme une pie.

Quand il est parti, Caterina nous apporte notre part. Je lui prends le plateau des mains et elle caresse les miennes en le laissant aller. Cette part a-t-elle été prise sur la sienne et sur celle de sa maîtresse ? Ou Peretti a-t-il ordonné d'augmenter les rations ? Je vois que le prince brûle de refuser ce présent – car être nourri par Peretti après ce qui s'est passé, n'est-ce pas un comble ? Mais à la réflexion, il doit trouver ce refus irréaliste et puéril car sans un mot, les yeux baissés, il commence à manger et mange même avec appétit. Il est vrai que la galette trempée dans du vin que lui a donnée Vittoria dans la nuit doit être loin.

Caterina, qui pendant la nuit n'a pas craint d'aller jeter un œil par la fente du rideau, m'a raconté cette poétique becquée. Eh oui, Vittoria a nourri le prince au petit cuiller comme un bébé ! Et maintenant, elle le chasse de son sein comme s'il l'avait mordu. Quand j'y songe, j'en suis béant. Que d'étapes le malheureux a parcourues et en si peu d'heures ! Tour à tour le blessé tendrement pansé, le nourrisson, l'amant chéri, et ce matin, l'amant rejeté. Quelle comédie que les affections humaines ! Tout amour commence et finit dans nos têtes. Et nos têtes sont aussi folles et aussi creuses que les clochettes qui tintinnabulent au cou des chèvres.

Cette journée, je la trouve interminable, et à l'observer sur son cancan, le prince aussi. Mais où aller ? Devant la maison, la mer. Derrière la maison, un parc plein de soldats. Et pourquoi, à mettre le nez dehors, risquerait-il la mort, maintenant que Vittoria l'a repoussé ? Il est vrai que moi, si je perdais l'amour de ma jumelle, cela ne me ferait rien de perdre, au surplus, la vie. Mais Orsini n'aime pas Vittoria de la même façon que moi. La preuve, c'est qu'à l'instant, quand elle l'a si cruellement traité, il l'a haïe. Et maintenant, seul devant son feu, il l'aime et il la hait tour à tour. Il se trouve, pour une journée du moins, enfermé dans la pire des geôles : celle où vous cohabitez avec une femme qui ne vous aime plus. Du moins croit-il qu'elle ne l'aime plus.

Au milieu de l'après-midi, tournant la tête vers moi, il sort de son mutisme et me dit :

– Marcello, j'ai vu, de l'autre côté, des livres. Voulez-vous demander qu'on m'en prête un ?

Je savoure ce « on » et, me levant de ma couche, je soulève le rideau, je passe, comme il dit « de l'autre côté » et j'articule ma demande à voix basse, et pourquoi à voix basse, je ne saurais dire. Il n'y a pas « des » livres. Il y en a trois, l'un dans les mains de Vittoria, c'est le Pétrarque. Les deux autres sur le manteau de la cheminée. Vittoria lève les yeux, me considère comme si je tombais d'une étoile, et met un temps infini à me répondre. Pendant ce temps, Caterina me regarde avec des yeux dévorants. Celle-là, au moins, elle est simple. Ce n'est sûrement pas dans sa tête que l'amour commence et finit.

– Donne-lui un livre, Caterina, dit Vittoria d'une voix sans timbre.

– Lequel, signora ? dit Caterina qui désire sans doute me rappeler qu'elle sait lire.

– Celui que tu veux.

Ce n'est guère gracieux pour le prince et Caterina n'a même pas l'occasion de faire valoir ses talents de lectrice. Elle saisit un des deux livres au hasard et me le tend. C'est le *Roland furieux* de l'Arioste.

Je ne sais pas ce qu'Orsini va penser de ce choix qui n'en est pas un mais, quant à moi, je le trouve assez malheureux. Quand elle prenait soin autrefois de mon éducation, Vittoria m'a fait lire ce poème. On y voit Roland, le fier paladin de Charlemagne, se jeter dans des périls inouïs pour conquérir l'amour de la belle Angélique, n'essuyer d'elle que des refus et, en conséquence, sombrer dans la folie. Voilà qui n'est guère réconfortant dans la situation où nous sommes. Il est vrai qu'Orsini est un lettré et un ami des arts. À défaut de l'histoire, il aimera peut-être le style.

Les heures ne coulent pas. Elles rampent. Le prince lit sans lever la tête. De l'autre côté du rideau, Vittoria lit aussi. Je goûte toute l'ironie de la situation. Si Peretti faisait, à cette heure, irruption dans notre maisonnette, il ne pourrait qu'être édifié par l'innocence de nos occupations.

Je pousse un grand soupir, quand, au soir tombant, Caterina allume une profusion de chandelles devant les deux fenêtres. Une heure plus tard, je propose au prince de descendre dans la crique attendre l'arrivée de la barque et revenir le prévenir quand elle sera là. Il acquiesce. Je fais mes adieux à Vittoria qui les accueille d'un air froid. Il se peut qu'elle m'en veuille pour la bague. Et je ne lui donne pas tort. Pourtant, si j'ai outrepassé ses volontés, j'ai bien interprété ses désirs. La nuit l'a bien prouvé.

À peine ai-je atteint le bout du terre-plein de la maisonnette de la falaise qu'une porte s'ouvre derrière moi et Caterina m'apporte en courant un mouchoir que j'ai oublié. Je la soupçonne de me l'avoir volé pour se donner le prétexte de me voir à part. Elle se jette dans mes bras et se tortille contre moi en cherchant ma bouche. Elle serait ravie, je pense, d'être troussée là, séance tenante, sur le terre-plein. Elle sait toujours parfaitement ce qu'elle veut et, bâtie comme elle est, elle n'aura jamais aucune peine à se le procurer. Je me désenlace des tentacules de ce petit poulpe, mais sans rudesse. Chose bizarre, il m'attendrit.

La nuit s'épaissit à chaque minute. Je descends sans encombre jusqu'à la petite plage et me tiens debout devant la grotte qui nous a servi de refuge. C'est à peine si cette mer, si changeante elle aussi, parvient ce soir à venir en mourant lécher mes pieds. Et pourtant, la veille, avec quelle férocité elle s'est acharnée contre nous !

On n'y voit presque plus. En prêtant l'oreille j'entends un clapotis régulier, et au bout d'une minute je comprends ce qui le produit : les avirons de la barque que la galère nous envoie. Elle a réussi à éviter l'écueil sur lequel la nôtre s'est brisée. Il est vrai que la nuit dernière les lames déferlaient avec tant de violence que nous ne pouvions plus manœuvrer.

La pénombre est telle que la barque est sur moi avant même que j'aie pu discerner ses contours. Une ombre saute à l'eau – probablement pour éviter que la barque racle sur le sable. Je m'approche, et l'ombre, aussitôt, recule.

– C'est moi, Marcello.

– Ah, c'est vous, signor ! dit l'ombre.

Je reconnais sa voix.

– Geronimo ?

– Oui, signor.

Mais c'est seulement quand mon visage touche presque le sien que je reconnais ses traits. Il a l'air très effrayé de se trouver là.

– Je vais chercher le prince.

– *Per l'amor di Dio*, faites vite, signor !

– Aucun danger !

Je gravis à tâtons les degrés de la falaise. Chose bizarre, c'est seulement la deuxième fois et pourtant j'ai l'impression que je suis condamné pour l'éternité à cette montée, et bien qu'elle se fasse dans des conditions infiniment plus douces que la première fois, elle me paraît très pénible. Peut-être parce qu'elle s'associe dans ma pensée à un sentiment d'échec.

À peine arrivé sur le terre-plein, je me laisse tomber à genoux. Je viens de voir que la lucarne de la tour de guet qui domine la crique est éclairée et je distingue nettement la tête du guetteur qui se tient devant elle. J'ai peut-être parlé à la légère quand j'ai dit à Geronimo qu'il n'y avait aucun danger. Je ne sais si les hautes broussailles qui s'élèvent derrière la maisonnette me cachent à la vue du soldat. J'en suis d'autant moins sûr que les fenêtres de celle-ci où brûlent je ne sais combien de chandelles éclairent vivement le petit terre-plein.

Loin de me relever, je me mets à plat ventre et je rampe jusqu'à la porte, me félicitant, en outre, d'être vêtu de noir. Je toque du poing contre le panneau de chêne et dans le même instant que je toque, je dis :

– Caterina, éteins les chandelles avant d'ouvrir et ferme les volets.

Ce qu'elle fait. La nuit se referme sur le terre-plein, et je me relève pour entrer. Dieu merci, les feux dans les cheminées ne flambent plus. Ils sont même au plus bas.

– Monseigneur, dis-je, la barque est là. Mais le guet est en alerte. Il est temps.

Vittoria est debout devant le feu. Orsini lui fait face et, à cet instant, malgré son grand usage du monde et sa princière assurance, j'ai l'impression qu'il ne sait ni que faire ni que dire. Il esquisse le geste de lui prendre la main pour la baiser, mais le geste n'est qu'ébauché, la main de Vittoria n'étant pas venue à mi-chemin de la sienne.

– Madame, dit-il.

Mais il ne poursuit pas davantage. Aucun salut ne lui paraît adapté à la situation.

À la fin, il prend le parti de s'incliner devant elle, de se redresser avec une certaine hauteur et de tourner abruptement les talons. Il atteint la porte. Vittoria, qui est restée jusque-là aussi immobile et impassible qu'une statue de marbre, fait un pas vers lui, s'arrête et dit d'une voix sourde :

– Adieu, Paolo.

Elle dit « adieu » et cet adieu paraît définitif. Mais en même temps, elle l'appelle par son prénom, ce qu'elle n'avait pas fait depuis l'irruption de Peretti sur le terre-plein. Orsini tourne la tête vers elle, la regarde, hésite et, coupant court à sa propre hésitation, sort de la maisonnette d'un pas résolu. En clair, il n'a pas osé marcher vers elle et la prendre dans ses bras. À mon sens, si fin qu'il soit, il a eu tort. Ce n'est pas la peine d'être un grand capitaine si on ne comprend pas mieux les arcanes de l'ambiguïté féminine.

CHAPITRE VII

Caterina Acquaviva

Après le départ du prince et de Marcello, la signora, pour s'assurer qu'il se faisait sans encombre, voulut sortir sur le pas de la porte. La nuit était couleur d'encre et il faisait très frais pour la saison. On prêta l'oreille mais on n'entendit rien, et la seule chose visible, ce fut quelques petites lumières mouvantes côté mer, dont la signora me dit qu'on avait dû les allumer sur la galère du prince pour guider son retour. On ne s'avança pas plus loin que le seuil, car la tour de guet était toujours éclairée et nous redoutions d'être vues dans la faible lueur qu'elle projetait.

Dès qu'on fut rentré, j'aidai la signora à se dévêtir et elle se coucha aussitôt, mais alors que j'achevais de me déshabiller de l'autre côté du rideau, elle se plaignit d'avoir froid et me demanda de venir m'étendre à ses côtés. Et en effet, une fois entrée dans son lit, je lui trouvai les pieds et les mains froids comme neige. Les miens, par contre, étaient bouillants, ce qui étonne toujours la signora, et qui n'a rien, pourtant, de bien surprenant, vu que je suis active toute la journée, alors qu'elle ne fait rien, pas même enlever ou mettre seule son cotillon. Quand on y pense, c'est un monde que ces nobles qui, de la naissance à la mort, ont toujours besoin d'une nourrice. Ils seraient vraiment perdus sans nous.

Dès que je suis à ses côtés, la signora colle ses pieds contre les miens, et moi je prends ses mains glacées et je les place entre mes seins. Je me tais. Je ne veux pas l'agacer par mon petit bavardage. À peine réchauffée, elle serait capable de me renvoyer. Et j'aimerais bien rester là. Elle est si belle et elle sent si bon. Quel dommage qu'elle ne soit pas, comme moi, une fille de rien ! On pourrait passer une partie de la nuit à parler de nos hommes.

Je me trompe. Elle en parle, mais pas de la façon que j'aurais cru.

– Dis-moi, Caterina, dit-elle, la nuit dernière, tu as péché avec Marcello ?

Je me demande si je vais mentir ou pas. Car de toute façon, je suis bien sûre qu'elle n'a rien entendu. Mais d'un autre côté, je ne trouve pas très prudent de ne pas lui dire la vérité. Avec elle, ça ne m'a jamais bien réussi.

Je dis d'un ton confit :

– Vous savez comment est Monsieur votre frère, signora. Quand il veut quelque chose, il n'y a pas moyen de lui résister.

– Et bien sûr, dit-elle avec ironie, tu as beaucoup résisté !

– Non, signora, pas beaucoup, la résistance fait tant de bruit ! Et je n'aurais pas voulu déranger votre sommeil.

Je dis cela tout innocemment.

– Tais-toi, sorcière, dit-elle.

Mais à son ton, elle n'est pas vraiment fâchée. Et moi, je suis contente de lui avoir renvoyé la balle, et de lui montrer que je ne suis pas aussi stupide qu'elle le dit. Dans le lit, il n'y a pas une grande dame et une cameriera, mais deux femmes, même si je lui parle avec des compliments et des cérémonies.

– Dis-moi, Caterina, reprend-elle, comptes-tu te confesser au père Barichelli de ton péché avec Marcello ?

– Bien sûr, signora. Je suis bonne catholique.

– Mais le père voudra savoir avec qui tu as péché. Et toi, qu'est-ce que tu lui diras ?

– Mais la vérité, signora.

– Tu ferais cela, Caterina ? dit-elle d'une voix très effrayée. Tu ne comprends pas que la vérité me déshonore ?

– Comment cela, signora ?

– Voyons, Caterina, qui voudra croire que le prince a monté toute cette expédition et mis en pleine tempête une barque à la mer, à seule fin de permettre à Marcello de te rejoindre en catimini ?

Je me tais. La signora ne se fait donc pas d'illusions sur les liens du père Barichelli et du cardinal, ni sur sa discrétion. Cette conversation, ça devient un vrai marécage. J'ai l'impression qu'il va falloir que je marche d'un pas prudent, si je ne veux pas que mon pied s'enfonce.

– Je n'avais pas pensé à cela, signora.

– Et maintenant que je t'y fais penser, que vas-tu faire?

– Je ne sais pas, signora.

– Voyons, Caterina, dit-elle avec humeur, tu comprends bien que tu ne dois pas dire à Barichelli avec qui.

– Et avec qui d'autre alors?

– Mais, par exemple, avec un soldat! Il y en a quarante dans le parc!

– Et s'il me demande son nom?

– Le soldat ne te l'a pas dit.

Je réfléchis et, à la réflexion, je décide de faire un peu la difficile.

– Ah, signora! dis-je, de quoi aurais-je l'air de ne pas connaître le nom d'un homme à qui j'accorde mes faveurs?

– Oh, Caterina, tu ne vas pas faire ta mijaurée à présent! Peux-tu me jurer que ça ne t'est jamais arrivé?

– Non, signora, dis-je avec véhémence, non, ça ne m'est jamais arrivé.

Et là, je mens. D'abord parce que cela ne m'a pas plu qu'elle me traite de mijaurée et ensuite parce que même si elle ne me croit pas, elle ne pourra jamais vérifier.

Cependant, comme je la sens très anxieuse, je ne veux pas qu'elle se tourmente davantage là-dessus, alors qu'elle est déjà bien assez déçue par la façon dont les choses ont tourné. Toutefois, je m'obstine encore un peu. Je ne veux pas céder trop vite.

– Pardon, signora, mais ça me rebrousse de mentir à mon confesseur.

– Voyons, ça n'est pas sérieux. Tu ne lui mens pas sur le fait, mais seulement sur la personne.

Elle a raison. Et d'ailleurs, moi, je n'ai jamais dit toute la vérité à mes confesseurs, surtout quand ils commencent à exiger de moi des détails à l'infini comme le vieux curé

Racasi. Le père Barichelli est plus réservé, peut-être parce qu'il est plus jeune. On dirait qu'il a peur de moi. C'est lui qui rougit quand je lui raconte mes sottises.

– Signora, dis-je avec un soupir, je ferai comme vous avez dit.

– Merci, Caterina, tu es une bonne fille Va te coucher maintenant, je veux dormir.

Je suis déçue. Elle ne me parle pas du prince. Mais bien naïve j'étais de penser qu'elle m'en toucherait un mot. Elle me demande mes confidences, mais elle ne me fait pas les siennes. En outre, elle a maintenant les mains tièdes et même ses pieds contre les miens commencent à se réchauffer. Mes bons offices sont terminés. Merci, Caterina. Va te coucher, maintenant, Caterina. Je rage et j'ai envie de pleurer. Mais si je pleurais maintenant, j'en entendrais des « comme tu es agaçante, Caterina ! ».

Je dis d'une voix étranglée :

– Bonne nuit, signora.

– Bonne nuit, me dit-elle.

Mais au moment où je me mets sur mon séant pour me lever, elle m'attrape par le bras, me tire à elle et me donne un baiser sur la joue.

Et moi, je fonds ! Voilà comment je suis ! Un petit baiser sur la joue et je fonds !

Le lendemain, après s'être habillée avec le plus grand soin, la signora m'envoie porter au signor Peretti un billet que malheureusement je ne peux pas lire en chemin, vu qu'elle l'a cacheté. Mais je ne tarde pas à en voir les effets car sur les dix heures, le signor Peretti survient, seul et sans armes.

– Caterina, dit la signora, va faire un petit tour dans le parc. Je voudrais être seule.

– Dans le parc ! Avec tous ces soldats !

– Tu n'es pas forcée de tellement t'éloigner. Allons, va, Caterina, obéis !

– Oui, signora.

Et sous le prétexte de chercher mon mantelet, je passe de l'autre côté du rideau et je déverrouille sans bruit la petite porte basse qui à l'arrière de la maisonnette donne sur le bûcher. Puis je sors par la porte de devant, la referme, fais tout le tour de la maison, pénètre dans le bûcher, et à pas de loup atteins la petite porte basse que je viens de déverrouiller, soulève doucement le loquet, entrebâille le battant d'un pouce ou deux, et colle mon oreille dans l'entrebâillement. J'ai pris la signora au mot : Je ne me suis pas tellement éloignée.

Je n'entends rien, pas le moindre mot et j'imagine qu'ils doivent être bien embarrassés de se retrouver face à face après ce qui s'est passé la veille sous mes yeux. J'attends une bonne minute. Enfin, il y en a un des deux qui se décide à parler le premier, et qui croyez-vous que ce fût sinon la signora ?

– Monsieur, dit-elle, j'ai quelques petits torts envers vous, et je désire vous en préciser l'étendue et la limite. J'ai reçu à Rome la lettre d'un grand seigneur que j'avais croisé chez votre oncle Montalto, et je l'ai lue. Il est vrai que, loin d'y répondre, je l'ai brûlée aussitôt. Mais c'était une faute néanmoins de la lire et je vous prie de me la pardonner.

– Vittoria, dit Peretti d'une voix sourde, il est dommage que vous ne m'ayez pas avoué cette faute dès le lendemain du jour où vous l'avez commise.

– Je l'ai avouée dès le lendemain à mon confesseur, dit Vittoria avec une colère contenue, et il est surtout dommage, Monsieur, que vous l'ayez appris par ses indiscrétions et que, l'ayant appris, vous ne m'en ayez rien dit.

– Mais je ne l'ai pas appris par Racasi ! s'écrie Peretti, bien maladroitement à mon avis.

– Par votre oncle, alors, c'est tout un ! Ce que je dis devant Dieu est répété de bouche à oreille, du curé au cardinal et du cardinal à vous-même ! N'est-ce pas odieux ! Et pouvez-vous me dire qui a décidé ma clôture rigoureuse dans le palais Rusticucci et mon enfermement dans ce désert, sinon votre oncle ?

– Cet oncle qui est aussi le vôtre, Madame, dit Peretti avec douleur.

– Non ! s'écria Vittoria. Non, mille fois non ! Il n'est plus le mien après la tyrannie qu'il a fait peser sur moi par votre intermédiaire !

– Mais enfin, Madame, dit Peretti d'une voix plus ferme, l'événement a donné quelque peu raison aux précautions que nous avons prises. Tout porte à croire que le seigneur dont nous parlons a fait une tentative désespérée pour vous rejoindre céans.

– Quelle tentative ? crie Vittoria avec la dernière violence. Est-ce pour cela que vous avez voulu vous ruer chez moi une épée à la main, suivi d'une vingtaine de sbires ? En ce cas, dites-vous bien que si tentative il y a eu, elle n'a jamais été inspirée ni approuvée par moi, je le jure devant Dieu !

À entendre cela, je suis pleine d'admiration pour la signora. Elle trouve le moyen de mentir tout en disant la vérité. Qui pourrait penser à l'écouter qu'Orsini ait jamais mis le pied dans notre maisonnette ?

– Pourtant, Madame, reprend Peretti, je le répète encore : on a trouvé dans notre petite crique les débris d'une barque appartenant à une galère d'Orsini.

– Eh bien, qu'est-ce que cela prouve ? dit Vittoria avec véhémence. Rien ! Ni que le prince fut présent sur cette galère, ni qu'il a pris place sur cette barque, ni qu'elle a réussi à aborder. Le fait qu'elle ait été brisée prouve même le contraire.

– Toutefois, dit Peretti, vous avez donné quelque corps à mes soupçons hier matin en menaçant de vous jeter du haut de la falaise, si je forçais votre porte.

– Ah, Monsieur ! s'écria Vittoria avec hauteur, osez-vous bien faire allusion devant moi, qu'elle a si cruellement offensée, à cette scène grotesque ? Cette irruption brutale, cette épée nue dont vous me menaciez, ces sbires ! Il y avait de quoi me rendre folle ! Je ne savais plus ce que je disais ni ce que je faisais. De tous les outrages que j'ai subis depuis un mois de votre fait celui-là était bien le pire ! Et comment pouvez-vous me reprocher les propos insensés que j'ai tenus dans ce moment atroce ! Tout cela pour une lettre lue et tout aussitôt brûlée ! Et lue sans penser à mal, par enfantillage, par pure curiosité féminine, car vous ne pouvez sérieusement vous imaginer, Francesco, poursuivit-elle d'une voix plus douce, et en l'appelant par son prénom pour la première fois, que je m'intéresse le moins du monde à ce boiteux. Un homme que j'ai entrevu une minute à peine chez votre oncle Montalto !

Un silence de nouveau. J'admire la signora, mais je ne l'envie pas. Ce «boiteux» a dû avoir bien du mal à sortir de sa bouche.

Quant à Peretti, peut-il lui dire qu'elle ment, alors qu'il n'en a pas la preuve? La preuve qu'il voudrait aujourd'hui, elle était hier matin derrière la porte de la maisonnette. Et maintenant, c'est fini, il ne l'aura plus. À l'heure qu'il est, tout ce qu'il a, c'est le doute.

Que je voudrais être invisible dans un petit coin de la pièce pour les voir se regarder en chiens de faïence sans dire un mot. La signora, je sais bien la mine qu'elle a en ce moment : digne et royale, mais le pauvre signor Peretti, je n'arrive pas à l'imaginer!

— Madame, dit-il enfin d'une voix sourde, vous avez demandé à me voir de la façon la plus pressante. Est-ce seulement pour cette explication ou voulez-vous me dire autre chose?

— Oui, Francesco, dit-elle d'une voix calme et douce. Je désire vous faire une demande. Comme je viens de vous le confesser, j'ai commis une erreur et cette erreur a fait naître en vous des soupçons. Francesco, si nous retournons à Rome et si à Rome, je recouvre ma liberté, je puis vous jurer sur mon salut que vous n'aurez plus jamais l'occasion de douter de ma foi.

Encore un silence. J'ai mal au cou à force de le tendre pour écouter la suite.

— Vittoria, dit-il d'une voix mal assurée, je vais y songer à loisir.

Il ne dit rien de plus et il sort : j'entends se refermer la porte de devant. Je quitte au plus vite le bûcher, et je fais de nouveau le tour de la maisonnette, mais du côté de l'escalier de la falaise, ne voulant pas me trouver sur le chemin du signor Peretti. Je m'assieds sur la première marche qui descend vers la crique et j'attends là deux ou trois minutes avant de rejoindre la signora dans la maison.

Elle est assise sur le cancan, les mains croisées sur les genoux, les yeux fixés sur la cheminée, alors même que le feu n'est pas allumé. Il fait beaucoup moins frais ce matin.

Je ne sais que faire. Je fais mine de ranger les affiquets

qui traînent sur la toilette et comme dit si bien la signora, je « tourne et vire ». Finalement, je crains de l'énerver et je prends place sur la petite chaise basse.

Au bout d'un moment, elle me regarde et dit :

– Nous allons retourner à Rome, Caterina.

– Le signor Peretti l'a décidé ?

– Non, pas encore. Mais il va le faire.

– Alors, signora, dis-je, vous êtes contente ?

– Oui, dit-elle, je le suis.

Elle se lève brusquement, me tourne le dos et va s'accouder sur le rebord de la fenêtre, face à la mer.

– Laisse-moi, Caterina, dit-elle.

Je passe de l'autre côté du rideau et j'en profite pour reverrouiller la petite porte basse qui mène au bûcher. Puis je m'étends sur ma couche. Je vais sûrement rester là un bon moment avant qu'elle m'appelle. Je sais ce qu'elle est en train de faire, les coudes appuyés sur le rebord de la fenêtre, et la tête dans ses mains : elle pleure.

Marcello Accoramboni

Dans la barque qui nous ramena à la galère, je priai le prince de bien vouloir m'accorder un entretien en tête à tête avant de dire quoi que ce soit à Lodovico. Il y consentit et une fois que nous fûmes montés à bord, sous le prétexte de changer de vêtement, il dit à son cousin qu'il le verrait plus tard et m'entraîna vers le gaillard d'arrière. Là, m'ayant prié de l'attendre, il revint cinq minutes plus tard me chercher et m'introduisit dans sa chambre, où je remarquai du premier coup d'œil que les courtines de sa couchette étaient tirées. J'en conclus que se dissimulait derrière elles sa petite Mauresque – sur laquelle il ne m'avait jamais donné l'occasion de jeter l'œil, étant lui-même quelque peu maure en la matière –, mais comme je savais par Folletto que ladite esclave lui était fanatiquement dévouée, sa présence ne m'empêcha nullement de dire au prince tout ce que j'avais dans l'esprit.

– Monseigneur, dis-je, je suppose que vous avez l'intention de dire à Lodovico que votre entreprise a échoué.

– Comment l'entends-tu ? dit-il en haussant les sourcils.

– Que vous avez trouvé la dame peu pliable à vos volontés et que vous avez essuyé d'elle un refus.

– L'honneur, dit aussitôt Orsini, me commande, en effet, de tenir ces propos, ne serait-ce que pour sauvegarder le sien

– Mais je voudrais plus, Monseigneur.

– Plus, Marcello ?

– Oui, Monseigneur. Je voudrais que Votre Altesse mette fin à mes fonctions de secrétaire.

Orsini, à cela, eut un haut-le-corps et me regarda avec un mélange de tristesse et de colère.

– Quoi, tu veux me quitter, Marcello ?

– Par force, et bien à regret, dis-je avec un certain feu. Mais mon départ est une nécessité absolue. Cette expédition eut tant de témoins à bord qu'elle ne va pas tarder à s'ébruiter et donner lieu à mille conjectures. Si, de retour à Rome, vous me renvoyez, ce renvoi accréditera la version de votre échec et cette version est à coup sûr la moins dommageable à la réputation de Vittoria.

– Mais je ne te verrai plus ! dit le prince en détournant la tête avec chagrin.

J'ai beau savoir que ce que le prince aime en moi, c'était surtout ma ressemblance avec Vittoria, je suis touché par cette parole et je dis avec élan :

– Je vous serai toujours entièrement dévoué et pour peu que vous réclamiez mon concours, il vous sera acquis. Vous n'ignorez pas que vous pouvez toujours me toucher par *il mancino*.

Il me regarde, vient à moi et, sans dire un mot, me serre dans ses bras. Nous nous quittons là-dessus.

Le lendemain, comme je m'apprête sur la dunette à tirer au pistolet sur une carte à jouer, Lodovico s'approche de moi, l'air hautain :

– On vous dit habile aux armes à feu, Accoramboni.

– En effet, signor Conte, mais je ne suis pas maladroit non plus à l'épée.

– Je regrette d'autant plus que votre petite naissance m'empêche de croiser le fer avec vous.

– Je ne sais ce que vous entendez par petite naissance, signor

Conte. Qu'on soit grand ou petit, la naissance est la même. La mort aussi.

– Toutefois, dit-il sur un ton de persiflage, quand on n'est pas noble, je ne vois pas l'intérêt de tant s'exercer aux armes.

– Par malheur, j'y suis contraint : il y a des gens qui ne m'aiment pas.

– Je me glorifie d'être de ceux-là, dit Lodovico d'un air provocant. Voulez-vous en connaître les raisons ?

– Signor Conte, si vous désirez me dire des choses désagréables, je vous en prie, ne vous gênez pas. N'avez-vous pas souligné à l'avance que votre naissance vous dispense de m'en rendre compte ?

– En effet. J'abaisserais beaucoup mon épée en la croisant avec la vôtre.

– Vous jouez donc sur le velours. Je vous écoute.

Quoi disant, la tête penchée et les yeux baissés, je charge mon pistolet avec application. Je vais mettre sur ma cible une autre carte, et revenant à ma place, j'attends.

– *Primo*, dit-il, je vois en vous un intrigant qui s'est insinué par intérêt dans les bonnes grâces du prince.

– Dont je n'ai pas à ce jour accepté une piastre. Pourriez-vous en dire autant, signor Conte ?

– *Secundo*, je vous tiens pour un maquereau qui vit aux dépens d'une riche veuve.

– Vous me l'avez déjà dit et je vous ai répondu là-dessus.

– *Tertio*, je vous tiens pour un vil suborneur.

– C'est votre *tertio* qui est le plus intéressant, signor Conte. Voudriez-vous le préciser ?

– Vous avez tâché de suborner votre propre sœur pour la livrer au prince.

– Votre finesse est en défaut, signor Conte. J'ai facilité au prince l'accès à la signora Peretti à seule fin qu'il se convainque bien que sa vertu est inattaquable, et qu'il n'a donc pas intérêt à la faire enlever. Quoi fait, j'ai démissionné de mes fonctions de secrétaire.

– Je ne l'ignorais pas.

– Est-ce la raison pour laquelle vous me provoquez ?

– C'est une raison, mais ce n'est pas la seule, ni la principale.

– Et la principale, vous ne me l'avez pas encore dite.

– Non.

– Vous piquez ma curiosité.

– La voici. Je ne puis souffrir l'incroyable arrogance d'un homme qui est né comme vous dans la boue de la roture.

– Et qu'allez-vous faire à ce sujet ?

– Vous châtier.

– Je ne vois pas comment, puisque vous n'acceptez pas mon cartel.

– Les rues de Rome ne sont pas sûres et un accident est si vite arrivé.

– Un accident, signor Conte ?

– Je ne sais pas, moi : une tuile qui se détache d'un toit, un coup de dague donné par un passant fou. Bref, Accoramboni, vous pourriez mourir d'une cause fortuite.

Je tourne le canon de mon pistolet dans la direction de son ventre et je dis avec un sourire des plus gracieux :

– Vous aussi.

Lodovico pâlit extraordinairement, recule d'un pas, et porte les deux mains devant son ventre, les paumes tournées vers moi comme pour se protéger.

Une voix dit :

– Marcello !

Je me tourne dans la direction de la voix et je vois le prince. Sa tête émerge à peine du plancher de la dunette.

– Marcello, abaissez votre arme.

– Volontiers, Monseigneur. Toutefois, le comte d'Oppedo s'est effrayé pour rien. Le chien n'était pas armé.

Le prince monte avec lenteur l'escalier qui le mène à notre niveau et dit en regardant froidement Lodovico :

– Mon cousin, votre conduite est irréfléchie : vous refusez de vous battre avec Marcello et aussitôt vous l'insultez et vous le menacez d'un accident. Vous voulez donc subir le sort de Recanati ?

– Monseigneur, dis-je avec un petit salut, je ne songe aucunement à tuer le comte d'Oppedo. Étant né, comme il dit, dans la boue de la roture, je suis trop bas pour que ses insultes m'atteignent.

– Vous le voyez, Paolo, s'écria Lodovico, ce vaunéant ose me braver encore ! Et devant vous !

– Il ne vous brave pas. Il répond avec esprit à vos sottes offenses. Remerciez-le et remerciez-moi. Si vous n'étiez pas mon cousin, il vous aurait déjà mis une balle dans le ventre. Marcello, descendez, je vous prie, et gagnez ma chambre. Je voudrais vous parler.

– Avec votre permission, Monseigneur, je voudrais décharger mon arme. Un accident est si vite arrivé…

– Faites.

J'arme le chien tout en remarquant du coin de l'œil que Lodovico se place quelque peu derrière le prince. Ma cible est une carte à jouer – un valet de pique, si j'ai bonne mémoire –, elle est fixée sur une baguette fendue que j'ai moi-même enfoncée par un bout dans la fente d'un coffre.

Je vise avec soin et fais feu. Ma balle troue le valet de pique par le milieu.

– Vous tirez remarquablement bien, Marcello, dit le prince. Et pourtant, chose bizarre, votre main tremble.

– C'est vrai, mais mon œil est précis. Il corrige en quelque sorte le tremblement de ma main.

Je m'incline devant lui, fais un petit salut à Lodovico qui ne me répond pas et descends l'escalier que le prince a emprunté pour nous rejoindre. Toutefois, parvenu au bas des degrés, je ne gagne pas la chambre du prince, mais demeure où je suis, immobile, et l'oreille tendue.

– Lodovico, dit le prince, je ne vous comprends pas. Tout cela est absurde. Que cherchez-vous ? Vous nourrissez pour Marcello une haine démente. Dès l'instant où vous avez jeté l'œil sur lui, vous avez commencé à l'insulter. Qu'attendez-vous ? Qu'il rampe humblement à vos pieds et qu'il vous les lèche aussi, pourquoi pas ? Vous êtes un grand fol, mon cousin. Vous savez pourtant à qui vous avez affaire : Marcello est un *disperato*. Il tient sa vie pour rien. Il n'a peur de rien. Il ferait n'importe quoi. Je le répète : si vous n'étiez mon cousin, il vous aurait déjà troué comme cette carte à jouer. Tenez, la voici, prenez-la et gardez-la ; elle vous tiendra lieu de pense-bête. Et si vous rêvez d'un accident, abandonnez ce rêve. Je ne vous le pardonnerais pas.

214

Ce que répondit Lodovico à cette semonce, je ne sais, car entendant des pas au-dessus de ma tête, je me hâte de gagner la chambre du prince. Toutefois, je frappe avant d'entrer, ne voulant pas surprendre la petite esclave mauresque. Je fais bien, car il s'écoule une bonne minute avant que Folletto ne m'ouvre. Dès que je suis admis par lui dans le Saint des Saints j'observe que les courtines de la couchette sont tirées. Je remarque aussi, ayant grand-faim, que la table est mise pour deux couverts. Je regarde Folletto en haussant les sourcils et pose mon index droit sur le creux de mon estomac. Il dit oui de la tête : le prince m'invite à partager son repas. Et je m'avise avec amusement que cette invitation va ajouter encore à la haine que me porte Lodovico.

Le prince me rejoint, fait signe à Folletto de se retirer, et me dit, allant droit au but, comme toujours :

– Marcello, j'ai entendu le début de ton entretien avec mon cousin et tu as dit une chose qui m'a beaucoup frappé : « J'ai facilité au prince l'accès à la signora Peretti à seule fin qu'il se convainque bien que sa vertu est inattaquable. » Marcello, dis-moi, je te prie, est-ce bien ce que tu avais dans l'esprit ?

– Non. Ce que j'en ai dit est une vérité à l'usage de Lodovico.

– Et quelle est la vérité à l'usage de Marcello ?

Je le regarde œil à œil et je lui dis après un instant de réflexion :

– Pour autant que je voie clair en moi, c'est celle-ci : je sers les désirs de Vittoria, mais je n'irai pas contre ses volontés.

– Et que ferais-tu si ses désirs triomphaient de ses volontés ?

– Si la victoire des premiers sur les secondes est claire et indubitable, je servirai les premiers.

Le prince met les mains derrière le dos et marche dans la chambre, je ne dirais pas de long en large, car dans le gaillard d'arrière le long est bien court, et le large est étroit. Il se tait et me regarde. Ce que je conclus des mots que nous venons d'échanger c'est qu'Orsini n'a pas renoncé à Vittoria. Je n'en suis pas autrement étonné.

– À table ! dit-il avec une gaieté soudaine en me montrant

215

de la tête mon siège, et il frappe dans ses mains pour appeler Folletto. Marcello, poursuit-il, encore une question. Si, quand tu braquais ton pistolet contre Lodovico, je n'étais pas intervenu, aurais-tu tiré?

– Non, bien que j'en aie eu envie dès le début. À vrai dire, j'ai cru un instant que j'allais le faire.

– À quel moment?

– Quand il a commencé à dire que j'avais suborné ma sœur. À ce moment-là, s'il avait prononcé un mot de plus contre Vittoria, j'aurais fait feu. Il est fin et il a dû le sentir. C'est pourquoi il n'a pas osé l'insulter. J'ai remarqué, d'ailleurs, qu'il y avait une sorte de prudence dans ses provocations. Au fond, c'est un couard.

– C'est bien pourquoi il est dangereux, dit le prince. À Rome, Marcello, il faudra te bien garder.

Caterina Acquaviva

Dire que j'ai été contente de retourner à Rome, c'est peu dire! Je ne me voyais pas passer des mois à Santa Maria, et d'autant que, par un fait exprès, il n'a jamais fait beau pendant que nous y étions. On aurait dit que le ciel bleu et le chaud soleil nous attendaient dans la cour du palais Rusticucci. Et en outre pour moi qui à Santa Maria n'avais passé qu'une seule nuit avec Marcello en quinze jours, j'étais à peu près certaine de le voir à Rome plus souvent.

Si la signora fut heureuse de retrouver Rome, et à Rome, sa liberté, elle ne le montra pas beaucoup. Elle n'était ni gaie ni triste, parlait peu, et la plupart du temps, paraissait absente. Elle prenait ses repas à la table familiale, et ne fermait plus la porte de sa chambre au signor Peretti. Elle ne l'ouvrait pas tout à fait non plus quand il en demandait l'entrée. Elle se gardait bien de me renvoyer et lui parlait assez gentiment, mais ne l'encourageait pas à rester. Ça me faisait de la peine de voir le pauvre signor Peretti assis dans un coin de la chambre, l'air assez malheureux, parlant de choses et d'autres et n'osant pas imposer à la signora les droits d'un mari. Si vous voulez mon avis, il était un peu trop délicat. Ce n'est pas à Grottammare qu'un homme aurait agi comme cela avec sa femme ! Il ferait beau voir !

Par moments, la signora paraissait elle-même un peu gênée de le traiter si mal, mais pas au point de lui ouvrir les bras. Dans ceux du prince, elle avait dû prendre du dégoût pour le pauvre signor, et elle lui faisait payer cher d'avoir dû le préférer à son héros. Voilà pourtant comment nous sommes, quand le démon nous prend aux tripes : trop bonnes pour l'un, et trop dures pour l'autre.

Nous n'étions pas à Rome depuis quinze jours – j'étais dans la chambre de la signora occupée à lui brosser sa toison – quand, sans frapper à la porte, Marcello surgit. *Madonna mia !* Rien qu'à le voir, le cœur qui me bat ! Et pas que le cœur ! Et croyez-vous que le méchant me frôle seulement de la main ou me fasse cadeau d'un regard ? Et rien non plus à sa sœur derrière laquelle il se tient. À peine un coup d'œil dans le miroir, il fouille dans l'emmanchure de son pourpoint, en retire une lettre que sans un mot il pose sur le coffre à bijoux devant la signora :

– De qui est cette lettre ? dit-elle sans battre un cil.

– Ne le devinez-vous pas ? dit-il avec froideur. Dois-je vous le préciser ?

Elle n'hésite pas un instant. Elle saisit la lettre, l'approche d'une chandelle, la pose sur une soucoupe et la regarde brûler. Son ange gardien doit être content. Pourtant, si j'étais lui, je m'inquiéterais quand même un peu. Elle a brûlé la lettre, mais elle n'a pas ordonné à son frère de cesser de jouer les intermédiaires entre le prince et elle. Elle aurait trop peur qu'il lui obéisse.

Marcello prend aussitôt congé d'elle, si on peut appeler cela un congé, car il sort sur un simple signe de tête, et sans me regarder non plus. Je reprends mon brossage, le cœur gros, ne sachant pas si je vais oser, mon service fini, rejoindre Marcello dans sa chambre. Mais je n'ai pas beaucoup de temps pour me le demander, car la signora me dit d'une voix sourde :

– Cela suffit maintenant, Caterina. Va te coucher.

– Mais, signora, je suis à peine à la moitié !

Elle me foudroie :

– Ne discute pas ! Fais ce que je te dis !

Malgré cela, je m'attarde encore un peu à ranger la toilette, mais pas trop longtemps quand même pour ne pas l'agacer. Elle regarde les cendres sur la soucoupe, comme si son œil pouvait par magie recréer à partir d'elles la lettre qu'elle n'a pas lue. Mais seul le diable pourrait faire cela : Et après ce qui s'est passé à Santa Maria, qui le blâmerait de se tenir un peu à l'écart ?

– Bonne nuit, signora.

Façon de parler : cela m'étonnerait que sa nuit soit bonne. Elle ne répond pas, elle ne m'a pas entendue. Et au moment de franchir le seuil, je m'avise que si elle me renvoie si tôt, ce n'est pas tant par désir de rester seule que parce qu'elle espère bien que je vais voir Marcello et tirer de lui les nouvelles qu'elle n'ose pas lui demander. Bonne fille que je suis, je suis contente de lui rendre service. Et contente aussi, pour tout dire, d'avoir maintenant une bonne raison d'aller retrouver Marcello.

Il achève de se déshabiller quand j'entre dans sa chambre sans frapper. Il est si beau, ma gorge devient sèche et mes jambes tremblent tellement j'ai envie de lui. Mais l'accueil est glacial.

– Qu'est-ce que tu fais ici ? dit-il, le regard noir.

– Avec votre permission, signor, je viens vous voir.

– Ma permission ? Quelle permission ? Je t'ai demandé de venir ?

– Non, signor.

– Et c'est un moulin, ici, qu'on entre sans frapper ?

– Signor, dis-je, je n'ai pas osé frapper.

– Comment ça, « pas osé » ?

– Si j'avais frappé, vous m'auriez demandé qui j'étais.

– Naturellement, et alors ?

– J'avais peur, si je me nommais, que vous me disiez : va-t'en !

– Eh bien, je te le dis maintenant : va-t'en ! Qu'est-ce que ça change ?

– Ça change que maintenant je vous ai vu, dis-je humblement, mais en même temps mes yeux avec effronterie lui lèchent le corps de haut en bas.

Il rit. C'est gagné, je crois. Mais comme je sais bien qu'avec lui, à la dernière minute on peut encore tout perdre, je persévère dans l'humilité. Il n'y a pas à Rome de petite esclave plus esclave que moi ! Ma fierté, je m'assois dessus.

— Déshabille-toi, dit-il enfin.

Mes mains tremblent d'impatience, tant j'ai de choses à déboutonner.

— Tu sais ce que tu es, Caterina ?

— Non, signor.

— Le poulpe le plus poulpeux de la création.

— Oui, signor.

— Tu sais ce que c'est qu'un poulpe ?

— Oui, signor. J'en ai même attrapé un petit à Grottammare. Il vous colle avec ses tentacules. Mais il suffit de lui retourner la tête et ses tentacules vous lâchent.

— Malheureusement, toi, je ne peux pas te retourner la tête.

Ce qu'il dit, je m'en moque. L'important c'est qu'il le dise avec une voix basse et sifflante en me regardant avec ses yeux de tigre. J'attends avec délices qu'il saute sur moi et par la peau du cou m'emporte dans son antre pour me dévorer.

Ce qu'il fait, et quand c'est fini, au lieu de me dire : « Va-t'en maintenant, Caterina, j'ai sommeil », il paraît disposé à badiner. Car soulevé sur son coude, il dévide sur moi, à voix basse, tout un chapelet d'insultes, tout en me regardant avec des yeux gentils. C'est le moment.

— Signor, je peux vous poser des questions ?

— Pose.

— Vous êtes toujours avec le prince ?

— Non. Je l'ai quitté. Je ne suis plus son secrétaire.

— Alors, vous êtes retourné vivre chez votre vieille ?

Ses yeux noircissent et il me donne une gifle. Une bonne gifle. Bien méritée.

— Voilà qui t'apprendra à manquer de respect à la signora Sorghini. Et à moi, par la même occasion.

— Pardon, signor.

— De toute façon, je n'avais jamais quitté la signora Sorghini. Ce qui change, c'est que maintenant je ne mets plus les pieds à Montegiordano.

– Alors, comment le prince a fait pour vous donner sa lettre ?

Il hausse les épaules.

– Tu ne devines pas par l'intermédiaire de qui ?

– Si.

– Alors, pourquoi poses-tu des questions stupides ? Est-ce que je te pose des questions, moi ?

– Signor, dis-je plutôt vexée, vous pourriez me demander comment je me suis confessée de mon péché de Santa Maria.

– Mais je ne te le demande pas. Je me doute bien que tu n'as pas mentionné mon nom.

– Vous voyez, signor, je ne suis pas si stupide.

Il rit, me met sur le dos, me couvre de son grand corps et attrapant mes deux poignets, les serre avec force et les rabat sur le lit. M'ayant ainsi immobilisée, il cogne son front contre le mien, frotte son nez sur mon nez, et me dit en serrant les dents :

– Si ! Tu es stupide, Caterina ! Et qui plus est, tu es laide ! Oh, que tu es laide ! Tu es la fille la plus laide de toute l'Italie ! Et tes seins sont aussi flasques et informes qu'un sac de blé sur le dos d'un âne.

Il me regarde avec ses yeux de tigre et moi, tout ce que j'arrive à penser à cet instant, c'est : « Viole-moi ! » C'est délicieux d'être violée par un homme qu'on aime ! Mais alors, bien sûr, ce n'est plus un viol. Rien n'est parfait.

Le lendemain soir, sur le coup de dix heures, Marcello revient, tandis que je suis occupée à brosser les cheveux de la signora… Vous vous demandez sûrement pourquoi je lui brosse les cheveux le soir et non le matin. Ce n'est pas un choix ; je les brosse matin et soir. Le soir, pour les démêler avant d'en faire des tresses – des tresses très lâches pour ne pas qu'elles tirent trop sur sa tête – mais qui, toutefois, leur interdisent pendant la nuit de s'emmêler. Et le matin, je les brosse de nouveau pour défaire les tresses et «les fondre en un seul manteau ondulant ». C'est comme cela que la signora Tarquinia décrit l'opération.

Bref, mon Marcello apparaît toujours sans s'annoncer, lui qui me reproche de ne pas frapper à sa porte – et sans dire un mot ni regarder personne, pose un pli cacheté sur le coffre à bijoux, que Vittoria, aussitôt, comme si de toute la journée elle n'avait attendu que ce moment-là, saisit, enflamme à une chandelle, pose sur une soucoupe, et regarde brûler. À vrai dire, nous le regardons brûler tous les trois.

Pas un mot. La signora ne demande pas à Marcello de ne plus lui apporter de lettres et Marcello ne lui fait même pas remarquer que ce n'est peut-être pas la peine qu'il se déplace. Et sur un simple signe de tête, il prend congé. Et plus tard, quand je le rejoins, et que j'essaye de lui parler, il m'ordonne avec rudesse de me taire.

Cette scène muette se reproduit le lendemain soir, et le surlendemain, et ainsi de suite pendant huit jours. Et moi je me demande ce que le prince peut bien trouver encore à dire à la signora en lui écrivant tous les jours. À mon avis, il doit beaucoup se répéter.

Le huitième jour, qui est un vendredi, si j'ai bonne mémoire, un changement important intervient. Marcello parle. Quand la lettre quotidienne n'est plus qu'un petit tas de cendres sur la soucoupe, il jette un coup d'œil à la signora dans le miroir et dit plutôt sèchement :

– Quelle comédie ! Ne comptez pas sur moi pour la poursuivre indéfiniment !

Et le lendemain, samedi, c'est en vain que, passé dix heures, la signora qui, d'ordinaire, presse mon brossage, le laisse se prolonger au lieu de m'ordonner de natter ses cheveux. Finalement, à onze heures, les bras moulus de mes efforts, bien que je les aie beaucoup modérés, je commence les tresses de mon propre chef. Bien que son visage dans le miroir soit impassible, et que je ne puisse voir l'expression de ses yeux, car elle tient ses paupières baissées, je sens bien que la signora est aussi malheureuse que moi – mais pas pour les mêmes raisons – que Marcello n'apparaisse pas. Elle doit se demander s'il ne vient pas parce qu'il en a assez, comme il le lui a laissé entendre la veille, de la voir brûler les lettres qu'il lui apporte, ou si c'est le prince qui s'est fatigué de lui écrire, vu qu'elle les détruisait.

Les jours suivants, on attendit en vain Marcello. Pour la signora comme pour moi, ces journées furent assez horribles. Car tantôt la signora, très agitée, s'énervait pour des riens, et sa colère retombait sur moi, et tantôt elle restait prostrée à plat ventre sur son lit, la tête dans son oreiller, refusant même de paraître aux repas et fermant de nouveau sa porte au signor Peretti.

Le jeudi enfin, à onze heures du soir, car chaque soir nous avions pris l'habitude de veiller, Marcello entra, fit un signe de tête en direction de la signora qui était assise à sa toilette, et, ce qu'il ne faisait jamais, s'assit sur le lit, les jambes écartées et les deux mains croisées entre ses jambes. Il resta là un bon quart d'heure, la tête baissée, sans desserrer les dents, la signora s'agitant sur son escabelle et se mordant les lèvres.

Mais si fort qu'elle se les mordît, elle ne put s'empêcher plus longtemps de parler, et dit d'une voix tremblante :

– N'avez-vous rien pour moi ?

– Rien ? dit-il en relevant la tête.

– Ne faites pas l'étonné ! dit-elle d'une voix furieuse. Vous savez très bien de quoi je parle.

– Je le sais. Mais je suis quand même étonné. Pendant huit jours, chaque soir, je vous ai remis une lettre du prince et, chaque fois, vous l'avez brûlée. Ce soir, je ne vous remets rien, et vous me réclamez de lui une lettre. Une de ces lettres que vous ne manquez jamais de brûler. Et vous me la réclamez pourquoi ? Pour la brûler ! Avouez qu'il y a de quoi être surpris !

– Je me moque de votre surprise. Répondez sans détours : le prince vous a-t-il remis une lettre pour moi ?

– Oui.

– Eh bien, qu'attendez-vous ? Donnez-la-moi !

– Pour que vous la brûliez ?

– Vous n'avez pas à vous demander ce que j'en ferai ! Vous devez me la remettre, c'est tout !

– Malheureusement, c'est impossible, dit-il d'une voix indifférente.

– Comment ça, c'est impossible ?

– Je l'ai moi-même brûlée !

– Vous avez brûlé une lettre qui m'était destinée ! s'écriait-elle tout à fait hors d'elle-même. Mais c'est indigne !

– Pourquoi ? N'est-ce pas ce que vous auriez fait vous-même ?

– Peu importe, vous n'aviez pas le droit ! C'était ma lettre !

– Pas du tout, dit Marcello avec calme. C'était la lettre de personne, puisque vous ne la lisiez pas. Une lettre est faite pour être lue. Si au lieu de la lire, vous la brûlez, ce n'est plus une lettre. C'est du papier.

– Mais c'était à moi de décider si j'allais la lire ou non !

– Comment ça, « décider » ? Votre décision est prise ! Et bien prise ! Huit jours de suite vous avez brûlé sans hésitation la lettre que je vous ai apportée. Et vous savez très bien qu'aujourd'hui, si je vous avais remis une lettre, elle aurait eu le même sort.

– Mais c'est moi qui l'aurais brûlée ! cria la signora.

– Voyons, Vittoria, dit-il d'un ton patient, c'est de l'enfantillage. J'étais tout aussi qualifié que vous pour réduire cette lettre en cendres. Et c'est bien ce que j'ai fait avec toutes.

– Comment ça ? Avec toutes ?

– Depuis vendredi, le prince vous a écrit tous les jours. En tout, six lettres. J'ai pensé obéir à vos volontés. Je les ai brûlées toutes les six.

Elle se dresse toute droite et m'écartant du plat de la main, elle lui fait face, les yeux étincelants, et lui dit :

– Vous êtes un scélérat ! Vous n'aviez pas le droit de faire une chose pareille ! Vous avez trahi la confiance du prince !

– Vous devriez le lui écrire, dit-il avec dérision. Je porterai votre mot.

– Allez-vous-en ! crie-t-elle.

Et m'arrachant la brosse de la main, elle la lui lance à la tête, mais elle ne l'atteint pas : il s'est baissé. Il ramasse la brosse et, se levant, la pose avec soin sur la toilette et sans regarder Vittoria, il sort.

À peine a-t-il refermé la porte derrière lui qu'elle se jette sur le lit n'importe comment, j'entends sans prendre garde à ne pas s'entortiller dans ses cheveux. Je vois le désastre d'un seul coup d'œil : tout mon brossage perdu !

En plus, je suis stupéfaite ! Ces deux-là ont beau être comme les deux doigts de la main, les querelles entre eux ne sont pas rares. Mais une dispute d'une telle violence, je n'ai jamais vu cela. La pauvre signora sanglote à plat ventre sur le lit, son beau visage enfoui dans l'oreiller. Je ne sais trop que faire. La quitter pour aller retrouver Marcello dans sa chambre ?

Demeurer auprès d'elle pour la réconforter ? Il est vrai que je n'ai pas tellement le choix. C'est à elle de me donner mon congé. Et quand j'y pense, depuis six jours, à cause de Marcello qu'on attendait, elle ne m'a pas une seule fois envoyée coucher avant onze heures du soir ! Ça fait une journée de travail plutôt longuette ! Il est vrai que je ne travaille pas beaucoup, et qu'il vaut mieux être cameriera au palais Rusticucci que l'épouse d'un patron pêcheur à Grottammare. Je sais comment ils traitent leurs femmes, ceux-là. Elles reçoivent plus de coups que de caresses.

On frappe à la porte, la signora lève la tête et dit :

– N'ouvre pas. Demande qui c'est.

J'obéis.

– C'est la signora Accoramboni, dit une voix autoritaire.

– Ma mère, je m'excuse de ne pas vous recevoir, dit la signora d'une voix ferme. J'ai très mal à la tête.

– Je n'apprécie guère de vous parler à travers une porte. Mais j'ai un service à vous demander. Ma cameriera est malade. Je voudrais que vous me prêtiez la vôtre pour me déshabiller.

– Il n'en est pas question. Je ne prête pas ma cameriera.

– Vous n'êtes pas très gracieuse, Vittoria.

– Je suis comme vous m'avez faite. Demandez à Giulietta de vous dévêtir.

– Giulietta dort.

– Alors, faites-le seule. Vous n'êtes ni manchote ni bancale.

– Vittoria ! Vous traitez votre mère comme la cinquième roue du carrosse ! Vous êtes un monstre de discourtoisie !

– Vous me l'avez déjà dit ! Bonne nuit, ma mère.

– Après la façon dont vous m'avez traitée, la vôtre ne peut être que mauvaise.

– Elle le sera, soyez sans crainte. Bonne nuit, ma mère.

Je prête l'oreille, j'entends les pas de la Superba traverser la petite chambre qui sert de vestibule à celle-ci, et où je dors quand la signora est vraiment souffrante. Elle en claque la porte avec rage et gagne la galerie qui court au premier étage autour du patio. Je suis contente que la signora l'ait mouchée. Je ne peux pas souffrir la « cinquième roue », comme Vittoria et Marcello l'appellent entre eux.

– Caterina, dit la signora derrière mon dos, crois-tu vraiment que Marcello ait brûlé ces lettres ?

Je me retourne :

– Peut-être que non, signora.

Je n'en sais rien du tout. Je dis « non » pour lui faire plaisir. Et « peut-être » par prudence.

– Tu sais combien il est taquin…

– Oui, signora.

– Caterina, va dans sa chambre, je te prie. S'il y est, ramène-le-moi.

– Oui, signora.

Je marche vers la porte et au moment où je vais l'ouvrir, elle s'ouvre d'elle-même et Marcello surgit, comme un diable d'une boîte. On s'attendrait, après ce qui vient de se passer, que la signora lui fasse grise mine. Pas du tout. Elle le fixe d'un air d'anxieuse interrogation. Et quant à lui, il embrasse tout du regard : la signora étendue sur le lit, ses beaux cheveux emmêlés, ses yeux rougis, le mouchoir mouillé qu'elle tient dans ses mains. Et il lui dit mi-figue, mi-raisin :

– D'après la « cinquième roue », vous êtes un monstre de discourtoisie ; d'après moi, Flamineo est un monstre de dévotion et Giulietta, un monstre de chasteté. Si j'en crois ce que vous venez de me dire, je suis un monstre tout court, mais ne vous figurez pas, Vittoria, que vous allez échapper à la tératologie familiale. À mon avis, vous êtes de nous tous le spécimen le plus intéressant : vous êtes le monstre de l'aveuglement volontaire. Dès qu'une réalité vous gêne, vous vous cachez la tête sous votre aile, et vous la niez.

– À quoi rime ce propos ? dit la signora, mais avec beaucoup moins de hauteur que je n'aurais cru.

Visiblement, elle le ménage. Elle a peur que le pire ne sorte de ses lèvres.

– À rien de méchant. D'ailleurs, avec vous je ne suis méchant que par bonté, par exemple, pour vous éviter de vous mentir à vous-même, ce qui, à la longue, vous mettrait l'âme en porte à faux. Je n'ai pas brûlé vos lettres, Vittoria. Je les ai même numérotées de un à six, afin que vous puissiez respecter, en les lisant, l'ordre chronologique. Les voici.

Ce disant, il les tire de la poche qui se trouve dans l'emmanchure de son pourpoint et les jette toutes les six sur le lit. La signora est saisie. On dirait que ces lettres, c'est un saint sacrement. Elle n'ose pas les toucher. Mais quand enfin elle s'y décide, elle capitule sans vergogne aucune, elle ne cache même pas sa hâte. Elle s'empare de la lettre marquée d'un 1, en brise le cachet avec des doigts tremblants, et s'y plonge avec avidité.

– Vous voilà bien occupée, dit Marcello, je vous quitte. J'ai quelqu'un à voir. Je reviendrai dans une heure.

Elle ne répond pas. Elle n'a pas entendu. Et quand il sort, elle ne s'en aperçoit même pas.

– Caterina, dit-elle sans relever la tête, approche-moi un des chandeliers.

Il ne lui vient même pas à l'idée qu'elle serait mieux pour lire assise à sa toilette que couchée sur son lit. Comme je prévois que la lecture va prendre du temps, beaucoup de temps, parce qu'en plus il y aura sans doute une re-lecture, j'approche une petite table basse de son lit, et j'y pose un des deux chandeliers de la toilette.

Je m'assieds dans un coin sur une escabelle, le dos appuyé contre la tenture murale. Je regarde la signora. Je l'envie. Un homme qui prend la peine de vous écrire tous les jours, c'est bien qu'il vous adore. Je ne vois pas qui pourrait en faire autant pour ma petite personne. Il est vrai que moi, je suis beaucoup plus accessible. Vous voyez un pape et un cardinal mobiliser quarante soldats pour garder ma vertu ?

Il en perdrait la tête, le prince, s'il la voyait en ce moment couchée sur son lit dans sa robe de nuit qui laisse nus ses bras, sa gorge et une bonne partie de ses seins. Ceux-là, d'ailleurs, je le note en passant, s'ils sont aussi fermes que les miens, ne sont pas aussi gros. Ce que j'en dis, c'est pour me rendre justice : ce n'est pas pour critiquer. La signora est cent fois mieux que moi. C'est bien simple, c'est une fleur de femme. Surtout là, lisant et relisant, enveloppée de ses longs cheveux (deux heures de brossage pour moi demain), avec son beau visage rose d'émotion, l'ombre de ses longs cils sur ses joues, la poitrine par moments soupirante.

Le temps passe. J'ai beau trouver la situation tout à fait

passionnante, j'ai quand même un peu sommeil. Mais je ne me vois pas interrompre la signora pour lui demander mon congé : elle a l'air si recueilli. Où serait d'ailleurs l'intérêt ? Marcello a dit qu'il avait quelqu'un à voir. Il n'est donc pas dans sa chambre.

Il y a quelque chose du diable chez Marcello. Dès qu'on parle de lui ou même dès qu'on pense à lui, il surgit, et dans la chambre de la signora, jamais en frappant à la porte. Il est vrai que ces deux-là, peut-être parce qu'ils sont jumeaux, ça ne les gêne pas de se montrer nus l'un à l'autre. En revanche, la pudeur familiale chez moi, à Grottammare ! Quel scandale pour le plus petit bout de peau ! Et quelle acrobatie pour sortir de sa robe de nuit et entrer dans ses vêtements de jour sans rien montrer à personne ! Je me souviens comme d'hier de la gifle que j'ai reçue d'*il mancino* et de sa verte semonce, parce qu'un matin, en me levant du lit que je partageais avec lui, je m'étais mise nue. J'avais dix ans, je pensais que cela lui ferait plaisir de voir le petit corps qu'il caressait quotidiennement. Oui, mais c'était la nuit et sous les draps. J'étais deux fois cachée et nous faisions semblant de dormir l'un et l'autre, le caresseur et la caressée.

Voilà donc mon Marcello qui surgit, et comme la signora lève les yeux d'un air interrogateur, il dit de but en blanc :

– Il n'y a pas qu'une entrée chez Margherita Sorghini. Celle que j'empruntais du temps où elle ne voulait pas que ma liaison avec elle fût connue se situe derrière la maison dans une petite impasse si étroite que deux personnes ne peuvent y marcher de front. Là, à main gauche, s'ouvre un petit porche. Il n'est pas clos. Il donne sur un couloir et dans ce couloir, sur une petite chapelle que la signora Sorghini, qui est fort pieuse, a abandonnée aux moines mendiants qu'elle protège. Cette chapelle est ouverte au public, mais elle est fort peu fréquentée. Au fond du couloir il y a une autre porte, vert foncé, dont voici la clef.

Ayant dit, il la jette avec adresse dans le giron de la signora.

– Si vous ouvrez cette porte, vous trouverez un escalier et si vous avez la patience de monter trois étages, vous aboutirez à une terrasse où la signora Sorghini a fait dresser une grande tente blanche dont les courtines protègent du soleil, du vent et des vues. Cet endroit, décoré d'une profusion de géraniums rouges et blancs, est charmant, Vittoria, et si vous vous y rendez demain à l'heure des vêpres, vous pourrez vous y reposer à l'aise. Vous n'y trouverez pas la signora Sorghini. Elle part demain à l'aube avec moi pour ma maison d'Amalfi où elle jouira en ma compagnie, un mois durant, des brises de la mer.

Ayant dit, il se retire, sans même m'accorder un regard. La signora saisit la clé, elle ne la prend pas entre le pouce et l'index, non, elle referme sur elle son poing gauche, et pour plus de précaution, refermant sur ce poing sa main droite, elle appuie ses deux mains sur sa poitrine entre ses deux seins. Oh, elle ne va pas s'évader, cette petite clé! Elle est si bien là!

– Signora, je peux me retirer?

– Bonne nuit, Caterina, dit-elle d'un air absent, les yeux dans le vide, et l'ombre d'un sourire sur les lèvres.

Je gagne la chambre de Marcello. Je la trouve vide. Le méchant ne m'a même pas attendue pour me dire « au revoir »! Je regarde autour de moi, incrédule. Sa chambre est aussi vide qu'elle peut l'être. Et qui plus est, elle est vide pour un mois, puisqu'il part demain à l'aube avec sa vieille. Oui, sa vieille! je le répète encore : sa vieille! Je le répéterai cent fois, si je veux!

Si j'étais la signora, je me jetterais sur le lit de Marcello à plat ventre, le nez dans son oreiller. Mais moi, je n'ai pas ces manières-là. J'éteins la chandelle que Marcello a laissée brûler derrière lui. Je referme la porte, je sors sur la galerie, et m'appuie le ventre contre la balustrade. Il y a une belle lune, et dans le patio en bas, je vois notre petite chatte blanche étendue de tout son long, les griffes sorties au bout des pattes. Elle griffe le sol en feulant, guettant de son œil un matou tigré qui se dissimule sous un feuillage. D'où sort-il, celui-là? Où l'a-t-elle déniché? Elle feule, notre petite Moujoute, prête à griffer le matou ou à l'accueillir. Mais de toute façon, quand il l'aura prise, il n'y coupera pas d'un bon coup de patte. Ça sera bien fait! Les larmes coulent sur mes joues. Je les essuie. Voilà pourtant où on en est, ma maîtresse et moi : quand l'une rit, l'autre pleure.

Lodovico Orsini, comte d'Oppedo

J'ai failli tomber dans le panneau. Failli seulement. Car dès le début, je me suis méfié, connaissant Paolo et me doutant bien que cet infâme Marcello, s'il en était besoin, rendrait des points en machiavélique adresse à son maître. Et d'ailleurs, quand, me rendant tout exprès à Florence, je fis mon rapport à Francesco di Medici, il fut sceptique, lui aussi. «Les femmes, me dit-il, étant ce qu'elles sont, c'est-à-dire n'ayant de vertu que contraintes, comment croire que Paolo ait trouvé Vittoria rebelle, et dormi comme un frère à ses côtés? Alors qu'il n'a jamais trouvé jusque-là cœur ou corps inaccessible dans toute l'Italie? D'autant qu'il est bel homme et de surcroît un de ces héros dont le sexe faible est friand! Au surplus, Paolo se serait-il targué de son échec, si échec il y avait eu?»

Pour moi, j'estimais, en effet, que cette histoire sentait la tromperie et le renvoi de Marcello, une habile feinte, alors que, par ailleurs, Paolo montrait tant de tendre affection à ce vaunéant, et jusqu'à l'inviter à bord dans sa chambre, tandis qu'il me donnait à moi, son cousin, son second comme commensal!

Medici me remit dix mille ducats pour me payer des peines et des frais que j'avais encourus pour venir le voir et m'invita à garder l'œil de très près sur cette affaire, afin d'éviter que l'héritage de Virginio fût mis un jour en danger par un remariage du prince. Je vis Virginio plusieurs fois pendant mon séjour à Florence et, pensant à l'avenir, je tâchai d'obtenir ses bonnes grâces. En dépit de ses vertes années, je le trouvais réfléchi, froid, attentif, observant beaucoup, parlant peu. Bref, déjà un Medici, sans rien de la légendaire fougue des Orsini. Il ne me donna pas une piastre. Mais peut-être savait-il déjà que son oncle m'avait défrayé. D'ailleurs, je trouvais que les Medici me payaient assez mal des services que je leur rendais. Mais comme Paolo avait résolu de ne plus me bailler un sol, je n'avais pas le choix. Et au fond, je le regrettais. Je n'aime guère ces Medici. Ils sentent trop la boue de la banque et du négoce.

De retour à Rome, je mis un espion sur la queue de Paolo.

Je choisis cet espion avec soin parmi les bannis auxquels j'accordais gîte et couvert dans mon palais. J'agissais ainsi au mépris des lois pontificales car, appartenant à la branche cadette des Orsini, je ne bénéficie pas du droit d'asile, comme je crois l'avoir dit déjà. Déni de justice, s'il en est !

Mon homme était un moine qui, pour fuir les prisons cléricales dont il était menacé pour des méfaits indignes de sa tonsure, avait dû se défroquer, mais pour l'occasion, j'obtins de lui qu'il se refroquât pour suivre le prince à la piste, la raison en étant que rien ne passe plus inaperçu à Rome – qui en compte des milliers – qu'un religieux, et qui puisse mieux cacher son visage, car un masque dans la rue attire l'attention, mais non une capuche rabattue modestement sur le front et les yeux pour échapper aux tentations de ce monde.

Comme Paolo sortait beaucoup à cheval, je confiai au moine une mule qui, certes, n'aurait pas pu rivaliser de vitesse avec les chevaux du prince sur les grands chemins hors de Rome, mais qui, à Rome même, étant donné les incroyables embarras de la circulation, ne se laissa jamais distancer. Or, Vittoria Peretti ne montant plus, du moins à ce que j'avais ouï, j'avais quelques raisons de penser que si ces deux-là se rencontraient, ce devait être à Rome même, dans quelque endroit discret et secret.

Huit jours se passèrent sans que la filature du moine donnât le moindre résultat. Mais le neuvième au soir, ayant demandé à m'entretenir, mon homme apparut devant moi, les mains tremblantes, l'œil hagard et les genoux quasi s'entrechoquant.

– Signor Conte, dit-il, j'ai découvert le pot aux roses, mais plaise à vous de me relever de ma mission, car si je ne la discontinue pas, je suis mort...

– Et ce pot aux roses, Giacomo, où l'as-tu découvert ?

– Dans la demeure de la veuve Sorghini.

– Tiens donc ! Quelle coïncidence !

– L'arrière de la maison s'ouvre sur une impasse, et dans cette impasse il n'y a qu'un porche. Il donne sur un couloir, lequel mène à une petite chapelle dont la porte est ouverte et plus loin, tout au fond, à une autre porte, vert foncé, qui est fermée. La signora en a la clef, et le prince aussi.

– Et là-dedans, où est pour toi le danger ?

– Mortel, signor Conte. Je n'y échapperai pas deux fois. Quand j'ai vu le prince passer la porte de l'impasse, j'ai laissé s'écouler quelques minutes, je l'ai suivi et, ne le trouvant pas dans la chapelle, je compris qu'il avait disparu par la porte verte. Je m'agenouillai au premier rang et, étant très pieux tant de mon naturel que de mon habitus, je me suis mis à prier…

– Laissons là ta piété, Giacomo !

– Signor Conte, elle ne m'empêcha pas de surveiller en même temps la porte de la chapelle.

– Comment le pouvais-tu, assis au premier rang ?

– J'avais pratiqué un trou à l'arrière de ma capuche et en tournant la tête je pouvais y coller un œil.

– Et que vis-tu ?

– Entrer une signora suivie de sa cameriera. Toutes les deux masquées, encapuchonnées et, malgré la chaleur, enveloppées l'une et l'autre d'une longue cape qui leur tombait jusqu'aux chevilles. Toutefois, quand la signora s'agenouilla pour se signer, je vis des cheveux dépasser de sa cape, si longue qu'elle fût, et je sus qui elle était.

– Elles prièrent, j'imagine.

– Avec piété, mais brièvement. Et quand elles se levèrent, et repassèrent la porte de la chapelle, je les suivis. C'est alors, avant même que je franchisse à mon tour le seuil, qu'un quidam jaillit d'un confessionnal, lança vers moi un bras gigantesque, me happa par mon froc, et me collant contre le mur de l'autre main, posa sous mon menton la pointe d'une dague. «Que viens-tu faire ici, dit-il, et où vas-tu ? – Comme vous voyez, signor, dis-je avec humilité, je suis moine, et je prie céans, la signora Sorghini nous ayant ouvert sa chapelle. – Moine ? dit-il, c'est à voir ! » Et m'arrachant ma capuche, il passa sa main sur ma tonsure que, Dieu merci, j'avais pensé à faire rafraîchir par un barbier, si bien qu'il la sentit sous ses doigts aussi lisse qu'un caillou. Cela, pourtant, ne le satisfit pas tout à fait, car il fouilla mes poches. Il n'y trouva qu'un chapelet et quelques pieuses médailles que j'avais mis là tout exprès. Mais sa méfiance n'étant pas encore apaisée, il m'ordonna de réciter en latin le *pater*, l'*ave*, le *credo* et le *confiteor.* Ce que je fis, sans une faute et croyez-moi, signor Conte, il y avait bien longtemps que je n'avais prié avec une telle ferveur.

– Elle t'a réussi, puisque tu es vivant.

– Pour cette fois, oui, l'homme me laissa aller. Mais ce serait très imprudent de tenter le diable une deuxième fois.

– À ton avis, qui est cet homme ?

– Sans aucun doute, il appartient au prince et protège la signora.

– Comment peux-tu en être si sûr ?

– Signor Conte, dit Giacomo avec fierté, j'ai peur, mais je ne suis pas lâche. J'ai eu la patience d'attendre et le courage de pister l'animal dans la suite de l'après-midi. Il est vrai que j'étais sur ma mule et lui à pied. Quand la signora ressortit de la maison Sorghini, l'homme la suivit jusqu'au palais Rusticucci, puis il regagna le palais de Montegiordano. J'en conclus qu'il était un des soldats du prince. Il est grand, porte épée, dague, pistolet à sa ceinture et cotte de maille. Dans la chapelle, il a fort scruté mes traits de ses méchants yeux noirs et je n'aimerais pas qu'il me revoie.

– Rassure-toi, Giacomo, ton rôle est fini. Tu ne reparaîtras plus dans cette pièce. Pour ta propre sauvegarde, cadenasse à jamais ta langue et empoche ces piastres.

La nuit qui suivit cet entretien, je la passai à réfléchir sur ce que j'allais faire. J'envisageai tour à tour deux démarches et j'en pesai avec soin les conséquences. La première consistait à prévenir anonymement le signor Peretti du lieu et du moment où les amants coupables se rencontraient. Par malheur, tout ce que je savais de Peretti me portait à croire qu'il ne tuerait pas sa femme, mais au pire, l'enfermerait de nouveau dans une forteresse comme Santa Maria, d'où le prince réussirait, je n'en doutais pas, à la tirer un jour ou l'autre, et si Peretti venait à mourir d'un accident, à l'épouser : ce qui était bien le contraire de ce que je voulais.

La deuxième solution, plus radicale et plus séduisante à tous égards, consistait à faire tuer Vittoria par un assassin gagé. Mais l'exécution m'en paraissait difficile et pour moi périlleuse. Vittoria ne sortait que le jour et elle était protégée par le géant armé, rusé et résolu, avec qui Giacomo avait eu maille à partir, car il fallait être la ruse même pour avoir eu l'idée de se cacher dans un confessionnal à la place du prêtre et voir tout dans la chapelle sans être vu ! En outre, un assassin gagé pouvait être pris, parler sous la torture, et la Corte, remonter de mon intermédiaire à moi-même. En ce cas, je donnerais peu cher de ma vie, soit du fait du tribunal pontifical, soit, si j'en réchappais, des mains de Paolo.

J'aurais pu, il est vrai, écrire aux Medici pour leur dire ce qu'il en était, et me reposer sur eux pour la conduite à tenir. Mais je les savais bien trop circonspects pour me donner un conseil, et pour avancer la patte avant que j'aie tiré les marrons du feu. Heureux encore s'ils m'en laissent deux ou trois, quand Virginio recevra, grâce à moi, son héritage intact.

Dans cette incertitude où j'étais sur le parti à prendre, je fus fort étonné de recevoir une invitation de Monseigneur Cherubi, lequel, en visite à Rome, logeait dans le palais loué dans la Ville éternelle par le patriarche de Venise, dont il était devenu le bras droit. On se souvient peut-être que Cherubi avait été disgracié par le cardinal Montalto pour avoir répété un de ses propos au pape.

Monseigneur Cherubi était un homme aimable, léger, imprudent, pas sot du tout, curieux comme un écureuil et bavard comme une pie. Il présentait cette particularité unique au Vatican qui compte tant d'hommes habiles : au rebours de toute logique et contre toute attente, il avait fait une fort jolie carrière dans l'Église grâce à une suite ininterrompue de gaffes. La raison en était que sa maladresse avait quelque chose de rassurant pour les machiavels qui l'entouraient : Elle amusait tout le monde et ne gênait personne.

Je fus encore plus étonné quand je constatai que le repas auquel Cherubi m'avait convié ne comportait que deux convives : lui et moi. J'en conclus aussitôt que ce tête-à-tête avait été organisé par le prélat – peut-être à l'instigation de Grégoire XIII dont il était le protégé – pour tirer de moi quelques informations concernant Paolo, et je m'assis à table, excessivement chatouillé par la situation.

La plus grande partie du repas se passa en banal bavardage,

la chère étant excellente, et Monseigneur Cherubi – grand et gros homme dont le visage avait la couleur d'un jambon de Parme – mangeant dru et buvant sec. Toutefois, arrivé au sucré, sa gorge parut avoir moins de pente, le débit de ses propos de table lui-même se ralentit, et je sentis que nous approchions des choses sérieuses. Elles vinrent plus vite et surtout d'une façon plus abrupte que je ne m'y serais attendu.

– Conte, dit-il de sa voix ronde et joviale, je voudrais vous poser une question que m'a posée Sa Sainteté et à laquelle je n'ai pas su répondre. À votre avis, est-ce que l'inévitable s'est produit entre votre cousin et la signora Peretti ?

Je ris à cela, d'abord parce que l'«inévitable» me parut être une expression pour le moins savoureuse dans la bouche d'un prélat, ensuite parce que mon rire me donnait un délai de réflexion avant de répondre.

– Monseigneur, dis-je d'un ton rieur et enjoué, votre question a un mérite que j'apprécie fort : celui de la franchise. Et je ne demande pas mieux que d'y répondre, si du moins vous me donnez l'assurance de satisfaire à mon tour ma curiosité touchant les sentiments du Saint-Père à l'égard de cette affaire.

– Pour autant que je les connaisse je vous satisferai là-dessus, dit Cherubi, faisant table rase, du moins apparemment, de toute diplomatie vaticane. Vous me connaissez, ajouta-t-il avec un petit rire, en appuyant les deux mains sur son ventre : je suis rond en paroles et carré en affaires.

Je ris aussi tout en commençant à me demander si Cherubi, au cours de son heureuse carrière, n'avait pas su tirer un meilleur parti de ses gaffes que d'autres, de leurs habiletés. La gaffe n'est d'ailleurs pas qu'une maladresse diplomatique. Sur un bateau, on appelle ainsi une longue perche terminée par un croc dont on se sert pour repousser ou attirer à soi – selon les cas – un autre bateau. Et puisqu'à l'évidence, la gaffe de Cherubi voulait amener ma barquette au bord à bord de sa puissante galère, je décidai de ne pas résister.

– Oui, dis-je, Monseigneur, l'inévitable s'est produit. Je n'en ai pas la preuve mais j'en ai la certitude.

– Ah, voilà qui est fâcheux ! dit Cherubi d'un air grave. Le Saint-Père sera très chagriné de l'apprendre, et comme il a le don des larmes, il est à parier qu'il en versera quelques-unes à cette occasion.

Cherubi dit cela sans l'ombre d'un sourire et d'une ironie, mais avec l'air de partager lui-même à l'avance le chagrin du pape.

– Mais, dis-je, que peut-il faire ?

– Rien, justement, dit Cherubi ; et c'est bien le plus désolant ! Car prévenir le mari ne servirait à rien. Il se contenterait d'enfermer de nouveau la volage, et notre héros, tôt ou tard, réussirait à la délivrer !

Il avait raison là-dessus, mais il y avait quand même là quelque chose qui m'intriguait. L'adultère, même dans l'État pontifical, n'est ni un péché rare ni un crime exceptionnel, et je voulus savoir ce que le pape trouvait de si désolant dans cet amour coupable.

– Je comprends, dis-je, les appréhensions du Saint-Père. Il craint sans doute qu'un accident vienne mettre fin à la vie de Peretti.

– Le Saint-Père, dit Cherubi, n'a jamais exprimé cette crainte. Mais les hommes étant ce qu'ils sont, on ne peut a priori écarter cette éventualité. Qu'en pensez-vous ?

Je pris alors un air fort réservé et je dis :

– Votre Eminence, Paolo Giordano est mon cousin germain. À part son fils, il n'a pas de parent plus proche que moi. Et j'éprouve pour lui beaucoup d'affection.

– Justement, qui le connaît mieux que vous ?

– Il est de fait, dis-je, que Paolo est très passionné. Comme tous les gens passionnés, il est imprévisible. Et d'autant plus que sa gloire militaire lui est montée quelque peu à la tête. À mon sens, les lois de l'État ne l'arrêteraient pas. Il se croit au-dessus d'elles.

Tandis que je prononçais ces paroles d'un air suave, paisiblement assis à la table bien garnie d'un grand dignitaire de l'Église, je me souvins tout d'un coup avec amusement que mes deux vauriens, dans les monts de Nora, étaient au même moment en train de rançonner les voyageurs, qui sait même ? de les occire, ayant naturellement la tripe sanguinaire.

– Vous n'écartez donc pas l'idée, dit Cherubi, qu'un accident puisse arriver à Peretti ?

– Malheureusement non. Et puis-je à mon tour, Votre Eminence, vous poser une question ?

– Je vous prie.

– Dans l'hypothèse que nous envisageons, le Vatican oserait-il arrêter Paolo ?

– Il y aurait mieux à faire, dit Cherubi : on lui enlèverait le fruit de son crime.

– Vous voulez dire que vous emprisonneriez Vittoria ?

– Quand on désire rompre une chaîne, dit Cherubi sentencieusement, il faut toujours s'attaquer au maillon le plus faible.

Une onde de contentement, à ces mots, m'envahit, mais dura peu, car je vis aussitôt la faille de ce projet.

– Pour la libérer notre héros prendra alors les armes.

– C'est probable, dit Cherubi impassible, mais nous pensons que nous viendrons à bout de lui si...

– Si, Votre Eminence ?

– Si vous ne joignez pas vos forces aux siennes...

Nous y voilà ! pensai-je. Voilà enfin la raison de cette invitation, de ces manières si ouvertes, de ces réponses si franches. Non seulement mes hommes représentaient pour Paolo une force d'appoint non négligeable, mais comme j'ai l'oreille des petites gens de Rome, la révolte, si je m'enrôlais sous sa bannière, deviendrait populaire : éventualité éminemment menaçante pour le Saint-Père.

Je demeurais un instant silencieux, non que je ne susse pas ce que j'allais dire, mais pour donner plus de poids à mon propos.

– Monseigneur, dis-je enfin, vous ne pouvez ignorer que je suis en cette affaire sans aucune sympathie pour la foucade de mon cousin. Et malgré ma grandissime affection pour lui, je connais trop mes devoirs envers Sa Sainteté pour écarter a priori l'idée de rester à l'écart d'un conflit qui serait né de ses folies. Toutefois, je désire ajouter ceci : ma neutralité, le moment venu, devra être négociée.

– Elle le sera, dit Monseigneur Cherubi.

– Par votre intermédiaire ?

– Par mon truchement.

Il sourit comme s'il avait été content d'avoir employé un

autre mot que le mien. Et je souris aussi. J'avais, après cet excellent repas, la panse bien remplie. En outre, la perspective de « négocier », le moment venu, ma neutralité me comblait d'aise, le Vatican étant riche et ma bourse vide, les dix mille piastres des Medici ne m'ayant que temporairement renfloué.

– Toutefois, reprit Cherubi, nous ne formulons ici qu'une hypothèse d'école. Il est hautement improbable qu'un homme d'honneur comme notre héros en vienne à braver les lois.

– C'est improbable, en effet, dis-je un octave plus bas.

Le repas étant fini, je me levai et sous un prétexte, j'abrégeai les salutations. L'avenir dansait devant mes yeux sous les couleurs les plus roses et il me tardait d'être seul pour l'envisager plus à fond.

CHAPITRE VIII

Gian Battista Della Pace
Bargello della Corte

Le 6 juillet, à neuf heures du matin, je me suis transporté au palais Rusticucci en compagnie de mon adjoint et de mon greffier, et d'un barbier-chirurgien afin de constater la mort par assassinat du signor Francesco Peretti, fils adoptif de Son Eminence le cardinal Montalto, et troisième chambellan de Sa Sainteté Grégoire XIII.

Le corps était veillé dans la grand-salle du palais par sa mère, la signora Camilla Peretti, par sa belle-mère Tarquinia Accoramboni et les enfants de cette dernière, Giulietta et Flamineo. À ce que me dit la signora Accoramboni, la signora Vittoria Peretti était enfermée dans sa chambre, « folle de douleur » et hors d'état de parler à quiconque.

Ayant prié la famille de se retirer, je requis le barbier-chirurgien d'examiner le corps. Il constata une blessure par balle d'arquebuse de la jambe droite. Le coup, tiré par-derrière, brisa le fémur et provoqua la chute du blessé, mais non la mort, qui avait été causée par un coup de dague en plein cœur, donné probablement quand le blessé était déjà à terre et hors d'état de se défendre. D'après mon adjoint, l'épée dégainée du signor Peretti fut retrouvée dans la rue où il avait été assassiné, non à côté de lui, mais à quelques toises de son corps. Circonstance qui ne laissa pas tout d'abord de m'intriguer, mais dont le témoignage du valet Filippo, seul témoin du meurtre, rendit compte.

Filippo [1]

Bargello. – Filippo, c'est toi, à ce qu'on m'a dit, qui es la dernière personne à avoir vu vivant le signor Peretti.

Filippo. – Signor Bargello, je ne suis pour rien là-dedans ! Je vous en prie, ne me mettez pas ce meurtre sur le dos ! *Affé di Dio*, je suis innocent !

Bargello. – Allons, Filippo, cesse de dire des bêtises ! Et de trembler comme une feuille ! Assieds-toi, là, sur cette escabelle. Personne ne te soupçonne. Réponds seulement à mes questions.

Filippo. – Oui, signor Bargello.

Bargello. – Sais-tu la raison pour laquelle le signor Peretti s'est aventuré seul à onze heures et demie du soir dans les rues de Rome ?

Filippo. – D'abord, signor Bargello, il n'était pas seul. J'étais avec lui. Je le précédais avec une torche pour l'éclairer.

Bargello. – Mais tu n'étais pas armé.

Filippo. – Non, signor Bargello. De toute façon, je n'aurais pas pu me servir d'une arme, puisque je portais la torche.

Bargello. – Comment le signor Peretti était-il armé ?

Filippo. – Il n'avait qu'une épée.

Bargello. – Pourquoi dis-tu : « Il n'avait qu'une épée » ?

Filippo. – Parce que cela m'a étonné qu'il ne prenne pas aussi ses pistolets, lui qui était si prudent.

Bargello. – Où gardait-il ses pistolets ?

Filippo. – Sur la table au chevet de son lit. Ils étaient en permanence chargés et amorcés, et personne n'avait le droit d'y toucher, même pour essuyer la poussière. Comme j'ai dit, c'était un homme très prudent.

Bargello. – Pourtant ce n'était guère prudent de se promener dans les rues de Rome la nuit, si peu armé et si peu accompagné.

Filippo. – C'est ce que je me suis dit, signor Bargello, quand il m'a commandé de le précéder avec une torche. Pour dire toute la vérité, je n'en menais pas large.

Bargello. – Sais-tu la raison de cette course nocturne ?

---

1. Cet interrogatoire eut lieu dans une pièce du palais Rusticucci (note du greffier).

Filippo. – Non, signor Bargello. Mais je sais où nous allions. Le signor Peretti me l'a dit.

Bargello. – Et où donc ?

Filippo. – Au palais de Montecavallo.

Bargello. – Mais le palais est fermé depuis huit jours.

Filippo. – Je le savais, et j'ai été surpris.

Bargello. – En somme, il y a beaucoup de choses qui t'ont surpris dans cette histoire.

Filippo. – Ah, ça ! vous pouvez le dire, signor Bargello ! Beaucoup !

Bargello. – Par exemple ?

Filippo. – Par exemple que le signor Peretti n'emmène pas plus de monde avec lui. Il y a une demi-douzaine d'hommes valides au palais Rusticucci, sans compter le gardien qui est un ancien soldat.

Bargello. – À quel moment le signor Peretti a-t-il pris la décision de sortir ?

Filippo. – Au moment où j'allais me coucher. Un peu avant onze heures. *Il mancino* venait de lui remettre un billet.

Bargello. – Sais-tu ce qu'il y avait dans ce billet ?

Filippo. – Non, signor Bargello.

Bargello. – Le signor Peretti a reçu ce billet un peu avant onze heures, mais il n'est sorti qu'à onze heures et demie. Que s'est-il passé pendant cette demi-heure ?

Filippo. – Toute la famille était là, dans le patio, à le supplier de ne pas mettre le pied dehors.

Bargello. – Qu'est-ce que tu entends, par «toute la famille» ?

Filippo. – La signora Camilla, la signora Tarquinia, la signorina Giulietta, le signor Flamineo. Ils s'accrochaient au signor Peretti en le suppliant de ne pas exposer sa vie. Ah, signor Bargello ! si vous aviez entendu cela, ce n'était que cris et lamentations !

Bargello. – Et la signora Vittoria ?

Filippo. – Ce n'est pas le genre de la signora de s'accrocher. Mais elle entreprit le signor Peretti après.

Bargello. – Après quoi ?

Filippo. – Quand le signor se fut dégagé de cette grappe de gens.

Bargello. – As-tu entendu ce qu'elle lui disait ?

Filippo. – Non, il y avait beaucoup de bruit. Tout le monde criait ou pleurait. Mais à son air, j'ai bien vu qu'elle plaidait, elle aussi, pour qu'il ne sorte pas.

Bargello. – Quel air avait-elle ?

Filippo. – Très effrayé, très inquiet. Elle se tordait les mains.

Bargello. – Combien de temps a duré cet entretien ?

Filippo. – Je ne sais pas. Une bonne dizaine de minutes peut-être, mais en deux fois.

Bargello. – Comment cela en deux fois ?

Filippo. – À un moment, la signora a quitté le signor Peretti et s'est approchée d'*il mancino* pour lui parler. Puis elle est revenue auprès du signor Peretti et a recommencé à le supplier.

Bargello. – Comment peux-tu dire qu'elle le suppliait, puisque tu n'as pas entendu ce qu'elle disait ?

Filippo. – Je l'ai compris à son air.

Bargello. – Puisque tu éclairais la scène de ta torche, tu aurais dû l'entendre.

Filippo. – Signor Bargello, je ne suis pas un menteur ! Je dis la vérité ! Le bruit qui se faisait autour de moi était infernal. En outre, il y avait trois porte-torches dans le patio et je n'étais pas le plus proche de la signora.

Bargello. – Que s'est-il passé ensuite ?

Filippo. – Le signor Peretti a ordonné à Pietro d'aller chercher son épée.

Bargello. – Et cette fois, tu l'as entendu…

Filippo. – Non, signor Bargello ! Je ne l'ai pas entendu ! Mais j'ai compris ce qu'il lui avait demandé quand j'ai vu Pietro revenir avec l'épée de mon maître. Signor Bargello, je vous prie, ne me traitez plus de menteur !

Bargello. – Je ne te traite pas de menteur. Que s'est-il passé ensuite ?

Filippo. – Pietro est revenu avec l'épée dans son fourreau et avec le ceinturon qu'on met autour de la taille pour le suspendre.

Bargello. – Et alors ?

Filippo. – Mon maître a dégainé l'épée et a jeté rageusement à terre le fourreau et le ceinturon.

Bargello. – Rageusement ?

Filippo. – Oui, il paraissait hors de lui. Puis il m'a ordonné avec rudesse de le précéder avec ma torche et il est sorti comme un fou. Je ne l'avais jamais vu dans cet état. Dans la rue, il m'a dit qu'on allait au palais de Montecavallo et il me criait : « Plus vite ! plus vite ! » Il marchait comme un dératé.

Bargello. – Et après ?

Filippo. – Après, vous savez bien ce qui est arrivé à mon maître : on me l'a tué !

Bargello. – Allons, Filippo, ne pleure pas. Est-ce qu'un homme doit pleurer ?

Filippo. – Pourquoi pas, s'il a du chagrin ? Et moi, j'ai deux fois du chagrin. D'abord parce que le signor Peretti était un bon maître et ensuite, parce que je ne sais pas ce que je vais devenir maintenant qu'il est mort.

Bargello. – Raconte-moi.

Filippo. – Signor Bargello, je n'aurais jamais dû naître pour voir une chose pareille ! Quel affreux malheur !

Bargello. – Allons, Filippo, poursuis, je te prie.

Filippo. – Excusez-moi, signor Bargello, je n'ai plus ma tête à moi. *Bene*, vous voyez la rue qui monte au palais de Montecavallo ? Elle monte beaucoup. Et là, mon maître a bien été forcé de ralentir sa marche. En outre, il était fatigué par sa course. À mi-côte, un coup d'arquebuse a éclaté derrière mon dos. Je me suis retourné, le signor Peretti était couché sur le dos, à terre. Sa cuisse droite saignait. Mais il n'avait pas lâché son épée.

Bargello. – Et alors qu'as-tu fait ?

Filippo. – J'ai jeté ma torche et je me suis sauvé.

Bargello. – Au lieu de porter secours à ton maître !

Filippo. – Porter secours à mon maître ! Et comment ? Et avec quoi ? Je n'avais même pas un couteau ! Et ces gens-là avaient une arquebuse ! Et maintenant, au palais Rusticucci, tout le monde me tombe dessus. Il faut entendre nos gens ! « Filippo, il a autant de couilles qu'un petit lapin ! » Quelle injustice ! J'aurais voulu les y voir ! Avec quoi ils se seraient battus contre ces bandits ? Avec les dents ?

Bargello. – Calme-toi, Filippo ! Voyons !

Filippo. – N'empêche, signor Bargello, que je n'ai quand

même pas manqué de courage. Car lorsque j'ai vu que ces assassins ne songeaient pas à me poursuivre et qu'ils ne me voyaient même pas, la torche ayant roulé sur la pente, une ou deux toises en dessous du signor Peretti, je suis revenu à pas de chat. Ce qui m'était facile, car j'avais aux pieds des chaussons de feutre. Et je me suis caché dans une encoignure de porte. C'est comme cela que j'ai tout entendu. Car moi, j'étais dans l'ombre et les bandits, éclairés par la torche. Je les ai vus comme je vous vois. Ils ont gravi tranquillement la côte jusqu'à l'endroit où le signor Peretti était étendu. Ils étaient deux.

Bargello. – Comment étaient-ils ?

Filippo. – Très polis.

Bargello. – Comment cela, « très polis » ?

Filippo. – Signor Bargello, encore une fois je vous dis la vérité ! J'ai trouvé que pour des bandits, ils parlaient très poliment au signor Peretti.

Bargello. – Ils lui ont parlé ?

Filippo. – Oh là là ! Toute une conversation ! Je n'en croyais pas mes oreilles !

Bargello. – Que se sont-ils dit ?

Filippo. – D'abord, mon maître, sans lâcher son épée, leur a jeté de sa main gauche sa bourse en disant : « Si c'est cela que vous voulez, prenez ! » À quoi le plus grand des deux répondit : « Avec votre respect, signor Peretti, votre bourse nous sera acquise de toute façon après votre mort. Nous avons mission de vous assassiner. – Et qui vous a donné cette mission ? – Un moine. Il vous a nommé et vous a montré à nous dimanche dernier alors que vous assistiez à la messe à Santa Maria de la Corte avec la signora votre épouse. – Sais-tu pourquoi ce moine voulait ma mort ? – À mon avis, signor Peretti, ce n'était qu'un intermédiaire. – Qu'est-ce qui te donne à penser cela ? – Une plaisanterie qu'il a faite. – Répète-la. – Excusez-moi, signor Peretti, c'est une plaisanterie très indélicate. – Dis quand même. – Le signor Peretti a une femme trop belle pour la garder pour lui tout seul. » Le second bandit dit alors au premier : « Barca, tu n'aurais pas dû répéter ces paroles. C'est une plaisanterie très grossière. »

Bargello. – Barca ? Tu as dit Barca ?

Filippo. – Oui, signor Bargello.

Bargello. – Greffier, notez bien ce nom. Barca. Comment était-il ?

Filippo. – Grand, carré, barbu. Du poil jusqu'aux yeux.

Bargello. – Et l'autre ?

Filippo. – Petit, imberbe, mince, la voix douce. À mon avis, celui-là était le giton de l'autre.

Bargello. – Le giton ?

Filippo. – D'après ce que j'ai entendu dire, il y a des hommes qui servent de femmes à d'autres hommes.

Bargello. – Poursuis.

Filippo. – Après cela…

Bargello. – Après quoi ?

Filippo. – Après la plaisanterie du moine rapportée par Barca, le signor Peretti a dit d'un ton très irrité : « Eh bien, qu'est-ce que vous attendez pour en finir ? – Signor, dit Barca, nous n'avons pas d'épée. Vous en avez une. Il faut attendre que l'arquebuse soit rechargée. – Voilà, dit le petit, elle est prête. » Et il la tendit à Barca qui la braqua sur le signor Peretti, mais le coup fit long feu. « Employez donc vos dagues », dit mon maître d'un ton de commandement.

Bargello. – D'un ton de commandement ?

Filippo. – Signor Bargello, je vous dis la vérité. Et ce n'est pas encore le plus incroyable. Car lorsque le signor Peretti commanda aux deux bandits d'employer leurs dagues, Barca dit avec reproche : « Signor Peretti, une dague contre une épée ? » Mon maître fit alors une chose tout à fait étonnante : il ramena son bras en arrière et lança son arme de toutes ses forces sur la pente de la rue ! L'épée roula et rebondit sur les pavés en faisant un bruit de ferraille. Ah ! signor ! il me semble que je l'entends encore ! (Il pleure.)

Bargello. – Allons, Filippo, remets-toi !

Filippo. – *Madonna mia !* Pourquoi mon maître a-t-il fait une chose pareille ? Se désarmer devant des bandits armés ?

Bargello. – Peut-être a-t-il pensé que la lutte était sans espoir. Ils étaient deux, après tout.

Filippo. – Mais s'il les avait tenus en respect, moi j'aurais eu le temps d'aller chercher du secours. Ce que j'ai fait d'ailleurs, mais trop tard.

Bargello. – Quand le signor Peretti a jeté son arme, que s'est-il passé ?

Filippo. – Ces deux-là ont pris tout leur temps. Ils se sont penchés sur lui et lui ont défait son pourpoint. Et comme mon maître s'impatientait, Barca lui a expliqué qu'il convoitait ce pourpoint, vu qu'il était en beau cuir de buffle, et qu'il ne voulait pas le gâter en le transperçant de sa dague. Je me suis enfui à ce moment-là. J'ai couru comme un fou jusqu'au palais Rusticucci : j'ai donné l'alarme. Quand je suis revenu sur les lieux avec tous les hommes valides de la maison, le corps de mon maître était encore chaud.

Domenico Acquaviva (il mancino)

Bargello. – Acquaviva, j'ai quelques questions à te poser [1].

Il mancino. – Ici, signor Bargello ? Dans cette salle basse ? Entouré de ces instruments de torture ? Oubliez-vous que j'ai mis fin à ma carrière de bandit ?

Bargello. – Ta carrière présente n'est pas moins immorale.

Il mancino. – Mais elle ne trouble pas l'ordre public et, entre autres joies, signor Bargello, elle m'a procuré celle de vous rendre parfois quelques petits services.

Bargello. – C'est un plaisir que de converser avec toi, Acquaviva : tu t'exprimes si bien.

Il mancino. – Pourtant, c'est un plaisir que je ne recherche pas, signor Bargello, sauf, comme j'ai dit, pour vous rendre quelques petits services.

Bargello. – Voilà deux fois que tu me les rappelles. C'était inutile, je me souvenais d'eux. Ma gratitude n'en est pas pour autant éternelle. Elle dépendra de tes réponses à mes questions.

Il mancino. – Quelles que soient celles-ci, je répondrai toute la vérité.

Bargello. – Qui ? Où ? Quand ?

Il mancino. – Je ne comprends pas.

---

1. L'interrogatoire eut lieu dans la salle en sous-sol de la Corte (note du greffier).

Bargello. – Je précise le « qui ». Le reste ira de soi. Qui t'a remis le billet que tu as apporté hier jeudi, à onze heures, au signor Peretti ?

Il mancino. – Un moine. À la taverne du *Mont des Oliviers*. À dix heures du soir.

Bargello. – Connaissais-tu ce moine ?

Il mancino. – Je ne le connaissais ni d'Abel ni de Caïn.

Bargello. – De Caïn plutôt. Comment était-il ?

Il mancino. – Cela me serait difficile à dire : il n'a pas retiré sa capuche. Et le bord en était rabattu bien au-delà des yeux. Vous connaissez la modestie des moines devant les dames. Et d'autant que d'aucunes, là où nous étions, faisaient parade de leurs appas.

Bargello. – Taille ? Corpulence ?

Il mancino. – Petit, mince, les mains longues, maigres, je dirais même squelettiques. Cependant, il bâfrait comme quatre. Une cicatrice au pouce gauche.

Bargello. – C'est bien vu. Quel dommage que tu sois de ce côté-là ! Tu m'aurais été si précieux de ce côté-ci. Que t'a dit ce moine ?

Il mancino. – Il m'a prié d'aller sur l'heure, vu l'urgence, porter ce billet au signor Peretti. Il m'a offert vingt piastres pour cette commission.

Bargello. – Cette commission, tu ne l'as pas trouvée quelque peu suspecte, vu l'heure tardive ?

Il mancino. – D'un quelconque quidam, oui. D'un moine, non. Je suis bon catholique.

Bargello. – Ce billet, le moine te l'a-t-il remis scellé ou simplement plié ?

Il mancino. – Plié.

Bargello. – S'il était simplement plié, quoi de plus facile que de le déplier et de le lire avant de le remettre au signor Peretti ?

Il mancino. – Quoi de plus facile, en effet, pour quelqu'un qui sait lire.

Bargello. – Et tu ne sais pas lire ?

Il mancino. – Hélas, non, signor Bargello. Ni lire ni écrire.

Bargello. – Tu parles remarquablement l'italien pour un analphabète.

Il mancino. – Tout le monde me le dit. J'étais peut-être doué pour d'autres métiers que ceux que j'ai faits.

Bargello. – Tu ne sais donc pas ce que contenait ce billet ?

Il mancino. – Si fait. Le signor Peretti, quand il l'a reçu, l'a lu à voix haute devant moi.

Bargello. – Quel en était le contenu ?

Il mancino. – Signor Bargello, vous le connaissez aussi bien que moi.

Bargello. – Dis toujours.

Il mancino. – Dans ce billet prétendument signé par lui, Marcello Accoramboni demandait au signor Francesco Peretti de se porter à son secours. Il l'attendait, blessé, sur les marches du palais Montecavallo.

Bargello. – Pourquoi dis-tu « prétendument » ?

Il mancino. – Parce que Marcello Accoramboni n'a pu donner ce rendez-vous, se trouvant depuis dix jours à Amalfi avec la signora Sorghini.

Bargello. – Il a pu revenir à Rome hier.

Il mancino. – Vous le sauriez. Il faut passer une douane et une police pour pénétrer dans Rome.

Bargello. – Ni la police ni la douane ne t'ont beaucoup gêné autrefois pour entrer dans la ville…

Il mancino. – C'est différent, signor Bargello. J'étais bandit. Je connais les points de passage. Marcello ne les connaît pas.

Bargello. – Tu aurais pu les lui faire connaître.

Il mancino. – Je ne prodigue pas mes informations.

Bargello. – Même à moi. Je m'en suis aperçu. Il te faudra revenir un jour avec moi sur ces points de passage, Acquaviva.

Il mancino. – Je veux bien. Mais ça ne servirait pas à grand-chose. Quand l'un est éventé, un autre se crée.

Bargello. – Revenons à ce billet. Tu ne le crois donc pas authentique ?

Il mancino. – Mais sauf votre respect, vous non plus, signor Bargello. Comment Marcello Accoramboni aurait-il pu écrire et signer un billet qui, le meurtre de son beau-frère à peine découvert, l'enverrait tout botté au gibet ?

Bargello. – Il aurait pu espérer de hautes protections.

Il mancino. – À Amalfi ?

Bargello. – À Amalfi, non, mais à Montegiordano ?

Il mancino. – D'après ce que j'ai ouï dire, Marcello Accoramboni n'a plus aucune attache avec Montegiordano.

Bargello. – Acquaviva, est-ce là tout ce que tu as ouï dire ?

Il mancino. – Oui, signor Bargello.

Bargello. – Ta propre sœur est pourtant la cameriera de la signora Peretti.

Il mancino. – En effet, signor Bargello.

Bargello. – Peut-être sera-t-elle plus encline que toi à laisser parler sa mémoire ?

Il mancino. – Ma mémoire ne me reproche que mon passé. Quant à Caterina, elle s'est confessée régulièrement au père Barichelli à Santa Maria. Et se confesse à Rome au curé Racasi. À vous-même, si vous l'entreprenez. Vous la trouverez franche comme l'or.

Bargello. – Nous verrons bien.

Il mancino. – Signor Bargello, ne soyez pas trop dur avec ma petite sœur.

Bargello. – Pas plus qu'avec toi. Je recherche la vérité.

Il mancino. – Elle n'est peut-être pas où vous croyez la trouver.

Bargello. – Que veux-tu dire ?

Il mancino. – Que quiconque a ordonné ce meurtre a cherché aussi à compromettre Marcello Accoramboni.

Bargello. – Je te remercie de l'aide précieuse que tu m'apportes dans mon enquête.

Il mancino. – Signor Bargello, vous vous moquez de moi.

Bargello. – À peine. Revenons au moment où tu as remis ce billet au signor Peretti. T'a-t-il demandé ton avis ?

Il mancino. – Oui, signor Bargello. Et je lui ai fortement déconseillé de se hasarder dans les rues de Rome la nuit.

Bargello. – Mais toi-même, Acquaviva, pour porter ce message, tu t'y étais hasardé !

Il mancino. – Moi, c'est différent. Je suis connu. Les mauvais garçons ne se mangent pas entre eux.

Bargello. – Le signor Peretti t'a-t-il écouté ?

Il mancino. – Non. Il paraissait résolu à porter secours à son beau-frère. Voyant quoi, j'ai alerté la signora Tarquinia

Accoramboni. Elle a demandé à voir le billet écrit par son fils et a déclaré haut et clair qu'il n'était pas de sa main.

Bargello. – C'est alors que toute la famille est accourue et que les cris et les pleurs ont commencé ?

Il mancino. – C'est bien cela. Famille et domestique compris, il y eut bientôt vingt personnes dans ce patio. Et même ceux qui s'étaient couchés s'étaient relevés pour être là. Tout ce monde, à la lumière des torches, allait de droite à gauche, criait, pleurait, s'agitait, levait les bras au ciel. Vous vous seriez cru au théâtre.

Bargello. – Il semblerait qu'à un moment donné, la signora Peretti ait désiré s'entretenir avec toi. Que t'a-t-elle dit ?

Il mancino. – Elle m'a demandé, voyant le signor Peretti si résolu à se rendre à ce rendez-vous, si je consentirais, le cas échéant, à l'accompagner.

Bargello. – Et que lui as-tu répondu ?

Il mancino. – Que je m'y refusais absolument. Même si le signor Peretti se donnait une escorte de dix personnes ! Que ce rendez-vous, à mon avis, était un piège et que la seule chose à faire devant un piège, c'était de ne pas aller s'y fourrer.

Bargello. – Qu'a-t-elle fait alors ?

Il mancino. – Elle est allée répéter mes propos au signor Peretti en le suppliant de renoncer à son projet. Elle parlait avec une certaine véhémence.

Bargello. – J'imagine qu'elle s'est jetée dans les bras de son mari.

Il mancino. – Non. Ce n'est pas le genre de la signora Peretti. Elle a quelque chose de royal.

Bargello. – À quoi attribues-tu ce comportement ?

Il mancino. – Au fait que dès l'enfance, le monde entier l'a adorée pour sa beauté.

Bargello. – As-tu entendu ce qu'elle disait à son mari ?

Il mancino. – Non. Pas vraiment. Il y avait trop de bruit.

Bargello. – Où était Caterina à ce moment ?

Il mancino. – Aux côtés de la signora. Elle la suit comme son ombre.

Bargello. – Elle pourra donc me répéter ce que mari et femme se sont dit à cette occasion.

Il mancino. – Signor Bargello, je vous prie, ne soyez pas

trop dur avec ma petite sœur. Elle est très sensible. Une petite gifle et elle est au bord des larmes.

Bargello. – On dirait à t'entendre que tu aimes les femmes. Et pourtant, tu vis d'elles.

Il mancino. – Signor Bargello ! Je n'ai jamais demandé d'argent à ma sœur Caterina !

Bargello. – Ne te fâche pas. Je ne parlais pas d'elle, mais des filles du *Mont des Oliviers*.

Il mancino. – Celles-là, c'est différent. Je vis d'elles, mais elles vivent grâce à moi. Si je n'étais pas là, elles se feraient assassiner par le premier chaland venu.

Caterina Acquaviva

Quand Filippo dans la nuit du jeudi au vendredi nous apprit la funeste nouvelle, je crus que la signora allait devenir folle. Elle pleurait, criait, se griffait les joues, et littéralement s'arrachait les cheveux. Ce fut bien pis quand nos gens apportèrent le corps tout sanglant du signor Peretti sur lequel elle se jeta en sanglotant de plus belle, tachant du sang de son mari sa robe de nuit et même ses cheveux. Pendant tout ce temps, elle fut secouée de spasmes violents, tantôt poussant des cris déchirants, tantôt gémissant comme une bête, mais Dieu merci, incapable d'articuler un seul mot. Je dis Dieu merci, car observant qu'elle ne se contrôlait plus, j'étais morte de peur à la pensée qu'elle pourrait en dire plus qu'il n'en fallait devant la famille et le reste du domestique… Par bonheur, incapable de supporter plus longtemps son propre déchaînement, la signora finit par s'évanouir, ce qui me permit, aidée de Giulietta et de deux de nos gens, de la transporter dans sa chambre.

Dès qu'elle fut sur son lit, je renvoyai les serviteurs, mais par malheur, je ne pouvais en faire autant avec la signorina Giulietta qui avait tout l'air de vouloir s'incruster dans cette chambre – où depuis Santa Maria et sa fâcherie avec sa cousine elle n'était plus reçue. Elle était là à faire l'importante et l'affairée et je voyais bien, à ses yeux fureteurs, qu'elle se préparait à fourrer partout son long nez de vieille fille. Qui sait même, me disais-je, si elle ne va pas m'envoyer en course pour fouiller la pièce et interroger la signora dès le moment de son réveil pour lui extorquer ses secrets ?

Je prends les devants et, faisant semblant de passer en revue les pots et onguents qui se trouvent sur la toilette, je lui dis :

– Signorina, je ne trouve plus le flacon de sels de la signora. Voudriez-vous être assez bonne pour aller chercher le vôtre dans votre chambre ?

Je vois bien à son air qu'elle brûle de me dire d'y aller moi-même. Mais je sais aussi qu'elle ne le fera pas. Pour l'ordre, c'est une vraie maniaque. Elle a horreur qu'on touche à ses affaires. Et même qu'on mette le pied dans sa chambre, allant jusqu'à vouloir être présente quand sa cameriera dépoussière. Et en effet, elle me dit d'un air pincé et un regard passablement venimeux :

– J'y vais.

Le venin vient du fait que cette idiote est follement amoureuse de Marcello et qu'à force de l'épier, elle a surpris mes relations avec lui. Elle en a fait aussitôt ses plaintes au signor Peretti, à la signora Camilla, à la signora Tarquinia. À plusieurs reprises et sans aucun résultat. Vous pensez si ça les émeut : l'intrigue d'un fils de bonne famille avec une petite cameriera comme moi ! Beaucoup moins, en tout cas, qu'un concubinage public avec une vieille ! Et qui oserait aller affronter la signora Vittoria pour lui demander mon renvoi ?

Dès que la Giulietta est sortie, je ferme à clé la porte de la chambrette qui précède celle-ci et avec de petites tapes sur les joues, je vais ranimer la signora qui déjà a les yeux qui papillotent et un peu plus de couleurs aux joues. Je la plains, car le malheur va lui revenir avec la connaissance. Mais je ne perds pas la tête. Et dès que je la vois en état de comprendre, je me hâte de lui dire :

– Signora, j'ai verrouillé. J'ai pensé que vous ne voudriez recevoir personne.

Elle murmure d'une voix faible :

– Tu as raison. Personne.

Et quand Giulietta à son retour se cogne le nez sur la porte et m'appelle de la galerie, j'ai beaucoup de mal à prendre le ton qu'il faut pour lui dire :

– Je suis désolée, signorina. J'ai verrouillé sur l'ordre de la signora. Elle ne veut voir personne.

– Qui dit cela ? dit Giulietta d'une voix irritée.

– Mais la signora, bien sûr, signorina.

– Je ne te crois pas.

– Signora, dis-je en me tournant vers ma maîtresse, la signorina Giulietta ne me croit pas.

– Allons, Giulietta, dit la signora d'une voix faible, mais suffisamment distincte, laisse-moi, je te prie, je désire être seule.

– C'est bien ! À ton aise ! dit Giulietta d'une voix furieuse. Ce que j'en faisais, c'est pour t'aider.

C'est dommage que je ne puisse être à la fois derrière la porte pour la lui interdire et devant, pour voir son nez s'allonger. Je pousse un soupir. *Madonna mia !* Nous l'avons échappé belle ! Et Dieu sait ! J'avais bien raison de trembler, car à peine ai-je refermé la deuxième porte – celle qui conduit de ma chambrette à sa chambre – que la signora éclate en paroles confuses, mais qui auraient été bien trop claires pour Giulietta si elle les avait entendues.

– Le misérable ! dit-elle, il l'a tué ! Il a trahi sa promesse ! Une promesse faite sous serment ! Francesco l'avait épargné et voilà la récompense ! Un odieux guet-apens ! Une lâche meurtrerie ! Des assassins gagés ! Il n'a même pas eu le courage de le tuer de sa main ! Oh ! c'est odieux ! Odieux ! Je ne lui pardonnerai jamais ! Un héros, lui ? Le beau héros ! Un Turc n'aurait pas agi plus mal ! Mais je vengerai Francesco. Je déshonorerai ce lâche publiquement. J'avouerai tout ! On saura comment il m'a subornée, bercée de belles paroles, salie de son sale amour. On saura avec quelle noblesse Francesco lui a fait grâce et avec quelle bassesse lui, en retour… Oh, je le hais ! Je le hais !

J'écoute la signora. Je suis béante et terrifiée. Je n'arrive pas à placer un seul mot. Elle s'est levée, elle marche de long en large dans la pièce car au mutisme du premier chagrin succède un flot de paroles entrecoupées, prononcées d'une voix basse (heureusement), tandis qu'elle se mord les poings et cette fois sans une larme, l'œil lançant des éclairs et la bouche tordue dans sa rage.

Quand enfin elle reprend sa respiration, je dis d'une voix basse mais avec beaucoup de fermeté :

– Avouer tout, signora ? Vous n'y pensez pas. On vous fera un procès public en adultère. Et on vous fera aussi une grande grâce, vu que vous êtes noble par mariage : vous serez étranglée avec un cordon de soie rouge.

– Eh bien ! dit-elle en relevant la tête, et les yeux lui saillant des orbites dans son exaltation, je mourrai ! J'ai tant à expier ! N'est-ce pas à cause de moi que Francesco est mort ?

– Vous avez raison, signora, dis-je d'un ton froid. Etranglée avec un cordon de soie rouge, ce n'est rien. Il faut une minute pour mourir. Une minute, c'est vite passé. Même quand les secondes sont longues. Mais quand on n'est pas noble, on vous pend. Et d'après *il mancino*, il faut vingt minutes alors pour trépasser.

– Pourquoi dis-tu cela, Caterina ? dit-elle, saisie.

– Parce que moi, je ne suis pas noble, signora. Et qu'à la suite de vos aveux, je serai pendue comme complice.

– Je n'avais pas pensé à cela, dit-elle.

Si elle n'était pas ma maîtresse, je lui dirais que ça ne m'étonne pas et qu'en général, elle ne pense pas beaucoup aux autres. Ce n'est pas qu'elle ne soit pas généreuse. On l'a trop adorée, voilà. Dès son jeune âge ! Ces séances sur sa terrasse à Gubbio !…

– Sans compter, dis-je, que Marcello, lui aussi, sera pendu !

– Mais il n'y est pour rien, crie-t-elle, dans ce meurtre odieux. Il est à Amalfi et ce billet n'est pas de sa main !

– On dira qu'il est revenu à Rome en secret et qu'il a déguisé son écriture. Quant à vous, signora, si vous révélez votre liaison avec Paolo, qui voudra croire à Rome que vous n'avez pas trempé dans le meurtre de votre mari ?

– Oh ! dit-elle, mais c'est indigne ! Je ne pourrais pas supporter ce soupçon ! Je me tuerais !

– Alors, vous serez damnée, signora ! Et votre mort n'empêchera nullement les juges de nous pendre, Marcello et moi. Le seul survivant de cette histoire, voyez-vous, signora, ce sera le prince. Il s'en tirera, lui, le mieux du monde. Vous pensez si le pape osera aller l'attaquer dans sa forteresse de Montegiordano ! Voilà où aboutira votre vengeance, signora ! Faites le bilan ! Le prince sain et sauf dans son beau palais et très loin au-dessous de lui, quatre morts : vous, Marcello, moi et la Sorghini.

– La Sorghini ?

– Assurément. N'est-elle pas complice, elle aussi, puisqu'elle vous a prêté sa maison ?

– C'est vrai, dit-elle, et elle se laisse tomber sur un cancan, anéantie.

La vérité commence à se faire jour en elle. Il faut qu'elle renonce au rôle héroïque de la femme adultère qui confesse tout en public et meurt en sainte.

– Sans compter, dis-je, qu'après votre mort, toutes les Romaines vont de plus belle raffoler du prince et se jeter à sa tête.

– Caterina, dit-elle, ne me parle plus de cet être abject !

Je viens de lui faire beaucoup de mal, il me semble, mais tant pis. C'est bien son tour ! Les autres existent, eux aussi. Et moi, depuis le début de cet entretien, j'ai les jambes qui tremblent et des frissons à la racine des cheveux. C'est tout juste si je ne sens pas le nœud de la corde se resserrer autour de mon cou.

– Signora, dis-je au bout d'un moment, où avez-vous caché la clé de la maison Sorghini ?

– Dans mon coffret à bijoux. Que veux-tu en faire ?

– La porter dans la chambre de Marcello.

– Pourquoi ?

– Si on fouille sa chambre, quoi de plus naturel que d'y trouver cette clé ? Tandis que chez vous…

– Tu penses donc, dit-elle d'une voix éteinte, qu'on va fouiller ma chambre ?

– J'en suis certaine.

– Comment peux-tu en être si sûre ?

– Signora, je suis la petite sœur d'*il mancino*. Les histoires sur la police, j'en ai entendu toute ma vie.

– Enfin, fais ce que tu veux, dit-elle avec lassitude.

Cette clé des délices (et elles ont été si brèves, pauvre signora), je n'ai aucun mal à la trouver dans le coffret à bijoux, si terne, au milieu des perles, des pierres et de l'or.

– Signora, dis-je, plaise à vous de verrouiller votre porte derrière moi pour éviter les incursions et de me rouvrir quand je reviendrai.

– Va, dit-elle.

À l'aller comme au retour, je n'ai pas rencontré âmes qui vivent. Elles sont toutes à entourer le mort dans la grande salle, à pleurer son départ vers un monde meilleur et, pour les domestiques, à pleurer sur leur avenir : qui va les payer maintenant que le chambellan de Sa Sainteté n'est plus ?

Je reviens, j'appelle la signora, elle m'ouvre, je trouve la chambre illuminée. En mon absence, elle a allumé les chandelles de sa toilette et elle est occupée à brûler une par une sur une soucoupe les six lettres numérotées que Marcello lui a remises. Je ne dis rien. Je suis contente qu'elle prenne enfin en main sa propre protection. Et tandis qu'elle regarde se consumer sans un pleur et le visage glacé les lettres qu'elle a lues il y a deux semaines à peine avec tant d'amour, je pense déjà à ce qu'il faudra que nous disions au Bargello, l'une et l'autre, pour accorder nos violons.

Le lendemain, quand je vois le Bargello s'enfermer dans une petite salle avec Filippo, je pense que mon tour va venir d'être interrogée et j'espère bien qu'il viendra avant celui de la signora, à qui j'ai conseillé de dire qu'elle sera prête à répondre aux questions en fin de matinée. Je préfère passer la première et avoir le temps, après, de lui donner le « la ».

Je passe dans ma petite chambre pour faire quelque toilette et revêtir un corps de cotte avec un décolleté carré qui me sied mieux qu'aucun autre, et on sait bien pourquoi. À la réflexion, je ne laisse rien au hasard et je déboutonne les deux boutons du haut, non pas tant pour montrer davantage que pour attirer l'œil. Je repasse aussi mon rôle et tout en étant assez sûre de moi dans le fond, je suis passablement tremblante en surface, n'ayant jamais tant vu cet homme de ma vie, et ignorant à qui je vais avoir affaire. Le cœur me saute dans la poitrine quand Pietro vient me dire que le Bargello m'attend dans la chambre de Marcello. Je ne sais pas si c'est bien catholique, mais je fais une petite prière au Bon Dieu pour qu'il soit le genre d'homme qui aime les femmes, et non l'inverse.

Il m'ouvre la porte pour me faire entrer, et quand il la referme derrière moi à clé, et se retourne pour me regarder, ce seul regard me suffit. Je sais que je suis exaucée.

Et cela me fait d'autant plus plaisir qu'à le voir de plus près, je le trouve bel homme, assez grand, l'épaule carrée, la taille mince, le cheveu brun bouclé. C'est vrai qu'avec son nez aquilin et ses yeux noirs perçants, il a l'air plutôt sévère, mais il n'y a qu'à regarder sa bouche pour comprendre que ce n'est pas un pisse-froid. Il ne m'échappe pas non plus qu'il n'a pas amené son greffier avec lui comme il a fait pour Filippo.

— Caterina, me dit-il, l'air grave (mais l'œil accroché au passage par mon décolleté), j'ai quelques questions à te poser sur ce qui s'est passé à Santa Maria entre le malheureux signor Peretti et la signora.

— Eh bien, signor Bargello, c'est bien simple, ils se sont disputés. La signora reprochait au signor de l'avoir recluse dans un désert simplement pour avoir lu une lettre qu'elle avait brûlée ensuite et à laquelle elle n'avait pas répondu.

— Qui avait apporté cette lettre ?

— Le signor Marcello. Il était alors le secrétaire de…

— Ne cite pas de nom !

Je le regarde. Il en a de la chance, le prince ! Non seulement on n'ira pas l'interroger, lui, dans son palais, mais on ne mentionnera même pas son nom dans l'enquête.

— Ils se sont disputés seulement à cause de cela ? dit le Bargello qui a parfaitement compris mon regard et qui n'a pas l'air lui-même bien à l'aise : Ce qui me le rend sympathique. À mon avis, c'est le genre de policier qui n'hésiterait pas à aller interroger le prince dans son palais au milieu de ses bannis, si on osait lui en donner l'ordre.

— Non, signor Bargello. Il y a eu une autre dispute. Voici pourquoi : À Santa Maria, la signora n'avait pas voulu habiter dans le palais, mais dans une petite maisonnette au bord de la falaise. Or une nuit, il y eut une tempête épouvantable et au matin, on a trouvé les fragments d'une barque brisée dans une petite crique au pied de la falaise. Là-dessus, le signor Peretti est arrivé fou furieux, une épée nue à la main. La signora et moi, nous étions tranquillement en train de nous promener sur le terre-plein devant la maisonnette pour goûter le premier soleil. Le signor Peretti a fondu sur nous l'épée haute, hurlant que la barque devait appartenir au seigneur qui avait écrit à la signora. Là-dessus, je m'interpose. Sans le vouloir, le signor me blesse légèrement à l'épaule. Vous voulez voir la cicatrice, signor Bargello ? La signora, outrée, se jette sur lui, l'accable de reproches, et il s'en va. Mais il est revenu, deux jours plus tard, il s'est excusé et ils se sont réconciliés.

– Comment ?

Je lui fais le bel œil et dis :

– À votre avis, signor Bargello, comment un mari et une femme se réconcilient-ils ?

– Je ne sais pas, dit-il. Je suis célibataire.

Et il sourit. Ah, le sourire ! Et la petite moustache noire qui l'accompagne !

– *Bene*, dit-il, reprenant son sérieux, venons-en maintenant à la nuit du jeudi au vendredi. Comment peut-on comprendre que le signor Peretti ait passé outre aux supplications de toute la famille et qu'il ait commis la folle imprudence de sortir, seul, la nuit à Rome, à peine armé d'une épée ? Personne ici ne peut m'expliquer pourquoi il a fait cela !

Ici il me semble que le Bargello me tend un hameçon de taille, et je me demande si c'est l'intérêt ou non de la signora, et du mien, que j'y morde. Je penche pour oui. On a dû lui dire que je n'avais pas quitté la signora d'une semelle cette nuit-là. Et qu'il est probable que j'ai tout entendu de ce qui s'est dit ce soir-là entre elle et le signor Peretti. C'est, d'ailleurs, un point que j'ai discuté avec elle tandis qu'elle brûlait les lettres et sur lequel nous sommes convenues d'une version à nous – pas trop loin de la vérité, mais pas trop proche non plus pour ne pas rendre la signora suspecte. Pendant que je réfléchis ainsi, plus vite que je ne le dis ici, je fais au Bargello quelques petites coquetteries pour détourner de ma face son œil perçant. Je ne sais si j'y réussis vraiment. Si ses prunelles noires se laissent taquiner, et s'égarent un peu dans les alentours, elles reviennent vite se ficher dans les miennes.

– Je ne sais pas, dis-je d'un air faussement hésitant, si la signora aimerait beaucoup que je vous raconte cela…

– Allons, ma belle, dit-il, ne fais pas de manières, parle : je t'en saurai gré.

– Eh bien, ce jeudi-là, il y a eu une petite dispute entre la signora et le signor Peretti. La signora avait eu très mal à la tête toute la journée et dans la soirée, quand le signor Peretti est venu lui demander de passer la nuit dans sa chambre, elle a refusé un peu…

– Un peu sèchement ?

– Enfin, disons qu'elle n'a pas été très gentille. Le signor Peretti s'est fâché et voilà ! Vous savez comment cela se passe dans ces cas-là !

– Non, je ne sais pas, je ne suis pas marié, moi.

– On a ressorti de part et d'autre les vieux griefs. Et notamment ce qui était arrivé à Santa Maria.

– L'irruption sur la terrasse devant la maisonnette, l'épée nue à la main ?

– Oui, cette affaire-là, entre autres.

– Il y a eu d'autres griefs ?

– Oui, et à mon avis assez futiles.

– Dis-moi.

– La veille de la dispute sur la terrasse de Santa Maria, il y a eu une terrible tempête. Et le signor Peretti a envoyé le majordomo dire à la signora qu'il craignait pour sa sécurité et qu'il lui demandait de quitter la maisonnette et de revenir au palais.

– Et elle le lui reprochait ? C'était une attention, pourtant.

– Elle lui reprochait d'avoir envoyé le majordomo et de n'être pas venu en personne. Il avait eu peur, dit-elle, de l'orage et de la foudre.

– Voilà bien les femmes ! Et comment le signor Peretti le prit-il ?

– Très mal. Il lui a dit : « Vous osez me dire que vous me tenez pour un lâche ? » Il était blanc comme un linge, serrait les dents, il pouvait à peine parler. Et quand il y est parvenu, pour la première fois, je lui ai entendu dire à sa femme des choses assez méchantes.

– Par exemple ?

– « Vous êtes une folle, une vraie folle ! Vous lisez trop ! Vous avez la tête farcie de vos héros ! » Et il est parti en claquant la porte.

– Et à quelle heure cela s'est-il passé ?

– Un peu avant onze heures. Du moins, je crois. Mon frère est arrivé aussitôt après avec le fameux billet. Malheureusement, il ne sait pas lire. Sans cela il ne l'aurait jamais remis au signor Peretti.

– Même pour vingt piastres ?

– Signor Bargello, mon frère a de grandes obligations envers le signor Peretti. C'est grâce à lui que son bannissement de Rome a été levé.

– Grâce à lui et grâce à moi. J'ai entendu dire que toute la famille, à ce moment-là, entourait Peretti et s'accrochait à lui avec des cris et des larmes en le suppliant de ne pas sortir.

– C'est vrai.

– Mais que la signora restait à l'écart.

– C'est vrai aussi. Ce n'est pas son genre de se pendre au cou de quelqu'un ou de se traîner à ses pieds. Mais quand le signor Peretti s'est dégagé, elle l'a entrepris.

– Que lui a-t-elle dit ?

– Que le billet de Marcello était un faux, que ce rendez-vous était un piège, et qu'il ne devait pas y tomber. Mais il ne l'écoutait pas. Il était encore furieux de leur dispute, et à tout ce que la signora disait, il ne faisait que répéter : « Je vais vous montrer que je ne suis pas un lâche ! » Il répétait cela sans arrêt.

– Et la signora, que disait-elle ?

– Qu'elle n'avait pas voulu dire qu'il était un lâche, que c'était un malentendu, qu'elle le priait de l'excuser. Mais il ne voulait rien entendre. Il reprenait sans fin sa litanie.

– Je vois, dit le Bargello.

Il met les mains derrière le dos, me regarde en silence de ses yeux gris perçants, et pour la première fois depuis qu'il m'interroge, j'ai un peu peur.

– Tout cela, dit-il, tout cela est bel et bon, ma belle.

La phrase doit lui plaire, car il répète :

– Tout cela est bel et bon, ma belle. Tu me dis la vérité, j'en suis convaincu. Oui, tu me dis la vérité. Enfin, presque…

Un silence, un regard perçant et il reprend :

– Et tu es une bonne fille, Caterina. Tu as bon cœur. Tu aimes beaucoup ta maîtresse. Tu aimes beaucoup *il mancino*. Et il y a sûrement quelqu'un d'autre que tu aimes aussi beau-coup, peut-être même dans cette chambre. Mais peu importe. Je ne suis pas ton confesseur. Seulement…

Il me regarde, il fait la moue et se tait comme s'il s'attendait à ce que je lui pose une question. Mais je ne dis rien. Peut-être est-ce une faute de ne rien dire. Mais je suis incapable d'ouvrir la bouche. Je sens un petit frisson me descendre le long de l'échine.

– Seulement, dit-il, quelque chose m'étonne. Il me semble que si la signora avait *vraiment* voulu empêcher le signor Peretti de sortir, elle en avait le moyen.

Là aussi, il attend ma question, et là aussi je ne dis rien. Et je suis bien sûre cette fois que c'est une erreur de ne rien dire. Mais j'ai beau être furieuse contre moi, je me tais. Je n'y peux rien.

– Tu ne me demandes pas quel est ce moyen ?

– Si, dis-je faiblement, quel est-il ?

– Voyons, Caterina, dit-il, tu sais bien lequel. Pourquoi me le demandes-tu, puisque tu le sais ?

– Signor Bargello ! dis-je avec indignation, vous me demandez de vous poser une question et quand je la pose, vous me le reprochez !

Il rit, mais beaucoup plus raisin que figue.

– Voyez-vous cette petite futée ! dit-il. Allons, Caterina, pas d'échappatoire ! Et réponds-moi franchement. Si tu avais été à la place de la signora, qu'aurais-tu fait pour retenir ton mari ? Surtout en considération du fait que quelques instants plus tôt, il t'avait demandé le gîte d'une nuit.

– Ah ! signor Bargello ! dis-je, pourquoi me posez-vous cette question, puisque vous connaissez la réponse ? Mais moi, je ne suis pas la signora. La signora, c'est une reine ! Quand elle a dit « non », il ne lui est pas facile de revenir sur son « non ».

– Tu veux dire qu'elle n'y a même pas pensé ?

– Si ! dis-je aussitôt, mais trop tard ! Il était déjà parti ! Et elle a amèrement regretté de ne pas en avoir eu l'idée plus tôt !

Bien que je crie cela avec l'accent de la vérité, c'est à la fois vrai et faux. C'est vrai qu'elle le regrette maintenant. Ce n'est pas vrai qu'elle l'a regretté alors. Sur le moment, je suis sûre que l'idée ne l'a même pas effleurée.

Quant au Bargello, je ne sais s'il me croit ou ne me croit pas. Ses yeux gris, fixés sur les miens, sont impénétrables.

Tout ce qu'il fait au bout d'un moment, c'est de hausser les épaules comme pour dire que toutes ces spéculations n'ont, au fond, pas grand intérêt. Puis tout d'un coup, son regard change et il dit d'un ton détaché, mais avec un petit pli joueur au coin de la lèvre :

– Voyons maintenant cette cicatrice à l'épaule droite que tu dois soi-disant au signor Peretti !

– Vous en doutez, signor Bargello ?

– J'en douterai tant que je ne l'aurai pas vue.

– À votre aise, signor Bargello.

Et je commence à déboutonner mon corps de cotte lentement et avec quelque coquetterie, mais sans trop forcer sur les petites mines. La bouche du Bargello me paraît maintenant plus expressive que ses yeux, pour la raison que ses yeux, je ne les vois plus. Ils ne regardent pas les miens. Il a baissé ses paupières pour suivre mon déshabillage.

Quand enfin il promène sa main sur ma cicatrice, je suis étonnée de trouver ses doigts si doux et son toucher si délicat.

Il dit avec un petit rire :

– Pour parler franc, je serais bien incapable de dire si cette cicatrice est vieille d'un an ou d'un mois, ou même si elle est due à une épée ou à une épine. Peut-être quelqu'un t'a battue, mais seulement avec une rose. Tu es si bonne fille. Et non seulement tu as bon cœur, Caterina, mais ce qui le recouvre n'est pas mal non plus.

Ce disant, il m'enveloppe le sein gauche d'une caresse légère et rapide qui me fait frémir de la tête aux pieds. J'ai tant tremblé ! *Dio mio*, c'est bien fini ! Je le laisse me déshabiller et faire de moi tout ce qu'il veut. *Madonna mia*, ces questions qu'il m'a posées ! Ces petits pièges prêts à se refermer sur moi comme les mâchoires d'une vingtaine de tigres et la corde au bout, si je tombais ! C'est un immense soulagement de ne plus avoir à me torturer les méninges pour savoir ce que je dois lui dire ou non, et le dire vite pour avoir l'air franc. Maintenant, je n'ai plus qu'à me laisser glisser, car c'est un vrai délice, au fond de moi, de me laisser prendre par un homme qui m'a fait si peur. Et qui ne me pose plus de questions avec des yeux qui vrillent les miens ! Ses yeux, les voilà dans mon cou avec sa bouche qui me mord ! Plus de paroles, Dieu merci ! Des soupirs, des halètements. Je suis toute à mon affaire ! Et lui aussi, avec son orgueil viril ! Mais lequel des deux possède l'autre, je voudrais bien le savoir.

Il Bargello

En mon absence, mon greffier a reçu deux lettres, l'une transmise par Son Excellence le gouverneur de Rome, l'autre remise à un de mes sbires par un mendiant qui s'est enfui. La première est signée. La seconde anonyme. Toutes deux sont curieuses.

Le signataire de la première se nomme Cesare Pallantieri. Je le connais fort bien, l'ayant fait bannir de Rome pour ses crimes. Il déclare qu'aidé en cela par Marcello Accoramboni, il a fait assassiner Peretti à la suite d'une dispute qu'il avait eue avec lui quelque temps auparavant. Il ne précise ni le sujet de la querelle, ni sa date exacte, ni le lieu où elle s'est produite. Je suppose qu'on a payé Cesare Pallantieri pour écrire ce poulet qui me paraît avoir deux buts : le premier, d'innocenter le véritable inspirateur de l'assassinat. Le second, de compromettre Marcello Accoramboni.

Bien qu'elle soit anonyme, je prends la deuxième lettre plus au sérieux. En l'absence de la signora Sorghini, Vittoria Accoramboni aurait rencontré secrètement «un certain seigneur» dans la maison de ladite veuve. Elle y pénétrait par une petite porte de derrière dont elle a la clef.

Je me rends aussitôt sur place. Les lieux sont très exactement décrits dans la lettre : une impasse fort étroite où on voit un porche large ouvert. Il donne sur un couloir qui dessert une porte, elle aussi large ouverte sur une petite chapelle que la signora Sorghini a mise, me dit-on, à la disposition de moines mendiants à la condition qu'ils prient pour le salut de son âme. Mais au fond de ce même couloir, on voit une seconde porte qui, elle, est fermée à clef et qui doit permettre d'entrer dans le palais Sorghini, ou à tout le moins de gagner sa terrasse.

De la fenêtre d'une maison voisine où l'on a bien voulu

m'admettre, j'ai pu avoir une vue sur cette terrasse. Son balcon est orné d'une profusion de géraniums et une grande tente s'y dresse, fermée par des courtines blanches. Blanches aussi ont dû être les âmes qui, sous leur couvert, y ont batifolé.

On imagine très bien que quelque signora, étroitement masquée, sous le prétexte de faire une petite prière, pénètre par l'innocent couloir du rez-de-chaussée et s'agenouille dans la chapelle avant d'accéder à la terrasse par la petite porte que j'ai dite et qui, pour être étroite, ne mène pas au ciel.

Après en avoir référé au gouverneur Portici, je décide de faire fouiller par mes sbires le palais Rusticucci. Je ne trouve rien dans la chambre de la signora, mais en revanche, je trouve dans celle de Marcello Accoramboni une clef qui ouvre la porte de derrière de la maison Sorghini. Mais cela ne prouve rien contre sa sœur, Marcello était connu *urbi et orbi* pour être l'amant de la Sorghini.

J'interroge les hôtes de la maison dont la fenêtre m'a permis d'avoir des vues sur la terrasse Sorghini. Le mari à mes questions se dérobe, mais la signora est plus bavarde. Avant le départ de la Sorghini, il lui est arrivé de voir les courtines de la tente ouvertes. Et d'apercevoir, par l'entrebâillement, une grande couche blanche et une cuve à baigner. «Tout cela sur une terrasse ! *La Sorghini, que svergognata* [1] ! Un jour, le croiriez-vous, signor Bargello, j'ai même vu ce vaurien de Marcello, en plein midi, se prélasser, nu, en dehors de la tente. – Comment cela, signora ? Nu ? en plein midi ? – À tout le moins, je l'aurais vu nu, dit la signora en rougissant, s'il n'y avait pas eu tous ces géraniums. – Et après le départ de la Sorghini pour Amalfi, qu'avez-vous vu, signora ? – Rien, dit-elle comme à regret, les rideaux sont demeurés clos. »

Et voilà comment un témoin qui aurait pu être capital se réduit en cendres ! L'imagination peut, certes, suppléer à la réalité. La signora peut voir Marcello nu, même si les géraniums le cachent à moitié. Et je pourrais, moi, imaginer Vittoria rouler, sur cette couche blanche, son beau corps et ses longs cheveux dans les bras «d'un certain seigneur». Mais qu'est-ce qui le prouve ?

1. Quelle dévergondée !

Après ces deux missives, le gouverneur Portici et moi, nous en reçûmes bien une bonne centaine, toutes anonymes, et toutes accusant en termes injurieux Vittoria Peretti, son frère, sa mère, sa cameriera et indirectement « un certain seigneur », mais sans le nommer. Même anonymes, mes correspondants ne brillent pas par le courage. Parmi ces lettres, cinq ou six adressées au gouverneur critiquaient mon enquête et, m'accusant d'incompétence, s'indignaient qu'elle n'ait pas encore abouti. On lut et on relut ces lettres à la recherche du moindre indice sérieux et faute d'en trouver un seul, on les brûla.

Une semaine plus tard, mon adjoint Alfaro m'apprend qu'on a arrêté, le samedi qui a suivi l'assassinat de Peretti, un ancien soldat coupable d'avoir dagué son compagnon de beuverie dans une taverne. Sa culpabilité ne faisant aucun doute, l'assassinat ayant eu lieu devant témoins, l'homme a été traduit devant le juge et en dix minutes condamné au gibet. Il doit être pendu dans trois jours et demande à s'entretenir avec moi. Il aurait des aveux à me faire.

– Des aveux ? dis-je. Quels aveux ? Puisqu'il a été reconnu coupable !

– Il aurait commis un autre crime et, avant de mourir, il voudrait soulager sa conscience.

– Sa conscience ! Qu'il la soulage en se confessant à l'aumônier ! Moi, je ne peux pas le pendre deux fois !

Cet entretien a lieu devant le porche de la Corte, mon écuyer me tenant le cheval que je vais enfourcher pour rentrer chez moi. J'ai grand-faim et je suis pressé de me mettre le ventre à table. Pourtant, une fois en selle, je me retourne vers Alfaro et, je suppose par pure routine, je lui dis :

– Comment s'appelle ce consciencieux ?

– Barca.

– Barca ? Tu as dit « Barca » ? Dieu du ciel ! Cela change tout ! Amène-le-moi !

– Sur l'heure, signor Bargello ?

– Sur l'heure !

Je démonte, jette les rênes à mon écuyer et rentre en coup de vent dans l'hôtel de la Corte.

– Vite, Alfaro, vite !

Ce lambin traîne toujours les pieds ! Quand enfin Barca

apparaît, mains et pieds enchaînés, devant moi, je n'ai plus aucun doute. Il est bien tel que Filippo me l'a décrit : grand, brun, carré, poilu jusqu'aux yeux et très poli. L'air d'une brute et la voix d'un agneau.

– Tu veux me parler ?

– Oui, signor Bargello, s'il plaît à vous.

– Pour me dire quoi ?

– Vous confesser un autre meurtre et vous demander une faveur.

– Une faveur ? Tu préfères la galère au gibet ?

– Oh non, signor Bargello, je suis soldat. S'il faut en finir, je préfère en finir vite.

– Voyons le meurtre.

Barca se redresse, prend une aspiration profonde et dit, non sans solennité :

– C'est moi, signor Bargello, qui ai tué le signor Francesco Peretti.

– Seul ?

– Non, signor Bargello, en compagnie de mon très cher ami Alberto Machione. Mais c'est moi qui ai tiré sur le signor Peretti. Et c'est moi qui l'ai achevé à coups de dague.

– Tu te donnes beaucoup de mal pour innocenter ton très cher ami Alberto Machione. Où est-il, celui-là ?

– Je l'ai tué.

Je le regarde.

– Tu l'as tué ?

– Oui, signor Bargello. C'était lui dans la taverne.

– Il ne t'était donc pas si cher.

– Oh si ! dit-il, les larmes lui jaillissant tout d'un coup des yeux : sa mort fut une sorte d'accident.

– Raconte-moi.

– Eh bien, on était à boire à la taverne après le coup. On s'est querellés à propos du butin. En plus de la moitié des piastres, il voulait le pourpoint du mort ! Alors qu'il n'avait rien fait que d'être là, et recharger l'arquebuse ! Vu tout le vin qu'on avait bu, ça s'est envenimé, et je l'ai dagué.

– Pour un pourpoint ?

– Mais c'était un très beau pourpoint, signor Bargello. En buffle véritable ! Avec des poches dans les emmanchures !

– Où est-il ?

– Le sbire de la prison me l'a pris ! dit Barca d'un ton désespéré, les larmes coulant de plus belle sur ses joues. Il n'avait pas le droit, signor Bargello ! Non, il n'avait pas le droit ! Je connais le règlement ! Mes effets sont à moi jusqu'à mon exécution. Et après ma mort, ils doivent revenir au bourreau, non au sbire ! Quelle honte, signor Bargello ! Le sbire a fait coup double : il m'a volé et il vole le bourreau !

– Nous en reparlerons, dis-je, impassible. Mais revenons aux faits. Raconte-moi l'assassinat de Peretti.

Barca me fait alors d'une voix douce un récit qui recoupe en tous points celui de Filippo. Dès qu'il a fini, je reprends :

– Tu as tué le signor Peretti pour le voler ?

– Oh non, signor Bargello, dit Barca d'un air choqué. Je ne suis pas un voleur. Je suis soldat, même si pour l'instant, je suis désoccupé. Je ne tue que sur commande.

– Et qui t'avait commandé ce meurtre ?

– Un moine dans une taverne.

– Tu le connaissais ?

– Non, signor Bargello.

– Décris-le-moi.

– C'est difficile. Je ne l'ai jamais vu sans sa capuche. Il était petit et maigre. Je ne sais pas son nom.

– Quelle raison avais-tu de lui obéir ?

– Il m'a payé.

– Combien ?

– Cent piastres.

– Et tu as tué un homme pour cent piastres ?

– Signor Bargello, quand j'étais soldat, j'ai tué des hommes pour beaucoup moins que cela. En outre, j'étais, comme j'ai dit, désoccupé et je n'avais plus rien en poche. Il faut bien que tout le monde mange.

– Qui servais-tu quand tu étais soldat ?

– Le prince Orsini. Il m'a congédié il y a deux mois. Machione aussi.

– Pourquoi ?

– Il nous soupçonnait de mauvaises mœurs.

– Quelles mauvaises mœurs ?

– Vous savez bien, signor Bargello.

– Et c'était vrai ?

– C'était faux.

– Tu ne le dis pas avec beaucoup de conviction.

– Signor Bargello ! dit Barca avec véhémence, que cherchez-vous ? Le gibet ne vous suffit pas ! Que faut-il pour vous satisfaire ? Que je sois brûlé comme sodomite ?

– Mais non, mais non ! Calme-toi, Barca. Tout ceci restera entre nous. À ton avis, est-il possible que ton ancien maître ait commandé ce meurtre par l'intermédiaire de ce moine ?

– Je l'ai pensé, vu la beauté de la veuve et la remarque mal polie du moine. Mais à la réflexion, je ne le crois pas.

– Pourquoi ?

– Le prince n'aurait pas choisi des soldats pour un assassinat. Mais des bandits. Et les bandits, ça ne manque pas à Montegiordano. La cour en est pleine.

– Pourquoi des bandits ?

– Ils font ce genre de choses mieux que nous. C'est leur métier.

– Tu estimes que tu t'y es mal pris ?

– Très mal : l'arquebuse n'était pas une bonne idée, signor Bargello. Si le signor Peretti avait eu une paire de pistolets, le temps qu'on s'approche de lui, on était bons pour le cimetière, Machione et moi.

Il a raison. L'arquebuse, c'était une idée de soldat. Et bien peu adéquate. Bruyante et par-dessus le marché peu sûre, surtout la nuit, par mauvaise visibilité. Des bandits se seraient cachés dans une encoignure de porte et auraient poignardé Peretti par-derrière sans omettre de dépêcher aussi l'unique témoin : le porteur de torche. En outre, au cas où ils se feraient prendre, leur état ne permettait pas de remonter jusqu'au commanditaire : ils sont légion à Rome. Tandis qu'employer un soldat ou un ancien soldat, c'était signer l'attentat. Puis-je croire que le prince ait été si stupide ? Ou n'est-ce pas plutôt que ses deux anciens soldats ont été choisis tout exprès par le véritable instigateur du crime pour le compromettre ? À mon avis, dans cette affaire, il y a un peu trop de doigts qui pointent dans sa direction et celle de Marcello. On dirait qu'on veut guider ma conviction.

– Eh bien, Barca, dis-je, est-ce tout ?

– Non, signor Bargello. Comme j'ai dit, j'ai une faveur à vous demander.

– Dis-moi.

– Je voudrais que le sbire de la prison me rende mon pourpoint.

– Pardonne-moi de te le rappeler, Barca, mais tu ne pourras le porter que trois jours…

– Quand même. Et puis, pour aller au gibet, je voudrais être vêtu décemment.

– Bien, il te sera rendu.

– Grand merci, signor Bargello, dit-il avec effusion.

Il fait un mouvement pour me baiser les mains, mais les gardes le retiennent et sur un signe que leur fait Alfaro, ils l'emmènent.

– Alfaro, va à la prison, veille à ce que son pourpoint soit rendu à Barca et qu'il soit bien traité et bien nourri jusqu'à la fin.

– Sur l'heure, signor Bargello ?

– Sur l'heure. Pourquoi toujours procrastiner ? Demande aussi au bourreau de l'étrangler en catimini avant de lui passer la corde au cou.

– C'est qu'en général, signor Bargello, le bourreau demande dix piastres au condamné pour lui rendre ce petit service.

– Dix piastres, c'est bien peu pour un pourpoint de buffle qu'il n'aurait pas eu sans la plainte de Barca. Et si cette considération ne suffit pas à le convaincre, dis-lui que c'est un ordre.

Je rentre chez moi, je mange et bois de bon appétit comme à l'accoutumée et je passe l'après-midi à rédiger mon rapport. J'entre dans les détails les plus circonstanciés pour rapporter les différents témoignages et je conclus qu'en l'état actuel des choses, il est impossible, *primo* : de savoir qui a organisé l'assassinat. *Secundo* : d'affirmer qu'il y ait eu des relations coupables entre Vittoria Peretti et un «certain seigneur». *Tertio* : encore moins d'établir que Vittoria Peretti (ou une personne quelconque de son entourage) ait été complice du meurtre. Ma conviction est, bien au rebours, qu'elle n'y fut pour rien.

Le soir même, je remets ce rapport au gouverneur Portici,

lequel désire le lire avant de le remettre au pape, Sa Sainteté ayant émis le souhait d'en prendre elle-même connaissance. Et le lendemain, en effet, Portici m'envoie un petit billet pour me dire qu'il trouve mon rapport «excellentissime» et qu'il le porte le jour même au Vatican.

Huit jours se passent et Portici me convoque. Je remarque dès l'entrée ses yeux : ils me fuient. Il me paraît à la fois soucieux et embarrassé. Après un long préambule au cours duquel il parle de tout et de rien, il finit par m'annoncer que Sa Sainteté a décidé d'incarcérer Vittoria Peretti et sa cameriera au château Sant'Angelo.

Je reste sans voix. Et quand enfin je la retrouve, je dis :

– Dans l'état actuel du dossier, il est impossible, faute de preuves, de faire un procès à Vittoria Peretti.

– Le Vatican est sensible à cette impossibilité. Aussi n'a-t-il pas l'intention de lui faire un procès, mais seulement de l'enfermer.

Je marche de surprise en stupeur.

– Pour combien de temps ?

– Assez longtemps pour que le prince ne songe plus à l'épouser.

– Le Vatican, dis-je avec effort, est donc convaincu qu'il y a eu entre elle et le prince des relations coupables.

– Oui.

Je regarde Portici. Je suis béant.

– Excellence, avez-vous pu savoir sur quoi se fonde cette conviction ?

– Non. Là-dessus, je me suis heurté à un mur.

Je reprends au bout d'un moment :

– S'il y a eu adultère, il paraît peu probable que la signora l'ait avoué à son confesseur, et le prince, au sien.

– En effet, c'est peu probable.

– Je ne sais pas si l'emprisonnement sans jugement de sa nièce va beaucoup plaire au cardinal Montalto.

– Sa Sainteté n'a jamais cherché à plaire au cardinal Montalto.

C'est vrai, mais d'un autre côté, ce n'est quand même pas pour le plaisir de chagriner Montalto que le pape incarcère sa nièce. Je me tais, et pour dire toute la vérité, à cet instant, je déborde d'amertume. Si le Vatican a une autre police que la Corte, et s'il se règle sur ses avis plutôt que sur les miens, je me demande à quoi je sers.

– Excellence, dis-je...

Et je m'arrête, le temps de tourner sept fois ma langue dans ma bouche. Le pape n'est pas seulement le chef de la Chrétienté. Il est aussi mon souverain à qui je dois loyauté et obéissance.

– Parlez sans crainte, Della Pace, dit Portici avec bonté, vos paroles ne sortiront pas de ce cabinet.

Je le regarde. Je vois bien à son air qu'il n'est pas loin d'éprouver, lui aussi, le sentiment de consternation qui m'habite.

– Excellence, ne pensez-vous pas que cette incarcération sera ressentie par toutes les personnes concernées comme une criante injustice ?

– Je le crains. Mais dans l'entourage du Saint-Père, il en est qui estiment...

Il soupire et reprend avec effort :

– Il en est qui estiment qu'il vaut mieux une injustice qu'un désordre.

– Sauf, dis-je vivement, qu'une injustice engendre souvent un désordre.

– À quoi pensez-vous, Della Pace ?

– À une rébellion des grands, ou d'un grand.

– Cette perspective ne m'a pas échappé, dit Portici, et j'en ai fait état au Vatican. On m'a répondu qu'elle n'était pas à redouter, toutes les précautions ayant été prises pour la prévenir.

CHAPITRE IX

Monsignore Rossellino (il bello muto)

Bien que Son Eminence le cardinal Montalto se couche tard, lisant parfois fort avant dans la nuit, il se lève invariablement à cinq heures et demie du matin, étant accoutumé de dire que chez un religieux un réveil plus tardif ne fait qu'encourager la paresse et la luxure. Raison pour laquelle (mais ce ne fut pas la seule) les franciscains de Venise dont il voulait réformer les aises quand il n'était encore qu'évêque le prirent en très grande haine et, à force d'intrigues, le firent chasser de la Sérénissime République par le Sénat.

Toutefois, Son Eminence me permet de me lever un quart d'heure après lui, pour la raison qu'il met plus de temps que moi à se vêtir – en raison de ses infirmités – et encore faut-il que son valet lui apporte son aide. Il est néanmoins entendu qu'à six heures sonnantes, je dois le retrouver dans la salle à manger du palais, laquelle serait une petite pièce très agréable, si le cardinal consentait que l'hiver on y fît du feu. Mais là-dessus comme sur toutes choses, il est inflexible : « On serait, dit-il, tenté de s'attarder le ventre à table, si on n'y avait pas si froid. » En revanche, un feu brûle, encore que petitement, dans le bureau que nous partageons, ne serait-ce que pour permettre à sa main tordue par les rhumatismes de tenir une plume. Ce n'est pas avarice, mais austérité. Son Eminence possède de fort beaux bois et notre bûcher est assez garni pour nous durer dix ans en chauffant sans lésiner.

Quant à la chère que l'on fait au lever du jour, elle est frugale. Quand je repense aux petits déjeuners que je prenais chez la contessa lorsqu'elle me logeait chez elle, j'ai honte

271

rétrospectivement de ma gourmandise et je suis heureux de n'avoir plus l'occasion de succomber de nouveau à ce péché qui, chez un homme, ne peut qu'en appeler d'autres, plus graves encore.

Sur le coup de six heures, tandis que nous pénétrons l'un derrière l'autre dans la salle à manger, sœur Maria-Teresa, qui est fort vieille et fabuleusement flétrie, nous apporte à chacun un bol de lait chaud et quelques tranches de pain de seigle. Rien d'autre. Le dimanche, toutefois, elle ajoute deux petits fromages de brebis, sauf pendant le carême, lequel est sévèrement jeûné.

Son Eminence n'ouvre la bouche pendant son petit déjeuner que pour mastiquer le pain qu'Elle trempe au préalable dans le lait, n'ayant pas les dents fort bonnes. On se moque au Vatican de cette chère spartiate. «Montalto, dit-on, ne mange pas. Il se remplit comme un bœuf avant sa journée de labour.»

Bien que ce soit dit dans un esprit bien peu charitable, ce n'est pas faux : car ayant demandé un jour à Son Eminence pourquoi Elle prenait le soir un repas si léger, Elle me répondit : «Qu'ai-je besoin de tant manger ? Je ne travaille pas la nuit.»

Le cardinal fait une petite prière avant son lever, et après son petit déjeuner, dans son oratoire, une seconde prière, mais pas très longue. Je l'ai entendu dire à un jeune prêtre qui enfilait interminablement les Pater et les Ave : «Ne vous croyez pas obligé de répéter cent fois la même chose : Dieu n'est pas obtus.»

Il prie, debout, ne pouvant s'agenouiller en raison de ses béquilles. Après quoi, il passe dans son bureau. Avec mon aide et celle de son valet, il prend place, ou plutôt se laisse tomber dans son fauteuil. Il se transforme alors du tout au tout et c'est d'un air vif, affairé et joyeux qu'il commence sa journée de travail.

J'admire cette alacrité devant le quotidien labeur et je ne l'ai vue qu'une seule fois en défaut : le jour où Filippo lui apporta la nouvelle de l'assassinat de Francesco Peretti.

Le désespoir le plus pitoyable en un instant défit le visage si ferme du cardinal. Et il resta un interminable moment tassé sur lui-même, si terrassé par le chagrin et véritablement si hébété que je détournai la tête avec un mélange de gêne et de consternation, ayant vergogne à surprendre ce moment de faiblesse chez un homme dont je vénérais la force d'âme. Je dis que ce moment fut interminable, car je le trouvais très pénible, mais à y réfléchir plus tard, je ne pense pas qu'il ait excédé cinq minutes. Après quoi, le cardinal se tourna vers Filippo et dit d'une voix éteinte : «Dis à ta maîtresse que j'irai la voir dans la matinée.» Et à moi-même : «Donnez l'ordre qu'on prépare mon carrosse et revenez me chercher dans une heure.» Cela dit, il fit un petit geste impérieux pour me congédier, et cacha dans ses grandes mains sa terrible hure.

Quand je revins le prévenir au bout d'une heure que son carrosse était prêt, je le retrouvai tel que je l'avais toujours vu jusque-là : l'œil impérieux, la voix forte, et le visage impassible. Cette impassibilité ne se démentit pas, même quand il vit au palais Rusticucci le corps sanglant de son fils adoptif et pria à son chevet, debout, appuyé sur ses béquilles. Sa prière fut toutefois courte, et sortant de la grand-salle sans se retourner, il convoqua toute la famille dans une autre pièce, ainsi que le majordomo, à qui il s'adressa en premier pour lui donner l'ordre de ramener immédiatement le calme parmi les domestiques chez qui ce n'était alors que larmes, cris et lamentations. «Que chacun, dit-il, vaque à ses occupations ordinaires, et en silence.»

Après quoi, resté seul avec la famille, il se fit faire un compte des fonds qui restaient au palais. On s'aperçut alors que la seule pouvant répondre à cette question était Giulietta Accoramboni, que Francesco Peretti estimait fort, et qui faisait fonction auprès de lui d'intendante. Elle alla quérir les papiers sur lesquels elle portait dépenses et recettes et en donna lecture. La conclusion plongea la famille, malgré sa douleur, dans la consternation : privé des émoluments que le Vatican versait au troisième chambellan, le palais pouvait vivre encore trois mois à peine sur l'argent dont il disposait.

Tarquinia prit alors la parole pour dire que ce serait elle qui prendrait en main désormais les finances de la maison. Sur quoi, Vittoria dit d'une voix courroucée et méprisante : «Vous !» Ce seul mot suggérait des volumes. Tarquinia ouvrit la bouche pour répliquer, mais le cardinal l'écrasa du regard et dit d'un ton sans réplique :

– Le choix de Giulietta par Francesco était excellent. Je m'y tiendrai.

Sur quoi, renvoyant toute la famille, sauf Giulietta, il envisagea avec elle ce qu'il convenait de faire pour réduire les dépenses : la première mesure à prendre, de toute évidence, consistait à renvoyer la moitié des domestiques. Le majordomo fut alors convoqué afin qu'on pût dresser la liste des congédiés. Parmi ceux-ci, Giulietta, la plume à la main, voulut glisser le nom de Caterina Acquaviva, mais le cardinal lui dit sévèrement : «Voulez-vous désespérer Vittoria ?» et la signorina rentra aussitôt dans sa coquille.

Dans la suite de l'entretien, Giulietta émit l'espoir que le pape, dans sa mansuétude, pourrait assurer une petite pension à la veuve de son troisième chambellan.

– N'y comptez pas, dit le cardinal. Le pape versera d'abondantes larmes sur la mort de Francesco, mais c'est tout ce qu'il versera.

Il passa alors une bonne heure avec Giulietta à scruter les avoirs de Francesco et à déterminer ce qu'on pourrait en tirer pour la subsistance de la famille. Il conseilla de vendre deux fermes qui ne rapportaient presque rien et de placer cet argent chez les Medici à Florence, et comme Giulietta objectait que les Medici étaient connus pour prêter à usure, et que cette pratique était interdite par l'Église, le cardinal haussa ses puissantes épaules et dit : «Voulez-vous être plus catholique que le pape ?» Il faisait allusion au fait que Grégoire XIII avait confié d'importantes sommes aux Medici afin de les faire fructifier.

À la fin, comme Giulietta lui disait qu'elle ne savait même pas comment elle pourrait régler les funérailles de Francesco, cet homme qu'on disait avare lui dit : «Il n'est pas question que vous payiez quoi que ce soit. Je m'en charge. » Et sur l'heure, tirant une bourse de sa soutane, il la lui remit en disant : «Faites au mieux, mais sans faste. »

Après cela, il resta un long moment sans parler, tandis que Giulietta, complètement subjuguée par son autorité, n'osait ni piper ni bouger.

– Giulietta, dit-il enfin, vous êtes la seule dans cette famille à posséder une once de sens commun. À votre avis, dans quel état d'esprit se trouve aujourd'hui Vittoria ?

– Elle est écrasée par la douleur.

– Et par le remords ? dit le cardinal en lui lançant un regard perçant.

– Non, dit Giulietta. À mon sens, elle n'a pas lieu d'en éprouver.

Pendant un moment qui dut paraître interminable à Giulietta, Son Eminence la regarda fixement comme s'il voulait fouiller son âme. Mais elle ne broncha pas. Deux jours plus tard, en évoquant ce moment, le cardinal me dit : « Il y a trois possibilités : ou bien Vittoria n'est pas coupable d'adultère et Giulietta dit la vérité. Ou bien Vittoria est coupable et Giulietta ne le sait pas. Ou bien Vittoria est coupable, Giulietta le sait et elle ment pour la couvrir. » Je lui jetai un regard interrogateur et avec un soupir, il dit : « Comment décider ? Rien n'est plus indéchiffrable que les femmes ! Dès le berceau, on leur apprend à dissimuler. » Je lui demandai alors par signes s'il pensait que Vittoria avait été complice du meurtre. « Non ! dit-il avec force. Mille fois non ! Je ne le croirai jamais ! »

Quand nous fûmes de retour au palais, je lui demandai s'il comptait se rendre à la séance du consistoire qui se tenait le jour même, et il me dit : « Assurément. Il le faut. C'est une épreuve. Et ce serait lâcheté de me dérober. »

La coutume voulait qu'avant que la séance du consistoire commençât, les soixante-dix cardinaux vinssent l'un après l'autre s'agenouiller aux pieds du pape pour lui rendre hommage. Ce cérémonial prenait beaucoup de temps, car à chacun des cardinaux, le Saint-Père adressait quelques mots. Et comme ces paroles, pour aimables qu'elles fussent, ne tiraient pas à conséquence, pas plus d'ailleurs que les réponses qu'elles appelaient, pendant ce temps les conversations particulières entre les prélats ne laissaient pas de se poursuivre, articulées par respect, à voix basse, mais produisant néanmoins par leur nombre un murmure assez fort qui ne cessait que lorsque le premier chambellan annonçait que la séance était ouverte.

Mais ce jour-là, ce bourdonnement, assez semblable à celui

que produit un essaim d'abeilles autour d'une ruche, s'interrompit bien avant que le chambellan eût fait son annonce et bien plus abruptement, laissant place à un profond silence, quand on vit s'avancer vers le Saint-Père, pour le saluer à son tour, Son Eminence le cardinal Montalto.

La salle du consistoire étant rectangulaire, le trône du Saint-Père se dressait sur le petit côté du rectangle et les stalles des prélats s'alignaient le long des deux plus grands côtés et se faisaient face. Dès que Son Eminence apparut dans la travée centrale, se traînant sur ses béquilles, toutes les têtes à droite et à gauche se tournèrent vers lui et le suivirent dans sa lente progression, les yeux des prélats étant rivés sur lui et leurs oreilles tendues dans l'attente de ce qui allait se dire entre le cardinal et le pape.

À cette heure, nul d'entre eux, je dirais même nul dans Rome, n'ignorait l'assassinat de Francesco Peretti, et nul ne pouvait se méprendre sur l'exceptionnelle gravité qu'il revêtait pour l'un et pour l'autre des protagonistes. Le cardinal se trouvait profondément atteint dans ses affections, le Saint-Père dans son autorité. Car bien que le meurtre eût eu, à coup sûr, un mobile privé, il n'échappait à personne que l'assassinat du troisième chambellan du pape était pour Sa Sainteté à la fois une offense et un défi.

En raison de ses infirmités, Son Eminence avait été dispensée de s'agenouiller devant le Saint-Père et une escabelle avait été placée pour qu'il pût y prendre place. Encore fallut-il que le premier chambellan et le second chambellan, le prenant chacun sous une aisselle, l'aidassent à s'asseoir : opération qui ajouta je ne sais quelle apparence dramatique à l'entretien qui allait suivre.

Assurément, il n'y avait pas à Rome ni dans l'Italie entière de plus beau vieillard que le pape, ni plus alerte ni jouissant d'une meilleure santé. Ses cheveux de neige encadraient un visage aux traits racés et réguliers, son teint rose et ses yeux bleus lui donnaient, à plus de soixante-dix ans, un air de jeunesse et l'expression de sa physionomie était pleine de noblesse et de douceur. Si je n'avais pas su les défauts et les faiblesses qui se cachaient derrière cette magnifique apparence, j'aurais été tout le premier séduit par sa haute mine, sa voix mélodieuse et ses manières affables. En comparaison, quelle triste figure taillait mon pauvre maître, tassé sur son escabelle, la tête dans les épaules, hirsute de barbe et de cheveux, le nez tordu, le menton prognathe, le sourcil broussailleux ! Ah, certes, on eût pu le comparer non sans raison au philosophe Socrate qui choquait de prime abord par sa laideur et sa rudesse, lesquelles ne faisaient toutefois que dérober au vulgaire la vertu, la sagesse et la force d'âme qui furent les siennes jusqu'à sa mort.

Avant de prendre la parole, le pape, comédien consommé, observa un moment de silence pour donner plus de poids à ce qu'il allait dire, et quand enfin il ouvrit la bouche, il devint évident que son discours, articulé d'une voix forte et toutefois musicale, était destiné davantage aux cardinaux dans leur ensemble qu'à celui auquel il s'adressait.

– Mon bien cher fils, dit-il (mais pouvait-il l'appeler autrement en ces lieux, malgré le peu d'amour qu'il éprouvait pour lui ?), nous avons été profondément affligés d'apprendre le lâche assassinat dont notre bien-aimé fils et chambellan Francesco Peretti a été victime, et nous désirons vous dire l'indignation et la tristesse dont notre âme a été accablée quand nous avons appris cette funeste nouvelle…

Ici, sans que la voix du pape perdît en rien de son harmonie, ni sa diction de sa netteté, les larmes se mirent à jaillir de ses yeux et coulèrent le long de ses joues roses jusqu'à la fin de son discours. Il reprit :

– Nous ne pouvons que voir l'œuvre du démon dans ce lâche attentat qui nous prive du meilleur de nos enfants. Mais comment pourrions-nous ignorer qu'une main humaine a pris le relais du Malin et perpétré ce crime qui crie vengeance jusqu'au ciel ? Puisse le ciel entendre nos prières et nos supplications et puisse-t-il nous aider dans la recherche des assassins, et de celui qui les arma, afin qu'ils reçoivent sur cette terre le salaire de leurs iniquités avant de comparaître devant le divin juge…

Le pape continua dans cette veine indignée et vengeresse pendant dix bonnes minutes et, bien que ses larmes pendant ce temps continuassent à couler, il s'exprimait en même temps avec une énergie et une force qui m'eussent moi-même impressionné si je n'avais su combien il en avait manqué jusque-là dans l'exercice du pouvoir.

Les larmes du Saint-Père se tarirent en même temps que son éloquence. Et quand il eut conclu, il fit un petit geste condescendant et courtois de la main droite pour inviter le cardinal à parler. L'attention redoubla alors et le silence devint encore plus profond, tous les cardinaux tendant l'oreille pour entendre ce que mon maître allait dire. Et le Saint-Père lui-même, sans se départir de cet air de réserve et de hauteur qu'il gardait toujours à son égard, le considéra avec une curiosité avide qui, à mon sens, n'était pas exempte d'une certaine malignité. Si je me trompe là-dessus, que le Seigneur Dieu me pardonne !

Son Eminence parla d'une voix faible, détimbrée, coupée par la toux, et sans marquer la moindre émotion. Et contrastant avec l'éloquence aux grandes ailes du pape, sa réponse fut brève.

– Très Saint-Père, dit-il, je vous remercie de l'intérêt que vous voulez bien porter à ma famille. Pour moi, qui ai déjà un pied dans la tombe, je tiens ce deuil comme une nouvelle épreuve que le divin maître m'envoie avant de me rappeler à lui. C'est pourquoi loin de demander qu'on recherche et punisse les assassins, je leur pardonne de tout cœur le mal qu'ils m'ont fait.

Là-dessus, le Saint-Père fit un autre signe de la main, les deux chambellans aidèrent Son Eminence à se relever et à remettre ses béquilles sous ses aisselles. Après quoi, le pape l'ayant béni sans ajouter un mot, le cardinal se traîna jusqu'à sa stalle. Pour moi, je sentis bien que le consistoire était plus étonné qu'édifié par ses propos. Car bien que le pardon des injures soit unanimement considéré par les chrétiens comme la plus haute vertu, cette vertu est peu pratiquée, même au Vatican.

Quant à ce que pensa le pape, je l'appris avant même la fin du consistoire, ayant surpris sans le vouloir une conversation entre deux prélats. Je remarque à ce sujet que les cardinaux ne se gênaient pas pour parler de mon maître devant moi. Parce que je suis muet, ils me croient sourd. Mais comment leur dire qu'ils se trompent ? Ils ne comprendraient pas mes signes.

Dès que mon maître eut – fort péniblement hélas – tourné les talons et regagné sa place, le pape se pencha vers un de ses familiers et dit : « *Veramente costui è un gran frate* [1] *!* »

Cette parole fut répétée de proche en proche et de bouche à oreille, et ne mit guère qu'une demi-heure pour parvenir jusqu'à moi. Peut-être dois-je rappeler ici que mon maître avait été franciscain et que le pape Grégoire XIII partageait avec le menu peuple de Rome un préjugé étonnant : il considérait les moines comme des hypocrites. Autrement dit, le « pardon des injures » n'était qu'un faux-semblant. Le cardinal Montalto ne pensait qu'à briguer sa succession et il ménageait le prince Orsini parce qu'il ne voulait pas se faire de lui un ennemi au moment du vote.

Une fois qu'on fut rentré au palais, je répétai à Son Eminence, comme c'était mon devoir, le propos du Saint-Père. Il haussa ses puissantes épaules et dit en serrant les dents : « Et moi, j'aurais été assez niais pour demander justice à *cet homme-là* ! Vous verrez, Rossellino ! À part pleurer et parler, il ne fera rien ! »

« Cet homme-là », comme Son Eminence n'avait pas craint d'appeler le pape – seul écart de langage à son endroit qu'il se permit jamais –, fit remettre à mon maître, au bout d'une semaine, le rapport d'enquête du Bargello. Son Eminence le lut et relut. Son visage ne reflétait rien et il ne fit aucun commentaire. Mais quand, huit jours plus tard, il apprit l'arrestation de Vittoria, son impassibilité l'abandonna. Il trahit l'indignation la plus vive et s'écria : « Quel déni de justice ! Et quelle faute ! »

Un peu plus tard, comme je le sentais toujours préoccupé par cette affaire, je me permis de lui demander par signes pourquoi il considérait l'arrestation de Vittoria comme une faute. « Doublement ! dit-il, *primo*, parce que rien dans le rapport du Bargello ne permet de conclure à sa culpabilité. *Secundo*, et surtout, c'est une faute politique. Si le pape croyait le prince coupable, il fallait avoir le courage de l'affronter, ou alors ne rien faire. Il était dérisoire d'arrêter Vittoria. Faire mine

1. En vérité, cet homme est un fier moine.

279

d'agir quand on n'agit pas, c'est dévoiler la faiblesse qu'on veut cacher. »

Lodovico Orsini, comte d'Oppedo

Je ne me sentis pas très à l'aise quand Paolo me dépêcha un messager pour me prier de le venir voir à Montegiordano. Il est vrai que, même avant l'arrivée du messager, j'avais quelques raisons de me faire du souci. Les deux vaunéants qui opéraient pour nous dans les montagnes de Nora se trouvant serrés de près par la Corte et pourchassés par monts et vaux, n'avaient rien trouvé de mieux que de gagner Rome et se réfugier dans mon palais. Ce qui était d'autant plus stupide et dangereux que le droit d'asile dont Paolo jouissait à Montegiordano n'avait jamais été reconnu à la branche cadette, quoi que Raimondo et moi-même eussions pu faire pour l'obtenir.

Raimondo, toujours impulsif, était d'avis de dépêcher sur l'heure les deux drôles.

– Si la Corte les arrête, dit-il, ils parleront sous la torture et s'ils parlent, c'en est fait de nous.

– Voyons, *Bruto*, dis-je (et comme il tiquait à ouïr son surnom, je lui mis le bras autour du cou et je l'embrassai sur la joue), comment veux-tu les expédier sans que tous les gens qui campent dans notre cour le sachent ? Et quelle confiance auraient-ils en nous après une trahison pareille ? Si nous ne respectons pas notre propre droit d'asile, qui parmi eux nous respectera ?

– Et si le Bargello et ses sbires se présentent à notre porte, que ferons-nous ?

– Nous parlementons assez longtemps pour cacher nos deux bandits dans notre souterrain et nous ouvrons aux sbires.

– Nous leur ouvrons ?

– Oui, s'ils ne sont pas trop nombreux.

Raimondo fit la moue, et il allait parler quand le messager de Paolo survint et me remit le billet que j'ai dit. Je retirai mon bras du cou de Raimondo et dis :

– Je serai dans une heure à Montegiordano.

Et je jetai une piastre au messager.

Geste que je regrettai aussitôt, les fonds étant si bas. Pourquoi, parce qu'on est noble, faut-il toujours faire ce que les rustres attendent de nous ? En un sens, ils sont nos maîtres ! Que de mal ne me suis-je pas donné pour plaire à la populace ! Y compris, lors des grandes fêtes de Rome, mettre un tonneau de vin en perce devant mon porche ! Pour l'abreuver gratis !

– Je n'aime pas cela, dis-je, fort rembruni.

– Pourquoi ? dit Raimondo. Paolo est notre cousin germain et le chef de la famille. C'est vrai qu'il nous a fermé sa bourse, mais il nous aime.

– Disons, pour être franc, qu'en me rendant aujourd'hui à Montegiordano je cours quelque danger.

Raimondo me regarda, stupéfait :

– Tu cours quelque danger ?

– Oui.

– Pourquoi ?

– Ce serait trop long à t'expliquer.

– Je sais ! Je suis idiot !

– Allons, *carissimo,* ne te fâche pas. J'ai mes raisons de ne rien te dire. Et toi, ça ne te fait pas de mal de rien savoir. N'empêche que si tu voulais bien m'accompagner à Montegiordano, je me sentirais plus rassuré.

– C'est à ce point ? dit Raimondo.

On ne peut pas dire que Raimondo soit beau, mais son gros mufle n'est pas sans expression et je vis bien à l'air dont il me considérait qu'il était à la fois mécontent de mes mystères et inquiet pour ma sécurité.

– *Carissimo*, dis-je en lui mettant une main sur l'épaule, excuse-moi de te laisser dans le noir. Disons, pour résumer, que j'ai joué les Machiavel. Je t'expliquerai cela plus tard.

– Qui c'est, Machiavel ?

– Ça aussi, je t'expliquerai. En attendant, veux-tu me faire préparer une forte escorte ?

– Forte ?

– Une trentaine d'hommes.

– Une trentaine ?

– Je t'en prie, Raimondo, cesse de faire l'écho ! Il me faudrait aussi des nobles. Qui avons-nous ici aujourd'hui ?

– Silla Savelli (il commença par Silla, parce que c'était son ami de cœur), Pietro Gaetano, Emilio Capizucchi, Ascanio di Ruggieri et Ottavio di Rustici.

– *Tutta la crema* [1] ! D'où vient qu'ils soient si nombreux ?

– Nous avons fait la fête hier soir avec des filles et ils sont restés couchés, étant ivres.

– Voilà où passe tout notre argent !

– Tu es toi-même si économe !

– En effet ! Raimondo, veux-tu leur dire, je te prie, de se préparer ? Je les veux tous avec moi.

– Il te faut, outre ton frère, cinq des plus nobles rejetons de Rome pour affronter Paolo ?

– Oui.

– Que lui as-tu fait pour que tu aies si peur de lui ?

– Rien que du bien. Mais il pense, lui, que c'est du mal.

– Encore des énigmes, dit Raimondo.

Le cœur me battait quand, laissant mon escorte dans la cour de Montegiordano, et Raimondo me suivant comme une ombre, je montai au second retrouver Paolo dans la petite salle qu'il affectionnait. Paolo se tenait debout devant la fenêtre, l'œil fixé sur la cour.

– Je vois, dit-il sèchement en se retournant, que tu as amené, outre une nombreuse escorte, du beau monde ! Silla Savelli ! Pietro Gaetano ! Emilio Capizucchi ! Ascanio di Ruggieri ! Ottavio di Rustici ! Mais voyons, à quoi penses-tu, Raimondo ! Nous n'allons pas laisser tous ces nobles jeunes gens se morfondre le cul sur selle à attendre que notre entretien soit fini. Raimondo, je te prie, va dire à mon majordomo de leur préparer du vin et une collation et fais-leur les honneurs de ma grand-salle.

À cet ordre – car c'en était un, quoique gracieusement présenté – Raimondo aussitôt obéit, si curieux qu'il était de savoir ce que nous allions dire. Et moi, quoi que j'en eusse, je restai seul avec Paolo.

– Eh bien, te voilà ! dit-il, la lèvre souriante et le regard acéré. Tu es venu ! Je te remercie. Tu me vois dans le plus grand embarras, Lodovico. Le pape m'a offensé.

1. Tout le gratin.

Je le regardai en levant le sourcil et il dit :

— Le pape a arrêté Vittoria.

— L'important, dis-je, c'est qu'il ne t'ait pas arrêté, toi.

— Il ne m'a pas arrêté, parce qu'il sait bien que je n'ai pas fait assassiner Peretti. Mais en arrêtant Vittoria, il donne à croire au monde entier que c'est moi l'assassin. C'est en cela que le pape m'a offensé.

— Comment veux-tu, dis-je, que les gens pensent que tu n'es pas l'assassin ? Ton expédition à Santa Maria s'est sans doute ébruitée.

— Un bruit n'est pas une preuve. J'ai pu me procurer une copie du rapport d'enquête de Della Pace. Il conclut que ce meurtre a été perpétré dans le dessein de faire croire que Marcello et moi étions coupables, mais qu'à son sentiment, il n'en est rien.

— Della Pace est un homme habile, dis-je en souriant d'un seul côté du visage. Te voilà donc lavé de tout soupçon.

— Sauf que le pape, en arrêtant Vittoria, me désigne *urbi et orbi* comme le coupable. C'est en cela qu'il m'a offensé.

— Soit, et que comptes-tu faire ?

— Prendre les armes et le renverser.

— Paolo ! Tu n'y penses pas ! Attaquer le chef de la Chrétienté ! Il va t'excommunier !

— Et si je réussis à le chasser de son trône, son successeur m'absoudra. D'ailleurs, ce n'est pas le pape que je vais attaquer. C'est le souverain.

— Je suppose que tu m'as fait venir pour me demander mon avis.

— Pas du tout. Ma décision est prise. C'est ton aide que je requiers. Tu as une bonne troupe et l'oreille de la populace.

— Mon aide pour attaquer le pape ! dis-je en feignant la stupéfaction. Mais voyons, Paolo, je suis bon catholique.

— Moi aussi.

— Mais les risques sont énormes ! Tu me demandes de miser mes biens, mon palais et ma vie dans un combat très incertain !

— N'est-ce pas le devoir des Orsini de prendre les armes quand l'un d'entre eux est offensé ?

— Mais, Paolo, dis-je avec un petit sourire, si nous parlions plus franchement, ne crois-tu pas que cela nous ferait la bouche fraîche ? Ce n'est pas parce que tu es offensé que tu veux attaquer le pape, c'est pour libérer Vittoria. Et c'est bien la raison pour laquelle moi, de mon côté, je refuse de t'aider. Vittoria est veuve, et ayant très à cœur les intérêts de Virginio, je ne tiens pas à ce que tu l'épouses.

— En somme, dit-il en me jetant un regard perçant, cela t'arrange qu'elle soit enfermée au château Sant'Angelo ?

Son ton et son regard me glacèrent et je ne sus que répondre.

— Lodovico, dit-il, veux-tu boire ?

— Non, non, je te remercie. Je n'ai pas soif.

— Mais si ! Tu as soif ! Tu viens d'avaler deux ou trois fois ta salive. D'ailleurs, il fait très chaud. Allons, verse-toi toi-même à boire. À moi aussi. Et choisis la coupe que tu veux. Comme ça, tu ne penseras pas que je désire t'empoisonner...

Il rit et je ris aussi, plus ou moins jaune. Quand j'eus rempli les coupes, Paolo prit celle que je lui tendais et voyant que je ne touchais pas à la mienne, il vida la sienne d'un trait. Je me décidai alors à boire, mais même alors, je n'avalai qu'à contrecœur cet excellent vin.

— Lodovico, poursuivit-il en se jetant sur un cancan, et en parlant sur le ton de la conversation, je viens d'apprendre quelque chose de très bizarre. Le pape a fait porter un gros sac de piastres du Vatican au palais du cardinal di Medici à Rome, lequel l'a fait porter au palais romain du patriarche de Venise, où loge en ce moment le cardinal Cherubi. D'après mes informations, ce sac contient 50 000 piastres.

— C'est une grosse somme.

— En effet. Et n'est-ce pas étrange qu'une aussi grosse somme voyage ainsi à Rome de palais en palais ? Et qui peut savoir à qui Cherubi la remettra ? Tu connais Cherubi, Lodovico ?

— Oui. Je l'ai rencontré une fois. J'ai dîné chez lui.

— Vraiment ! dit-il avec un petit sourire. Et de quoi avez-vous parlé ?

— De choses et d'autres.

— De moi ?

— De toi aussi.

– Que voulait-il savoir ?

– Si tu étais l'amant de Vittoria.

– Et que lui as-tu répondu ?

– Que je n'en savais rien.

– Eh bien, dit Paolo d'une voix glaciale, c'est une bonne réponse. Et tu es un bon parent, Lodovico. Et je te souhaite une bonne journée…

Là-dessus, il se leva et me regarda avec des yeux terribles. Les jambes molles, je sortis de la pièce à reculons. Je craignais qu'il ne me plantât sa dague entre les deux omoplates, si je lui tournais le dos.

Dans la cour, j'appelai Alfredo. Il nous sert d'écuyer à Raimondo et à moi, vu que nous n'avons pas assez d'argent pour en avoir un chacun. Je lui dis d'aller chercher Raimondo et ses nobles compagnons et il mit bien dix bonnes minutes à les convaincre de s'arracher à leur collation et à leurs coupes pour me rejoindre. Je vis du premier coup d'œil que Raimondo avait encore bu plus que de raison. Il était rouge, il parlait fort, il regardait autour de lui d'un air de bravade en faisant claquer sa main sur son épée.

– Eh bien, dit-il à haute voix, qu'as-tu, *carissimo* ? Si quelqu'un a offensé mon aîné, *affé di Dio* ! je lui passe mon épée à travers le foie ! Tu es blanc comme neige, Lodovico !

– Personne ne m'a offensé ! Et toi, tu es tout rouge ! Allons, à cheval ! Aide-le, Alfredo !

– Je n'ai pas besoin d'Alfredo ! dit Raimondo sans même voir qu'Alfredo lui mettait le pied à l'étrier et donnait une vigoureuse poussée à son arrière-train pour lui permettre de se hisser en selle.

Toutefois, une fois en selle, il se tint droit comme un *i* et sa monture lui faisant deux ou trois sauts de mouton, il la maîtrisa aussitôt et lui donna un petit coup de cravache sur la croupe pour la punir.

– Eh quoi ! cria Silla Savelli, tu bats ton cheval, Raimondo !

– Jument et femme se mènent à la cravache, dit Raimondo qui de sa vie n'avait battu une femme, étant aussi doux et coulant avec le gentil sexe que rude avec les hommes.

– Honte à toi, Raimondo ! s'écria Pietro Gaetano en riant.

Ma jument n'a de moi que des caresses ! J'aurais horreur de lui faire mal !

– Mais la cravache n'a jamais fait de mal à un cheval, dit Ascanio di Ruggieri. Il a le cuir beaucoup trop épais. La cravache le vexe : voilà tout.

Cette affirmation parut contestable, et la discussion rebondit de plus belle, avec des cris et des rires, tandis que nous traversions la cour de Montegiordano, les bannis et les bandits qui la remplissaient s'écartant de mauvais gré pour nous livrer passage, et regardant de travers ces beaux jeunes gens aux pourpoints chatoyants qui ne leur faisaient même pas l'aumône d'un regard et jacassaient à tue-tête entre eux comme si Montegiordano leur appartenait. En me retournant sur ma selle, je vis Paolo Giordano debout à sa fenêtre au deuxième étage, immobile comme une statue de pierre et l'œil fixé sur nous. Son regard, l'immense cour de Montegiordano, tout ce peuple à sa dévotion, me pesaient. J'éperonnai ma monture, je passai le premier le porche, et quand je me retrouvai dans la rue, je me sentis soulagé. Paolo avait tout compris et tout deviné et je m'en tirais à bon compte. C'était presque trop beau ! Sa catin recluse à Sant'Angelo ! Paolo neutralisé par ma neutralité ! Et au plus tard ce soir, cinquante mille piastres tombant dru comme pluie dans mon escarcelle ! Hélas ! combien peu l'homme connaît son propre avenir ! Une parole, un geste et en quelques secondes, tout s'écroule !

Nous étions à moins de cinquante toises de notre palais et quant à moi, mes rêveries évoquaient déjà les fêtes dans lesquelles je comptais célébrer mon succès, quand notre troupe dut s'arrêter. Nous avions devant nous cheminant à notre encontre une bonne vingtaine de sbires à cheval, l'arquebuse posée sur la cuisse, Della Pace chevauchant en tête. Il nous salua fort courtoisement et la rue étant trop étroite pour que nous puissions nous croiser, il nous proposa de reculer pour nous laisser le passage. J'acquiesçai et il fit faire demi-tour à sa troupe, mais dans ce mouvement, qui ne se fit pas sans quelque confusion, j'aperçus, les yeux à cette vue me sortant presque des orbites, nos deux bandits de Nora ficelés sur un cheval, la rêne dudit cheval étant tenue en main par un sbire herculéen.

– Bargello, criai-je à tue-tête, qu'est cela ? Vous avez forcé ma porte en mon absence et enlevé deux hommes à moi ?

À quoi Della Pace, ôtant derechef son chapeau, revint à moi, ses sbires le suivant de près, et dit avec beaucoup de courtoisie :

– Signor Conte, je suis au désespoir d'avoir dû arrêter ces deux bandits, mais j'en avais reçu l'ordre par Son Excellence le gouverneur Portici. Et je n'ai pas forcé votre porte. J'ai sonné à votre porche. On m'a ouvert. Mes sbires ont fait le reste.

– Vous n'en avez pas moins violé le droit d'asile des Orsini ! hurla Raimondo, rouge comme une tomate.

– Pardonnez-moi, signor Orsini, dit Della Pace. Le droit d'asile appartient à la branche aînée des Orsini, et non à la branche cadette.

– Branche aînée ou branche cadette, peu me chaut ! cria Raimondo. Tu vas sur l'heure délier nos hommes et nous les rendre, faquin !

– Signor, dit le Bargello en remettant son chapeau et en parlant d'un ton plus roide, vous oubliez que vous parlez au Bargello.

– Allons, Raimondo, dis-je, ne t'en mêle pas. Laisse-moi parler au Bargello !

– Je m'en mêlerai, si je veux ! hurla Raimondo à qui le vin donnait le courage de me désobéir. Et toi, Bargello de merde, tu entends l'ordre que je t'ai donné. Délie ces hommes et rends-les-nous !

– Signor, dit le Bargello, vous m'insultez ! C'est indigne de vous comme de moi. Oubliez-vous que je suis noble, moi aussi ?

– Petite noblesse merdeuse et pouilleuse ! rugit Raimondo.

– Allons, Raimondo, dis-je, tais-toi et laisse-moi parler !

– Petite noblesse, en effet, dit le Bargello d'un ton mordant. Mais je n'ai jamais eu, moi, de domestiques qui sont allés voler et assassiner les voyageurs dans les monts de Nora !

– Faquin ! hurla Raimondo, tu oses t'en prendre à l'honneur des Orsini ! Je vais te faire rentrer tes paroles dans la gorge !

– Voyons, Raimondo, tu vas trop loin, dit Silla Savelli qui était d'une nature douce et conciliante.

– Laisse-moi parler ! hurla Raimondo qui écumait de rage.
Je vais écorcher vif ce faquin et ses sbires puants ! Et en attendant, je vais le corriger, poursuivit-il en levant sa cravache.

– Signor, dit le Bargello, je ne vous conseille pas d'user
de violence. Nos arquebuses ont leur mèche allumée et mes
sbires n'aiment pas être bravés ni insultés.

– Eh bien, nous allons voir ! rugit Raimondo en levant plus
haut sa cravache.

À ce moment, Silla Savelli qui se trouvait à sa droite poussa
son cheval contre le sien, et lui saisit le poignet, mais
Raimondo se dégagea d'un mouvement brusque, et abattit sa
cravache de toutes ses forces sur le visage du Bargello. Il y
eut un moment de stupeur. Je vis avec des yeux incrédules
le sang perler sur le visage du Bargello et couler le long de
sa joue droite. Puis le Bargello se retourna sur sa selle.
Contrairement à ce que j'affirmai plus tard pour les besoins
de la cause, il ne donna pas l'ordre de tirer. Il se contenta de
leur faire face et de leur montrer son visage ensanglanté. Les
sbires aussitôt firent feu. Le fracas fut assourdissant et quand
la fumée dans l'étroite rue se dissipa, les sbires et leur chef
avaient tourné bride. Je mis pied à terre. Cinq des nôtres
gisaient sur le pavé : Raimondo, Silla, Pietro Gaetano et deux
hommes de l'escorte.

Le barbier-chirurgien que je fis quérir aussitôt me donna
peu d'espoir pour Raimondo et Silla. Et en effet une heure
plus tard, ils moururent sans avoir pu recevoir l'extrême-onction. Eux qui avaient été si unis dans la vie, jusqu'à tout partager, y compris leurs maîtresses, rendirent presque ensemble
leur dernier souffle.

Le bruit de la décharge meurtrière des sbires se répandit
à Rome avec une rapidité inouïe, et dès une heure de l'après-
midi, toute la noblesse de Rome afflua dans ma cour et défila
devant les morts et les blessés dans l'affliction et la colère.
Tous serraient les poings et juraient de tirer vengeance du
Bargello et des sbires. Et déjà la populace, qui aimait les nobles
autant qu'elle détestait le pape, assiégeait ma porte et réclamait des armes et des torches pour «aller enfumer le vieux
renard dans son Vatican».

Paolo arriva une heure plus tard et, à son arrivée, il y eut un vif mouvement parmi les nobles, car tous connaissaient ses talents militaires et le considéraient déjà comme le chef de la rébellion.

Paolo pria longuement à genoux devant les deux corps, et quand il se releva, Alfredo qui se tenait à ses côtés lui raconta en détail ce qui s'était passé. Paolo passa à côté de moi en feignant de ne pas me voir, puis, se ravisant, il revint sur ses pas, me prit dans ses bras, et m'embrassant sur la joue, me dit à l'oreille :

– Et maintenant, avec moi, par force !

Son Excellence Luigi Portici, gouverneur de Rome

À mon sentiment, rien n'est plus néfaste dans un État que la diplomatie secrète. Car si d'aucuns dignitaires du souverain font avec son accord une politique qui demeure ignorée des autres ministres, il peut arriver que ceux-ci, en toute bonne foi, prennent des mesures qui vont à l'encontre des plans les mieux ourdis des premiers et les fassent échouer. C'est ainsi qu'un gouvernement peut se trouver dans la situation ridicule et dangereuse d'un serpent qui, au lieu de mordre son adversaire, se mord lui-même la queue.

Et c'est bien ce qui se passa avec Lodovico Orsini : moi, gouverneur de Rome, j'ai été tenu d'un bout à l'autre dans l'ignorance de la négociation que le Vatican avait engagée avec lui par l'intermédiaire du cardinal Cherubi et dont le but était de s'assurer de sa neutralité au cas où le prince Paolo entrerait en conflit ouvert avec la papauté.

Les conséquences de ces transactions secrètes ont été gravissimes. Et je les énumère ci-dessous pour l'édification de ceux qui auront à cœur, dans la suite des temps, d'appliquer les principes d'une saine politique.

Premièrement : si j'avais su que le Vatican avait l'intention de négocier avec Lodovico Orsini, je lui aurais déconseillé d'avoir affaire peu ou prou à ce gentilhomme perdu de vices et de dettes. Deuxièmement, j'aurais fait part au Vatican des soupçons que la Corte nourrissait au sujet des deux bandits qui rançonnaient et dépêchaient les voyageurs dans les monts de Nora. Soupçons qui se muèrent en certitudes quand ces deux bandits se réfugièrent dans le palais de Lodovico Orsini.

Troisièmement, dans l'hypothèse où le Vatican, passant outre à mes conseils, aurait néanmoins traité avec Lodovico Orsini, je n'aurais certainement pas donné l'ordre au Bargello d'aller forcer la porte de son palais pour arrêter les deux bandits. Connaissant l'orgueil de Lodovico et la violence de son frère cadet, Raimondo, surnommé *il bruto*, j'aurais craint que cette intrusion ne se terminât, comme ce fut, hélas ! le cas, par un incident sanglant.

Cette échauffourée au cours de laquelle tombèrent deux gentilshommes appartenant aux plus grandes familles sonna le glas des plans du Vatican. Car il devint vite évident que Lodovico ne pouvait pas demeurer neutre après la mort de Raimondo, ni la noblesse romaine rester indifférente à celle de Silla Savelli, ni le prince Orsini laisser passer l'occasion de prendre la tête d'une rébellion pour libérer Vittoria.

Sans qu'ils l'aient certes voulu, les conjurés n'auraient pu prendre les armes à un moment plus opportun : le mécontentement des populations atteignait alors un sommet et je voudrais dire pourquoi.

Le pape en tant que chef de la Chrétienté, et souverain d'un État, jouissait de deux pouvoirs : l'un spirituel et l'autre temporel, lesquels, conjugués, lui donnaient une puissance sans limites. Grégoire XIII en usa peu sagement. Il eut surtout le tort de confondre trop souvent la tiare pontificale avec la couronne du prince.

L'année qui précéda la rébellion, étant à court d'argent, il avait repris à d'aucuns gentilshommes les fiefs que son prédécesseur leur avait concédés : et d'aucuns de ces gentilshommes, dépouillés et ruinés, s'étant plaints un peu trop hardiment, Grégoire XIII sans autre forme de procès les excommunia, ajoutant l'injustice à la spoliation.

Les excommunications pour des motifs non religieux furent nombreuses sous le pontificat de Grégoire XIII, et frappèrent cruellement des personnes à qui l'Église n'avait rien à reprocher, scandalisant du même coup bon nombre de fidèles. Ce ne fut pas là le seul exemple où, par un regrettable détournement de pouvoir, le spirituel fut contraint de servir les intérêts du temporel. Il arriva plus d'une fois que le pape prît à l'égard d'un opposant politique un *precetto* sans appel qui annulait son mariage. Le malheureux, s'il refusait alors de quitter le domicile conjugal, se retrouvait vivant en concubinage, et par conséquent en état de péché mortel, aux côtés d'une femme qu'il chérissait et qui, la veille encore, était son épouse légitime. Il y avait là un abus qui indignait à la fois les sujets les plus frustes du pape et ses théologiens. Ceux-ci observaient tout bas que, le mariage étant un sacrement dont les époux sont les ministres, aucune autorité extérieure au couple n'avait le pouvoir de le rompre.

Mais à ne considérer que le seul temporel, l'arbitraire avait marqué depuis le début le règne de Grégoire XIII. Certes, le népotisme avait toujours été la faiblesse principale de la papauté. Mais du fait de l'indolence et de l'inconséquence de Grégoire XIII, les neveux auxquels il avait confié les principaux instruments du pouvoir l'exercèrent sans contrôle et sans frein, au gré de leurs humeurs, de leur bourse, de leurs sympathies ou de leurs inimitiés. Ils n'hésitaient pas à jeter dans les prisons pontificales, sans inculpation, sans jugement et, partant, sans limitation de peine, des personnes honorables dont le seul tort avait été de leur déplaire ou de s'opposer à eux.

J'ai quelques scrupules à citer ici une catégorie d'adversaires de Grégoire XIII qui n'avaient pas pour eux le nombre, mais dont l'animosité à l'égard du Vatican était d'autant plus vive qu'elle devait demeurer secrète. Il s'agit des luthériens que l'Inquisition et la peur du bûcher avaient reconvertis à la vraie religion. Ceux-là, qui conservaient beaucoup de tendresse cachée pour leurs anciennes opinions, ne pouvaient pardonner à Grégoire XIII d'avoir célébré avec éclat une messe d'action de grâces à la nouvelle du massacre des protestants à Paris le jour de la Saint-Barthélemy. À vrai dire, même à Rome, il se trouva des catholiques qui furent choqués par cette célébration, comme aussi par les feux de joie que le pape fit allumer à cette occasion sur les places publiques.

Pis même : le gouvernement de Grégoire XIII, tout en étant tyrannique, trouvait le moyen d'être faible. N'osant s'en prendre au prince Paolo après le meurtre de Peretti, il avait emprisonné une femme qui, de toute évidence, n'y avait pas trempé. Et défiant le prince Paolo par cette incarcération, il avait cru le paralyser en achetant la neutralité d'un personnage douteux. Cela fait que, n'imaginant pas un instant que cette *combinazione* pût échouer, il n'avait prévu aucun plan de rechange, et n'avait pris aucune précaution particulière – comme de renforcer sa garde suisse – quand il était temps encore.

Le soulèvement le prit entièrement par surprise et présenta un aspect d'autant plus menaçant qu'aux nobles le peuple se joignit aussitôt. D'abord parce qu'il détestait les sbires et les neveux du pape. Ensuite parce qu'il était très attaché non seulement à Lodovico, mais à toutes les grandes maisons en raison de leurs largesses. Celles-ci coûtaient peu aux seigneurs, car ils tiraient beaucoup d'argent de leurs paysans avec qui ils étaient aussi durs qu'ils se montraient généreux avec les plébéiens urbains. La raison en était qu'ils n'avaient pas peur des premiers, dispersés dans la glèbe, alors qu'ils ménageaient les seconds que leur nombre et leur proximité rendaient redoutables, et dont ils se faisaient, à peu de frais, une clientèle, à l'occasion fort utile.

Dès que Della Pace, le visage ensanglanté, m'eut rendu compte de la fatale échauffourée qui avait coûté la vie à Raimondo Orsini et à Silla Savelli sans qu'il y fût pour rien, n'ayant pas donné l'ordre de tirer (contrairement à ce qu'affirma Lodovico par la suite, mais ce triste sire n'en était pas à un mensonge près), j'envoyai des espions aux points névralgiques de la ville et ils revinrent avec des nouvelles fort alarmantes : les nobles, sous l'impulsion du prince Paolo, s'organisaient avec promptitude et déjà distribuaient des armes blanches à leur clientèle respective, tout en se réservant par prudence les arquebuses. Et déjà la populace se répandait dans les rues, pourchassant les sbires et en massacrant plus d'un. Ce qui eut pour résultat de faire sortir tous les coupe-bourses et coupe-jarrets de leurs trous, prêts à se livrer au vol, au pillage, au meurtre et à leurs coutumiers exploits.

Je fis prévenir les neveux du pape d'avoir à se réfugier en toute hâte au Vatican (car on commençait déjà à s'en prendre à leurs serviteurs) et je m'y rendis moi-même avec Della Pace. Je mis aussitôt tous les bâtiments en état de siège, barricadant toutes les issues sauf une, et braquant les canons sur les assiégeants. Déjà le Vatican avait envoyé un message dans le royaume des Deux-Siciles pour demander un prompt secours aux troupes espagnoles qui y étaient cantonnées sous le commandement d'un général autrichien. Mais pour qui connaissait la lenteur de décision de Philippe II d'Espagne, et la lenteur d'exécution des Autrichiens, il ne fallait pas compter sur une aide avant au moins trois semaines. Et au train où allaient les choses, dans trois jours il serait trop tard. Déjà on voyait courir autour du Vatican des gens porteurs de torches qui criaient qu'ils allaient «enfumer le vieux renard».

Par la petite porte dérobée que je n'avais pas condamnée, mais que je gardais fortement, j'envoyai, la nuit venue, plusieurs émissaires, dont l'un avait pour consigne de gagner Montegiordano où la rébellion avait établi son quartier général. Il y réussit, tant la presse et l'agitation étaient considérables, et il trouva les nobles à la fois exaltés et embarrassés de sentir la victoire si proche, ne sachant véritablement qu'en faire, inquiets aussi des débordements de la populace et bien qu'ils fussent seuls armés d'arquebuses, craignant de ne plus être en sécurité dans leurs propres palais.

Cet émissaire était un moine, homme de ressources et de courage. Voyant à quel point les nobles étaient anxieux, il eut l'audace de parler en particulier au prince Paolo, se fit connaître à lui pour ce qu'il était, et lui demanda à quelles conditions les rebelles feraient la paix avec le pape.

Le prince Paolo le conduisit dans une petite salle, en verrouilla la porte et lui dit :

– Il y a deux conditions. La première qui devra être satisfaite est celle-ci : à minuit, un carrosse à mes armes, entouré d'un peloton de mes cavaliers, attendra devant la petite porte sur l'arrière du château Sant'Angelo. Deux prisonnières que le pape y détient contre toute justice devront y prendre place. Si elles n'apparaissent pas à une heure du matin, mes soldats attaqueront au bélier une des portes du Vatican.

– Et la seconde condition, Monseigneur ?

– Elle est unanimement demandée et, bien qu'elle me

répugne fort, je vais vous la dire : les nobles réclament la tête de Della Pace.

– C'est horrible, Monseigneur !

– En effet, c'est horrible. Mais le pape n'aura la paix qu'à ce prix.

– Toutefois, Monseigneur, même si le pape consent à sacrifier son Bargello, on peut douter que la populace, qui réclame à cor et à cri son abdication, se satisfasse de ce trophée.

– Ne vous inquiétez pas. C'est nous qui avons les soldats et les arquebuses. Nous taillerons la plèbe.

– Quoi, Monseigneur ? Votre alliée !

– Que faire d'autre ? Voudriez-vous que cette odieuse anarchie se poursuive ? Nous en serions à la fin les victimes.

– Monseigneur, je répéterai fidèlement vos conditions.

– Entendez bien que l'une ne va pas sans l'autre. Si la première n'est pas remplie, il sera inutile de remplir la seconde.

– Monseigneur, pardon d'être franc : mais que se passerait-il, si la seconde condition seule était remplie et que les nobles s'en satisfassent ?

– Alors je continuerais le siège et la populace avec moi sur sa lancée. Voulez-vous gager que demain à midi, je m'emparerai du Vatican ?

– Vous serez excommunié.

– Êtes-vous ici pour négocier ou pour me menacer ?

– Monseigneur, pardonnez-moi de parler sans détours : Puis-je continuer dans cette veine ou dois-je me taire ?

– Poursuivez, je vous prie. Je m'instruis beaucoup en votre compagnie.

– Qu'arrivera-t-il si le Vatican tire au canon sur les assiégeants ?

– J'ai moi aussi des canons. Et au lieu de taquiner votre grand-porte avec un bélier, je la ferai voler en éclats. Vous savez ce qui se passera alors. La multitude s'engouffrera dans la brèche. Elle pillera tout ! Elle tuera tout !

– Vous permettriez ce carnage !

– Comment ferais-je pour l'empêcher ?

– Ah, Monseigneur ! tout cela à cause d'une femme !

– Mon père, excusez-moi, mais vous n'avez pas compétence pour discuter ce point. Retournez d'où vous venez et répétez fidèlement mes conditions.

Quand le moine, revenu dans nos murs sans encombre, me rapporta ces propos, je n'en crus pas mes oreilles tant la deuxième condition – la tête de Della Pace jetée en pâture à la foule – me parut outrageante pour Celui auquel elle s'adressait. Et plutôt que de la répéter moi-même au pape, je pris le parti de conduire le moine auprès de lui et de le laisser faire seul son récit.

Je trouvai le Saint-Père avec le capitaine des Suisses et une dizaine de hauts dignitaires du Vatican, tous dans la plus grande angoisse, discutant la question de savoir s'il fallait ou non donner la parole à nos canons : à quoi le capitaine des Suisses répugnait fort, trouvant cette décharge peu efficace en pleine ville où le moindre muret pouvait mettre les assaillants à l'abri d'un boulet. « Cela ne fera que les enrager davantage ! » répétait-il avec un fort accent allemand.

Toutefois, le Saint-Père, m'ayant aperçu et devinant bien que j'apportais des nouvelles, me fit avancer. Après m'être agenouillé et avoir baisé sa pantoufle (cérémonie que même alors il n'écourta pas), je lui dis ce qu'il en était du moine, et le priai de bien vouloir l'entendre.

Tandis que le moine parlait, je regardai le visage du pape et de ses conseillers et fus stupéfait d'y lire une expression d'immense soulagement. Cependant, quand le moine eut terminé son récit, le Saint-Père, qui, contrairement à son habitude, ne paraissait pas enclin à donner carrière à son éloquence, se borna à inviter ses conseillers à lui donner leur avis. Il y eut alors un silence fort long et fort embarrassé, aucun des dignitaires présents ne se souciant de prendre le premier la parole, l'affaire paraissant épineuse, et personne ne sachant, ni même ne devinant ce que souhaitait le Saint-Père en cette occasion.

Ce silence dut impatienter le pape, car il se tourna vers un des cardinaux présents, et dit d'un ton impérieux et interrogatif :

– Cherubi ?

Ce choix ne devait rien au hasard, Cherubi étant réputé pour sa franchise et ses gaffes.

— Très Saint-Père, claironna Cherubi, je pense que si la présente négociation aboutit, nous nous en tirerons à très bon compte.

— À très bon compte? dit un cardinal à mi-voix.

— J'entends, reprit Cherubi sans être le moins du monde décontenancé par l'interruption, que les choses pourraient être bien pires. Par exemple, si les nobles décidaient de lâcher bride à la populace. C'est pourquoi nous devons traiter avec les nobles pendant qu'il est temps encore.

— Mais, dit un autre cardinal, les conditions sont très dures, surtout la seconde.

J'observai qu'il parlait d'une voix douce, et comme hésitante : ce qui contrastait fort avec la trompette de Cherubi.

— Sans doute, reprit Cherubi, les conditions sont dures, surtout celle qui concerne Della Pace. Nous tous ici, nous aimons Della Pace. Nous l'estimons. Nous n'avons rien à lui reprocher. Mais c'est par lui que le malheur est arrivé. Il faut donc qu'il prenne son parti d'être le gage malheureux de la paix. Le Très Saint-Père devra montrer autant de courage à le sacrifier qu'Abraham jadis à sacrifier son fils.

Le pape écoutant ce discours avec de petits signes d'approbation, personne n'osa protester contre l'indélicatesse d'une comparaison qui assimilait l'exigence de nobles assoiffés de sang à un commandement du Très-Haut.

— Mes bien chers fils, dit le pape, animé tout d'un coup d'une hâte fébrile à en finir avec ce débat, qui partage l'avis du cardinal Cherubi?

Il n'échappa à personne que cette façon de poser la question dictait, en fait, la réponse. Toutes les mains se levèrent, sauf deux.

J'eus alors un geste d'une audace inouïe. Je me jetai aux pieds du pape et je dis d'une voix haletante;

— Très Saint-Père, si quelqu'un doit être sacrifié, alors que ce soit moi! Car c'est moi qui ai donné l'ordre à Della Pace d'arrêter ces deux bandits. C'est donc moi le vrai responsable de l'incident que nous déplorons.

Grégoire XIII parut tout à fait interdit par cette intervention. Il me regardait du haut de son trône avec ses grands yeux bleus, comme s'il ne savait pas ce qu'il allait me répondre.

– Mon cher Portici, dit alors Cherubi d'une voix forte, par malheur, ce n'est pas votre tête que réclament les insurgés. Et si nous la leur donnions, elle ne les satisferait en aucune manière. Il n'y a donc pas lieu de revenir sur notre vote. Je suggère d'ailleurs, dit-il en regardant le capitaine des Suisses, que la chose se fasse en douceur, et quasi à l'improviste, sans que l'intéressé s'aperçoive même qu'il passe de vie à trépas, sa tête n'étant séparée de son tronc qu'après sa mort.

Je regardai le Saint-Père qui, à cet instant, dodelinait de la tête, sans qu'on pût savoir si c'était là une approbation, ou l'effet de la vieillesse. Le soupçon me vint à ce moment qu'il était en train de jouer de son grand âge pour paraître plus faible et plus diminué qu'il ne l'était vraiment. Car la veille encore, je l'avais vu rieur, vif, incisif, et redressant sa taille svelte.

– Très Saint-Père, dis-je dans un dernier effort…

Mais il me coupa aussitôt :

– Mon bien cher fils, dit-il, je suis, croyez-moi bien, au désespoir de la douloureuse décision que la tyrannie des circonstances nous a contraints de prendre. Elle m'a meurtri tout le premier et je désire demeurer seul pour offrir au Seigneur mes souffrances et mon affliction.

Ce disant, de grosses larmes coulaient lentement sur ses joues roses.

– Mon bien cher fils, reprit-il en me bénissant, allez en paix.

Cependant, malgré ses pleurs et sa bénédiction, le Saint-Père ne me pardonna jamais l'embarras où l'avait jeté mon intervention. Il se vengea à froid, quelques mois après le retour de la paix. Comme je prenais, l'été venu, quelques vacances dans ma villa d'Ostie, il m'écrivit pour me dire d'y demeurer désormais, le moment étant venu pour moi de me reposer des fatigues de ma charge. Bien que la missive fût rédigée dans les termes les plus suaves et que l'eau bénite de cour y ruisselât à chaque ligne, le fait pourtant était là :

non seulement j'étais destitué de mes fonctions de gouverneur, j'étais aussi banni de Rome.

Alfredo, écuyer de Raimondo et Lodovico Orsini

J'ai peu de chose à dire et, n'étant pas doué pour la parlote, je le dirai simplement. Et pardonnez-moi, je vous prie, si je m'exprime en dialecte vénitien ; je comprends l'italien, mais je le parle assez mal.

J'ai d'abord été l'écuyer du seigneur Raimondo Orsini, puis en même temps dudit seigneur et de son frère le comte Lodovico. Je les connais bien l'un et l'autre.

Raimondo, on le surnommait *il bruto*, surtout à cause de sa trogne. Et parlant de la mienne, elle ne vaut guère mieux. Je dirais même qu'elle est pire. Si un juge devait me juger uniquement sur elle, il m'enverrait tout botté au gibet.

Pourtant, je n'ai pas la tripe sanguinaire. C'est bien vrai que j'ai dagué une demi-douzaine de personnes dans ma vie, mais toujours sur l'ordre de mes maîtres, jamais pour mon propre compte. Et pour tout dire, cela ne m'aurait pas plu d'aller faire le bandit dans les monts de Nora, comme ceux que vous savez.

Pour en revenir à Raimondo, il n'était brute que lorsqu'il avait trop bu – et « trop » pour lui, c'était beaucoup – et alors, il fallait se garer des coups. Mais il avait bon cœur. Les manières qu'il a faites pour tuer la duchesse Isabella à Bracciano ! Et après coup, il pleurait comme un veau ! Et il n'arrêtait pas de prier ! Un vrai curé ! C'est vrai qu'elle était très belle. Un corps de femme comme le sien, je n'ai jamais vu le pareil. Mais ce n'était pas une raison. Après tout, elle avait trompé le prince Paolo avec le monde entier.

Pour moi, le séjour à Bracciano, c'est un bon souvenir. Car le coup fait, quand Raimondo s'est sorti à la fin de ses prières, on s'est donné du bon temps. Les ripailles, les beuveries et les gueuseries, ça a duré huit jours. Toutes les chambrières du château y sont passées, de gré ou de force. Vous pensez ! La duchesse morte, on était les maîtres !

Le côté brute du seigneur Raimondo, ce fut quand même sa perte. S'il avait laissé parler le seigneur Lodovico, ce jour-là, tout cela ne serait pas arrivé ! Mais il s'est monté, monté ! C'est vrai qu'il avait bu. Quand même, passe encore pour les insultes. Mais le coup de cravache sur la joue du Bargello, c'était trop ! Remarquez que le Bargello n'a pas donné l'ordre de tirer. Il s'est retourné sur sa selle et il a pris les sbires à témoin de l'outrage. Et malheureusement, les sbires avaient les mèches de leurs arquebuses encore allumées. Et comme je l'ai su après, je vais vous dire pourquoi.

Quand ils ont pénétré dans notre cour pour capturer les bandits, les nôtres montraient les dents et comme ils étaient nombreux, les sbires ont pris peur, se sont retirés dans le châtelet d'entrée et, sur l'ordre du Bargello, ils ont allumé leurs mèches avant de repartir à l'attaque. Après cela, les nôtres ont filé doux.

Voilà, c'est pas plus compliqué que cela. C'est parce que les sbires avaient déjà leurs mèches allumées qu'ils ont tiré. Et aussi parce qu'ils aimaient beaucoup le Bargello. S'ils ne l'avaient pas aimé, le coup de cravache au travers de la figure, ils en auraient plutôt fait des gorges chaudes. Pas devant lui, bien sûr ! Voilà comment va le monde ! Les bons maîtres, on les pleure ! Les mauvais, on les aiderait plutôt à mourir !

Les sbires n'ont pas épaulé ! Ils ont tiré de la hanche, dans le tas ! C'est un miracle qu'il n'y ait eu que deux morts. Moi, j'étais derrière le pauvre Raimondo, et la balle qui lui a traversé la poitrine m'a éraflé le bras. Le plus injuste, je vais vous le dire, ce fut la mort du pauvre signor Silla Savelli. Plus gentil et plus doux que ce jeune homme, et plus poli aussi avec les petits, vous ne trouverez jamais. Il avait même essayé de retenir la main de Raimondo, quand Raimondo a levé sa cravache. Et voilà le salaire de sa bonté : une balle dans la tête.

Je n'ai pas honte de le dire : j'ai pleuré Raimondo. Surtout qu'après, je n'avais plus qu'un maître : le comte Lodovico. Et du comte, je ne parlerai pas. Ni en bien ni en mal. Ce n'est pas à moi de le juger. On dit qu'il a une dévotion particulière pour la Madone et qu'il la prie matin et soir. À mon avis, c'est pourtant pas le genre d'homme que la Madone aimerait beaucoup, si elle le connaissait aussi bien que moi.

Vu que je ne suis pas sûr d'avoir été compris, je voudrais revenir sur les arquebuses et leurs mèches allumées.

Voilà ce que je dis : À supposer que les mèches, on les avait pas allumées, les sbires n'auraient pas tiré. Pourquoi ? Parce que pour les allumer, il aurait fallu un ordre du Bargello. Vous me direz : ils ont bien tiré sans ordre. Ce n'est pas la même chose. Pour tirer, il faut une seconde. Pour allumer une mèche, c'est long. Il faut chercher le briquet dans son emmanchure, le battre, enflammer l'amadou, souffler dessus pour aviver, l'approcher de la mèche, souffler encore : un vrai tintouin. Et le Bargello aurait eu tout le temps de leur dire : « Qu'est-ce que vous faites ? Je ne vous ai rien commandé ! » Et d'un autre côté, à supposer qu'il n'ait rien dit, nous autres, voyant le manège des sbires, on aurait eu tout le temps de leur tomber dessus l'épée à la main, et de les disperser en leur donnant quelques bonnes platissades, sans même les tuer. Rappelez-vous qu'ils étaient vingt, et nous trente.

Vous voyez la petitesse de la chose : des mèches allumées. Et l'énormité du résultat : le lendemain, la ville à feu et à sang. Tous les nobles à cheval et le peuple dans la rue. Tout le peuple : le bon et le mauvais, et en l'occurrence, pas beaucoup de différence entre les deux : les honnêtes artisans tuant et pillant comme la truandaille. Les sbires sur lesquels on a pu mettre la main massacrés, tous, jusqu'au dernier ! Les serviteurs des neveux du pape, massacrés eux aussi. Et les neveux auraient subi le même sort, s'ils ne s'étaient pas réfugiés au Vatican. En tout cas, leurs palais pillés, et ils n'étaient pas pauvres ! Le Vatican encerclé, assiégé, et les gens courant dans tous les sens en criant : « Abdication ! Abdication ! », « Mort à Della Pace ! » et même « Mort au pape ! ». Vous m'avez bien ouï : « Mort au pape ! » et tous, bons catholiques, que Dieu leur pardonne !

Les nobles un peu à l'écart, à cheval, les soldats et leurs clientèles à pied, tous avec des arquebuses, les uns à rouet (mais à mon avis, cette nouveauté-là n'est pas bien sûre) et les autres à mèche, et c'est pour le coup que celles-ci étaient allumées !

Assez loin de la foule, en arrière, et devant le gros des nobles, le prince Paolo sur sa jument blanche, à sa droite au botte à botte, le marquis Giulio Savelli (le père du pauvre Silla) et à sa gauche, le comte Lodovico. Et de ce côté, c'était le silence. Et l'inquiétude. Car à voir la populace déchaînée, ils commençaient à craindre pour leurs propres palais. Et ce qui me frappe surtout : ils ne font rien. Absolument rien. Et comme j'ose demander au comte Lodovico ce qu'on attend, il répond d'un ton rogue : «Que la lune nous tombe dans l'escarcelle !»

C'est vrai qu'il y a une lune, et qui éclaire presque comme en plein jour. Tu pourrais lire un livre (à condition de savoir lire). La preuve, c'est que le prince Paolo regarde de temps en temps sa montre-horloge, et dit l'heure à haute voix. La preuve aussi, c'est que son écuyer lui apportant au trot un billet, le prince Paolo l'ouvre et le lit. Il a l'air rayonnant. Et ce qu'il y avait dans ce billet, on ne l'a su que plus tard.

– Finissons-en, dit tout d'un coup le prince Paolo.

Et il ordonne une salve de mousqueterie sur les fenêtres du Vatican. Comme personne n'avait eu l'imprudence de se mettre aux fenêtres, elle ne fait pas grand mal, sauf aux vitres, qui volent en éclats. Une petite taquinerie, rien de plus. Mais qui fait plaisir au populaire qui applaudit comme au spectacle.

Le prince Paolo regarde de nouveau sa montre-horloge, et il fait avancer trois canons. À vrai dire, ils ne sont pas énormes et il n'y en a que trois. Et les artilleurs devant eux disposent des claies et des sacs de sable pour se protéger des arquebusades. Pendant ce temps, des cavaliers partagent le populaire et le refoulent à droite et à gauche pour permettre aux canons de tirer contre la porte du Vatican. Mais les cavaliers ne suffisent pas. Il faut deux haies de soldats à pied pour contenir ces idiots qui se feraient hacher pour mieux voir.

J'observe que les artilleurs dressent leur protection avec lenteur et comme le peuple crie : «Plus vite ! Plus vite !», le prince Paolo fait avancer une dizaine de soldats avec un bélier, et ils commencent à battre la porte. Mais ils n'y mettent pas beaucoup de conviction et le résultat est nul. Le peuple finit par le remarquer et crie : «Plus fort ! Plus fort !» Et les plus excités hurlent : «Laissez-nous manier le bélier ! Vous verrez !» La double haie de soldats a le plus grand mal à les contenir.

Là-dessus un drapeau blanc apparaît à la fenêtre du Vatican

qui, au deuxième étage, surplombe la porte à laquelle on fait si peu de mal. Clameurs ! Et au bout d'un moment, une boîte descend au bout d'une corde !

– Va voir, Alfredo ! dit le comte Lodovico, ses yeux lançant des éclairs.

J'éperonne mon cheval et je dis à un des soldats de lâcher le bélier et d'ouvrir la boîte. Ce qu'il fait. C'est la tête de Della Pace, le cou tranché dégouttant encore de sang. Je la saisis par les cheveux et, la main basse, je l'emporte au grand galop, surtout soucieux que le populaire ne fonde pas sur moi pour me l'arracher.

Le prince Paolo est notre général et je lui tends la tête. Il la refuse, l'air dégoûté. Même jeu avec le marquis Giulio Savelli. Mais le comte Lodovico, vous pensez s'il a de ces délicatesses ! Il empoigne la tête par les cheveux, et la brandissant à bout de bras, il va caracoler devant le populaire et la lui montre en criant : « Della Pace ! Della Pace ! Victoire ! Victoire ! » Et comme tous se ruent sur lui, il la leur jette.

Ce qui se passe ensuite et ce que ces canailles font avec cette tête, je ne le dirai pas. Rien que d'y penser, cela me soulève le cœur.

Chez les nobles, le silence. À mon avis, à cette minute, ils ne se sentent pas si heureux. Après tout, Della Pace était noble, lui aussi. Un petit noble, mais honorable. Et un honnête homme, estimé de tous. Et que Grégoire XIII ait eu l'insigne lâcheté de sacrifier ce bon serviteur pour garder son trône les écœure. Moi-même j'ai honte du pape. Et j'ai honte aussi de ces bons chrétiens qui tapent du bout du pied dans cette pauvre tête ensanglantée comme si c'était un ballon.

Et si vous croyez que ce trophée va les calmer, quelle erreur ! Ils ne se sentent plus, les bonnes gens ! Les cris de « Abdication ! Abdication ! », « À bas le tyran » et « Mort au pape ! » reprennent. On entasse des fagots contre une des petites portes du Vatican. On bouscule les soldats, on leur arrache le bélier des mains et à dix, à vingt, on se met à battre la grand-porte, et cette fois ce n'est pas pour rire.

Le prince Paolo se retourne sur sa selle et dit aux nobles :
– Allons-nous laisser faire ?

Vous pensez s'ils vont laisser faire ! Après le pape, ce serait leur tour ! Réponse unanime. Tous, bien résolus ! En un clin d'œil, ils changent de camp !

Le prince Paolo fait pivoter ses canons et sans sommation tire sur le peuple. Dans cette foule compacte, les boulets font des ravages et la première stupeur à peine passée, une salve de mousqueterie éclate. Blessés et morts par dizaines ! Les insurgés se replient. Autre salve ! Ce n'est même pas la peine de viser, ils sont si nombreux ! Ils tombent comme des mouches. La place en est jonchée ! Un vrai massacre ! Le reflux s'accentue et le prince Paolo, tourné alors vers les nobles, ordonne une charge. Le sifflement dans l'air quand tous ensemble ils dégainent les épées ! Les épées de guerre ! À tranchant double ! Foin des platissades ! La taille et l'estoc pour ceux qui ne courent pas assez vite !

Comme le comte Lodovico, toujours assoiffé de sang, veut se joindre à la curée, le prince Paolo le retient et lui dit :

– *Carissimo*, rentre donc chez toi. Et je te prie, cesse de jouer les Machiavel ! Sans toi, rien de tout cela ne serait arrivé. Tout ce sang est bien inutile, crois-moi. À l'heure qu'il est, la captive du château Sant'Angelo est chez moi. Et si Dieu le veut, je l'épouserai demain.

Là-dessus, il tourna bride et le comte Lodovico devint blanc comme neige. Il serrait les dents comme fol. Je me demandais si celles de dessous n'étaient pas en train de s'incruster dans celles du dessus. Faites le compte : Il est l'un des deux cocus de l'affaire. Il a perdu son frère Raimondo, 50 000 piastres et le prince épouse Vittoria !

Le deuxième cocu, c'est le peuple. Il a aidé les nobles. Et les nobles, leur vendetta satisfaite, l'ont taillé. Le lendemain du massacre, un franciscain parcourut les rues de Rome en racontant qu'au moment où les nobles avaient tourné leurs canons contre la populace, il avait entendu le diable rire. Si on lui donnait une piastre, il décrivait ledit rire, et même il le contrefaisait. Par ce moyen, à la fin de la journée, il s'était ramassé une petite fortune. Le lendemain, il disparut et il fit bien. Car ses dupes, à qui des voisins avaient fait honte de leur crédulité, le cherchaient partout pour le rosser.

La dispute entre Raimondo et le Bargello le jour de l'échauffourée, je l'ai souvent ouï raconter, et par des gens qui y étaient, et même par des gens qui n'y étaient pas. Mais il y a une menace que Raimondo proféra à l'encontre du Bargello que je n'ai jamais entendu personne rapporter. La voici : « Si tu ne nous rends pas nos hommes sur l'heure, le plus gros morceau qui restera de toi sera tes oreilles. »

Je ne sais pas où Raimondo avait été pêcher ça, car il n'était pas très intelligent. En tout cas, pas plus que moi. Mais c'était un bon maître. Certes, il m'a donné plus de coups de pied que de piastres. Mais quand il faisait avec moi la fête, il mettait tout en commun : flacons et femmes.

À l'exception de Caterina Acquaviva. Celle-là, il ne la partageait qu'avec Silla Savelli... Il aimait tant Silla (qui était beau comme l'aurore) qu'on a murmuré à Rome que c'était son mignon. Je ne le crois pas. Mais de toute façon, quand on est ivre, où est la différence ?

Je pense à eux souvent. De si jeunes hommes ! Si vaillants ! Si pleins de vie ! Et maintenant, ils sont morts. Et tous les deux à l'improviste, en état de péché mortel. C'est bien là le pire. Je ne prie pas souvent, mais quand je prie, c'est pour demander au Seigneur Dieu de les admettre dans son paradis. Je sais bien qu'il est le seul juge et qu'il a seul les balances pour peser les âmes. Mais quand même, une petite once de prière du bon côté de la balance, ça ne peut pas faire de mal.

CHAPITRE X

Caterina Acquaviva

Au château Sant'Angelo, nous n'étions ni maltraitées ni mal logées. Nous jouissions au deuxième étage de deux chambres communicantes assez vastes et dont le seul défaut était d'avoir des fenêtres assez petites défendues par des barreaux. Nos repas nous étaient apportés tantôt par une religieuse âgée, tantôt par une nonnette qui pouvait avoir vingt ans. La vieillotte, dès qu'elle entrait dans nos chambres, baissait les yeux et ne les rouvrait que pour trouver la sortie. Elle ne répondait ni aux bonjours ni aux bonsoirs.

Au début, nous la crûmes sourde. Mais quand on la vit tressaillir vivement au bruit que fit ma brosse à cheveux en tombant sur le carrelage, on comprit que sa surdité était voulue. Elle craignait sûrement que nos péchés lui entrassent dans le corps par les yeux et par les oreilles. Encore heureux qu'elle n'eût pas pensé à se boucher le nez.

La nonnette, qui était assez jolie, parlait peu, mais elle souriait volontiers et s'amusait de rien. Cela me confondait qu'une fille pût encore être gaie après avoir fait le vœu de ne jamais laisser un homme l'approcher. Comme elle paraissait avoir de la sympathie pour moi, je pris l'habitude de la raccompagner jusqu'à la porte et j'en profitais pour lui poser quelques petites questions auxquelles elle répondait innocemment. C'est ainsi que j'appris que notre nourriture aurait été bien moins bonne et bien moins abondante, si Son Eminence le cardinal Montalto n'avait pas payé le geôlier. Quand je rapportai cette nouvelle à la signora, elle s'écria : « Il a donc gardé son affection pour moi ! » Et elle pleura. Mais c'était de bonnes larmes, et qui lui firent du bien.

C'est justement la nonnette qui vint nous apporter notre repas le soir où l'émeute commença. Et entendant des grands cris et des galopades, je lui demandai, en la raccompagnant, quelle en était la cause. Elle ne sut pas, ou ne voulut pas me dire ce qu'il en était, mais elle paraissait très effrayée, tremblante même, et me recommanda de ne pas mettre le nez à la fenêtre. Ce que je fis dès qu'elle fut partie : il y avait une belle lune, mais je ne vis rien que des cavaliers en grand nombre galopant sur l'autre rive du Tibre. Le vacarme semblait plutôt venir du côté du Vatican et nos fenêtres donnaient sur le fleuve.

Le bruit était tel qu'il n'était pas question de dormir, et la signora ne voulut pas se déshabiller. En quoi elle fit bien, comme la suite le montra. Depuis le début de son incarcération, elle était surtout malheureuse parce que ses livres – que Della Pace lui avait laissé emporter, quand il était venu nous arrêter – lui avaient été enlevés par la vieille religieuse dès qu'elle mit le pied dans le château Sant'Angelo. Elle écrivit une supplique en latin au Saint-Père pour demander qu'on les lui rendît, mais elle ne reçut pas de réponse. Et comme je m'en étonnai, elle dit avec un petit sourire : «Qui sait ? Peut-être le Saint-Père ne sait pas le latin !»

En général, elle parlait peu et pas une seule fois elle ne prononça le nom du prince, ni ne fit même allusion à son existence. Mais plusieurs fois elle évoqua le souvenir du signor Peretti, et toujours avec affection. Mort, elle paraissait l'aimer beaucoup plus qu'elle ne l'avait aimé, vivant.

À force de réclamer ses livres à tous les échos, les religieuses finirent par lui prêter le *Nouveau Testament*. Et elle le lut si assidûment qu'au bout de quelques jours elle le connaissait presque par cœur, et en récitait des passages entiers. Toutefois, il lui arrivait de faire sur les Évangiles des remarques qui m'étonnaient. Par exemple, levant un jour le nez de sa lecture, elle dit :

– Je ne vois pas pourquoi saint Matthieu se donne tant de peine pour énumérer cette longue généalogie de Joseph. À quoi cela rime-t-il, puisque Joseph n'est pas le père du

Christ ? Saint Matthieu aurait mieux fait d'établir la généalogie de Marie.

– Signora, dis-je, s'il ne l'a pas fait, c'est que Marie n'était qu'une femme.

– Tu as probablement raison, dit-elle, en me regardant comme si elle était frappée par ma remarque.

Puis tout d'un coup, elle se mit à rire.

– Voyons, Caterina, tu parles comme une hérétique ! Comment peux-tu dire que Marie n'est qu'une femme, alors qu'elle est la mère de Dieu ?

Je la regarde. Je ne sais que penser. D'abord, elle me loue, ensuite elle me blâme. De qui se moque-t-elle ? De moi ou de saint Matthieu ? C'est elle l'hérétique ! Ou alors elle s'en prend à saint Matthieu, parce qu'elle est furieuse que les religieuses lui aient retiré ses livres. En tout cas, pas une plainte ! Vrai, j'admire son courage. Moi, je ne suis pas si forte. Dans la journée, pour ne pas l'agacer, je me retiens. Mais le soir, dans mon lit, je pleure tout mon saoul. Je pense à ma famille à Grottammare, et à ce que le curé doit dire de moi en chaire. Je pense aussi à mes galants. Je les passe en revue dans ma tête. Au début, ça me fait du bien. Mais après, je me sens d'autant plus seule et misérable sur ma paillasse. Oui, j'ai une paillasse, quelle honte ! La signora, elle, a un lit.

Le gentil Della Pace, en nous accompagnant en prison, a trouvé le moyen d'approcher sa moustache de mon oreille et de me dire à voix basse : « Dormez tranquille. On ne vous fera pas de procès. Ils n'ont rien contre vous. » J'ai répété ces paroles à la signora, mais elle a refusé d'être rassurée et elle a dit en haussant les épaules :

– Alors, nous en avons pour des années. À tout le moins jusqu'à la mort du pape ! Et il se porte comme un charme !

Cette nuit-là j'ai prié de tout mon cœur sur ma paillasse pour que le Seigneur rappelle le Saint-Père à lui le plus vite possible. Et après cela, j'ai eu quelques scrupules : je ne sais pas si c'est bien catholique de prier pour la mort du pape.

J'ai aussi pensé à Della Pace et à l'effet que cela m'a fait quand sa moustache a chatouillé mon oreille. Si seulement il pouvait venir me chercher ici au château Sant'Angelo pour m'interroger, seule, dans une petite salle. Mais même ce petit espoir, je le perds quand j'apprends de la nonnette que l'homme qui commande le château ce n'est pas lui, c'est un gouverneur.

Quant à Marcello, je refuse absolument de penser à ce vaurien. Je lui souhaite bien du plaisir à Amalfi avec sa vieille. Au début, je me suis inquiétée pour sa sécurité, mais la signora m'a assuré que jamais le vice-roi de Naples ne livrera Marcello au pape : le vice-roi déteste le Saint-Père.

Pour en revenir au soir où tout le vacarme autour du Vatican nous a tant intriguées, nous n'avons vraiment compris qu'il s'agissait d'une insurrection que lorsqu'on a entendu la première salve de mousqueterie. Et d'autant plus qu'il y a eu peu après un grand remue-ménage au château Sant'Angelo, de nombreux piétinements dans l'escalier et des roulements sourds au-dessus de nos têtes.

Chose surprenante, le gouverneur, qui n'avait jamais daigné nous rendre visite jusque-là, est venu nous voir. C'est un gros homme pompeux avec des yeux globuleux et l'air aussi faux qu'un notaire.

– Signora, dit-il avec un salut des plus courtois, je suis venu vous rassurer. Le château Sant'Angelo est d'une solidité à toute épreuve. Vous ne risquez absolument rien.

– Grand merci, *signor governatore*, dit la signora avec un sourire poli, mais je n'étais en aucune façon effrayée.

Le gouverneur paraît quelque peu interdit par cette réponse, et aussi par la réserve de la signora qui ne pose aucune question sur tout le bruit qui se fait dans nos murs et hors des murs.

– Signora, dit-il avant de se retirer, la nuit va être longue : je vous ferai porter sur l'heure quelque rafraîchissement, si vous le désirez.

Je vois que la signora se prépare à dire «non» et je lui fais signe derrière le dos du gouverneur d'accepter.

– Grand merci encore, *signor governatore*, dit la signora. J'accepterai volontiers une infusion.

Le gouverneur s'incline de nouveau, puis se redressant, il se dirige vers la porte. Il marche comme si le carrelage sous ses pieds devait être, lui aussi, impressionné par son importance.

Comme bien j'y comptais, ce fut la nonnette qui apporta l'infusion, elle était pâle et ses mains tremblaient. Je lui demandai, en la raccompagnant à la porte, ce que signifiaient ces roulements au-dessus de nos têtes.

– Ce sont nos canons qu'on change de place.

– Mais, dis-je, quels sont donc les assaillants?

– Je ne peux pas vous le dire. Mais assurément, ce sont des méchants.

– Ma sœur, pardonnez-moi, mais vous tremblez. Avez-vous peur pour votre vie?

– Non, dit-elle d'une voix éteinte, mais de la violence des soldats, si le château est pris.

Je suis sur le point de lui dire: «Allons, ce n'est pas si grave que cela», mais je retiens ma langue. C'est une gentille fille et je ne voudrais pas la choquer. Que bizarre est le monde! Ce qui manque aux unes fait peur aux autres.

Une demi-heure plus tard, la nonnette revient et dit:

– Signora, d'ordre du *governatore*, je dois vous aider à faire vos bagages. On va vous changer de résidence. Vous serez plus en sûreté là où vous allez.

La signora ne pose aucune question, ni moi non plus, bien que ma langue me démange. Je me doute bien que la pauvre fille ne sait rien de notre destination.

Tout est bouclé en un quart d'heure et on commence à descendre l'escalier, la signora, moi-même, un sbire qui descend tous nos biens périssables. Le gouverneur n'apparaît pas.

On sort par une petite porte gardée à l'intérieur par quelques sbires. Bien que le vacarme soit dehors assourdissant, je n'ai le temps de rien voir, car à deux pas à peine de la porte, un carrosse se tient arrêté, qui me paraît, au clair de lune, rutilant et doré. Je ne peux voir les armoiries de la porte, car un officier, le chapeau à la main, la tient grande ouverte. De droite et de gauche des cavaliers nous bouchent la vue.

Le sbire remet le bagage à un des soldats et se retire, ou pour mieux dire, s'escamote sans demander son reste, la petite porte du château Sant'Angelo claquant derrière lui. Ce qui fait rire les hommes de l'escorte. Mais l'officier, d'un geste, les fait taire.

L'intérieur du carrosse est entièrement capitonné de velours rouge avec des passementeries dorées et l'ensemble me paraît digne d'un cardinal. J'imagine qu'on va nous mettre en sûreté dans quelque forteresse qui, comme Santa Maria, appartient à un prélat. Mais je n'ose poser de questions, la signora se taisant d'un air royal et l'officier en face de nous se taisant aussi. Il porte un masque noir sur le visage. Le carrosse roule très rapidement, mais je ne peux rien voir des rues où nous passons : les rideaux de velours rouge devant les fenêtres du carrosse sont tirés et je n'ose les soulever, tant cet officier avec son masque noir m'impressionne.

À ma grande surprise, le carrosse roule peu de temps, puis ralentit, se met au pas, tourne, et enfin s'arrête. Quand l'officier saute à terre et nous ouvre la portière, je distingue vaguement autour de nous une grande cour pleine de gens. Je dis vaguement, car la lune est alors voilée par un épais nuage noir. L'officier nous précède jusqu'au deuxième étage où il nous fait entrer dans un petit salon, somptueusement orné de tentures et de tapis. Il ôte alors son masque. Son visage m'est tout à fait inconnu, et observant du coin de l'œil que Vittoria ne le connaît pas davantage, je me demande pourquoi il a apporté tant de soins à le cacher. Pour un geôlier, en tout cas, il est prodigieusement poli, car il fait à la signora un salut presque jusqu'à terre et dit sur le ton du plus grand respect :

– Signora, le petit salon et les deux chambres qui lui font suite sont à vous. J'espère que vous vous y trouverez bien. J'ai reçu l'ordre de tout mettre en œuvre pour qu'il vous soit agréable.

Cependant, je vois bien que la signora est surprise par ces égards, cette prison dorée et le riche carrosse qui nous y a amenées. Comme l'officier se retire à reculons, le chapeau balayant le sol, elle dit vivement :

– Signor, je ne suis jamais venue ici. Pouvez-vous nous dire où nous sommes ?

– Mais, à Montegiordano, signora, dit-il, en levant le sourcil d'un air étonné.

Et comme la signora ne dit rien, il lui fait un autre de ses profonds saluts et il s'en va.

– Mon Dieu ! dit la signora, en portant les deux mains à son cou.

Elle devient si pâle que je crois qu'elle va pâmer et je me précipite vers elle pour la soutenir, mais elle se dégage de mes bras d'un geste brutal et se met à marcher dans le petit salon, à grands pas, les deux poings serrés contre sa joue, en proie à une colère folle. Je m'écarte de son chemin et, bouche close, je me fais toute petite dans un coin. Je connais trop bien la signora pour croire que je pourrais l'apaiser par des paroles. Autant essayer de calmer une tempête en donnant de la voix, ou en essayant d'arrêter la foudre en saisissant un éclair par son zigzag.

De pâle la signora est devenue rouge et de temps en temps porte la main de ses joues à sa gorge, comme si l'indignation l'étouffait. Sa marche de long en large dans le petit salon dure bien une bonne dizaine de minutes et tout ce qu'elle parvient à dire pendant ce temps, c'est : « Quelle honte ! Quelle infamie ! » Chose étrange, même avec les sourcils froncés et le visage crispé, la signora trouve encore le moyen d'être belle.

Elle finit par s'asseoir, épuisée, je suppose, par son agitation, mais le torse raide, les lèvres serrées, les mâchoires crispées, les bras croisés sur sa poitrine. Quant à moi, je me tais toujours dans mon coin, comprenant très bien ce qui se passe dans sa tête et fort inquiète aussi de la façon dont elle prend les choses.

On frappe à la porte du petit salon et comme la signora reste immobile et muette, on frappe une deuxième fois. Elle me fait signe d'aller ouvrir.

C'est le prince Orsini. Je m'efface pour le laisser passer et il avance à longs pas dans le salon qui, du fait de sa présence, paraît soudain beaucoup plus petit. C'est vraiment un très bel homme. Grand, large d'épaules, avec une tête de statue romaine. Mais ce qui me plaît surtout, c'est l'air décidé, triomphant et joyeux que porte son visage. Malheureusement, cet air-là s'efface d'un seul coup, quand il voit avec quels yeux la signora le regarde. Il s'arrête, la dévisage d'un air incrédule et paraît incapable de dire un mot.

– Monsieur, lui dit-elle d'un ton coupant, pourriez-vous m'expliquer comment et pourquoi je suis chez vous ?

Le prince pâlit, comme si la signora l'avait frappé. Quand enfin il parle, c'est d'une voix étouffée mais qui s'éclaircit peu à peu.

– Madame, je ne m'attendais pas à cet accueil. Je ne croyais pas le mériter. J'ai remué des montagnes pour vous arracher au château Sant'Angelo ! je me suis dressé contre mon suzerain, j'ai fomenté une émeute, j'ai misé pour vous mon duché, mes biens, ma vie ! Et malheureusement aussi, la vie des autres. De beaucoup d'autres ! Cette nuit, des flots de sang ont été versés pour vous ! Et vous me demandez une explication ?

– Oui, Monsieur, dit la signora d'une voix glaciale.

– Eh bien, dit le prince, la stupeur laissant place à la colère, puisqu'il vous faut une explication, la voici : votre libération est le prix que le pape a dû payer pour sauver son trône.

– Et qui vous a autorisé, dit la signora, à me troquer contre un trône ? Ai-je été consentante à ce marchandage ? M'avez-vous consultée ?

– Vous consulter ? Pour travailler à votre libération ?

– Ma libération ? Vous osez appeler ma présence ici une libération ? Alors que Montegiordano est pour moi la pire des geôles – je dis bien la pire ! – puisqu'elle me déshonore.

– Elle vous déshonore ? s'écria le prince au comble de la fureur. Appelez-vous déshonneur le fait de devenir ma femme ?

– Ah ! s'écria-t-elle en se levant et en le regardant avec des yeux étincelants, nous y voilà donc ! Vous me troquez comme une marchandise et la marchandise doit dire « oui » pour devenir votre propriété à vie ! Si c'est à cela que tendaient toutes ces intrigues et tout ce sang, écoutez-moi, je ne serai jamais la femme d'un gentilhomme qui a trahi sa parole aussi lâchement que vous.

– Vittoria ! s'écria le prince, pâle de colère et de stupeur, que dites-vous ? Vous m'insultez ? J'ai trahi ma parole ! J'aurais agi lâchement ! Vous allez me rendre compte sur-le-champ de ces paroles !

– Vous en rendre compte ? dit la signora avec dérision. Un duel, peut-être ! Allez au plus court ! Tuez-moi ! Et si vous n'en avez pas le courage, suivez votre pente naturelle : louez un assassin. Ou si par un dernier sursaut d'humanité, vous épargnez ma vie, alors accordez-moi une dernière grâce : ramenez-moi sur l'heure au château Sant'Angelo.

– Vous ramener à Sant'Angelo ? dit le prince d'un air effaré.

– Puisque vous m'avez libérée, je suis libre, n'est-ce pas ? Eh bien, si je suis libre, voici ma libre décision : je ne veux pas rester chez vous une minute de plus.

– Vittoria, ce que vous dites est insensé !

– Ce que je dis est très sensé, au contraire. Je le répète, chaque minute que je passe ici me déshonore et proclame à la face de tous que je suis votre maîtresse et la complice de l'assassin de mon mari.

– Mais que dites-vous ? s'écrie le prince avec indignation. Je ne suis ni de loin ni de près l'assassin de Francesco Peretti. Comment avez-vous pu penser un seul instant que j'aurais violé le serment que je vous ai fait à Santa Maria de ne pas attenter à sa vie ?

– Et moi, comment vous croirais-je ? dit la signora.

Mais je vois bien qu'elle est ébranlée par la véhémence du prince. Elle poursuit d'un ton plus bas :

– Qui d'autre que vous avait intérêt à sa mort ?

– Vittoria, dit-il avec force, je ne vous permets pas de douter de ma parole ! J'affirme et je répète que je ne suis pour rien ni de loin ni de près dans la mort de ce malheureux ! Je vous le jure sur mon salut !

La gravité de ce serment fait impression sur la signora et elle reste sans voix. Pour peu de temps. Mais quand elle parle de nouveau, c'est avec plus de désespoir que de violence.

– Par malheur, Monsieur, que vous soyez ou non coupable, cela ne change rien. Personne, en apprenant que je suis ici, ne voudra croire à votre innocence, ou à la mienne. Ma présence ici nous condamne, vous comme assassin de Francesco, et moi comme adultère et complice de son assassinat. Je reste donc inébranlable dans ma décision : j'exige de vous que vous me rameniez sur l'heure au château Sant'Angelo.

– Encore une fois, vous délirez, s'écrie le prince. Comment ne comprenez-vous pas que si demain vous retournez volontairement en prison, cela voudra dire que vous vous avouez coupable, puisque vous choisissez d'être punie ? Écoutez-moi, poursuit-il avec une colère contenue, je vois bien que je ne vous ai pas convaincue et que vous vous en tenez à votre folle décision. Eh bien, accordez-moi à tout le moins le délai d'une nuit. Réfléchissez, je vous prie ! Réfléchissez avant de vous jeter pour le restant de vos jours dans la geôle de votre pire ennemi. Une nuit, je ne vous demande pas plus ! Une nuit de réflexion !

Là-dessus, il tourne abruptement les talons et s'en va. Il est si aveuglé par la fureur qu'en passant la porte, son épaule gauche heurte le chambranle et, je suis bien sûre, sans même qu'il s'en aperçoive.

La signora s'assied sur le cancan qu'elle a occupé précédemment. Son corps est raide, ses bras croisés sur la poitrine et son œil sec.

J'en suis tout à fait stupéfaite. Je m'attendais à autre chose. Par exemple, qu'elle se laisse aller, qu'elle éclate en sanglots. Mais non, elle reste là, sans une larme, la mâchoire serrée, et raide comme un piquet. Et cela me paraît tout d'un coup de très mauvais augure pour notre avenir.

— Signora, dis-je, avec votre respect, vous voulez vraiment retourner en prison ?

— Oui.

— Jusqu'à la fin de votre vie ?

— Oui.

— Même maintenant que vous savez que le prince n'a pas tué le signor Peretti ?

— Je ne sais si je dois le croire.

— Oh si, vous le croyez, signora !

— Pourquoi me poses-tu la question, si tu sais mieux que moi ce que je pense ?

— C'est que, signora, si le prince n'a pas tué le signor Peretti, rien ne vous empêche de l'épouser !

— Vraiment ?

— À mon avis, ce serait plus sage que de retourner en prison !

— Je ne te demande pas ton avis.

— Je vous demande pardon, signora, mais j'ai peut-être un petit avis à donner, vu que si vous retournez en prison, j'y retourne aussi.

– Tu n'es pas forcée de m'y suivre.

– Je vous y suivrai parce que je vous aime, mais aussi parce que je n'ai pas le choix.

– Comment ça, pas le choix ?

– Signora, vous me voyez sans vous au palais Rusticucci sous la férule de Giulietta ? Ou, pis encore, à Grottammare après tout ce que le curé a dit de moi en chaire ?

– Si je t'écoutais, j'épouserais le prince rien que pour te faire plaisir.

– Et aussi parce que vous l'aimez.

Elle se lève comme un ressort et marche sur moi, me regardant avec des yeux furieux. Mais pour une fois, je ne cède pas. Je reste ferme et droite comme je suis. Je ne bouge pas d'un pouce. J'ai mon mot à dire. Et je veux le lui dire. Sans le mâcher.

– Non, je ne l'aime pas, sotte créature ! dit-elle. Du moins, je ne l'aime plus !

– Signora, dis-je, à lui peut-être, parce que c'est un homme, vous arriverez à lui faire croire, mais pas à moi, qui suis une femme. Moi, je sais bien qu'au moment où vous lui disiez des insultes, vous n'aviez qu'une envie : vous jeter dans ses bras.

– Misérable sotte, comment oses-tu dire une chose aussi stupide ?

– Cela n'est pas plus stupide que de vouloir retourner en prison, quand on vous en a sortie.

– Ton insolence dépasse les bornes ! Tu oses dire que ta maîtresse est idiote !

– Je n'ai jamais dit ça. Mais je dis que ma maîtresse tient beaucoup trop compte du qu'en-dira-t-on.

– Vraiment !

– Signora, pardonnez-moi, mais c'est la vérité toute crue. Vous dites que vous ne voulez pas être déshonorée, et que vous voulez retourner en prison pour que les gens ne vous croient pas adultère et complice d'un meurtre, mais qu'est-ce que c'est que cet honneur dont vous avez la bouche pleine ? Ce n'est pas ce que vous avez fait : c'est ce que les gens pensent de vous. Et les gens, je vais vous dire, vous êtes trop belle pour qu'ils ne trouvent pas plaisir à dire des méchancetés sur votre compte ! Que vous épousiez le prince ou que vous alliez vous refourrer dans les pattes du pape, de toute façon, ils voudront vous croire coupable. La différence, c'est qu'à Sant'Angelo, on vous fera des avanies sans nombre : vous pouvez y compter. Mais si vous devenez princesse Orsini, les gens n'oseront plus médire : voilà la vérité !

– *Affé di Dio !* Je croyais entendre parler le prince ! Tu répètes tout ce qu'il dit ! Et même tout ce qu'il n'a pas dit, et qu'il pense ! C'est bien simple, tu ne peux pas voir un haut-de-chausses sans aimer l'homme qui est dedans ! Tu adores le prince ! Tu lui donnes raison en tout ! Et contre moi !

– Comment ça, signora ? Contre vous ? Je lui donne raison, parce qu'il a raison.

– Eh bien, ma petite raisonneuse, dit-elle en se redressant de toute sa hauteur et en me regardant avec des yeux flamboyants, va dire au prince que j'en ai assez de tes insolences et de tes jacasseries, que je ne veux plus de toi ! Que je te chasse ! Qu'il te prenne à son service s'il lui plaît ! Et qu'il fasse de toi sa catin, si ça lui chante !

Ce disant, la signora me gifle par deux fois à toute volée. Elle a frappé si fort que je chancelle. Les larmes me jaillissent des yeux – ces yeux que je ne baisse pas, pourtant, et qui continuent à la regarder bien en face.

– Ah, signora ! dis-je. Quelle honte ! Vous m'avez frappée ! Moi qui vous sers depuis tant d'années avec amour ! Moi qui suis maintenant votre unique amie ! Moi qui vous suivrai au besoin jusqu'en Enfer !

Là, à vrai dire, j'exagère un peu. Et la signora aurait beau jeu de rétorquer qu'à voir le peu d'empressement que je mets à retourner avec elle à Sant'Angelo, l'Enfer, à plus forte raison… *Madonna Mia !* Les bêtises qu'on peut dire quand on se dispute ! C'est vrai que je suis tout à fait hors de moi. Chagrinée et humiliée au dernier degré ! C'est la première fois que la signora me frappe aussi fort ! Vous me direz : et les gifles d'*il mancino* ? Ce n'est pas la même chose. *Il mancino* est mon aîné.

Comme la signora me regarde, probablement pas trop fière de ce qu'elle vient de faire, mais trop orgueilleuse pour articuler un seul mot de regret, je tourne les talons, je vais ramasser mon petit baluchon dans le tas de bagages que le soldat du prince a déposé dans un coin du salon et je me dirige vers la porte.

— Et où vas-tu maintenant, espèce de folle ?

— Je vais dire au prince que vous ne voulez plus de moi, que vous en avez assez de mes insolences et de mes jacasseries, que vous me chassez, qu'il me prenne à son service s'il lui plaît, et qu'il fasse de moi sa catin, si ça lui chante.

— Caterina !

— N'est-ce pas ce que vous m'avez ordonné de dire, signora, et avec deux claques en plus pour me décider ?

— Ah, petite sorcière ! s'écrie-t-elle, ce que tu peux être agaçante à la fin !

Mais à son air, je vois bien qu'elle hésite entre la colère et le rire.

Je n'ai pas le temps de voir lequel des deux elle va choisir, car tout soudain elle se jette sur moi, me saisit dans ses bras, me serre à m'étouffer, et pique des petits baisers sur mon front. Et moi j'ai les deux bras autour de sa taille, le visage dans son cou ; je l'embrasse, toute fondue d'amour et je pleure. Je pleure de joie, comme l'idiote que je suis.

Marcello Accoramboni

Dès que j'appris à Amalfi que le soulèvement romain contre le pape avait libéré Vittoria, j'empruntai à Margherita Sorghini ses chevaux les plus rapides et suivi de deux valets, comme moi-même armés jusqu'aux dents, je gagnai Rome aussi vite que le respect de nos montures nous le permettait.

Bien que le rapport de Della Pace m'eût innocenté du meurtre de mon beau-frère, je me gardai bien de pénétrer tout de go dans Rome. J'envoyai un de mes valets en éclaireur. Il me revint, souriant d'une oreille à l'autre. La ville se trouvait encore plongée dans l'anarchie « que c'était un vrai bonheur, signor ! les postes de douane déserts » ! Et les seuls sbires qu'il avait vus pourrissaient à l'état de cadavres dans les rues. Personne pour les enterrer que c'était une honte ! Et toutefois, signor, un spectacle bien plaisant à voir pour qui les connaissait...

La seule difficulté que j'éprouvai fut d'entrer à Montegiordano. Toutefois, à force de vociférer, la garde finit par quérir le majordomo qui reconnut mon visage malgré la poussière des grands chemins. Mon cœur bondit de joie à apprendre que Vittoria se trouvait dans les murs, mais l'heure étant tardive, je décidai d'attendre le matin pour l'aller voir.

L'avantage d'être un maître, c'est que les valets, à l'étape, doivent avant tout panser les chevaux et les abreuver, tandis que moi, à peine dans la chambre que le majordomo m'avait donnée, je m'assis sur le lit et retirai une de mes bottes. Mais je n'eus pas le temps de retirer la seconde : le sommeil me terrassa.

La première chose que j'aperçus en me réveillant le lendemain fut cette botte dont l'un de mes pieds était encore chaussé. Et la seconde, qui m'inquiéta fort, fut de voir, assis à mon chevet, sa capuche sur les yeux, un moine, et à côté de lui une chandelle qui achevait de se consumer. «Suis-je mort ?» me demandai-je.

– Signor, dit le moine, pardonnez mon intrusion dans votre chambre, le majordomo, sur mon insistance, m'y a introduit et j'ai à vous parler de toute urgence.

Il rejeta sa capuche en arrière, et je découvris son visage. Mes paupières battirent, la vision claire me revint : je reconnus *il mancino*.

– Domenico, dis-je en riant, d'où vient cet habit ? Vas-tu troquer la taverne pour le couvent ?

– Je suis trop jeune encore pour me repentir, dit *il mancino*, et avec votre permission, signor, je vais ôter ce froc ; je le trouve étouffant par cette chaude matinée.

Dépouillé, il apparut en haut-de-chausses et en chemise, et tel que je l'avais toujours connu : petit, sec, musclé, droit comme un *i*, l'œil vif et le verbe rapide.

– Je ne voulais pas, reprit-il, qu'on me vît entrer chez le prince.

– Qu'est cela ? dis-je. Le prince est au zénith de sa puissance ! Que crains-tu donc ?

– Le ressac. Il y a toujours un ressac. Le succès du prince est précaire. Ce que le prince a fait, il ne pourra le faire deux fois. Il s'est attiré beaucoup trop d'ennemis, sans compter le pape. Il a utilisé la vendetta des nobles pour faire libérer votre sœur et il a taillé le peuple après s'être servi de lui. S'il est de nouveau offensé par le Saint-Père, il ne pourra compter ni sur les nobles ni sur le peuple.

– Domenico, tu perds ton temps à diriger ton escouade de catins. Tu devrais gouverner l'État.

– C'est beaucoup plus facile de diriger l'État, signor, dit *il mancino* gravement. Il suffit de quelques maximes claires. Première maxime : ne jamais faire les choses à moitié. Si j'avais été le prince, tant qu'à prendre les armes contre mon suzerain, je l'aurais détrôné et tué. Mais excusez-moi, signor, je perds votre temps et le mien, poursuivit-il avec sa politesse méticuleuse. En réalité, je suis venu vous voir pour éclairer votre lanterne.

Là-dessus, dans son italien élégant et racé qui m'étonne toujours chez un homme qui ne sait ni lire ni écrire (en revanche, il doit savoir écouter), *il mancino* me fit un récit très vivant de tout ce qui s'était passé depuis l'assassinat de Peretti jusqu'à l'émeute.

– Bref, dit-il, celui qui a organisé cet assassinat visait à compromettre le prince, la signora votre sœur et vous-même. Et c'est bien ce que pensait Della Pace, sans pouvoir le prouver. Mais, moi, Dieu merci, j'ai d'autres moyens que lui ! Ayant observé que le moine qui m'avait remis le billet pour le signor Peretti buvait sec et louchait vers le gentil sexe, j'en conclus que c'était un pilier de bordeau, et que c'était là qu'il le fallait chercher. Sa capuche m'avait dérobé son visage, mais j'avais remarqué qu'il était très maigre et portait une longue cicatrice au pouce gauche. Je mis en branle ce que vous avez eu la bonté d'appeler mon escouade. Une de mes filles le trouva enfin et, l'appâtant par où vous savez, me l'amena à la taverne. Je l'enfermai dans ma cave, et la dague sur la gorge, je le fis parler. C'est sur l'ordre de Lodovico et à l'insu du prince que Peretti fut assassiné. Mais pardonnez-moi, signor, vous n'avez pas l'air autrement étonné.

– Je m'en doutais. Mais c'est merveilleux d'avoir grâce à toi la preuve de ses tortueuses manœuvres.

– Trop tortueuses, signor ! Beaucoup trop ! Et il ne faut

jamais en faire trop ! C'est la deuxième maxime de mon gouvernement. La plupart des machinations se retournent contre leurs auteurs. C'est ce que j'appelle la loi du ressac.

– Que fis-tu de ton moine ?

– Je l'enfermai à double tour dans ma cave et je me mis à la recherche de Della Pace pour lui livrer ce témoin succulent. Malheureusement, l'émeute provoquée par la mort de Raimondo et de Silla éclata, Della Pace eut tout juste le temps de se réfugier au Vatican, et tout ce que je vis de lui ensuite fut une tête ensanglantée foulée au pied par le populaire. Vrai, je l'ai pleuré.

– Toi, tu as pleuré un lieutenant de police !

– Oui, signor. C'était un homme franc, loyal, fidèle à son souverain et anormalement honnête. C'est même cette anomalie qui l'a perdu. Croyez-moi, signor, un Bargello vertueux ne peut pas survivre longtemps dans un État corrompu.

– Tu peux toujours livrer ton moine à son successeur.

– Ah, signor ! excusez-moi, mais vous n'avez guère la tête politique : le pape, surtout maintenant, n'a aucun intérêt à faire éclater l'innocence du prince. Mon témoin n'aurait pas le temps d'ouvrir la bouche. Il finirait dans un sac, et le sac, dans le Tibre. Et quant à moi, je serais banni. Vous savez bien qu'à Rome, je ne suis que toléré. Non, la seule personne avec qui je puisse maintenant négocier la livraison de mon témoin, c'est le prince – à condition, bien sûr, qu'il l'utilise avec prudence.

– C'est-à-dire ?

– Uniquement pour convaincre Son Eminence le cardinal Montalto qu'il n'est pour rien dans l'assassinat de son neveu.

– Pourquoi Montalto ?

– Parce qu'il est l'oncle de la signora et à la mort du présent pape, un probable *papabile* [1].

– Tu m'émerveilles ! Qui te fait croire qu'il accédera à la tiare ?

– Une considération de poids : les cardinaux, à la mort de Grégoire XIII, auront envie d'élire un pape vertueux. Le ressac, signor ! Le ressac ! Signor, désirez-vous en faire le pari ?

1. Cardinal qui a des chances d'être élu pape.

– À Dieu ne plaise ! Tu es trop profond pour moi ! Que veux-tu en échange de ton témoin ?

– Le prince possède un grand terrain à l'est de Rome. Une petite route le traverse qui lui appartient aussi. Ce terrain est vide à l'exception d'une taverne qui s'y est construite illégitimement. J'aimerais que le prince me cède ce terrain contre une somme modique.

– Pour devenir propriétaire de la taverne qui est dessus ?

– Oh non, signor ! Nos lois sont beaucoup plus compliquées que cela. Je puis devenir propriétaire du terrain, sans l'être de la taverne qui est dessus, même si elle n'avait pas le droit de s'y mettre. En revanche, si je deviens propriétaire du terrain, je peux barrer la route qui mène à la taverne, en ruiner la pratique et contraindre le tenancier à vendre.

– Pour une somme modique ?

– Cela va de soi.

– Je suppose que ta troisième maxime, Domenico, est celle-ci : préférer aux machinations compliquées une *combinazione* simple, gracieuse et légale. Qu'attends-tu de moi ?

– De m'introduire auprès du prince.

– Ce sera fait.

Dès qu'*il mancino* fut parti, je n'hésitai plus à aller frapper à la porte de Vittoria. Au son de ma voix, j'entendis les mules de Caterina claquer en toute hâte sur les dalles de la chambre : elle m'ouvrit, hors de souffle, le bougeoir à la main et, perdant toute vergogne, au vu même de sa maîtresse, elle se colla à moi. Je la repoussai avec rudesse, le bougeoir tomba, la chandelle s'éteignit. Et que croyez-vous que fit ce petit poulpe, sinon se jeter à mon cou derechef, et m'étreindre dans le noir ? Je fus très irrité de ce second assaut, mais tant les mollesses du corps féminin ont de l'empire sur moi qu'il me fallut quelques secondes pour me reprendre. Je repoussai enfin Caterina, battis le briquet, rallumai la chandelle.

Vittoria était soulevée sur son coude, sa chevelure disposée en longues tresses pour la commodité de son sommeil. Elle fichait dans les miens ses yeux bleus d'un air interrogateur. Il y avait presque un an que je ne l'avais pas vue. Et, chose étrange, si familier qu'eût dû me paraître son visage, il me sembla porter une expression nouvelle, plus mûre et plus triste : reflet, sans doute, de sa longue captivité à Sant'Angelo, des soupçons injustes qui pesaient sur elle, et des doutes qu'elle-même avait conçus quant à la complicité du prince dans le meurtre de Peretti.

Je m'assis sur le bord de son lit et lui révélai tout à trac le témoignage du prisonnier d'*il mancino*. Elle m'écouta en ouvrant de grands yeux et à peine eus-je fini qu'à demi nue comme elle était, elle bondit de son lit et courut à la porte comme une folle.

– Mais où allez-vous ? criai-je.

– Voir le prince !

– Mais vous ne savez même pas où est sa chambre !

– Montrez-la-moi !

– En pleine nuit ?

Mais elle ne m'écoutait pas, elle était déjà dans la galerie. Je n'eus que le temps de me saisir du bougeoir et de diriger sa marche, marchant moi-même à grands pas, Caterina sur nos talons.

Je n'oublierai jamais l'expression dans les yeux du prince quand il vit surgir Vittoria dans sa chambre, ses longues tresses battant ses flancs. Un enfant qui voit apparaître à son chevet la mère adorée qu'il n'attendait plus n'aurait pas montré un bonheur plus intense et plus naïf. Il fit un mouvement pour se lever. Elle ne lui en laissa pas le temps. Elle courut s'agenouiller à côté de son lit et lui prenant la tête dans les mains, elle la baisa à la fureur.

– Ah, Paolo, dit-elle d'une voix basse et haletante, pardon ! pardon ! J'ai été si injuste avec vous ! Je serai votre femme quand vous voudrez.

Son Eminence le cardinal Ferdinando di Medici

Quand j'appris la très funeste nouvelle du remariage de Paolo Orsini avec Vittoria Peretti au château de Bracciano (où ma sœur Isabella avait péri dans les conditions que l'on sait), je demandai aussitôt une audience à Grégoire XIII pour mon frère, Francesco, grand-duc de Toscane, et pour moi-même. Je la lui demandai oralement, car étant son secrétaire d'État, j'ai le privilège de le voir tous les jours. Et le plus difficile ne fut pas, assurément, d'obtenir ladite audience, mais de convaincre Francesco de m'accompagner.

Ce qui attachait Francesco à Florence, ce n'était certes pas les affaires de l'État, dont il s'occupait le moins possible, mais ses expériences de chimie, et Bianca. À Florence, sur le trône du grand-duché était assis non point, hélas, un prince conscient de ses devoirs, mais un chimiste et un amant.

Je n'ignore pas que lorsque Francesco et Bianca, plusieurs années plus tard, moururent quasi subitement dans leur villa de Poggio, à la suite d'un dîner, une rumeur odieuse, répandue par mes pires ennemis, et faisant de moi un nouveau Caïn, m'accusa de les avoir empoisonnés. Cette calomnie, que j'oserais qualifier d'espagnole, ou pour mieux dire de jésuitique (les deux adjectifs, comme on sait, ayant entre eux quelque affinité), s'appuyait sur le fait que Francesco étant mort sans laisser de fils, je fus contraint alors d'abandonner la pourpre cardinalice et de lui succéder sur le trône du grand-duché. Pour moi, je me contentais d'opposer le silence et le mépris à cette infâme accusation.

N'ayant rappelé ces calomnies que pour en faire prompte et radicale justice, je retourne maintenant bien en arrière dans le temps, précisément à ce voyage à Rome et aux peines que je me donnais pour décider Francesco à m'accompagner, n'ignorant pas que Bianca défaisait la nuit la résolution que j'avais le jour instillée en l'âme faible de mon frère aîné.

Bianca, en effet, me haïssait, et bien que mon état ecclésiastique me défendît alors de nourrir pour elle des sentiments aussi peu évangéliques, il est de fait que je ne l'aimais guère. Déjà, j'avais beaucoup sourcillé quand, à la mort de notre père, Francesco l'installa à la Cour comme maîtresse régnante (offensant mortellement par là son épouse, la grande-duchesse Jeanne d'Autriche), au lieu de se contenter de quelques discrètes passades avec des filles que la bassesse de leur naissance et leur peu de cervelle eussent rendues inoffensives. Mon inquiétude redoubla, quand la grande-duchesse mourut et je me hâtai de présenter à Francesco plusieurs partis avantageux qui lui eussent apporté, outre le prestige d'une lignée princière, de substantiels apanages et une précieuse alliance.

Sous mille prétextes, Francesco les refusa tous. À mon insu et en secret, il épousa Bianca, n'osant toutefois, tant il craignait mon ire, rendre son mariage public que plusieurs mois plus tard. Je ne saurais dépeindre ici l'indignation et la douleur que je ressentis, en effet, quand je vis mon frère se laisser engluer dans ce piège de chair et trahir si indignement ses devoirs de prince.

Si Bianca combattait si opiniâtrement le voyage à Rome de Francesco en ma compagnie, c'est qu'elle se doutait bien de son objet et qu'elle ne désirait pas que Francesco entreprît quoi que ce fût d'hostile à l'encontre de Vittoria Accoramboni et de son mariage avec le prince Orsini.

Elle n'avait rencontré qu'une seule fois le prince et n'avait jamais vu Vittoria, mais comment n'aurait-elle pas été frappée par la similitude de leur incroyable ascension ? Certes, ni Vittoria ni Bianca n'étaient de naissance abjecte, mais leur parentèle, quoique honorable, les plaçait très au-dessous de l'hymen ducal, ou grand-ducal, auquel elles eurent l'audace d'aspirer. Ni l'une ni l'autre ne manquaient de lecture, d'esprit ni de goût pour les arts, mais à qui fera-t-on croire que ce fut à ces seuls talents qu'elles durent de se faire passer la bague au doigt par des princes illustres ? La vérité est qu'elles avaient l'une et l'autre beaucoup à se glorifier dans la chair et que ces princes, oublieux des leçons de la *Genèse*, cédèrent à l'enchantement de leur apparence.

Ils partagent, hélas, cette faiblesse avec toute l'Italie, peut-être avec la terre entière. Je le dis tout net, quant à moi : j'enrage quand je vois, à Rome ou à Florence, des hommes instruits et avertis faire de femmes comme Bianca ou Vittoria des idoles et leur rendre, parce qu'elles sont belles, des hommages qui ne sont dus qu'à Dieu. On ne saurait dire à quel point ce culte païen dans un État est corrupteur et désastreux.

Pour en revenir à ce voyage à Rome, je vainquis enfin et Francesco partit avec moi, laissant à Florence Bianca éplorée, inquiète, pleine de ressentiment. C'est à peine si, au moment du départ, elle consentit à ployer le genou devant moi pour baiser mon anneau. Je la relevai avec bonté. Mais quel regard me darda alors, en un éclair, sa prunelle ardente !

Elle m'eût tué, si elle l'eut pu ! C'est par dérision, je suppose, que nos bons Italiens appellent les femmes « le gentil sexe ».

Il va sans dire que j'exploitai à fond les facilités que ce voyage à deux me donnait pour sermonner mon frère au sujet de Vittoria et de Paolo. Mais je ne convainquis qu'à moitié cette âme molle et tout ce que j'obtins, en fait, de Francesco, fut une promesse d'apporter sa caution, ne serait-ce que par sa présence et son silence, à ce que j'allais dire au Saint-Père.

Celui-ci nous reçut presque sans aucune attente. Dès que nous eûmes baisé, mon frère et moi, l'un après l'autre, sa pantoufle et qu'il nous eut bénis, il tourna vers nous un visage où se lisait en même temps que la gravité de son état un contentement secret.

– Eh bien, dit-il rondement, mes bien-aimés fils, que voulez-vous de moi ? Je vous écoute.

Je commençai alors par le féliciter de sa bonne mine, de sa florissante santé, de sa jeunesse éternelle – faveur insigne du Ciel et bénédiction évidente du Très-Haut : discours qu'il écouta d'un air bénin qui n'était pas sans évoquer celui d'un petit chat lapant une jatte de lait. Après quoi, il me rappela, la mine modeste, que tout pape qu'il fût, il était, lui aussi, mortel. Mot qu'il prononça du bout des lèvres, et sans avoir l'air de croire vraiment qu'il pût s'appliquer à lui.

Ce préambule dura bien un quart d'heure, et je ne l'écourtai pas, sachant combien Grégoire XIII tenait à ces assurances de longue vie, sinon d'éternité. Il est vrai que, dans ce domaine, il étonnait le monde entier. À quatre-vingts ans passés, il avait le visage aussi lisse que celui d'un bébé, montrait des joues roses délicatement rondies et dans des paupières sans fripure aucune, des yeux bleu pervenche qui donnaient à son regard une ingénuité à laquelle il n'eût pas été prudent de se fier. Au reste, bon vivant, égoïste, fuyant à se donner peine, aimant le luxe et ses aises, raffolant des bijoux, aimant les arts, mais peu enclin à embellir sa ville, autoritaire, mais peu soucieux de l'État et même de la Chrétienté, aimable et enjoué avec tous ceux qui l'approchaient, mais cultivant en son for des rancunes tenaces ; avec ses sujets enfin, tyrannique à l'extrême, non par tempérament, mais par situation, par peur et par caprice.

Mon petit compliment fini, j'attendis avec un air d'infini respect, et c'est seulement quand Sa Sainteté me demanda pour la deuxième fois ce que j'attendais de lui, que j'entrai dans le vif du sujet.

– Très Saint-Père, dis-je, le grand-duc de Toscane et moi-même, nous avons appris avec une profonde affliction le mariage de notre bien-aimé beau-frère et cousin Paolo Giordano Orsini avec la veuve Peretti. Il nous est apparu que les circonstances qui avaient entouré la disparition de l'infortuné Peretti faisaient de cette union un objet de scandale dans l'État, dans l'Église et dans la Chrétienté.

– Cela est vrai, hélas, mes bien chers fils, dit Sa Sainteté avec un soupir, mais qu'y puis-je ? L'enquête qu'a menée le malheureux Della Pace (ici deux larmes coulèrent sur ses joues roses, mais deux seulement, et j'admirai une fois de plus la maîtrise que le pape gardait en toutes circonstances sur ses émotions) n'a pas permis de conclure à l'adultère de Vittoria, ni à sa complicité dans l'assassinat de son mari, ni même à la responsabilité du prince Orsini dans ce lâche attentat. Tout au plus peut-on nourrir là-dessus de fortes présomptions en vertu de l'adage latin : *Fecit cui prodest* [1]. Mais présomption n'est pas preuve.

– Toutefois, Très Saint-Père, dis-je avec humilité (car je savais combien Grégoire XIII aimait peu être contredit, sauf quand la contradiction apportait indirectement de l'eau à son moulin), le mariage subséquent du prince avec l'objet de ses désirs a considérablement renforcé cette présomption dans l'esprit de tous.

– Assurément, dit Sa Sainteté, cette présomption est forte, très forte...

– Et d'autant, Très Saint-Père, qu'avant son mariage le prince a été jusqu'à se dresser les armes à la main contre le chef de la Chrétienté ! Et n'est-il pas évident que s'il a été à ce point emporté par la passion pour commettre ce crime abominable contre le pape, il a pu tout aussi bien, dans un premier temps, ourdir la perte du troisième chambellan de Sa Sainteté. Qui est capable du plus est capable aussi du moins...

1. Il l'a fait, celui à qui cela profite.

– C'est bien raisonné, mon fils, dit Grégoire XIII. La présomption, en effet, est forte, très forte... Elle emporterait la conviction de beaucoup, sinon la mienne.

– Votre modération vous honore, Très Saint-Père, et si Votre Sainteté me permet de le lui dire, j'admire l'exemplaire grandeur d'âme et l'évangélique mansuétude avec lesquelles vous avez bien voulu pardonner, une fois que vous fûtes raffermi sur le trône de saint Pierre, la mortelle offense que l'insurrection vous a faite : vous n'avez même pas puni son chef, comme vous auriez pu le faire, en l'excommuniant.

À ces paroles, Francesco eut un frémissement et m'adressa un regard de reproche que je fis semblant de ne pas apercevoir. Il avait toujours nourri beaucoup d'amitié pour Paolo Giordano.

– En lui pardonnant, dit le pape en baissant les yeux, je n'ai fait que mon devoir de chrétien. En outre, ajouta-t-il en relevant les paupières, et en me regardant d'un air entendu, la chose n'était pas si facile. Si j'avais excommunié la personne à laquelle vous faites allusion, il eût fallu excommunier du même coup le comte d'Oppedo, le marquis Savelli et tous les nobles de Rome. Car ils ont tous trempé dans l'émeute. Et s'il est vrai que la personne que vous dites fut son chef, ce chef ne s'est pas donné pour but mon abdication et ma mort. Il a traité avec moi. Et ayant obtenu ce qu'il voulait, il a brisé la populace.

– Et que voulait-il, Très Saint-Père ? dis-je avec indignation. Une femme ! La femme que vous aviez enfermée justement pour l'empêcher de l'épouser ! Il l'épouse donc en violation formelle de votre volonté ! mésalliance qui fait sourciller toute la noblesse de Rome !

– Du moins on peut supposer qu'elle sourcille, dit soudain Francesco, car nous ne sommes à Rome que depuis hier soir et nous n'avons pu la consulter.

Cette interruption dont je ne sus aucun gré à mon aîné amena un imperceptible sourire sur les lèvres du pape, car il se doutait bien que Francesco dans cette affaire ne m'emboîtait le pas qu'en rechignant, surtout s'agissant d'une mésalliance dont il avait donné lui-même l'exemple. Pour moi, je décidai aussitôt de ne pas insister davantage sur ce point, de peur d'élargir la petite faille qui venait d'apparaître entre Francesco et moi.

– Mais, dis-je, Très Saint-Père, il y a d'autres considérations qui pèsent d'un poids plus lourd contre ce mariage insensé. Ma sœur Isabella, de son mariage avec le prince Orsini, a eu, comme vous savez, un fils, le prince Virginio. Jusqu'ici il allait sans dire que Virginio hériterait de tous les biens de son père après sa mort. Or, étant donné l'aveugle passion de Paolo Giordano pour cette intrigante, il est à craindre qu'il ne refasse en sa faveur un testament qui léserait gravement les intérêts de notre neveu.

Le pape se tut un instant, son regard allant de Francesco à moi, et de moi de nouveau à Francesco.

– Le grand-duc, dit-il d'une voix grave, est-il d'accord avec les considérations que le cardinal vient de développer ?

– Je suis pleinement d'accord avec cet aspect des choses, dit Francesco, laissant entendre qu'il ne l'était pas sur le thème de la mésalliance.

Cette nuance n'échappa pas au pape qui esquissa de nouveau un sourire. D'ailleurs, plus l'audience se prolongeait, plus il paraissait de charmante humeur. L'œil brillant, le teint coloré et la lèvre gourmande, il paraissait en savourer tous les instants.

– Mes bien-aimés fils, dit-il enfin, quel remède proposez-vous aux maux que vous venez d'exposer avec tant de pertinence ?

– Pour que le crime ne profite pas à celui qui l'a commis, dis-je d'une voix forte et pour qu'un fils innocent ne soit pas lésé par les conséquences de cette scandaleuse union, je suggère respectueusement à Votre Sainteté qu'elle prenne un *precetto* qui annule ce funeste mariage.

– Le grand-duc est-il d'accord ? dit le pape.

– Oui, Très Saint-Père, dit Francesco avec plus de fermeté que je n'aurais attendu.

Il est vrai qu'il aimait beaucoup Virginio et, n'ayant pas de fils, le traitait comme tel.

– Donc, dit le pape en se redressant sur son trône, l'œil brillant, votre requête conjointe est celle-ci : vous me demandez un precetto qui frappe de nullité le mariage du prince Paolo Giordano Orsini avec la veuve Peretti. Est-ce bien cela ?

– Oui, Très Saint-Père.

– Est-ce que le cardinal di Medici et le grand-duc de Toscane sont disposés à m'adresser une requête écrite au sujet de ce precetto ?

– Oui, Très Saint-Père, dis-je.

– Oui, Très Saint-Père, dit Francesco avec un temps de retard.

L'œil du pape brilla alors d'un éclat triomphal. Mais ce ne fut qu'un éclair. Il baissa les yeux aussitôt.

– Dans votre requête, mes bien chers fils, il conviendra d'omettre vos craintes au sujet des intérêts matériels du prince Virginio, car ces craintes sont hypothétiques et un jugement dans ses considérants ne peut s'appuyer sur des hypothèses. La mésalliance, si mésalliance il y a, dit-il – en jetant un bref coup d'œil à Francesco – ne devra pas non plus être mise en avant. Car c'est là une considération trop mondaine et, partant, contestable. Seuls devront être pris en compte les éléments scandaleux de ce mariage, tels du moins que vous les percevez.

– Très Saint-Père, dis-je, j'aurai à cœur de suivre fidèlement et respectueusement vos précieux conseils dans la rédaction de cette requête.

– Mais n'en attendez pas pour autant un succès certain, mes bien chers fils, reprit le pape vivement. Il y a sur ce chemin beaucoup d'épines et peu de roses. Comme vous savez, on m'a beaucoup reproché autrefois les precetti que j'ai pris dans le domaine matrimonial. On a beaucoup à ce sujet criaillé, en particulier les théologiens, gens discutailleurs et calamiteux, qui croient connaître mieux que moi la volonté divine. Je ne voudrais pas donner prise de nouveau à ces aigres critiques, surtout s'agissant du chef de l'Insurrection, contre lequel les méchants pourraient s'imaginer que je nourris une pique personnelle...

Il baissa les yeux en prononçant ces paroles et les releva aussitôt pour faire sur le ton le plus enjoué ces petites plaisanteries ecclésiastiques dont il était coutumier.

– Je verrai, je verrai. Il faudra être patient. Rome ne s'est pas faite en un jour. Et rien à Rome ne se fait en un jour, surtout au Vatican… Allez en paix, mes bien chers fils.

Il nous bénit et nous le quittâmes en prenant congé de lui à reculons, comme le veut le cérémonial. Ni Francesco ni moi-même n'ouvrîmes la bouche, tant qu'on fut dans cet immense palais dont les murs eux-mêmes, dit-on, possèdent des oreilles.

Je fis monter avant moi dans mon carrosse le grand-duc de Toscane avant de prendre place à ses côtés et je dis à l'officier qui commandait mon escorte de me reconduire à mon palais. Je ne précisai pas davantage, il savait lequel.

Je possède deux palais à Rome, mais par raison d'économie, je n'occupe que le plus petit et je loue très cher le plus grand. Cela fait rire sous cape les cardinaux mes pairs : «Medici, disent-ils, est fils et petit-fils de banquiers. Bon sang ne saurait mentir.» Il est vrai. Mais en revanche, je ne suis pas, moi, obligé, pour vivre, de vendre ma voix au conclave à Philippe II d'Espagne.

Je tirai les rideaux de mon carrosse, et dès qu'on fut ainsi calfeutrés, Ferdinando se tourna vers moi :

– Eh bien qu'en pensez-vous ? Le pape prendra-t-il ce precetto ? Il a l'air de beaucoup hésiter.

– Ah, Francesco ! dis-je en souriant, vous avez bien fait d'étudier la chimie de la matière : celle des âmes vous échappe. Si le Saint-Père a beaucoup hésité, ce fut avant notre visite. Mais à l'heure qu'il est, il est au comble de la joie. Si vous permettez cette métaphore, je dirais que nous lui avons apporté sur un plateau d'argent la tête de Paolo Giordano, sans qu'il ait à se salir les mains pour la couper. Désormais, il pourra se targuer devant la sacrée congrégation d'avoir pris ce precetto à notre demande. Et qui plus est, il pourra le prouver en montrant notre requête écrite…

– Ce que j'en ai fait, dit Francesco après un moment de silence, je l'ai fait pour Virginio. Mais en même temps, cela me peine. Pauvre Orsini ! Il a fait toute une révolution pour arracher cette femme à sa geôle et faire d'elle son épouse. Et quand le precetto sera proclamé, elle ne sera plus que sa catin.

CHAPITRE XI

Paolo Giordano Orsini, duc de Bracciano

C'est le 28 juillet 1584 que je reçus, par courrier extraordinaire, à Bracciano, le precetto de Grégoire XIII annulant mon mariage. Il me fut remis par un chevaucheur alors que nous nous préparions à sept heures du soir à dîner, Vittoria et moi. Je rompis le cachet et je parcourus avec des yeux incrédules ce monument d'iniquité et d'hypocrisie.

Il n'était nulle part dit que j'avais fait tuer Peretti avec la complicité de Vittoria à seule fin de l'épouser, mais c'était partout suggéré à l'aide de demi-mots bien pires que des mots entiers, et le tout enveloppé dans un style d'une suavité tout ecclésiastique.

Le precetto, était-il précisé, avait été pris par le Saint-Père et ses conseillers, après mille réflexions et « un débat de conscience des plus douloureux » à la requête expresse du cardinal di Medici et du grand-duc de Toscane.

Tremblant de rage de la tête aux pieds, je tendis sans un mot le precetto à Vittoria qui, pendant tout le temps que j'avais pris pour m'en imprégner, m'avait regardé avec une inquiétude grandissante.

Vittoria, en prenant connaissance à son tour du precetto, pâlit, serra les dents, mais ne pleura pas. Elle le lut deux fois, la deuxième fois plus lentement que la première, puis replia le parchemin et me le remit sans un mot.

– Eh bien, qu'en penses-tu, Vittoria ?

Elle vint appuyer sa tête contre mon épaule et dit :

– Ce precetto nous fait du mal, mais pas autant qu'il l'aurait voulu : nous sommes en vie et nous nous aimons.

– N'empêche, dis-je en la serrant contre moi, c'est une infamie. J'aurais dû laisser la populace envahir le Vatican et mettre en pièces ce vieux renard.

– Non, non, Paolo, dit-elle vivement, tu as bien fait d'agir comme tu as fait. Un pape tué sur son trône, le scandale eût été grand dans toute la Chrétienté.

– Mais ce même pape, dis-je, se venge petitement sur moi de lui avoir sauvé la vie.

À quoi d'une façon tout à fait inattendue, elle se mit à rire :

– Mais sa vie, tu l'avais d'abord menacée, Paolo ! Tu l'as fait trembler dans son palais doré ! C'est cela qu'il ne te pardonne pas ! D'un autre côté, dit-elle pensivement, je ne comprends pas ce que le cardinal di Medici et le grand-duc de Toscane viennent faire dans cette histoire.

– Ils défendent, croient défendre, ou prétendent défendre les intérêts de Virginio. Les Medici sont des banquiers. Ils voient tout à travers un prisme, et ce prisme, c'est l'argent.

Et comme Vittoria me regardait en levant les sourcils, je poursuivis :

– Ils craignent que je modifie en ta faveur mon testament. Pendant que je guerroyais au loin, ils ont élevé Virginio à la cour de Florence et en ont fait un Medici. Et déjà ils considéraient que tous mes biens, à ma mort, devaient leur revenir par l'intermédiaire de Virginio.

– Mon Dieu ! dit-elle. Un cardinal, penser ainsi ?

– Ce cardinal est un Medici avant d'être un cardinal. Mais il obéit aussi à un autre mobile : il honnit le gentil sexe. Plus une femme est belle, plus il la hait. Il n'est pas d'avanies qu'il n'ait faites à la pauvre Bianca.

– Mais il ne m'a jamais vue ! s'écria Vittoria.

– Il n'est pas nécessaire qu'il t'ait vue pour te détester. Ta réputation de beauté suffit. Qui pis est, ton amour des arts et ton esprit, loin de trouver grâce à ses yeux, sont pour lui des circonstances aggravantes…

– Ah, Paolo ! dit-elle en entourant ma taille de ses beaux bras nus, et en se serrant contre moi, si je ne t'avais pas, comme je me sentirais seule et petite dans ce monde féroce !

Je restai un moment silencieux, plein d'amour et de compassion, mais aussi pénétré d'un sourd tourment en raison des incertitudes de l'avenir et de mon inguérissable blessure à la jambe. Elle me donnait, depuis peu, une angoisse qui rongeait par la racine le bonheur nouveau, continuel, irrassasié de voir Vittoria du matin au soir et, la nuit, de sentir à mes côtés son tendre et tiède corps enveloppé de ses longs cheveux.

Quand on aime, il y a un charme même dans la tristesse. La nuit qui suivit ce precetto fut, malgré ce coup terrible, ou peut-être à cause de lui, mélancolique et délicieuse. Comme si nous avions voulu nous prouver que le precetto n'avait pas le pouvoir de nous désunir, nous la passâmes dans les bras l'un de l'autre. Endormis ou éveillés, ce fut tout un : nos étreintes ne finissaient pas. Peu de paroles les accompagnaient, ou seulement celles qui étaient des caresses encore.

C'est seulement aux premiers rayons du soleil, et les oiseaux piaillant comme fols dans les arbres, qu'on reparla du couperet pontifical.

– J'ai observé, dit Vittoria, que Grégoire XIII ne se contente pas d'annuler notre union. Il nous défend de contracter à nouveau mariage dans l'avenir. N'est-ce pas étonnant ? Pourquoi ce surcroît de précaution ?

– Le pape est âgé. Et il craint que son successeur au Vatican n'annule le precetto. Il tâche à l'avance de lui lier les mains.

– Quel Machiavel ! Et que d'acharnement ! Y a-t-il une chance de le faire revenir de son vivant sur sa décision ?

– Une seule, dis-je, mais bien petite. C'est la première fois qu'un precetto ose frapper une grande famille. Je vais en appeler à la solidarité des nobles. Demain je pars pour Rome.

– Sans moi ?

– Ah, Vittoria ! Comment pourrais-je t'exposer aux lazzis de la populace ! Je serais plus heureux de te savoir dans les murs de Bracciano sous la garde de ton frère.

Je partis pour Rome, comme je l'avais dit, le lendemain à la tête d'une escorte que je voulus très forte et je fus bien avisé. Car ce même peuple, qui m'avait si souvent acclamé quand j'apparaissais dans les rues, me fit plus que grise mine, me gardant une mortelle rancune de la façon dont j'avais maté l'insurrection après l'avoir suscitée. Ce n'était partout sur mon passage que visages détournés, poings serrés, injures grommelées, crachats jusque sous les pieds de mon cheval. Une pierre même me fut lancée qui atteignit mon écuyer à l'oreille et le fit saigner. J'eus toutes les peines du monde à calmer mes hommes qui voulaient en découdre. Mais allais-je donner à Grégoire XIII l'occasion de dire que ma présence à Rome ne produisait que désordres ? Je pris la décision de ne sortir désormais que dans un carrosse qui ne serait pas orné, sur les portières, de mes armes et dont l'escorte ne porterait pas ma livrée.

À peine avais-je démonté – non sans douleur, ma cuisse me faisant mal à chaque mouvement vif – que j'appelai mon secrétaire et lui dictai une lettre dans laquelle, en termes respectueux, je demandais audience au Saint-Père. Je la fis porter aussitôt, et reçus le lendemain une réponse polie, mais des plus brèves : le pape s'excusait de ne pouvoir me recevoir. Il était souffrant et devait garder la chambre.

La santé du pape était réputée si bonne que je ne sus si je devais attacher foi à cette excuse. Mon beau-frère le cardinal di Medici aurait pu assurément me renseigner sur ce point, mais depuis qu'il avait inspiré le precetto il ne m'était plus possible de le considérer comme un ami. Pour les mêmes raisons, bien que l'ambassadeur de Florence fût personnellement fort lié à moi, je sentis l'impossibilité de l'aller voir, étant donné l'attitude qu'avait prise à l'égard de mon mariage le grand-duc de Toscane. Quant à Lodovico, je l'avais tacitement exclu de mes affections depuis les révélations du moine qu'*il mancino* m'avait amené.

Je ressentis alors un sentiment fort pénible, fait de l'absence de Vittoria, de ma blessure, du refus du pape de me recevoir, du méchant accueil du peuple romain, de l'hostilité de ma belle-famille, et de la trahison de Lodovico. Il me sembla que le monde dans lequel j'avais vécu jusque-là s'écroulait autour de moi et me laissait seul.

Au bout d'un moment, je tâchai de réagir contre l'abattement qui me gagnait. Dans la noblesse romaine, j'avais beaucoup d'amis, dont le plus ancien et le plus fidèle était à coup sûr le marquis Giulio Savelli dont le fils Silla avait été, en même temps que Raimondo Orsini, tué dans l'échauffourée qui avait provoqué l'Insurrection. Je lui fis porter un billet pour lui demander de me recevoir et quelques heures plus tard, dans la soirée, je reçus de lui la lettre qu'on va lire.

« *Carissimo* Paolo,

« Je suis alité et hors d'état de te recevoir. C'est à peine si j'ai la force de dicter ce mot. Je me doute des raisons de ta visite. En ce qui me concerne, j'ai été indigné par le precetto qui a défait ton mariage et je n'ai pas caché mon opinion à mon entourage. Mais je regrette d'avoir à te dire que dans la noblesse romaine, je suis à peu près le seul à avoir pris cette position. Tu es parmi nous unanimement blâmé pour ce qu'on appelle ta « mésalliance », et le precetto, pour cette raison, n'a pas été mal accueilli. Dans cette réaction, il faut faire sans doute la part du préjugé nobiliaire si fort parmi les nôtres, mais aussi sans doute de la jalousie pure et simple, la signora ton épouse étant si belle et si accomplie.

« Comme tu es un grand chef de guerre, je ne crois pas nécessaire de t'inciter à la plus grande prudence, le rapport des forces étant devenu si défavorable pour toi. Car si tu voulais à l'heure actuelle tenter quoi que ce soit contre le Saint-Père, tu n'aurais avec toi ni Lodovico, banni et chassé, ni le peuple qui te honnit autant qu'il t'a aimé, ni les nobles.

« Prends ton mal en patience, *carissimo* : le pape a quatre-vingt-quatre ans, et malgré sa belle apparence, il ne sera pas éternel. La dernière fois que je l'ai vu, il m'a semblé discerner un changement en lui : il parlait moins bien et il larmoyait davantage.

« Pour moi, je mourrai sûrement avant lui. La disparition de Silla – celui de mes fils que je préférais – m'a porté un coup terrible. Et ma santé se détériore chaque jour davantage. Peu m'importe, au fond : j'ai assez vécu. Et bien vaine me paraît aujourd'hui ma vie. Je regrette beaucoup de choses que j'ai faites, et notamment d'avoir exigé la mort de Della Pace. Sa fin fut injuste et cruelle et ne m'a pas rendu mon fils.

« Présente à la signora ton épouse mes respectueux

hommages. Le pape qui succédera à Grégoire XIII sera peut-être mieux intentionné à son égard, comme au tien.

« Pour moi, je demeurerai, jusque dans les dents de la mort, ton vieil et fidèle ami :

« Marquis Giulio Savelli. »

Il ne m'échappa pas en lisant la lettre de Savelli (toute réconfortante qu'elle fût par son affection) qu'elle sonnait le glas des espoirs que j'avais pu mettre dans la solidarité de la noblesse. En réalité, le pape avait été fort habile. S'il m'avait excommunié à la suite de l'Insurrection, il aurait dressé contre lui tous les nobles qui y avaient pris part et qui, de ce fait, auraient pu craindre un sort semblable. En se contentant de défaire, par son precetto, un mariage que lesdits nobles désapprouvaient, il m'isolait d'eux et, en toute impunité, il faisait de moi un bouc émissaire.

Au sujet du precetto lui-même et ayant plus d'un doute sur sa validité, je décidai de consulter un théologien. Je fis porter un billet au père Luigi Palestrino en lui demandant de venir me voir. Il me fit tenir une réponse orale : Je devais lui envoyer à la nuit tombée un carrosse qui ne serait pas à mes armes et rien de ce qu'il me dirait au cours de notre entretien ne devrait être répété par moi sous peine d'être hautement et publiquement démenti par lui. Cette prudence me paraissant naturelle en notre présente tyrannie, j'acceptai ces conditions.

Le père Luigi Palestrino avait un corps si maigre et si atténué qu'on se demandait comment il était capable de porter l'énorme tête qui le surmontait. Cette tête était elle-même fort disproportionnée car autant le front, large et bossué, paraissait architecturé, autant le bas du visage se perdait dans l'insignifiance, le nez étant ridiculement petit, les joues creuses, la bouche réduite à une fente, et le menton faible. Quant à son teint, il était plus pâle que sa robe de moine ou, pour mieux dire, si décoloré qu'on pouvait se demander si c'était bien du sang qu'il avait dans les veines.

Cependant, quand après avoir pris place, à ma prière, sur un cancan – dont sa frêle personne n'occupait pas le quart – et refusé d'un geste rapide le vin que je lui offrais, il me demanda ce que j'attendais de lui, sa voix me surprit par son volume et sa diction.

Sans un mot, je lui tendis le precetto, il le prit avec une promptitude et une avidité qui me firent penser à celle d'un écureuil s'emparant d'une noisette. Après quoi, il se mit à décortiquer le document de son petit œil brillant, noir de jais et fureteur, avec une rapidité qui me confondit, car à peine avait-il commencé sa lecture qu'il me donna l'impression de l'avoir déjà finie.

Ayant fait, il ferma les yeux et resta si longtemps sans parler qu'impatienté, j'ouvris la bouche pour lui demander ce qu'il pensait du precetto. Mais soulevant les paupières au même moment – car je ne peux croire qu'il m'ait vu ouvrir la bouche avant d'ouvrir lui-même les yeux –, il fit de la main le même geste rapide et péremptoire avec lequel il avait refusé mon vin et dit de cette voix forte et bien articulée qui m'avait plongé dans l'étonnement :

– Monseigneur, plaise à vous de ne point me poser de questions. Elles sont toutes inutiles, car je vais répondre à l'avance non seulement à toutes celles que vous pourriez imaginer, mais même à celles auxquelles vous ne pensez pas.

– Eh bien, dans ce cas, parlez, mon père. Je vous écoute.

– Il faut d'abord comprendre, Monseigneur, que le mariage est un sacrement dont les ministres sont les époux et qu'il est considéré comme indissoluble par l'Église, surtout depuis le concile de Trente. Toutefois, l'un des deux conjoints peut en demander l'annulation au pape, s'il peut arguer que son consentement, au moment du mariage, lui a été arraché par la ruse ou la violence, ou que l'union charnelle n'a pas été consommée, ou qu'elle est demeurée stérile. Toutefois, ce dernier point est très débattu, comme bien le constata Henri VIII quand il demanda à Clément VII de délier son union avec Catherine d'Aragon pour la raison qu'elle ne lui avait pas donné de fils. Toutefois, elle lui avait donné six filles. Elle n'était donc pas stérile. Sentant bien la faiblesse de cet argument, Henri VIII mit en avant une autre considération. Catherine était sa proche parente et cette considération, quoiqu'elle même assez faible, le degré de parenté n'étant pas rédhibitoire, eût pu avec quelque complaisance obtenir l'assentiment de Clément VII, si le neveu de Catherine d'Aragon, l'empereur Charles Quint, ne s'y était opposé de toutes ses forces. En quoi il eut bien tort, car sans son opposition le divorce aurait été prononcé et le grand schisme qui sépara l'Angleterre du Vatican et du reste de la Chrétienté ne se serait pas produit. Petite cause : effets immenses…

– Mon père, dis-je, tout ceci est très intéressant, mais ne concerne pas mon precetto.

– Si, Monseigneur, indirectement. Car ce préambule a pour but d'établir qu'en règle générale, l'annulation d'un mariage est demandée par l'un des conjoints et qu'il est tout à fait étonnant qu'elle soit prononcée par le pape sans qu'aucun des conjoints l'ait réclamée, comme ce fut le cas de votre precetto et pour pas mal d'autres precetti, promulgués avant lui par Grégoire XIII au cours de son pontificat.

– Considérez-vous donc, mon père, que ces precetti constituent un détournement de pouvoir ?

– Je n'ai pas dit qu'ils constituaient un détournement de pouvoir. J'ai dit qu'ils étaient tout à fait étonnants et puis-je vous rappeler, Monseigneur, qu'il était convenu que vous ne me poseriez pas de questions ?

– Excusez-moi, mon père. J'ai peu l'habitude d'obéir, mais avec un peu de bonne volonté, je pourrai peut-être m'y faire.

Cette ironie fut perdue pour Luigi Palestrino, du moins je le crus. Il reprit sans battre un cil :

– Les deux époux étant, comme j'ai dit, les ministres du sacrement du mariage, on ne voit pas comment une autorité extérieure au mariage, fût-ce même le chef de la Chrétienté, pourrait abolir ce sacrement légitimement. À moins que ledit mariage soit entouré de circonstances qui le rendent scandaleux. C'est ce que ce precetto, Monseigneur, suggère à votre endroit. Et justement, la faiblesse de son argumentation tient à ce qu'il le suggère en termes voilés et allusifs, mais sans le déclarer nettement, sans établir, et même sans essayer d'établir, votre culpabilité.

– Faute de preuves, dis-je. Et peut-être faute de conviction. Mon père, y a-t-il une issue ?

– Aucune. Vous ne pouvez en appeler au pape contre le pape.

– Même si je prouve mon innocence ?

– Même alors.

– Il n'y a donc aucun recours ?

– À la mort de Grégoire XIII vous pourrez en appeler à son successeur. Celui-ci pourra trouver excessif que non content d'avoir annulé votre mariage, Grégoire XIII vous ait interdit de vous remarier. On dirait que par ce *precetto*, il a essayé de lier les mains de son successeur. Celui-ci pourrait s'en offenser et, pour cette raison même, vous libérer de cette clause. Vous pourriez aussi tirer avantage de l'*interregnum* qui s'établira entre la mort de Grégoire XIII et l'élection du nouveau pape.

– En tirer avantage ? Et comment ?

– Monseigneur, c'est ce que je vous dirai, mais seulement le moment venu. Pour l'instant, je vous demande mon congé.

Il se leva et, à ma grande surprise, se dessina alors sur ses lèvres minces un sourire, à vrai dire aussi vite disparu qu'apparu, mais quand même, indubitablement, un sourire.

– Monseigneur, vous avez posé beaucoup de questions. Malgré votre bonne volonté, vous avez été un consultant peu discipliné. Mais comment s'en étonner, si l'on se rappelle que luttant contre les pirates en mer Adriatique, vous êtes devenu quelque peu l'un d'eux. Toutefois, maintenant, il ne s'agit plus de courir sus à l'ennemi, mais d'apprendre une vertu qui vous manque : la patience. Monseigneur, ne vous inquiétez pas, votre cas n'est pas désespéré, loin de là.

Ayant dit, il me fit un profond salut et se dirigea vers la porte.

– Mon père, dis-je en tirant une bourse de l'emmanchure de mon pourpoint, vous oubliez ceci.

Luigi Palestrino revint sur ses pas en sautillant, se saisit de la bourse avec sa vivacité d'écureuil, l'escamota, salua de nouveau et disparut comme happé par la porte. Il était si célèbre comme théologien qu'on venait le consulter de tous les coins de la Chrétienté. Et il devait sans doute recevoir à cette occasion quelques largesses – qu'il ne sollicitait pas – mais qu'il ne refusait pas non plus, comme je venais de le constater. Mais à quoi il utilisait cet argent, je me le demandais. Certainement pas pour se nourrir.

Ce soir-là, pour la première fois depuis que j'étais à Rome, j'entrevoyais une lueur d'espoir. Luigi Palestrino avait raison : J'avais été jusque-là trop enclin à me ruer à l'abordage, même quand la galère adverse s'appelait le Vatican. Mes grappins dispersés, il me faudrait maintenant apprendre les attentes, les atermoiements, les intrigues et les ruses du temps de paix.

Il mancino

J'étais dans ma chambre du *Mont des Oliviers*, occupé à faire mes comptes, les chalands, vu l'heure tardive, étant très peu nombreux, et au surplus de cette docile espèce qui se laisse tondre sans regimber, quand la Sorda monta m'avertir que quatre cavaliers armés venaient d'entrer, un cinquième gardant leurs chevaux à l'écurie.

– Armés comment ?

– Épée, dague et pistolet à la ceinture.

– Diable ! Sont-ils de la truandaille ?

– À voir leurs montures, non.

– Tu as donc pensé à jeter un œil à l'écurie ? Il y a du répondant dans ta jolie tête, *cocca mia* [1].

– Il y a du répondant aussi dans mon joli cul, dit-elle. Et elle rit.

En principe, je n'aime pas que mes filles parlent grossièrement. Mais pour une fois je laissai passer.

– Et qu'as-tu fait dans l'écurie ?

– J'ai caressé leurs beaux chevaux. Ils avaient le poil sec. Ils n'ont donc pas trotté beaucoup.

– Donc, ils viennent de Rome. Et l'homme qui les gardait ?

– Un Calabrais, mais pour un serviteur fort bien mis : pourpoint de cuir.

– Tu t'es donc frottée à lui pour délier sa langue.

– Je n'ai rien pu délier du tout, ni la langue ni la braguette. Le pisse-froid m'a repoussée, me disant en son jargon qu'il était marié et fidèle.

1. Ma poulette.

– Revenons aux quatre attablés.

– C'est ce que je fis. Ils n'ont pas voulu de filles, mais du vin et du plus cher. Le plus grand des quatre, le chapeau très enfoncé sur l'œil, a demandé à te voir.

– Habillé comment ?

– Pourpoint de buffle, comme en portent les capitaines.

– Et le chapeau ? Déformé par le soleil et les pluies ? De couleur pisseuse ? Les plumes défraîchies ?

– Pas du tout. Le feutre luisant et les plumes brillantes.

– Ce n'est donc pas un capitaine. Bien, conduis-le ici, mais avant, poste trois de mes gens dans la mezzanine derrière le rideau avec les arquebuses à rouet. Comment était ce soi-disant capitaine ?

– Grand, très large d'épaules. Une belle bouche d'homme, large et ferme. Je parle de sa bouche, vu que je n'ai aperçu qu'elle à cause de son chapeau. Il parle doux, mais comme quelqu'un qui a l'habitude d'être obéi.

– Donne-moi un peu de temps avant de me l'amener. Et quand il sera dans ma chambre, assieds-toi sur une marche dans l'escalier. Préviens mes gens, si les trois autres essayent de monter. Et sans tant languir, envoie les filles se coucher, sauf celles qui sont en main.

Une fois seul, je me sentis très en alerte. Je n'aime pas l'inhabituel, ni que quatre hommes armés jusqu'aux dents fassent irruption chez moi à une heure du matin, même si leurs chevaux sentent à plein nez la noblesse. Il y a des barons-brigands, et même des comtes qui ne valent pas mieux, comme le comte d'Oppedo. Et celui-là justement, s'il savait ce que j'ai fait de son moine, m'aimerait-il beaucoup ? Je glissai un couteau dans ma botte gauche et ayant armé un mignon pistolet de dame, je le plaçai dans l'emmanchure droite de mon pourpoint.

On frappa à la porte. Je l'ouvris, mais en la rabattant sur moi, et la main dans mon emmanchure.

– Holà, *mancino* ! dit une voix que je crus reconnaître, est-ce une façon d'accueillir les gens ?

Je risquai un œil, mais sans me découvrir tout à fait. Le visiteur m'aperçut, sourit et d'un geste négligent, retira son chapeau.

– Ha, Monseigneur ! m'écriai-je en m'inclinant jusqu'à terre, vous ici ! Alors que sur un mot de vous, je me serais précipité à Montegiordano.

– Le va-et-vient du messager aurait pris trop de temps, dit le prince et je pars demain à l'aube pour Bracciano. Le pavé de Rome me brûle les pieds. Toutefois, je voulais te voir.

– Je suis à vos ordres, Monseigneur. Plaise à vous de prendre place.

– Volontiers.

Et il fit une petite grimace en s'asseyant.

– *Mancino*, qu'en est-il de ce moine ? Le cardinal Montalto a-t-il accepté de l'entendre ?

– De nous entendre, lui et moi, et dans le plus grand secret.

– Et qu'en fut-il ?

– Son Eminence nous a écoutés avec la plus grande attention d'un bout à l'autre. Surtout le moine.

– Et qu'a-t-il dit ?

– Touchant le moine, il y a ce que le cardinal a dit et il y a ce qu'il a pensé. Ce qu'il a dit n'était pas très encourageant.

– Je t'écoute.

– *« Testis unus, testis nullus* [1]. »

– Tu sais le latin, *mancino* ?

– Ce latin-là, je l'ai appris à la suite d'un petit malentendu entre un tribunal et moi.

– Et touchant ton témoignage ?

– Rien. Sinon qu'il m'a sermonné sur mon «triste métier». D'ailleurs, je lui donne raison. Qui sait si avec un peu d'instruction, je ne serais pas monté plus haut. On dit que le cardinal lui-même, en ses jeunes années, a gardé les cochons.

– On le dit. Revenons au moine.

– Le cardinal l'a sermonné sur son défroquement. Il a été si dur que le moine, à deux genoux devant lui, a fondu en larmes.

– Qu'est-ce qui te fait croire qu'il a pris son témoignage plus au sérieux qu'il n'a voulu le dire ?

1. Un seul témoin, pas de témoin.

– Sa face, si terrible qu'elle soit, n'a pu cacher tout à fait le plaisir qu'il trouvait à l'entendre.

– À ton sens, d'où lui venait ce plaisir ?

– Du fait que son témoignage innocentait sa nièce.

Le prince resta un long moment silencieux, le front baissé, puis parut se secouer, releva la tête et dit d'un ton vif et enjoué :

– Qu'en est-il de la taverne sur le grand terrain que je t'ai vendu ?

– Elle est à moi. Les travaux que j'ai entrepris sur le chemin qui menaient à elle ont duré si longtemps que le propriétaire, perdant toute pratique, me l'a cédée. Par malheur, je n'ai plus de pécune assez pour la réparer.

– Il y a peut-être un remède à cela. Le petit bois qui fait suite à ce grand terrain est fort convoité par le cardinal Cherubi car il agrandirait très joliment son parc. Je te le vends.

– Sans exiger de paiement immédiat, Monseigneur ?

– Sans exiger de paiement du tout. Quand le terrain est à toi, tu le revends au cardinal Cherubi.

– Il y a, bien sûr, une condition à cette vente.

– Orale et confidentielle. Qu'il te tienne au courant au jour le jour de la santé du pape.

– C'est une condition surprenante, venant d'un humble tavernier comme moi.

– Elle ne le surprendra pas de la part d'un voisin qui débroussaille aimablement le petit bois qu'il vient de lui vendre. Cherubi est un homme simple. Dans ses promenades, il parle à tout le monde.

– Et peut-être a-t-il besoin aussi de vos amitiés vénitiennes, quand le patriarche de Venise, qui est fort âgé, rendra son âme à Dieu ?

– Peut-être. *Mancino*, tu sais beaucoup de choses. D'où viennent tes informations ?

– De mes filles, Monseigneur : je rougis de le dire, de mes filles. Elles ne fréquentent pas que le bas monde.

– *Mancino*, il est important que je sache au plus vite quand Grégoire XIII sera proche de sa fin. Tu sais qu'il arrive au Vatican de cacher ces choses-là, et même quand un pape meurt, de retarder l'annonce de sa mort.

– Monseigneur, le moment venu, je galoperai en personne jusqu'à Bracciano pour vous annoncer l'événement.

– Affaire conclue. Viens dès demain matin à Montegiordano. Je n'y serai plus. Mais mon majordomo est au courant. Il signera pour moi la vente. Ne m'accompagne pas. Je connais le chemin.

Là-dessus, après un petit signe de tête, il sortit. Je remarquai qu'il boitait beaucoup et qu'il ne descendait pas l'escalier facilement. Je refermai la porte derrière lui, certain que la Sorda viendrait aux nouvelles après son départ.

Je m'assis sur l'escabeau qu'il avait laissé vide, j'emplis une pipe de terre de bon tabac, je battis le briquet, et je pétunai, dans un agréable brouillard, en compagnie de mes pensées. Je m'enrichissais si vite qu'un jour viendrait, assurément, où je devrais, pour aller de l'avant, laisser derrière moi, « mon triste métier ». Mais je le regretterai. En quelque sorte, j'aimais mes filles.

La Sorda entra, plus excitée qu'une puce. Elle vint s'asseoir sur mes genoux, et je lui racontai l'histoire du moine et du terrain, mais non la condition attachée à sa revente. Elle me regardait avec des yeux comme des soucoupes, m'admirant fort de ce que j'eusse réussi à gagner la confiance et la protection d'un grand prince. Quand j'eus fini de parler, elle se mit à me caresser. À mon avis, vu l'heure tardive et ma pipe, le moment était mal choisi. Mais comme cela lui venait du cœur, je la laissai faire.

Son Eminence le cardinal Cherubi

Je n'ignore pas que j'ai été beaucoup blâmé, y compris par ceux des cardinaux qui se trouvaient au Vatican le jour de l'Insurrection, pour avoir proposé à Sa Sainteté de sacrifier Della Pace. Assurément, ce sacrifice, commandé par la nécessité où nous nous trouvions de sauver la vie du pape, les nôtres et le siège de la Chrétienté était en soi une chose horrible. Mais la plupart des présents, Sa Sainteté comprise, l'avaient déjà accepté dans le fond de leur cœur, quand j'eus l'audace d'exprimer à voix haute ce que tous pensaient tout bas.

Sa Sainteté, le danger passé, eût pu, elle aussi, me montrer, comme d'autres, mauvais visage. Elle n'en fit rien et me sut gré, comme elle voulut bien me le dire, de mon courage et de ma franchise.

De ces qualités je ne me fais pas un mérite. Mon caractère me porte tout naturellement à dire ce que je pense. C'est ainsi que je n'ai jamais fait mystère d'aspirer à remplacer le Patriarche de Venise, quand le Seigneur le rappellera à lui. Je sais bien que la coutume au Vatican n'est pas de dévoiler aussi ingénument ses aspirations, mais de les cacher au contraire, tout en les laissant transparaître, quand on le juge utile. Je fais les choses différemment. Etant né à Venise, je crois bien connaître le caractère de ses habitants et je pense être particulièrement qualifié pour représenter l'Église dans la Sérénissime. Pourquoi taire cette ambition, puisqu'elle est légitime ? N'est-il pas d'ailleurs préférable, quand on prétend à un poste, de se déclarer le plus tôt possible, ne serait-ce que pour couper l'herbe sous le pied à des candidats moins résolus ou moins prompts à se décider ?

Si l'on en croit les mauvaises langues, ma franchise ferait de moi le prélat le plus gaffeur du Vatican, et également celui que ses impairs ont le mieux servi. Cette légende-là me paraît contradictoire. Si mes maladresses ont été si utiles à mon avancement, étaient-elles vraiment si malhabiles ?

Après l'Insurrection je suis devenu, sans nul doute, le conseiller le plus écouté du pape. D'aucuns ont trouvé cette influence excessive. Elle était grande, en effet, mais comment peut-on la trouver excessive, alors qu'elle s'est toujours exercée dans le sens de la modération ?

Le pape, après cette soirée terrible où il avait craint pour son trône et pour sa vie, s'était appliqué à se rendre inexpugnable en recrutant des Suisses et en achetant des canons. Mais plus il se fortifiait militairement, plus son caractère devenait faible, irrésolu, inconsistant. Il n'avait jamais eu beaucoup de ressort, mais le peu qu'il avait paraissait s'être brisé dans la tourmente. En même temps, il s'abandonnait à son ressentiment.

Dans un premier temps, et dès que son trône fut raffermi, il voulut à la fois excommunier le prince Orsini et rompre son mariage par un precetto. J'étais hostile à l'une et l'autre de ces mesures pour la raison qu'elles sentaient par trop la vengeance. Je le dis au Saint-Père et il en fut d'abord fâché. Mais lui ayant représenté qu'il ne pouvait excommunier le prince sans excommunier toute la noblesse romaine – mesure impossible et même presque comique dans son absurdité –, il se rabattit sur le precetto et n'en voulut plus démordre.

Quand son precetto fut promulgué, le pape éprouva un vif mouvement de joie. Et un autre, quand il bannit, non sans raison, le comte d'Oppedo. Et un autre encore quand, sous le prétexte qu'il était souffrant, il refusa de recevoir au Vatican le prince Orsini. Après quoi, il retomba dans son apathie, et parut flotter dans la vie comme s'il n'avait plus aucun but.

Voyant un jour l'ambassadeur de Venise Armando Veniero montrer un visage assez préoccupé à l'issue d'une audience avec Grégoire XIII, je le pris familièrement par le bras et lui en demandai la raison.

– Je crains, dit-il, que le pape n'aime plus autant Venise que par le passé. J'ai demandé à lui parler au sujet d'un problème qui préoccupe fort la Sérénissime. Il m'a reçu cinq minutes et m'a à peine écouté. On aurait dit vraiment qu'il ne prenait aucun intérêt à la question.

– Armando, dis-je en l'entraînant dans l'encoignure d'une fenêtre, et en lui parlant à l'oreille, rassure-toi : le désintérêt du pape est général. Il écourte les audiences. Il y porte un esprit distrait. Les grandes affaires de l'État ou de la Chrétienté ne retiennent plus son attention.

– Ah, c'est donc cela ! dit Armando. J'ai remarqué en outre qu'il avait tendance à larmoyer.

– Certes, dis-je, il a toujours eu le don des larmes. La différence, c'est que maintenant elles lui viennent aux yeux sans que sa volonté y soit pour rien, et en dehors de tout contexte qui puisse les justifier.

– C'est attristant, dit Armando qui ne me parut pas s'attrister beaucoup. L'ennui, reprit-il, c'est que je ne sais que répondre à la Sérénissime.

– Voyons, dis-je, de quoi s'agit-il ? Tu sais combien j'aime la Sérénissime. Et à quel point j'espère qu'elle m'aimera un jour...

Ici, Armando, qui n'ignorait rien de mes ambitions, sourit d'un air qui trouvait le moyen d'être à la fois amical et plein de réserve diplomatique.

– Venise, reprit-il, aimerait conclure avec le pape un traité d'extradition : nous sommes encombrés de Romains qui, fuyant la rigueur de vos lois, se réfugient chez nous. Et de votre côté, et en sens inverse, vous souffrez sans doute du même embarras.

– Eh bien, dis-je, j'en parlerai au Saint-Père, et si je vois que je ne parviens pas à retenir son attention, je ferai rédiger un mémorandum par un clerc. Une trace écrite et datée restera de ta démarche. Elle pourra de ce fait être renouvelée avec plus de force sous le prochain pontificat.

Quelques jours plus tard, je trouvai le Saint-Père plongé dans un des accès de mélancolie dont il était coutumier, et comme j'osais lui en demander la raison, il me dit d'un ton lugubre :

– La foudre est tombée la nuit dernière sur le château Sant'Angelo. Elle a abattu l'étendard qui flottait à son sommet. C'est mauvais signe, mon ami, très mauvais signe…

Il ne voulut pas en dire plus, mais quand il se fut retiré dans son appartement, le premier chambellan, me voyant très intrigué, me dit à l'oreille :

– Votre Eminence, étant née à Venise, ne connaît pas les superstitions du menu peuple de Rome : quand la foudre abat l'étendard du château Sant'Angelo, cela veut dire que le pape mourra avant la fin de l'année.

– Et Sa Sainteté ajoute foi à cette superstition ?

– On le dirait. Et c'est d'autant plus étonnant que la foudre est déjà tombée deux fois sur l'étendard du château, et c'est la première fois que le Saint-Père s'en montre affecté.

À quelque temps de là, un prélat dont je tairai le nom me rencontrant fortuitement dans un des escaliers du Vatican me fit un sourire et s'arrêta. Je lui rendis son sourire et m'arrêtai aussi. Je note ici que le palier entre deux escaliers est assurément le meilleur endroit au Vatican pour échanger des propos discrets. Car si l'on s'y place assez adroitement, on a des vues, et sur les personnes qui descendent, et sur celles qui montent, et on les voit d'assez loin dans les deux sens pour qu'elles ne puissent surprendre votre conversation.

– Mon cher ami, dit-il, vous qui voyez le Saint-Père tous les jours, n'avez-vous pas remarqué quelque changement en lui ?

Cette phrase et le haussement de sourcils qui l'accompagnait contenaient en réalité l'offre d'un échange : « Apprends-moi ce que tu sais et je te dirai ce que j'ai appris. » Offre que je décidai d'accepter, le prélat en question étant généralement bien informé. Toutefois, je tus la réflexion du pape sur l'étendard du château Sant'Angelo comme m'impliquant trop personnellement, puisque c'est à moi qu'il l'avait faite. En revanche, je contai au prélat les impressions beaucoup plus anodines qu'Armando Veniero avait retirées de son audience écourtée avec lui.

Le prélat m'écouta avec une sorte d'avidité et me dit avec un fin sourire :

– Oui, cela confirme ! Cela confirme ! Sans aller jusqu'à dire qu'il se relâche, on pourrait dire en parodiant le mot fameux, que « le bon Homère sommeille ». Et pourtant, il a toujours aussi bonne mine. Il mange bien, il dort bien [1]. On dirait que c'est l'habitant intérieur qui s'assoupit. Un signe qui ne trompe pas : il ne paraît plus aussi attentif à se maintenir dans la gravité de son état. Savez-vous que certains soirs, il se fait porter en litière chez son fils Giacomo, et assiste aux fêtes de ce garnement. Oh ! il ne s'y passe rien de vraiment licencieux, à part peut-être quelques danses un peu dévêtues exécutées par des esclaves mauresques ! Mais enfin, si cela se savait, l'effet serait désastreux.

Là-dessus, ayant grandement contribué à ce que « cela se sût », le prélat me quitta, accompagnant d'un petit pétillement de l'œil qui les démentait des soupirs pleins de componction.

Sa Sainteté, pour dire toute la vérité, pouvait de moins en moins se passer de moi. Elle m'envoyait chercher à toute heure du jour, et même la nuit, quand elle souffrait d'insomnies. Et dès qu'elle me voyait, elle me disait : « Cherubi, je suis dans mes idées noires. Distrayez-moi. »

1. Inexact – à tout le moins dans les derniers mois de sa vie (Cherubi).

348

Ce n'était pas très difficile. Quand le pape aimait une histoire, on pouvait la lui raconter cent fois, il y trouvait le même plaisir. À condition toutefois qu'on la répétât dans les mêmes termes. Mieux même : il la redemandait.

— Cherubi, décrivez-moi un repas chez Montalto.

— Eh bien, Très Saint-Père, en premier lieu, la salle à manger était glaciale, Son Eminence ne voulant pas qu'on y allumât du feu.

— Pourquoi ? dit le pape, qui m'avait déjà posé cette question une bonne dizaine de fois.

— Parce qu'on serait tenté de s'attarder à table, si « on n'y avait pas si froid ». Ensuite, la religieuse qui nous servait…

— Non, non, Cherubi, vous allez trop vite. Montalto faisait sur les repas de petites plaisanteries en français.

— C'est vrai, Très Saint-Père. Il disait (ici j'imite la voix grave de Montalto) : « N'oubliez pas, Cherubi, que la chère mène à la chair, et qu'après la panse, vient la danse… »

— Excellent ! Excellent ! Continuez !

— Ensuite, le repas que nous apportait la religieuse…

— Non ! non ! dit le Saint-Père, vous êtes mal réveillé, Cherubi ! Vous oubliez tout ! Vous ne décrivez pas la religieuse.

— Eh bien, Très Saint-Père, elle était vieille et fabuleusement flétrie. En outre, elle était si maigre qu'elle avait l'air d'un squelette. Et si sèche qu'elle grinçait en marchant. Pour jouer la mort il ne manquait plus que la faux.

— Excellent ! Excellent ! Poursuivez, Cherubi !

— Un jour, au repas de midi, elle nous annonça, la mine consternée, qu'il y avait eu un trou dans son ravitaillement et qu'il ne lui restait plus que deux œufs. « Peu importe ! dit Montalto. Donnez le plus gros à Cherubi qui est fort mangeur. Et Rossellino et moi, nous partagerons le petit. »

— Excellent ! Cherubi, excellent !

Si sa mémoire présentait maintenant quelques failles, en revanche il se rappelait parfaitement ce qui s'était passé quelques années plus tôt, et n'oubliait pas davantage ses ressentiments, lesquels donnaient lieu parfois à de petites réflexions qui n'allaient pas sans mesquinerie.

— Vous vous souvenez, Cherubi, ce que dit Montalto

quand il vit Vittoria pour la première fois : «On ne peut la voir sans l'aimer, ni l'entendre sans l'adorer.»

Là-dessus, il rit et ajouta aussitôt avec aigreur, bien qu'à mi-voix :

– Eh bien, il doit être bien marri aujourd'hui, notre saint homme, de voir cette nièce tant chérie vivre en concubinage avec un pirate…

Il m'admit un jour à une faveur très rare et dont peu de prélats au Vatican pouvaient se vanter d'avoir bénéficié : il me montra sa collection. Contrairement à ses prédécesseurs et à son illustre successeur, Grégoire XIII dépensa peu d'argent pour embellir la Ville éternelle. En revanche, il dépensa sans compter pour augmenter sa collection de bijoux – œuvre de toute une vie, pour laquelle il avait aménagé une salle dont les vitres étaient adossées à des miroirs afin que les joyaux puissent se refléter à l'infini. De hautes fenêtres les éclairaient le jour et des lustres vénitiens, piqués d'innombrables chandelles, les illuminaient la nuit. Comme la visite eut lieu pendant une des insomnies du Saint-Père (au cours de laquelle il n'hésita pas, comme il en avait pris l'habitude, à me faire appeler), il fallut qu'un malheureux valet, réveillé lui aussi à la hâte, mais certes pas plus malheureux que moi, passât une bonne demi-heure à allumer toutes les chandelles de tous les lustres et attendît ensuite deux heures que la visite fût finie, appuyé, dormant debout, contre le chambranle de la porte.

Si je n'avais pas été moi-même à demi endormi (car je suis gros dormeur), j'aurais été ébloui par tant de merveilles que le Saint-Père, ouvrant chaque vitrine à l'aide d'une clé attachée à un trousseau, retirait l'une après l'autre et, les caressant de ses mains suaves et potelées, me montrait, mais sans les mettre toutefois dans les miennes, tant il en était jaloux. Il y avait là, en grande quantité, des pierres précieuses et des pierres fines venues du monde entier, en majeure partie des Indes, du Brésil, de Ceylan ou de Sibérie, et dont certaines d'ailleurs m'étaient inconnues (mais dont je n'osai demander le nom) et toutes somptueusement serties dans des bijoux en or dont la ciselure était due aux plus grands maîtres. Le Saint-Père me dit qu'il avait fait venir un expert pour évaluer ces trésors, mais que n'étant pas content de cette estimation, qu'il trouvait trop faible, il avait fait mander un célèbre artiste lombard pour une nouvelle estimation.

Pendant tout le temps qu'il me montra ses joyaux, un sourire lointain errait sur ses lèvres, et son regard un peu vague paraissait se perdre dans le feu de ses pierres et leurs reflets dans les miroirs. Tant que dura la visite (et je la trouvai fort longue), il parut frais et guilleret, mais dès qu'elle fut terminée, la fatigue s'abattit sur lui. Il se laissa alors aller sur le cancan que je poussai vers lui, la nuque renversée sur le dosseret et les yeux clos. Mais même alors il ne voulut pas quitter la galerie tant que le valet n'eut pas éteint toutes les chandelles. Il m'expliqua d'une voix faible qu'il désirait refermer lui-même la salle à l'aide de trois clés qui ne le quittaient pas. Quand enfin la dernière chandelle fut éteinte, il se leva et, appuyé sur mon bras, d'une main sûre et qui ne tremblait pas, il verrouilla lui-même la porte, qui me parut très lourde et fortement aspée de fer.

Je le raccompagnai jusqu'à sa chambre où on l'attendait pour le déshabiller. Quand il passa de mon bras à celui de son chambellan, il releva la tête, me regarda et dit avec étonnement :

– Vous ici, Cherubi ? Est-ce donc déjà le jour ?

En même temps, de grosses larmes, Dieu sait pourquoi, roulaient sur ses joues roses. Peut-être se désolait-il au fond de soi de ne pouvoir emporter ces trésors avec lui quand son heure sonnerait.

Toutefois, malgré tous les signes de relâchement qu'on remarquait dans son comportement, dans sa mémoire et dans son intelligence, sa santé restait bonne. Et si j'ose m'exprimer ainsi, en parlant du pape, l'animal humain chez lui restait magnifique, surtout si l'on considérait qu'il entrait dans sa quatre-vingt-cinquième année.

Je me fis une fois de plus cette réflexion et bien d'autres avec moi le 4 avril 1585, quand le pape, sur le coup de midi, sortit dans Rome pour se rendre au palais Medici, le cardinal l'ayant invité à déjeuner. Je le revois encore au moment où, sur la place Saint-Pierre, il se préparait à monter sur sa haquenée blanche, droit comme un *i*, svelte, l'œil azuréen, les joues roses, la lèvre souriante. Il portait un chapeau rouge et une soutane blanche garnie d'un capuchon dont le velours rouge se retrouvait dans le harnachement de sa belle jument. Deux cents personnes de sa cour – officiers et dignitaires – étaient là, toutes à cheval, pour le précéder et le suivre dans les rues de Rome. Le pape, qui se tenait au centre de son escorte, et s'entretenait familièrement avec le cardinal di Medici qu'il dominait d'une tête, présentait une telle image d'élégance, de dignité et de noblesse que nous en fûmes tous frappés. Et nous le fûmes plus encore, quand son écuyer lui ayant apporté sa blanche haquenée, il lui prit les rênes d'une main et de l'autre lui ayant fait signe de s'écarter, il mit le pied à l'étrier et se hissa en selle avec une légèreté et une vigueur qui nous laissèrent béants.

Il avait gelé le matin – chose extraordinaire un 4 avril à Rome –, mais le soleil avait dissipé brume et gelée et, se trouvant à son zénith, nous chauffait agréablement les épaules. Bien qu'on eût pris soin de disposer des gardes suisses le long des rues où le Saint-Père allait passer, le menu peuple, sans applaudir vraiment, paraissait plus admiratif qu'hostile devant notre splendide cortège.

On a dit tant de sottises sur l'avarice des Medici, et on les a si souvent brocardés, leur reprochant sempiternellement de sentir la banque et la boutique, que je dois à la vérité de dire que la réception du cardinal fut digne en tous points d'un grand prince de l'Église et qu'elle joignit au faste le goût le plus exquis. Bien que Grégoire XIII mangeât avec modération, et fût gourmet plutôt que gourmand, il s'attarda très volontiers à table, conversant non sans gaieté avec ses voisins et ses vis-à-vis. Après le repas, le cardinal di Medici, qui possédait lui aussi des joyaux de grand prix, désira les montrer au pape et le pape accepta cette offre avec joie, me disant avec un sourire enjoué : « Venez, Cherubi, vous me direz si vous les trouvez plus beaux que les miens. »

À la vérité, ni en quantité ni en qualité, les bijoux de Medici ne valaient ceux du pape, à l'exception d'une salière monumentale qui reproduisait celle que Benvenuto Cellini avait ciselée pour le roi de France François Ier. Deux figures nues, assises, la dominaient, l'une masculine, l'autre féminine, l'une représentant l'Océan, l'autre la Terre, et toutes deux avaient les jambes entrelacées, par allusion aux bras de mer qui pénètrent dans la Terre. Celle-ci, une femme d'une grâce et d'une beauté ravissantes, posait la main sur un petit temple fort bien ciselé destiné à recevoir le poivre ; tandis que l'Océan tenait dans sa main un bateau qui devait recevoir le sel.

Le pape ne pouvait se rassasier de contempler et de caresser de ses mains potelées ce magnifique objet. Finalement, il arriva ce que dès le début j'avais pressenti : le Saint-Père voulut acheter la salière au cardinal di Medici qui dut à ce moment se mordre les doigts de la lui avoir montrée, et dont le visage trahit un mortel embarras. La vendre lui semblait bien dur. Le refuser n'était pas sans danger, le pape étant si rancunier.

Mais on ne prend pas un Medici sans vert, et l'hésitation du cardinal fut brève.

– Vous la vendre, Très Saint-Père ! dit-il en élevant les deux mains, assurément pas ! Mais je me ferai un grand plaisir de vous l'offrir, pour peu que vous m'accordiez un peu de temps pour la faire dessiner sur toutes ses faces par un artiste, afin d'en conserver chez moi à tout le moins le souvenir.

Ayant dit, il replaça la salière dans sa vitrine, ferma celle-ci à clé et reconduisit le pape jusqu'à son palais avec d'infinis égards. En fait, il utilisait une astuce marchande : il gagnait du temps.

Une fois en plein air, la température nous surprit désagréablement. De gros nuages noirs cachaient le soleil et il faisait très frais. Je remarquai que le Saint-Père, une fois à cheval, frissonna, et qu'une fois parvenu dans la cour de Saint-Pierre, et ayant mis pied à terre, il frissonna derechef. Une forte fièvre se déclara et le Saint-Père s'alita, mais comme les remèdes du médecin du Vatican s'avéraient sans effet, on fit appel à Andrea da Milano, descendant de Giovanni da Milano, célèbre professeur de la non moins célèbre école de médecine de Salerne, avec laquelle nulle en Europe ne pouvait rivaliser, sinon l'École de Montpellier, la raison de leur primauté étant, d'après ce qu'on m'a dit, qu'elles avaient su accueillir la médecine juive et la médecine arabe, apportées toutes deux par les marranes, quand ils avaient été chassés d'Espagne.

Andrea da Milano examina le malade, prit son pouls et prononça des paroles rassurantes. Mais me voyant sans cesse au chevet du pape – celui-ci, qui avait toute sa tête, l'exigeant –, il me fit signe de le rejoindre dans l'antichambre, et seul avec moi, s'exprima sur un autre ton.

– Les deux poumons sont pris, Votre Eminence. Toutefois, Sa Sainteté est exceptionnellement robuste. Elle a un excellent cœur et elle peut vaincre la maladie.

Le jour suivant, l'état fut stationnaire, et Andrea da Milano, en tête à tête avec moi, se montra beaucoup moins confiant.

– Pour parler franc, Votre Eminence, le malade, pour illustre qu'il soit, me déçoit : il n'a aucun ressort. Il ne lutte pas. Il n'aide pas le médecin. Il aide la maladie.

Le lendemain, il fut plus franc encore et me dit :

– Il est temps de lui administrer l'extrême-onction.

Je fis alors appel à un des neveux du pape, le cardinal San Sisto, et celui-ci, versant d'abondantes larmes (ayant hérité sans doute ce don de son oncle), accourut aussitôt. Et comme le Saint-Père, à ce moment, somnolait, je pris sur moi de le quitter pour gagner mon palais où je me fis porter une légère collation, avant d'aller prendre l'air dans mon parc et de jeter un œil sur le petit bois que je venais de lui adjoindre. J'y rencontrai l'ancien propriétaire, Domenico Acquaviva, fort occupé à le débroussailler, et m'approchai de lui. Dès qu'il me vit, Acquaviva se précipita à mes pieds et baisa mon anneau.

– Bon travail, Acquaviva ! dis-je, et grand merci de ta gentillesse !

Il y eut un silence et Acquaviva dit :

– Votre Eminence, on répète partout que le Saint-Père est très malade. Tout espoir est-il perdu ?

– Hélas, mon fils ! dis-je en hochant la tête.

À ce moment un valet vint en courant jusqu'à moi pour me prévenir que le cardinal di Medici m'attendait dans mon palais. Je m'y rendis aussitôt, et je trouvai Medici dans ma grand-salle, marchant à grands pas, ou à tout le moins aussi grands que sa petite taille pouvait le lui permettre.

– Cherubi, dit-il d'une voix brève, oubliant pour une fois

ses manières courtoises, qu'en est-il du pape ? Je ne le vois plus depuis trois jours.

J'écartai les bras et les laissai retomber le long de mes flancs :

– San Sisto est en train de lui administrer l'extrême-onction.

– C'est bien triste ! dit Medici avec componction en baissant la tête.

Mais en même temps, un léger sourire flottait sur ses lèvres, lequel disparut, dès qu'il sentit mon œil sur lui. Il y eut alors entre nous deux un silence fait de notre mutuel et secret amusement. Medici avait gagné : il n'aurait plus à faire porter au Vatican sa précieuse salière.

CHAPITRE XII

Le R. P. Luigi Palestrino, théologien

C'est le 10 avril 1585 à trois heures de l'après-midi que Grégoire XIII exhala le dernier soupir. Expression que je préfère à «exhaler ou rendre l'âme» qui a le tort d'assimiler l'âme à un souffle, alors qu'elle n'a rien de matériel et qu'aucune image, ou métaphore tirée du monde terrestre, ne peut en rendre compte.

Je me méfie de la façon légère ou irréfléchie dont parle le vulgaire et je dois ici noter que je suis fort scandalisé quand j'entends dire ou même écrire que l'âme de l'enfant est créée par ses parents au moment de la conception. C'est là une pure hérésie : les fils d'Adam ne détiennent pas ce privilège. Il n'appartient qu'à Dieu. Le Seigneur, seul, a le pouvoir de créer une âme.

On ne peut débattre ni révoquer en doute ce point. Ce dont on peut débattre, en revanche, c'est de savoir à quel moment l'âme est insufflée dans l'être de l'enfant : au moment de sa conception ou au moment de sa naissance. Quel que soit le choix que l'on fasse là-dessus, il comporte des inconvénients. Car si l'on dit que l'enfant ne reçoit une âme qu'au moment de sa naissance, cela voudrait dire qu'il n'en a pas eu pendant les neuf premiers mois de sa vie utérine. Et d'autre part, s'il l'a reçue au moment de la conception, ne faudrait-il pas le baptiser, alors qu'il est encore dans le ventre de sa mère ? Car cette âme, que deviendra-t-elle, si la mère accouche avant terme et que son enfant soit mort-né ?

La raison pour laquelle nous autres, théologiens, nous argumentons perpétuellement entre nous, c'est d'une part, parce que nous nous attaquons aux points de notre Sainte Religion que la Révélation a laissés dans l'obscurité, et d'autre part, parce qu'il ne nous est pas possible d'étayer nos thèses respectives par des preuves contraignantes. Je ne donnerai qu'un seul exemple : depuis saint Thomas d'Aquin, nous discutons sur le point de savoir si l'on doit affirmer, ou nier, la présence de la matière chez les anges. Saint Thomas d'Aquin, comme on sait, la niait, mais malgré sa grandissime autorité, d'aucuns parmi nous sont très éloignés encore d'accepter ce point de vue.

Pour en revenir à Grégoire XIII (qui, je l'observe en passant, et sans aucune acrimonie, ne tenait pas les théologiens en odeur de sainteté, leur reprochant d'avoir émis sur ses precetti matrimoniaux des réserves que le Saint-Père, par dérision, appelait des «criailleries»), il mourut sans avoir pu recevoir l'extrême-onction des mains du cardinal San Sisto, ce qui ne laissa pas de nourrir en nous une très grande et très douloureuse angoisse sur le sort de son âme, le pape ne s'étant pas montré toujours très édifiant dans la conduite de sa vie, la direction de la Chrétienté ou le gouvernement de son État.

Je fus très surpris quand, dès le lendemain de la mort du pape, le prince Orsini m'envoya un carrosse anonyme avec un billet me priant de le venir voir à Montegiordano à la tombée de la nuit. Je croyais le prince à Bracciano. Et en effet, la veille, il y était encore. Mais ayant apparemment conservé au Vatican des intelligences proches du Saint-Père, il avait été averti de l'imminence d'une issue fatale et dans la nuit, il était revenu à Rome à bride abattue, ce qui ne se fit pas sans dol pour sa jambe blessée.

Je le remarquai au premier coup d'œil quand, en entrant dans la salle où il m'attendait, je le vis quasiment allongé sur un cancan, la jambe gauche étendue devant lui, ses deux mains placées en haut de la cuisse, comme pour contenir la douleur, et la lèvre inférieure quelque peu grimaçante. Mais cette vision ne dura qu'un éclair, car dès qu'il me vit, le prince se mit debout avec une promptitude militaire et, s'avançant rapidement vers moi, quoique avec une claudication marquée, il me salua et, me prenant les deux mains, me fit asseoir sur le cancan qu'il venait de quitter. Je fus touché par ses manières affables, surtout venant d'un homme qui avait tant de raisons de souffrir, et dans son corps, et dans ses affections.

– Eh bien, mon père, dit-il de but en blanc, vous m'avez dit dans notre dernier entretien qu'il me serait possible, dans l'intervalle qui s'écoulerait entre la mort de Grégoire XIII et l'élection du nouveau pape, de tirer avantage pour mon affaire de cet *interregnum*. Qu'en est-il de ce recours maintenant que nous y sommes ?

– Monseigneur, dis-je, plaise à vous, de manière générale, de ne pas me poser de questions. Et en particulier celle-ci : elle est inutile, puisque je sais pertinemment pourquoi je suis ici.

À cela, loin de se fâcher, il se contenta de sourire et je compris pourquoi cet homme était tant aimé des femmes : il y avait quelque chose en lui de si chaleureux. Je ne sais pourquoi, j'éprouvai pour lui à cet instant un moment de compassion. Un si grand prince, un prince, j'oserais dire, si exemplaire en notre temps : courageux, intelligent, instruit, ami fervent des arts, et quant au physique, si grand, si large, si athlétique… Tant de belle chair d'homme – si précaire et si englué dans ce monde qui passe.

– Monseigneur, repris-je, un *interregnum* est un état de la société très passager, mais qui laisse une grande liberté à ceux qui, comme vous, ont un tort à redresser. Car à l'heure actuelle, l'État pontifical est sans chef, et la Chrétienté sans guide.

– Dois-je en conclure, dit-il, oubliant aussitôt dans le feu de la passion son objurgation liminaire, que je puis profiter de cet *interregnum* pour proclamer que mon mariage est valable ?

– Monseigneur, ce serait folie ! Vous ne pouvez à ce point mépriser un *precetto* du défunt pape sans vous attirer l'ire de son successeur. Il faut y mettre plus de formes. Par exemple, réunir des théologiens et les consulter. Et si leur consultation vous est favorable, alors, et alors seulement, vous pourrez vous remarier.

– Me remarier ? dit-il en ouvrant de grands yeux, mais je suis marié !

– Monseigneur, pardonnez-moi, mais vous ne l'êtes pas.

Vous ne l'êtes plus aux yeux de l'Église. Et sachez-le, il n'est pas au monde un théologien qui puisse annuler un precetto pontifical. Ce qu'il pourra faire, c'est vous dire qu'à son avis, vous pouvez vous remarier.

— Mais, dit-il, qui me garantit que le pape qui sera élu ne prendra pas à son tour un precetto pour annuler mon remariage ?

— Mais rien, Monseigneur, absolument rien ! C'est un risque que vous devez courir !

— Mon Dieu, dit-il à mi-voix en portant les deux mains à sa tête, quelle tyrannie !

À cela, je ne répondis rien pour la raison que je n'étais pas loin de partager, dans le cas présent, son opinion. Mais mon sentiment ne changeait rien au principe auquel j'adhérais : *dura lex, sed lex* [1]. Je tiens que les avantages que la Chrétienté retire de l'omnipotence du pape sont plus grands que les inconvénients qui résultent de ses abus.

— Monseigneur, dis-je, si vous suivez mes avis, voici une liste de sept théologiens choisis parmi les plus respectés. Réunissez-les ici même, et laissez-les délibérer.

— Mon père, dit-il en jetant un œil sur ma liste, pourquoi sept ?

— Pour qu'il puisse y avoir une majorité, fût-ce d'une seule voix, car nous voterons, et à bulletin secret.

— Pourquoi à bulletin secret ?

— Pour ne pas attirer sur tel ou tel le ressentiment du nouveau pape, s'il ne partage pas notre avis.

— Est-il possible de réunir ces pères dès demain ? reprit-il anxieusement.

— Je vais m'y employer, mais auparavant, Monseigneur, j'aimerais avoir une entrevue, en tête à tête, avec la signora votre épouse. Et je vous en prie, ne me posez pas de questions à ce sujet : je ne vous répondrai pas. Il vous sera loisible d'interroger après coup la signora sur la teneur de cet entretien.

Sur sa physionomie franche et ouverte, je lus qu'il était heureux que j'eusse appelé Vittoria Accoramboni son épouse,

---

1. C'est une dure loi, mais c'est la loi.

alors même qu'il devait bien se douter que je m'étais exprimé ainsi par pure courtoisie.

– Je vais l'appeler, dit-il d'un ton vif, et vous laisserai seuls.

Je me levai pour le saluer. Il vint à moi de son pas allongé et claudicant et, comme il avait fait précédemment, il me prit les deux mains dans les siennes, où j'eus l'impression, tant elles étaient larges, que les miennes disparaissaient. Il me regarda un instant en silence avec un air d'amitié et de gratitude. Ma tête arrivait à peu près au niveau de sa poitrine. Quelle montagne d'homme c'était ! Quels larges os ! Quels énormes muscles ! Et sans doute, à l'intérieur de ce corps gigantesque, quels robustes organes ! Quand l'heure de sa mort sonnera, il aura bien du mal à laisser derrière lui tant de chair, alors que moi, c'est déjà presque fait ! Au peu de matière qu'il y a en moi, saint Thomas d'Aquin m'aurait pris pour un ange… Pardonnez-moi cette petite plaisanterie. Il faut bien par moments égayer le temps qui passe, la vie n'étant qu'une longue attente de la mort.

Je me rassieds et j'attends assez longtemps la signora, ce qui ne m'étonne pas, les dames ayant la réputation de n'être jamais prêtes. Je ne sais d'ailleurs si cette réputation est justifiée : je les connais à peine. Ma mère est morte en me donnant le jour, et le reste de ma famille a disparu peu après dans un tremblement de terre. J'ai été élevé par des religieuses muettes, si bien que je n'aurais même pas appris à parler sans le vieux jardinier du couvent avec qui je logeais et qui devint mon mentor.

C'est au début de ma vingtième année que, sortant de Rome pour la première fois, je vis de vraies femmes. Cette vue me plongea dans la stupeur, et je crus d'abord qu'elles appartenaient à une autre espèce que mes religieuses. D'abord parce que celles-ci dégageaient une odeur fade alors qu'autour des femmes que je voyais dans la rue, flottait un parfum très particulier dont je ne sus dire s'il me plaisait ou non. Ensuite, leurs yeux étaient vifs, animés, luisants, tournés sans cesse sur tous les objets de la rue. Et enfin, elles parlaient d'une voix haute et claire qui sonnait à mes oreilles comme une musique. Toutefois, loin que ces découvertes me fissent plaisir, elles m'effrayaient, et peu après, je reçus un choc plus terrifiant encore : une de ces femmes dans la rue, probablement par hasard, me regarda. Mes religieuses vivaient les paupières baissées et leurs yeux n'avaient jamais croisé les miens : ce qui explique que les yeux des vraies femmes me parurent très brillants et très dangereux. On aurait dit qu'au bout de leur regard, il y avait de petites pinces qui vous saisissaient et vous retournaient en tous sens pour vous inspecter. Quand cette passante m'envisagea, si fortuit et si rapide que fût son coup d'œil, je tremblai de la tête aux pieds et depuis ce moment, les femmes me font peur.

Ce sentiment probablement absurde explique l'impression de malaise que j'éprouve en attendant la signora, si convaincu que je sois que cet entretien est nécessaire à sa cause et à celle du prince. J'ai les lèvres sèches, la gorge serrée et, m'apercevant que mes mains tremblent, je les cache dans mes vastes manches. Je crains surtout qu'elle ne s'aperçoive dans quelle panique elle me jette, moi un homme assez vieux pour être son père.

Elle entre enfin, je me lève aussitôt, elle me fait un signe des plus gracieux et dit d'une voix basse et douce :

– Mon père, on me dit que vous désirez m'interroger. Je suis à votre disposition.

Elle a une tête de plus que moi, et elle me regarde de ses grands yeux bleus dont la lumière me paraît si insoutenable que je baisse les miens aussitôt. Toutefois, je ne les baisse pas tant que je ne puisse la voir. Elle me paraît très élégamment habillée, encore que je sois bien incapable de dire les noms des vêtements qu'elle porte. J'observe toutefois qu'au lieu d'emprisonner et d'aplatir son corps, comme le faisaient les habits de mes religieuses, ils en respectent la conformation et même tâchent, à ce qu'il me paraît, de la mettre en valeur. Ses cheveux blonds et bouclés sont d'une longueur si démesurée qu'ils touchent ses talons et traînent derrière son dos au gré de ses mouvements. Son visage me semble modelé dans des proportions très heureuses, la peau bien tendue sur les os, le teint blanc et rose, le nez droit, la bouche un peu large, mais les lèvres bien dessinées, les dents blanches, brillantes et régulières.

— Mon père, reprend-elle, comme étonnée de mon silence, je suis à votre disposition.

Sa voix a un peu tremblé en disant cela, ce qui me fait penser qu'en dépit de sa maîtrise, elle redoute cet entretien tout autant que moi. Il se passe alors quelque chose de curieux : sa peur dissipe en grande partie la mienne.

— C'est qu'il y a une difficulté, signora, dis-je retrouvant ma voix, je désire vous entretenir en tête à tête, mais je voudrais en même temps conserver une trace écrite de mes questions et de vos réponses.

— Si difficulté il y a, dit-elle vivement et avec un sourire des plus enjoués, il me semble que je peux la résoudre très facilement. Je vais m'asseoir, là, devant cette écritoire, et je serai à la fois votre témoin et votre greffier. Vous aurez donc mon témoignage écrit, mon père et, qui plus est, mon écriture.

Elle a mis dans sa réponse beaucoup de finesse et de bonne grâce. Je fais signe que j'accepte sa proposition et elle s'installe sur une escabelle devant une écritoire : ce qui prend un certain temps, car avant de s'asseoir elle rassemble en gerbe sa chevelure absalonienne, et en même temps qu'elle prend place, elle la ramène sur ses genoux, probablement pour soulager sa nuque et éviter qu'elle soit tirée en arrière par le poids de sa toison. Je la regarde faire et je me demande quelle peut être pour un théologien la signification de la beauté féminine. D'aucuns y voient la main du diable : c'est une thèse insoutenable. Le démon ne peut intervenir que dans le mauvais usage des choses. Or, en soi, à n'en pas douter, la beauté est un don de Dieu. Mais un don de Dieu pour quoi faire, puisque la finalité de la femme est la procréation ? Toutes femmes procréent, belles ou laides, et la nécessité de rassembler tant d'excellences dans une seule créature ne m'apparaît pas d'une façon claire. Si la théologie consiste à comprendre la foi, il faut bien avouer qu'en dehors du cercle lumineux de la Révélation, tout est ténèbres, même un détail en soi insignifiant comme celui-là. Pourtant, j'en suis persuadé : pas une feuille ne tombe d'un arbre que la Providence ne l'ait voulu.

— Signora, dis-je, la première question est celle-ci : est-ce de votre plein gré, et de par votre volonté propre, sans que se soit exercé sur vous une pression extérieure, une menace ou un chantage, que vous avez épousé le prince Orsini ?

– Assurément, c'est de mon plein gré.

– Voulez-vous l'écrire, signora ?

– Dans les termes de la question ?

– Oui.

La signora écrit et je reste silencieux jusqu'à ce qu'elle lève la plume du papier.

– Signora, pourquoi avez-vous épousé le prince Orsini ?

– Parce que je l'aimais et voulais être sa femme.

– Combien de fois avez-vous rencontré le prince Orsini avant d'être incarcérée au château Sant'Angelo ?

– Une fois, chez mon oncle, Son Eminence le cardinal Montalto.

– Avez-vous eu une communication quelconque avec lui, soit orale, soit écrite, après cette rencontre ?

– Le prince m'a écrit, mais je ne lui ai pas répondu. Mon père, faut-il écrire tout ceci ?

– Les réponses seulement, sautez les questions.

Ce qu'elle fait.

– Signora, à votre avis, pourquoi Grégoire XIII vous a-t-il enfermée au château Sant'Angelo ?

– Parce qu'il pensait que le prince Orsini avait fait assassiner mon mari et que j'étais sa complice.

– Et c'était vrai ?

– C'était faux ! dit-elle avec feu. Et non seulement c'était faux, mais c'était formellement contredit par le rapport du Bargello. Et Della Pace me l'a lui-même répété au moment où il est venu m'arrêter.

– Signora, écrivez, je vous prie.

Elle écrit, faisant rageusement grincer la plume sur le papier. Il est manifeste qu'elle ne s'attendait pas de ma part à ce genre de question et qu'elle y trouve motif à s'indigner.

Je dis dès qu'elle a fini :

– Signora, est-il nécessaire de vous dire que j'en crois votre parole ? Serais-je ici si je vous tenais pour coupable ?

– Merci, mon père, dit-elle avec émotion.

– Poursuivons. Quand vous avez rencontré le prince Orsini

chez votre oncle, Son Eminence le cardinal Montalto, lui avez-vous parlé ?

– Non.

– Combien de temps l'avez-vous vu ?

– Environ cinq minutes.

– Et cela a suffi pour que vous l'aimiez ?

– Oui.

Elle ajoute aussitôt d'un ton quelque peu belliqueux :

– Cela vous paraît invraisemblable ?

– Je ne sais, dis-je sèchement. Je n'ai aucune expérience des passions humaines, même par ouï-dire. Je suis un théologien, je ne suis pas un confesseur.

Elle me regarde d'un air contrit, comme si elle regrettait le ton sur lequel elle m'a parlé. Je lui dis avec douceur :

– Ecrivez, je vous prie, signora.

Je reprends au bout d'un moment :

– À supposer que Grégoire XIII ne vous ait pas enfermée au château Sant'Angelo, auriez-vous épousé le prince Orsini ?

– Je ne crois pas. J'aurais craint que l'on me crût coupable.

– Comment expliquez-vous, alors, que vous l'ayez épousé, une fois qu'il vous eut arrachée au château Sant'Angelo ?

– Le mal était fait. Du fait de mon incarcération, plus personne ne me croyait innocente.

– Écrivez, je vous prie.

Quand elle a terminé, je reprends :

– Signora, vous savez, bien sûr, que du fait du precetto de Grégoire XIII, vous n'êtes plus à l'heure actuelle mariée avec le prince Orsini.

– Je le sais et c'est inique ! s'écrie-t-elle avec passion.

– Signora, je vous prie, par respect pour le Saint-Siège, retirez ce commentaire. Sans cela, vous allez être obligée de l'écrire noir sur blanc, et cela fera très mauvais effet sur les théologiens.

– Je le retire.

– Voici ma dernière question : si vous aviez la possibilité dans un avenir proche de vous remarier avec le prince Orsini, le feriez-vous ?

– De tout cœur, oui !

– Exprimez-vous là une volonté réfléchie et inébranlable ?

– Assurément !

– Écrivez, je vous prie.

[Quand elle a fini, je lui demande de dater et de signer. Bien que cet entretien ait été pour moi, du fait de mon existence très retirée du monde, une sorte d'épreuve (mais beaucoup moins pénible que je n'aurais cru), je suis content de la signora. Elle a répondu à mes questions avec clarté, fermeté, logique et, j'espère, avec franchise. Le seul point qui me chiffonne un peu, c'est qu'elle soit tombée amoureuse du prince après l'avoir vu cinq minutes. Si les femmes sont capables en si peu de temps de se forger une chaîne qui dure ensuite toute une vie, à mon sens, elles sont grandement à plaindre.]

La signora se lève, me tend le témoignage qu'elle vient de rédiger et prend congé de moi de la façon la plus gracieuse. Si l'on met à part sa beauté dont la finalité, du point de vue théologique, me paraît poser un problème insoluble, elle m'apparaît comme un être humain tout à fait estimable. Profitant de ce que je suis seul, je me recueille et adresse au ciel une petite prière pour qu'elle retrouve, avec le compagnon qu'elle s'est choisi, sa tranquillité d'âme.

Quand le prince revient me trouver, je lui tends sans un mot le témoignage de la signora. Il le lit d'une traite, non sans marquer quelque étonnement.

– Mon père, une question encore, et peut-être pas la dernière. Pourquoi tant insister sur le fait que la signora m'a épousé de son plein gré, et le cas échéant, se remariera de plein gré avec moi ?

– Monseigneur, je vous l'ai dit déjà : c'est la volonté des deux époux de se donner l'un à l'autre qui fonde le sacrement du mariage aux yeux de l'Église. Par ce témoignage de la signora, j'ai surtout visé à établir la solidité et l'authenticité du lien que le precetto a défait.

– J'entends bien, mais dans ce cas, pourquoi ne me soumettez-vous pas, moi aussi, au même questionnaire ?

À quoi, je ne peux m'empêcher de sourire, tant la question me paraît naïve.

– Monseigneur, votre volonté d'épouser la signora n'a plus à être démontrée. Elle est manifeste et publique. Vous avez provoqué une insurrection pour délivrer la signora de sa geôle, et que faites-vous en ce moment sinon remuer ciel et terre pour demeurer son époux ?

Plus tard, quand le carrosse anonyme me ramène au bercail, je réfléchis à l'expression que je viens d'employer avec le prince : « remuer ciel et terre ». Elle me paraît singulièrement inappropriée. Car s'il est vrai qu'on peut « remuer » la terre, les hommes étant faits d'une étoffe si changeante, on ne peut assurément pas « remuer » le ciel, dont les décrets sont immuables et éternels.

Son Eminence le cardinal Cherubi

Dès la minute où Grégoire XIII mourut, les remuements commencèrent, de si grands intérêts étant mis en jeu par sa succession, tant personnels que nationaux. Pour moi, n'ayant jamais été *papabile*, en raison de ma réputation de gaffeur, et n'ayant d'autre ambition que de devenir un jour le Patriarche de Venise, je regardai manœuvres et intrigues d'un œil désintéressé, attentif seulement à ne donner ma voix et mon appui qu'à un cardinal qui, devenu pape, ne serait pas hostile à mes projets.

Personne au Vatican n'aurait été assez naïf pour croire que les princes de ce monde n'essayeraient pas d'agir sur cette élection, et en particulier le plus puissant de tous, Philippe II, dont les possessions comprenaient l'Autriche, les Pays-Bas, l'Espagne, le Portugal et, dans l'Italie même, le Milanais, le royaume de Naples et la Sicile, sans compter l'immense Empire dont il tirait dans les Amériques le nerf de ses guerres et de son influence : l'or.

Aussi bien, son ambassadeur, le comte d'Olivarès, prit soin, avant que les portes fussent verrouillées sur le conclave, de visiter chacun des cardinaux présents à Rome et de faire pression sur eux pour que fût élu un pape qui épousât les intérêts espagnols. Il me vint voir aussi dans mon palais romain et s'attarda d'autant plus chez moi qu'il m'attribuait sur le conclave une importance que je n'avais pas. Non qu'il fût sot, mais il manquait de finesse. Et jamais l'arrogance que le monde entier reproche communément aux Ibériques ne fut plus marquée que chez lui. Hautain et sourcilleux, Olivarès parlait aux prélats sur le ton de quelqu'un qui donne des instructions. La moindre contradiction le fâchait, et s'il n'était pas chiche en promesses, il n'hésitait pas à recourir aux menaces, en les voilant à peine. Mon opinion, après cet entretien, fut qu'il en faisait trop, et qu'il nuisait à la cause de son maître plus qu'il ne la servait.

Quant au roi de France, Henri III, à qui les ligueurs, entièrement gagnés à Philippe II, menaient la vie dure, lui disputant même le pouvoir dans son propre royaume, il avait peu de moyens d'agir sur le conclave. Mais chez ceux que la domination de Philippe II effrayait, il bénéficiait toutefois de quelques sympathies, notamment chez le cardinal d'Este, dont les liens de famille avec le roi de France étaient connus. Et d'Este, appartenant à une famille princière, très puissante en Italie – possédant le duché de Ferrare, Modène, Reggio et Rovigo –, n'était pas sans influence parmi nous.

Nous entrâmes au conclave le 21 avril après la messe et passâmes la journée à prendre possession de nos cellules et à nous rendre visite les uns aux autres, visites courtoises où chacun, tâtant le terrain de ses longues antennes, tâchait d'évaluer les chances des candidats les mieux placés et, selon les cas, les siennes propres.

Nous trouvions piquant d'abandonner nos beaux palais pour entrer en clôture, chacun dans une modeste cellule. Cela, pour ainsi dire, nous rajeunissait : sensation que nous pouvions goûter avec d'autant plus de plaisir que notre juvénile inconfort n'était pas appelé à durer. En ce début du conclave, si important qu'il fût pour la Chrétienté, pour l'État et pour nous-mêmes, il régnait parmi nous, en même temps qu'une excitation contenue, une atmosphère conventuelle qui n'allait pas sans quelque innocente gaieté.

S'y laisser prendre eût été bien tentant, si l'on n'avait pas été sur ses gardes. Mais les paroles les plus aimables et les regards les plus amicaux pouvaient cacher quelque calcul. Moi-même, gaffeur invétéré, dont les gaffes, parce qu'elles amusaient, étaient accueillies par mes pairs avec un certain degré d'indulgence, je sentais l'obligation de me contraindre, et de ne garder de ma franchise que les apparences.

À part moi-même, aucun prélat dans le conclave n'élevait la voix au-delà d'un murmure. Les toquements sur les portes des cellules restaient discrets. Quand les robes pourpres se croisaient dans l'étroite galerie qui séparait les cellules, elles ne produisaient d'autre bruit qu'un froissement suave. Les pas ne résonnaient point. Les gestes étaient lents et feutrés. Les paupières, souvent baissées. Malgré l'épaisseur des murs, les conversations dans les cellules étaient chuchotées. Et dans ces entretiens, la litote était de mise. Les sourires, les haussements de sourcils et les regards en disaient plus que les paroles et parfois les contredisaient. Personne ne disait du mal de personne, sauf par réticence et par prétérition. Et aux offices, matin et soir, le silence, le recueillement et la piété des prélats eussent édifié les plus sceptiques.

Le deuxième jour, le conclave entra dans son premier feu et les espérances de tous les cardinaux qui prétendaient à la papauté commencèrent à bouillonner. Or, presque tous y pouvaient prétendre, même les plus effacés, car il était arrivé qu'on élît un cardinal obscur, à seule fin de faire échec à un prélat plein de talents, mais que ses talents mêmes rendaient redoutable.

À mon sentiment, d'entrée de jeu et à vue de nez, c'était le cardinal Alessandro Farnese qui avait le plus de chances. Il appartenait à la célèbre famille princière qui régnait sur le duché de Parme et de Plaisance. Intelligent et capable, c'était aussi un humaniste, un mécène, un ami des arts et surtout peut-être, son neveu et homonyme, Alessandro Farnese, à demi autrichien par sa mère, avait été nommé par Philippe II d'Espagne gouverneur des Pays-Bas et s'y était illustré en rétablissant la paix. Les mérites du neveu s'additionnaient donc à ceux de l'oncle, et la faveur de Philippe II, tout acquise à l'un comme à l'autre, achevait de donner poids et lustre à une candidature que l'intéressé n'avait pas déclarée, mais que sa position sur l'échiquier du conclave rendait inévitable.

On fut donc fort surpris quand le deuxième jour du conclave, le cardinal Altemps et le cardinal di Medici poussèrent en avant le cardinal Sirleto, lequel, étant napolitain, se trouvait être un sujet de Philippe II et partant, gagné à sa cause.

Les mobiles des deux parrains étaient fort différents :

Altemps soutenait Sirleto parce qu'il était proespagnol et qu'il désirait sa victoire. Medici le soutenait parce que, étant peu proespagnol, mais désirant le paraître, il voulait surtout faire échec à la candidature de Farnese qui lui paraissait beaucoup plus à craindre que Sirleto. De celui-ci, en outre, il pouvait espérer quelque reconnaissance, Medici avait été secrétaire d'État de Pie IV et de Grégoire XIII. Et pourquoi pas aussi de Sirleto, si Sirleto devenait pape [1] ?

Cette candidature suscita aussitôt une opposition très forte, bien que composite. Nombre de cardinaux ne voulaient pas de Sirleto, justement parce qu'ils craignaient que Medici, sous son règne, redevînt pour la troisième fois secrétaire d'État. Le cardinal d'Este et le cardinal Farnese lui étaient également hostiles, mais pas pour les mêmes raisons. Le premier, parce que, ayant à cœur les intérêts de la France, il redoutait pour elle un pape qui serait un sujet du roi d'Espagne. Le second, Farnese, parce qu'il aspirait lui-même à la tiare. On se compta et Sirleto fut écarté.

C'est à ce moment que se produisirent deux événements qui contenaient l'un et l'autre un élément de comédie. L'un qui se passa dans le conclave parut d'abord fort important et n'eut en fait que peu d'effet sur le scrutin. Le second qui se passa hors conclave et, qui pis est, dans la rue, ruina les chances du candidat le plus brillant.

Ce jour-là, qui était le lundi de Pâques, un peu avant midi, des coups redoublés furent frappés à la porte triplement ver-rouillée du conclave : c'était le cardinal Andrea qui venait d'arriver à Rome et qui demandait l'entrée. Chez nombre de prélats, ce fut la consternation. Car Andrea n'était pas seu-lement cardinal : il était archiduc d'Autriche. Ce qui expli-quait la présence à ses côtés de l'ambassadeur d'Espagne. C'est lui qui avait frappé sur la porte ces coups impérieux qui avaient fait sursauter les cardinaux : On s'en aperçut dès lors qu'on ouvrit le judas pour parlementer. À vrai dire, nous étions tous passablement effarés. Admettre l'archiduc autrichien dans nos murs, c'était quasiment recevoir Philippe II parmi nous au moment du scrutin. Mais comment lui refuser l'entrée puisque

1. Medici dément plus loin l'ambition que Cherubi lui prête ici.

Grégoire XIII avait eu la faiblesse de le nommer cardinal ?

Medici recourut alors avec notre accord chuchoté à la méthode qui lui avait si bien réussi pour sa précieuse salière : il gagna du temps.

– Plaise à vous, Votre Eminence, de différer votre entrée, car les conclavistes vont se mettre à table pour le repas du matin, et si vous étiez présenté sur-le-champ, il faudrait deux bonnes heures pour vous lire les bulles qui vous intronisent comme électeur, ce qui serait à grand dommage pour ceux d'entre nous qui ont appétit à reprendre des forces.

Quoique bien dit, ce fut mal pris de l'autre côté du judas.

– Son Eminence le cardinal-archiduc, dit Olivarès d'une voix rogue, ne peut en aucun cas faire le pied de grue devant une porte verrouillée pendant que ses pairs se remplissent la panse – ce qui sans doute est leur droit. Mais s'ils élisent un pape en mangeant, cela léserait grandement les droits du cardinal-archiduc. Je déclare donc que si l'entrée n'est pas sur l'heure et à l'instant accordée au cardinal-archiduc, le roi mon maître considérera comme nul et non avenu tout scrutin auquel le cardinal-archiduc n'aura pas pris part.

Nous fûmes béants devant cette menace inouïe : Philippe II, par la bouche de son arrogant ambassadeur, remettait par avance en question la souveraineté du conclave ! Nous étions tous si frappés de stupeur – je dis bien tous, même les plus espagnolisés d'entre nous – que nous ne sûmes d'abord que dire ni que faire.

Une fois de plus, Medici sauva la mise : il s'approcha du judas et dit :

– Plaise à Votre Eminence de patienter quelques minutes. Nous allons nous concerter entre nous.

Et d'un geste ferme, il referma le judas. Medici, quoique fort ménager de la puissance espagnole, la redoutait, comme la redoutaient son frère, le grand-duc de Toscane, la Sérénissime République de Venise et le frère du cardinal d'Este, le duc de Ferrare. Ces principautés, glorieuses, prospères, mais petites, craignaient de subir le sort du Milanais et du royaume de Naples et de tomber dans les mains de Philippe II, la voracité territoriale de ce prince n'ayant d'égale que l'immensité de son Empire.

Quelqu'un se souvint alors que l'archiduc d'Autriche n'était que cardinal-diacre et n'avait pas reçu les ordres, la pourpre cardinalice ne lui ayant été conférée que par courtoisie. Or, selon une bulle de Pie IV, il fallait avoir été ordonné prêtre pour entrer au conclave et prendre part au vote. Le conclave eut alors un mouvement de joie, suivi aussitôt par un mouvement de recul. Qui d'entre nous allait avoir l'audace d'attacher ce grelot au cou du tigre Olivarès, lequel, au même moment, s'impatientait, toquant à la porte du conclave d'une main dont le fer n'avait jamais épousé le velours ?

Medici se récusa, arguant qu'il avait déjà taquiné par deux fois les griffes d'Olivarès. On me pressentit ensuite. On insinua même, en termes polis, qu'une gaffe de plus, de ma part, ne tirerait pas à conséquence. Je refusai fermement. Finalement, après un hâtif tour de table, qui n'aboutit qu'à une retraite hâtive de tous les présents, le cardinal d'Este se dévoua, et c'est à peine si on lui en fut reconnaissant. Le monde entier savait qu'il était profrançais : il n'avait donc plus rien à perdre du côté espagnol.

Le cardinal d'Este ressentit fort bien cette ingrate réticence, mais n'en eut cure, et marchant fermement vers la porte verrouillée, ouvrit le judas et dit :

– Votre Eminence, le conclave s'excuse de ne pouvoir vous accorder l'entrée : d'après la bulle *In Eligendis* de 1563, on ne peut participer au conclave sans avoir reçu les ordres.

Une fois de plus, Olivarès parla en lieu et place du cardinal-archiduc et fort sèchement.

– Nous avons prévu cette objection. Voici un document qui l'anéantit. C'est une bulle de Grégoire XIII qui dispense le cardinal-archiduc de recevoir les ordres et lui donne néanmoins le droit de vote dans le conclave. Lisez-la.

Olivarès nous passa la bulle par le judas et le cardinal d'Este, la saisissant et la déroulant, la lut, d'aucuns se pressant derrière son épaule pour lire avec lui ce scandaleux document.

– Eh bien, qu'en pensez-vous, Medici ? dit d'Este avec aigreur. C'est bien la signature de Grégoire XIII ? Et c'est bien vous qui avez dû rédiger cette bulle, puisque vous étiez son secrétaire d'État ?

– Je n'en ai gardé aucun souvenir, dit Medici.

Impudence qui lui valut quelques regards qui n'étaient pas trop aimables, mais qui ne parurent pas le toucher beaucoup. Car redressant sa petite taille, il marcha vers la porte, et de sa propre main la déverrouilla.

Le cardinal-archiduc entra, et aussitôt que la porte fut reverrouillée sur lui, nous l'entourâmes dans une grande envolée de robes pour l'accueillir et faire assaut à son égard de civilités infinies. En même temps, on le considéra avec curiosité, car il n'était venu à Rome qu'une fois et n'y avait séjourné que le temps nécessaire pour recevoir de la main du pape la pourpre cardinalice. C'était un grand et gros homme aux yeux bleu délavé qui portait sur son visage un air poli et indifférent. Il accueillit nos compliments italiens avec bonne grâce, mais sans avoir l'air de les comprendre. On lui parla alors en latin. Il ne comprit pas davantage. Il est vrai qu'il n'était pas prêtre. On essaya le français et l'espagnol, sans plus de succès. Et d'ailleurs, il ne connaissait aucun d'entre nous et ignorait tout de nos clans, de nos factions, des grands et petits intérêts qui étaient en jeu, et bien sûr aussi, de nos intrigues. Ceux de nous qui parlaient allemand essayèrent de l'enrôler dans leurs camps respectifs. Il les écouta avec politesse, mais sans prendre le moindre intérêt à ce qu'ils disaient. D'ailleurs, il s'ennuyait beaucoup, même à la messe. Au cours de nos débats, il n'ouvrait jamais la bouche, sauf pour bâiller derrière son gant.

Chose véritablement étrange, si l'arrivée du cardinal-archiduc dans le conclave eut peu d'influence directe sur les votes, elle provoqua, hors conclave, un incident qui en eut beaucoup. Car l'esclandre que fit le comte d'Olivarès à la porte verrouillée ne laissa pas d'être connu et dès lors, le peuple de Rome, prenant ses désirs pour des réalités, en conclut que le parti espagnol allait triompher et que le cardinal Farnese ne tarderait pas à être élu, s'il ne l'était déjà. La liesse fut grande et on se rua sur le palais Farnese pour le mettre à sac. Le peuple adorait le cardinal et n'agissait pas ainsi par haine, mais en vertu d'un usage – je n'oserais dire d'une tradition – qui voulait qu'un cardinal, accédant à la tiare, accédait par là même à de telles richesses qu'il pouvait bien faire cadeau au populaire de ses biens personnels.

Nous fûmes scandalisés au-delà de toute expression que les Romains eussent osé anticiper sur notre décision et, plus encore peut-être, que Farnese fût auprès d'eux si populaire. Car cela voulait dire que le cardinal, si nous ne le faisions pape, s'appuierait d'une part sur la puissance espagnole, et de l'autre sur la faveur populaire et pourrait faire bon marché de notre opposition. On dépêcha des gardes pour empêcher son magnifique palais d'être pillé, et aussitôt, on procéda au vote. Farnese ne recueillit qu'une dizaine de voix. Il sauva ses biens, mais il perdit la tiare.

Le cardinal di San Sisto qui avait une grande influence sur les cardinaux romains, parce qu'ils avaient été presque tous promus à la pourpre sur sa recommandation par son oncle Grégoire XIII, avança la candidature du cardinal romain Castagna. Pour succéder à Grégoire XIII la plupart des conclavistes désiraient un pape vertueux, et Castagna l'était. Mais il ne brillait pas par la force de son caractère et on craignit que San Sisto, derrière son trône, tirât les ficelles. Il fut repoussé.

D'aucuns mirent alors en avant le Grand Inquisiteur : le cardinal Savello. C'était un Romain et dès que son nom fut avancé, il dressa contre lui tous les cardinaux romains. Ils étaient bien placés pour savoir que Savello était un homme implacable qui voyait le diable partout, soupçonnait même son ombre, et ne rêvait que bûchers et autodafés. Même ses pairs ne se sentaient pas à l'abri de ses inquisitions. Sa candidature n'eut même pas le temps d'éclore. Elle fut détruite dans l'œuf par l'hostilité générale.

Farnese proposa alors Santa Severina dont il pensait qu'il lui serait soumis, étant si jeune : mais sa jeunesse même devint un argument précieux dans la bouche de ceux qui ne voulaient pas sur le trône d'un protégé de Farnese. « Quoi ? dirent-ils, quarante ans à peine ? Allons-nous élire un *putto-papa* [1] ? » La terreur avait fait écarter la candidature du Grand Inquisiteur. Le ridicule tua celle de Santa Severina.

---

1. Un pape-enfant. Plus précisément, *il putto* est un de ces petits amours nus, ou angelots, qui sont représentés si souvent dans la peinture de l'époque.

Cependant, il y avait déjà trois longs jours que nous étions en clôture. Le désir d'aboutir grandissait chez tous. Nous commencions à nous fatiguer de tous ces remuements, au moins autant que de notre confort spartiate. Farnese, qui avait fort mal digéré son échec, sentit cette lassitude et décida de frapper un grand coup. Il proposa la candidature du cardinal espagnol Torrès dont l'arrivée à Rome était annoncée pour le jour suivant.

J'étais dans ma cellule en train de digérer cette stupéfiante nouvelle quand Medici frappa à ma porte. Je le fis entrer. Il était pâle et de grosses gouttes de sueur ruisselaient sur son front.

– Cherubi, me dit-il de but en blanc, et sans aucune des précautions diplomatiques dont il entourait d'ordinaire son discours, que pensez-vous de la candidature Torrès ?

– J'en suis effaré ! Un pape espagnol sur le trône de saint Pierre ! Et pourquoi pas, pendant qu'on y est, Olivarès lui-même ! D'ailleurs, c'est tout comme ! Si Torrès est élu, Olivarès et Farnese gouverneront à sa place. Ils seront nos maîtres ! Et le chef de la Chrétienté ne sera plus que le chapelain du roi d'Espagne ! Quelle honte !

Je me tus, le premier étonné de cette brusque explosion de franchise. Mais le moment n'était plus à la feinte. Medici, tout machiavélique qu'il fût, le comprit aussi.

– Puisque vous êtes dans ce sentiment, Cherubi, dit-il d'une voix haletante, venez me voir dans dix minutes dans ma cellule. Vous y trouverez des gens qui pensent comme vous.

Geste fort inhabituel chez lui, avant de me quitter, il me serra la main. Elle était moite. Le malheureux était terrifié et il y avait assurément de quoi. Comment un pape espagnol pourrait-il défendre le grand-duché de Toscane contre la voracité de Philippe II ?

Dans la cellule de Medici, les dix minutes écoulées, je trouvai Alessandrino, Santa Severina, Rusticucci et d'Este, tous les quatre très tendus.

– Farnese, dit Medici, est en train de nouer une intrigue très habile. Il compte tirer avantage de l'usage qui veut que lorsqu'un cardinal est introduit dans le conclave, nous accourons tous à lui pour le saluer. À l'arrivée de Torrès, Farnese espère avoir rameuté assez de cardinaux en sa faveur pour l'élire par acclamations, en profitant de la confusion, et de l'impossibilité de compter, dans le chaud du moment, qui serait pour et qui serait contre.

— C'est adroit, dit d'Este, mais nous pourrons aussi recourir à ce stratagème. Choisissons sans tarder un candidat, faisons campagne pour lui, et avant l'arrivée de Torrès, élisons-le par acclamations en la chapelle où nous sommes tous réunis.

— Eh bien, le temps presse, dit Medici. Choisissons un candidat et vite. En ce qui me concerne, je m'élimine d'office.

— L'arithmétique, dit le cardinal d'Este, m'élimine de soi : si j'étais candidat, j'aurais les voix des trois cardinaux français, et encore pas toutes, Pellevé étant un ligueur acharné.

— Quant à moi, dit Rusticucci, mes ambitions ne volent pas si haut.

Ce qui voulait dire qu'il aimerait recevoir du nouveau pape ce qu'il n'avait jamais pu obtenir de Grégoire XIII : une grande charge dans l'État.

— Les miennes, dis-je, ne volent pas. Elles naviguent du côté de Venise.

— Les miennes, dit Alessandrino sobrement, ne volent, ni ne naviguent.

— Moi, dit Santa Severina qui était «jeune», en effet, et qui avait conservé la gaieté de la jeunesse, je n'ai pas à m'éliminer. Je le suis déjà.

À cette saillie du *putto-papa*, on sourit, malgré la gravité de l'heure.

— Faisons vite, dit Medici. Le temps presse. Torrès peut survenir d'un moment à l'autre. Je propose Montalto.

Il y eut un petit silence, chacun pesant à ses personnelles balances le poids de ce nom.

— Il nous changera de Grégoire XIII, dit Santa Severina. Il est vertueux, il est capable et il est capable et il est grand travailleur.

— J'estime Montalto, dit le cardinal d'Este, il a refusé d'être pensionné par le roi d'Espagne.

— Mais il a voté pour Farnese, dit Alessandrino.

– Simple *captatio benevolentiae* [1], dit Medici. Il savait bien que Farnese n'avait plus l'ombre d'une chance, après l'émeute populaire.

– Et vous, Cherubi ? dit d'Este en levant le sourcil.

Tous les regards se tournèrent vers moi, personne n'ignorant le différend qui m'avait autrefois opposé à Montalto.

– Je suis profondément reconnaissant à Montalto, dis-je avec une feinte gravité, de m'avoir «renvoyé à mes gondoles». Sans ce renvoi, je ne serais jamais devenu cardinal. Je voterai pour Montalto.

On sourit à la ronde, et j'estimai en mon for que je m'étais tiré d'affaire avec assez d'esprit. Si, comme c'était probable, les chances de Montalto se précisaient, il serait bon que je sois un de ses grands électeurs : mes ambitions vénitiennes avaient besoin des bonnes grâces du futur pape.

– Ce qu'il y a de bon chez Montalto, dit Rusticucci, outre ses qualités propres, c'est que depuis la mort de Peretti, il n'a que des neveux qui sont trop jeunes pour recevoir des charges dans l'État. Le népotisme de Grégoire XIII était détestable : une fois qu'il avait pourvu toute sa parentèle, il ne restait plus de grandes fonctions à attribuer au mérite.

On acquiesça, non sans un rien d'amusement. Personne n'ignorait qu'aux yeux de notre ami, le «mérite» s'appelait Rusticucci.

– Mais Alessandrino ? dit Medici.

– Mais je suis d'accord, dit Alessandrino avec sa hauteur habituelle. Je ne vois pas pourquoi je m'opposerais à ce pauvre vieux. Nous en serons les maîtres.

– Vous croyez cela ? dit Medici.

Le prince Paolo Giordano Orsini, duc de Bracciano

Mes théologiens entrèrent en délibération sur le precetto le 11 avril, c'est-à-dire dix jours avant l'ouverture du conclave. Et douze jours plus tard, ils n'avaient encore rien résolu.

1. Captation de bienveillance (lat.).

Grâce à un agencement habile que je tiens de mon grand-père et de l'architecte qu'il employait, la salle que je leur avais réservée à Montegiordano était dotée d'un dispositif qui portait la voix à la pièce située au-dessus. J'avais fait le projet de suivre à distance et discrètement leurs débats pour m'assurer de leur progrès. Mais comme ils parlaient latin, je n'y entendis miette. Je fis appel à Vittoria. Le sourcil froncé par l'attention, elle les écouta une grande heure, et me dit :

– Ils pèsent sans fin le pour et le contre, à grand renfort de citations tirées des Saintes Écritures et des Pères de l'Église. Quoi qu'ils avancent, ils trouvent toujours un texte pour appuyer leurs avis respectifs. Ils ne sont d'accord sur rien, pas même sur l'opinion de Notre-Seigneur Jésus-Christ sur la dissolution du lien conjugal, les uns le disant qu'il était plutôt pour, et les autres arguant qu'il était contre. Ils disputent avec passion. Chacun paraît très impatient de l'opinion de l'autre.

– Ma mie, vous êtes aussi savante que belle et je m'émerveille que vous puissiez comprendre ces pédants, lesquels sont peut-être aussi des finauds. Car ces gens-là, je le crains, nous lanternent tant et si bien qu'un beau matin, le conclave va nous donner un pape et ils n'auront rien résolu.

– Je le crains aussi, Paolo. Une chose m'a frappée en les écoutant. À part le père Palestrino qui s'efforce continuellement de leur rappeler ce dont il s'agit, c'est à peine s'il est question dans leurs palabres de notre precetto !

– Notre ! dis-je. Comme ce possessif est étrange ! Mais vous avez raison, Vittoria, il est nôtre, en effet, comme une maladie qui nous ronge ou comme une sangsue qui se colle à notre peau.

Toutefois, j'eus tort de parler d'une « maladie qui nous ronge ». Le beau visage de Vittoria s'assombrit, et je compris qu'elle pensait à la blessure de ma jambe dont elle s'inquiétait beaucoup, quelque effort que je fisse pour lui cacher les progrès du mal.

– Mais Vittoria, repris-je, feignant de ne pas entendre pourquoi elle avait changé de visage, ne vous inquiétez pas, je vais presser ces gens, et admonester en particulier le père

Palestrino, afin que le conclave ne nous prenne pas de vitesse.

Ce que je fis le jour même.

– Monseigneur, dit Palestrino de cette voix forte et bien articulée qui m'étonnait toujours sortant d'un corps aussi frêle, les bons pères ne vous lanternent pas. Ils sont embarrassés et ils ont peur.

– Peur ?

– Monseigneur, tout comme moi, ils sont d'Église et soumis à ses lois. Ils aimeraient, certes, étant si bien traités par vous, se prononcer dans le sens que vous désirez, mais la chose ne va pas sans risque pour eux. Sait-on si le futur pape sera de vos amis ?

– J'entends bien, mon père, mais que faut-il faire pour qu'enfin ils se décident ?

– Les brusquer.

– Les brusquer ? dis-je, stupéfait, et comment ?

– C'est ce que je vous dirai demain matin, Monseigneur, si vous êtes décidé à recourir à cette extrémité.

Là-dessus, il me demanda mon congé et comme je savais, le connaissant, qu'il n'en dirait pas plus, ayant horreur des questions et se fermant alors comme une huître, je le laissai partir.

Je rapportai cette conversation à Vittoria et nous passâmes deux bonnes heures à broyer, sinon tout à fait du noir (n'étions-nous pas ensemble, après tout ?) mais un très déplaisant mélange d'impatience et d'anxiété. Notre mariage avait l'air de dépendre de tous, sauf de nous-mêmes : des théologiens, du conclave, du futur pape, que sais-je encore ?

En fin de soirée, on décida de laisser de côté ces humeurs sombres et de jouer aux dés. L'enjeu était galant et chuchoté de bouche à oreille, car Caterina était là, occupée à brosser d'une main douce les longs et beaux cheveux de sa maîtresse.

On frappa à la porte un coup discret et le majordomo me vint dire en s'excusant beaucoup, vu l'heure tardive, qu'un moine était là, demandant à me voir avec insistance. À la description qu'il m'en fit, je reconnus *il mancino*.

– Qu'il entre ! Qu'il entre ! dis-je. Il est ici chez lui.

On eût dit qu'*il mancino* attendait derrière la porte, tant il fut prompt à surgir parmi nous en pourpoint, s'étant vrai-semblablement dépouillé de ses habits de moine dans l'anti-chambre. Aussitôt qu'il apparut, Caterina courut à lui avec un cri de joie et se suspendit à son cou, lui donnant mille bai-sers, ce qu'il souffrit avec un air d'indulgence patiente, comme un homme accoutumé à l'adoration des femmes.

– Allons, allons, ma petite sœur, dit-il, as-tu oublié où tu es ?

Et se détachant d'elle, il fit à Vittoria une profonde révé-rence dans laquelle il mit tout à la fois du respect et de l'admi-ration, et une autre à moi-même, où le respect tenait toute la place. L'homme avait le sens des nuances, à ce que j'avais déjà observé.

Après quoi, il se redressa fièrement de toute sa taille, étant fort semblable à un petit coq de combat, sec et musclé. D'ailleurs, il n'était pas sans bec ni griffes, ayant une dague à la ceinture, une autre, à l'italienne, derrière son dos, et un couteau dans sa botte pour le lancer. Il est vrai que l'heure était tardive et les rues de Rome peu sûres.

– Monseigneur, dit-il avec un air de dignité, je ne me serais pas permis de venir vous déranger à une heure aussi tardive, si je n'avais pas eu une information très importante à vous apporter.

– Je t'écoute.

– Son Eminence le cardinal Torrès est arrivé hier soir à Gênes et, dès demain, prendra le chemin de Rome. Il est fort pressé d'arriver. Et l'ambassadeur d'Olivarès, très impatient de l'amener dès son arrivée au conclave.

Il mancino ménagea un silence, le temps que je lui dise : «Pourquoi ?»

– En raison d'une intrigue qu'il a ourdie avec le cardinal Farnese : à l'entrée de Torrès au conclave, Farnese doit rameu-ter les prélats favorables à l'Espagne, et le faire élire pape par acclamation.

– Un pape espagnol ! s'écria Vittoria, quelle honte !

– Et quel danger pour le prince et pour vous, signora ! dit *il mancino* avec un autre de ses galants saluts.

– Un danger, Acquaviva ? dit Vittoria.

– Mon ange, dis-je, j'ai été général de la Sérénissime, cela suffit pour que Philippe II se méfie de moi.

– Et de vos talents militaires, Monseigneur, dit *il mancino*. Philippe II, signora, déteste les bons généraux, quand ils ne sont pas, comme Alessandro Farnese, à son service.

– Acquaviva, dis-je, une fois de plus, tes vues politiques m'émerveillent. D'où tiens-tu cette information concernant Torrès ?

– D'une de mes filles, dit *il mancino* en baissant modestement les yeux. Bien qu'elle ne soit pas sourde, on l'appelle la Sorda. C'est une fille sûre, loyale, dévouée et qui a ce qu'il faut dans la cervelle.

– Mais après tout, une catin est une catin, dit Caterina avec aigreur.

Il mancino lui lança un regard noir et Vittoria, mi-grondeuse, mi-protectrice, dit aussitôt :

– Caterina, viens t'asseoir là, sur ce tabouret, à mes pieds. Et tiens ta langue.

Dès que Caterina eut obéi, Vittoria lui posa une main sur son épaule et dit avec un petit rire :

– Après tout, une cameriera aussi est une cameriera.

Il mancino enveloppa les deux femmes d'un regard rapide. Il était furieux contre Caterina et en même temps reconnaissant à Vittoria de la protéger.

– Bref, dis-je, qu'a fait la Sorda ?

– Elle a noué une amitié avec le secrétaire d'Olivarès.

– Une amitié ! dit Caterina.

– Tais-toi donc, Caterina, dit Vittoria en lui donnant une petite tape sur la joue.

Caterina saisit au vol la main qui l'avait frappée et la baisa.

– Ce secrétaire, dit *il mancino*, est italien, mais il parle admirablement l'espagnol. Il est le truchement d'Olivarès.

– Et d'où vient qu'il s'est confié à la Sorda ?

– Par amitié pour elle, comme je l'ai dit, et aussi parce qu'il était indigné qu'on pût avoir à Rome un pape espagnol.

– Je te remercie mille fois, Acquaviva. Prends, je te prie, cette petite bourse pour tes peines. Veux-tu que je te fasse raccompagner en carrosse ?

– Un grand merci, Monseigneur, mais ce n'est pas utile. Mon serviteur, ajouta-t-il avec une nonchalance admirablement jouée, m'attend dans la cour avec nos montures. Monseigneur, poursuivit-il, plaise à vous de me permettre avant mon départ de m'entretenir en particulier avec ma petite sœur.

– Va, Caterina, va !

Elle se mit sur pied d'un bond et courut vers la porte au moment où, après nous avoir salués, *il mancino* l'ouvrit. Il la fit passer devant lui, non sans lui avoir jeté d'abord un regard sévère. Pour ma part, je n'avais jamais vu fille courir plus allégrement vers une bonne paire de claques.

– Qu'allons-nous faire, Paolo ? dit Vittoria avec anxiété.

– Brusquer les théologiens.

– Mais comment ?

– C'est ce que je saurai demain.

Le lendemain, à la première heure, je fus debout, et à son arrivée, je pris le père Palestrino à part, et lui appris ce qu'il en était des projets d'Olivarès.

– Un pape espagnol ! dit-il en se signant. Que Dieu nous épargne cette croix ! Ces gens-là brûleraient la moitié de la Chrétienté pour sauver l'autre !

– Quoi qu'il en soit, mon père, le conclave va aboutir. Je n'ai donc plus une minute à perdre. Comment m'y prendre pour « brusquer » les théologiens ?

– Pour *nous* brusquer, Monseigneur. Je ne dois pas faire exception. En aucun cas.

Et me faisant signe de me pencher, il me parla longuement à l'oreille.

Je le quittai pour aller donner à mon majordomo des instructions qui l'étonnèrent, puis apprenant par lui que tous les théologiens se trouvaient dans la salle qui leur était réservée, j'entrai et je leur dis d'une voix forte :

– Mes révérends pères, un mot, je vous prie. Ne connaissant pas le latin, je vais vous parler en bon italien, simple et clair. Il y a douze jours que vous discutez sans arriver à aucun résultat. Ce retard est très dommageable à ma cause et je ne puis le souffrir plus longtemps. Aussi j'ai décidé de vous tenir enfermés dans Montegiordano jusqu'à ce que vous ayez conclu. Vous ne mourrez pas de faim. Vous aurez pain et vin à volonté.

– Quoi ! dit le père Palestrino avec une feinte indignation. Sommes-nous donc vos prisonniers, Monseigneur ?

– Vous l'êtes, mes révérends pères, à n'en pas douter.

– Mais c'est une tyrannie ! dit un autre père d'un ton qui se voulait outragé.

Il y eut alors des murmures et l'un des pères dit encore :

– Vous nous forcez !

– Mes révérends pères, dis-je avec fermeté, ne disputons pas, de grâce. Je ne dicte pas votre décision. Je ne fais que l'accélérer.

Je leur fis alors un petit signe de tête, je sortis et verrouillai la porte derrière moi.

Vittoria, à qui j'allai ensuite conter l'affaire, ouvrit de grands yeux et me dit :

– J'imagine qu'ils écument de rage !

– C'est du moins l'impression qu'ils cherchent à me donner. En réalité, ils sont ravis. Tout est maintenant plus facile pour eux : Si leur avis au sujet du precetto leur attire les foudres du futur pape, ils pourront s'abriter derrière la violence que je leur ai faite et dire «le moyen de faire autrement, Très Saint-Père ? Le prince nous a forcé la main ! »

Je ne me contentai pas d'imposer aux théologiens une clôture aussi rigoureuse que celle des cardinaux, d'heure en heure, je leur dépêchais le majordomo pour leur demander où ils en étaient dans leurs travaux.

Cette insistance porta ses fruits, car sur le coup de six heures du soir le majordomo m'apporta un rouleau scellé dont je rompis aussitôt le cachet. Mais il était rédigé en latin, et je dus attendre que Vittoria, qui reposait dans sa chambre, répondît à mon appel et vînt me le traduire.

Voici cette consultation, du moins telle que ma mémoire la reconstitue et telle aussi que mon langage la modifie, car elle était couchée dans une rhétorique d'Église que je ne puis rendre qu'approximativement.

Premier point

Nous avons très diligemment étudié le precetto, par lequel le Très-Saint et Très-Regretté pape Grégoire XIII a annulé le lien matrimonial qui unissait le prince Paolo Giordano

Orsini, duc de Bracciano, et la signora Vittoria Accoramboni, veuve du signor Francesco Peretti. Il nous est apparu que ce precetto avait dû être rédigé non par le Saint-Père lui-même, mais par un clerc, tant à cause du latin imparfait dans lequel il était écrit qu'en raison du peu de solidité de ses attendus.

Deuxième point

Les raisons que donne le precetto pour dissoudre le lien sont d'ordre moral. Il n'est pas nettement articulé, mais il est suggéré que ledit mariage présente un caractère scandaleux pour le motif que Francesco Peretti aurait été assassiné sur l'ordre du prince, la signora étant tacitement complice de ce meurtre. Aucune preuve, d'une part, n'est apportée qui puisse soutenir cette accusation implicite, et d'autre part, le rapport du Bargello Della Pace dont nous avons eu, par ailleurs, connaissance, ne conclut en aucune façon à la culpabilité des intéressés.

Enfin, quand la signora Vittoria Accoramboni a été emprisonnée au château Sant'Angelo, il n'a pas été question de la faire passer en jugement. Ce qui laisse supposer que les présomptions contre elle étaient trop faibles pour être portées devant des juges.

Troisième point

Le precetto a été pris à la demande de deux puissants seigneurs dont, pour de dignes raisons, nous ne mentionnerons pas les noms, tous deux parents par alliance du prince Orsini. Les motifs que cette pétition met en avant sont de nature morale et identiques à ceux que nous avons examinés plus haut. Nous n'avons donc rien à ajouter à notre analyse. Toutefois, il ne peut manquer de venir à l'esprit que les pétitionnaires ont pu être inspirés par des mobiles mondains, le remariage du prince Orsini pouvant leur apparaître comme susceptible de nuire aux intérêts du fils qu'il a eu en premières noces.

Première conclusion

Malgré les faiblesses, les lacunes et les imprécisions que présentent les attendus du precetto, il n'est pas possible de considérer que le precetto soit nul du fait du caractère sacré de son auteur, le Très-Saint et Très-Regretté Grégoire XIII, décidant et jugeant ex cathedra sous l'inspiration du Saint-Esprit. Il n'est pas possible non plus de soutenir que la mort du Très-Saint et Très-Regretté pape Grégoire XIII frappe de nullité le precetto susdit, sans qu'il soit expressément déclaré tel par son successeur.

Deuxième conclusion

Mais d'autre part, l'interdiction faite par le precetto aux parties en cause de contracter à nouveau mariage ne peut être considérée comme ayant à l'heure actuelle une force contraignante. Premièrement, parce que le Très-Saint et Très-Regretté Grégoire XIII, ayant été appelé par son créateur à jouir des félicités éternelles, s'est absenté de notre vallée de larmes et n'est plus à même, par conséquent, de sanctionner les contrevenants. Deuxièmement, parce que personne ne peut préjuger de la décision que prendra à leur endroit le futur pape, puisque celui-ci ne peut être lié par les volontés de son prédécesseur, mais détient la pleine souveraineté de ses décisions propres.

Dès que Vittoria m'eut traduit cette consultation, j'allai voir les théologiens et leur dis :

– Mes révérends pères, votre consultation est un chef-d'œuvre de sagesse, de prudence et de modération. Elle me donne entièrement satisfaction. Je vous en garderai à jamais une reconnaissance infinie. Grâce à vous, la signora et moi-même, nous allons pouvoir vivre de nouveau en époux chrétiens, dans la dignité et la fidélité. Plaise à vous de demeurer ici un moment, encore, mon majordomo va vous appeler un par un pour remettre à chacun de vous des gages plus concrets de ma reconnaissance. Mes révérends pères, je vous demande à tous une prière pour que le lien que vous venez de sauver ne soit plus jamais dissous.

À quoi s'inclinant, les théologiens firent entendre des murmures amicaux. Je sortis, et mon majordomo appela en premier le père Luigi Palestrino. Mais avant qu'il quittât Montegiordano, je le voulus voir et, m'avançant à lui, je le pris avec affection dans mes bras, surpris de ne serrer contre moi qu'un squelette.

– Monseigneur, vous m'étouffez, dit le père, un peu de rouge montant à ses joues (mais devrais-je parler de joues, sa peau parcheminée étant tendue sur ses pommettes sans qu'on pût déceler nulle part la moindre trace de chair).

– Mon père, dis-je, excusez-moi, mais je vous dois tout.

– En vérité, dit-il, ni moi ni aucun des pères n'avons accompli beaucoup. Je ne sais même pas si nous avions le droit de faire le peu que nous avons fait. Assez pourtant pour vous permettre de vous remarier. Mais votre nouveau lien demeurera précaire, tant que le futur pape ne l'aura pas accepté.

Je m'en rendais bien compte : Il disait vrai. Notre attente et notre angoisse n'étaient pas finies : nous n'avions franchi qu'une étape.

Le lendemain 24 avril 1585, dans la chapelle de Grottapinta, j'épousai Vittoria pour la deuxième fois.

CHAPITRE XIII

Son Eminence le cardinal di Medici

Le noyau initial des électeurs de Montalto comprenait, outre moi-même, d'Este, Alessandrino, Santa Severina, Cherubi et Rusticucci. C'était beaucoup quant au talent. C'était peu quant au nombre, lequel il faudrait multiplier au moins par six pour avoir quelques chances de faire élire Montalto par acclamation. C'est pourquoi, aussitôt qu'on fut d'accord sur son nom, on s'employa tous les six, et chacun de notre côté, à grossir notre petite cohorte par une campagne chuchotée et en employant toutes les adresses qui sont de mise en ces occasions.

Il faut dire que le candidat que nous aidions s'aidait beaucoup lui-même, ayant fait preuve, dès le début du conclave, d'une grande prudence et d'une extrême habileté. Dès le premier jour, il alla voir les cardinaux un à un dans leurs cellules, et se présentant à eux avec une louable humilité, il leur promit, sans du tout déclarer son ambition, de leur rendre, le cas échéant, tous les services en son pouvoir. S'étant donné la peine, au cours des ans, de bien étudier ses pairs et d'acquérir sur eux des informations précises, il savait quel langage tenir à chacun d'eux.

Il se réconcilia avec Cherubi qu'il avait autrefois malmené, lui demanda pardon de l'avoir «renvoyé à ses gondoles», ajoutant avec esprit que ce renvoi ferait peut-être dans l'avenir figure de prophétie si son interlocuteur, comme il l'espérait, présidait un jour aux destinées de l'Église de Venise…

Montalto possédait un discernement qui tenait de la divination. Alors que la plupart des cardinaux pensaient, bien à tort, que j'aspirais, sous le futur pape, à redevenir secrétaire d'État, il avait compris que j'étais las de ces fonctions. Loin de me les promettre, quand je vins le voir dans sa cellule, il ne me parla que de son attachement au grand-duché de Toscane, et de son vif désir de le voir garder son indépendance «envers et contre tous» (cette expression désignant sans aucun doute Philippe II). Il n'ignorait pas, en effet, que le grand-duc, mon aîné, étant sans enfant, je serais appelé un jour à lui succéder et que c'était là, désormais, toute mon ambition.

Il montra la même finesse en naviguant d'une main sûre entre le Charybde du clan espagnol et le Scylla du clan français. À Farnese, il promit sa voix et vota en effet pour lui, alors que sa candidature n'avait plus aucune chance d'aboutir. Mais à d'Este, il tint sur le duché de Ferrare le langage qu'il m'avait tenu sur le grand-duché de Toscane. Toutefois, il se montra aimable, quoique avec dignité, avec le cardinal-archiduc d'Autriche, à qui, connaissant l'allemand, il rendit quelques petits services.

Sachant combien le cardinal Altemps aimait son frère le marquis, il lui laissa entendre que son parent paraissait avoir toutes les qualités requises pour recevoir le gouvernorat du Borgo [1]. Il fit à San Sisto l'éloge de son frère Giacomo, émettant le souhait qu'il soit confirmé, après l'élection, dans le généralat des troupes de l'Eglise. Il ne fit aucune promesse à Alessandrino, sans doute parce que son caractère impérieux l'inquiétait, et se contenta de flatter son orgueil démesuré par des compliments qui ne l'étaient pas moins. Mais avec Rusticucci, qui lui paraissait à la fois plus modeste et plus capable, il s'engagea davantage, bien qu'à demi-mots, ayant compris depuis longtemps qu'il aspirait au secrétariat d'État.

Cette adresse était si bien dosée et se dissimulait sous des dehors si modestes et si simples que les moins fins avalaient hameçon et appât sans même s'en apercevoir. Quant aux plus avisés d'entre nous, sachant Montalto homme de parole, ils se contentaient d'engranger ses promesses et, sans être dupes de son étonnante habileté, ils la considéraient comme une

---

1. Quartier de Rome dans lequel est situé le Vatican.

qualité de plus. Avant le conclave, nous tenions Montalto pour un prélat très vertueux et très capable. Mais les talents diplomatiques qu'on le vit déployer au cours de notre clôture ajoutèrent encore à la considération que nous avions pour lui. Il faut bien avouer que lorsqu'on voit un homme à ce point taillé pour le succès, pour peu que ce succès ne nous nuise pas, il vous vient l'envie de l'aider et de s'en faire plutôt un ami qu'un ennemi...

Je me rendais bien compte que notre petit groupe n'arriverait jamais à rameuter assez de monde autour de Montalto, si nous ne parvenions pas à gagner à notre cause le cardinal San Sisto. Tout médiocre qu'il fût, et de cœur et d'esprit, il conservait beaucoup d'autorité sur les nombreux cardinaux créés par son oncle Grégoire XIII pour la raison qu'ils devaient leur nomination à son influence.

San Sisto était un personnage long, blafard et mou qui ressemblait à un cierge. Son caractère ne démentait pas cette apparence. L'homme était sans ressort, irrésolu, changeant. Je ne voudrais pas pousser trop loin la métaphore et dire qu'il coulait comme un cierge, mais il y avait de cela. Lui parlant un jour en particulier, dans le feu de ma démonstration, je lui saisis le bras, et ne sentis sous ma main ni os ni muscles. Et je me demandai un instant avec stupeur de quoi était fait cet être inconsistant.

Mettant nos cervelles en commun, nous nous avisâmes, pour le gagner, d'une petite ruse que je n'ose appeler sainte, bien qu'elle se donnât pour but le bien de l'État et de la Chrétienté. Après lui avoir fait la leçon, on dépêcha Cherubi à San Sisto.

Cherubi est un homme bavard, gentil, exubérant et qui, parce qu'il est gaffeur, passe pour être franc. Et il tint à San Sisto un langage sans fard, quoique captieux.

— Ah, Monseigneur ! par amitié pour vous, je désire vous en avertir, bien que la chose soit encore très secrète : la candidature de Montalto rencontre tant de suffrages que d'après toutes les estimations, il a les plus grandes chances d'être élu pape.

— Comment ? Comment ? dit San Sisto. Mais Montalto est si discret ! Je ne le vois pas remuer !

— Il ne remue pas, Monseigneur, mais cependant, il avance,

et son élection est d'ores et déjà tout à fait assurée. S'il n'a fait aucune démarche auprès de Votre Eminence, c'est qu'il craint peut-être que vous lui soyez hostile comme le fut à son égard votre oncle vénéré, le très saint et très regretté Grégoire XIII.

– Mais pas du tout ! dit San Sisto avec effroi. Je ne lui suis pas du tout hostile ! Je le tiens pour un homme très recommandable par ses vertus et ses talents.

– Alors, d'où vient qu'il ne vous ait jamais fait aucune avance ?

– Mais maintenant que j'y pense, il m'en a fait ! dit San Sisto. Il m'a dit des choses très aimables sur mon frère. Si j'ai bonne mémoire, il a même déclaré qu'il espérait que son généralat des troupes de l'Église lui sera, sous le futur règne, confirmé.

– Ah, mais c'est une ouverture, cela, Monseigneur ! Et si j'ai un conseil à donner à Votre Eminence, c'est de ne pas laisser cette ouverture se refermer et vous exclure.

– J'aviserai, dit San Sisto, fort ébranlé. Et grand merci à vous, Cherubi, pour votre gentillesse, laquelle n'a d'égale que votre franchise.

Quand Cherubi nous rendit compte des effets heureux de cet entretien, nous décidâmes de battre le fer avant qu'il ne refroidît, San Sisto étant fait d'une étoffe si molle et si changeante. On lui dépêcha les cardinaux Riario et Gustavillanio que nous venions de gagner à notre cause et qui lui tinrent le même langage que Cherubi. Et enfin, pour porter le dernier coup, on lui députa Alessandrino.

Puis-je dire, en toute modestie, que le choix du député, qui m'est dû, fut très approprié, car il tenait compte à la fois du caractère de San Sisto et de celui d'Alessandrino.

Plus qu'aucun autre, en effet, Alessandrino en imposait à ses pairs. Ce qui explique d'ailleurs qu'il n'eut jamais la moindre chance d'être élu pape, malgré de grands talents. C'était un homme de haute taille, très vigoureux, jeune encore, plein d'esprit, mais très impérieux, voire hautain. Toutefois, les mêmes raisons qui l'empêchèrent à jamais d'être *papabile* firent de lui, dans tous les conclaves auxquels il prit part, un électeur écouté et influent.

Il fut, à l'égard de San Sisto, beaucoup plus bref et abrupt que Cherubi et ne lui donna ni du «Monseigneur» ni de l'«Eminence», ne voyant pas pourquoi, ayant rang égal, il donnerait ces titres à un homme à qui, de toute façon, il se jugeait supérieur.

— San Sisto, dit-il, en le prenant par le bras et en le tirant à part avec les manières autoritaires qui, dans le conclave, n'appartenaient qu'à lui, San Sisto, un mot, je vous prie : estimez-vous Montalto ?

— Mais beaucoup, beaucoup, dit hâtivement San Sisto.

— Alors, un conseil : sortez de votre torpeur, mon cher, et démenez-vous en sa faveur. De toute façon, vous ne ferez que voler au secours de la victoire. Car sa candidature est si fortement combinée que son succès est certain. Voulez-vous être en butte au ressentiment du futur pape ? Voulez-vous qu'il vous traite sous son règne comme votre oncle l'a lui-même traité ?

— Mais comment ? comment ? balbutia San Sisto, sa réussite est-elle déjà si assurée ?

— Considérez qu'elle est chose faite, mon cher, dit Alessandrino en fixant sur lui son œil noir. Et à vous de décider et d'agir. Je vous le dis rondement, mais en ami.

— Agir ? Décider ? dit San Sisto. Mais comment décider en sa faveur sans consulter d'abord les cardinaux créés par mon oncle ?

— Voulez-vous dire, dit Alessandrino, qu'étant leur chef, vous allez les suivre ? Ne devriez-vous pas plutôt faire l'inverse ? Et leur montrer la voie ?

— De toute façon, je dois les consulter, dit San Sisto qui parut plongé en pleine confusion. Où donc est la nuance ?

— Dans la façon dont vous poserez la question. Par exemple, si vous dites : «Que pensez-vous de la candidature de Montalto ?», vous les laissez libres de leur décision. Mais si vous dites : «J'ai l'intention de voter pour Montalto. Qu'en pensez-vous ?», vous guidez leur choix.

— Voilà une heureuse formule, dit San Sisto, je m'en souviendrai.

Dès qu'Alessandrino m'eut rapporté ce propos, je me rappelai que le cardinal-archiduc d'Autriche, outre qu'il était le cousin de Philippe II, faisait partie des cardinaux créés par Grégoire XIII à l'instigation de son neveu. Rassemblant alors le peu d'allemand que je savais, j'allai le trouver dans sa cellule et je commençai à le pressentir, mais si j'ose dire, très à la prudence, et à pas de loup.

– Monseigneur, nous sommes quelques-uns, dont le cardinal San Sisto et moi-même, à vouloir voter pour Montalto que nous tenons pour un cardinal très saint et très capable. Qu'en pensez-vous ?

– Qui ? Qui est-ce ? Comment avez-vous dit ? dit le cardinal-archiduc.

– Montalto.

– Mais qui est-ce ? dit l'archiduc en bâillant derrière son gant. Et de ses gros yeux bleu délavé, l'*homo germanicus* me regardait de haut, et pouvait, certes, se le permettre, ma tête arrivant au niveau de son estomac.

– Votre Eminence connaît sûrement Montalto ! Il a dans les soixante-cinq ans et il marche sur…

Et ne sachant pas le mot allemand pour « béquille », je mimai la démarche de Montalto.

– Ah ! celui-là ! dit le cardinal-archiduc, naturellement, je le connais ! Quel vieil homme charmant ! Il m'a rendu de grands services ! Comment oublierais-je que c'est grâce à lui que j'ai obtenu d'avoir un fauteuil dans ma cellule ? Comment avez-vous dit qu'il s'appelle ?

– Montalto.

– Ah oui, Montalto ! Je vais graver ce nom dans ma mémoire. Montalto ! Et pourquoi pas Montalto ? Un vieil homme si aimable ! Et patronné par San Sisto ! Et qui, de plus, parle allemand ! Un pape qui parle l'allemand, quel honneur pour l'Autriche !

Et sans trop de rime ni de raison, il se mit à rire, ou plus exactement à glousser, son gros ventre tressautant. Poliment, je ris aussi. De toute évidence, l'archiduc autrichien ne prenait pas très au sérieux nos petites histoires italiennes.

– Ce que je voudrais savoir, Votre Eminence, repris-je, c'est si la candidature de Montalto serait agréable à l'Espagne.

Le cardinal-archiduc reprit alors son sérieux et tirant un papier de la poche intérieure de sa robe, il le déplia.

– J'ai là, dit-il, une liste de cardinaux dont mon cousin (il désignait par là Philippe II) ne veut absolument pas comme pape.

Je fus béant de l'entendre s'exprimer si peu diplomatiquement et plus étonné encore quand, ajustant ses lunettes, il se mit à lire à haute voix – je dis bien à haute voix – la liste des brebis galeuses. Je trouvai piquant, mais peu étonnant, que mon nom y figurât, ainsi que celui d'Este et des cardinaux français (Pellevé excepté) et d'autres encore que, plus discret que le cardinal-archiduc, je préfère ne pas révéler.

– Eh bien, dit-il, voilà qui est clair : Montalto n'est pas considéré comme *persona non grata* par mon cousin ! Va donc pour Montalto !

– Eminence, puis-je dire à mon ami San Sisto que vous êtes favorable à la candidature de Montalto ?

– Assurément.

– Je vous remercie, Eminence.

Et lui ayant fait un profond salut, je lui tournai le dos et me dirigeai vers la porte de la cellule quand il me dit :

– Puis-je vous demander comment vous vous appelez vous-même, mon ami ?

– Je suis, dis-je, sans battre un cil, le cardinal San Gregorio, Votre Eminence, et tout entier dévoué à votre service…

Ce fut l'inspiration du moment, et que le Seigneur me pardonne ce mensonge joyeux ! Mais comment pouvais-je lui dire que j'étais le Medici inscrit noir sur blanc dans sa liste des refusés ? Et d'ailleurs, quelle importance ? Depuis qu'il était entré au conclave, le cardinal-archiduc mélangeait tous les noms, et personne, s'il me citait, n'oserait jamais lui dire que le cardinal San Gregorio n'existait pas.

Le soir du 2 avril, le noyau initial des partisans de Montalto se réunit dans ma cellule et examina les progrès de sa candidature. Ils nous parurent fort prometteurs. Alessandrino, par sa dernière charge de cavalerie, avait emporté l'adhésion de San Sisto, lequel avait, en effet, consulté le groupe des cardinaux créés par son oncle avec de très bons résultats. Pour ma part, je racontai mon entrevue avec le cardinal-archiduc et comment j'avais verrouillé la candidature de Montalto du côté espagnol. D'Este, de son côté, avait gagné à sa cause deux des cardinaux français, mais sans approcher le troisième, ligueur obtus. Santa Severina ou, comme on l'appelait maintenant, « *il putto-papa* » avait papillonné de groupe en groupe, laissant entendre que les chances de Montalto grandissaient à vue d'œil. Le sûr et solide Rusticucci avait fait mieux ! Il était allé trouver Farnese et lui avait demandé sans ambages s'il voterait le cas échéant pour Montalto.

Farnese s'était montré à la fois amer et amical : « Onze cardinaux, dit-il, ont voté pour moi ! Vous m'avez ouï, onze seulement ! N'est-ce pas une honte, quand on sait qui je suis ? Mais Montalto fut un de ces onze. Dites-lui que je m'en souviendrai. Du moins si Torrès n'arrive pas entre-temps. »

Cette parole nous décida à agir dès le lendemain, 24 avril, alors que nous n'avions pas fait encore le plein des voix, ne pouvant compter que sur une petite moitié du conclave. Cependant, il y eut une difficulté de dernière minute, car San Sisto vint nous dire de sa voix molle qu'il ne voterait pour Montalto que si ce dernier prenait son nom pour nom de pape. Quant à moi, je trouvai cette exigence incroyablement puérile, mais sachant que nul ne peut se buter plus facilement qu'un homme sans volonté, je décidai de ne pas contrarier San Sisto. Je dépêchai Rusticucci à Montalto pour lui demander, *primo* s'il consentait en tant que pape à s'appeler Sisto, *secundo* s'il voyait un inconvénient à ce que nous le proclamions pape le lendemain après la messe.

La réponse fut rapide et résolue : « (1) Sisto I et Sisto II ont été tous deux saints et martyrs dans la Rome antique : c'est bien volontiers que je porterai leur nom. (2) Le 24 avril est un mercredi, et le mercredi est un jour faste pour moi : c'est un mercredi que j'ai pris l'habit religieux et c'est aussi un mercredi que je fus nommé cardinal. »

Forts de ce bon augure, nous décidâmes de brusquer les choses le lendemain à la chapelle après la messe.

Par malheur, comme elle finissait, on annonça l'arrivée du cardinal de Vercelli et d'un cardinal espagnol. Il y eut parmi nous un moment de désarroi, quand le conclave tout entier se pressa à la porte pour les accueillir : le clan espagnol allait-il profiter de la confusion pour proclamer Torrès pape ?

Mais dès qu'on vit les nouveaux venus, on poussa un

soupir de soulagement : certes, Vercelli était bien là, en chair et en os – beaucoup de chair et beaucoup d'os –, mais le cardinal espagnol était Madruccio, et non Torrès. Madruccio, que nous connaissions à peine, ne comprit probablement jamais pourquoi, ce jour-là, nous parûmes tous si heureux de le voir.

On retourna à la chapelle et là, selon l'usage, le maître de cérémonies commença à lire aux nouveaux arrivants les bulles qui réglementaient l'élection.

Par courtoisie, les cardinaux assistaient, sans toutefois y être tenus, à cette fastidieuse lecture. C'est le moment que nous choisîmes.

Je fis un signe de tête à Alessandrino et il sortit, emmenant avec lui San Sisto qui, au passage, jeta un coup d'œil entendu aux cardinaux de son groupe. Un à un, ils le rejoignirent. D'Este se leva ensuite et sortit seul, comme il était convenu, étant très surveillé par le clan espagnol. Puis, à intervalles réguliers, Cherubi, Santa Severina, Rusticucci, Riario et Gustavillanio quittèrent la chapelle, chacun emmenant avec lui les cardinaux qu'il avait convaincus.

Ces départs successifs n'éveillèrent pas l'attention des prélats qui n'étaient pas dans le secret. Car c'était bien ainsi, d'ordinaire, que les choses se passaient quand on lisait les bulles : Plus la lecture se prolongeait, et plus l'auditoire se clairsemait. Il est vrai que chacun d'entre nous avait déjà écouté cinq ou six fois cette interminable lecture.

On se retrouva dans la salle royale, et notre premier soin fut de nous compter. Ce fut une bonne surprise. Notre nombre avait grandi depuis la veille. Nous avions, dans le conclave, une majorité, à vrai dire, très courte, puisqu'elle n'était que de deux voix. Et tous ceux qui se trouvaient là n'étaient pas également résolus : il n'y avait qu'à voir d'aucuns visages, où se lisaient à la fois l'inquiétude et l'incertitude.

San Sisto, qui était lui-même de nature très changeante, faillit une fois de plus tout gâter, en déclarant qu'il ne voterait pour Montalto que si le cardinal-archiduc venait l'assurer en personne que l'élection de Montalto ne déplairait pas à l'Espagne.

Je pris à part Santa Severina et Alessandrino et les priai

de retourner à la chapelle : le premier, qui parlait un peu allemand, pour quérir le cardinal-archiduc, le second pour demander à Farnese de se joindre à nous.

Farnese arriva le premier, et comprit en un clin d'œil de quoi il s'agissait. Ne se trouvant ni mécontent ni véritablement satisfait, il prit le parti de se taire, regardant d'un air hautain tous ces cardinaux qui, lui ayant refusé leur voix, se proposaient de la donner à un ancien gardien de porcs. D'un autre côté, tout grand prince qu'il fût, il jugeait indigne de son honneur de refuser sa voix à Montalto, puisqu'il avait reçu la sienne.

Santa Severina avait eu toutes les peines du monde à réveiller le cardinal-archiduc qui s'était assoupi en écoutant les bulles, et plus encore à lui faire comprendre qu'on l'attendait dans la salle royale. Il vint enfin, une main appuyée sur l'épaule de Santa Severina. Dès qu'il nous vit, il promena ses yeux pâles étonnés sur notre assemblée et me voyant (mais Dieu merci, sans se rappeler le nom que je lui avais donné), il dit :

– Cardinal, de quoi s'agit-il ?

Je n'eus pas le temps de répondre, Alessandrino le fit à ma place :

– Votre Eminence, nous voulons élire pape le cardinal Montalto.

– Montalto ! dit l'archiduc en se réveillant tout à fait et en élevant les deux mains. *Ya*, Montalto ! répéta-t-il d'une voix de stentor.

Tombé d'une bouche autrichienne, ce « *ya*, Montalto ! » fut décisif. Les dernières hésitations s'évanouirent et ce fut dans l'enthousiasme que notre foule se dirigea processionnellement vers la chapelle, l'archiduc, Farnese, San Sisto et Alessandrino marchant en tête, et moi-même marchant au troisième rang, parce que je ne désirais pas qu'on vît trop ma main dans cette élection avant qu'elle réussît.

À l'entrée dans la chapelle de notre nombreuse troupe, le maître de cérémonies, stupéfait, interrompit sa lecture et ceux des cardinaux qui étaient restés à leurs places et ignoraient tout de nos menées nous regardèrent, muets, pétrifiés, les uns pâlissant, et les autres rougissant. Alessandrino, San Sisto,

Farnese et l'archiduc s'avancèrent alors vers Montalto et San Sisto dit d'une voix forte :

– Eminence, nous vous avons fait pape et quant à moi, je vous prie de prendre le nom de Sisto.

– Assurément, je le ferai, dit Montalto.

Il ne put en dire plus. Sa voix fut couverte par les clameurs de « *Papa ! Papa !* » de ses partisans, qui tous se pressaient autour de lui pour prendre leur tour et l'embrasser sur la bouche, selon l'usage.

Alessandrino, se tournant alors vers ceux des cardinaux qui étaient encore assis, les dévisagea de ses yeux noirs et leur dit d'un ton autoritaire et presque menaçant :

– Voulez-vous un scrutin pour vous compter ? Ou voulez-vous l'élire avec nous par acclamation ?

Les cardinaux assis se levèrent, les uns en grande hâte, les autres plus lentement, mais tous finirent par se dresser et, en criant : « *Papa ! Papa !* », ils rejoignirent ceux des leurs qui entouraient déjà Montalto pour l'adorer.

Voyant quoi, je me dirigeai vers le maître de cérémonies qui restait, béant, sur son estrade, les mains embarrassées du texte des bulles, et je lui soufflai à l'oreille ce qu'il avait à dire, car il se trouvait si perdu qu'il n'y pensait même pas.

Mais si son esprit se mouvait avec lenteur, sa voix en revanche était forte et elle domina sans peine les « *Papa ! Papa !* » qui résonnaient de toutes parts dans la chapelle.

– Vos Eminences, je constate que vous avez élu pape à l'unanimité par acclamation l'illustrissime et révérendissime cardinal di Montalto. Dès que Sa Sainteté aura choisi son nom de pape, Son Eminence secrétaire d'État cardinal di Medici l'annoncera au peuple.

Il y eut un silence subit et le nouveau pape dit d'une voix ferme et bien articulée :

– Je prends pour nom Sisto Quinto [1].

---

1. Sixte Quint.

Son Excellence Armando Veniero, ambassadeur de Venise à Rome

Quand le conclave fut terminé et que les cardinaux, libérés de leur clôture, retournèrent, avec un soupir de soulagement, dans leurs palais de marbre, je fus pris d'une sorte de terreur rétrospective en apprenant que nous avions failli avoir un pape espagnol. Littéralement, je tremblais comme une feuille à cette pensée. Comment, en effet, un pape espagnol eût-il pu s'opposer à la mainmise de Philippe II sur le reste d'une péninsule dont il possédait déjà plus de la moitié ? Venise aurait alors subi le sort du Milanais, du royaume de Naples, de la Sicile. Et ma chère patrie, lamentant la liberté perdue, sa flotte marchande, son florissant commerce avec toutes les parties du monde, eût gémi, comme les Pays-Bas, sous le joug de l'Espagne et des généraux autrichiens.

La fin d'un conclave est le début des indiscrétions. On dirait que les cardinaux, en retrouvant leurs aises, se relâchent aussi de leurs secrets. J'appris ainsi différentes choses, les unes d'un grand intérêt politique, que je tairai, et les autres éclairant les mœurs et les hommes d'une lumière ironique. Parmi ces dernières, rien ne m'amusa davantage que la réflexion du hautain cardinal Alessandrino à l'égard de Montalto, quand il décida d'appuyer sa candidature : « Ne nous opposons pas à ce pauvre vieux : nous en serons les maîtres. »

Je l'écrivis, entre autres choses beaucoup plus sérieuses, au doge et aux sénateurs de Venise, sachant combien ils aimaient parfois se divertir aux dépens des Romains. Et ils furent si ébaudis de la remarque d'Alessandrino que, pendant les cinq années que dura le règne de Sixte Quint, je ne pouvais apparaître à Venise, tant pour respirer l'air de la lagune que pour faire mon rapport oral au doge, sans rencontrer un sénateur qui me dît en riant : « Eh bien, Armando, comment va le pauvre vieux ? »

Le « pauvre vieux » fut le maître, en effet, dès la première minute de son règne, et un maître sévère qui fit trembler le truand dans son bouge, la catin dans sa taverne, le bandit dans sa montagne, sans compter les juges concussionnaires, les prêtres simoniaques, les trafiquants d'indulgences, les banquiers véreux, les évêques absents de leurs diocèses et les nobles qui donnaient asile aux bannis.

Avant même son couronnement, il menaça de la peine de mort ceux qu'on trouverait porteurs dans les rues de Rome d'une arme à feu, que ce fût de jour ou de nuit. Et comme deux jeunes frères appartenant à la noblesse s'étaient promenés par bravade en tenant par la main de petites arquebuses à rouet, il les jeta en geôle et, malgré les supplications des cardinaux et des plus grandes familles romaines, il ordonna qu'on élevât deux gibets sur le pont Sant'Angelo et les fit pendre côte à côte.

Les résultats de cette inflexibilité ne se firent pas attendre et j'en vis les effets de la fenêtre de ma chambre. Celle-ci donnait, en effet, sur le Tibre, et sous le règne de Grégoire XIII, il ne se passait pas de jour sans que mon valet vénitien ne me dît le matin en ouvrant les rideaux : « Votre Excellence, encore un cadavre au fil de l'eau ! Et un autre ! Et un autre encore ! Cette ville est un repaire d'assassins ! » Je ne sais pas où passèrent les assassins après l'avènement de Sixte Quint, mais c'est un fait que les noyés du Tibre, s'ils ne disparurent pas tout à fait, se raréfièrent considérablement.

Peu après l'avènement du nouveau pape, le cardinal di Medici me conta un fait qui lui était apparu comme tout à fait symptomatique du règne commençant. Se trouvant dans une rue de Rome en carrosse découvert, il vit deux hommes convenablement vêtus se battre sur la chaussée avec une rare sauvagerie. Il fit arrêter le carrosse et, s'enquérant des raisons de cette rixe, il apprit qu'il s'agissait de deux domestiques du cardinal San Sisto ils en étaient venus aux mains pour l'amour d'une belle. Medici, misogyne si passionné qu'il pouvait à peine supporter la vue d'une femme, surtout quand elle était belle, trouva infiniment dérisoire le motif de ce combat implacable et, profitant d'une pause pendant laquelle les deux hommes soufflaient, face à face, en se jetant des regards enflammés, il leur fit proposer dix piastres à chacun s'ils se réconciliaient, ou si à tout le moins ils cessaient de s'affronter. Aussitôt qu'elle fut faite, cette offre fut des deux côtés rejetée et la lutte recommença.

Finalement, l'un des deux champions finit par terrasser l'autre et, un genou pesant sur la poitrine du malheureux et le tenant à la gorge, il tira son stylet. La foule poussa un «Oh!» et retint son souffle, mais l'homme, arrêtant subitement son bras au moment de frapper, rengaina et dit à son adversaire :

– Rends grâce à Sixte Quint. Sans la crainte qu'il m'inspire, je t'aurais ouvert la gorge.

– Si tu t'en étais avisé plus tôt, dit Medici, chez qui le banquier perçait toujours sous le grand seigneur, tu aurais gagné dix piastres…

Toutefois, il resta à écouter les commentaires de la populace autour de lui, et ils lui parurent très significatifs. Tous donnaient raison à l'homme qui avait épargné la vie de son ennemi. Un pape qui avait fait pendre deux jeunes nobles pour s'être promenés avec des arquebuses à la main n'était pas seulement redouté, mais respecté. Le peuple admirait du fond du cœur une justice si prompte et surtout si égale.

Medici avait été un des cardinaux qui avaient le plus fait pour l'élection de Sixte Quint. Mais incapable de pénétrer un caractère de cette trempe, il était stupéfait de la vigueur et de la rigueur avec lesquelles ce grand pape prenait les choses en main et réformait tambour battant les mauvaises mœurs qui, dans l'Église comme dans l'État, avaient marqué le règne précédent.

Medici avait beaucoup d'esprit et du meilleur, et du plus acéré. Mais ayant le cœur sec et les sens inertes, il n'aimait rien ni personne. Le bien et le mal lui étaient également indifférents. Il les considérait comme des outils pour parvenir à son but, et son seul but était le pouvoir, ou cette autre forme de pouvoir qu'est l'argent. Il ne pouvait en aucune façon comprendre un homme comme Sixte Quint pour qui le trône suprême n'était qu'un moyen pour redresser plus efficacement les abus et les iniquités. À soixante-cinq ans passés, Sixte Quint était resté le franciscain au cœur pur qui avait pris l'habit à vingt ans avec la ferme résolution de faire triompher le bien sur terre partout où la Providence voudrait bien le placer.

Huit jours ne s'étaient pas écoulés depuis l'avènement du nouveau pape qu'un valet de Montegiordano me remit un billet du prince Orsini me demandant de le recevoir. Mais ayant appris qu'il marchait avec difficulté, je lui fis porter un mot pour lui dire que je passerais le jour même à Montegiordano.

Quand il apparut à mes yeux, je fus frappé par l'altération de ses traits et sa difficulté à se mouvoir.

— Armando, dit-il dès qu'il m'eut offert à boire (il faisait fort chaud en ce début de mai), je voudrais que tu demandes pour moi une audience à Sixte Quint.

— Pardonne-moi, Paolo, dis-je, mais tu es un grand prince dans l'État. Pourquoi ne la demandes-tu pas toi-même ?

— C'est que je voudrais que tu sois présent à l'entretien, Armando, et que tu sois ma sauvegarde, du moins aussi longtemps que je me trouverai dans l'enceinte du Vatican.

— Mais pourquoi moi, précisément, Paolo ?

Il eut sur ses lèvres l'ombre d'un sourire.

— *Carissimo*, voudrais-tu que je demande au comte d'Olivarès de m'accompagner ?

— Dieu t'en garde ! dis-je en souriant à mon tour. En clair, tu veux la caution et la protection de l'ambassadeur de Venise ? Crains-tu donc, si tu pénètres dans le Vatican, de n'en pouvoir ressortir librement ?

— Oui, dit-il, c'est là ma crainte.

— Je ne vois pas pourquoi. Sixte Quint a sans doute lu le rapport de Della Pace. Et comment, après l'avoir lu, te croirait-il coupable de l'assassinat de son neveu ?

— Là n'est pas la raison de ma crainte. Mais j'ai pris les armes contre son prédécesseur. Sixte Quint a quelque raison de me considérer comme un rebelle. Et surtout, malgré une mise en demeure assez menaçante de sa part, je n'ai encore renvoyé les bannis qui peuplent ma cour.

— Pardonne-moi, *carissimo*, mais n'est-ce pas un peu imprudent ?

— C'est que je me sens quelque peu engagé envers ces gens-là, puisque je les ai assurés de ma protection.

— Que certains ne méritent pas...

— Sans doute, mais comment les mettre maintenant dehors sans être assuré qu'on ne les jettera pas en geôle aussitôt ?

— Et tu as demandé cette assurance au pape ?

— Oui, par lettre, et il ne m'a pas répondu. En outre, le fait que je me sois remarié avec Vittoria en profitant de la vacance du trône pontifical n'a pas dû lui plaire beaucoup.

Je réfléchis et je dis au bout d'un moment :

– Tes craintes, Paolo, ne me paraissent pas très fondées. Toutefois, si tu maintiens la demande que tu m'as faite…

– Je la maintiens.

– Dans ce cas, je dois en référer à Venise.

– Mais que de jours perdus ! s'écria-t-il.

Et il y eut tout d'un coup dans ses yeux et dans sa voix quelque chose de si pathétique que je me demandai s'il ne considérait pas que le temps, désormais, lui était compté. J'en ressentis une vive tristesse que je tâchai aussitôt de lui dissimuler. Je mis le nez dans ma coupe de vin et je la bus à petites gorgées.

– Tu as raison, dis-je au bout d'un moment, en référer à la Sérénissime prendrait, en effet, beaucoup de temps. Et je suppose que tu dois être impatient par ces chaleurs de quitter Rome pour aller profiter avec ton épouse des frais ombrages de Bracciano. Eh bien, c'est chose entendue, Paolo ! Je demande aujourd'hui même au Saint-Père de nous accorder une audience.

Je fis ma demande au Vatican le 2 mai au matin après mon entretien avec le prince et le jour même à cinq heures de l'après-midi, un coursier du Vatican vint m'apporter la réponse : le Saint-Père me recevrait, ainsi que le prince Paolo Giordano Orsini, le lendemain 3 mai à dix heures du matin.

Je dépêchai un valet pour en informer Paolo et lui dire que je passerais le prendre le 3 mai à neuf heures à Montegiordano dans mon carrosse. Celui du prince, depuis son retour de Bracciano, ne pouvait, en effet, circuler dans Rome sans être lapidé, tant était grand le ressentiment du peuple à son égard. Il est vrai que sous le nouveau règne, l'ordre régnait dans la rue et qu'on n'avait donc plus à craindre des jets de pierres. Mais qui pourrait jamais empêcher les Romains et surtout les Romaines de lancer, au passage du prince, une insulte, voire même un fruit pourri ?

On gagna donc le Vatican dans ma coche, vitres closes et rideaux fermés. Paolo était pâle. Le moindre mouvement lui coûtait beaucoup et pour monter les escaliers, il dut s'appuyer sur mon épaule et sur celle de son secrétaire.

Huit jours ne s'étaient pas écoulés depuis le couronnement que la façon de faire du pape s'affirmait déjà. À la différence de son nonchalant prédécesseur, Sixte Quint ne remettait jamais une décision. Une fois prise, il ne revenait en aucun cas sur elle. Quand une demande d'audience lui était faite, il l'accordait ou la rejetait dans les quarante-huit heures qui suivaient sa réception. Refusée, il était inutile de la réitérer. Acceptée, l'audience commençait à l'heure dite. Et on était prévenu par le chambellan qu'elle ne devait pas excéder le temps qui lui était dévolu.

Sans changer le lourd cérémonial d'accueil, Sixte Quint l'abrégea. Et comme je m'en aperçus en cette première réception, il avait une façon bien à lui de couper court à ces longues protestations et compliments contournés que l'usage paraissait imposer.

Dix heures sonnaient quand il nous reçut le 3 mai. Il était assis sur son trône, tassé dans une impressionnante immobilité, qui rendait plus vive, par contraste, l'acuité de son regard, lequel allait du prince Paolo à moi-même.

— Duc, dit-il d'une voix forte et très articulée, je vous dispense, vu l'état de votre jambe, de vous agenouiller et de baiser ma pantoufle. Asseyez-vous là, sur ce tabouret, et dites-moi votre affaire.

La dispense aurait pu passer pour une prévenance, n'étaient le regard qui l'accompagnait et le ton sur lequel elle était accordée. En clair, elle voulait dire : vous agenouiller dans l'état où je vous vois prendrait trop de mon temps précieux ; venons-en aux faits.

Ce début troubla le prince et il hésita quelque peu avant de «dire son affaire», comme on l'y invitait non sans rudesse. Il avait dû apprendre par cœur un petit discours courtois, et bien qu'il sentît qu'il n'était plus guère de mise, il ne savait plus comment faire pour le mettre de côté.

Il commença par présenter ses très vives et très respectueuses salutations au pape «pour la très haute et très auguste dignité à laquelle il venait d'accéder» et il ajouta :

— Je viens, Très Saint-Père, au chef de la Chrétienté et à

mon souverain jurer fidélité et obéissance et mettre à sa disposition, comme le plus humble de ses serviteurs et de ses
vassaux, tous mes biens et toutes mes forces...

— Duc, je ne vous en demande pas tant, dit Sixte Quint.

Cette interruption mit le prince fort mal à l'aise, et il resta
un instant interdit, la sueur perlant sur son front.

— Poursuivez, dit le pape.

— Les attaches de la maison des Orsini avec le souverain
de Rome, reprit le prince en ayant l'air de réciter une leçon,
sont trop anciennes et trop connues pour qu'il soit nécessaire
d'y revenir. Je voudrais toutefois rappeler avec gratitude que
ma terre de Bracciano a été érigée en duché par votre illustre
prédécesseur.

— Cette gratitude, dit le pape sur un ton mordant, vous la
lui avez témoignée en fomentant une insurrection contre lui.

Le coup fut si direct et si brutal que le prince comprit enfin
qu'il lui faudrait abandonner les « formes » et affronter le pape
sur le terrain des faits.

— Très Saint-Père, dit-il non sans fermeté, je n'ai pas
fomenté une insurrection. J'ai rejoint celle des nobles pour
redresser une iniquité et, dès lors qu'elle a été corrigée, j'ai
écrasé la rébellion du populaire.

— Cela est vrai, dit Sixte Quint. Mais vous n'aviez aucune
qualité pour redresser l'injustice dont vous parlez, n'ayant
aucun lien de parenté avec la personne incarcérée.

— Il y avait pourtant un lien entre cette personne et moi,
dit le prince avec courage : la même accusation pesait sur nous,
et nous chargeait d'un crime que nous n'avions pas commis.

— Nous parlerons plus loin de votre innocence, dit le pape
en jetant un coup d'œil à sa montre-horloge. Pour l'instant,
faites votre demande et faites-la brève.

— La voici, dit le prince, à qui cette espèce de duel verbal
redonnait quelque vigueur : à la mort de Grégoire XIII, des
théologiens ont estimé que la défense qui m'était faite dans
le precetto de contracter à nouveau mariage n'était plus
valable. En conséquence, j'ai pris pour la seconde fois pour
épouse Vittoria Accoramboni. Je demande humblement à
Votre Sainteté de laisser les choses en état.

— Voici là-dessus mon opinion, dit Sixte Quint dardant sur

le prince un regard impérieux et parlant d'une voix forte et résolue. *Primo*, les théologiens dont vous parlez, les uns par conviction, les autres par cupidité, ont donné un avis dont ils s'excusent aujourd'hui en se plaignant d'avoir été séquestrés. C'est là une défense hypocrite. S'ils ne voulaient pas être contraints, ils n'avaient qu'à refuser en tout premier lieu d'être réunis à Montegiordano, le but de cette réunion n'était que trop évident. *Secundo*, ils n'avaient aucune qualité pour opiner en la matière, et je ne tiendrai aucun compte de leur consultation.

Je jetai un œil au prince et je le vis osciller sur son tabouret et devenir si pâle que je crus qu'il allait pâmer. Par malheur, j'étais placé trop loin de lui pour empêcher une chute qui, étant donné sa jambe malade, ne pouvait être que très fâcheuse. À cet instant, j'avais grandement pitié de lui : les paroles du Saint-Père paraissaient sonner le glas de ses espérances.

– Quant au precetto, reprit le pape, il faut distinguer entre ceux qui ont présenté la requête tendant à la dissolution du lien et celui qui a accepté de le dissoudre. C'est une sordide affaire d'héritage qui a inspiré les premiers et c'est le ressentiment qui a décidé le second. Je n'en dirai pas plus sur ce point.

Mais à mon avis, il en avait dit assez ! Et même sans qu'il les nommât, Medici et Grégoire XIII n'étaient guère ménagés. Il est vrai que le second était mort et que le premier avait trop besoin du pape pour chercher à lui nuire. Pour moi, plus j'observais le caractère de Sixte Quint, plus j'étais rempli d'admiration pour lui. Il me rappelait mon propre père qui, lorsqu'il fut doge de Venise – hélas, un an à peine avant sa mort –, savait user tour à tour, selon les occasions, et de la diplomatie la plus subtile et de la plus brutale franchise.

Quant au prince, son visage s'était recoloré et il était évident qu'à voir ses ennemis aussi malmenés, et d'aussi haut, il reprenait courage.

– Quant à votre innocence, duc, reprit le pape, innocence que vous venez une fois de plus de proclamer, elle est à double face : l'une claire, l'autre sombre.

– Sombre, Votre Sainteté ? dit le prince avec indignation.

– Duc, vous me répondrez à loisir, coupa Sixte Quint. Il y a un point que je vous accorde : il n'est absolument pas prouvé, en effet, que vous ayez trempé dans l'assassinat de…

Il allait sans doute dire «de mon neveu» ou «de mon infortuné neveu», mais il reprit sur le ton le plus impassible :

– De Francesco Peretti. Sur ce point, le rapport de police du malheureux Della Pace vous exonère implicitement. Et le témoignage du moine défroqué que vous m'avez adressé et qui m'a fait une confession complète – bien plus complète sans doute que vous ne l'aviez prévu – établit que ce meurtre fut machiavéliquement conçu par un de vos parents – homme de sac et de corde – dans l'intention de nuire à ma…

Là aussi, il se reprit et poursuivit avec effort :

– À Vittoria Peretti. Voilà, poursuivit-il, le côté clair. Voyons maintenant le côté sombre. Il est malheureusement indubitable que jamais le bandit dont je viens de parler n'aurait forgé le projet d'assassiner Peretti s'il n'avait connu votre funeste passion pour son épouse. Car vous avez, duc, pour citer le décalogue, «convoité la femme de votre voisin», vous l'avez courtisée par de nombreuses lettres, poursuivie de vos inlassables assiduités et en fin de compte, vous avez arraché à sa faiblesse des entrevues coupables, l'une à Santa Maria, d'autres à la villa Sorghini à Rome…

Sixte Quint, ses yeux perçants fichés dans ceux du prince, fit une pause comme s'il voulait laisser à son interlocuteur le temps de répondre. Mais le silence dura une bonne demi-minute – ce qui est long pour un silence, surtout lorsqu'il succède à des accusations précises – sans que le prince prît la parole. Il paraissait confondu. Comme il me le dit plus tard, il comprit à cet instant que le moine défroqué n'avait pas seulement servi d'intermédiaire à Lodovico dans le piège tendu à Peretti, mais qu'il avait auparavant espionné ses propres rendez-vous avec Vittoria. Son témoignage, dont il n'avait connu qu'une partie, était à double tranchant : il l'exonérait, certes, de l'assassinat, mais il le convainquait d'adultère.

– Le temps me presse, reprit le pape en jetant un second coup d'œil à sa montre-horloge et je dirai ceci en conclusion : Duc, vous n'êtes pas coupable du meurtre de Francesco Peretti, mais vous en êtes, à coup sûr, indirectement responsable.

Sixte Quint fit de nouveau une petite pause pour permettre au prince de lui répondre. Mais celui-ci paraissait comme pétrifié et véritablement incapable d'ouvrir la bouche et d'émettre un seul son. Après les théologiens, après Medici, après Grégoire XIII, il avait reçu à son tour son paquet et il était si lourd qu'à cet instant il pouvait tout craindre et pas seulement l'annulation de son deuxième mariage.

– Duc, dit le pape d'une voix forte et en détachant tous les mots, je ne vous parle pas en ennemi. Je n'en veux ni à vos biens, ni à vos titres, ni à votre liberté et moins encore à votre vie. Et estimant que c'est la volonté des deux époux de se donner l'un à l'autre qui fait le sacrement du mariage – volonté qui, dans le cas présent, est des deux côtés indubitable –, je ne publierai aucun precetto pour annuler votre second mariage, mais j'entends que vous soyez pour moi, pour reprendre vos paroles, «un serviteur fidèle et obéissant», et j'y tiendrai la main. Je vous ai donné l'ordre de chasser de Montegiordano les personnes auxquelles sous le règne précédent vous aviez accordé l'asile en vertu d'un droit que je ne reconnais plus à personne. Je réitère cet ordre et j'entends que dans vingt-quatre heures vous vous y soumettiez.

– Très Saint-Père, dit le prince d'une voix assez ferme, je vous ai écrit à ce sujet : il me paraît contraire à mon honneur de livrer ces hommes au Bargello.

– Duc, dit Sixte Quint en élevant la voix et en lui jetant un regard terrible, il serait surtout contraire à votre honneur de ne pas obéir à votre souverain ! D'ailleurs, rassurez-vous : parmi ces gens que vous avez recueillis, je saurai faire les distinctions nécessaires : il y a les bannis et les bandits. Les premiers sont, en général, d'assez honnêtes personnes qui avaient eu le malheur de déplaire à mon prédécesseur pour des raisons diverses. Ceux-là, après examen de chaque cas, seront pour la plupart amnistiés. Quant aux bandits, si leurs crimes sont avérés, ils jetteront par un nœud coulant leur dernier regard vers le ciel.

– Très Saint-Père, dit le prince en baissant la tête en signe de soumission, il sera fait selon vos volontés.

– Quand ?

– Dès demain, avant midi.

– C'est bien. Un dernier mot : on m'a dit que vous souffriez beaucoup d'une jambe. Je vous conseille d'aller prendre les eaux à Albano, près de Padoue, laquelle ville appartient à Venise où, du fait de votre glorieux passé au service de la Sérénissime, vous ne comptez que des amis.

– Très Saint-Père, dit le prince avec un haut-le-corps, comment dois-je prendre vos paroles ? Comme un exil ?

– Pas du tout. Mais comme un conseil très pressant et dont j'attends qu'il soit suivi. Je ne déteste pas, duc, votre personne, mais je déteste le désordre que votre passion a porté dans l'État. Et j'aimerais que ce désordre se fasse quelque peu oublier.

Sixte Quint redressa son torse puissant, et les deux mains reposant bien à plat sur les accoudoirs de son cancan, il leva sa lourde tête, et dardant ses yeux acérés sur le prince, il dit, signifiant par son ton autant que par ses paroles qu'à la fin de l'audience qu'il lui avait accordée, il ne voulait rien du prince : ni remerciements, ni protestations de dévouement, ni respectueuses salutations.

– Duc, notre entretien est terminé.

Giuseppe Giacobbe, chef du ghetto romain

En 1585, au moment de l'avènement de ce grand, de ce noble pape, véritablement inspiré par l'esprit d'Adonaï, encore qu'il professât, comme toute sa nation, l'hérésie chrétienne –, il y avait un quart de siècle que nous étions plus que jamais persécutés dans les États pontificaux. En 1569, Pie V avait même été jusqu'à expulser de ses possessions tous les juifs, à l'exception de ceux de Rome et d'Ancône, et, par un raffinement inouï de sévérité, ne leur avait donné que trois mois pour partir, les menaçant d'amendes, de confiscation de biens, et d'emprisonnement, s'ils ne vidaient pas les lieux dans les délais prescrits.

Un si mauvais exemple, donné de si haut, réveilla la séculaire hostilité du peuple à notre égard. Et ce serait, certes, une erreur de croire, que même à Ancône et à Rome, où nous avions permission de demeurer, nous fûmes à l'abri des passe-droits, des injures, des iniquités et des humiliations qui furent de tous temps notre lot chez les gentils.

Ceux d'entre nous qui avaient le malheur de n'être que locataires de leur maison virent du jour au lendemain leur loyer doublé. La terre pour nos cimetières nous fut, dès lors, plus chichement mesurée. Notre culte, plus strictement interdit. Le costume jaune, imposé, dès que nous sortions du ghetto. Nos impôts, augmentés. Nos médecins juifs – assurément les meilleurs de Rome –, interdits dans les foyers chrétiens ; toutes sortes de limitations furent imposées à nos commerces ; nos litiges, portés devant des tribunaux spéciaux qui, dans le cas où notre adversaire était un chrétien, nous donnaient invariablement tort.

Les vexations étaient notre pain quotidien. Les bouchers, ou bien refusaient de nous vendre de la viande, ou bien, au lieu du bœuf que nous avions demandé, nous vendaient du porc, et si nous le refusions, appelaient les sbires. Qui pis est, ces méchants en faisaient des plaisanteries. « À quoi, disait-on à Rome, distingue-t-on un chien juif d'un chien chrétien ? – À ce que le chien juif est plus gras, mangeant tout le cochon que son maître est contraint d'acheter. »

Grégoire XIII ne fut pas mieux intentionné à notre égard que Pie V, mais comme il était de nature très indolente et laissait tout aller, les mesures d'exception dont nous étions l'objet se relâchèrent quelque peu sous son règne. Quant au nouveau pape, je vais dire l'extraordinaire façon dont je fus mis en sa présence.

Une caractéristique de notre nation, c'est qu'il y a toujours chez nous des juifs qui se veulent plus juifs que les autres. Et d'aucuns, peu après l'avènement du nouveau pape, conçurent l'idée d'imprimer et de répandre le Talmud – ce qui était en soi un projet très recommandable. Mais ce qui l'était moins, c'est que pour cette impression, il fallait demander la permission au Vatican…

Je leur représentai en vain la folie et l'inutilité de cette démarche. Comment le Vatican, qui avait interdit notre culte, pourrait-il autoriser la diffusion d'un de nos livres saints, alors même qu'au moment du voyage de Michel de Montaigne à Rome, ses *Essais*, qui n'avaient rien d'hérétique, avaient été saisis et censurés ?

Rien n'y fit. Je plaidai en vain. Plus j'argumentais, plus les zélés s'agitaient, s'exaltaient et vaticinaient. À la fin, ils me mirent presque en accusation. «Prends garde, Giacobbe ! dirent-ils, à force d'être prudent, tu deviens lâche et tu perds ta foi de juif ! »

Malgré moi et sans moi, ils firent au Vatican cette demande insensée. Le jeune cardinal Santa Severina qui la reçut fut indigné de ce qu'il appela «une incroyable audace» de la part des juifs et, dans son ire, il demanda au nouveau pape de livrer les pétitionnaires à l'Inquisition.

Ma consternation et celle du ghetto furent immenses. Si stupides que fussent les zélés, ils étaient nos frères. Et s'ils étaient réduits en cendres sur un bûcher, il fallait craindre, par contrecoup, un renouveau des persécutions populaires. Car l'expérience le prouvait assez : pour tout juif qui brûle en public dans la vive lueur des flammes, dix autres sont poignardés par des fanatiques dans l'obscurité des rues.

Les zélés eux-mêmes étaient fort terrifiés et, la queue basse, vinrent me trouver pour me supplier d'intercéder en leur faveur auprès du pape. L'occasion était belle pour les gourmander et je n'y manquai pas.

– Qu'aviez-vous besoin, pauvres fols, de vous mettre à tant de risques avec si peu de chances de succès ? Il nous reste une vingtaine d'exemplaires du Talmud dans l'excellente édition de Venise. Et qui de nous connaît assez bien l'hébreu et l'araméen pour les lire ? Une dizaine de rabbis et de docteurs ! Et qu'avez-vous donné à penser au Vatican avec cette demande d'une nouvelle édition, sinon que nous voulions faire du prosélytisme, alors que nous n'en faisons pas ! Alors que nous n'en avons jamais fait ! Unique raison pour laquelle les gentils nous tolèrent parmi eux : sans cela il y a longtemps que nous aurions subi le sort des luthériens !

Ce furent alors des plaintes, des pleurs et des lamentations.

– Giacobbe ! Giacobbe ! Tu ne vas pas nous abandonner dans notre présent malheur ! Toi qui es notre chef !

– Et un chef, dis-je, que vous avez traité de lâche ! Et de quoi s'agit-il pour moi à l'heure qu'il est ? D'aller affronter le pape et de m'offrir en bouc émissaire, prenant sur moi toutes les conséquences de votre stupide initiative ! Et un pape dont nous savons, au surplus, qu'il a été Grand Inquisiteur à Venise et qu'il a fait partie toute sa vie du tribunal du Saint-Office : Voilà qui parle, ne trouvez-vous pas, en faveur de sa mansuétude !

À ce discours, les supplications redoublèrent, auxquelles se joignirent celles des parents, des femmes, des enfants, des cousins, des voisins, et pourquoi pas, pendant qu'on y était, des bébés à la mamelle, tout ce monde menant chez moi un train d'enfer, criant, pleurant, s'arrachant les cheveux, se tirant la barbe, déchirant ses vêtements (ou à tout le moins faisant semblant), se jetant à mes genoux, me prenant les mains, m'assurant de leur gratitude éternelle.

Je fis alors ce que j'avais décidé dès le début et qu'ils savaient bien tous au fond de leur cœur que j'étais décidé à faire, étant leur chef et n'ayant jamais trahi mes devoirs envers eux : je demandai une audience au pape.

Je l'obtins moins de quarante-huit heures après, avec cette nuance que Sixte Quint ne me reçut pas en public, mais en privé et en me faisant passer par la petite porte, laquelle je franchis en tremblant, ne sachant quel sort, à la vérité, m'attendait dans cette forteresse des ennemis de ma foi. Car enfin, qui étais-je, moi, à cet instant, perdu dans le dédale de ce grand palais dont les murs mêmes m'étaient hostiles, qu'un vieux petit juif à la longue robe jaune, la barbe poivre et sel hérissée de peur, et le crâne bouillonnant d'angoisse sous ma petite calotte ?

Sixte Quint me reçut dans une petite pièce simple dans laquelle nous nous trouvâmes seuls à l'exception d'un monsignore, assez bel homme, mais qui devait être muet car il ne communiquait avec le pape que par signes. « Sa Sainteté », comme l'appellent les gentils, était assise non pas sur un trône, mais sur un simple cancan et le monsignore debout à sa droite.

– Prenez place sur cette escabelle, Giacobbe, me dit le pape d'une voix rude et rapide et cessez de trembler, je vous prie ! Je ne suis pas un monstre dévorant ! Mais un homme comme vous ! J'ai froid quand il neige ! J'ai chaud en pleine canicule ! Quand j'approche ma main d'une flamme, je me brûle !

Je souffre des mêmes maladies que vous ! Et pas plus que vous je ne suis immortel ! Dites-moi donc votre affaire et en peu de mots.

Je lui parlai alors de la demande de nos zélés.

— Quel Talmud ? dit-il vivement, celui de Jérusalem ou celui de Babylone ?

— Celui de Babylone.

— Si je ne me trompe, il a déjà été publié à Venise par un éditeur chrétien en 1520 ?

— Oui, mais cette édition est épuisée, Très Saint-Père.

— Alors, demandez à cet éditeur ou à ses descendants de la réimprimer ! Si la Sérénissime vous le permet, je n'y vois pas d'inconvénient. Seuls les ignorants opinent qu'il y a dans le Talmud des passages antichrétiens. Pour moi, je me rapporte à l'opinion du savant Reuchlin qui, sachant l'hébreu et l'araméen, a lu très attentivement les deux Talmud et n'y a jamais rien découvert de blessant pour la foi des chrétiens.

— Plût au ciel, Très Saint-Père, osai-je dire alors, que Son Eminence le cardinal Santa Severina partageât votre façon de voir !

— Peu importe qu'il la partage ou non ! dit Sixte Quint en échangeant un sourire avec le monsignore muet. Je l'ai dessaisi de l'affaire. Et pour éviter que le Grand Inquisiteur à son tour ne s'en occupe, j'ai déféré le Talmud à l'examen de la Congrégation de l'Index. Autant dire que je l'ai donné à lire à des aveugles, car aucun d'eux ne sait l'hébreu…

À entendre ces paroles, je fus ravi deux fois : d'abord parce qu'elles dissipaient mes craintes d'une nouvelle persécution, en second lieu, parce qu'il m'apparut que l'astuce du pape – «donnant le livre à lire à des aveugles» – me parut relever d'une certaine tradition biblique. Dès cet instant, je mis les plus grands espoirs dans ce souverain qui cachait, sous une rude apparence, tant d'esprit et tant d'humanité. Je devrais dire aussi de savoir car, à la différence de Santa Severina, Sixte Quint avait lu le chrétien Reuchlin et n'était donc pas dupe des calomnies sur le Talmud que la malignité a inventées et que l'ignorance colporte.

Mes espoirs ne furent pas déçus, car peu après, le pape promulgua sa bulle *Christiana Pietas* qui changeait grandement à notre avantage le statut de la communauté juive dans les États pontificaux : le droit de résidence nous était dans toûtes les villes accordé, et pas seulement à Rome et à Ancône. Plus extraordinaire encore, la bulle nous concédait la liberté du culte, ainsi que la faculté de construire des synagogues et d'ouvrir de nouveaux cimetières. Nos procès et litiges ne relevaient plus d'une cour spéciale, mais des tribunaux ordinaires. À notre immense soulagement, nous étions dispensés du port du costume jaune, non seulement en voyage, mais dans les foires et les marchés, où ils faisaient de nous la cible toute trouvée des plus mauvais procédés de la part des chalands comme de nos concurrents. Et enfin, les médecins juifs, qui avaient introduit dans l'enseignement de Galien et d'Hippocrate non seulement la médecine juive traditionnelle, mais la médecine arabe dont ils s'étaient imprégnés en Andalousie, reçurent l'autorisation, depuis longtemps demandée, et jamais accordée jusque-là, de soigner les malades chrétiens.

Cette bulle fut complétée par un *bando* [1] rédigé par le secrétaire d'État Rusticucci, mais inspiré par Sixte Quint, dans lequel il était fait défense sous peine d'amende aux sujets du pape de nous insulter, de nous humilier, de nous frapper, de cracher sur nous. Deux autres dispositions de ce *bando* nous enlevèrent un grand poids : il était interdit aux propriétaires de doubler les loyers quand ils louaient à des juifs et aux bouchers de nous vendre d'autres viandes que celles que nous demandions. D'aucuns de ceux-là qui voulurent passer outre au *bando* et continuer leurs anciennes brimades furent aussitôt dénoncés par nous au Bargello et aussitôt sanctionnés.

Comme dans le ghetto on fait des mots d'esprit sur tout, la plaisanterie à la mode en ces temps-là, quand l'un de nous demandait à l'autre comment il allait, consistait à répondre : « Eh bien, tu vois, mon chien maigrit ! »

On se réjouit fort entre nous de voir nos épreuves à ce point allégées et les notables du ghetto, se réunissant sous ma présidence, se demandèrent comment ils allaient s'y prendre pour

1. Un décret.

faire à ce pape éclairé un présent qui lui apporterait le témoignage de notre gratitude.

Comme notre peuple est très doué pour la disquisition et la disputation, les palabres furent passionnées, mais après avoir longtemps pesé le pour et le contre, on aboutit à cette conclusion : le seul présent que le chef des chrétiens pourrait accepter de nous serait une croix pectorale richement ornée.

Dès que cette décision, sans que je l'eusse en rien recommandée, fut acquise, on me demanda de fabriquer ladite croix avec tout le soin et l'art que je mets à l'invention de mes bijoux et joyaux, ne me contentant pas, en effet, comme tant d'autres, d'en faire commerce, mais les imaginant et les exécutant. Je me fis longtemps prier pour augmenter le désir qu'ils avaient de me confier cette tâche, mais quand enfin j'y consentis, me méfiant de la versatilité de mes frères, j'exigeai que la somme d'argent nécessaire fût d'abord réunie. À cet instant, les palabres recommencèrent et menacèrent de s'éterniser. Car chacun ne voulait payer qu'une quote-part proportionnelle à ses revenus, et comme ces revenus avaient des contours peu précis, chacun essayant de dissimuler le plus qu'il pouvait pour échapper aux impôts romains, il fallut engager une âpre bataille pour savoir qui était vraiment riche ou, ce qui revenait au même, qui était aussi pauvre qu'il le disait. Toutefois quand enfin, à travers mille difficultés, la collecte fut faite, nous arrivâmes à ce résultat paradoxal : si avares qu'étaient ou paraissaient être les membres du ghetto, la communauté qu'ils composaient était généreuse. On réunit la somme énorme de cent mille piastres.

Me méfiant des soupçons et des calomnies, je ne voulus ni garder ce trésor chez moi ni même le gérer. Et je fis élire des trésoriers qui paieraient au fur et à mesure pour moi l'or et les pierres précieuses dont la croix serait faite. Malgré cela, il y eut un insolent pour me dire en plein conseil :

– Et toi, Giacobbe, tu ne contribues pas ?

– Moi, dis-je en le foudroyant du regard, je donne mon travail et mon talent !

Ne voulant pas, comme tant d'autres, me gonfler les joues de mes propres éloges, je ne décrirai pas la croix que je fis et qui me coûta tant de peines. Qu'il me suffise de dire que lorsque je l'exposai dans ma vitrine, tout le ghetto défila pour la voir, fasciné par sa beauté. À telle enseigne que le vieux rabbi Simone qui se trouvait avec moi dans l'arrière-boutique me dit en secouant la tête :

– Voilà bien nos Hébreux ! Toujours idolâtres ! Cette croix qu'hier encore ils tournaient en dérision, allant jusqu'à appeler le Christ « le petit pendu » (plaisanterie, d'ailleurs, de très mauvais goût), les voici maintenant qui l'admirent, bouche bée, simplement parce qu'elle est en or et chargée de diamants, de rubis, de saphirs, que sais-je encore ? Pour un peu, ils l'adoreraient ! J'aurais vu cela dans mes vieux jours, Giacobbe ! Une croix adorée comme une idole dans un ghetto !

Sixte Quint, quand, après lui avoir demandé audience, je lui portai la croix, se montra à la fois admiratif et embarrassé.

– C'est une merveille, dit-il en la tournant et retournant dans ses mains que je trouvai fines et bien faites (en contraste frappant avec son visage dont les traits étaient lourds et sans grâce), et je suis heureux de voir, Giacobbe, qu'il y a, dans le ghetto romain, d'aussi bons artistes qu'à Florence. En outre, cette croix est sanctifiée par les bons sentiments qui vous ont animés, vos frères et vous, envers votre souverain, quand vous en avez conçu le projet et assuré l'exécution. Je l'accepte donc avec joie comme témoignage de la fidélité et de la gratitude de mes sujets du ghetto que j'entends bien protéger des mauvais traitements des zélés, parce qu'ils sont laborieux, inventifs, paisibles, respectent mes lois et participent grandement à la prospérité de Rome et de mes États. Mais tout en l'acceptant, Giacobbe, je voudrais que vous compreniez, vous et vos frères, qu'il est impossible au chef de la Chrétienté de porter une croix qui lui est offerte par des sujets qui ne sont pas chrétiens. Néanmoins, cette croix restera dans ma famille et je la léguerai à mes descendants.

Après cela, sur le ton de la plus grande bonhomie, il engagea avec moi une conversation à bâtons rompus sur les réformes qu'il avait introduites dans le statut des juifs et, parlant de notre costume jaune, il dit :

– N'était ma crainte de scandaliser par trop mes sujets

chrétiens et la hiérarchie catholique, je l'aurais complètement supprimé.

– Très Saint-Père, dis-je, c'est déjà beaucoup de nous avoir ôté cette contrainte quand nous voyageons. Et en ce qui me concerne, c'est un grand soulagement, car porter ce costume sur les grands chemins de la péninsule, c'était une permission tacite donnée à tout un chacun de nous gruger en nous faisant payer le prix fort aux péages et dans les auberges, voire même de nous molester et de nous dépouiller.

– Vous voyagez souvent, Giacobbe ?

– Deux fois par an, au début de l'été et à Noël, je me rends pour mon commerce à Brescia, à Padoue et à Venise.

– À Brescia ? Voilà qui est intéressant !

Mais il n'en dit pas plus, et jetant un coup d'œil à sa montre-horloge, il me donna mon congé.

Je rendis compte de cette conversation au ghetto et, à ma grande surprise, je trouvai les plus zélés d'entre nous assez refroidis à l'égard du pape parce que, en relisant la bulle *Christiana Pietas*, ils avaient découvert que, trois fois par an, ils devaient être convoqués par un curé dans une église pour entendre la parole du dieu chrétien. D'aucuns même, très échauffés, préconisaient de ne pas se rendre à ces convocations. À ouïr ces discours insensés, je n'en crus pas mes oreilles.

– Vous êtes, dis-je, d'indécrottables fols ! Vous souffrez d'une maladie étrange ; vous n'êtes jamais contents ! Depuis vingt-cinq ans, vous avez durement pâti sous deux mauvais papes et maintenant que vous en avez un bon, vous voulez le braver ! Que vous importe de vous asseoir dans une église chrétienne et d'écouter les billevesées d'un curé sur le Christ ? Allez-vous mettre votre âme en danger parce que vous irez vous asseoir sur des bancs usés par des générations de gentils ? Vos culs de juifs valent-ils mieux que leurs fesses chrétiennes ? Ou votre foi dans le Dieu d'Israël est-elle si fragile qu'elle s'écroule dès lors qu'on vous parle du Christ ? Allez-vous au bout d'une heure vous mettre à adorer Marie et les saints ? Voulez-vous que je vous dise ? Vous êtes bien les descendants de ces parfaits idiots qui ont réclamé à cor et à cri la mort du Christ. Avez-vous jamais pensé que s'il n'avait pas été crucifié, personne ne parlerait plus aujourd'hui de ce doux illuminé ? Et que nous, pour notre part, on ne nous traiterait pas de déicides ?

Ils firent un beau tapage à ouïr ces paroles, d'aucuns hurlant que le Christ avait mérité la mort, parce qu'il avait attaqué la loi de Moïse tout en prétendant la défendre. J'étais béant. Leur rancune était sans limites ! Ils en voulaient encore au Christ de son enseignement, 1500 ans après sa mort !

Fort heureusement, le vieux rabbi Simone prit la parole et me donna raison, disant que ceux qui ne répondraient pas aux convocations des curés mettraient gravement en danger la communauté juive de Rome. Le vieux rabbi parlait d'une voix douce et chevrotante en regardant son auditoire de ses yeux noirs, jeunes et lumineux, dans une face plus ridée qu'une vieille pomme et quand il eut fini, plus personne n'osa ouvrir la bouche.

Une semaine après ces débats dont les accents véhéments résonnaient encore à mes oreilles, le pape me convoqua au Vatican. Passant par la même petite porte, je le retrouvai dans la même pièce, assis sur un cancan, une petite table à sa gauche, et debout à droite, le même Monsignore muet et immobile dont je savais maintenant qu'il s'appelait Rossellino. Comme à son ordinaire, Sixte Quint écourta les salutations.

– Giacobbe, me dit-il de sa voix rapide et articulée, quand, cette année, comptez-vous vous rendre dans le Nord ?

– Dans deux semaines, Très Saint-Père.

– Si vous avancez votre voyage d'une semaine, je pourrai vous donner une escorte d'une dizaine de mes Suisses qui vont passer leur congé annuel dans leurs montagnes et vous confier, par la même occasion, une mission personnelle.

– Très Saint-Père, dis-je en m'inclinant, je serais très heureux de l'escorte et très honoré de la mission.

– Elle ne vous écartera pas beaucoup de Brescia où, si je me souviens bien, vous devez vous rendre pour votre commerce. Il s'agit de remettre la cassette que voilà et une lettre de moi à la duchesse de Bracciano qui séjourne actuellement sur les bords du lac de Garde. Auriez-vous aussi la possibilité d'emmener avec vous un médecin juif qui s'y connaisse en blessures ?

– Par arquebuse, Très Saint-Père ?

– Non, par flèche. Mais je suppose que la différence n'est pas grande. Le duc de Bracciano a reçu, il y a fort longtemps, cette blessure, et depuis peu, à ce qu'on m'a dit, elle empire.

– Mon ami le *dottore* Isacco est, dans ce domaine, très compétent. Il a étudié à l'école de médecine de Salerne et traduit en latin le livre d'Ambroise Paré sur les blessures. Il l'a traduit en latin, justement parce que Paré, qui était chirurgien, ne connaissait pas le latin. Et la traduction d'Isacco, enrichie de ses observations personnelles, est à l'heure actuelle utilisée dans tous les pays.

– Et pensez-vous, Giacobbe, que vous pourrez le décider à vous accompagner ?

– Je le pense, Très Saint-Père.

Le visage du pape laissa alors percer quelque satisfaction. Il fit un signe à Rossellino et j'observai à cet égard que, bien que le Monsignore fût muet et non pas sourd, le pape lui parlait souvent par signes, ayant, à ce qu'on m'a dit, inventé ce langage pour que son camérier pût se faire comprendre de lui. Aussitôt, Rossellino prit sur une table une petite cassette en argent et me la remit ainsi qu'un pli cacheté adressé à la duchezza di Bracciano, Palazzo Sforza, Barbarano, Lago di Garda. Quand, après avoir pris congé, je repassai la petite porte, je m'aperçus, en tâtant le pli, qu'il devait contenir la clé de la cassette.

Mes fils, mes neveux et moi-même, en tout huit personnes, nous fîmes quelques frais de vêture pour le voyage qui devait se faire en si digne compagnie et nous amener à la porte d'un si grand prince. Je louai aussi de bons chevaux, et nous cachâmes quelques bons pistolets dans les fontes d'arçon de nos montures, sans les porter sur nous, ce qui eût été trop provocant pour des juifs. Il fallait penser, en effet, à notre retour qui se ferait sans les Suisses. Ceux-ci étaient une bonne dizaine et leur sergent me remit un laissez-passer rédigé en termes très élogieux pour moi et signé du cardinal Rusticucci et enrichi du sceau papal. J'ai conservé cette précieuse relique, me disant que si les persécutions devaient un jour recommencer, elles pourraient m'être utiles [1].

Ces bons Suisses qui furent en notre compagnie pendant quinze jours avaient environ le même âge que mes fils et mes neveux, mais ils étaient presque deux fois plus importants en volume et en largeur, sans parler même de leur taille : forts et gros gars ayant bu le bon air et le bon lait de leurs montagnes suisses, et exercé leurs corps dès l'enfance à de rudes travaux, tandis que nous autres, juifs, grandissons, serrés et étiolés, dans notre ghetto urbain avec défense absolue de vivre à la campagne et plus encore d'y acheter une terre. Toutefois, je devrais ajouter, pour être juste, qu'on ne trouvait pas sur les physionomies placides de nos Suisses cette étincelle de finesse qu'on remarquait dans les yeux luisants de mes garçons.

Quand nous parvînmes à Salò, nous fûmes fort déçus de voir si mal le lac, car il était couvert de brume et l'hôtesse, chez qui nous prîmes notre repas de midi, ne nous laissa aucun espoir de la voir se lever. En cette saison, dit-elle, elle était habituelle et pouvait durer tout un mois.

Quand on chemine de Salò à Barbarano, l'espace entre le bord de l'eau et les collines se rétrécit, celles-ci devenant plus abruptes et laissant peu de place au chemin. Au bout d'une petite demi-heure de chevauchée, nous vîmes à main droite une construction qui nous parut être le palais Sforza d'après la description de l'hôtesse. Mais comme nous n'en étions pas sûrs, j'allai frapper à l'huis d'un couvent qui, de l'autre côté de la route, s'accrochait au flanc de la colline. La porte ne s'ouvrit pas, mais seulement le judas, au travers duquel un capucin me dévisagea d'un air méfiant, comme s'il eût reniflé en moi une brebis galeuse. Mais quand je lui eus montré mon laissez-passer et le sceau papal, il consentit à me dire que ce que je voyais était bien, en effet, le palais Sforza. À travers les barreaux du judas, je lui glissai alors une obole, non que j'en eusse la moindre envie, mais parce que son attitude indiquait qu'il l'attendait, et aussi parce que, comme

---

1. Elles recommencèrent sept ans plus tard sous le règne de Clément VIII.

tous les miens, j'ai une certaine peur des prêtres. Pour me remercier, il voulut bien entrouvrir de nouveau ses lèvres minces – si minces qu'elles ressemblaient à la fente d'un tronc d'église – et m'apprendre que l'amiral Sforza avait terminé ce palais à peine huit ans plus tôt. J'aurais pu m'en douter : la pierre était encore blanche.

Au palais Sforza, le laissez-passer et le sceau papal firent aussi merveille, mais il fallut du temps pour qu'on allât quérir le majordomo qui, seul, pouvait donner l'ordre d'abaisser le pont-levis. On voyait bien que la bâtisse avait été construite par un amiral : elle avait beaucoup plus l'air d'une forteresse que d'un palazzo, présentant à nos yeux une longue façade dépourvue de tout ornement, chichement percée de quelques fenestrous fortement barreautés, et flanquée aux deux extrémités de grosses tours carrées. Une douve large et profonde l'entourait, alimentée par l'eau du lac.

Dès que nous fûmes introduits, le majordomo m'apprit qu'il me faudrait être patient, car le prince et son épouse étaient partis visiter leurs amis du château de Sirmione dans une de leurs galéasses et ne reviendraient que tard dans l'après-midi. Et comme je m'étonnais qu'on pût naviguer dans cette ouate, avec une visibilité qui ne dépassait pas un quart de mille, il me répondit que les marins du lac, pour se diriger, prenaient comme point de repère le soleil qui, même quand il ne perçait pas tout à fait, laissait deviner son disque à travers la brume.

Comme je l'avais observé, deux grosses tours carrées flanquaient la bâtisse, mais c'est seulement quand j'eus gagné la cour à la suite du majordomo que je compris le plan de l'édifice. Aux deux extrémités du corps principal, et perpendiculairement aux deux tours, étaient rattachées deux ailes qui s'avançaient jusqu'au lac. Par une disposition curieuse, une troisième aile – mais je ne sais si je peux l'appeler ainsi, car elle partait du centre – s'avançait parallèlement aux deux autres jusqu'au bord de l'eau, coupant la cour par le milieu. Sa façade à pignon comportait au premier étage une terrasse. Celle-ci ainsi que les deux portes-fenêtres qui donnaient sur elle, et les trois arcades en plein cintre qui la soutenaient au rez-de-chaussée, constituaient le seul élément véritablement élégant et majestueux d'une construction dans l'ensemble assez fruste.

Les trois arcades qui supportaient la terrasse se dressaient sur un parvis qui, par quelques marches, conduisait à un petit port, où je vis amarrée une galéasse du type de celles qui se sont illustrées à la bataille de Lépante contre les Turcs, mais beaucoup plus petite. Elle comportait une chambre de nage pour les rameurs, mais au lieu d'être à l'air libre, cette chambre était recouverte par un pont qui permettait de manœuvrer les voiles tout à l'aise.

Je demandai au majordomo si on avait construit cette galéasse sur place ou si on l'avait amenée de Venise, et comme il me répondait d'une façon longue et confuse, la fatigue de l'écouter, ajoutée à celle du voyage, et la gêne que me donnaient aussi la brume du lac et son odeur un peu fade, produisirent en moi un soudain malaise. Je m'assis sur les marches et je perdis connaissance.

Pas tout à fait, cependant, car je sentis qu'une personne, laquelle, à son parfum je reconnus pour Isacco, me défaisait ma fraise, me tapotait les joues et me faisait boire du vin sucré que j'avalai d'abord difficilement, puis avec avidité. Mes yeux papillotaient sans parvenir à s'ouvrir tout à fait, et j'entendis Isacco dire de sa belle voix de basse, probablement à un de mes fils :

– Ne t'inquiète pas. Il est solide. Il vivra cent ans.

Ma vision se précisa peu à peu et la première chose que je vis vraiment fut, sur ma gauche, une demi-douzaine de gros magnolias alignés au bord de l'eau. On aurait dit non pas des arbres, mais d'énormes bouquets ronds composés de fleurs blanches délicatement teintées de rose. En pénétrant dans la cour, je n'avais pu manquer de les apercevoir, mais mon regard avait dû glisser sur eux sans vraiment les prendre en compte, tandis que maintenant, dans l'état de faiblesse où j'étais, mon esprit, se trouvant aussi flou que le lac était brumeux, se fixait sur eux avec force et puisait en eux un plaisir qui me parut ne devoir jamais finir.

– Mais que regardes-tu ainsi, Giuseppe ? dit Isacco.

– Les magnolias.

– Eh bien, oui, dit-il d'un air étonné, les magnolias. On en trouve partout sur le bord du lac.

Mais parler me fatiguait vraiment beaucoup trop. Comment lui expliquer qu'il y a deux minutes, je me sentais mourir, et que maintenant, à voir ces magnifiques bouquets, je renaissais à la vie ?

– C'est toute la beauté de la création, dis-je avec effort.

– Ah, Giuseppe ! dit Isacco avec un gros rire, quel poète tu fais !

Il ajouta avec un mélange d'affection et d'indulgence :

– Mais il faut bien que tu le sois pour créer d'aussi beaux bijoux.

Cependant, des serviteurs s'approchaient, apportant sur des plateaux une collation que le majordomo avait dû commander, croyant sans doute que la faim avait causé ma défaillance.

Je m'avisai, avec un sentiment de dérision, que c'était bien la première fois qu'un gentil était si gentil pour moi. Il avait suffi, pensai-je, que Rusticucci me donnât un nom chrétien sur mon laissez-passer, et que le pape autorisât les juifs à voyager en costume ordinaire pour que le monde me devînt plus amical. Et pourtant, qu'est-ce qu'un nom et qu'est-ce qu'un habit ? N'étais-je pas toujours le même homme sous ces oripeaux passagers ?

Je mangeai du bout des lèvres, et seulement par courtoisie à l'égard du majordomo, mais mes fils, mes neveux et Isacco dévorèrent comme si le repas de midi n'était plus qu'un lointain souvenir. Isacco surtout était gros mangeur, ayant de toute façon et en tous domaines un grand appétit à vivre que paraissaient contredire les propos pessimistes qu'il tenait en toutes circonstances d'une voix allègre.

– Leurs Seigneuries arrivent, dit le majordomo.

Tous les regards se tournèrent vers le lac, mais on n'y vit rien qu'une brume blanchâtre qui, à deux cents pas à peine, dérobait tout l'horizon.

– Mais je ne vois rien, dis-je.

– Si vous prêtez l'oreille, signor, vous allez entendre le battement des avirons. Le vent est tombé. Ils ont affalé les voiles. Et sous le pont, ce sont les nageurs qui souquent.

J'entendis, en effet, le battement mesuré et régulier des

avirons, et même, quand ils revenaient en arrière, le grincement des tolets. Et tout soudain, la silhouette de la galéasse surgit de la brume comme un bateau fantôme et se précisa. Un ordre bref retentit. La galéasse parut presque s'immobiliser, puis glissa doucement sur son aire, vira, pénétra dans le petit port avec une majesté silencieuse et tandis que les avirons rentraient simultanément dans son ventre, elle vint se mettre, sur sa lancée, bord à bord de sa sœur jumelle déjà à quai.

La duchesse, suivie d'une cameriera, descendit d'un pas léger la coupée, mais le duc, à ce que je vis, dut être soutenu par deux gentilshommes pour atteindre le quai où la duchesse l'attendait déjà, le sourire aux lèvres, mais ses grands yeux bleus pleins d'inquiétude. C'était bien la première fois que je voyais cette beauté célèbre, mais bien que mon esprit eût été prévenu par maintes descriptions, je les trouvai toutes très inférieures à la réalité. Derrière elle, et à ce que j'observais dans la suite, ne la quittant pas d'une semelle, se tenait sa cameriera et en contraste avec la toison blonde de sa maîtresse, cette créature était aussi brune qu'une fille d'Israël, l'œil noir, vif, effronté, et une grosse poitrine pommelée qui me força à baisser les yeux, car même à mon âge, ils ne sont que trop attirés par ces appas-là.

Le majordomo s'approcha du prince et lui parla *sotto voce* et assez longtemps, expliquant sans doute qui nous étions et lui montrant mon laissez-passer tandis que nous nous tenions debout à quelques toises de là, dans une attitude déférente, l'œil fixé avec respect sur le duc et le coin de l'œil sur la duchesse et son accorte cameriera.

– Mes amis, soyez les bienvenus, dit le prince en s'avançant vers nous, tandis que nous lui faisions à l'unisson un profond salut.

Deux serviteurs, sur un signe du majordomo, amenèrent un cancan qu'ils placèrent devant les trois arcades du bâtiment central et sur lequel il prit place, toujours soutenu par ses deux gentilshommes, dont l'un, fort beau, était la réplique en brun de la duchesse : à n'en pas douter, il s'agissait de ce fameux frère jumeau qui dagua en plein jour à Rome dans un carrosse découvert le seigneur Recanati. On apporta aussi un cancan pour la duchesse, mais elle n'en voulut point et se contenta d'un petit tabouret qu'elle plaça aux pieds du prince et sur lequel elle s'assit gracieusement, ramenant sa longue chevelure dans son giron. La cameriera s'assit sur une marche derrière elle et, profitant de ce que sa maîtresse ne pouvait la voir, jetait sur notre groupe, sans même m'excepter, des regards hardis. Ce que voyant, le signor Marcello, montant la marche où elle avait pris place, lui décocha au passage, en tapinois, un petit coup de pied dans le gras de la cuisse qui la fit grimacer, mais non crier. Après quoi, le signor Marcello s'assit deux marches plus haut dans une attitude nonchalante.

– Maître joaillier, dit le duc qui ne voulait ni m'appeler par mon vrai nom, qu'il connaissait fort bien, m'ayant plus d'une fois commandé les bijoux pour sa première épouse, ni me donner le nom chrétien du laissez-passer (lequel il avait peut-être déjà oublié), je suis étonné de vous voir si loin de Rome et fort curieux de la mission que le Saint-Père vous a confiée pour nous.

Je lui dis alors ce qu'il en était de la lettre, de la cassette, et de la présence d'Isacco à mes côtés.

– Maître joaillier, dit le prince, une ombre de tristesse tombant sur son visage, remettez-nous, je vous prie, ce que le Saint-Père vous a remis pour nous, et vous, Vittoria, poursuivit-il avec douceur, peut-être voudrez-vous vous retirer en vos appartements pour lire plus commodément cette lettre-missive, ouvrir cette cassette, et examiner à loisir son contenu.

– Comme il vous plaira, Monseigneur, dit la duchesse en se levant.

Je remis alors au prince la cassette et la lettre. Il les plaça aussitôt dans les mains de Vittoria avec un regard tendre et un sourire qui s'effaça de ses lèvres dès que, gravissant les marches qui conduisaient aux arcades, elle disparut dans la maison, suivie de sa cameriera. Aussitôt qu'elles eurent l'une et l'autre quitté la place en leurs chatoyants atours, car la cameriera était à peine moins bien vêtue que la maîtresse, la cour parut tout d'un coup beaucoup plus terne et plus froide.

– *Dottore*, dit alors le prince en regardant gravement Isacco, ne vous offensez pas, je vous prie, de ce que je vais dire : mais je suis mortellement las des médecins et de la médecine, et quand je dis «mortellement», je crains que cet adverbe ne soit par trop approprié. Il y a quatorze ans, j'ai reçu une flèche dans la cuisse à la bataille de Lépante, et depuis quatorze ans, cette blessure m'a rarement laissé en repos. J'ai consulté des dizaines et des dizaines de médecins, tous plus célèbres les uns que les autres. Non seulement je n'ai pas été guéri, mais le mal n'a cessé d'empirer. Récemment encore, deux savants fameux, à la prière de la duchesse mon épouse, sont venus tout spécialement de Venise pour examiner ma plaie. Ils se sont demandé d'abord comment la nommer. Si j'ai bien compris, il leur paraissait très important de lui donner un nom. Ils ont discuté là-dessus une heure durant, au bout de laquelle ils sont tombés d'accord pour l'appeler la *lupa*, ce qui veut dire *la louve* en latin. Et quand je leur ai demandé : «Pourquoi la "louve"?» Ils m'ont répondu : «Parce qu'elle dévore la chair qui l'entoure!» «Voilà, dis-je, un joli nom, et qui me fait une belle jambe! Quelle curation proposez-vous?» L'un, alors, me dit qu'il faudrait me saigner matin et soir, et quand je lui demandai pourquoi, il me répondit ceci : «Quand l'eau d'un puits est trouble, on tire de l'eau jusqu'à ce qu'elle devienne claire : il en va de même de votre sang, Monseigneur. En vous saignant, nous retirons de votre corps le sang pourri. Et votre plaie cessera de vous dévorer.»

Le prince sourit ici d'un air d'amère raillerie. Il attendait une remarque d'Isacco, mais Isacco se taisant, il reprit :

– J'acceptai d'être saigné matin et soir, mais au bout d'une semaine de ce traitement, je me sentis beaucoup plus faible, et ma plaie n'allait pas mieux. J'en conclus que les saignées n'avaient pas su faire le tri entre le sang sain et le sang pourri, et qu'elles me retiraient du corps le premier sans évacuer le second. Je payai alors ce médecin et le renvoyai à Venise. Restait toutefois le second médecin qui fut fort satisfait du départ du premier. Il me dit : «Vous avez mille fois raison, Monseigneur. Ce confrère est un indocte, pour ne pas dire un charlatan. Il emploie le remède à la mode et le met à toutes les sauces. Ma thérapeutique, elle, est appropriée à chaque cas.

«– Quelle est donc, dis-je, votre curation?

« – Appliquez chaque jour sur la plaie une compresse de viande fraîche. La *lupa*, trouvant sa nourriture ailleurs, cessera de dévorer la chair de votre jambe. »

– Et vous essayâtes, Monseigneur ? dit Isacco en ouvrant de grands yeux.

– J'essayai, et le résultat fut qu'au bout d'une semaine, le mal avait considérablement empiré. J'en conclus que la louve préférait ma propre chair à la viande la plus appétissante et je renvoyai mon Hippocrate. Et vous, *dottore*, dit-il en considérant Isacco avec un air où se lisaient à la fois la défiance et l'espoir, quels remèdes proposez-vous ?

– Monseigneur, dit Isacco, je ne saurais le dire avant d'avoir examiné la plaie.

– C'est bien, dit le prince, dès que la duchesse se sera retirée pour la nuit, je vous la montrerai.

Isacco avait été logé au palais dans une chambre à côté de la mienne et dès que, vers onze heures du soir, je l'entendis rentrer après sa consultation, j'allai le trouver et lui demandai ce qu'il en était. Isacco paraissait de fort mauvaise humeur et me dit d'un air rechigné, en étouffant les sonorités profondes de sa voix :

– Le malheur, c'est que le prince a eu affaire à des ignares dont la médecine, purement verbale, ne reposait que sur des métaphores : le sang pourri semblable à l'eau trouble d'un puits ! La plaie semblable à une louve qui se nourrit de chair !

– Même dans le ghetto il y a des médecins qui raisonnent ainsi...

– Qui le sait mieux que moi ? Bref, le malheureux a subi tant de curations saugrenues que maintenant, quand on lui propose le vrai remède, il n'en veut pas.

– Et quel est le vrai remède ?

– Lui couper la jambe avant qu'il ne soit trop tard.

– Et il n'y consent pas ?

– Il s'y refuse absolument, dit Isacco avec irritation. Il déclare qu'il préfère mourir que vivre mutilé.

– Évidemment ! dis-je. Ce bel homme ! Ce héros ! Ce prince ! De plus, il est amoureux !

– Quel est le rapport ? dit Isacco qui refusait, par principe, de comprendre ce qu'il comprenait fort bien. Toi, tu accepterais de mourir plutôt que de perdre une jambe ?

— Moi, je ne suis pas marié à la plus belle femme de Rome.

— Et en effet, qu'en ferais-tu ? dit Isacco, qui était fier de sa fécondité, faisant un enfant par an à sa femme et engrossant aussi ses servantes.

— Et que peut-on faire d'autre pour le prince ? dis-je au bout d'un instant.

— D'autre que l'amputation ?

— Oui.

— Rien.

— L'issue est donc fatale ?

— Oui. Cet été qui commence sera le dernier pour lui.

— Ah, Isacco, dis-je avec reproche, quelle phrase affreuse !

Cette remarque porta à son comble son exaspération.

— Au diable ta sensiblerie, Giuseppe ! rugit-il, crois-tu que je vais pleurer sur le prince ? Il est né dans un berceau d'argent avec un hochet en or ! Il a tout reçu de la vie : titres, richesse, gloire, amour ! Et maintenant, il subit le sort commun. Gentil ou juif, nous y passons tous. Non, non, ne réponds rien ! Laisse-moi, je te prie, Giuseppe, j'ai sommeil. Et il me tarde d'être à demain pour m'en aller. Je n'aime pas ce lac ! Je n'aime pas son odeur ! Et je n'aime pas sa brume ! On dit que c'est un petit paradis. Et peut-être c'en est un, mais à condition de le voir. Je n'aime pas non plus ce palais. Comment peut-on dormir sous une telle hauteur de plafond ? Ces gens-là voudraient nous faire croire qu'ils sont cinq ou six fois plus grands que nous ! Veux-tu que je te dise, j'ai hâte de retrouver mon ghetto ! Et surtout ! surtout ! surtout ! je déteste ce genre de malade qui fait la fine bouche pour vivre. S'il avait subi tout ce que nous autres, nous avons subi à Rome depuis Pie V, peut-être aimerait-il l'existence davantage ! Et à quoi je sers, moi, veux-tu me le dire, si le patient n'est pas résolu à s'accrocher de toutes ses forces à la vie ?

CHAPITRE XIV

Paolo Giordano Orsini, duc de Bracciano

Il ne me reste que peu de temps à vivre. J'espère qu'en cette fin de vie, je montrerai quelque courage – encore que le courage, dans ces circonstances-là, ne soit qu'une vanité de plus et ne change rien à l'affaire.

D'un bout à l'autre de mon existence, j'ai su qu'un jour elle devrait s'achever, et pourtant, je n'y croyais pas vraiment. Ou du moins, je n'y croyais que du bout des lèvres, ou pour mieux dire, du bout de la conscience. Et mon premier sentiment, quand la mort est devenue certaine, fut de me dire : «Quoi ? cela m'arrive à moi aussi ? Et si tôt ?»

Cette incrédulité est facile à comprendre : comment un être qui pense peut-il imaginer que sa pensée puisse cesser ?

Dieu merci, je ne suis pas philosophe ni théologien. Mais maintenant que je ne peux plus marcher, j'ai du temps pour réfléchir. Il me semble que l'homme se donne beaucoup de mal pour croire qu'après sa vie il vivra encore. Et pourtant, comment jouir du Paradis ou pâtir en Enfer, quand le corps et la pensée sont anéantis ? À supposer que je sois damné, avec quoi vais-je brûler, puisque je n'ai plus de corps ? Et avec quoi saurais-je que je brûle, puisque mon crâne sera vide ?

Le néant, en revanche, est bien plus intelligible ; puisque nous n'existions pas avant notre naissance, pourquoi existerions-nous après notre mort ?

Ces pensées, je me garderais bien de les confier à mon chapelain. C'est un brave homme, assez sot. Il répète à soixante-dix ans passés ce qu'il a appris à l'âge de dix ans, et comme il y a soixante ans qu'il le répète, il est persuadé que c'est vrai.

Je ne voudrais pas le troubler. Je ne voudrais pas non plus qu'il me refuse l'absolution. Je ne veux ni inquiéter ni scandaliser mon entourage. C'est surtout pour lui que c'est important qu'un mourant agonise dans les règles.

Côté ciel, au palazzo Sforza, nous sommes vraiment gardés à carreau. Derrière nous s'élève un couvent de capucins et devant nous, dans l'île située en face de nous, un couvent de franciscains. Ayant fait à l'un et à l'autre les largesses qu'ils attendaient, ils m'ont assuré qu'ils prieraient pour ma guérison, et, si elle échouait, pour mon salut. Comment douterais-je de l'efficacité de leurs prières ?

Ce médecin juif est le premier qui m'ait dit la vérité sur mon état – vérité que je connaissais déjà, mais que j'avais réussi à me cacher –, c'est aussi le premier qui paraissait sincèrement désireux que je survive : il a eu l'air très déçu que je refuse de me laisser amputer.

J'ai assisté plus d'une fois à cette opération sur le pont d'un bateau : C'est une boucherie effroyable. Bien peu de patients s'en tirent, et dans quel état ! Des débris d'homme, souffrant à jamais de leur jambe absente ! Se traînant sur des béquilles ! Irai-je donner à Vittoria le spectacle de ma dégradation ?

Ce matin, j'ai dit à Vittoria que j'allais mourir. Jusqu'ici, il était entendu entre nous que mon état n'avait rien de grave. Nous faisions de notre mieux, chacun de notre côté, pour entretenir ce mythe. Elle y réussissait mieux que moi, peut-être parce qu'elle y croyait davantage.

Quand je lui ai fait cette annonce, elle a pâli. Au bout d'un moment, les larmes ont coulé en silence sur son visage. Comme j'étais allongé sur le lit, elle vint s'y étendre aussi et me prit la main. Nous restâmes ainsi sur le dos, côte à côte, comme deux gisants sur un tombeau. À cet instant précis où cette idée me vint, elle dit :

– Nous avons l'air de deux gisants sur un tombeau.

– C'est ce que je pensais.

– Je voudrais que ce soit vrai et partir avec toi.

– Même ainsi, dis-je, nous serions séparés. Comment se

voir sans yeux ? Se toucher sans mains ? S'embrasser sans lèvres ?

– À tout le moins, dit-elle, nos âmes ne se quitteraient pas.

Je me tus, ne voulant pas ébranler chez elle cette croyance, si elle la réconfortait. Je dis au bout d'un moment :

– Vittoria, quel est ton meilleur souvenir ? J'entends depuis que tu es dans ma vie ?

– Avant toi, dit-elle gravement, je n'ai pas de bon souvenir. Mais avec toi, tout a été si beau. Comment choisir ?

Elle resta un moment silencieuse, puis elle pressa ma main et dit :

– La villa Sorghini, peut-être. Et pourtant, j'avais des remords affreux parce que j'étais adultère. Et aussi parce que je ne pouvais pas me confesser : au premier mot, on m'aurait enfermée. Tous les soirs, je pleurais. Mais le lendemain, en pensant à notre prochaine rencontre, les chaînes me tombaient du cœur, et je me sentais heureuse et légère. J'avais l'impression de danser sur les sommets du monde…

– Moi aussi, je pense souvent à la villa Sorghini. À cette tente blanche sur la terrasse ! En plein centre de Rome et pourtant si loin de tout ! À travers les courtines blanches on apercevait les géraniums et, au-dessus de nos têtes, sur le vélum, on voyait passer l'ombre des martinets. Ils poussaient des cris aigus. Je les ai encore dans l'oreille, mêlés à nos soupirs.

Comme Vittoria se taisait, je tournai la tête vers elle et lui vis de nouveau des larmes. Je serrai sa main plus fort et, changeant de ton, je lui dis :

– Vittoria, quand ce sera fini, je voudrais que vous alliez vous établir à Padoue. J'ai loué pour vous le palais Cavalli.

– Mais pourquoi à Padoue ? dit-elle, tournant vers moi ses immenses yeux bleus, encore brillants des larmes qu'elle avait refoulées.

– Le *Podestà* de Padoue est un de mes amis. Il vous protégera.

– Je serai donc menacée ?

– Oui. Par les Medici.

– Mais pour quelle raison ? dit-elle, stupéfaite.

– Qu'est-ce qui peut bien faire agir les Medici, sinon l'argent ?

– Quel argent ? En quoi leur ai-je fait tort ?

– Cet après-midi, deux savants juristes viendront de Padoue pour rédiger mon testament. J'y lègue tous mes biens et possessions à mon fils Virginio et à vous, Vittoria, une somme importante qui vous permettra de vivre dignement.

– Si ce legs doit me faire haïr des Medici, Paolo, alors ne le faites pas.

– Vittoria, dis-je, puis-je laisser la duchesse de Bracciano dans le besoin ? Votre part, pour importante qu'elle soit, ne représente que le dixième des biens que je laisse à Virginio. Il n'est en rien lésé. C'est l'avidité proverbiale des Medici qui leur fera croire qu'il le sera.

– Ah, ne me léguez rien, Paolo ! s'écria-t-elle. J'ai la croix dont le pape vient de me faire présent. Je la revendrai et je retournerai à Rome au palais Rusticucci vivre avec ma mère et Giulietta sous la protection de mon oncle.

– Ma mie, sachez d'abord que vous offenseriez grandement Sixte Quint en vendant sa croix. Et par ailleurs, il serait très imprudent de votre part de vivre dans sa dépendance. Il vous aime, certes, mais il règle ses affaires domestiques comme il régit l'État : avec une main de fer. N'avez-vous pas assez souffert à Santa Maria sous le poids de sa tyrannie ? Mon ange, ce n'est pas l'avenir que je souhaite pour vous. Je désire que vous alliez vous établir à Padoue et faire valider mon testament par le Podestà. Quand vous serez entrée en possession de mon legs, alors vous vivrez libre, indépendante et respectée. À Rome, sous la férule du pape, vous ne seriez jamais que la veuve de Francesco Peretti. À Padoue, vous serez la veuve du duc de Bracciano.

– Ah, Paolo ! cria-t-elle, n'employez pas ce mot de veuve : je l'ai en horreur ! Et je vous en prie, ne vous faites pas de souci pour moi. C'est chose entendue, je ferai tout ce que vous voulez. Ma vie, privée de la vôtre, sera bien peu de chose à mes yeux.

Dans l'après-midi, répondant à un message urgent que je leur avais dépêché, arrivèrent de Padoue les professeurs Panizoli et Menochio. Je m'enfermai avec ces messieurs en présence de Marcello et de mon majordomo, et je leur dictai mes dernières volontés, afin qu'ils les missent en forme selon la loi. Je léguais tous mes biens et possessions, tant de Bracciano que de Montegiordano, à mon fils Virginio et, d'autre part, à mon épouse Vittoria, duchesse de Bracciano, une somme de cent mille piastres, outre tous les meubles, tentures et tapis apportés par moi au palais Sforza et, enfin, les bijoux qu'elle tenait de moi.

Quand le testament fut rédigé, il fut signé par les deux professeurs et par Marcello et mon majordomo en qualité de témoins. Sur ma demande, il fut recopié de la même écriture que le premier et signé par les mêmes personnes. Un des deux exemplaires ainsi authentifiés devait être remis par les deux professeurs au Podestà de Padoue. Je remis le second à Marcello, le sachant en sûreté dans ses mains fraternelles.

Quand les juristes m'eurent quitté avec mes remerciements et des honoraires qui dépassaient leurs espérances, je me sentis fatigué de ce qui avait été pour moi un grand effort. Cependant, je pris sur moi de converser quelques minutes encore avec Marcello.

— *Carissimo*, dis-je, tu devras veiller sur Vittoria, en particulier dans la première minute qui suivra ma mort. Elle a exprimé le désir de partir avec moi.

— Je l'ai entendue.

— Tu écoutais donc à la porte ?

— J'écoute toujours à la porte quand il s'agit de Vittoria. La meilleure vigilance est d'être bien informé. Et vous, Monseigneur, croyez-vous veiller sur elle en faisant ce testament ?

— J'assure son avenir.

— Vous auriez pu l'assurer autrement. Par exemple, en lui donnant *da mano a mano* votre collection de bijoux.

— Je ne l'ai plus. Je l'ai gagée au moment de quitter Rome pour payer mes dettes.

— À qui, Monseigneur ?

— À Giuseppe Giacobbe.

— Qui est Giuseppe Giacobbe ?

— Le joaillier que tu as vu ici avec le médecin qui voulait m'amputer.

— Est-il si riche ?

– Lui, non, mais le ghetto, oui.

– D'où, par malheur, ce testament.

– Pourquoi « par malheur » ?

– Parce que ce testament est un pistolet chargé que vous donnez aux Medici.

– C'est un pistolet chargé, mais c'est à Vittoria que je le donne.

– Elle ne saura pas s'en servir. Elle est trop bonne, trop généreuse. Les Medici feront feu les premiers.

– Ils ne feront pas une chose pareille ! À Padoue, ville vénitienne !

– Vous avez raison, Monseigneur, ils ne la feront pas. Ils la feront faire.

– Lodovico ?

– Qui d'autre ? Les Medici ne diront rien, n'écriront rien. Ils ne recevront même pas ce coquin. Ils tireront dans l'ombre les ficelles.

– Eh bien, prends les devants. Tue-le !

– J'y ai rêvé, mais ce n'est pas si simple. C'est un chef de bande, il n'est jamais seul et il vit entouré de ses bandits. Ah, Monseigneur, quelle étrange idée vous avez eue de payer vos dettes !

– Un Orsini paye toujours ses dettes.

– Sauf quand il se nomme Lodovico. Monseigneur, je ne sais pas si vous avez bien fait en louant un palais pour Vittoria à Padoue. Elle aurait été plus en sûreté à Rome sous l'aile de son oncle. Le monde entier craint son bec et ses puissantes serres.

– À Padoue, elle sera protégée par le Podestà.

– Elle ne sera pas protégée avec la même rigueur. Les Vénitiens sont comme les Medici : des marchands. Des hommes de compromis et de compromissions.

– Ah, Marcello, tu jettes le doute dans mon esprit. D'un autre côté Sixte Quint l'aurait soumise à Rome à une tutelle implacable ! Que penser ? Que résoudre ? Et comment prévoir l'avenir, moi qui en ai si peu ?

Marcello Accoramboni

Quand le médecin juif le quitta fin mai, le prince était convaincu qu'il n'en avait plus que pour deux ou trois semaines. Mais quatre mois se passèrent sans que son état changeât. J'entends : sans s'améliorer, mais sans empirer sensiblement non plus. Le prince avait de grandes ressources d'énergie et bien que par moments il souffrît beaucoup, il avait l'air de soutenir un siège sans nourrir la moindre intention de se rendre à l'ennemi.

Chose curieuse, bien que faisant presque chaque jour allusion à sa fin prochaine, ses remarques, maintenant, paraissaient propitiatoires : il désarmait la mort en en parlant. Raison pour laquelle, ne voulant pas avoir l'air de prendre au sérieux l'échéance fatale qu'il évoquait sans cesse, je ne revins pas sur le sujet qui nous avait divisés le jour de son testament.

Moi-même, d'ailleurs, j'étais devenu là-dessus plus hésitant. À force de peser le pour et le contre, il me semblait que la solution romaine que j'avais préconisée présentait plus d'inconvénients que ce séjour à Padoue contre lequel je m'étais élevé. Car Rome aussi comportait de grands risques, et pour Vittoria, et pour moi. Pour elle, au pire le couvent pour expier son adultère. Et pour moi le gibet pour avoir tué Recanati. Il est vrai que Grégoire XIII m'avait pardonné pour ce meurtre, mais j'avais ouï dire que Sixte Quint reconsidérait les « pardons » de son prédécesseur et envoyait tous les jours au gibet des gens qui avaient oublié jusqu'au souvenir de leurs crimes.

La santé du prince restant stationnaire, l'été se passa moins mal que nous le redoutions et d'autant que nous eûmes trois mois chauds, ensoleillés, sans pluie et presque sans brume.

À côté du port du palais Sforza, le prince avait fait aménager une petite plage, y déversant moitié sur terre, moitié dans l'eau des charrois de sable. Après quoi, il avait élevé sur trois côtés des palissades pour dérober la vue de la baigneuse. Il aimait se faire transporter sur son bord quand Vittoria y nageait, vêtue de sa seule toison. Elle nageait bien et sans compagnie, car Caterina, pour qui l'eau froide n'était pas saine, refusait d'y tremper le bout du pied. Quant à moi, je m'ébattais dans le lac le matin et du reste, j'aurais pensé diminuer le bonheur du prince en me joignant à Vittoria l'après-midi. Je lui tenais compagnie sur le bord. Il jouait aux dés avec moi, mais, la plupart du temps, il regardait le beau corps blanc de Vittoria briller dans l'eau, suivi de ses longs cheveux. Derrière nous, du côté des capucins, le soleil se couchait et devant nous, par temps très clair, nous pouvions apercevoir au nord-est les neiges éternelles du mont Baldo, lesquelles se distinguaient à peine des petits nuages blancs qui passaient très haut dans le ciel et paraissaient si heureux d'être libres. C'est en les regardant que je compris pour la première fois ce qui fait la mélancolie d'un lac, si beau soit-il : l'eau y est prisonnière.

Le matin, on se promenait sur ses flots dans une des deux galéasses. Bien que le prince fût allongé, et qu'il eût un timonier, il aimait commander la manœuvre, comme au temps où il parcourait l'Adriatique pour donner la chasse aux pirates barbaresques. Il se donnait ainsi l'illusion d'agir. Je ne sais si Vittoria aimait autant que lui ces croisières, mais elle était heureuse de le voir s'animer et se distraire. Depuis qu'il ne pouvait plus marcher, elle était devenue pour lui maternelle et, tout en veillant à ne pas trop l'accabler de ses soins, elle l'enveloppait de sa tendresse.

Il faut bien avouer que les femmes ont un rare talent pour se lover autour d'un homme, soit pour l'étouffer, soit pour le choyer. Pour s'attacher à lui, elles disposent de petites ventouses comme le lierre. Depuis que j'ai quitté Rome, Margherita Sorghini m'écrit tous les jours pour me dire à quel point je lui manque. Et à vrai dire, malgré les commodités que m'apporte Caterina, je déplore aussi son absence.

J'aime la maturité de ses charmes. Rien n'est plus beau à mes yeux qu'une beauté qui se défait. L'amour est devenu pour elle un art et une religion. La passion de plaire qui la dévore la rend très attrayante. Dès que je lui ai écrit que je la regrettais, Margherita est accourue et a loué une petite maison à Salò, au bord du lac. Après le repas de midi, quand Vittoria et Paolo sont retirés dans leur chambre pour la sieste, je fais seller mon cheval et je galope jusqu'à Salò retrouver Margherita et passer une heure avec elle.

J'ai fini par lui demander :

– M'amie, que fais-tu donc le reste de ta journée ?

– Je t'attends.

– Crois-tu que je mérite autant d'amour ? Après tout, comme disait très justement le pape quand il n'était encore que Montalto, je suis un homme très peu recommandable : Je suis menteur, égoïste, paresseux, dur de cœur, et je t'exploite sans merci.

– Tu n'es pas dur de cœur, et je t'aime comme tu es.

– Je t'ai défendu de me dire : je t'aime.

– Eh bien, alors, je ne t'aime pas, dit-elle avec un lent et ravissant sourire.

Je sens alors les petites ventouses du lierre se fixer avec force sur toute l'étendue de ma peau. Au début, je m'en inquiétais. Mais maintenant, j'estime que c'est sans danger. Je tiens l'amour pour une illusion née du désir et du plaisir. L'homme, étant le seul mammifère qui possède assez d'esprit pour faire l'amour en toutes saisons et à tout moment, n'est pas sans éprouver quelque affection pour la femelle avec laquelle il le fait. Affection que naturellement elle partage, puisque, dans la majorité des cas, il la défend et la nourrit. Il n'y a rien d'autre.

Mais quand je dis cela à Margherita, malgré sa peur de me déplaire, elle s'insurge.

– C'est peut-être vrai de toi à moi, mais non certes de moi à toi ! Moi, je t'…

Elle se reprend juste à temps et avec cette dextérité que j'admire chez les femmes, elle glisse sur un terrain plus sûr.

– Par exemple, toi, tu adores Vittoria.

Je hausse les épaules.

– C'est tout différent. Vittoria, c'est moi.

Là-dessus, j'effleure ses lèvres d'un baiser rapide, mais elle tient à m'accompagner jusqu'à l'écurie où ma jument m'attend. Je saute en selle et elle m'envoie un baiser des yeux, et un autre encore, quand elle sort sur le seuil pour me regarder partir.

Je serai content demain de la retrouver et je suis content

maintenant de la quitter. Un tel amour, c'est un peu lourd à porter. Je me répète une fois de plus en galopant que le meilleur moyen, assurément, d'être heureux avec une femme, c'est de ne pas vivre avec elle.

Déjà, habiter sous le même toit que Caterina me devient très difficile. Elle a découvert, bien entendu, la présence de Margherita à Salò, et elle me fait des scènes devant lesquelles je suis tout à fait désarmé. Quand je la tance, elle s'en moque. Quand je la bats, elle se plaint que mes tapes ne valent pas en nombre et en force celles d'*il mancino*. Elle aime être battue, elle aime fondre en larmes, se repentir, se jeter à mes pieds, et me supplier, la poitrine haletante, de la «violer et de la tuer». Comment refréner et maîtriser une femme qui tourne tout en volupté, y compris sa propre punition?

Alors même qu'elle est si angoissée par la perte de son grand amour, Vittoria trouve encore le moyen de s'intéresser aux autres. Elle me dit :

– Voyons, Marcello, pourquoi n'aimes-tu personne?

Et comme je me tais, elle reprend :

– Et pourquoi ne fais-tu rien? Un homme doit avoir un but dans la vie.

Je ne réponds pas davantage, mais je pense : Quel but? L'amour peut-être? Quelle dérision! L'or? L'or qui asservit ceux qui le servent! La gloire, ce vain bruit! Ah, Vittoria, je ne te le dirais pour rien au monde, mais dans dix ans, qui se souviendra que le prince a si vaillamment combattu à la bataille de Lépante? Et dans cent ans, qui se souviendra de Lépante?

En novembre, tout se gâta. La brume revint sur le lac, plus épaisse que jamais, pour être aussitôt dissipée par un vent violent, soufflant de l'est, qu'on appelle ici la *vinezza*. Il apportait le froid, la pluie, la tempête. Avec une rapidité inouïe, le lac, qui était fort calme une minute avant, se creusa en vagues écumantes qui vinrent démolir les palissades de la petite plage et couvrir son sable de limon. Il fallut doubler les amarres des galéasses dans le port, amener les embarcations plus petites dans les douves et disposer dans celles-ci des brise-lames pour éviter que le flot battît trop fort le palais. Baignades et croisières cessèrent. Bientôt, il ne fut même plus possible de se tenir sur la terrasse, tant on y était exposé aux embruns. Bien que le port fût protégé à l'est par une forte digue, la *vinezza* projetait des gerbes d'eau et d'écume qui, sautant cette défense, parvenaient jusqu'à nous. Au début, on se tenait sous les trois arcades qui supportent la terrasse, le prince désirant jouir du spectacle de la tempête. Mais celle-ci jour après jour faisant rage, il se lassa d'elle, regrettant sans doute le temps où, debout sur sa galéasse, il luttait contre les subits coups de vent de l'Adriatique.

Le soleil disparut sous un plafond de nuages noirs et gris. Quand la tempête s'apaisait, la pluie prenait le relais et tombait en rafales obliques. Tout devint triste et humide. Tout pourrissait. L'eau du lac, si claire en été, se troubla et laissait voir çà et là des traînées jaunâtres. Son odeur devint plus fade encore et quasi écœurante. La *vinezza* soufflait du matin au soir, et, la nuit, elle faisait trembler les fenêtres closes interminablement.

Dès lors qu'on dut se cantonner dans la maison et allumer des feux, le prince, privé de ses croisières et des baignades de Vittoria, déclina rapidement. Chose étrange, son appétit resta intact. Il mangeait et buvait comme à l'accoutumée, c'est-à-dire beaucoup et vite. Ses siestes, au dire de Caterina, restaient toujours aussi actives. Mais son humeur avait changé. Il se repliait davantage sur lui-même, parlait très peu et, pendant de longs moments, restait inerte et somnolent. Son œil, par instants, se ternissait et ne reprenait vie que lorsqu'il venait se fixer sur Vittoria.

Jamais il ne l'avait tant contemplée, et avec une attention plus profonde. On aurait dit que sa beauté était devenue le seul lien qui le rattachât à la vie. Toutefois, même dans son état de faiblesse et de dépendance, il n'était pas égoïste et insistait pour qu'elle reprît, seule, ses promenades quotidiennes à cheval, jugeant que l'exercice lui était salutaire.

Sur la prière de Vittoria, je tenais alors compagnie au prince. La plupart du temps, du moins quand l'opium apportait un répit à ses souffrances, il somnolait, ou même dormait tout à fait, la tête penchée sur l'épaule.

Le 12 novembre, si j'ai bonne mémoire, il se réveilla avec un grand cri.

– Aziza ! Aziza !

Puis il me vit à ses côtés, la conscience lui revint, et il dit de la voix rauque d'un homme qui émerge d'un long silence :

– Marcello, te souviens-tu d'Aziza ?

– Votre petite esclave mauresque ? Celle qui portait un stylet à sa ceinture ? Je ne l'ai jamais vue, mais je connais son histoire.

– Sais-tu ce qu'elle est devenue ?

– Non, Monseigneur.

– La nuit où j'ai arraché Vittoria à Sant'Angelo, et l'ai amenée à Montegiordano, Aziza s'est planté son stylet dans le cœur.

– Par jalousie ?

– Non. Elle expliquait dans un billet à moi adressé qu'elle partait, non par haine et dépit, mais parce qu'elle n'était plus utile. Voilà ce qu'on devrait tous faire : partir quand on n'est plus utile.

Je partageai assez cet avis, mais je me gardai de le dire. Que le prince eût déjà pensé au suicide, c'était évident. Sans cela, pourquoi garderait-il sur sa table de nuit un pistolet chargé ? S'il ne s'était pas encore décidé à en user, c'est sans doute parce qu'il savait trop bien quels soupçons tomberaient alors sur Vittoria.

Il reprit d'une voix basse et les yeux à demi fermés :

– Je viens de rêver d'Aziza. Je me trouvais seul la nuit dans une forêt inextricable, absolument perdu. Je me traînais sur ma jambe malade. J'avais très soif. J'étais très angoissé. Tout d'un coup, au milieu des arbres, apparut un chemin et sur ce chemin s'avance, tiré par quatre chevaux, un carrosse découvert. Aziza y est assise, seule, vêtue de sa plus belle robe et parée de tous ses bijoux, comme au jour de son suicide.

– Viens ! monte ! me dit-elle, je t'emmène !

Elle m'aide car, en raison de ma jambe, je n'arrive pas à prendre place à ses côtés. Je sens sa main sur mon bras. Elle est très forte. Elle a des doigts d'acier. Ils s'enfoncent dans ma chair. Je me dis : Est-ce bien la petite Aziza qui fondait autrefois dans mes bras ?

Mais le carrosse nous emporte à une vitesse folle. Le chemin se crée à travers les arbres au fur et à mesure qu'il avance, la forêt se refermant aussitôt derrière lui, coupant toute retraite. Je ne vois Aziza que par intermittence, l'obscurité et la lumière se succédant sur son visage, du fait que la lune est par moments cachée par les arbres. Elle est tournée vers moi. Elle me sourit. Autant son sourire me paraît tendre, quand sa tête est dans l'ombre, autant il me semble menaçant, quand il est éclairé. Cependant, le martèlement des sabots sur le sol et le tintement des grelots que les chevaux portent au cou me rassurent.

– Où m'emmènes-tu, Aziza ?

– Regarde le cocher, tu comprendras.

Mais il n'y a pas de cocher et je n'entends plus les sabots, ni les grelots de l'attelage. Cependant, la calèche file toujours aussi vite. Je ne vois rien. Une brume épaisse nous enveloppe, mais je devine au clapotis à l'avant que nous glissons maintenant sur le lac, bien qu'il n'y ait pas le plus petit souffle de vent pour gonfler les voiles, ni sur les côtés le moindre battement d'avirons. Je suis seul sur la galéasse avec Aziza, et comme elle me regarde toujours, son sourire ambigu fiché sur ses lèvres, je répète :

– Où m'emmènes-tu, Aziza ?

– Regarde le timonier, tu comprendras !

Je me retourne, mais il n'y a pas de timonier. La barre du gouvernail oscille de droite et de gauche, libre de ses mouvements. Je fais des efforts désespérés pour me lever et aller la prendre en main, mais je n'arrive pas à me mettre debout. Je me réveille… Donne-moi à boire, Marcello.

Il boit. Il est pâle. Il paraît épuisé d'avoir parlé si longtemps. Mais comme à cet instant Vittoria rentre de sa chevauchée, superbe, le cheveu emmêlé, l'œil vif et les joues roses, il se domine et parvient à lui sourire et même à échanger quelques paroles avec elle. Cependant, il coupe court.

– Ma mie, voudriez-vous gagner votre chambre et vous parer pour le repas du soir ? Pendant ce temps, je vais aller dormir un peu. Quand vous serez prête, n'hésitez pas à me réveiller pour me montrer comme vous êtes belle.

Il a encore la force de lui sourire, mais dès qu'elle est sortie de la pièce, il perd connaissance. J'appelle le majordomo et, à nous deux, nous arrivons à lui faire boire quelques gouttes d'esprit-de-vin et à le ranimer. Quand il revient à lui, je le fais porter au premier étage et placer sur son lit. Et là, il reprend assez de force pour nous interdire de le déshabiller. La raison est claire : il ne veut pas inquiéter Vittoria.

Comme la pluie et le vent ont cessé, je sors sur la terrasse par la porte-fenêtre que je referme, ou plutôt que je pousse derrière moi. J'aspire l'air à pleins poumons. La brume est là de nouveau, mais l'air est tiède et calme. J'aime assez d'ordinaire la compagnie du prince, mais à la longue, la présence de la mort en tiers entre nous me pèse. J'ai toujours pensé, quant à moi, que ma vie ne serait pas longue, ne lui trouvant d'ailleurs pas grand intérêt. Mais autant vivre ce qui me reste sans ce poids continuel sur le cœur.

Je reste une bonne demi-heure seul sur la terrasse. J'essaye de me rappeler un sonnet de Pétrarque que Vittoria a tenu à m'apprendre quand nous étions adolescents. J'arrive à en arracher des lambeaux à ma mémoire et je tâche de les reconstituer, morceau par morceau. C'est presque fait. Sauf un vers qui m'échappe. Je m'acharne, satisfait de ce que j'ai déjà recomposé, irrité des mots qui me manquent encore, bien convaincu que ce sont les plus beaux.

Pas un souffle, pas un bruit. Et pas même, sur le lac, au coucher du soleil, le battement d'un aviron. J'entends derrière moi un cri strident. Je me retourne, je pousse la porte-fenêtre. Vittoria, dans ses beaux atours, est couchée au travers de la poitrine du prince, et crie comme une folle. Un regard me suffit. Il est mort.

Moi qui ai horreur de tout contact, je place la main sur l'épaule de Vittoria. Elle me repousse avec violence. Et tout d'un coup, ses cris déchirants cessent. Elle se dresse de toute sa hauteur, l'œil sec et se saisissant du pistolet chargé sur la table, elle le porte à sa tempe. Je suis assez prompt pour saisir son poignet et détourner le canon. Le coup part, pénètre dans le plafond et fait tomber un peu de plâtre sur la poitrine du prince, tachant son pourpoint de velours noir. Vittoria, debout, regarde, les yeux vides, cette tache blanche sur le velours noir. Je lui enlève le pistolet qu'elle tient encore dans sa main crispée. Au bout d'un moment, elle appuie le front contre mon épaule et, m'entourant de ses deux bras, elle pleure.

Quant à moi, je tremble de la tête aux pieds à la pensée que j'aurais pu ne pas être là, ou intervenir une seconde trop tard. Et que serais-je, moi, sans Vittoria ? Un être à demi vivant ou un être à moitié mort ?

Giordano Baldoni
majordomo du prince Orsini

Dès le lendemain de la mort de mon maître, la duchesse voulut bien me dire que, si je n'avais pas d'autres plans, elle serait heureuse de me garder à son service. J'acquiesçai aussitôt, sans lui dire qu'en fait, j'avais conçu le projet de me retirer à Gênes d'où je suis originaire, afin de me consacrer à mes enfants. Mais la voyant si jeune, si désemparée, environnée de tant de périls, et n'ayant d'autre famille pour la défendre que son frère, jeune homme, certes, des plus vaillants, mais de peu d'expérience, je décidai de demeurer en son emploi, au moins aussi longtemps qu'il le faudrait pour qu'elle entre en paisible possession du legs que le prince lui avait laissé.

Craignant de ne pas avoir assez d'argent pour les entretenir et les payer, la duchesse aurait voulu renvoyer la plupart des soldats de son défunt mari, mais je la persuadai d'en garder au moins une vingtaine, des plus fidèles, des plus aguerris, et aussi des plus nobles, car pour ceux-ci, il en allait de la dignité de sa maison. Et sans retard, j'organisai notre départ pour le palais Cavalli à Padoue.

À vrai dire, nous aurions été plus en sécurité au palais Sforza avec son pont-levis, ses douves et ses tours que dans un palais urbain qui n'avait pas ces défenses. Leur absence était-elle compensée par la proximité du Podestà et des officiers municipaux ? Il paraissait difficile d'en décider *a priori*. Quand je fis le tour du palais Cavalli, à Padoue, je découvris un certain nombre de fenêtres au rez-de-chaussée qu'il eût été facile de forcer et que je décidai aussitôt de faire barreauter. Mais comme on approchait de Noël que les bonnes gens à Padoue commençaient à préparer quinze jours avant la fin du mois, l'exécution souffrit quelque délai.

Nous n'étions pas à Padoue depuis huit jours que la duchesse reçut un billet de Lodovico Orsini, comte d'Oppedo. Il demandait à la rencontrer. Le signor Marcello fut d'avis de lui fermer notre porte sans même lui faire l'aumône d'une réponse. Consulté, je fus d'avis de lui répondre en termes civils que cette rencontre n'était pas utile. Mais la duchesse opina autrement. Dans son billet, le comte s'était présenté comme le mandataire du prince Virginio et elle ne voulait pas offenser le deuxième duc de Bracciano en ne le recevant pas.

Il faut bien avouer que Lodovico Orsini, tout bandit qu'il fût devenu, et homme de sac, de sang et de corde, avait fort grande allure. Sa taille, ses traits, sa démarche lui donnaient même un certain air de ressemblance avec le prince que démentait toutefois la fausseté de son regard. Il portait un élégant pourpoint avec des crevés jaunes et il relevait sur son bras gauche un pan de son manteau, comme font nos galants à Rome. Il s'avançait dans la grand-salle du palais Cavalli en tenant sa tête haut levée comme un saint sacrement et, arrivé devant la duchesse, il lui fit un salut apparemment très déférent. Après quoi, il commença un éloge funèbre de son défunt mari dont les termes chaleureux étaient calculés pour capter la bienveillance de la duchesse et qui y parvinrent, en effet, bien qu'à mon sens ce petit discours fût pure hypocrisie, tant était grande la contradiction entre la chaleur de ses propos et la froideur de ses yeux.

Mais ayant ainsi ronronné et fait patte de velours pendant une demi-heure, il sortit à la fin ses griffes.

– Madame, dit-il, mon cousin le duc de Bracciano a chez lui une vaisselle d'argent qui m'appartient et j'aimerais fort rentrer en sa possession.

La duchesse me regarda alors en levant les sourcils et je dis :

– C'est exact, madame la duchesse, mais cette vaisselle gageait une dette que le seigneur comte avait contractée à l'égard du prince et qu'il ne lui a jamais remboursée.

– Il est évident, dit le comte, que le prince étant mort, cette dette s'est éteinte avec lui.

– Ce n'est pas évident du tout, dit le seigneur Marcello en entrant dans la pièce.

Il poursuivit sans accorder au comte salut ou regard :

– C'est le contraire qui est vrai. Cette dette n'ayant pas été acquittée, elle demeure une créance dans les mains des héritiers du duc, à savoir dans les mains du prince Virginio et de vous-même, Vittoria.

– Justement, dit-il, je suis ici mandaté par le prince Virginio pour défendre ses intérêts et voici la lettre qui le prouve.

Il tendit la lettre à la duchesse qui la lut, puis la passa à son frère qui, après l'avoir lue à son tour, la remit entre mes mains. À vrai dire, elle était rédigée en termes assez vagues et sans que fût précisée l'étendue des pouvoirs qui étaient accordés au comte pour exercer son mandat.

– Comte Lodovico, dit alors la duchesse, voici ma décision. Je consens à vous rendre votre vaisselle d'argent sans remboursement de votre dette. J'agis ainsi par pure courtoisie et en raison de vos liens de famille avec mon défunt mari.

– Vittoria, vous ne devez rien au comte, dit sèchement le signor Marcello.

Mais son ton dut déplaire à la duchesse car elle dit d'une voix sans réplique :

– Ma décision est prise.

– Madame la duchesse, dis-je, si vous remettez cette vaisselle d'argent au seigneur Comte, comme la créance qu'elle représente est indivise entre le prince Virginio et vous-même, vous devez exiger une décharge du seigneur Comte pour vous couvrir à l'égard du prince Virginio.

– Une décharge ! s'écria le comte, rougissant de colère. Une décharge exigée d'un gentilhomme comme d'un marchand !

– Mais cette exigence me paraît bien naturelle, dit la duchesse d'une voix calme. Et c'est à cette condition seulement que la vaisselle vous sera rendue.

– Madame, dit le comte les dents serrées, il est visible que vous avez grandi dans un autre monde que le mien. Sans cela, vous ne parleriez pas de décharge. Ma parole d'honneur vous eût suffi.

– Vittoria, dit le seigneur Marcello avec le plus grand calme, loin de vous remercier de votre folle générosité, on vous dédaigne et on vous insulte. Vous n'avez qu'un mot à dire et je mets deux pouces de fer dans le ventre de ce goujat.

Et pour la première fois, je remarquai que Marcello avait pris soin de ceindre, avant de nous rejoindre, son épée et sa dague.

– C'est toi qui m'insultes, misérable coquin, s'écria le comte, et tu crois que tu peux le faire impunément ! Tu sais bien, n'est-ce pas, tu sais bien que ta naissance est trop basse pour que je puisse croiser le fer avec toi !

– Vous avez bien raison, dit Marcello avec nonchalance et sa voix traînant insolemment sur les mots. Je sais cela. Plutôt que de hasarder votre personne, vous préférez, d'ordinaire, faire assassiner les gens dans leur carrosse, ou dans la rue par des hommes de main.

« Le carrosse » faisait allusion au meurtre de Vitelli et « la rue » à celui du premier mari de la duchesse. De rouge qu'il était le comte devint blême et, quoi qu'il en eût dit, il porta la main à la poignée de son épée.

– Je suis la maîtresse, ici, dit la duchesse d'une voix forte et j'ordonne que cette querelle cesse sur l'instant. Marcello, tenez-vous tranquille, je vous prie. Et vous, Monsieur, si vous tenez à nouveau envers moi des propos incivils, je vous ferai raccompagner à ma porte par mes gens.

– Madame, dit le comte avec un profond salut, dans lequel il s'arrangea pour mettre une once de dérision, je me soumets entièrement à vos volontés et je signerai cette décharge puisque vous y tenez.

L'impertinence de son salut et le respect feint de sa voix irritèrent la duchesse, car elle dit d'une voix froide :

– Baldoni, je vous prie, faites apporter la vaisselle du comte.

Après quoi, faisant à l'intrus un signe de tête assez abrupt, elle se dirigea vers la porte.

– Madame, je vous prie, dit le comte sur un ton où le persiflage se dissimulait à peine sous la politesse, ne me privez pas si vite du plaisir charmant de votre compagnie. Car en tant que mandataire du prince Virginio, j'ai d'autres demandes à formuler.

– C'est bien, Monsieur, je vous écouterai, dit la duchesse. Mais suivie du seigneur Marcello, elle se retira à l'autre bout de la salle, laissant au comte la cheminée dans laquelle brûlait un feu vif, l'après-midi en ce décembre étant humide et froide. Le comte, de son côté, affectant de présenter ses mains aux flammes, s'arrangeait pour lui tourner le dos. Il n'était accompagné que d'un seul secrétaire, ayant à ma prière laissé son escorte à la porte du palais.

Je quittai la pièce pour exécuter l'ordre de la duchesse et je profitai de me trouver hors de la vue du comte pour prendre quelques petites précautions. Ayant observé que l'escorte du comte était armée, je fis armer à leur tour nos soldats et leur demandai de se poster dans une salle attenante à celle où la discussion avait lieu. Puis, rentrant dans celle-ci avec quatre robustes valets, je leur ordonnai de prendre une longue table qui se dressait le long du mur et de la placer au milieu de la pièce afin d'y disposer la vaisselle d'argent, mais en fait, afin de couper la pièce en deux et de séparer au moins par cet obstacle les adversaires éventuels. Quoi fait, je fis apporter cette fameuse vaisselle et je la fis disposer sur la table par les valets. Et dois-je le dire ? Je regrettais fort que la duchesse se fût si facilement dessaisie de ce gage dans les mains d'un bandit qui ne lui en savait aucun gré, car, à la vérité, il était composé de pièces fort belles, finement ciselées, et valait une fortune.

– Voilà qui va bien, Madame, dit le comte.

Ce qui me frappa comme un bien maigre merci pour un si grand cadeau.

– Et voici la décharge, monsieur le comte, dis-je en la lui tendant par-dessus la table. Vous n'avez plus qu'à la signer.

Il la saisit comme distraitement et sans consentir à voir la plume d'oie que je lui tendais, il reprit :

– Madame, le prince Virginio est fort désireux que je fasse l'inventaire des bijoux qui étaient en la possession du prince Orsini quand il mourut.

– Faites-les apporter, Baldoni, dit la duchesse.

Malgré son poids, j'apportai personnellement la cassette et j'en tendis la clé à la duchesse qui l'ouvrit. Un par un, non sans émotion, elle en sortit les bijoux de son défunt mari et les aligna sur le dessus de marbre de la table.

– Comment ? c'est tout ? dit le comte en levant un sourcil,

mais c'est fort peu ! J'ai vu, de mes yeux, la collection de joyaux de mon cousin et c'était une des plus belles de Rome avec celles de Grégoire XIII et du cardinal di Medici !

– Le prince, dis-je, a gagé sa collection de joyaux avant de quitter Rome pour payer ses dettes. Vous ne voyez ici que ses bijoux personnels.

– Le prince a gagé sa collection de joyaux ? dit le comte avec hargne, voilà une nouvelle dont j'ai aujourd'hui fort curieusement la primeur ! Et qui le prouve ?

– Madame la duchesse, dis-je, sans regarder le comte, la collection du prince a été gagée devant le notaire Frasconi de Rome et deux témoins. Le gage a fait l'objet d'un acte écrit et signé dont le notaire a gardé un double.

– Vous avez ouï, Monsieur, dit la duchesse.

– J'ai ouï, en effet, Madame, dit le comte, mais ce que j'ai ouï est fort différent de ce que je vois. Par exemple, vous portez sur le sein une croix superbe et qui s'étonne de se trouver là, car sa place serait bien plutôt sur cette table puisqu'elle vous vient du prince.

– Cette croix m'appartient en propre, s'écria la duchesse avec indignation. C'est un cadeau de mon oncle Sixte Quint !

– Et qui le prouve ?

– Ma parole ! Et si cela ne vous suffit pas, la lettre qui accompagnait le cadeau !

– En outre, dit Marcello, tous les bijoux que de son vivant le prince a donnés à son épouse font partie du legs qu'il lui laisse. C'est stipulé noir sur blanc sur son testament.

– Il y a donc un testament ! s'écria le comte avec un air d'accablement qui n'était pas feint.

Mais ce ne fut qu'un éclair, car l'instant d'après, son visage arborait à nouveau ce masque d'insolence polie qui, depuis le début de l'entretien, avait tant exaspéré la duchesse.

– Madame, dit-il, en qualité de mandataire du prince Virginio, je vous demande de me communiquer ce testament.

– Je ne vois pas que ce soit nécessaire, dit le seigneur Marcello sans le regarder. Une copie sera remise au prince Virginio dès que le Podestà l'aura validée.

Mais là encore, à tort ou à raison – à tort je crois –, la duchesse se sépara de son frère. Probablement parce qu'elle désirait montrer de la déférence au fils de son défunt mari. En quoi, à mon sens, elle se montra trop scrupuleuse, alors que le prince Virginio précisément l'était si peu, en confiant ses intérêts à ce triste sire qui faisait le bravache devant nous. Avec quelle joie, moi aussi, j'aurais mis à cet insolent deux pouces de fer dans les tripes, si ma bonne maîtresse me l'avait permis.

– Baldoni, dit-elle, je vous prie, apportez ce testament.

Je sortis de la salle non par la porte de droite, mais par celle de gauche, afin de dire aux soldats qui s'étaient groupés dans la pièce attenante de faire irruption parmi nous l'épée dégainée, dès que je claquerais dans mes mains. Ceux d'entre eux qui étaient gentilshommes non seulement portaient l'épée au côté, mais avaient des petites arquebuses à rouet. Et leurs yeux étincelèrent, lorsque je leur dis que le comte s'était montré « insolent et menaçant » à l'égard de la duchesse. À coup sûr, elle pourrait au pire compter sur eux. Tous ses serviteurs, d'ailleurs, lui étaient très attachés. Ils l'admiraient pour sa beauté et l'aimaient pour la bonté de son cœur. Je partageais ces sentiments, mais avec une nuance, car si j'ose le dire avec tout le respect du monde, je trouvais deux petits défauts à la duchesse : elle était à la fois naïve et obstinée. Etant naïve, elle prenait parfois des décisions peu judicieuses. Et étant obstinée, elle s'y tenait envers et contre tous.

Elle m'en donna un exemple frappant quand je rentrai dans la salle avec le testament. En le lui tendant, je lui dis à l'oreille : « Madame la duchesse, lisez-le vous-même et gardez-vous de le mettre dans les mains de cet homme. »

Recommandation que le seigneur Marcello entendit et lui répéta aussitôt à l'autre oreille. Mais ce fut vain.

– Baldoni, dit-elle, puisque le comte veut lire le testament, qu'il le lise, nous n'avons rien à cacher !

Et la mort dans l'âme, je dus tendre par-dessus la table au comte le précieux document. Il s'en saisit, et s'asseyant sans vergogne aucune, alors même que la duchesse ne l'y avait pas invité, il commença à le lire, son nez s'allongeant à chaque page. J'aurais été étonné que ce bandit prît tant à cœur les intérêts du prince Virginio, si je ne m'étais avisé qu'il voyait, à les défendre, son intérêt le plus clair, en partie en raison des promesses que le jeune prince avait dû lui faire, en partie aussi parce qu'il pensait exercer au passage son talent naturel pour le vol et la rapine. N'avait-il pas déjà réussi, abusant de la générosité de la duchesse, à se faire remettre par elle – et sans décharge ! – la vaisselle d'argent qu'il nous avait gagée un an auparavant pour la somme de cinquante mille piastres ?

– Madame, dit à la fin le comte en se levant, il y a là un terme juridique que je ne comprends pas. Plaise à vous de me laisser quérir un de mes hommes qui est clerc et qui saura me l'expliquer.

Aussitôt, et sans attendre la permission qu'il sollicitait, il dépêcha hors du palais son secrétaire, après lui avoir parlé à l'oreille. Après que celui-ci fut sorti du palais une ou deux minutes, j'entendis un grand bruit dans la maison. Et un valet accourut haletant et dit :

– Madame la duchesse, l'escorte du comte est en train de forcer son chemin jusque ici.

– Comme c'est étonnant ! dit le comte avec une sérénité ironique. Peut-être mon escorte me croit-elle en danger ?

– Vous risquez maintenant de l'être, dit Marcello en tirant son épée.

Et aussitôt, je claquai dans mes mains, et dégainai à mon tour. Nos soldats firent irruption dans la pièce, l'épée à la main et vinrent s'aligner derrière la longue table où étaient posés la vaisselle d'argent et les joyaux – ceux qui portaient des arquebuses à rouet se postant dans les espaces vides entre les deux extrémités de la table et le mur. En contraste avec le silence qui présida à ce rapide mouvement, l'escorte du comte qui apparut quelques secondes plus tard surgit en grand tumulte, mais se figea en voyant les soldats, comprenant qu'ils avaient affaire à des gens de métier et que ce n'était plus le moment de faire les bravaches sans avoir à soutenir ce rôle par des actes.

Quant au comte, il se redressa de toute sa taille et s'écria d'une voix forte :

– Madame, ma conviction est faite, ce testament est faux ! faux comme votre mariage annulé par Grégoire XIII ! et faux comme le titre de duchesse dont vous vous affublez !

Ayant dit, il pivota sur lui-même, jeta le testament dans

le feu de la cheminée et faisant face de nouveau, dégaina son épée et sa dague.

– Messieurs, dit-il en se tournant vers ses hommes, cette vaisselle d'argent et ces joyaux sont à moi. Emportez-les.

– Madame la duchesse, dit un des gentilshommes qui portait une arquebuse, cet homme que voilà parle à la légère. Me permettez-vous de lui mettre du plomb dans la cervelle ?

– Non, monsieur, dit la duchesse. Quant à vous, comte, poursuivit-elle, vous pouvez emporter cette vaisselle d'argent puisque j'ai eu la faiblesse de vous la donner, mais vous ne toucherez pas à ces joyaux.

– Passez outre, messieurs ! dit le comte avec un rire. Cette femme est folle ! Elle me donne ma vaisselle d'argent ! Elle me donne ce qui m'appartient ! Et elle tient des propos décousus ! N'en tenez aucun compte !

À ce moment deux des bandits avancèrent les mains vers les joyaux et les retirèrent aussitôt, ensanglantées. Et comme les épées des nôtres formaient un redoutable rideau au-dessus des bijoux, mais ne défendaient pas les pièces de la vaisselle d'argent, c'est de celles-ci que les bandits, en refluant, s'emparèrent.

– Comte, dit Marcello d'une voix mordante, je vous propose un marché. Vous vous battez seul à seul avec moi et si vous me tuez, vous prenez aussi les bijoux.

– Vous ne ferez rien de ce genre, Marcello, dit la duchesse en lui serrant le bras. Mes ordres, seuls, seront obéis. Comte, dit-elle, mon majordomo a envoyé un de nos valets pour quérir le Bargello. Et je vous conseille de quitter ce palais avant son arrivée.

– Si du moins, dit un de nos gentilshommes, vous ne voulez pas subir le sort de votre frère Raimondo...

– Je vous revaudrai cette parole, dit le comte en lui jetant un regard noir.

– Maintenant, si vous voulez, dit le gentilhomme.

Mais le comte était déjà sur le seuil de la salle, au milieu de ses bandits et peu soucieux apparemment de se battre en combat loyal avec un gentilhomme aussi bien né que lui.

Dès que le dernier bandit eut quitté la pièce, je sautai par-dessus la table, je me précipitai vers le feu et avec des pincettes, tâchai d'en retirer le testament. J'y réussis, mais il était plus qu'à demi consumé et en particulier la partie qui portait les signatures. Et comme la duchesse s'approchait et fixait les yeux, l'air atterré, sur les pages carbonisées, je lui dis aussitôt de ne pas se désoler, qu'il en existait un double. Les juristes qui l'avaient rédigé avaient, sur les instructions du prince, porté ce double du palais Sforza au Podestà de Padoue.

Après le départ du comte, la duchesse et le seigneur Marcello se retirèrent dans une petite salle et me demandèrent de leur faire apporter un peu de vin. Leur entretien fut plus qu'animé. J'entendis le seigneur Marcello faire de vifs reproches à la duchesse sur la façon dont elle avait conduit l'affaire. En premier lieu, elle n'aurait jamais dû recevoir ce bandit. En second lieu, c'était une folie de lui faire cadeau de ce gage que nous détenions. Cela ne pouvait que l'encourager dans ses exigences : « Vous n'aviez pas, lui dit-il, à ménager tant Lodovico, sachant ce que vous saviez de lui. Ni à ménager tant le prince Virginio qui a choisi un tel intermédiaire pour vous arracher plus que son dû. » Bien qu'à mon sens, la duchesse reconnût le bien-fondé de ces critiques, elle les accepta fort mal et pour finir, elle imposa silence à son frère.

Néanmoins, elle suivit les conseils qu'aussitôt après il lui donna.

Quand le Bargello de Padoue arriva chez elle avec ses sbires, une bonne heure après que je l'eus fait appeler – prudent retard qui montrait qu'il n'avait aucune envie d'affronter le comte et sa bande –, la duchesse ne se contenta pas de lui énumérer ses griefs contre Lodovico, elle lui confia une lettre écrite pour le Podestà, où elle les résumait. Et elle écrivit une lettre de la même farine à son oncle Sixte Quint, qu'elle fit partir aussitôt.

Le Podestà, ayant lu la plainte écrite de la duchesse, se trouva fort embarrassé : elle lui parut soulever un lièvre un peu trop gros pour lui. Et ne sachant que résoudre, il se borna à envoyer ledit lièvre à Venise qui, à son tour, tergiversa.

La Sérénissime savait à quoi s'en tenir sur Lodovico, le pape ayant demandé l'extradition du bandit dès le premier jour de son règne. Mais derrière Lodovico il y avait le prince Virginio, et derrière le prince Virginio, il y avait les Medici et le grand-duché de Toscane. La Sérénissime ne se souciait guère de se mettre à dos une telle puissance, s'agissant d'une affaire qui ne touchait à aucun de ses intérêts vitaux.

Au lieu de convoquer Lodovico et de lui intimer l'ordre de quitter sur l'heure Padoue avec sa bande, elle se contenta de lui faire adresser par le Podestà des remontrances courtoises qu'il écouta d'un air poli tout en s'en moquant en son for. Le doge commettait la même erreur que la duchesse : il ménageait le bandit. Mais cette erreur n'avait pas chez lui l'excuse de la naïveté.

Cependant, dix jours plus tard, Venise reçut une lettre du pape où il se plaignait en termes véhéments de la façon dont Lodovico avait traité sa nièce. Le doge et le Sénat imaginèrent alors une cote mal taillée : ils donnèrent satisfaction au pape en validant le testament que le duc de Bracciano avait fait en faveur de la duchesse et dont le Podestà possédait un exemplaire. Mais pour ne pas déplaire aux Medici ils n'osèrent toujours pas ordonner à Lodovico de vider les lieux.

Pour ce qui advint ensuite, je ne suis pas en mesure d'en toucher mot, car à cette date, je partis pour Rome afin d'enterrer mon père et je ne revins à Padoue qu'après Noël.

Caterina Acquaviva

Tout ce qui s'est passé est de ma faute, absolument de ma faute, et j'ai la ferme intention, dès que je le pourrai, de me faire admettre dans un couvent et d'y passer le reste de mes jours dans le jeûne et les prières afin de demander pardon à Dieu. Cependant, je vous le dis comme je le pense : le jeûne et les prières n'y feront rien : je ressentirai toujours au fond de mon cœur le remords qui nuit et jour me tourmente et je suis bien sûre d'une chose : ce tourment ne finira qu'avec ma vie. Quand je pense à la femme que j'ai été – si gaie, si rieuse, si avide des hommes – et à celle que je suis maintenant, pleurant jour et nuit et, quand je ne pleure pas, me déchirant l'âme de mes souvenirs, je suis certaine que même en enfer, dévorée par les flammes (que j'ai mille fois méritées), je ne souffrirais pas davantage.

Mais d'abord, il faut que je remonte en arrière et que j'explique comment les choses en sont arrivées là, et pardonnez-moi si j'interromps mon récit, mais chaque fois que je pense au temps d'avant, et combien j'étais heureuse alors – et même plus, pauvre folle, que je ne pensais –, je ne peux retenir mes larmes.

La traîtrise que le comte Lodovico avait montrée en brûlant le testament et en essayant de lui arracher, les armes à la main, les joyaux du prince avait beaucoup indigné la signora et inquiété Marcello. À partir de cet instant, on fit bonne garde nuit et jour au palais Cavalli, et autour de la signora elle-même, quand elle sortait à Padoue, toujours accompagnée, quoi qu'elle en eût, d'une suite nombreuse et bien armée. Les discussions à ce sujet avec son frère étaient quotidiennes. La signora avait le cœur trop bon et l'âme trop naïve pour admettre que le bandit, s'il en avait l'occasion, lui prendrait la vie.

– Quoi, disait-elle, il me tuerait ! Pour économiser 100 000 piastres au prince Virginio ?

– Et aussi pour vos bijoux que vous avez bien tort de porter.

– Je ne les porte pas par vanité ! dit-elle.

Voilà ce qu'il en est d'une grande dame ! Je dirais une chose pareille, qui la prendrait au sérieux ? Moi, par exemple, je mettrais la croix de son oncle le pape, les pieds du Christ touchant presque la douillette naissance de mes seins, j'éclaterais d'orgueil ! D'ailleurs, je l'ai déjà essayée, seule devant la coiffeuse de la signora.

– Je ne les porte pas par vanité, répète-t-elle, mais parce que chacun d'eux me rappelle un souvenir.

Oui, mais pas toujours un bon souvenir. Par exemple, ladite croix pourrait lui remettre en mémoire son exil dans le désert de Santa Maria.

Les discussions redoublèrent quand, à la mi-décembre, le Podestà valida le testament du prince.

– Eh bien, dit-elle, nous avons gagné ! Lodovico ne peut plus rien contre moi !

– Juridiquement, non, dit Marcello. Mais pratiquement, il

lui reste encore la dague et l'arquebuse. Votre mort rendrait le testament sans objet.

– Ah, Marcello ! dit-elle, vous dramatisez ! Me tuer en plein Padoue, à deux pas du Podestà qui me veut tant de bien !

– Il vous veut du bien, mais pas au point d'avoir banni Lodovico de sa ville.

– Mais à supposer que le comte m'assassine, dit-elle en riant (tant cette idée lui paraissait folle), est-ce que l'intérêt évident qu'il a à ma mort ne le désignerait pas aussitôt comme coupable ?

– Certes ! Mais encore faudrait-il le prouver ! Et même s'il était condamné, son supplice ne vous rendrait pas la vie !

Huit jours plus tard, la signora, à sa grande stupéfaction, reçut une lettre de Lodovico demandant à la voir. Et elle la lut à haute voix à Marcello en ma présence.

Le prince Virginio se plaignait de ce que son père, en quittant Rome, avait emmené avec lui les plus beaux chevaux du domaine. Il demandait à la signora de les lui rétrocéder en partie, ou en totalité. Car s'il était bien vrai que tous les meubles, d'après le testament, devaient revenir à la signora, il ne lui paraissait pas évident que les chevaux pussent être considérés comme des meubles.

– Et il m'appelle la signora ! dit-elle avec colère. Il ne consent même pas à me donner mon titre ! Pour lui, mon mariage est nul et non avenu ! Eh bien, il n'aura rien, pas un cheval ! Pas même une mule !

– Vittoria, dit Marcello, il n'est pas du tout certain que les chevaux puissent être considérés comme des *meubles*. Et vous seriez sage d'en donner au moins quelques-uns à Lodovico pour qu'il les remette au prince Virginio.

– Quoi ! dit-elle. Je n'en crois pas mes oreilles ! C'est vous qui me dites cela ! Vous qui m'avez conseillé de lui refuser sa vaisselle d'argent !

– C'est tout différent, voyons ! La vaisselle d'argent était indubitablement à vous ! Il n'est pas certain que les chevaux le soient ! En outre, il serait imprudent de laisser Lodovico repartir les mains vides. Il va perdre la face devant Virginio, et, fait comme il est, il ne le supportera pas !

– Eh bien, qu'il la perde, sa traîtreuse face ! s'écria-t-elle.

Vous m'avez assez reproché de trop le ménager. J'ai compris votre leçon.

Et s'asseyant, elle écrivit d'une main rageuse un billet au comte dans lequel elle refusait et de lui donner des chevaux, et de le recevoir. Marcello la regardait écrire par-dessus son épaule.

– «Notre première entrevue, lut-il à voix haute, n'a pas été de nature à m'inspirer le désir de la répéter.» Vittoria, vous n'allez pas lui envoyer ce poulet insultant! C'est comme si vous agitiez un chiffon rouge devant un taureau : il va être fou furieux! Laissez-moi lui écrire dans des termes plus civils!

– Pas du tout! C'est à moi qu'il s'adresse! Et c'est moi qui lui répondrai!

Je donnais tout à fait raison à Marcello, mais je me gardai bien de le dire! La signora avait toujours été un peu soupe au lait, mais, depuis son veuvage, c'était bien pis : elle prenait feu comme l'amadou et, comme l'amadou, une fois qu'elle rougeoyait, elle n'était pas facile à éteindre. Il faut dire que la mort du prince lui avait laissé un vide affreux. Il lui manquait comme mari, il lui manquait comme compagnon, il lui manquait aussi comme homme. Le pauvre signor Peretti, il était bon comme du pain mollet, mais ça s'arrêtait là. Avec le prince, la signora s'était beaucoup épanouie. Je l'avais observée dès le temps de la villa Sorghini : ce n'était plus la même femme. Elle rayonnait! Si j'en crois mes oreilles, au palais Sforza, quasiment jusqu'au dernier jour de sa vie, le prince fut un amant comme il y en a peu. Vrai, j'en rêvais parfois! Remarquez bien, à la longue, la signora aurait fini par sentir l'épine sous la rose. Et l'épine, c'est qu'elle ne pouvait pas avoir d'enfant. Le pauvre Peretti, l'avait-on assez calomnié, elle et moi!

Mais pourquoi parler d'un avenir puisque maintenant il est effacé? Aujourd'hui, je m'en désole, mais c'est ainsi : la signora s'étiole, elle se trouve moins belle, elle juge sa vie finie… Et son humeur s'en ressent. Et depuis que Marcello ne veut plus de moi, la mienne aussi. Alors la signora et moi, c'est tout nerf! Et comme c'est elle la maîtresse, les «sotte», les «insolente»,les «stupide»,et même une fois ou deux les gifles, ça vole! Et les réconciliations avec gentilles étreintes et doux baisers, c'est plus long à venir ! Qui pis est, ça finit toujours dans les larmes, qu'elle a toujours plus ou moins au bord des cils, la pauvre. Mais dans quels bras peut-elle pleurer maintenant, sinon dans les miens ? Vous pensez si c'est sur le sein d'une Tarquinia ou d'une Giulietta qu'on peut se laisser aller ! Ces deux-là, à la mort du prince, lui ont écrit, pour lui demander de venir la rejoindre à Padoue. Mais la signora a refusé net. Et je lui donne raison !

Pour Marcello, c'est de ma faute. Je lui ai fait scène sur scène, dès que j'ai compris au palais Sforza que tous les jours, à l'heure de la sieste, il allait retrouver la Sorghini à Salò. Je suis bien sûre que vous n'allez pas me croire, mais pourtant, c'est la pure vérité : quand je l'ai appris, j'étais si hors de moi que si une dague s'était trouvée à portée de ma main, j'aurais poignardé le misérable ! À défaut, je lui ai donné de ma langue plus qu'il n'aurait voulu.

– Quelle honte ! Signor ! Quelle honte ! Cette vieille sangsue ! Qui vous a suivi jusqu'ici pour se coller à vous et vous sucer votre beau sang rouge ! Et vous la laissez faire ! Vrai, vous n'êtes pas bien ragoûté ! Cette vieille ! Qu'elle a l'âge d'être votre mère ! Avec ses rides ! Ses varices ! Ses seins qui pendent !

– Elle est parfaitement faite, stupide ! dit-il, et voilà ton salaire pour lui manquer de respect !

Là-dessus, il se jette sur moi, il me trousse et il me bat. Je gémis, et ce n'est pas que de souffrance, tandis que sournoisement, je défais son aiguillette. Et en somme, cela ne marchait pas mal ainsi : j'insultais sa vieille, il me frappait, il me prenait. C'était une habitude qui avait ses bons côtés. Mais à la longue, il s'est lassé. Voilà bien les hommes ! On croit les lier avec une petite complicité, et, tout d'un coup, ils rompent les amarres, ils partent, ils vous laissent à sec sur le quai.

C'est à cause de cette rupture que tout a commencé avec Alfredo. Ce vaurien, il m'a suivie dans les rues de Padoue, et il a osé m'aborder, moi, une cameriera de grande maison ! Vous pensez quel soufflet il aurait reçu si je ne m'étais pas sentie à ce moment-là si humiliée, si rejetée ! D'autant qu'il n'est pas très attirant, Alfredo, avec sa trogne mal équarrie et ses petits yeux. Tout ce qu'il a pour lui, c'est sa force. Elle se voit du premier coup d'œil : ses épaules, son cou. Un vrai taureau ! Bref, c'est le genre d'homme qu'on finit par trouver beau, s'il vous donne du plaisir.

La première fois, je l'ai quand même repoussé. Et la deuxième fois qu'il m'a abordée, aussi. Mais comme il a senti que ce refus-là était moins résolu, il m'a suivie jusqu'à l'église des *Eremitani* et s'est posté derrière moi, debout, appuyé contre une colonne. Puisque j'étais à Padoue, j'aurais pu prier saint Antoine pour l'adjurer de me faire retrouver mon amour perdu, mais j'ai préféré prier la Sainte Vierge comme étant plus capable, vu son sexe, de comprendre les souffrances d'une femme. Je lui ai demandé de toucher le cœur de pierre de Marcello et de me le rendre plus doux.

Mais pendant tout ce temps, je sentais derrière mon dos la présence d'Alfredo et l'espèce de chaleur qu'elle dégageait. C'est après ma prière que j'ai accepté de l'écouter.

Il m'a dit son nom et qui il était. Bien qu'il prétende servir un grand seigneur en qualité d'écuyer, Alfredo ne parle qu'un mauvais italien, mâtiné de dialecte vénitien. Au début, je le trouvais ridicule, mais tout en parlant, il m'a pris le poignet gauche et l'a serré avec force. À partir de ce moment-là, je n'ai plus fait attention à ses fautes. Et plus tard, je ne dirai pas où, je l'ai laissé faire ce qu'il voulait et que je voulais aussi. Voilà comment ça s'est passé avec Alfredo. Il n'y a pas de quoi être fière et si c'était à refaire, je préférerais me couper les deux jambes.

Pendant ce temps-là, la vie continuait au palais Cavalli et les soldats montaient toujours bonne garde autour de la signora, tant dans le palais que lorsqu'elle sortait. Le majordomo Baldoni y tenait la main. Il était lui-même le plus ancien officier du prince, respecté de tous et quand il commandait, on filait droit.

Après la rebuffade que le comte Lodovico avait essuyée pour les chevaux, on s'attendait à des menaces et à des violences, mais il ne se passa rien. Croisant la signora en ville, Lodovico l'avait même saluée de loin, non sans respect. Marcello lui-même commençait à se rassurer. Là-dessus, le majordomo nous quitta pour aller enterrer son père à Rome et après son départ, la discipline, non seulement chez nos gens, mais aussi chez les soldats, se relâcha quelque peu. Et d'autant plus qu'on approchait de Noël et qu'une atmosphère de liesse régnait sur Padoue.

Le 24 décembre au matin, le soulagement fut grand au palais Cavalli quand le Bargello en personne vint nous dire que le comte Lodovico et sa bande de hors-la-loi avaient quitté Padoue dans les premières heures de la matinée afin de gagner Venise et de prendre part aux magnifiques festivités dont Noël dans cette ville était le prétexte.

– En êtes-vous sûr, signor Bargello ? dit Marcello.

– Oui, et rassurez-vous, ce n'est pas une fausse sortie. Je les ai fait suivre. Ils ont bien pris la route de Venise. Et qui plus est, j'ai doublé pour la nuit la garde à la porte de Venise, afin d'être prévenu aussitôt, s'ils reviennent pendant la nuit. Pour les fêtes du moins, vous voilà tranquilles…

Après le départ du Bargello, la nouvelle se répandit parmi nos soldats, et le plus ancien d'entre eux vint demander à la signora si dans ces conditions, ils pourraient se rendre le soir au bal du Podestà auquel on les avait huit jours auparavant invités en corps. Leur joie fut vive quand, contrairement à l'avis de Marcello, la signora accepta, car depuis leur arrivée à Padoue, ils avaient mené une vie plutôt austère. Toutefois, il fut convenu qu'ils auraient à revenir à temps pour l'escorter à la messe de l'aube, la signora ne voulant pas assister à la messe de minuit à l'église des *Eremitani*, la presse y étant si grande, et l'assistance vraisemblablement très bruyante, les flacons ayant commencé à se déboucher dès la tombée du jour.

Marcello, quant à lui, et malgré les prières dont il fut l'objet, refusa de se rendre au bal du Podestà, désirant tenir compagnie à la signora pour la veillée de Noël. Je fus d'abord fort heureuse de sa décision. Même s'il ne m'adressait plus la parole, j'aurais au moins le plaisir de le voir. Ils avaient fait venir des musiciens qui jouèrent de leurs instruments et chantèrent des cantiques de Noël une partie de la soirée. Comme Marcello et la signora s'étaient mis en frais de vêture, même pour passer cette soirée entre eux au palais, je les imitai. Et Marcello voulut bien me faire un petit compliment sur mon cotillon, que de toute évidence il ne se rappelait plus avoir vu sur sa sœur un an plus tôt. Cette gentillesse me combla d'aise. Et sotte que je suis, mon imagination s'enflamma aussitôt et je me vis de nouveau dans ses bras, et pourquoi pas ? la nuit même, quand la signora se serait retirée dans sa chambre pour dormir… Mais ma joie fut de courte durée. Car vers onze heures du soir, un coursier apporta un billet pour Marcello.

– C'est Margherita, dit-il. Elle n'a pu aller au bal du Podestà : elle est souffrante, elle est couchée, et elle me prie de passer la voir. Je ne sais, ajouta-t-il, si j'irai. Ma place, en cette veillée de Noël, est avec vous, Vittoria.

– Mais si, Marcello, allez-y, dit la signora aussitôt. Margherita doit se sentir bien seule dans cette ville étrangère au milieu de ces réjouissances. Pour moi, je suis un peu lasse, et je ne veillerai pas plus avant.

Le misérable ne se fit pas prier deux fois ! Il ceignit épée et dague, passa deux pistolets à sa ceinture et, se faisant accompagner par deux serviteurs, tous deux armés, il s'en alla à grands pas. On eût dit vraiment qu'il lui tardait d'arriver au chevet de ce lit où, soi-disant souffrante, mais à coup sûr fardée et pomponnée, cette sangsue l'attendait. Ah ! je les aurais dagués, tous les deux, si un démon avait pu, sur ses ailes, me transporter en un clin d'œil jusqu'à eux ! Et le pire, c'est que je dus encore faire bonne figure tout le temps qu'il me fallut pour déshabiller la signora et brosser ses interminables cheveux.

Je me retirai alors dans ma chambre, et refoulant une envie de pleurer qui me rendait encore plus furieuse, je me dévêtis et enfilai ma robe de nuit. Comme mon lit vide me faisait horreur, je me promenai de long en large, les poings fermés et les dents serrées, invectivant à mi-voix ces deux misérables dont mon imagination me représentait les étreintes.

J'allais fermer mes rideaux quand une pierre frappa une des vitres, pas assez fort toutefois pour la briser. Pensant que c'était un ivrogne qui s'amusait, j'ouvris la croisée pour le tancer et, en me penchant, je reconnus, éclairé par un brillant clair de lune, Alfredo qui se tenait là, la tête levée, et qui me dit :

– Ouvre-moi, Caterina, je t'apporte un cadeau de Noël !

458

– T'ouvrir, dis-je, mais comment ? Il y a un portier de garde, et même à ma prière, il ne voudra jamais déclore ! Les ordres sont formels !

– Oui, mais il y a une petite fenêtre au rez-de-chaussée qui n'est pas barreautée ! Je peux passer par là, si tu y consens !

– Jamais ! Que dirait la signora, si elle le savait ?

– Mais elle ne le saura pas ! Je ne resterai que le temps de te donner cette jolie bague et de te prendre dans mes bras !

– Une bague ? dis-je. Comment est-elle ?

– En or avec un saphir et des petits diamants ! Toutes mes économies y ont passé !

La bague me toucha et la gentillesse, sans compter les larges épaules et le cou de taureau. *Santa Madonna*, la belle revanche ! J'allais mettre un autre homme dans ce lit où Marcello avait régné en maître.

En robe de nuit comme j'étais, je descendis et j'ouvris la fenêtre, ce qui ne fut pas une petite affaire. Car à l'intérieur, un lourd volet de bois la défendait, que je dus d'abord soulever des deux mains pour le décrocher. Ensuite, il fallut retirer les deux verrous, ce qui ne se fit pas sans mal, car ils étaient rouillés, cette fenêtre donnant sur une souillarde où on n'allait jamais.

J'ouvris enfin et Alfredo fut à l'intérieur en un clin d'œil, passant de la clarté lunaire à l'obscurité.

– Viens, dis-je, ne restons pas ici !

– Comment, dit-il à voix basse, tu ne veux pas voir ton cadeau ?

– Viens, Alfredo, je le verrai dans ma chambre à la chandelle !

– Il brille tant ! dit-il avec un petit rire, que tu n'as pas besoin de chandelle.

Et faisant mine de fouiller de sa main gauche dans son pourpoint, il m'assena de la droite un coup terrible sur la nuque qui me fit tomber à ses pieds. Quand je revins à moi, j'avais un bâillon dans la bouche et les mains liées derrière le dos par une cordelette dont il tenait le bout. Je sentis au bout d'un moment qu'il me remettait sur pied.

– Voilà qui est fait, mon museau ! dit-il. Le portier dagué, la porte grande ouverte, et mes amis dedans ! Et maintenant, marche, catin ! Le clou du spectacle est au premier étage et je ne veux pas le manquer.

Et me poussant du plat de la main dans le dos, il me fit avancer dans l'escalier devant lui, me retenant par la cordelette qui liait mes poignets quand j'avançais trop vite.

Sur les marches, il fut rattrapé par deux soldats dont l'un avait une cagoule et l'autre un masque. Tous deux portaient à la main des dagues ensanglantées.

– Que fais-tu avec cette garce vive ? dit l'homme au masque. Quant à nous, nous avons tout expédié. Tu connais les ordres.

– C'est ma petite bien-aimée, dit Alfredo en riant. Elle m'a ouvert et elle vivra un petit peu plus longtemps que les autres. Je me la garde pour la bonne bouche.

Les deux autres rirent à leur tour et, montant les marches quatre à quatre, nous dépassèrent. À leur allure, ils étaient très jeunes. Je ne sais pourquoi ils portaient leur dague à la main. D'après ce qu'ils avaient dit, ils n'en avaient plus besoin. Peut-être voulaient-ils les parader devant leurs camarades avec tout le sang dont elles étaient tachées.

Je marchais, mais j'étais encore à demi assommée. Mon esprit était comme engourdi. Je ne ressentais aucune peur. Tout s'imprimait dans mon esprit comme si rien ne me concernait.

Sur le palier, on rejoignit un groupe d'une trentaine de soldats masqués qui se pressaient pour entrer dans la chambre de la signora. En me poussant devant lui, sacrant et jurant, Alfredo s'ouvrit un passage dans la foule, moins impressionnée par ses jurons que par ma présence, d'aucuns reprenant l'antienne : « Que fait ici cette garce vive ? » et d'autres me mettant brutalement la main aux seins, et aucun plaignant le sort qui m'attendait. Je sentais qu'à leurs yeux, j'étais déjà morte. C'était mon sursis qui les étonnait. Ils puaient le vin, la sueur et le cuir. Je respirai mieux quand Alfredo me poussa au premier rang. Mais au premier rang d'un tout petit cercle au centre duquel se trouvait la signora, debout, dans sa robe de nuit bleu ciel, ses longs cheveux tombant derrière elle sur ses talons. Devant elle se dressait son prie-Dieu, d'où elle venait probablement de se lever, ayant été surprise dans ses prières du soir. Elle se tenait droite, et malgré le peu de vêtements qu'elle avait sur elle, avec dignité.

Un gentilhomme masqué de haute taille lui faisait face.

– Madame, dit-il d'une voix sifflante, je suis désolé de vous déranger dans vos prières, mais de ce prie-Dieu vous allez, grâce à nous, monter directement au ciel…

Cette méchanceté n'entama pas le calme de la signora et, promenant ses grands yeux bleus sur la trentaine de soldats qui se pressaient autour d'elle, d'aucuns étant même montés debout sur son lit pour ne rien perdre de la scène, elle dit :

– Avez-vous besoin de tant de monde pour tuer une femme désarmée ?

À quoi le gentilhomme ne répondit pas, étant à court de réplique, ou éprouvant peut-être quelque vergogne.

– Et vous, Monsieur, reprit la signora. Qui êtes-vous ? Et en quoi vous ai-je fait tort ?

– Mon nom ne vous apprendra rien, Madame, dit le gentilhomme, mais vu que vous ne serez pas, après ce soir, en mesure de le répéter, je puis vous le dire : je suis le comte Paganello. Et ce n'est pas à moi que vous avez nui, mais à mon ami le comte Lodovico Orsini.

– Je n'ai pas nui au comte, dit la signora avec force, j'ai défendu contre lui mes intérêts légitimes.

– Il se peut, mais nous avons assez parlé, Madame, dit Paganello. Il faut passer aux actes.

Et faisant un long pas vers la signora, il saisit le col de sa chemise et la tirant d'un coup brusque, la déchira jusqu'à la ceinture. Les deux seins apparurent et les soldats firent un « Ah ! » de contentement comme au spectacle.

Paganello se reculant d'un pas pour mieux contempler son œuvre, la signora ramena vivement le lambeau déchiré sur sa poitrine, et l'y maintint des deux mains. En même temps, elle regarda Paganello avec des yeux étincelants et dit avec fermeté et presque sur un ton de commandement :

– Tuez-moi, s'il le faut, mais je veux mourir habillée.

Son regard et son ton firent quelque effet sur Paganello car au lieu de continuer à la dénuder, ce qui eût répondu sans doute à ses désirs comme à celui des soldats, il tira sa dague, comme s'il avait hâte maintenant d'en finir.

La signora vit son geste et dit d'une voix pressante :

– Je vous en prie, donnez-moi d'abord un confesseur !

– Il n'y a pas ici d'autre confesseur que moi, dit un franciscain dont la capuche était rabattue sur le visage.

– Mon père, s'écria la signora en s'élançant vers lui avec un élan d'espoir.

Le franciscain s'avança dans le cercle et rabattit sa capuche. C'était le comte Lodovico.

– Vous ? dit la signora avec horreur. Eh bien, finissons-en, dit-elle d'un ton impérieux. Tuez-moi, épargnez-moi votre présence et vos paroles !

– Mais, je puis encore épargner votre vie, signora, dit Lodovico, à une condition.

– Elle doit être infâme, puisqu'elle vient de vous, dit la signora avec hauteur. Je ne veux pas l'entendre.

– La voici, cependant. Vous allez avoir à choisir entre la mort et moi.

– Alors, ce n'est pas vous que je choisis.

– Compagnons, dit Lodovico en se tournant vers les soldats, vous avez entendu. La signora, par libre choix, choisit la mort.

Mais les soldats gardèrent le silence. À mon avis, ils commençaient à admirer le courage de ma maîtresse. Lodovico dut le sentir aussi, et que le dialogue ne tournait pas à son avantage. Il s'approcha de Vittoria et commença à lui arracher sa robe de nuit, lambeau par lambeau. Elle ne lutta pas, se contenta de le regarder avec des yeux méprisants. Quand elle fut nue, elle ramena ses longs cheveux sur le devant de son corps.

Lodovico tira sa dague.

– Aide-moi, Paganello, dit-il d'une voix rauque.

Paganello comprit ce qu'on attendait de lui et ramena les longs cheveux de la signora derrière son dos. Quand ce fut fait, Lodovico glissa la main autour de la taille de la signora et lui emprisonnant son bras gauche, il la serra contre lui, paralysant en même temps son bras droit avec sa propre épaule. Il plongea d'un coup sec sa dague en dessous du sein gauche, mais seulement à moitié. Et faisant aller et venir la lame dans la blessure, il lui demanda « s'il lui donnait du plaisir ». La signora avait les yeux mi-clos et gémissait. Mais comme ses gémissements diminuaient, Lodovico enfonça d'un seul coup la dague jusqu'à la garde et s'écria :

– Pour le coup, Madame, je vous touche le cœur !

La signora tourna la tête vers lui, ouvrit les yeux tout grands et avant d'expirer, murmura :

– *Gesù, vi perdono* [1].

Baldassare Tondini, Podestà de Padoue

Un peu avant minuit, le 15 décembre 1585, une jeune fille en robe de nuit couverte de sang vint frapper à la porte du Bargello et lui dit que la duchesse de Bracciano venait d'être assassinée ainsi que tous les membres de son domestique à l'exception de son frère, Marcello Accoramboni, et de deux serviteurs qui se trouvaient en visite chez Margherita Sorghini.

Elle-même dit se nommer Caterina Acquaviva, être âgée de vingt-huit ans et au service de la duchesse depuis dix ans.

Comme elle paraissait très surexcitée, criait, pleurait et s'exprimait d'une façon très confuse, et qu'elle accusait le comte Lodovico Orsini de ces meurtres, alors que nous savions qu'il était parti le matin même avec toute sa bande de gens peu recommandables pour Venise, le Bargello crut d'abord qu'elle avait l'esprit dérangé. Néanmoins, comme sa robe était couverte de sang, et que ses poignets meurtris portaient la trace des liens qui, selon son dire, les avaient serrés, le Bargello décida de se transporter sur les lieux avec une douzaine de ses sbires.

Il constata que les choses étaient bien telles que Caterina Acquaviva les avait décrites et me fit discrètement prévenir, alors que je présidais le bal que je donne chaque année la veille de Noël dans la maison de ville. Je vins aussitôt. Et je fus atterré par l'audace de ce massacre, perpétré à portée d'arquebuse de ma maison contre une personne de haut rang et qu'au

1. Au nom de Jésus, je vous pardonne.

surplus Sa Sainteté le pape Sixte Quint considérait comme sa nièce. Sans même attendre d'en référer à Venise, j'ordonnai au Bargello de pousser l'enquête avec la plus grande célérité et de n'épargner personne.

Le Bargello identifia au second étage du palais Cavalli le cadavre d'Alfredo Colombani, écuyer au service du comte Lodovico. Caterina Acquaviva affirma qu'après l'avoir forcée d'assister au meurtre de sa maîtresse, il l'entraîna jusqu'au deuxième étage du logis dans sa propre chambre et là, après lui avoir délié les mains, et l'avoir déshabillée, il se jeta sur elle pour la violer. Tandis qu'il était ainsi occupé, elle dégaina doucement la dague à l'italienne qu'il portait derrière le dos et de toute sa force l'enfonça sous son omoplate gauche. Il poussa alors un grand cri et essaya de l'étrangler, mais elle lui enfonça ses doigts dans les yeux et s'arc-boutant sur le matelas, elle réussit à le jeter au bas du lit et là, retirant la dague de la plaie, elle la plongea dans différentes parties de son corps « comme une furie », dit-elle. Elle dit qu'elle avait agi ainsi pour venger sa maîtresse et aussi parce qu'Alfredo avait dit qu'il la daguerait, dès qu'il aurait tiré d'elle son plaisir.

D'après son récit, Alfredo serait entré le premier par la fenêtre de la souillarde qui s'ouvrait au rez-de-chaussée, l'aurait surprise et réduite à l'impuissance, et après avoir poignardé le portier, aurait ouvert au reste de la bande.

Interrogée sur le point de savoir pourquoi la fenêtre de la souillarde se trouvait ouverte, elle répondit qu'elle n'en savait rien. Le Bargello n'arriva d'ailleurs pas à éclaircir ce point. Comme on demandait à Caterina pourquoi les bandits avaient tué d'emblée toutes les servantes sauf elle, elle répondit que sans doute Alfredo avait eu appétit à elle, en la voyant, raison pour laquelle il avait dit à ses camarades qu'il la « conservait pour la bonne bouche ». Cette explication nous parut plausible, le témoin étant une jeune fille très bien faite et qui, dans un certain milieu, pourrait même passer pour jolie, encore qu'assez commune.

Il apparut, après une fouille systématique des lieux, que les bandits avaient mis la main sur tous les bijoux : ceux du défunt prince Orsini comme ceux de la duchesse, outre une splendide croix pectorale en or sertie de pierres précieuses que son oncle, le pape Sixte Quint, lui avait donnée.

Comme à différents indices le palais Cavalli montrait qu'une nombreuse bande y était passée, on supposa que le comte Lodovico et ses acolytes avaient pu revenir au cours de la nuit. On visita donc toutes les portes de Padoue et on eut la surprise de constater que si la garde de la porte de Venise, ainsi appelée du nom de la porte qui y menait, était éveillée et vigilante, celle de la porte sud se trouvait profondément endormie, ayant bu du vin trafiqué. En examinant les alentours de cette porte et en particulier la route qui menait à Stra, on s'aperçut que les bas-côtés portaient des piétinements qui montraient que des bêtes nombreuses avaient été parquées là au cours de la nuit.

Le sommeil des gardes et ces traces encore fraîches parlaient d'elles-mêmes. Le Bargello envoya à l'aube une mouche habile voler du côté de Stra et elle nous rapporta que Lodovico et sa bande y festoyaient depuis la veille dans une auberge renommée. De Stra à Padoue, il n'y a que quelques lieues, distance qu'un bon cheval peut parcourir deux fois dans la même nuit.

Il n'échappa ni au Bargello ni à moi-même que si les présomptions contre Lodovico étaient fortes, les preuves contre lui étaient faibles, se réduisant à un témoignage unique, qu'il serait facile à Lodovico de contredire en disant : «Comment cette folle aurait-elle pu nous voir à Padoue, alors que nous étions à Stra en train de festoyer?»

On décida donc de faire le mort et de laisser entendre autour de nous que l'enquête n'avait abouti à aucun résultat. On pensait, en effet, que le comte Lodovico disposait sans doute de quelques oreilles à Padoue et qu'à ouïr par elles qu'on ne le soupçonnait pas, il viendrait reprendre ses pénates dans le palais Contarini, ayant loué le palais pour trois mois. Mais il fallut s'assurer de la discrétion de Caterina Acquaviva et de Marcello Accoramboni. Pour la première, le Bargello, qui était veuf, fut assez bon pour la prendre à son service et la chapitra. Pour le second, son état ne lui permettait guère d'être bavard. Quand il avait découvert le cadavre de sa sœur, il s'était porté un violent coup de poignard dans la région du cœur. Mais l'épais pourpoint de cuir qu'il portait en raison du froid ayant détourné la lame, il n'avait réussi qu'à se faire une profonde estafilade, assez sérieuse toutefois pour le mettre au lit avec une forte fièvre chez la signora Sorghini.

Notre plan réussit à merveille. Le comte Lodovico réapparut parmi nous deux jours plus tard, plus arrogant que jamais, et faisant sonner bien haut une noblesse romaine qui pourtant n'impressionne guère les citoyens de la Sérénissime République, pas plus à Padoue qu'à Venise.

On surveilla jour et nuit le palais Contarini et les allées et venues de notre homme. C'est ainsi qu'on apprit : *primo*, qu'il était à court d'argent et ne payait pas son loyer. *Secundo* : qu'il avait eu affaire à un maître joaillier de passage dans notre ville (où il venait deux ou trois fois par an), Giuseppe Giacobbe. Celui-ci, d'ailleurs, avant même qu'on le convoquât, demanda au Bargello de lui ménager un entretien discret. Le Bargello me prévint et nous le reçûmes non à la Corte, mais dans la propre maison du Bargello sur les dix heures du soir. Il vint avec trois de ses fils et trois de ses neveux qui paraissaient lui porter un profond respect et l'attendirent sans dire un mot dans l'antichambre tout le temps que dura l'entretien. Plût au Ciel que mes propres enfants fussent aussi bien élevés que ces juifs !

Giuseppe Giacobbe me montra d'abord son passeport romain signé par le cardinal secrétaire d'État Rusticucci. Au nom chrétien qu'on lui donnait sur ce document, nous comprîmes aussitôt qu'il était, quoique juif, fort protégé par le présent pape. La suite confirma cette impression. Il nous dit que pour remercier le Saint-Père des mesures qu'il avait prises en faveur de la communauté juive de Rome, le ghetto l'avait chargé de fabriquer une croix pectorale d'un grand prix ; que le pape avait accepté ce présent en disant que, ne pouvant la porter lui-même, il «la garderait dans sa famille», qu'en effet, quelques semaines plus tard, il l'avait prié de l'apporter à sa nièce, la duchesse de Bracciano, au palais Sforza, sur le lac de Garde. Et qu'enfin, à sa grande surprise, le matin même, le comte Lodovico lui avait remis ladite croix en gage contre un emprunt de vingt mille ducats. Le comte Lodovico ne savait évidemment pas que c'était lui, Giacobbe, qui avait ciselé cette pièce et qu'il en connaissait l'histoire.

Ayant dit, le joaillier sortit de ses vêtements cette croix que le Bargello et moi avions admirée sur la poitrine de la duchesse à son arrivée à Padoue. Il la posa avec beaucoup de ménagement sur la table. On la regarda en silence pendant un bon moment. Il eût fallu être un tigre pour ne pas admirer sa beauté et ne pas être ému en même temps par la fin malheureuse de celle qui l'avait portée. On fit réveiller Caterina Acquaviva pour lui demander si elle reconnaissait cette croix et pouvait témoigner qu'elle appartenait bien à sa maîtresse. La cameriera apparut enfin, à demi réveillée et à peine vêtue. Dès qu'elle vit la croix, elle dit : « Mon Dieu ! Mon Dieu ! Ma pauvre maîtresse ! » et éclata en sanglots. Le Bargello, jugeant la preuve suffisante, la renvoya se coucher avec de bonnes paroles. À la façon dont il la regarda tandis qu'elle sortait de la pièce, je jugeai que ce n'était pas seulement par bonté qu'il l'avait recueillie chez lui.

Giacobbe produisit alors un document signé par Lodovico Orsini, comte d'Oppedo, attestant qu'il avait remis une croix pectorale lui appartenant (ici venait une description détaillée) à Giuseppe Giacobbe, joaillier, comme gage d'un emprunt de 20 000 ducats. Giacobbe était prêt à nous confier ce document et la croix moyennant une promesse écrite signée par moi que les 20 000 ducats lui seraient restitués par la ville de Padoue, au cas où le comte Lodovico se trouverait dans l'incapacité de le faire. J'écrivis et signai ce papier, et laissai partir Giacobbe, en lui promettant, comme il me le demandait, de n'attacher ce grelot au cou du comte qu'après qu'il aurait quitté la ville. Ce qu'il fit le lendemain à l'aube avec ses fils et ses neveux.

Après son départ, je fis fermer toutes les portes de la ville, et je citai le comte Lodovico à comparaître devant le tribunal. Il y vint avec toute sa troupe, et comme les sbires ne voulaient laisser passer que lui, sa bande força le passage et se retrouva à l'intérieur et presque sous notre nez. Ils étaient une quarantaine, tous armés, et n'étaient séparés de moi et des autres magistrats que par une estrade surélevée, et la longue table derrière laquelle nous siégions.

Je dis alors à l'oreille du Bargello de rassembler tous les sbires qu'il pouvait trouver et de les placer dans la pièce qui se trouvait derrière mon dos, mais de n'intervenir que si je frappais deux coups de mon maillet. Toutefois, je me demandais bien quelle résistance pourraient éventuellement offrir ces braves gens à des bandits aussi résolus, et je décidai de faire patte de velours aussi longtemps que j'aurais à interroger le comte dans ces conditions.

Il fut d'emblée très arrogant et, avant même que j'ouvrisse la bouche, il déclara qu'il ne convenait pas à un homme de son rang d'être interrogé, et que c'était un intolérable affront de le traiter en suspect et presque en accusé, dans une affaire où il n'était pour rien.

– Mais, signor Conte, dis-je, du ton le plus doux, vous n'êtes pas cité dans cette affaire comme accusé, mais comme témoin. Par exemple, je désirerais savoir ce que faisait votre écuyer Alfredo Colombani dans le palais Cavalli au moment du massacre ?

– D'après ce que j'ai ouï dire, il avait une amourette avec une cameriera du palais. Raison pour laquelle il ne nous a pas suivis à Venise.

– Signor Conte, avez-vous vu cette cameriera ?

– Non.

– Elle prétend, elle, vous avoir vu, le soir du massacre ainsi que le comte Paganello, à l'intérieur du palais Cavalli.

– C'est une folle.

– Il se peut. Je me suis laissé dire qu'au lieu de vous rendre à Venise avec vos amis, vous aviez festoyé cette nuit-là, non loin de Padoue, dans une auberge de Stra.

– C'est exact. Est-ce un crime ?

– En aucune façon, signor Conte. D'après mes informations, la croix pectorale de la duchesse de Padoue aurait été vue dans les mains d'un joaillier juif. Savez-vous quelque chose à ce sujet ?

– Absolument rien.

– C'est bien regrettable, car ce joaillier juif a pris la fuite, et nous le recherchons.

– Je souhaite que vous le trouviez.

– Merci, signor Conte. C'est tout. Comme vous voyez, c'est

peu de chose. Vous êtes libres de vous retirer, vos amis et vous.

– Suis-je libre de sortir de la ville ?

– Pas encore, signor Conte. La clôture a été décidée par Venise, et ne pourra être levée que sur ses instructions.

– Puis-je au moins envoyer un chevaucheur porter cette lettre à Florence au prince Virginio Orsini ?

– Oui, signor Conte, mais à condition que vous m'en communiquiez le contenu.

– Voici la lettre, dit-il du ton le plus dédaigneux.

Il me la fit remettre par un de ses hommes. Je la lus avec attention. Elle était si complètement anodine qu'elle me donna fort à penser.

– Signor Conte, dis-je, écrivez-moi, je vous prie, sur le papier le nom de votre chevaucheur, et je donnerai ordre de le laisser passer.

Ce qu'il fit. Dès qu'il m'eut montré ses talons, j'envoyai le Bargello donner deux ordres bien précis aux sbires : 1° laisser passer le chevaucheur ; 2° l'arrêter une lieue plus loin et les fouiller, lui et son cheval. Lui des pieds à la tête, et son cheval, de la crinière aux sabots arrière, selle comprise…

Cette fouille, à laquelle le Bargello décida de présider, donna le résultat que j'escomptais. Dans le pourpoint du chevaucheur, on trouva la lettre que j'avais lue, mais dans sa botte droite, on en trouva une autre, plus courte, mais beaucoup moins anodine.

« Au Seigneur Virginio Orsini,

« Très illustre Seigneur,

« J'ai mis à exécution ce dont nous étions convenus. J'ai été l'objet de quelques soupçons, mais j'ai joué au plus fin avec le Podestà, et à l'heure actuelle on me tient ici pour le plus galant homme du monde.

« J'ai fait la chose en personne. Envoyez-moi hommes et argent. Je suis démuni.

« Votre dévoué serviteur et cousin.

« Lodovico Orsini. »

« J'ai fait la chose en personne. » Et il s'en vantait, le misérable ! Plus je relisais cette lettre, plus j'étais frappé par sa bêtise et sa bassesse. Qu'avait-il besoin, en premier lieu, de l'écrire, alors que des «soupçons» pesaient déjà sur lui? Soupçons qu'il avait d'ailleurs contribué à renforcer en confirmant au cours de l'interrogatoire qu'il était au courant de «l'amourette» d'Alfredo avec une cameriera du palais Cavalli. Et il se targuait, le malheureux, de jouer au plus fin!

En possession de cette preuve irréfutable, je donnai l'ordre d'armer la milice, de cerner le palais Contarini, et de braquer sur lui tout le canon dont nous disposions. Puis j'envoyai un chevaucheur porter à la Sérénissime une copie de la lettre incriminatrice. Le lendemain, sur les sept heures de la nuit, arriva de Venise l'illustrissime Avogador Bragadina avec l'ordre de les prendre tous, morts ou vifs.

Comme les assiégés refusaient de capituler, on employa le canon, les murs croulèrent et Lodovico dut se rendre.

Il le fit à sa façon, c'est-à-dire en cabotin soucieux de ses effets. Sur le seuil du palais en ruine, il apparut seul, vêtu de brun, la dague au côté, le manteau relevé élégamment sur le bras.

On l'amena à la maison de ville et, en attendant mon arrivée, on lui enleva sa dague. Il s'appuya contre une colonne d'un air nonchalant et commença à se faire les ongles avec une paire de petits ciseaux. Je le surpris dans cette attitude affectée. Il rangea les petits ciseaux dans son pourpoint, me fit un salut mesuré à l'aune de mon importance, s'excusa en termes polis de m'avoir donné tant de mal, et me pria de le placer dans un lieu convenant à sa naissance. Il se déclara, d'ailleurs, mécontent de la cellule que je lui donnai et réclamant de quoi écrire il composa pour la Sérénissime une longue lettre où il demandait, en tant que comte, prince et Orsini, à ne pas être soumis à l'indignité d'une torture publique. On lui donna satisfaction. Il fut étranglé dans sa cellule et selon toutes les formes légales, avec un cordon de soie rouge.

Il montra dans ses derniers instants une bravoure très étudiée. On eût dit qu'il portait un masque et des cothurnes et jouait un rôle sur une scène. On avait envie de lui arracher son masque et de voir ce qu'il y avait derrière : probablement un petit garçon terrorisé qui avait très peur de mourir.

Il ne perdit qu'un instant son air assuré et hautain. J'avais demandé à Marcello Accoramboni s'il désirait assister au supplice de l'homme qui avait tué sa sœur. À ma grande surprise, malgré son état, il accepta, et appuyé sur les épaules de ses serviteurs, il apparut, pâle et défait, à l'instant où le comte Lodovico affectait avec une bonne grâce condescendante de se plier aux ordres du bourreau en disant :

– Suis-je bien ainsi, Monsieur ? Est-ce bien ainsi que vous me voulez ?

Je demandai alors à Marcello Accoramboni s'il avait quelque chose à dire au condamné.

– Oui, dit-il dans un souffle.

Et fixant ses yeux fiévreux sur le comte, il ajouta d'une voix faible, mais parfaitement audible :

– Signor Conte, je vous tiens pour la plus odieuse petite vermine à qui Dieu ait jamais permis de ramper sur la surface de la terre. Cependant, puisque ma sœur vous a pardonné, je vous pardonne aussi.

Le comte pâlit, ouvrit la bouche pour répliquer, se ravisa – probablement parce qu'il ne voulait pas troubler le décorum de sa fin – et se tournant vers le bourreau, lui dit avec un sourire engageant :

– Monsieur, je suis prêt.

Le bourreau lui mit le lacet rouge au cou, et tandis qu'il manœuvrait le tourniquet qui le serrait, Lodovico murmura : « Gesù, Gesù, Gesù. » Mots qu'il avait, je suppose, préparés à l'avance pour donner de la dignité à son exit, alors qu'il s'était montré si mauvais chrétien sa vie durant.

Le lacet cassa, mais le supplicié était déjà évanoui, et on put lui en passer un second autour du cou sans qu'il reprît connaissance. Comme le Bargello reprochait au bourreau d'avoir tourné trop vite le tourniquet, le bourreau dit :

– C'est vrai, signor Bargello, mais j'avais hâte d'en finir. il faisait tant de manières !

La nombreuse suite du comte Lodovico, en tout trente-quatre hommes, fut, à trois exceptions près, soumise à des tortures variées. Les magistrats en avaient décidé ainsi, contre mon gré, pour donner satisfaction au populaire.

Une quinzaine de ces bandits étaient déjà expédiés quand

le bourreau vint trouver le Bargello et le pria de lui accorder un repos de deux jours.

– Un repos ? dit le Bargello, et pourquoi ?

– Signor Bargello, dit le bourreau en baissant la tête, pardonnez-moi si ce sentiment vous offense, mais je suis las de tant de sang. Et le populaire aussi. Hier, il m'a hué.

Les magistrats, se réunissant, décidèrent alors de se contenter de pendre les autres. Cette délibération fut longue, et pendant qu'ils délibéraient, un des condamnés, le majordomo Filenfi, réussit à prouver qu'il n'avait pu prendre part au massacre du palais Cavalli, se trouvant ce soir-là à Venise pour les affaires de son maître. Sous le gibet déjà et la corde au cou, il reçut sa grâce.

Je voudrais dire un mot sur les deux survivants du palais Cavalli : Marcello Accoramboni et Caterina Acquaviva.

Le premier, quand il fut remis de sa blessure, devint un homme très différent de ce qu'il avait été. Renonçant à ses prétentions nobiliaires, il cessa de porter épée et dague. Il épousa Margherita Sorghini. Il s'acquitta avec régularité et piété de ses devoirs religieux. Et ce qu'il n'avait jamais fait jusque-là, il travailla. Grâce à un prêt consenti par son épouse, il fonda, comme son grand-père, un atelier de majoliques et se trouvant sans concurrence dans nos murs, il le fit grandement prospérer et prit rang rapidement parmi les notables de notre ville. Toutefois, il y a dans cet homme quelque chose d'un peu étrange qui explique qu'il n'est pas autant aimé que ses qualités et ses efforts le mériteraient. Il est très taciturne, ses yeux sont vides, et il ne sourit jamais.

Quant à Caterina Acquaviva, au début de son séjour chez le Bargello, elle parlait très sérieusement de se retirer dans un couvent, ce qui étonnait, étant donné le genre de personne qu'elle paraissait être. Mais il faut croire que le Bargello sut se montrer persuasif, car elle demeura à son service. Les bonnes langues prédirent qu'elle allait apporter chez lui le déshonneur. Mais il n'en fut rien. Elle tint bien la maison du Bargello, et éleva parfaitement les enfants qu'il lui fit.

À la prière du Saint-Père, la croix pectorale qu'il avait donnée à sa nièce lui fut restituée. Sur sa propre cassette, il dédommagea Giuseppe Giacobbe des 20 000 ducats que le joaillier avait versés contre le gage au comte Lodovico. D'aucuns à Rome murmurèrent que c'était là montrer presque trop d'honnêteté, surtout s'agissant d'un juif. Mais d'autres, dont je suis, pensent que Sixte Quint eut raison. Si le chef de la Chrétienté ne donne pas le bon exemple, qui le donnera ?

Non seulement à Venise et à Rome, mais dans toute la péninsule, on trouva que j'avais dirigé l'enquête sur cette malheureuse affaire avec habileté et prudence. Toutefois à Padoue même, et jusque dans le conseil de la ville, des voix s'élevèrent pour me blâmer de ne pas avoir banni de notre cité Lodovico après qu'il eut brûlé le testament. Mais j'eus vite fait de réduire au silence ces mauvais esprits. Je produisis et je lus la copie d'une lettre qu'au lendemain de cet incident j'avais écrite à la Sérénissime pour demander le bannissement du bandit. Et je lus aussi la lettre dans laquelle la Sérénissime rejetait ma requête pour de dignes raisons qu'il n'y a pas lieu de répéter ici. Les mêmes trublions mettant alors en cause la politique de Venise, je leur ordonnai de se taire. Ma fermeté, à cette occasion, fut unanimement applaudie.

Mon mandat de premier magistrat de la cité vient à expiration dans les trois mois, mais je pense que je serai réélu sans difficulté dans mes fonctions de Podestà. Je ne sais si je dois m'en féliciter, car si fort que j'apprécie la faveur que me témoignent si fidèlement mes concitoyens, il m'arrive parfois d'être un peu las des charges qu'entraîne le pouvoir.

Pour en revenir à cette malheureuse affaire, elle comporte des leçons qu'on pourrait considérer comme très remarquables, si elles n'étaient pas en même temps remarquablement ambiguës.

Le legs par lequel le prince Orsini voulait assurer l'avenir de sa jeune veuve lui coûta la vie. Le comte Lodovico qui voulait s'assurer des faveurs et des subsides du prince Virginio ne retira rien de son forfait que la mort – qu'il subit moins de huit jours après l'avoir infligée à une jeune femme innocente qu'il méprisait parce qu'elle n'était pas de naissance noble. Mais que veut dire le mot « noble » appliqué à un être aussi bas que le comte ?

Si « justice a été faite » en ce qui concerne Lodovico, comment ne pas regretter que ladite justice ait été si négligente à l'égard du prince Virginio, visiblement désigné comme complice et instigateur du meurtre par la lettre où Lodovico lui annonçait son accomplissement. Et à supposer que la Sérénissime ait pris la vertueuse décision de citer le jeune prince (il n'avait alors que seize ans) devant son tribunal, en aurait-elle eu le pouvoir, Virginio résidant dans un État souverain et étant le neveu du grand-duc de Toscane ?

Ce qui se passa immédiatement après la mort de la duchesse, et que je vais dire, ne constitue pas un moindre sujet d'étonnement pour l'observateur attentif.

Quand le jour se leva sur le massacre du palais Cavalli, le corps dénudé de Vittoria fut exposé sur une table dans l'église des *Eremitani*. Le populaire accourut pour la voir. Sa jeunesse, sa beauté, jointes à la réputation de bonté et de piété qui était la sienne, lui tirèrent des larmes. Selon un témoin, d'aucuns grinçaient des dents. Tous criaient vengeance. L'affluence devint telle qu'il fallut appeler quelques sbires et organiser un sens giratoire autour de la duchesse afin que chacun pût la contempler, l'admirer, la plaindre, et plaindre hautement Padoue d'avoir perdu la plus belle femme de la péninsule.

Vers onze heures, le curé des *Eremitani*, scandalisé par ce culte païen, apporta un drap noir brodé d'or pour couvrir la nudité de la duchesse. Le peuple le lui arracha des mains. C'est tout juste s'il ne cria pas au sacrilège. Et une discussion des plus vives s'engageant entre le curé et les sectateurs du nouveau culte, les sbires intervinrent et imposèrent un compromis : On ne couvrirait pas le corps de la duchesse. Mais par décence on l'enveloperait de ses longs cheveux. Et il serait fait défense expresse à ceux qui défilaient devant elle de couper des mèches desdits cheveux, comme cela s'était fait déjà en catimini.

Le bruit s'étant répandu que la duchesse, en expirant, avait pardonné à son meurtrier, elle fut dès lors considérée comme une sainte. Le culte de sa sainteté ne supplanta pas celui de sa beauté : il s'ajouta à lui. Une femme, arrivée à sa hauteur, se génuflexa devant elle, fit un signe de la croix et lui baisa les pieds. Elle fut imitée par tous ceux qui la suivaient.

Le pauvre curé en fut si désolé que, n'osant affronter une

foule aussi résolue dans sa dévotion, il me demanda audience et me supplia, les larmes coulant sur sa face, de faire cesser le scandale.

Je me rendis aux *Eremitani* et constatai, en effet, que la duchesse, entourée d'une prodigieuse ferveur, était l'objet d'un culte mi-païen, mi-chrétien. Je compris même du premier coup d'œil qu'on aurait été très malvenu de passer devant elle sans se génuflexer et lui baiser les pieds. Ne voulant ni me plier à ce rite, ni m'attirer la haine du populaire, je me gardai bien d'approcher. Et je décidai d'attendre la nuit pour faire enlever le corps sous le prétexte de l'embaumer.

Je me hâtai de le faire enterrer décemment, mais quelques jours plus tard, l'affaire rebondit. La mère de la victime, Tarquinia Accoramboni, m'écrivit pour me demander l'autorisation de rapatrier à Rome le corps de sa fille. Malgré toutes les précautions que j'avais prises pour garder le secret sur cette lettre, le bruit s'en répandit. La foule, accourue en masse sous les fenêtres de la maison de ville, affirma en termes véhéments sa résolution de garder à Padoue la sépulture de la duchesse.

Je la rassurai, tout en tremblant en mon for que Sixte Quint ne vînt appuyer la démarche de la signora Accoramboni. Auquel cas, je devrais en référer à Venise, et la décision m'échapperait. Fort heureusement, le pape n'intervint pas, et fort de l'appui de Marcello qui, dès lors qu'il consentait à vivre, voulait s'établir dans notre ville, je pus rejeter la demande de sa mère.

Les Padouans ont donc conservé la sépulture de Vittoria, et, dès qu'il y a des fleurs, la fleurissent fidèlement. Leurs enfants peut-être se souviendront de sa tragique histoire. Mais leurs petits-enfants ? Et les fils et les filles de ces enfants-là ? Cette tombe sera un jour délaissée, et un autre jour viendra où le nom même de cette femme si belle sera effacé de la dalle qui abrite sa poussière.

DRAMATIS PERSONAE

Cette liste comprend les acteurs et les témoins de notre histoire, cités dans l'ordre de leur intervention dans le récit.

1. – Monsignore Rossellino *(il bello muto)*.
2. – Giulietta Accoramboni.
3. – S. E. le cardinal Cherubi.
4. – Caterina Acquaviva.
5. – Marcello Accoramboni.
6. – Aziza.
7. – Raimondo Orsini *(il bruto)*.
8. – Le curé Racasi.
9. – Lodovico Orsini, comte d'Oppedo.
10. – Paolo Giordano Orsini, duc de Bracciano.
11. – Gian Battista Della Pace.
12. – Domenico Acquaviva *(il mancino)*.
13. – Son Excellence Luigi Portici, gouverneur.
14. – Alfredo Colombani, écuyer.
15. – S. E. le cardinal di Medici.
16. – Le R. P. Luigi Palestrino, théologien.
17. – Son Excellence Armando Veniero, ambassadeur.
18. – Giuseppe Giacobbe, notable du ghetto romain.
19. – Giordano Baldoni, *majordomo*.
20. – Baldassare Tondini, *Podestà* de Padoue.

Composition réalisée par
INFOPRINT à l'île Maurice.

IMPRIMÉ EN FRANCE PAR BRODARD ET TAUPIN
La Flèche (Sarthe).
N° d'imprimeur : 3223 – Dépôt légal Édit. 4988-07/2000
LIBRAIRIE GÉNÉRALE FRANÇAISE - 43, quai de Grenelle - 75015 Paris.
ISBN : 2 - 253 - 13682 - 4